KB052398

단풍나무

저택의

유산

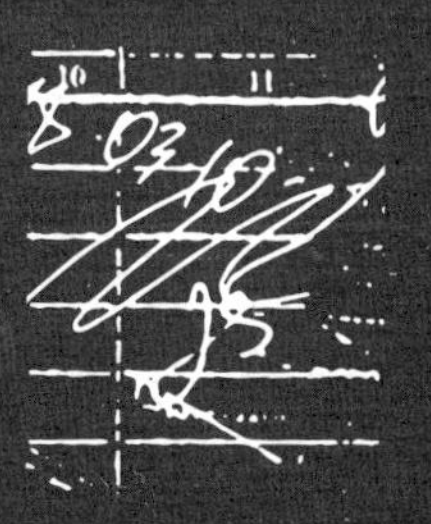

단풍나무 저택의 유산

홍기연

황금가지

목차

프롤로그. 그 하녀

케이트가 사라졌다.

축제 한 달 전, 저택의 일이 가장 바쁜 시기에. 누구에게 한마디 말도 없이.

새로운 하녀를 뽑아야 함은 자명한 일이었다.

제1장. 단풍나무 저택

가파르게 깎아지른 절벽은 잿빛 바다로 이어지고, 한쪽에는 단풍나무 숲이 가을마다 핏빛 향연으로 만개하는 곳. 그곳에 레티의 새 일터인 메리요트 저택이 자리했다.

메리요트 가문에 제출한 이력서에 긍정적인 답변이 돌아왔을 때, 레티는 기뻤다. 가장 최근에 하녀로 일했던 집은 집주인이 이민을 떠나는 바람에 텅텅 비었고, 레티를 비롯해 해외로 이주하기가 여의치 않은 옛날 사용인들은 두둑한 퇴직금을 대가로 일을 그만둬야 했다. 그게 벌써 몇 달 전이었으니 슬슬 모아둔 돈이 떨어질 시기였다. 분주하게 일하다가 오랜만에 맞는 휴식이 달콤하기는 하였으나, 레티는 먹고살아야 하는 평범한 서민 가정의 맏딸이었다. 아버지를 어릴 적 여읜 뒤로는 어머니를 도와 동생들을 부양하는 게 큰언니이자 큰누나인 레티의 의무였다. 그러니 레티는 일자리가 필요했다. 메리요트 가문은 그녀에게 경제적인 구세주인 셈이었다.

그러나 기쁨은 곧 실망으로 바뀌었다. 지금 마차의 창밖으로 펼쳐지는, 아름답지만 광활한 풍경이 그 이유였다. 시골, 시골, 시골뿐이었다.

"우와……."

유리창에 손바닥을 대고 정신없이 구경하던 레티는 희미하게 감탄사를 흘렸다.

파란 하늘 아래 녹색 황무지. 절벽의 끝이 지평선과 맞물렸다. 저만치에 보이는 붉디붉은 단풍나무 숲은 명화를 연상시켰다. 이토록 압도적인 광경은 평생 도시에서 나고 자라왔던 레티에게는 이물질 같았다. 황홀했고, 낯설었다. 그 괴리가 불편하고 어지러웠다.

"예쁘다."

레티가 중얼거렸다. 원래는 시내에 있는 메리요트 가의 별장에서 일하고 싶어서 이력서를 냈는데, 급하게 일손이 필요하다는 이유로 본가에 배치되었다. 메리요트 영지의 심장부에 자리한 쓸쓸하고 웅장한 저택. 중세 소설에서 튀어나온 것처럼 아름답지만, 숲과 절벽에 고립된 외로운 곳이기도 했다.

"그래도 일자리가 생긴 게 어디야. 힘내자, 바이올렛 골드."

레티는 자신의 이름을 되뇌며 씩씩하게 스스로를 다잡았다. 우울해할 것도 없었다. 일하고 돈 벌면 그만이었다. 마차가 마침내 저택의 대문을 통과할 즈음에는 설레기까지 했다. 새로운 시작이었다.

"도착했습니다."

"네, 감사합니다!"

마부의 말에 레티가 힘차게 대답했다. 젊은 마부는 살짝 당황하여 레티를 돌아보았다. 다소 음침한 인상의 그는 초면이나 마찬가지인 젊은 처자가 쩌렁쩌렁 밝게 인사하자 어쩔 줄 모르겠다는 기색이었다. 그러거나 말거나 레티는 마차에서 폴짝 내려 심호흡했다.

그래, 여기가 앞으로 내가 일할 곳이야.

"잘 부탁드릴게요, 마부님."

"그냥 제임스라고 불러요."

마부가 수줍게 대답했다. 레티는 방긋 웃었다.

"네, 제임스."

레티의 엄마는 어릴 적부터 가르쳤다. *레티, 앞으로 어디서 누굴 만나든 늘 웃는 모습을 보이렴. 웃는 얼굴에 대고 못되게 굴 사람은 거의 없어. 네가 밝고 싹싹하게 대해준다면 사람들도 너를 받아줄 거야.* 엄마의 당부에 어린 소녀는 내리 고개를 끄덕였다. 그 소녀는 어엿한 어른이 된 지금까지 엄마에게 단 한 번도 실망을 안긴 적 없었다.

"그럼 나중에 봐요."

이번에도 레티의 살가운 태도가 효과를 발휘했는지 제임스는 묽게 웃어주었다. 그 미소를 보고 레티는 안도했다. 여기서 친구를 만들 수 있을지도 몰랐다.

"바이올렛 골드 양. 맞나요?"

낯선 목소리가 들렸다. 낯설 수밖에. 레티는 그야말로 풋풋한 신입이었고, 그녀에게 이곳은 미지의 세계였다. 레티는 목소리를 따라 돌아섰다.

"반가워요. 나는 메리요트 가문의 하녀장인 로라 새먼입니다."

깐깐한 인상의 중년 여성이었다. 레티는 고개를 숙여 인사했다.

"안녕하세요, 하녀장님. 제가 바이올렛 골드입니다."

"새먼 부인이라고 부르면 됩니다."

"네, 새먼 부인."

"따라오세요. 방에 짐을 풀고 오면 업무를 설명해 주겠습니다."

하녀장이 뒤돌아서 앞장섰다. 레티는 짐 가방을 쥐고 하녀장을 뒤따랐다. 저택이 가까워질수록 그 웅대한 크기에 따라 그림자가 길어졌다. 그늘에 삼켜지는 느낌이었다. 하녀장이 건물을 빙 돌아 열쇠를 꺼내 쪽문을 열었다. 삐걱 소리와 함께 복도가 드러났다.

"여기는 사용인들이 이용하는 쪽문입니다. 사용인들의 처소로 이어지죠. 하인들의 숙소가 문 가까이 있고, 그 너머에 하녀들이 머무는 곳이 있습니다."

"네, 새먼 부인."

사무적인 음성으로 이어지는 설명을 레티는 전부 주워 담았다. 근처에 주방이 있는 모양인지 고소한 냄새가 났다. 카펫을 깔지 않아 매끈한 나무 바닥이 구두 아래 밟혔다.

"이곳이 그대의 방입니다, 바이올렛 양."

복도를 따라 한참을 걸은 후, 하녀장이 열쇠로 또 다른 문을 열었다. 단출한 침실이 드러났다.

이곳 하녀들은 전부 독방을 썼다. 시내에 있는 별장이 아닌 교외의 본가로 간다는 사실을 알고 레티가 실망 아닌 기쁨을 느낀 딱 하나의 이유였다.

시내의 별장은 공간이 제한적이라 웬만한 사용인들은 두 명씩 방을 나눠 쓰거나 아예 출퇴근을 했지만, 드넓은 본가는 하인들과 하녀들에게 각방을 쓰도록 허락했다. 숙식을 제공하는 데다가 자신만의 공간까지 가질 수 있다니. 항상 집에서 동생들과 부대껴 지내야 했던 레티에게는 매력적인 일이었다.

"감사합니다, 새먼 부인."

"감사하긴요."

하녀장은 덤덤하게 인사를 물리쳤다. 레티는 머쓱해졌다.

"짐을 풀고 옷을 갈아입고 나오세요. 밖에서 기다리고 있겠습니다."

"네, 부인."

"옷은 침대 위에 있습니다."

하녀장이 안쪽을 가리켰다. 빳빳하게 다림질한 이불 위에는 검은색과 흰색으로 이루어진, 마찬가지로 빳빳한 하녀복이 가지런히 개켜져 있었다. 레티가 끄덕였다.

뜻밖의 말이 이어졌다.

"미리 양해를 구하겠습니다. 아직 그대 몸에 맞는 하녀복을 만들지 못했습니다. 급하게 사람을 구하느라 말이에요. 이건 다른 하녀가 입던 옷인데 당연히 깨끗하게 세탁했습니다. 그대와 체형이 얼추 맞았으니, 당분간 입고 다니면 됩니다."

하녀장은 과거형을 사용했다. 그대와 체형이 얼추 맞'았'다고. 레티가 고개를 갸웃했다.

"완성되는 대로 새 하녀복을 주겠습니다."

자신이 실수한 게 있나 싶어 레티는 조심스레 되물었다.

"실례지만 새먼 부인. 혹시 제가 저택에 보낸 답서에 옷 치수를 빠뜨렸나요?"

메리요트 가는 레티가 낸 이력서에 답변을 보냈다. 필요한 정보를 서신으로 보내라는 내용이었다. 그중에는 하녀복을 짓는 데 필요한 치수도 포함되었다. 분명 빠짐없이 기입했다고 생각했는데 빼먹고 안 쓴 것이 있을까 봐 걱정스러웠다.

"아니요. 적혀 있었습니다."

하녀장의 담백한 대답에 레티는 처음에는 안도했다. 그러나 곧 묘하다는 생각이 들었다.

실수한 게 아니라서 다행이긴 했다. 하지만 그렇다면, 왜?

"말했잖아요. 급하게 사람을 구하느라 그랬다고."

레티의 속마음을 읽기라도 한 듯 하녀장이 부연했다. 아까와 똑같이 사무적인 목소리로.

"그럼 갈아입고 나오세요."

새먼 부인이 마지막으로 한 말이었다. 대답할 틈도 없이 문이 탁 닫혔다.

혼자 남은 레티는 잠시 하녀장과 나눈 대화를 곱씹었다. 거북한 부분이 있었지만 애써 고개를 저으며 떨쳐냈다. 당분간 다른 사람의 옷을 입는다니 찜찜했지만 어쩔 수 없었다.

레티의 선임은, 어쩌면 이 방의 원래 주인이었을 하녀는 인수인계를 받을 새 하녀의 옷이 완성되기를 기다릴 틈도 없이 저택을 떠났던 걸까.

'되게 급하게 그만뒀나 보네.'

세상에 사람은 많고 사정이야 다양하니 그녀가 어떤 이유로 얼마나 갑작스럽게 그만뒀는지는 레티가 파고들 바가 아니었다. 레티는 곧 다른 부분에 집중했다.

"내 방."

레티가 작게 흥얼거렸다. *내 옷장, 내 침대. 귀엽지만 버릇없는 여동생이 옷을 몰래 꺼내 입을까 봐 전전긍긍할 필요가 없단 말이지.* 흡족했다. 그깟 하녀복쯤이야 조금 늦게 완성되면 어때. 일자리도 생겼고 독방도 생겼다. 즐거울 이유는 충분했다.

레티는 원래 다른 이의 옷이었다는 하녀복을 집어 들었다. 검은색과 흰색으로 이루어진 천이 발목까지 부드럽게 물결쳤다. 레티가 옷을 갈아입었다. 다른 사람의 옷은 레티에게는 조금 컸다. 앞치마까지 단정하게 두르고 머리칼을 정돈하고 나자 레티는 영락없이 메리요트 가문의 하녀로 보였다.

이제는 일할 차례였다.

메리요트 저택은 본관과 별관으로 나뉘었다. 하녀들의 처소는 동쪽에 자리했다. 서쪽에 위치한 별관에는 엘리자베스라는 이름의 아가씨가 산다고 했다.

"아가씨가 별관에 사신다고요?"

하녀장을 따라서 총총히 뜰을 가로지르던 레티가 고개를 갸웃했다. 이 집안의 금지옥엽 외동딸이 별관에? 그런 사람들은 본관에 머무르는 것이 일반적이었다.

"네, 그렇습니다. 그분은 조용한 것을 좋아하시죠."

하녀장이 담백하게 첨언했다. 미심쩍은 말이었다. 이미 아무것도 없이 조용한 시골인데, 굳이 더 조용한 곳을 찾아서 별관에 기거한다고? 하지만 레티는 순순히 납득했다. 도시에서 살아온 레티가 보기에는 이 집안의 모든 것이 조용하고 한적하지만, 평생 교외 영지에서 나고 자란 메리요트 아가씨는 의견이 다를지도 몰랐다.

"그대는 앞으로 별관에서 일할 겁니다. 별관의 방을 청소하고 세탁물을 관리하도록 하세요. 그대 말고도 하녀 한 명이 별관에서 일하고 있으니 그 아이와 일을 분배하면 됩니다. 아가씨를 시중드는 하녀는 따로 있으니 그건 걱정하지 않아도 되고요."

"네, 새먼 부인."

"여깁니다."

웬만한 공원만큼 넓은 땅을 가로지르자 다른 건물이 나타났다.

별관은 본관보다 훨씬 작았고, 정겹고 아담한 느낌을 풍겼다. 아마도 그림자가 본관만큼 길지 않아서인지도 모른다. 그늘에 삼켜진다는 느낌이 없었다. 별관의 동쪽에 자리한 알록달록한 화원과 훨씬 가까이 보이는 지평선의 단풍나무 숲이, 정적인 유화 같은 저택에 수채화 같은 색채를 더해서 그럴지도 모르고.

"들어가세요."

하녀장은 쪽문이 아닌 정문을 열었다. 레티가 먼저 안으로 들어갔다. 이번에는 나무 바닥이 아니라 푹신한 카펫이 밟혔다.

레티가 실내를 둘러보았다. 현관 너머 언뜻 비치는 거실은 동화처럼 아기자기한 느낌이 들었다. 문득 이곳에 기거한다는 메리요트 아가씨가 궁금해졌다. 이 공간처럼 동화와 같은 분일까.

"따라오세요."

하녀장이 계단을 딛자 레티가 서둘러 뒤따랐다.

"아가씨는 지금 이 안에 계십니다. 앞으로 모실 분이니 인사는 드려야죠."

어느새 두 여자는 커다란 문 앞에 다다랐다. 하녀장이 노크했다. 레티는 마른침을 삼켰다. 문 너머에 자리한, 아직 알지 못하는 여자는 까마득한 귀족이자 고용주의 딸이었다. 긴장될 수밖에.

"아가씨, 로라 새먼입니다. 새 하녀를 인사시키러 왔습니다."

"들어오세요."

안에서부터 조금 희미하게, 맑고 담백한 목소리가 들렸다. 목소리를 곱씹으며 얼굴을 미리 상상해 볼 틈도 없었다. 대답이 들리기 무섭게 하녀장이 문을 열며 안으로 들어섰다.

내부는 서재였다. 엘리자베스 메리요트는 문을 등진 채 책상 앞에 앉아 있었다.

순간, 창밖에서 스미는 햇빛에 휘감겨 구리처럼 반짝이는 머리칼만 보였다. 아가씨가 뒤돌아 하녀들을 마주했다. 레티는 엘리자베스와 눈이 마주쳤다.

"안녕하세요, 새먼 부인. 이쪽이 새 하녀?"

"네, 아가씨, 그렇습니다."

"……안녕하세요, 엘리자베스 메리요트 아가씨. 바이올렛 골드라고 합니다."

아름다운 사람, 이라고 레티는 생각했다. 첫인상이었다. 엘리자베스 메리요트의 풍성한 진갈색 머리칼, 그윽한 녹색 눈, 안경을 걸친 반듯한 콧날, 상아색 피부와 도톰한 입술, 그 모든 것을 아울러서.

"바이올렛 골드."

엘리자베스가 레티의 이름을 발음했다. 반문하거나 강조하는 게 아니라 삶에 새롭게 소개된 낯선 이름을 한 번 연습해보듯. 단지 그뿐인데 어쩐지 얼굴이 붉어졌다.

"그, 그냥 레티라고 부르시면 됩니다."

말을 더듬는 건 계획에 없던 일이었다. 저렇게 예쁘고 우아한 상전을 모시게 된 것만큼이나. 엘리자베스는 안경 너머 눈을 깜빡이며 단정하게 대답했다.

"그래요, 레티 골드."

아가씨가 존대를 사용하는 것이 심히 부담스러웠다. 제발 말을 낮추라고 애원이라도 하고 싶은데 옆에 있는 하녀장이 마음에 걸렸다. 엘리자베스는 새먼 부인에게도 존대를 쓰고 있었다. 괜히 하대해 달라고 청했다가는 여태 존대를 들어온 새먼 부인을 우회적으로 나무라는 것처럼 들릴지도 몰랐다. 레티는 남몰래 절절맸다.

"앞으로 이 아이가 아가씨의 침실과 서재를 청소하고 물건들을 세탁할 것입니다. 필요한 게 있다면 이 아이에게 말씀해주세요."

"알겠어요, 새먼 부인. 그럼 앞으로 수고하세요, 레티."

인사는 그게 끝이었다. 엘리자베스는 용건이 끝났다는 듯, 심지어 다소 귀찮다는 듯, 눈을 돌리며 두 하녀를 등졌다.

레티는 무심코 상처받지 않으려고 애썼다. 그럴 이유가 전혀 없는 상황이었다. 아가씨는 하녀를 소개받고 인사를 받아주었다. 그걸로 끝. 깔끔하고 당연했다. 시무룩할 일이 아닌데 영문을 모르게도 마음이 아렸다.

"안녕히 계십시오, 아가씨."

"안녕히 계십시오."

하녀장이 먼저 정중히 인사했다. 레티는 다소 더디게 복창했다. 엘리자베스는 돌아보지 않았다. 하녀장이 이를 당연하게 여기는 듯했기에 레티도 그러려고 했다.

문이 닫혔다. 공간이 단절됐다.

레티는 뒷모습으로 시작해서 뒷모습으로 끝난 우아한 아가씨를 마음에 새기며, 발소리를 잡아먹는 푹신한 카펫을 밟았다.

첫 만남이었다.

올해 스물네 살, 엘리자베스 메리요트. 메리요트 가문의 유일한 상속녀. 사촌들이 몇 명 있기는 했지만, 4년 전 사고로 죽은 메리요트 남작의 직계 자손은 외동딸 엘리자베스가 유일했다. 어마어마한 양의 유산을 약속받았다고 했다.

하지만 그 유산을 상속받으려면 엘리자베스는 남편이 필요했다.

높으신 분들의 사정이 그러했다. 레티가 일자리를 알아보며 여기저기서 주워들은 풍문을 조합한 결과였다. 딱히 저와 상관없는 일이라고 생각했으나, 오늘 딱 한 번 마주한 엘리자베스의 모습을 머릿속에서 지울 수가 없었다. 레티는 속으로 되뇌었다.

나는 돈만 벌면 그만이야.

귀족의 사정에 신경 쓰기에는 레티 본인이 너무 바빴다. 자기 코가 석 자였다. 당장 적응해야 하는 삶이 있는데 완전히 동떨어진 세계에 사는 아가씨의 유산 이야기에 정신이 팔릴 틈은 없었다.

"안녕, 나는 에블린이야. 잘 부탁해!"

"나는 지아나. 나도 잘 부탁해."

"안녕, 나는 레티라고 해."

본가에서 일하는 하녀들은 전부 이곳에 상주했다. 같은 건물에서 잠을 자며 같은 시간에 다 함께 저녁을 먹었다. 지금은 일과를 마무리하고 잠시 수다를 떠는 시간이었다. 오늘은 새로운 얼굴이 등장하여 하녀들의 호기심이 한곳으로 모였다.

에블린과 지아나는 가장 먼저 살갑게 다가와 레티의 양옆에 앉았다. 둘 다 20대 초반의 앳된 이들로, 올해 스물한 살인 레티와 쉽게 공감대를 형성했다.

"네가 앞으로 별관에서 청소하는 거지?"

"응, 맞아."

"반갑다, 얘. 나도 거기서 청소하거든. 너는 2층, 나는 1층."

"그래?"

에블린이 재잘재잘 털어놓자 레티가 반색했다. 별관에서 일하는 하녀가 한 명 더 있다고 했는데, 얘가 그 애구나. 앞으로 매일 얼굴 맞대고 함께 일해야 하는 사람이 제게 처음부터 호의를 표하니 안심이 됐다.

"2층이면 침실, 서재, 욕실이 있는 곳이고, 1층은 음악실, 거실, 그리고 주방이지?"

레티는 오늘 하녀장이 안내해 준 별관의 구조를 떠올렸다.

"응, 맞아. 혹시 침실 가 봤어? 높으신 분들은 쓸데없이 으리으리한 곳에서 주무시는 것 같아. 그냥 잠만 자면 되는 침실이 왜 이렇게 넓은지 모르겠다니까."

에블린이 가볍게 푸념하자 레티는 동의하며 꾸밈없이 따라 웃었다. 아까 아가씨를 만났던 서재도 굉장히 넓었다. 높으신 분들은 돈이 많았다. 레티와 같은 평범한 하녀는 그 많은 돈을 조금씩 떼어 받아 묵묵히 생계를 꾸려갈 뿐이었다.

"너한테는 미안하지만, 나는 1층이 2층보다 청소하기 훨씬 편한 것 같아. 침실이랑 서재는 부담스러워."

"부담스럽다니 무슨 뜻이야?"

"별건 아니고. 아가씨가 청소할 때 잘 안 비켜주시거든. 워낙 방에 가만히 계시는 걸 좋아하는 분이라 우리가 청소하러 들어가도 그냥 네 할 일 하라는 식으로 꼼짝도 안 하고 계신단 말이야."

"그래? 의외네."

"그렇지? 보통 먼지 날리고 하녀들이 부산스러운 게 싫다면서 자리 비켜주는데, 아가씨는 그냥 알아서 청소하라고 하시곤 그대로 앉아 계셔. 뭐, 우리가 그분을 방에서 내쫓을 자격은 없지만 말이야. 물론 딱히 눈치를 주시거나 하는 것은 아니지만, 아무튼 그냥 불편해."

충분히 이해했다. 아무리 친절하거나 무관심한 상전이라도 결국은 상전이었다. 엘리자베스야 그냥 방에 있는 게 편하고 나가기 귀찮아서 별생각 없이 자리에 머무는 거겠지만 곁에서 살살 눈치를 보며 청소해야 하는 하녀들은 괜히 가시밭에 던져진 느낌일 것이다.

"엘리자베스 아가씨는 주로 서재나 침실에 계시거든. 그래서 거길 청소하면 필연적으로 계속 마주치게 돼 있어. 그게 은근 신경 쓰이거든. 그래서 케이트도……."

탁 하는 소리가 들렸다. 포크를 내려놓는 소리였다. 모두의 시선이 한쪽으로 쏠렸다. 조용히 밥을 먹던 어느 하녀가 에블린과 레티를 노려보고 있었다.

무심코 그 하녀와 눈이 마주친 레티가 흠칫했다. 어쩐지 자신을 미워하는 것만 같았다.

이상했다. 미움받을 이유가 없었다. 미움이든 사랑이든 일단 이해관계가 얽혀야 파생되는 감정이었다. 하지만 레티와 그 하녀는 오늘 초면이었다. 이름마저 가물가물했다. 조세핀이라고 했던가?

"케이트가, 뭐?"

조세핀이 스산하게 따졌다. 레티는 공연히 마른침을 삼켰다. 에블린이 눈살을 찌푸리며 대답했다.

"그래서 케이트도 나랑 청소 구역 바꾸고 싶어 했다고. 할 말은 그게 다야. 왜 그렇게 예민하게 굴어?"

조세핀은 노려보기만 했다. 얼떨결에 중간에 끼인 듯한 느낌에 레티는 조용히 눈치를 살폈다. 에블린의 말마따나 조세핀이 돌연 과민하게 굴었다고 생각했는지 다른 하녀들이 그녀를 힐끔대며 수군대고 있었다. 대다수가 에블린의 편을 드는 분위기였다. 레티는 점점 불편해졌다.

"예민하기는 무슨."

조세핀이 먼저 꼬리를 내리며 식사를 재개했다. 조세핀의 손이 미세하게 떨리는 걸 다른 사람들도 봤을까.

어렵사리 조세핀으로부터 시선을 뜯어낸 레티가 목소리를 낮춰 물었다.

"케이트가 누구야?"

"네가 들어오기 전에 있던 애야. 지금 네가 쓰는 방도 원래 케이트 방이었어."

"아. 그런데 왜 그만둔 거야?"

"모르지, 뭐. 꽤 오래 일했는데 굉장히 갑자기 그만뒀어. 인사도 제대로 안 하고 하루아침에 사라졌지 뭐야. 그래서 섭섭하긴 했지. 조금 짜증도 나고. 축제랑 무도회가 있어서 바쁠 때인데 이렇게 떠나 버리면 어떡해?"

축제. 무도회. 이미 들어서 알고 있었다. 메리요트 가문이 대대로 관리해 온 영지의 지역 축제, 그리고 그때 저택에서 열리는 무도회와 만찬. 전자는 평민들을 위한 흥겨운 놀이의 장이었고, 후자는 귀족들과 부자들을 위한 화려한 유희의 무대였다.

그런 중대한 일을 고작 한 달 앞두고 하녀 하나가 증발하듯 떠나 버렸으니 섭섭한 것은 물론이고 짜증 날 만도 했다.

무도회가 열려 귀빈들이 몰려들기 전에는 할 일이 태산 같았다. 저택을 반짝반짝하게 청소하는 것만으로도 까마득했다. 분주한 시기에 다른 사람들이 당황스러울 정도로 갑자기 일을 그만두다니.

"걔도 사정이 있었겠지. 왜 잘 알지도 못하면서 떠드는 거야? 험담이 재밌어?"

조용해진 줄 알았던 조세핀이 왈칵 항의했다. 그 앙칼진 외침이 다시 식당에 싸늘함을 끼얹었다.

누군가 대놓고 한숨지었고 누군가는 비웃었다. 조세핀은 아랑곳하지 않고 아까와 같은 표정으로, 아까와 같은 곳을 노려보았다. 눈이 마주친 레티는 명치끝이 차갑게 식는 것을 느꼈다. 이번에는 착각할 여지가 없었다.

저 조세핀이라는 하녀는 나를 미워한다. 오늘 서로 초면인 나를.

원래 레티가 입고 있는 옷을 입었다는 케이트. 새 하녀를 위한 옷을 지을 틈도 없이 사표를 던지고 나가버린 케이트. 조세핀의 눈빛에 저런 격정을 들이붓는 케이트. 그녀는 대체 어째서 떠났을까. 저런 눈을 남겨두고.

"너야말로 진짜 왜 그래, 조세핀?"

"조용히 밥 좀 먹자."

"그럼 너는 대체 뭘 안다고 그래? 걔한테 무슨 대단한 사정이 있어서 갑자기 그만둔 건데?"

"그건……!"

에블린과 지아나뿐만 아니라 다른 하녀들도 하나둘씩 뾰족한 말을 쏟아냈다. 조세핀이 짧게 부르짖었다. 그러나 그뿐, 말은 이어지지 않았다. 조세핀은 입술만 깨물었다.

"너야말로 모르면서 떠드는 거 아니야?"

"네가 케이트랑 제일 친했잖아. 정말로 뭐 아는 거 없어?"

"몰라. 없어."

"뭐야, 모르면서 그렇게 흥분했어?"

누군가 조세핀을 비웃자 그녀의 얼굴이 빨개졌다.

레티는 미처 깨닫지 못한 사이에 자신의, 케이트의 치맛자락을 움켜쥐고 있었다.

손님들이 도착하기 한 달 전이었다.

새로운 곳에서 잠드는 건 설레면서도 불편했다. 레티는 늦게까지 뒤척였다. 촛불을 불어 끈 지도 한참이 지났건만 눈은 여전히 말똥말똥했다. 슬슬 미칠 지경이었다.

"안 되겠다."

레티는 패배를 선언하며 주섬주섬 일어나 외투를 걸쳤다. 단풍이 붉게 물든 가을, 밤은 벌써 퍽 쌀쌀했다. 겨울 축제가 시작될 즈음에는 한기가 살갗에 달라붙을 지경이겠지.

'산책이라도 해볼까.'

그토록 써늘한 계절이건만 레티는 밤 산책을 결심했다. 잠도 오지 않는데 어둠 속에 가만히 누워만 있자니 고문 같았다.

걸어 다니면 좀 나아지겠지. 여기가 교도소나 군대도 아니고, 일과 후에 돌아다니면 안 된다는 규칙이 있는 것도 아니었다. 때마침 달이 밝아 낭만적이기까지 했다.

레티는 외투 깃을 꼼꼼히 여민 뒤 방을 나섰다.

촛불을 챙겨 복도를 밝히자 곳곳에 기괴한 그림자가 일렁였다. 괜히 목덜미가 서늘해져서 레티는 무작정 작게 흥얼거렸다. 밤중에 자는 사람들을 깨울까 걱정스러웠으나 그래도 나직한 노랫소리가 귓가에 감기자 조금은 마음이 가라앉는 느낌이었다.

삐걱 하고 쪽문을 열자 마음이 괜히 철렁했다. 죄짓는 것도 아니라고 레티는 스스로를 달래며 건물을 벗어났다. 문이 아까처럼 삐걱 닫혔다.

레티가 촛불을 불어 껐다. 달빛이 밝아서 더는 촛불에 기대지 않고도 걸음을 옮길 수 있었다. 그녀가 문 옆에 촛대를 조심히 내려놓은 뒤 바깥으로 발을 디뎠다. 반들반들 윤이 나는 딱딱한 나무가 아니라 폭신한 풀이 밟히는 느낌이 좋았다. 별관에서 카펫을 밟던 느낌이 떠올랐다.

'이쪽으로 가볼까?'

레티는 방향을 정했다. 본관 뒤 정원, 즉 단풍나무 숲이 더 가까이 보이는 북쪽이었다.

나무들이 그늘을 드리워 달빛을 막았다. 낮이었다면 따가운 햇볕을 막아주는 고마운 존재였을 테지만 밤인 지금은 암흑을 너무 짙게 만들었다.

레티는 살짝 떨며 속도를 높였다. 아까 풀을 밟으며 느꼈던 감동이 어느덧 사그라질 만큼 어둠이 갑갑하게 다가왔다. 급기야 슬슬 돌아갈까 하는 생각이 들 즈음이었다.

레티는 눈을 동그랗게 뜨며 우뚝 멈췄다. 사박사박 풀 밟히는 소리가 그치며 전에 없던 소리가 선명히 들렸다. 피아노 소리였다.

'이 시간에?'

레티는 아까 복도에서 작게 흥얼댈 때도 이 밤중에 누군가를 깨울까 봐 각별히 조심했다. 그만큼 늦은 시간인데 대체 누굴까. 본관 쪽에서 새어 나오고 있다는 사실만큼은 분명했다. 연주는 흐리고 구슬펐다. 희미한 가락이 이내 끊겼다.

레티는 오도카니 서서 허공에 맴도는 잔음을 곱씹었다. 아름답고도 애잔한 여운이 가슴을 깊이 찔렀다. 연주자의 정체도, 애잔함의 이유도 모르지만 그저 슬펐다.

'……잠깐, 이러고 있을 때가 아니지.'

레티는 곧 정신을 다잡았다. 너무 오랫동안 서 있었더니 오한이 스미기 시작했다. 좋아, 달밤의 산책은 여기까지인 걸로. 지금 침실로 돌아가면 빠르게 잠들 수 있을 것만 같았다. 그때.

'어?'

삐걱, 문 열리는 소리. 사용인들이 쓰는 쪽문으로 돌아가려면 아직 한참 남았다. 레티가 이용한 것과는 다른 문에서 들리는 소리였다. 낯선 이의 인영은 순식간에 나타났다. 그늘에서 튀어나온 것처럼.

"꺅!"

비명이 짧게 끊겼다. 공포와 경악의 음성이 손바닥에 가로막혀 속절없이 뭉개졌다. 레티가 눈을 질끈 감았다. 강한 힘이 그녀를 더한 어둠으로 끌고 들어갔다. 생경한 체온이 그녀를 짓눌렀다.

"읍, 읍!"

"뭐야, 당신?"

낯선 저음이 귓불을 긁었다. 입이 틀어막힌 레티는 억울해졌다. 저기요, 그건 내가 묻고 싶은 말인데요? 그녀를 옥죄던 힘이 불현듯 느슨해졌다.

"어, 뭐야. 혹시 이 집 하녀예요?"

허탈하다는 듯 묻는 목소리는 분명 사내의 것이었다. 힘이 풀린 틈을 타서 레티가 사내를 휙 밀쳐내며 노려보았다. 방금 워낙 불쾌한 일을 겪었다 보니 도저히 곱게 응할 수가 없었다.

"그렇게 물어보는 당신은 누구죠?"

"이 집 정원사입니다."

"정원사라는 사람이 밤중에 애꿎은 사람한테 무슨 짓이에요? 입 틀어막고 끌고 다니고! 소리 없이 나타나서는!"

"놀라게 만들어서 미안해요. 나도 놀라서 엉겁결에."

"댁은 놀라기만 했겠지, 나는 무서워서 죽을 뻔했거든요?"

레티가 으르렁댔다. 저 건장한 남정네가 밤중에 낯선 사람에게 붙들리는 공포 같은 걸 알 리가 없지. 분한 마음을 삼키며 레티가 헝클어진 옷차림을 추슬렀다.

"미안합니다. 정말 미안해요. 밤중에 누가 돌아다녀서 수상한 사람인 줄 알고 잡은 거예요."

"그렇게 따지면 댁도 밤중에 돌아다니고 있잖아요. 당신 이름이 뭐예요?"

눈이 어둠에 적응하면서 월광 아래 드러난 남자의 얼굴이 점차 또렷하게 보였다. 황갈색의 곱슬머리, 은빛으로 표백되어 색깔이 정확하지 않은 크고 선명한 눈. 20대 중반으로 보이는 미남이었다. 어깨가 넓고 튼튼했다. 평화로운 상황에서 만났다면 잘생겼다고 멍하니 감상하고 있었을 얼굴이었다.

"라울이라고 해요. 라울 데이커. 아까 말했듯 이 집 정원사고요."

"저는 레……. 아니지. 별로 알려주고 싶지 않네요. 그럼 이만."

레티는 싹싹하던 평소와는 달리 퉁명하게 통성명을 생략했다. 어서 도망치고 싶을 따름이었다. 이처럼 야심한 시각에 나온 것이 후회스러웠다.

"정말 이름 안 알려 줄 거예요?"

홱 돌아서는 레티를 남자가 뻔뻔하게도 붙잡았다. 레티는 어깨 너머로 남자를 한 번 흘겨보고는 미련 없이 움직였다. 그러나 다음 순간 멈칫하고야 말았다.

"앞으로는 낮에 만나요, 이름 모를 아가씨. 밤에 돌아다니면 위험하니까."

남자가 산뜻하게 속삭였다. 레티는 코웃음을 칠 뻔했다. 낮에도 만나고 싶은 마음은 없었다.

"그래요, 위험하지."

레티가 반항적인 태도로 중얼거렸다. 지금 당장만 해도 겁도 없이 밤에 나섰다가 납치당할 뻔했다. 결과적으로는 아무 일도 없었지만 심장이 빠르게 뛰었다. 레티는 속으로 스산하게 욕하며 왔던 길을 역행했다. 쪽문 옆에 두었던 촛대를 되찾은 뒤에야 안도감이 찾아왔다. 레티는 서둘러 침실의 문을 열었다.

피곤했다. 잠이 오지 않아서 산책을 나섰는데 그 문제는 잘 해결된 듯 싶었다. 레티는 곧 곯아떨어졌다.

그날 밤 더 이상 피아노 소리는 들려오지 않았다.

다음 날, 레티는 다른 하녀들과 함께 아침을 먹었다.

"지아나, 에블린. 이 저택 정원사 이름이 뭐야?"

"라울 데이커. 갑자기 왜?"

"아. 궁금해서."

우유를 탄 홍차를 느리게 저으며 레티는 짐짓 밝게 웃었다. 어제 그놈이 거짓말한 건 아니었구나. 유령도 확실히 아니었다. 유령은 손목에 멍을 남기지는 않으니까.

"만나 봤어?"

"아니, 아직."

지아나의 질문에 레티는 거짓말로 답했다. 혹 눈빛이라도 흔들릴까 봐 차를 마시는 척 고개를 숙였다.

"조세핀 기억나? 그 애 앞에서는 데이커 씨 얘기는 하지 마."

"왜?"

"어제도 봤지만 조세핀이 좀 유난이거든. 케이트뿐만 아니라 데이커 씨 이야기가 나와도 그래. 입에 담기만 해도 째려본다니까. 하여간 독특한 애야."

"아아, 그렇구나."

자리에 없는 사람을 험담하는 모양새 같아 레티는 마음이 불편해졌다. 그런 티를 내지 않으려고 애쓰기는 했지만.

"둘이 몰래 사귀기라도 했나? 아니면, 조세핀이 혹시 데이커 씨를 좋아하는 거 아니야?"

"에이, 설마. 조세핀 걔는……."

지아나가 에블린의 옆구리를 쿡 찔렀다. 에블린은 입을 다물며 빠르게 곁눈질했다. 레티는 최대한 두 사람의 실랑이를 못 본 척 딴청을 피웠다. 에블린이 어색하게 웃었다.

"조세핀 걔는, 하하, 워낙 눈이 높아서. 정원사로 성에 차겠니?"

"우리도 다 같은 처지에, 뭐. 그리고 직업이 뭐든 얼굴이 그 정도면 나는 상관없어."

"야, 남자가 얼굴이 전부가 아니잖아?"

"전부는 아니어도 가장 중요한 부분이지, 뭐."

지아나와 에블린이 키득거렸다. 레티도 웃는 낯으로 적당히 맞장구쳤다. 분명히 이 저택에는 레티만 모르는 비밀이 있었다. 그 비밀이 거듭 암시되는 상황에서 아무것도 눈치채지 못한 척 맞장구를 치는 것은 생각보다 피곤한 일이었다. 아침 식사를 끝내고 각자 일을 시작하러 흩어지자 즐거울 지경이었다. 레티는 서둘러 별관으로 출발했다.

'에블린은 오늘 오전에 심부름이 있다고 했지.'

동료의 일정을 되짚어 본 레티는 안도하며 한숨지었다. 평소였다면 아직 낯선 이곳에서 그나마 친해진 사람과 함께 일터로 출발하는 걸 즐겁게 여겼을 것이다. 하지만 지금 레티는 산만한 수다에서 벗어나 홀로 뜰을 가로지르는 이 시간이 소중했다. 라울 데이커와 조세핀, 그리고 그 둘을 둘러싼 지아나와 에블린의 대화가 마음에 남아 현기증이 날 것 같았다. 머리가 복잡할 때는 혼자 걷는 게 최고였다.

'어휴, 생각하지 말자. 집중하자, 집중해.'

그래, 일이나 해야지. 오늘이 저택에서의 고작 두 번째 날이었다. 사실상 첫날이나 다름없었다.

집에는 돈을 필요로 하는 가족들이 있었다. 처음부터 나태하거나 무능력한 일꾼으로 낙인찍히는 건 레티 본인의 자존심을 거스르는 일이기도 했다.

레티는 의지를 불태우며 별관 앞에 섰다. 심호흡 끝에 현관문 문고리에 손을 얹었다. 문은 잠겨 있지 않았다. 밤에만 잠근다고 했다.

'침실부터? 아니면 서재? 욕실?'

현관에 들어선 레티가 잠시 고민했다. 혹시라도 아가씨가 늦잠을 잘까 봐 서재나 욕실부터 청소하기로 했다. 자는 상전을 깨워 청소를 할 수는 없는 일이었다. 엘리자베스 메리요트의 일상에 대해서는 아는 바가 별로 없었다. 늦잠을 많이 자는 편일지도 몰랐다. 레티는 상전의 심기를 거스르지 않도록 안전하게 행동하기로 했다.

레티는 서재 문을 먼저 두드렸다. 잔뜩 긴장한 게 무색하도록 안에서는 아무 기척도 없었다. 서재 문을 조심스레 열었다. 평소에 잘 기름칠한 문은 삐걱대는 잡음 없이 매끄럽게 열렸다.

고요한 공간에서 책 냄새가 났다. 빳빳한 새 종이와 오래되어 보드라운 가죽, 사람의 숨결 같은 게 골고루 버무려져 나오는 듯한 냄새.

레티는 청소 도구를 바닥에 내려놓고 주위를 천천히 돌아보았다. 사람은 보이지 않았다. 레티는 안심했다.

'그래, 옆에 지켜보는 사람이 없어야 일에 집중하기 좋지.'

하녀는 야무지게 업무에 몰두했다. 일단 창문부터 열어 환기를 시작했다. 쌀쌀한 바람을 느끼며 창턱의 먼지를 털고 탁자를 반들반들하게 닦은 뒤 깨끗한 행주로 책장을 문질렀다.

'와, 책이 진짜 많아.'

손을 부지런히 움직이며 레티는 속으로 감탄했다. 아가씨에게 정신이 팔려 방을 제대로 둘러볼 기회가 없던 어제와 달리 오늘은 청소를 하며 마음껏 서고를 구경할 수 있었다.

책장에 가지런히 진열된 알록달록한 서적 중에 책등에 은박으로 박힌 제목 하나가 유독 눈에 들어왔다. 레티는 한 걸음 가까이 다가갔다.

"『호숫가의 비밀』."

중얼중얼 글자를 읽은 레티의 눈이 반짝였다.

"작가님 신간이네."

들뜬 혼잣말이 흘렀다. 평소에 열렬히 신봉하던 소설가의 최신 작품이었다.

그때 발소리가 들렸다. 레티는 깜짝 놀라 휙 뒤돌며 소리쳤다.

"으악!"

대놓고 기겁하는 레티를 보며 상대가 되레 당황했다.

"아, 미안해요. 놀라게 할 의도는 없었는데."

풍성한 진갈색 머리카락을 정갈하게 땋아 내리고 아기자기한 콧등에 안경을 걸친 엘리자베스 메리요트였다.

"아, 안녕하세요, 아가씨. 저야말로 큰 소리를 내서 죄송합니다."

"아니에요, 괜찮아요. 청소하러 온 거죠?"

"네……."

"그럼 잘 부탁해요, 레티."

엘리자베스는 담담하게 말했다. 레티는 놀라서 시선을 들었다.

"제 이름을 기억하세요?"

여태 레티는 여러 곳에서, 여러 사람 아래서 하녀로 일했었다. 그 어느 곳의 고용주도 고용인의 애칭을 일일이 기억하지 않았다. 간혹 이름을 부르는 사람도 있었지만 고용주들의 입술에 담기는 건 '바이올렛 골드'라는 서류상의 글자뿐이었다. 애칭인 레티라고 불러 달라고 정중히 아뢰어도 아무도 신경 쓰지 않았다. 결국에는 레티도 애칭으로 불리는 것을 포기했다.

"당연히 기억하죠."

그런데 저기 저 사람은 그녀의 이름을 기억하는 게 당연하다고 말하고 있다. 어제 처음 봤으면서.

"레티라고 불러달라면서요."

습관처럼 상대방의 말을 기억해주는 사람이었다. 레티는 그 사소한 배려에 마음이 따뜻하게 녹아내리는 것을 느꼈다.

하녀를 마주한 엘리자베스는 고개를 갸웃했다. 각자 할 일을 하면 그만인데, 하녀가 뜻밖에도 말을 거는 바람에 대화가 이어졌다.

"네, 맞아요. 레티가 제 애칭이거든요. 바이올렛이 세례명이고 어머니가 가끔 화나시거나 심각한 상황이면 바이올렛이라고 부르시긴 하지만……."

당황해서 횡설수설하던 레티는 간신히 입을 다물었다. *어떡해.* 민망해서 얼굴이 빨개졌다. 이렇게 긴장할 건 뭐람. 아마도 귀족과 단둘이 얼굴을 맞댄 건 처음이라서 그런 것일지도 몰랐다. 둘이서만 말을 섞어본 것도 당연히 처음이었다.

지금껏 만난 귀족들은 레티에게 무언가를 일방적으로 지시할 뿐이었다. 귀족들이 신경 쓰는 것은 다른 귀족들뿐이었다. 하녀는 감히 상전을 방해하지 않도록 지시를 수행하고 나면 아무 말 없이 조용히 사라져야만 했다. 그 이상의 관심을 바라지 않았고 그 이상의 관심을 준 사람도 없었다. 그리고 누구도 단 한 번도 그녀를 레티라고 불러 주지 않았다.

"바이올렛. 레티. 둘 다 예쁜 이름이네요."

그런데 저기 저 사람은 바이올렛이라는 이름도, 레티라는 이름도 기억해주었다.

엘리자베스가 천천히 하녀에게 다가왔다. 레티는 바짝 긴장했다. 어느새 서로 숨소리가 들릴 만큼 간격이 비좁았다.

"레티."

엘리자베스는 레티의 코앞에서 입술을 열었다. 연분홍빛 살이 위아래로 벌어지며 대리석처럼 뽀얀 치아가 보였고, 그 너머로 매끈한 혀가 움직였다.

"좀 옆으로 비켜 줄래요?"

"네, 네?"

"책이 필요해서. 지금 그대가 길을 막고 있거든요."

"아아, 네. 알겠습니다, 아가씨."

저도 모르게 넋을 놓고 바라보던 레티는 얼굴을 붉히며 서둘러 옆으로 물러났다. 그제야 레티는 자신이 무의식중에 숨을 참고 있었다는 사실을 깨달았다. 숨을 훅 들이켜자 머리가 어질어질 울렸다.

"고마워요."

아가씨는 하녀를 등졌다. 엘리자베스는 책장에서 소설책을 꺼내 소파에 앉았다. 그녀가 책을 펼치며 말했다.

"그럼 청소 마저 하세요. 나는 신경 쓰지 말고."

"……네, 아가씨."

신경 쓰지 말라니. 윗사람의 태평한 소리였다. 하지만 한낱 하녀인 레티로서는 어쩔 수 없었다.

레티는 아가씨를 무시하려고 최대한 애쓰며 어색하게 일을 시작했다.

환기를 위해 열어둔 창문 사이로 서늘한 바람이 불었다. 아가씨는 익숙한 듯 옆의 담요를 끌어다 몸에 둘렀다. 내심 엘리자베스가 추위를 못 이겨 도망치듯 떠나기를 바랐던 레티는 낭패감을 느꼈다. 빠른 체념이 답이었다.

'집중하자, 레티, 집중.'

곧 다짐한 대로 되었다. 베테랑 하녀의 경험이 빛을 발하는 순간이었다. 독서에 몰입하는 아가씨를 지척에 두고 하녀는 청소에 몰입했다.

청명한 산들바람이 묵은 공기와 새 공기를 교체했다. 레티는 쓸고 닦고 치웠다. 가끔 물건끼리 부딪치며 시끄러운 소리가 났지만, 그때마다 움찔하며 돌아본 레티가 머쓱해질 만큼 아가씨는 조용했다.

'책벌레 아가씨.'

레티는 어느새 상전에게 별명마저 붙여주었다.

풀밭을 닮은 녹색 눈으로 조용히, 정말 돌처럼 가만히 앉아 책을 탐독하시는 아가씨. 잘 손질된 손톱이 책장을 넘길 때마다 사르륵 사르륵 부드러운 소리가 났다.

문득 불어 온 세찬 바람에 아가씨의 머리칼이 나부끼며 뺨을 보드랍게 간질였다. 엘리자베스는 살짝 눈살을 찌푸리며 고개를 들었다. 그러다 레티와 눈이 정면으로 마주쳤다.

"앗."

레티는 저도 모르게 짧게 신음하며 고개를 휙 숙였다. 엘리자베스는 고운 눈썹을 치켰다.

"왜, 물어볼 거라도 있나요?"

딱히 그런 건 아니었다. 한데 별거 아니라고 솔직하게 털어놓았다간 너무 무성의하게 보일까 봐 레티는 절절맸다. 레티는 어떻게든 그럴싸한 답변을 바치기 위해 머리를 데굴데굴 굴렸다. 그러다 엘리자베스가 쥐고 있는 책의 제목이 눈에 들어왔다.

"아니요, 아니, 아닙니다. 그러니까 제 말은, 현재 무슨 책을 읽고 계신 건가요?"

문법도 맥락도 전부 파괴하는 어수선한 질문이었다. 레티는 아주 잠깐이라도 좋으니 구석에 숨고 싶어졌다. 정작 질문을 받은 상대방은 차분했다.

"『호숫가의 비밀』이라는 소설이에요."

엘리자베스가 순순히 대답했다. 그녀가 책을 덮어 레티에게 제목이 보이도록 표지 쪽으로 뒤집었다. 아까 레티가 살펴보던 신작 소설이었다.

"추리 소설을 좋아하시나요?"

추리 소설을 읽는다니 의외였다. 진지한 역사서나 철학서를 읽을 것처럼 생겨서는.

"소설은 두루두루 좋아하는 편이에요."

엘리자베스가 대답했다. 그러더니 여상하게 되물었다.

"그대는?"

"네, 네?"

"그대도 소설을 좋아하나요?"

귀족과 일에 무관한 화제에 대해 질문을 주고받다니. 레티는 상대방을 멍청하게 쳐다보는 시간이 너무 길어지기 전에 서둘러 시선을 내렸다. 얼굴 대신 어깨 부근을 애매하게 응시하며 대답했다.

"네, 아가씨. 좋아합니다."

조금 과장을 보태자면 소설은 레티의 삶에서 유일한 낙이었다. 부유하지도 가난하지도 않은 삶. 아버지 없이 어머니와 함께 동생들을 돌보며 하녀로 일하고, 가끔 거한 외식도 하고, 술김에 옆집 남자애와 키스도 한 번 해 본, 그런 평범한 삶. 딱히 절망적이지도 않았으나 설렐 이유도 없는 나날이었다. 소설이 그녀의 탈출구였다. 소설 속에서 그녀는 영웅도 되고, 탐정도 되고, 별천지에서 온 요정도 되었다.

"이 책도 읽어봤어요?"

엘리자베스가 손에 쥔 책의 표지를 톡톡 두드렸다. 레티는 고개를 저었다.

"아니요, 아가씨. 아직 안 읽어 봤습니다."

"다행이네요. 만약 이미 읽었으면 결말을 말하고 싶어서 입이 근질근질할 텐데."

"절대, 절대 아닙니다, 아가씨! 절대 그런 짓은 하지 않아요. 미리 결말을 말하고 다니는 사람들은 딱 질색이라서……."

으악, 멈춰! 또다시 횡설수설해버렸다. 레티의 뺨이 복숭아색으로 익었다. 엘리자베스가 하녀의 홍조를 보고 피식 웃었다. 비웃으시는 건가? 복숭아색이 장미색으로 짙어졌다. 엘리자베스의 눈꼬리가 입매를 따라 접혔다. 이제 레티의 얼굴은 터질 지경이었다.

"경험담이에요? 되게 감정이 실려 있네."

"네, 네. 사실, 제 동생 새, 아니, 동생들이 워낙 개구쟁이라서 옛날에 그런 식으로 장난치곤 했거든요. 물론, 다 그랬던 건 아닙니다. 그나마 막내는 얌전해서……."

누가 내 주둥이 좀 멈춰줘. 긴장하면 생각나는 대로 나불대는 버릇이 레티를 수치심의 구렁텅이로 몰아넣고 있었다. 엘리자베스는 레티의 내적 가학이 표정에 고스란히 드러나는 모습을 흥미롭게 지켜보았다.

"동생이 몇 명이에요, 레티?"

"두 명입니다, 아가씨."

"그대가 맏이고?"

"네, 아가씨."

"맏이는 책임감이 강하다던데."

"그, 아무래도 책임감을 가지려고 노력합니다. 어머니께서 제게 많이 의지하시니까요."

"또 어른스럽고."

"저, 제가 유치한 편은…… 아니고요……."

"또 매우 믿음직하고. 아닌가요?"

"……태어난 순서와 상관없이 믿음직한 사람으로 크는 건 중요하겠죠?"

제발 아무것도 기대하지 말아 주세요, 아가씨. 레티가 가여운 표정으로 바라보자 엘리자베스는 입술 안쪽을 물어 웃음을 참았다. 당장이라도 웃고 싶은데, 그럼 저 가여운 아이가 더욱 불쌍해질 것 같았다.

"그렇겠죠. 그대는 분명 믿음직한 사람일 거예요."

그 친절한 말을 끝으로 엘리자베스는 독서로 돌아갔다. 레티는 아가씨를 등진 채 여러 번 심호흡했다. 붉어진 얼굴을 어느 정도 달래고 나서야 청소를 재개했다.

레티는 어느 때보다도 열렬하게 걸레질을 이어갔다. 이따금 엘리자베스가 눈을 들어 그녀의 뒷모습을 살폈지만 레티는 알지 못했다.

"다 끝났습니다, 아가씨."

환기를 너무 오래 한 탓에 실내의 기온이 겨울 날씨에 가까워질 즈음에야 레티가 보고했다. 엘리자베스는 책을 덮지 않고 시선만 들었다. 아가씨가 생긋 웃으며 말했다.

"고마워요, 레티."

레티가 고개를 꾸벅였다. 그러나 바로 떠나지 않고 어제부터 생각했던 바를 가만히 곱씹었다.

"아가씨."

"네, 레티."

"아가씨만 괜찮으시다면 말을 낮춰 주셨으면 좋겠습니다."

엘리자베스는 담백하게 대꾸했다.

"알겠어, 레티."

간단한 일이었다. 레티는 안도하며 고개를 재차 꾸벅였다.

"감사합니다, 아가씨."

레티는 서재를 벗어났다. 산뜻하고 서늘한 공기만 남았다.

밖으로 한 발자국도 내딛지 않았거늘 적극적인 환기와 청소 덕분에 방 안에는 바깥 냄새가 났다. 그 냄새가 실내의 오래된 책과 담요의 묵직한 향과 뒤섞였다. 엘리자베스는 그 독특한 내음을 들이켰다. 쉽게 잊을 만한 냄새는 아니었다. 차츰 이 냄새에도 익숙해지겠지만.

엘리자베스는 이번에 새로 들어온 하녀는 수다스러워서 낫다고 생각했다. 이전 하녀를 떠올리는 그녀의 눈빛이 깊어졌다가 금세 평소처럼 돌아왔다.

지극히 평범한 아침이었다.

청소에 빨래까지 끝내고 나자 레티는 완전히 녹초가 되었다. 별관에 딸린 주방에서 물을 마시기 위해 비척비척 들어간 레티는 예상치 못한 선객을 만나 깜짝 놀랐다.

"으아악!"

"으아, 깜짝이야!"

그 선객은 레티의 우렁찬 비명에 화들짝 놀랐는지 들고 있던 물잔을 거의 엎을 뻔했다. 레티는 남자의 목소리가 익숙하다고 생각했고 곧 그가 어젯밤에 맞닥뜨린 사람이라는 사실을 알아차렸다.

이름은 라울 데이커라고 했다.

"왜 이렇게 놀라요? 유령이라도 본 줄 알겠네."

"사람이 유령보다 더 무서워요! 어제 당신 때문에 무서워 죽는 줄 알았다고요."

"그래서 사과했잖아요, 이름 모를 하녀님. 너그러운 마음으로 용서할 때도 되지 않았나요?"

라울의 빈정대는 말투에 옅은 짜증이 묻어났다. 레티의 표정은 여전히 적대적이었다. 어젯밤 붙들린 손목에는 파릇파릇한 멍이 남아 있었다. 레티 생각에는 자신에게는 오래오래 짜증 낼 자격이 충분한 것 같았다.

"그리고 하녀님, 정말로 사람이 유령보다 무서워요?"

라울의 목소리가 조금 나긋해졌다. 이상한 질문이었다. 아니, 사람 자체가 이상했다. 어젯밤만 해도 그랬다. 본인도 밤에 돌아다녀 놓고는 레티한테는 밤에 돌아다니지 말라고 훈계했다. 덕분에 그가 원하는 대로 야간 산책을 향한 열망이 뚝 떨어지긴 했지만.

"당연하죠. 유령은 실제로 존재하지 않잖아요. 사람하고는 다르게."

잔뜩 화난 와중에도 레티는 성실하게 대답했다. 실재하지 않는 위협을 두려워할 필요가 없었다. 사람을 죽이는 것도, 때리는 것도, 협박하는 것도, 결국 다 사람이었다.

"그러게요. 슬픈 일이에요."

라울이 맥락 없이 중얼거렸다. 레티는 대화를 이어 나가는 것을 포기하고 아까부터 궁금하던 점을 묻기로 했다.

"그런데 당신, 여기서 뭐 해요?"

"보다시피 물을 마시고 있었죠. 당신이 들어와서 저를 보고 꽥꽥 소리치면서 온갖 호들갑을 떨기 전까지는."

정말, 정말 무례한 사람이다. 레티의 결론은 빠르게 한쪽으로 응집했다. 저런 놈과 오래 상종하고 싶지 않았다. 하지만 애석하게도 아직 궁금한 점이 남아 있었다.

"왜 뜬금없이 별관에 들어와서 물을 마셔요? 여긴 하인들 공간이 아닌데."

별관은 엘리자베스 메리요트의 전용 공간이었다. 아가씨를 시중들거나 그녀를 위해 청소하고 빨래하는 사용인들만이 드나들 수 있었다. 아가씨의 일상과 직접적인 상관이 없는 정원사는 별관과 어울리지 않았다.

"별관이든 본관이든 정원과 붙어 있기는 매한가지죠. 그냥 그때그때 가장 가까운 데 와서 쉬는 거예요."

라울의 설명은 합리적이었다. 별관의 문은 낮에 늘 열려 있었고, 주인인 아가씨는 근처에서 일하던 정원사가 냉수 한 잔을 위해 주방에 들렀다고 해서 화낼 만한 사람은 아닌 것 같았다.

"아가씨랑 마님도 이미 다 아시는 일이니 너무 성내지 마세요, 이름 모를 하녀님."

아가씨와 마님. 메리요트 남작이 죽은 이후 집안의 모든 대소사를 결정하는 메리요트 남작 부인과 가문의 유일한 상속녀가 이미 알고 허락한 일이라는데 일개 하녀가 어찌 왈가왈부하랴. 레티는 괜한 반항심에 입술만 깨물었다.

"이름 모를 하녀 아니에요."

레티가 뚱하게 받아쳤다. 상대방이 무례하든 첫인상이 최악이든 상관없이 앞으로도 꾸준히 마주칠 사람이었다. 통성명이 시급했다.

"레티라고 해요. 레티 골드."

"저는 라울 데이커예요."

다른 하녀들이 말한 대로였다. 유령이 아니었다. 잘생긴 정원사가 나긋하게 인사했다.

"제대로 만나서 반가워요, 레티."

달빛이 아닌 햇빛에 비추어 보니 눈은 맑은 파란색이었다.

"그런데 어젯밤에는 웬 산책 중이었어요, 레티?"

"그냥 잠이 안 와서 그랬어요. 됐죠?"

라울이 부드럽게 웃으며 묻자 레티가 퉁명하게 쏘아붙였다. 레티는 라울과 엮이고 싶지 않다는 티를 내며 물을 벌컥벌컥 마셨다. 그 모습을 라울은 뭐가 그리 재미있는지 계속 생글대며 바라보았다. 레티가 잔을 탁 내려놓았다.

"그런 당신이야말로 어젯밤에 웬 산책 중이었는데요?"

아, 이놈의 주둥이, 이놈의 호기심. 더는 말을 섞기 싫은데 저도 모르게 질문이 술술 흘러나왔다. 일종의 우회적인 비난이기도 했다. 나보고는 어젯밤 밖에서 뭘 했느냐고 꼬치꼬치 캐묻는 당신도 정작 같은 시간에 나와 있지 않았냐, 하는.

"그냥 저도 잠이 안 와서요."

라울이 해맑게 답했다. 레티는 건성으로 끄덕였다.

"알겠어요, 그럼. 앞으로 매일 밤 푹 주무셨으면 좋겠네요."

빈정거림이 담뿍 담긴 덕담 아닌 덕담을 끝으로 레티는 드디어 라울에게서 벗어나려고 했다. 그가 그녀를 붙잡아 세웠다. 이번에는 손길이 아닌 경고로.

"저만 너무 경계하지 마시고 주위를 잘 둘러보세요, 레티. 특히 제임스, 그 마부 조심하시고요."

온화하게 접힌 눈꼬리로 간드러지게 속삭인 말이 고작 험담이라니. 레티는 황당했다.

"그분 이름이 왜 갑자기 나와요? 뜬금없이 웬 이간질이람."

레티가 툴툴거렸다. 라울은 웃음을 잃지 않고 말했다.

"걱정돼서 그래요, 레티. 어제 보니까 그 사람한테 되게 살갑게 굴던데."

어제 저택에 도착한 후 마부에게 명랑하게 건넨 감사 인사를 라울도 들었나 보다.

"제가 알아서 할게요."

상대방의 참견에 레티는 콧방귀로 대응했다. 그녀가 성난 황소처럼 퇴장했다. 라울이 손으로 입가를 가리며 웃었다. 감미로운 저음이 흘렀다.

"귀엽기는."

그의 눈은 차갑게 가라앉아 있었다.

웬 이상한 정원사 때문에 중간에 기분을 망친 것 빼고는 레티의 하루는 순조롭게 흘러갔다. 지아나, 에블린을 비롯한 다른 하녀들과의 저녁 식사 자리에서 레티는 어젯밤 들은 피아노 연주에 관해 물었다. 구슬픈 연주가 뇌리에서 지워지지 않았다.

"혹시 이 집에 피아노를 치시는 분이 계셔?"

하지만 레티는 자신이 환청을 들은 게 아닌지 슬슬 헷갈렸다. 아까 낮에 실체를 확인한 라울 데이커와 달리 피아노 연주는 아무런 흔적을 남기지 않았다. 밤중에 어렴풋이 들었을 뿐이었다. 잠결에 착각한 건지 확인하고 싶었다.

"아마 마님이 피아노를 치시지 않을까? 귀족들은 교양으로 악기

하나쯤은 배우잖아. 실제로 들어본 적은 없지만."

"뭐, 다른 귀족 손님 앞에서는 연주하지 않으실까?"

"글쎄, 나는 마님이 피아노 치신다는 말 들어 본 적 없어."

"나도 딱히……."

"그런데 아까도 말했잖아. 귀족이라면 대부분 악기 하나쯤은 연주할 줄 안다고."

"잠깐, 너희는 들어 본 적 없다고?"

그럼 어젯밤의 연주는? 내가 정말로 환청을 들었나? 레티는 혼란에 빠졌다. 에블린은 아무렇지 않게 어깨만 으쓱했다.

"들어 볼 기회가 있기나 하겠니. 높으신 분들이 앞에 하녀를 앉혀 놓고 연주하시지는 않잖아?"

일리 있는 말이었다. 레티는 생각에 잠겼다. 아마 다른 사람들은 밤에 쓸데없이 돌아다니지 않으니까 연주를 들어 볼 기회가 없었던 듯했다. 만약 그게 꿈이나 환청이 아니었다면.

"그리고 본관 음악실은 평소에 잠겨 있어. 돌아가신 남작님이 음악에 별로 관심이 없었거든."

이 집에서 가장 오래 일했다던 하녀가 뜻밖의 이야기를 전했다. 레티는 귀를 쫑긋 세웠다. 선배 하녀가 포크로 음식을 찍으며 말을 이었다.

"무작정 방치할 수는 없으니까 매일 청소하긴 하는데 쓰는 사람은 아마 없을걸."

그걸로 일단 끝이었다. 레티는 더는 묻지 않았다. 질문이 사그라지자 화제는 곧 다른 쪽으로 넘어갔다.

그날 밤 레티는 전날처럼 오래 깨어 있었다. 그러나 아무리 귀를 기울여도 피아노 소리는 들리지 않았다.

세 번째 날 아침. 레티는 식사를 마치고 별관으로 향했다. 이번에도 에블린과 일정이 어긋나서 어제처럼 혼자였다. 섭섭하지는 않았다. 이 동화 같은 집으로 들어서는 순간이 오롯이 자신의 몫이라 오히려 더 좋았다. 그저 문을 여닫고 계단을 오르는 평범한 일이라도 상관없었다.

이번에는 일부러 서재를 먼저 골랐다. 심호흡 끝에 정중히 노크하자 안에서 목소리가 들렸다.

"들어와."

존대가 하루아침에 하대로 바뀌었다. 레티라고 불러 달라고 했더니 정말로 레티라고 부르시는 아가씨. 말을 낮춰 달라고 했더니 정말로 말을 낮추시는 아가씨. 레티는 신기했다. 귀족이면서, 단지 돈과 일로 엮인 사이면서 제 말을 들어주는 게.

"청소하러 왔습니다, 아가씨. 안녕히 주무셨어요?"

문을 열고 들어서며 짐짓 발랄하게 인사해보았다. 그렇게라도 해야 자신이 엘리자베스 앞에서 얼마나 바보처럼 긴장하는지 들키지 않을 것 같았다. 엘리자베스가 돌아보았다.

"그래. 레티 너는?"

그저 사용인을 향한 의례적인 예의임을 알면서도 레티는 살짝 얼굴을 붉혔다. 바보처럼.

"저, 저도 잘 잤습니다."

"다행이군."

엘리자베스는 레티에게 빙그레 웃어 주고는 손에 들려 있던 책으로 시선을 돌렸다. 레티는 남몰래 숨을 뱉었다. 느릿느릿 청소 도구를 정비하며 아가씨가 읽고 있는 책의 표지를 훔쳐보았다. 어제와 제목이 달랐다.

"『호숫가의 비밀』은 다 읽으셨나요?"

저도 모르게 질문이 튀어나왔다. 지레 놀라 그녀가 입을 앙다무는 사이 엘리자베스가 녹색 눈으로 하녀를 응시했다.

"그래, 어제 다 끝냈어."

"빨리 읽으시네요."

레티가 중얼거렸다. *아, 긴장하면 말이 쏟아지는 이 몹쓸 버릇 좀 제발 고쳤으면 좋겠어.* 하지만 너무 궁금해서 어쩔 수 없었다. 어쩐지 그녀에 대해 알고 싶은 게 산더미였다.

"워낙 몰입감이 높아서 술술 읽히더군."

엘리자베스가 담백하게 대답했다. 레티가 한 번 끄덕였다.

"아아, 네."

잠시 침묵이 이어졌다. 레티는 아가씨의 의도를 깨닫고 놀라움을 삼켰다. 지금 엘리자베스는 대화가 이어지기를 기다리고 있었다. 청소하러 왔다가 샛길로 샌 철없는 하녀의 시시콜콜한 감상을 경청하는 자세로.

"아가씨는……, 그 작가의 작품을 좋아하시는군요."

레티가 느리게 운을 뗐다. 엘리자베스가 빙긋 웃었다. 레티는 당혹감을 삼키며 시선을 내렸다. 세밀한 속눈썹 너머로 그윽하게 반짝이는 녹색 눈을 보면 어쩐지 심장이 세차게 뛰었다. 똑바로 바라보기가 힘들었다.

"그래, 존경하는 작가야. 참 글을 잘 써. 박진감 넘치게 사건을 전개하는 솜씨가 일품이고. 등장인물들이 전형적이라는 게 아쉽기는 하지만."

지금 엘리자베스가 읽고 있는 소설은 『호숫가의 비밀』을 쓴 작가의 다른 작품이었다. 일관성 있는 취향에 레티가 끄덕였다.

"저도 그 작가의 책을 좋아해요. 저 같은 게 감히 평가해도 되는지 모르겠지만 아가씨와 같은 생각이거든요."

"왜 '감히'라는 말을 쓰지?"

"네?"

"자신을 비하하면서 평가를 꺼릴 필요는 없어. 작가의 글은 절대적인 숭배의 대상이 아니고 그렇게 돼서도 안 돼. 글을 진정으로 즐기는 독자들이 가장 날카로운 평가를 내리는 법이야. 그리고 글을 진정으로 즐기는 작가들은 그 평가를 기쁘게 수용해서 제 글을 더 좋게 만드는 데 기꺼이 힘쓰는 법이고."

"하, 하지만 날카로운 평가라는 명목 아래 무작정 비난을 가하는 사람들도 있지 않나요? 막상 자신들은 그런 글을 쓸 능력조차 되지 않으면서요. 전문가를 평가하는 건 전문가의 몫이어야 한다고 생각해요."

"모든 전문가도 일반인으로 시작했어, 레티. 전문가가 아니면 아무것도 할 수 없다는 생각으로 모든 사람이 정말 아무것도 하지 않았다가는 이 세상에서 전문가는 멸종해버리고 말 거야."

"그런가요?"

"그래. 그러니까 글에 대해 말하고 쓰는 걸 두려워하지 마. 네가 말한 것처럼 무작정 비난을 쏟아내는 거랑 정말 그 글에 애정이 있어서 이것저것 평가하고 보태는 거랑 확실히 다른 일이니까."

레티는 조금 얼떨떨했다. 귀족과 이런 대화를 나누고 있다는 게 비현실적으로 느껴졌다. 이렇게 길게, 이렇게 진지하게.

"레티."

"네, 네!"

"뭘 그렇게 놀라."

엘리자베스의 여상한 부름에 레티가 화들짝 놀라 허겁지겁 답했다. 아가씨가 당황해서 눈썹을 치켰다. 그녀의 시선이 미끄러지듯 올라왔다. 두 사람의 눈이 지그시 서로를 마주했다. 녹색과 회색이 허공에서 뒤엉켰다.

"죄, 죄송합니다."

"뭐, 죄송할 것까지야."

레티가 웅얼대자 엘리자베스가 너그럽게 말했다. 그녀가 책을 살짝 흔들며 덧붙였다.

"이 작가를 좋아한다고 했지. 또 좋아하는 작가가 있나?"

"저, 저요?"

엘리자베스는 당연하다는 듯이 고개를 끄덕였다.

"아니, 그게, 저……. 음, 저는 두루두루 좋아합니다. 올리버 르완, 자네트 노스턴, 요한슨 월랜드도 되게 좋아해요. 아, 그리고 벤자민 레이먼 소설도 즐겨 읽고요."

"벤자민 레이먼?"

레티는 최대한 신중하게 작가를 고르며 답했다. '벤자민 레이먼'이라는 이름이 나오자 엘리자베스가 순간 눈을 크게 떴다. 금세 가라앉았지만 눈빛이 이전과는 달랐다. 내가 뭐 실수한 걸까? 레티는 조마조마한 마음에 소심하게 고개를 끄덕였다.

"네, 아가씨. 제가 굉장히 좋아하는 작가입니다."

"흠."

엘리자베스가 낮은 숨소리를 흘렸다. 그녀는 책을 아예 내려놓고 잠시 턱을 괬다. 무언가 골똘히 생각하는 표정이 예뻤다. 레티는 넋을 놓고 바라보았다. 유독 입술에 시선이 오래 머물렀다.

"그 작가의 책 중에서 어떤 걸 가장 좋아하지?"

그때 아가씨가 질문을 던지지 않았더라면 몹시 망측한 상상으로 넘어갈 뻔했다. 심장은 질주하다 못해 터질 지경이었다. 뺨과 목덜미가 너무 더웠다. 설마 얼굴까지 빨개졌을까? 레티는 두려워하며 살짝 고개를 숙였다.

"다 좋아합니다. 딱히 우열을 가릴 수가 없네요."

"흠. 그럼 그중에서 가장 싫어하는 책은?"

"싫어하다니요! 그분이 글을 얼마나 잘 쓰시는데요. 그런 책은 없습니다."

레티는 엘리자베스의 분홍빛 입술마저 잊고 격하게 항변했다. 사랑하는 작가님에 대한 가장 사소한 모독도 용납하지 않겠다는 불타는 의지가 엿보였다.

엘리자베스는 열렬한 팬을 보고 슬며시 웃었다. 귀엽다는 생각이 들었다. 정말 투명하지 아니한가? 모든 생각과 감정이 눈빛에 고스란히 드러났다. 엘리자베스가 아는 누군가와는 달랐다.

"작가의 글은 무조건적인 숭배의 대상이 아니라고 내가 아까 말했을 텐데?"

"무조건적인 숭배 아닙니다. 그분의 책은 하나하나마다 전부 그럴 만한 가치가 있다고요."

"극찬이군. 작가가 들었다면 감동 받겠어."

"저도 제발 작가님이 들어주셨으면 좋겠네요. 감동까지 받아 주시면 더욱 감사하고요."

"감사할 일이 참 많군, 레티 골드."

엘리자베스는 다시 미소했다. 레티는 그 웃음에 잠시 조용해졌다. 이를 틈타 이성이 그녀를 공략했다. 레티는 자신이 늘어놓은 청소 도구를 돌아보고 좌절했다.

"어, 어쨌든. 저는 이만 청소를 시작하겠습니다. 독서를 방해해서 죄송합니다, 아가씨."

"방해 아니었어."

"네?"

레티가 눈을 동그랗게 떴다. 엘리자베스는 여전히 웃는 낯이었다. 저 얼굴로 저런 웃음이라니 심장에 참 해로웠다. 엘리자베스가 거듭 강조했다.

"방해라고 생각한 적 없다고."

엘리자베스는 책을 펼치고 책장에 시선을 박았다. 레티는 아가씨를 서둘러 등졌다. 심장이 너무 빨리 뛰어서 피곤했다. 레티가 명치 부근을 꾹 눌렀다.

세 번째 만남. 청소보다 대화가 먼저였다.

넷째 날에는 엘리자베스가 먼저 대화의 물꼬를 텄다. 그녀의 관심은 유독 벤자민 레이먼이라는 작가에게 쏠렸다.

아가씨의 차분한 음성과 지긋한 눈빛은 본래 수다스러운 하녀의 마음을 깊이 파고들었다. 어느새 레티는 본분을 잊은 채 그 작가의 글에 대해 생각하는 바를 이러쿵저러쿵 털어놓고 있었다.

"그분의 필체에 담긴 비극적인 느낌이 좋아요. 애절하고, 서로 오해하고, 그러다가도 결국은 행복을 찾는 이야기들도요. 제 친구는 그런 점이 답답하다고 하더라고요. 그래도 저는 그 애잔함이 좋아요. 그리고 다 행복한 결말로 끝나는 것도 마음에 들어요."

"아까는 필체에 담긴 비극적인 느낌이 좋다며. 그러면서 행복한 결말이 마음에 든다고 하는 건 조금 모순 아닌가?"

"아니죠, 모순이 아니에요. 애절하고 답답해하며 온갖 역경을 겪다가 끝내 극복해서 얻은 소중한 행복, 재회, 화해. 그런 것들이 그분 글의 백미라고 생각해요. 읽으면서도 울 수도 있고, 웃을 수도 있잖아요. 정말 희로애락을 쥐락펴락하시는 느낌이라니까요."

"극찬이구나."

"이것도 극찬인가요?"

"그래. 모든 작가가 인간의 감정을 어떻게든 파헤치고 매료하고 싶어서 안달이거든. 독자의 심금을 울리는 책이 가장 많이 사랑받고 가장 많이 팔릴 테니까."

"아, 그렇군요."

레티는 지금까지와는 다르게 조금 시무룩한 기색으로 대꾸했다. 엘리자베스는 그 변화를 놓치지 않았다.

"그 표정은 뭐지?"

"네? 제 표정이요?"

"아까는 방방 뛰면서 좋아했는데, 지금은 갑자기 우울해 보여서."

"제가 언제 방방 뛰면서까지 좋아했어요, 아가씨?"

레티가 극구 항변했지만 엘리자베스는 표정 하나 변하지 않은 채로 담담하게 말을 이었다.

"방금 그랬는데. 정말 선물 받은 어린아이 같았어."

"아, 아니에요! 방방 안 뛰었어요!"

상전의 앞에서 목소리가 높아졌지만, 그 무례를 신경 쓸 정신이 없었다. 엘리자베스 앞에서 어리고 어수룩해 보였다는 점이 너무나 창피했다. 좋아하는 주제로 이야기가 나오면 정신 없이 좋아할 수 있지, 그렇다고 방방 뛰지는 않았단 말이야. 속으로 투덜거리며 레티는 귀까지 붉어진 채로 창틀을 벅벅 닦았다. 그녀도 방금 자신이 어른스럽지 못했다는 건 알고 있었다. 엘리자베스는 그 모습을 물끄러미 보다가 평온하게 말을 이었다.

"어쨌든, 레티. 아직 내 질문에 답하지 않았어. 아까 내가 독자의 심금을 울리는 작품이 가장 많이 사랑받고, 많이 팔린다고 했을 때 표정이 안 좋았잖아. 이유가 궁금한데."

그냥 넘어가 줬으면 했는데, 예리한 아가씨는 호락호락하지 않았다. 레티는 손에 걸레를 쥔 채로 주저했다. 저렇게 지순한 시선으로 보면 뭐든지 원하는 대로 해주어야 할 것 같았다. 단지 레티가 하녀고 엘리자베스가 귀족이어서가 아니라, 그냥 그래야만 할 것 같았다. 결국 레티는 자기 속내를 솔직하게 털어놓았다. 거짓말을 하거나 우기는 데에는 평생토록 재능이 없었다.

"별거 아니에요, 아가씨. 신경 쓰이게 해서 죄송해요. 저는 결국 좋은 글도 판매량에 따라 결정된다는 생각이 들어서 슬퍼졌어요. 가장 많이 사랑받는 작품이 가장 많이 팔린다고 하셨잖아요. 그 얘기를 듣고 문학도 돈으로 귀결된다는 생각이 들었어요."

돈, 돈, 돈. 그 원수 같은 녀석 때문에 레티는 지금 가족을 떠나 제 몸에 맞지 않는 옷을 입고 축축한 걸레를 든 채 오도카니 서 있었다.

"꼭 그렇지는 않아. 돈은 중요할 뿐이지 전부는 아니거든."

엘리자베스가 침착하게 달랬다. 그래도 레티는 여전히 우울해 보였다. 엘리자베스는 시무룩해진 레티의 기분을 어떻게 해야 낫게 할 수 있을지 고민했다. 오늘 예쁜 말을 많이 들었으니 어떻게든 보답하고 싶었다.

"레티. 지금 책이 많나?"

"네?"

"집에서 이 저택으로 올 때 읽을 책을 많이 가져왔냐는 뜻이야."

"넉넉히 가져왔습니다."

"네가 가져온 책을 다 읽고 나면 이 서재에 있는 책을 자유롭게 빌려 읽어도 좋아. 나한테 어떤 책을 빌려 갔는지 말만 해줘."

"네?"

"레티, 놀랄 때마다 소리치는 습관은 고치는 게 좋겠어. 듣는 쪽은 깜짝깜짝 놀란다고."

"정말 죄송합니다. 그런데 아가씨, 그건 제게 너무 과분한 일입니다. 제가 아가씨 서재에서 어떻게 감히 맘대로 책을……."

"좋아서 죽겠다는 표정인데?"

"네, 네?"

"억지로 아닌 척할 필요 없다. 내숭도 잘 부리는 사람이 부려야지. 너는 그냥 투명한 게 매력이야, 레티."

"……그거 칭찬 맞나요?"

"네가 칭찬으로 받아들여 준다면."

엘리자베스는 눈꼬리를 접으며 생긋 웃었다. 레티는 눈을 질끈 감을 뻔했다. 심장이 위험하게 벌렁거렸다.

"내가 심심해서 그래. 좋은 책은 같이 나누고 싶어. 혼자 붙들고 있어야 따분하기만 하지. 앞으로 자유롭게 읽어도 좋아. 대신 해줘야 할 게 있어."

"뭔데요?"

"읽고 나서는 반드시 감상을 말해줘. 좋은 거든, 나쁜 거든. 정말 더럽게 재미없었다고 말해줘도 좋고, 어떤 인물이나 어떤 장면이 가장 기억에 남는지 말해줘도 좋아. 네 얘기를 듣고 싶어."

"왜……."

"말했잖아. 심심해서 그렇다고."

엘리자베스는 간단하게 말했지만 레티의 심정은 복잡했다. 그녀가 걸레를 꾹 그러쥐며 입술을 오물거렸다. 엘리자베스가 질문했다.

"지금은 표정이 왜 그렇지?"

자신의 표정이 어떻다는 걸까. 레티는 고민하다가 대답했다.

"아무것도 아닙니다, 아가씨."

만약 아가씨가 지적한 대로 제 표정이 투명하다면 전혀 소용없는 거짓말이었다. 그러나 엘리자베스는 눈감아주었고 이번에는 아무것도 캐묻지 않았다.

레티는 엘리자베스를 침울하게 등지고 청소에 집중했다. 아가씨도 다시 독서로 돌아갔다. 하지만 이따금 녹색 눈이 자신의 묵묵한 뒷모습을 훑는 것을, 회색 눈의 하녀는 알지 못했다.

“다 끝냈습니다, 아가씨.”

서재 청소를 마친 뒤 레티가 힘없이 인사했다. 엘리자베스가 고개를 들고는 살짝 찌푸리며 하녀를 바라보았다. 레티는 조마조마했다.

“레티.”

이름이 불리자 레티는 긴장했다. 그 긴장이 무색하도록 이어진 말은 다정하고 평범했다

“내일도 얘기하자.”

하지만 한 꺼풀 벗겨보면 전혀 평범하지 않았다. 하녀가 맡은 일은 청소였지 말벗 노릇이 아니었다. 그런데 아가씨는 거듭 하녀가 선을 넘어오게 부추겼고 하녀는 못 이기는 척 매번 선을 넘었다. 꿈을 꾸는 느낌이었다. 세상으로부터 단절된, 아름답고 외로운 저택에서 꾸는 비현실적인 꿈.

레티는 열심히 일해서 돈을 벌고 평범한 일상을 즐기고 싶었다. 까다로운 귀족들과 엮여 괜히 피곤해지고 싶지도 않았고 구설에 올라 하녀로서의 생계를 위협받고 싶지도 않았다. 그래서 불편한데, 불편해야 하는데. 아가씨가 이것저것 질문하고 자신의 얘기를 들어줄 때면 편안해졌다. 정말 친구가 생긴 것처럼.

하지만 내가 아는 세상에서 상속녀와 하녀는 친구가 될 수 없어.

"네, 아가씨."

레티가 얌전히 대답하고는 문을 닫았다.

'뭐야…….'

혼자 남은 엘리자베스가 안경을 벗고 지끈거리는 이마를 문질렀다. 왜 저렇게 시무룩한 표정인 거야? 신경 쓰였다. 정말이지 어린애처럼 방실대더니만.

화제 하나를 슬쩍 던져주면 기다렸다는 듯 재잘대는 모습이 보기 좋았다. 듣기에도 좋았고. 너무 높지도 너무 낮지도 않은 목소리, 비단결 같은 억양에 담기는 편안하고 풍부한 어휘.

타고난 성격에 따라, 또한 주어진 환경 때문에 엘리자베스는 사교계와 거리가 멀었다. 그래서 딱히 친구라 부를 만한 존재가 없었다. 그런 정갈한 고독이 불만스러웠던 적은 드물었다.

하지만 레티, 그 아이가 허전함을 가르쳤다. 목마름을 주입했다. 수다스러운 하녀가 비눗물 향기를 남기고 사라지면, 다소 서늘한 적막이 감돌았다. 환기를 위해 선들바람이 훑고 간 자리만 덩그러니 남았다.

'확실히 신경 쓰이네.'

엘리자베스는 누군가에게 신경 쓴다는 그 사실이 짜증났다. 아니, 불안하다는 표현이 더 정확할 것이다. 그녀는 독서에 몰입하려 애썼다. 평소에는 가장 쉬운 그 일이 지금은 너무 어려웠다.

서재, 침실, 욕실을 차례로 청소한 레티는 침대의 이불과 베갯잇을 벗긴 뒤 전투적인 빨래를 이어갔다. 그렇게 몸을 혹사하고 나서 레티는 별관 주방에서 홍차를 우렸다. 신체적으로도 심리적으로도 휴식이 필요했다.

레티는 창밖에 시선을 던졌다. 색유리처럼 맑고 파란 하늘이 보였다. 청명한 가을 날씨도 곧 막바지에 접어들겠지. 그럼 붉은 단풍잎은 하나둘씩 낙하하여 거름이 되고, 사람들이 성탄절을 맞이하며 축제를 벌이는 때가 오면 이 고택에도 손님들이 몰려들리라.

'으으, 되게 바빠지겠네.'

레티는 진저리쳤다. 지금은 별관만 청소하지만, 축제가 시작하기 며칠 전부터는 레티도 본관의 일에도 투입된다고 들었다. 그동안 박물관처럼 유지만 되던 수많은 손님방에 생기를 불어넣기 위해 대대적인 청소가 거행될 예정이었다.

레티는 날벌레를 내치듯 도리질하며 앞날에 대한 암울한 생각을 떨쳐냈다. 그때의 일은 그때 가서 생각하자. 지금은 막간의 여유를 즐길 때였다.

'산책이나 할까?'

하늘과 단풍나무 숲이 만나는 지평선을 배경으로 저택의 화려한 정원이 보였다. 정원은 여러 구역으로 나뉘어 있었다. 한 곳에는 색색의 화초가 자라고 있었고 또 다른 곳에는 인공 분수가 연못으로 이어지며 물소리를 자아냈다. 겨울이 가을을 잡아먹기 시작하면, 너무 추워서 낮에도 맘대로 돌아다니지 못할 곳들이었다.

'한 번 가보자.'

레티가 결심했다. 그러다 주춤했다. 저 하늘처럼 맑고 파란 누군가의 눈이 떠오른 탓이었다.

'아, 맞다. 라울 데이커……'

그는 정원사였다. 지금 정원에 갔다가 마주치기라도 할까 걱정스러웠다. 레티는 그러나 곧 결연한 표정을 지었다.

'내가 뭘 잘못했다고 그 사람을 피해? 게다가 평생 피할 수 있는 것도 아닌데.'

라울 데이커가 붙잡았던 손목에는 아직도 파르스름한 자국이 남아 있었다. 그가 정말로 추악한 의도를 가졌는지는 상관없었다. 레티는 여전히 며칠 전을 떠올리면 무서웠고, 그 무서움의 대상이자 원인이 되는 남자와 마주칠 가능성이 몹시 껄끄러웠다.

하지만 무작정 피할 수 있는 것도 아니었다. 좋든 싫든 레티는 라울 데이커와 같은 저택에서 일했고, 그를 피해 다니느라 누릴 수 있는 즐거움을 망치고 싶지 않았다. 산책하고 싶으면 산책해야지. 혼자 망설였다는 생각에 억울했다.

레티는 고작 정원 산책을 결심한 것치고는 굉장히 비장한 표정으로 별관을 나섰다. 뜨거운 홍차를 마셔서 그런지, 오전에 활기차게 불던 바람이 잔잔히 가라앉아서 그런지 의외로 춥지 않았다.

레티는 정원 입구에 도착했다. 곳곳에 새겨진 인위적인 아름다움이 그녀를 반겼다. 동그랗게 다듬은 나무부터 늦가을까지 향기를 풍기는 생화까지 전부 예쁘지 않은 게 없었다.

다만 아쉬운 점이 있다면 지금이 어쩔 수 없이 추운 계절이라 조금은 황량하다는 것. 봄이나 여름에 온다면 또 얼마나 더 아름다울까. 레티는 상상하며 주변을 흐뭇하게 둘러보았다.

"어라. 저 보러 왔어요?"

레티의 표정을 빠르게 굳히는 목소리가 들렸다.

"되게 적극적인 성격이구나, 레티."

되게 적극적으로 짜증 나는 순간이기는 했다.

이번에는 왜 뜬금없이 나타났냐고 따질 수도 없었다. 정원사가 정원을 돌아다니는 것은 이상한 일이 아니었다. 레티는 애써 예바른 목소리로 인사했다.

"안녕하세요, 데이커 씨."

이어서 상대방의 오해를 똑똑히 정정했다.

"그리고 당신 보러 온 거 아니고요. 잠깐 산책 나온 거예요."

오히려 상대방을 만나지 않기를 희망하며 여기까지 왔지. 그 희망이 철저히 짓밟힌 지금 레티는 있는 힘껏 눈살을 찌푸리며 너무 무례하지 않을 정도로만 뒷걸음질했다. 뒷걸음질하는 자체가 무례하긴 했지만.

"이렇게 추운 날씨에요?"

"별로 안 춥거든요?"

"추위를 잘 안 타는 편인가 보네요, 레티."

"아니, 뭐 그건 아니고……. 어, 어쨌든! 저는 이만 가볼 테니까, 안녕히 계세요."

저 나긋나긋한 미소와 유들유들한 화법에 홀딱 휘말리기 전에 벗어나는 게 상책이었다. 묘하게 불쾌했다. 첫인상이 그렇게까지 나쁘지 않았다면 괜찮았을까.

엘리자베스 아가씨도, 눈앞의 이 정원사도 매우 아름다운 것은 마찬가지였으나 레티에게 주는 느낌이 달랐다. 전자의 아름다움은 레티의 마음을 뜨끈하게 헤집는 종류였고, 후자는 오히려 서늘하게 식히는 느낌이었다.

"바래다줄게요."

"네?"

"바래다주겠다고요. 지금 별관 가는 거 맞죠?"

경이로운 뻔뻔함에 레티는 거의 기함했다. 레티가 눈망울을 세모꼴로 치뜨며 추궁했다.

"아니, 잠깐만. 왜 이렇게 한가해요? 일해야 하는 거 아니에요?"

"저도 쉬는 시간이에요. 레티 당신처럼."

레티는 말문이 막혔다. 본인도 휴식 시간이라 일터인 별관을 벗어나 정원에 설렁설렁 나타난 처지인지라 더는 반박할 명분이 사라졌다. 레티는 별수 없이 꽁하게 라울과 보폭을 맞췄다. 라울은 뭐가 그리 좋은지 생글대며 움직였다.

"일하는 건 좀 어때요, 레티?"

"할 만해요. 그리고 제발 부탁인데 친한 척 좀 하지 마세요."

"하하, 그거 좀 섭섭한데요. 우리 이미 친한 거 아니었어요?"

"아닐걸요? 당신만의 착각일걸요, 아마?"

"와, 그건 정말 섭섭한데요."

"섭섭하긴 무슨."

레티가 코웃음을 쳤다. 라울이 작게 웃었다. 레티는 그 웃음마저 얄미워서 눈을 흘겼다. 라울이 몸을 살짝 숙여 눈을 가까이 맞추며 속살대듯 질문했다.

"제가 옆에서 안 떠들고 가만히 있으면 덜 미워할 거예요?"

"미워하는 거 아니라니까요."

레티가 뚱하게 반박했다. 누군가를 미워하는 건 굉장히 강한 감정이었다. 레티는 라울을 잘 알지도 못했다. 그저 첫인상이 엄청나게 불쾌했을 뿐이지 어차피 남이었다. 껄끄럽긴 해도 굳이 혐오할 이유도 없었다.

"듣던 중 반가운 소리네요."

라울이 밝게 말했다. 레티는 대꾸할 힘도 없었다. 라울은 그녀의 침묵을 너그럽게 받아들였다. 그사이 두 사람은 별관이 보이는 정원의 입구에 도착했다.

"거의 다 왔네요."

레티는 기쁘게 속도를 높이며 말했다.

"이제 가셔도 돼요."

라울은 대답할 틈을 놓쳤다. 세월에 닳은 듯 갈라진 목소리가 난입하는 바람에.

"너……!"

짧고 거친 대명사가 식은 공기를 파고들었다. 레티는 놀라서 흠칫했다. 하지만 레티가 놀란 주된 이유는 낯선 이의 음성이나 투박한 호칭보다도 라울의 표정 때문이다. 늘 짜증 날 정도로 능글맞던 그가 지금은 뻣뻣하기 그지없었다.

라울이 한숨지었다. 그 한숨이 레티의 목에 소름을 박았다. 라울이 빙글 돌아섰다. 레티도 눈으로 같은 방향을 좇았다. 하녀복을 입은 늙은 여성이 보였다. 레티는 처음 보는 얼굴이었다. 참 이상했다. 저택에 온 게 벌써 사흘 전, 웬만한 사용인은 이제 다 만나봤다고 여겼는데.

"모르슨 부인."

라울이 냉하게 이름을 불렀다.

헤스터 모르슨. 이제 기억났다. 하녀장이 다른 하녀들을 소개해 주면서 몇몇을 누락했는데 그중에 헤스터도 있었다. 소개를 받지 못한 사람들은 휴가를 냈거나 몸이 아파서 인사조차 할 수 없는 상황에 처한 이들이었다. 헤스터 모르슨은 후자였다.

하지만 의문은 여전했다. 너무 아파서 인사하러 나오지도 못한 사람이 어떻게 멀쩡하게 돌아다니고 있으며, 갑작스러운 등장은 어떤 영문이고, 라울 데이커는 왜 저런 눈빛을 하는 거지?

"편찮으시면 안에 계셔야죠. 날씨도 추운데 이렇게 돌아다니시면 곤란해요."

팍 가라앉은 목소리로 조곤조곤 말하며 라울이 모르슨 부인에게 성큼성큼 다가갔다. 지금 당장은 옆에 있는 레티조차 잊은 것 같았다. 아니, 오히려 레티를 의식하여 그렇게 행동하는 것만 같았다. 잿빛으로 질려 덜덜 떠는 노인을 레티의 시야에서 서둘러 치워 버리고 싶다는 듯.

"어서 저랑 같이 돌아가요, 모르슨 부인."

"너, 너는……!"

라울이 지척에서 노인의 양팔을 콱 잡았다. 노인이 미약하게 몸부림치며 떠듬떠듬 절규했다. 라울이 낯을 힘껏 찡그렸다. 그가 눈을 동그랗게 뜬 레티를 돌아보았다. 혼란이 가득한 레티의 잿빛 눈을 보고 라울은 환멸을 느꼈다. 레티가 아니라 자기 자신에게.

"이만 들어가세요, 레티. 오늘 짧게나마 만나서 반가웠어요."

평범하고 다정한 인사. 하지만 눈빛은 서글펐다. 그 아래 파묻힌, 보다 원초적인 감정이 뭔지 레티는 알아내고 싶지 않았다. 도망쳐야겠다는 생각밖에 들지 않았다.

레티는 묵례하고 돌아섰다. 빠르게 멀어지는 뒷모습을 외면하며 라울이 굳은 낯으로 모르슨 부인을 마주했다. 노인은 여전히 떨고 있었다.

"대체 왜 돌아왔니, 왜, 대체 왜……."

노인이 횡설수설했다. 노인의 눈가는 축축하게 일그러졌다. 라울이 노인의 젖은 뺨을 묵묵히 닦았다. 그러더니 그녀를 와락 안으며 귓가에 속삭였다.

"제발 이러지 마세요, 모르슨 부인. 네?"

노인을 안은 팔에 힘이 들어갔다. 이대로 으스러트리면 부서질 것만 같았다. 헤스터 모르슨은 작고 쇠약한 늙은이였고, 라울 데이커는 크고 튼튼한 젊은이였다. 죽음은 한쪽에게 훨씬 가까웠다.

"그러다 당신도 사라지면 어쩌려고 그래."

라울이 잇새로 한탄했다. 그걸 들었는지 못 들었는지 노인은 계속해서 중얼거렸다.

"왜 돌아왔니. 왜 돌아왔어. 왜 여기에 왔어, 왜……."

라울이 눈을 내리감았다. 눅진한 속삭임은 그 아래 묻혔다.

"그러게요."

그가 쓰게 자조했다. 라울이 포옹을 풀고 모르슨 부인의 손을 잡았다. 할머니를 이끄는 손자처럼 다정한 모습이었다.

"방으로 돌아가요, 모르슨 부인."

할 수 있는 최선이었다. 그가 여태 저지른, 그리고 저지를 모든 일에 최선이라는 수식어가 허락된다면.

치매라고 했다. 얼마 전부터 증상이 나타나기 시작했다. 사용인이 병에 걸렸으면 치료받을 수 있도록 가족에게 돈을 주고 병원으로 내보내는 게 관습인데 모르슨 부인은 여전히 메리요트 저택에서 일했다. 일한다고 보기에도 어려운 상태였지만 명목은 그러했다.

"이제 더는 일도 못 하는 분을 왜 저택에 잡아두나 몰라."

"애정 아니겠어? 병원 같은 데는 못 믿으시겠다는 거지. 모르슨 부인이 마님 유모였잖아. 아가씨도 그분이 키웠고. 내가 마님이었어도 치매 걸렸다고 바로 내보내기 좀 그렇다. 너무 야박하잖아."

"야, 아픈 사람 일터에 잡아 두는 게 더 야박하지. 제대로 쉬지도 못하고, 솔직히 말해서 다른 사람들도 불편하고. 가끔 마주칠 때마다 헛소리 같은 걸 늘어놓는데, 괜히 깜짝깜짝 놀란다니까."

"그건 그래. 뭐, 하녀장님이랑 마님이 알아서 하시겠지."

이게 지아나와 에블린의 대화였다. 옆에서 저녁을 먹던 레티는 궁금한 사항을 입안에서 조심스레 굴려 보다가 마침내 용기를 내 질문했다.

"혹시 라울 데이커랑 모르슨 부인이 친해?"

둘의 관계가 궁금했다. 더 파헤쳐서는 안 된다고 머릿속에서 경고음이 울렸지만, 세 치 혀는 이성이 아닌 감정이 조종했다.

"글쎄, 친한지 아닌지는 잘 모르겠는데?"

"난 오히려 둘이 조금 서먹한 것 같아. 모르슨 부인 쪽에서 일방적으로 쌀쌀맞게 굴었거든."

레티는 생각에 잠겼다. 쌀쌀맞다고? 모르슨 부인이 라울 데이커를 싫어하나? 싫어해서 그렇게 거칠게 불렀나? 마치 유령이라도 본 듯 벌벌 떨었지. 왜 그랬을까.

"데이커 씨는 언제부터 여기서 일한 거야?"

"음, 한 4년 됐을걸. 맞아, 4년 전이었어. 그때 데이커 씨가 스무 살이었지, 아마."

"아. 데이커 씨가 올해 스물네 살이야?"

"응, 엘리자베스 아가씨랑 동갑이네."

엘리자베스가 언급되자 레티의 뱃속은 이제 다른 의미로 울렁거렸다. 엘리자베스 메리요트. 그녀를 삶에 들인 지 고작 나흘째거

늘 벌써 영원처럼 느껴졌다.

"그런데 레티 너, 왜 이렇게 데이커 씨한테 관심이 많아? 이것저것 물어보네."

"과, 관심은 무슨. 그냥 생각나서 물어봤지."

"어머, 얘 좀 봐. 말을 왜 더듬어? 얼굴은 또 왜 빨개진대? 이거 수상해, 이거."

"생각나서 물어봤다는 건 생각날 만한 이유가 있었다는 거 아냐? 혹시 무슨 일 있었어?"

"지아나, 에블린, 둘 다 침착해."

레티는 기겁하며 동료들을 달래 보려 애썼으나 이미 먹잇감을 문 두 사람에게는 소용없었다. 다른 하녀들도 흥밋거리의 냄새를 맡고 순식간에 레티 곁으로 몰려들었다. 레티는 현기증을 느꼈다.

"무슨 일이야? 신입이랑 라울 데이커랑 무슨 일 있었대?"

"어머, 누구? 라울 데이커?"

"응, 있잖아, 그 잘생긴 애. 키 크고 눈 파랗고."

"누군지 기억나. 그래서 그 사람이랑 레티랑 뭘 했다고?"

"아무것도 안 했거든?"

레티가 기어코 발끈했다. 그러거나 말거나 사람들은 끈질겼다. 호기심 가득한 시선에 파묻혀 질식할 것만 같아 레티는 이마를 짚었다. 그래, 그녀가 자초한 일이니 누구를 탓하랴. 어떻게든 필사적으로 둘러대려던 참이었다.

"라울 데이커? 그 사람이 왜?"

익숙한 목소리였다. 동시에 익숙하지 않기도 했다. 첫날부터 너무 강렬한 인상을 남겼기에 도저히 잊을 수 없는 사람, 조세핀이었다. 남들과 조금 떨어져 조용히 식사하던 그녀가 맹렬하게 레티를 보고 있었다.

"너는 신경 쓰지 마, 조세핀."

지아나가 날카롭게 쏘아붙였다. 하녀들 대부분이 지아나와 뜻을 함께하는 듯했다. 고작 나흘째니 아직 모든 것을 알 수 없었지만, 레티가 여태 파악한 바로 조세핀은 친구가 없었다. 노골적인 괴롭힘은 없었지만 그럼에도 하녀들과 조세핀 사이에는 분명한 벽이 있었다.

무슨 이유일까.

반사적으로 케이트라는 이름이 떠올랐다.

"라울 데이커랑 친해?"

조세핀은 지아나를 무시하고 레티를 보며 물었다. 그 말투는 첫 만남처럼 공격적이지는 않았지만 거북함과 불안감을 담고 있었다. 레티는 곧장 부인하려 했지만 말할 기회를 뺏겼다. 다른 하녀들이 득달같이 달려들었기 때문이다.

"신경 쓰지 말라는 얘기 못 들었니?"

"재 요즘 진짜 예민해. 케이트 그만두고 나서는 말도 못 걸겠어."

"게다가 옛날부터 그 정원사 얘기만 나오면 저렇게 반응하잖아."

"왜? 조세핀, 혹시 너야말로 데이커 씨한테 관심 있니?"

수군거림이 점차 뾰족해졌고 빈정거림은 점점 잔인해졌다. 레티가 입술을 깨물었다. 이런 분위기를 원한 게 아니었다. 하지만 조세핀을 둘러싼 공기는 더욱 험악해졌다. 심지어 날카로운 목소리가 끼어들었다. 레티가 상황을 수습하기 위해 뭐라고 말을 하려던 찰나였다.

"제가 그 사람한테 무슨 관심이 있겠어? 또 여자 뺏길까 봐 전전긍긍하는 거 아닌 이상."

누군가 차갑게 비웃었다. 레티는 놀랄 틈도 없었다.

"친구랑 붙어먹은 동성애자 주제에."

정확히 조세핀을 겨냥한 말이었다.

"친구가 아니라 애인이라고 해야 하나?"

눈빛에 악의가 가득한 하녀 하나가 입을 가리며 웃었다. 그 하녀의 패거리도 따라서 비웃었지만 패거리에 속하지 않은 대다수 하녀들은 단지 민망한 표정을 지었다. 몇 명은 오히려 그 하녀 쪽을 노려보기 시작했다. 조세핀 본인은 창백하게 질린 얼굴로 침묵했다.

"적당히 해, 키라."

에블린이 날카롭게 중얼댔다. 조세핀의 뾰족한 태도가 불만스러운 건 사실이지만, 방금 키라가 사용한 방식대로 조롱하려던 건 아니었다. 조세핀의 '비밀'은 하녀들 사이에서 굉장히 예민한 주제였다. 이런 식으로 언급됐다는 게 곤혹스러웠다.

"내가 틀린 말 했어?"

키라가 눈매를 진득하게 휘었다. 에블린이 눈살을 찌푸렸다.

얼음처럼 앉아 있던 조세핀이 의자를 거칠게 밀며 자리에서 일어났다. 미처 다 먹지 못한 식사가 쓰레기통 안으로 직행했다.

조세핀은 다른 하녀들을 지나쳐 주방을 빠져나갔다. 무표정한 얼굴, 신속한 걸음으로.

"더러운 년."

키라가 혼잣말로 내뱉었다.

"야, 먹자. 먹어."

끔찍하게 어색해진 분위기를 만회하고자 하는 일념으로 지아나가 입을 열었다. 에블린은 험악한 표정으로 식사를 재개했고 레티는 겨우겨우 시선을 돌렸다. 그릇을 내려다보는데 심장이 쿵쿵 뛰었다. 떨리는 손끝을 들킬까 봐 식기를 일부러 꽉 쥐었다. 칼과 포크의 손잡이가 손안을 파고들었다.

차가운 침묵을 조금씩 깨고 일상적인 수다가 움텄다. 하녀들은 다시 얘기를 시작했다. 무해한 화제가 이전의 균열을 덮었다. 레티도 뻣뻣하게 웃는 낯으로 대화에 참여했지만 아직도 속이 울렁거렸다.

조세핀과 라울을 입에 담는 이는 그날 더는 없었다.

모두가 잠드는, 또는 잠드는 척하는 밤이 되었다. 레티는 첫째 날에 그랬듯이 조용히 방을 빠져나왔다.

목적지를 찾는 건 어려운 일이 아니었다. 언젠가 레티는 조세핀의 소매에서 담배 냄새를 맡았다. 하녀들이 흡연 공간으로 사용하는 공간은 한정돼 있었다. 어렵지 않게 레티는 조세핀을 찾았다.

"왜."

짧은 물음이 까칠했다. 오늘 저녁에 어떤 말이 오갔는지 생각하면 자연스러운 반응이었다. 레티는 곧장 용건을 말하지 못하고 주저했다. 담배를 태우며 나오는 자그마한 주황빛을 빼면 사방이 어둠이었다.

"나랑 밤중에 단둘이 있어 봤자 좋을 것 없어, 신입."

어둠 속에서 조세핀이 부드럽게 충고했다. 연기를 내뱉는 나직한 숨소리에 이어 흐린 연기가 새까맣게 뭉개졌다. 레티는 잠잠히 지켜보았다.

"소문이 이상하게 돌 거거든. 그건 너도 싫지?"

매캐한 담배 연기가 코를 건드렸다. 단 하나 유일하게 빛나는 주황색 점에 레티는 집중했다. 그녀가 운을 뗐다.

"조세핀. 나를 싫어하지 마. 나는 너한테 잘못한 게 없어."

가장 먼저 이 얘기를 하려고 찾아왔다.

굳이 죄목을 대자면, 그녀가 사랑하는 친구이자 애인의 자리를 차지한 것. 하지만 따지고 보면 레티는 아무것도 빼앗지 않았다. 케이트가 먼저 떠났다. 조세핀에게 한마디 설명도 없이, 작별도 없이.

"고작 그 말을 하려고 이 밤중에 꾸역꾸역 찾아왔어?"

조세핀이 놀라서 되물었다. 레티가 어둠을 쏘아보았다.

"나한테는 중요한 일이야."

미움받는 건 피곤한 일이었다. 적어도 그 미움이 자신의 행동으로 인한 결과라면 고치겠다고 결심할 수라도 있었다. 하지만 존재 자체만으로 미움받는 일은 어찌할 방법도 없었다.

"너도 한 성질 하는구나, 신입."

조세핀은 충격 속에서 읊조렸다. 케이트의 후임과 마주친 지 나흘째지만 여태 식사 시간에 멍청하게 헤헤거리는 모습만 봐 와서 이런 모습이 의외였다.

"미안해. 내가 너한테 화풀이를 한 것 같아. 화낼 대상은 따로 있었는데."

"알면 됐어."

레티가 냉담하게 받아쳤다. 유리처럼 투명하며 남을 속일 줄 모르는 레티 골드는 억울하고 서운한 감정도 쉽게 숨길 수 없었다.

"사실 불쾌해. 네가 내 이름도 뻔히 알면서 계속 신입이라고 부르는 것도. 그래도 네가 사과했으니까 받아들일게."

레티는 조세핀이 불편했다. 첫째 날과 오늘 저녁에 그런 일이 일어났는데 편안할 리가. 만약 레티가 처신술에 능했다면 이 밤에 이런 식으로 나오지 않았을 것이다. 하지만 본인의 한계를 잘 아는 레티는 정면 돌파를 택했다. 이렇게라도 해결하지 않으면 아마 자신이 제일 먼저 미쳐버릴 것 같았다.

"그래, 너도 진짜 독특하다."

담배를 물며 조세핀이 중얼댔다. 레티는 무시하고 다음 본론으로 넘어갔다.

"그리고 조세핀, 뭐 하나 물어봐도 돼?"

"뭘?"

"라울 데이커랑 친하냐고 왜 물어본 거야?"

"아, 그거."

"대답해 줘."

"너 먼저 질문에 대답해. 그래서 그 사람이랑 친해?"

"안 친해. 이제 네 차례야."

"흠. 걔는 질 나쁜 놈이야."

"어떤 면에서?"

"어떤 면인 것 같아? 순진한 척하지 말고."

조세핀이 툭 내뱉었다. 질 나쁜 놈, 질 나쁜 남자. 보통 어떤 종류의 사내들을 일컬어 그런 표현을 쓰는지 레티도 알 만큼 알고 있었다. 레티가 이해한 눈치자 조세핀이 말을 이었다.

"완전 개자식이었어. 임자 있는 여자를 꼬드겨서 온갖 일을 벌였지. 물론 그 여자도 완전…… 쓰레기였지만."

"케이트 말하는 거야?"

레티가 단도직입으로 캐물었다. 조세핀이 담배를 씹었다. 그녀가 흙을 신발로 누르며 대꾸했다.

"바람난 거지, 뭐. 양쪽 다."

양쪽이라. 레티가 머릿속에서 빠르게 정보를 정리했다. 그러니까 케이트와 조세핀은 애인이었다. 하지만 케이트는 라울과도 정을 통했고, 라울도 바람을 피우는 중이었다. 케이트가 조세핀과 라울 사이에서 양다리를 걸친 거라면, 라울은?

"양쪽이 바람난 거라고?"

레티가 되물었다. 조세핀은 침묵했다. 그녀는 얼결에 흘러나온 실언을 후회하는 중이었다. 오늘 다른 하녀들의 비웃음이 마음에 박혀서 제정신이 아니었다. 담배와 고통에 취한 채로 충동에 떠밀려 지껄이다 보니 너무 많이 말해버렸다.

"그게 무슨 뜻이야, 조세핀?"

"알 거 없어."

조세핀은 오늘 있었던 그 어떤 순간보다도 싸늘하게 대꾸했다. 상대방의 단호함을 직감한 레티는 입을 다물었다. 그러나 이것으로 끝이 아니었다. 그녀는 찰나의 망설임 끝에 세 번째 본론을 드러냈다.

"있잖아, 조세핀. 나는 네가 이상하다고 생각하지 않아."

키라가 잔뜩 비틀어 뱉은 비난을 들었을 때 레티는 온몸이 빙하처럼 식는 느낌이었다. 머릿속이 눈처럼 새하얘지는 듯했다. 절벽에서 뛰어내리고 싶은 심정이었다.

"네가…… 더럽다고 생각하지 않는다고."

너도 나와 같은 기분일까 싶어서 구태여 이 밤에 찾아왔다.

"너도 동성애자니?"

조세핀이 뭉툭하게 물었다. 레티가 반사적으로 미간을 찌푸렸다.

"아니. 절대 그런 거 아니야."

침묵이 들이닥쳤다. 레티는 갈라진 숨소리가 너무 크게 들릴까 봐 입술을 깨물었다.

담뱃불이 점차 죽어가는 탓에 어둠이 점점 깊어졌다. 조세핀의 표정을 식별하는 게 불가능했다. 한참 뒤에야 그녀가 말했다.

"알겠으니까 침착해. 잘 자, 신입."

"……잘 자."

레티는 겨우 속삭임을 쥐어짰다. 조세핀은 말없이 뒤돌았다. 자박자박. 인기척이 멀어지고 나서야 레티는 양손으로 얼굴을 감쌌다. 더한 암흑이 눈 앞을 가렸다.

순간 구슬픈 연주가 들렸다. 분명 피아노 소리였다.

레티가 고개를 번쩍 들었다. 그녀가 급히 걸음을 옮겼다. 유령의 희미한 손길처럼 허공을 수놓는 처연한 가락에 조금이라도 더 가까이 닿고자 했다. 허나 며칠 전과 달리 달빛의 도움조차 받을 수 없었다. 레티는 짙은 어둠 속에서 한동안 헤매다가 포기했다. 그즈음에는 이미 연주가 끝나 있었다.

레티는 방으로 터벅터벅 돌아갔다.

레티의 첫사랑은 소꿉친구였다. 볼우물을 패며 웃던 예쁘고 상냥한 소녀.

미친 사람처럼 두근대는 심장을 우정의 연장선으로 착각할 수 있었다면 얼마나 좋을까. 레티는 나날이 상상했다.

이 감정이 사랑일 수밖에 없다는 사실을 처절하게 자각하지 않을 수만 있다면. 상대방을 보면 목덜미가 더워지고 명치끝이 간질대고 눈시울이 쓰라릴 만큼 소중하게 여겨주고 싶은 마음이 제발, 부디, 사랑이 아니라고 스스로를 속일 수 있었다면 얼마나 좋았을까.

열여덟, 옆집에 사는 동갑내기 소년과 처음으로 입을 맞춰보았다.

이제 우리도 법적으로는 어른이니까 술을 마셔 보자면서 동네 애들끼리 맥주에 거나하게 취한 날이었다. 잔뜩 말랑말랑한 눈빛으로 레티를 보던 소년이 그녀의 얼굴을 더듬었다. 그녀는 저항하지 않고 받아들였다. 술기운에 머리가 몽롱했던 까닭도 있었지만 무엇보다 무척 궁금했다. 수많은 연애 소설에서 간접적으로 경험한 순간이었다. 입술이 맞닿을 때 과연 어떤 느낌일까.

촉촉하고, 따뜻하고. 체온은 낯선 방식으로 맞물렸지만 마음은 그대로였다. 알딸딸한 기분으로 레티는 생각했다. 아, 이게 나의 첫 키스. 소설과 현실의 적나라한 괴리 속에서 스르르 눈을 감았다. 따분해. 그리워.

시간이 흘러 스물한 살 어른이 된 레티는 침대에 웅크려 오지 않는 잠을 기다렸다. 스물한 살, 어른. 하지만 마음은 어른 같지가 않았다. 온통 흔들리고 뒤집힌 마음속은 열여덟 살의 패기 넘치던 시절보다도 훨씬 나약하게 느껴졌다.

〈친구랑 붙어먹은 동성애자 주제에.〉

차가운 음성이 조롱했다. 레티가 눈을 질끈 감았다.

〈친구가 아니라 애인이라고 해야 하나?〉

다른 사람들도 그렇게 생각할까? 이상하다고 여길까? 징그럽다고 믿을까? 그런 표정으로 나를 볼까?

〈내가 틀린 말 했어?〉

만약 당신도, 당신마저도 같은 생각이라면.

〈더러운 년.〉

설령 다른 생각이라 해도 별 소용은 없겠지만.

〈너도 동성애자니?〉

결혼해야만 유산을 상속받을 수 있는 아가씨. 고작 심심풀이로 하녀에게 책을 빌려주는 아가씨. 같은 생각이든 다른 생각이든 무슨 의미가 있을까.

〈아니. 절대 그런 거 아니야.〉

즉각적으로 부인한 것은 이미 어떤 일이 닥칠지 알아 두려웠기 때문이었다. 갑작스레 애인을 잃고 혼자서 힐난을 견디는 조세핀은 조금이라도 실수할 경우 그녀에게 쏟아질 잔혹한 미래를 보여주었다. 레티는 주먹을 움켜쥐었다.

쓸데없는 고민이었다. 성별의 문제가 아니었다. 심지어 사랑의 문제도 아니었다. 아가씨를 향한 마음은 사랑이 아니라고 레티는 믿었다. 사랑 같은 게 싹틀 시간도 없었다. 그냥 얼굴이 너무 예뻐서. 그윽한 녹색 눈과 조용히 독서하는 모습이 맞물려 자아내는 분위기가 좋아서. 그런 얄팍한 감상에 불과했다.

잘생긴 배우를 보면 괜히 얼굴이 달아오르듯, 심장은 멋대로 착각하고 주인에게 당혹감을 안겼다. 아무것도 아닌데 과대망상을 품게 했다. 끝이 뻔한 비극으로 달려들게 했다.

레티는 베개 아래 얼굴을 파묻고 아침이 오기를 기다렸다. 이렇게 그냥 질식해서 죽어버려도 나쁘지 않을 것 같았다.

그러나 그녀는 어김없이 살아남았고 아침은 결국 도착했다.

레티는 퀭한 얼굴로 서재 문을 두드렸다. 문 안쪽은 조용했다. 레티는 옅게 눈살을 찌푸리며 다시 노크했다. 여전히 반응이 없었다.

레티는 희망을 느꼈다. 오늘 설마 늦잠 주무시나? 세상에, 할렐루야, 드디어. 오늘에야말로 잽싸게 서재 청소를 끝내고 빠르게 도망치리라.

레티는 의지를 불태우며 문을 열었다. 그리고 다음 순간 머리를 쥐어뜯으며 오열할 뻔했다.

엘리자베스가 자는 건 사실이었다. 서재 소파 위에서. 한쪽 팔을 머리 위에 두고 길게 다리를 뻗은 채 누워 새근새근 숨을 들이쉬는 중이었다.

평소에 단정하게 땋아 내리는 머리카락은 잘 닦은 구리 같은 빛깔로 물결치며 값비싼 가죽 소파에 무늬를 그렸다. 광대뼈 부근을 그늘로 덮은 보드라운 속눈썹은 머리털과 같은 색으로 반짝였다. 매끈한 피부는 상아색과 복숭아색이었다. 커튼 사이로 스민 햇볕이 어루만질 때면 살결이 투명하게 빛났다.

레티는 숨을 고르며 살그머니 아가씨께 다가갔다. 상전의 지척에서 하녀가 멈췄다. 레티가 아가씨를 가볍게 흔들어 깨우기 위해 소심하게 손을 뻗었다. 그러다 미처 손이 닿기 전 멈칫했다.

'깨우지 말자.'

레티는 마음을 바꿔 손을 물렸다. 곤히 자는 사람을 굳이 깨울 이유가 없었다. 다른 곳부터 청소하고 돌아오면 그만이었다. 그사이 부디 깨어나기를 간절히 바랄 뿐이었다. 다시 이곳에 들어왔는데 아가씨가 똑같은 자세와 얼굴로 잠들어 있다면, 스스로를 제어할 수 없을 것 같았다. 처음부터 눈길을 사로잡았던 입술이 오늘 유독 붉었다.

레티는 조심스럽게 뒷걸음질치며 서재를 조용히 퇴장했다. 문을 느리게 닫으며 점점 좁아지는 시야 너머로 레티는 잠든 아가씨의 얼굴을 빠끔히 훔쳐봤다. 햇살을 받아 투명하게 반짝이는 얼굴이 보이다가, 보이다가, 보이다가, 끝내 문에 가로막혔다.

〈더러운 년.〉

'아니야.'

레티가 이를 악물었다. 돌아서서 침실로 성큼성큼 걸어갔다. 심장도 발소리와 박자를 맞춰 쿵쾅쿵쾅 날뛰었다.

방금 자신이 아가씨를 바라보던 시선이 관음에 가깝다는 점을 레티도 알고 있었다. 느린 호흡이 흐르는 입술을 응시할 때 속이 비틀려 까무러칠 것 같았다. 이 사실을 당신이 알면 어떻게 될까.

아니, 절대 알아서는 안 돼. 어차피 알아낼 길도 없었다. 자신이 미쳐서 직접 털어놓지 않는 한.

'청소나 하자, 레티 골드.'

자꾸만 본분을 잊고 주제를 넘는 스스로를 매섭게 다그치며 레티는 침실 창문을 확 열어젖혔다. 세찬 가을바람이 안으로 밀려들었다. 바람이 꾸짖는 손길처럼 뺨을 찰싹찰싹 때리자 그나마 정신이 맑아지는 느낌이었다.

레티가 심호흡했다. 그녀는 다시 하녀가 됐다. 잠든 상전을 훔쳐보는 하녀가 아니라 열심히 일해서 집에 있는 가족에게 돈을 보내는 성실하고 평범한 레티. 그 무색무취한 정체성을 붙들며 레티는 걸레로 침실 바닥을 벅벅 닦았다. 그러면서 마음도 조금씩 벗겨내는 느낌이었다.

침실 청소를 마친 레티는 다음에 욕실을 공략했다. 레티는 이번에도 창문부터 열었다. 공중에 희미하게 남아 있는 고급스러운 입욕제 향기가 코끝을 스치며 창밖으로 두둥실 실려 나갔다. 레티는 눈을 내리감으며 아가씨의 맨살에 묻어 있을 이 향기를 상상했다. 그러다 흠칫 놀라며 눈을 퍼뜩 떴다.

'진짜 중증이야, 중증……!'

레티가 입술을 잘근 씹었다. 예쁜 얼굴에 한없이 약한 자신의 얄팍한 취향을 원망했다. 레티는 속으로 자신을 향해 온갖 욕설을 뇌까리며 악착같이 청소에 임했다.

바람이 잔잔해진 게 한스러웠다. 돌풍이라도 불어 입욕제 향을 어서 지워줬으면 좋겠는데 야속하게도 공기는 느리고 부드럽게 휘몰아쳤다. 봄날의 훈풍처럼.

괴로워하며 욕실 청소를 마친 후 레티는 복도로 터덜터덜 걸어 나왔다. 청소를 시작하기 전에 잠시 쉴까 고민하던 그녀는 무시무시한 목소리를 들었다. 도망치고 싶었다.

"레티?"

아니요, 저 레티 아닌데요. 여기 그런 사람 없는데요? 하하하.

"안녕하세요, 아가씨."

엘리자베스가 눈을 가볍게 비비며 서재 문을 열고 걸어 나왔다. 안경을 쓰지 않고 머리칼을 풀어 내린 모습이 아까 소파에서 잠들었을 때와 같았다.

레티는 마른침을 삼켰다. 손끝까지 뻣뻣하게 긴장한 채.

"레티, 언제 도착했지? 평소보다 늦은 시간이네."

"아, 아까 서재에서 잠드신 걸 봤습니다. 깨우고 싶지 않아서……."

"아아, 그래. 본의 아니게 폐를 끼쳤네. 미안해."

"아닙니다. 폐라뇨. 가당치도 않아요."

레티가 중얼댔다. 본인의 집에서 잠든 걸 두고 사과하다니. 게다가 사과해야 할 쪽은 자신 쪽인 것 같았다. 아까 어떤 심정으로 당신의 잠든 모습을 눈에 듬뿍 담았는지 엘리자베스가 알아차린다면 그녀를 혐오할 것이다.

"다른 곳부터 먼저 청소한 거야?"

"네, 아가씨."

"그럼 마저 일하도록 해. 나는 내려가 있을 테니."

엘리자베스가 끝에 작은 하품을 덧붙였다. 레티는 넋을 놓고 바라보았다. 평소에 독서하고 대화할 때는 성실하고 지적인 분위기였으나 지금 살짝 헝클어진 채로 잠에서 깬 엘리자베스는 나이보다 훨씬 어려 보였다. 레티는 볼이 달아올랐다.

"혹시 몸이 안 좋나? 볼이 빨간데."

"더, 덥거든요! 열심히 청소를 했더니 그렇습니다. 아하하."

끝에 구태여 어색한 웃음을 덧붙인 요령 없는 자기 자신을 세게 쥐어박고 싶었다. 그나마 다행스럽게도 급조한 변명은 그럴싸했다. 원래 가사 노동이라는 게 고된 일이었다.

"너무 무리하지 마, 레티. 날씨도 추운데 갑자기 몸에 열이 올랐다가 식으면 감기에 걸릴 수도 있어."

"네, 아가씨. 염려 마세요. 걱정해주셔서 감사합니다."

엘리자베스가 1층으로 사라지자 레티는 작게 한숨지었다. 고작 몇 분 대화를 나누는 동안 몇 년을 폭삭 늙은 느낌이었다.

'그러게 왜 멀쩡한 침실은 두고 아침부터 서재에서 주무신담.'

괜스레 아가씨를 탓하며 어설픈 책임 전가도 시도해 봤다. 그러나 부질없었다. 청소를 위해 서재로 향하며 레티는 생각에 골똘했다.

'많이 피곤하신가? 어제 늦게 주무셨나? 푹 주무셔야 할 텐데.'

서재 문고리를 쥐고 돌리면서도 머릿속에는 아가씨를 향한 염려가 가득했다. 잠은 잘 주무시고 계시는지, 혹시 어제 마음에 근심이라도 있어 잠을 설치신 건지. 중증이었다. 레티는 한숨지었다. 지금 아가씨의 숙면을 걱정할 게 아니었다.

레티는 전문적인 하녀로 돌아가 청소 도구를 알맞게 배치하기 시작했다. 그녀가 습관처럼 창문을 열었다. 그새 또 거세진 바람이 레티의 뺨을 할퀴며 안으로 밀려들었다.

"아……!"

생각보다 바람이 세서 레티는 찡그리며 얼굴을 가렸다. 찌르는 듯한 바람이 불자 실내에 종이가 나부꼈다. 레티가 서둘러 창문을 닫았다.

엘리자베스가 나가기 전에 서진(書鎭)으로 눌러둔 종이가 몇 장 빠져나와 책상 위를 처량하게 나뒹굴었다. 레티가 급히 다가갔다. 그녀가 전전긍긍하며 종이를 집어 들었다.

"이런, 어떡해."

다시 눌러놔야겠다. 아니야, 어디 한쪽으로 치워둬야 하나? 레티는 종이를 손에 쥔 채 머뭇거렸다.

'일부러 이렇게 두신 거겠지? 아니면 그냥 까먹으신 걸까?'

정갈하고 지적인 아가씨도 은근히 무감각할 때가 있었다. 요 며칠 관찰한 바로는 어떨 때는 굉장히 꼼꼼하게 물건을 정리하면서도 때로는 물건이 아무렇게나 굴러다니도록 방치하기도 했다. 본인이 정한 기준은 깔끔하게 지키지만 기준에서 벗어난 것들에는 지독하게 무심하다고나 할까.

'별로 중요한 서류가 아니라서 그냥 여기 두신 거면…….'

그렇다면 맘대로 두어도 되겠지만, 아니라면 야단맞을 것이다. 레티가 입술을 깨물었다. 엘리자베스의 꾸지람을 들을 수도 있다는 가능성이 싫었다. 귀족들의 까다로운 변덕이나 쌀쌀맞은 언행 따위 지겹도록 겪어 봤으니 웬만하면 받아들일 수 있었다. 그러나 그 주체가 엘리자베스가 된다면 힘들 것 같았다.

'그나저나 이건 무슨 서류지? 편지?'

레티가 무심코 서면을 훑어보았다. 이 종이가 뭔지 알면 얼마나 중요한지도 눈치껏 가늠할 수 있지 않을까. 종이의 귀퉁이에는 쪽수로 보이는 숫자가 적혀 있었다. 동글동글한 필체가 다소 두서없이 적어 둔 문장들이 보였다. 레티는 중얼중얼 종이에 적힌 내용을 읊조렸다.

"그는 그녀의 눈에서 불꽃을 보았다. 그는 위기를 직감하고……."

그때 문이 열렸다.

"레티."

레티는 죄지은 사람처럼 화들짝 놀라며 종이를 책상 위에 탁 내려놓았다. 마른침을 삼키며 고개를 들었다. 문가에 엘리자베스가 서서 자신을 보고 있었다.

"종이가 바람에 날려서 치워둬야 할 것 같은데요, 혹시……."

"남의 물건을 함부로 뒤적이는 게 취미인가?"

'혹시 서랍장에 옮겨 두면 될까요?' 라고 정중하게 물으려던 레티는 말문이 막혔다.

"기가 막히는군."

엘리자베스가 차갑게 평가했다. 명치끝이 찔리는 기분이었다.

"……죄송합니다. 지금 치우겠습니다."

"아니, 이리 줘. 내가 치울게."

귀족이 뚜벅뚜벅 다가오며 냉담하게 말했다. 하녀는 종이를 그러모아 건네려 했다. 그러나 엘리자베스는 떨리는 레티의 손을 쳐내고 직접 종이를 정돈했다. 명치끝이 다시 찔린 듯 아려왔다.

"앞으로 네가 건드리면 안 될 것 같은 게 있으면 나한테 먼저 와서 보고해. 알겠어?"

"네, 아가씨."

"레티."

"네."

"내가 베푼 호의를 특혜로 착각하지 마."

레티는 떨리는 손끝을 맞잡으며 고개를 숙였다. 이전과 전혀 다른 느낌으로 자신을 파고드는 녹색 눈을 마주하기 두려웠다. 왜 갑자기 이렇게까지 싸늘하게 구는지 이해할 수 없었다.

그때, 레티는 무엇인가를 깨달았다. 애초에 이해하려 했던 게 잘못이었다. 하녀가 고용주의 마음을 이해하는 게 무슨 소용일까. 그것도 이런 으리으리한 저택에서 떠받들어지며 사는 귀족의 마음을.

세상으로부터 단절된 듯한 외로운 저택은 드넓은 메리요트 영지에서 하나의 요새이자 왕국처럼 작동했다. 이곳에서는 마님이 여왕이었고, 아가씨가 왕녀였다.

고귀하신 왕녀님은 한낱 하녀에게 애정 따위 주지 않는다. 가끔 말을 걸어주고 책을 빌려줄 수는 있겠지. 심심하니까. 그러나 쓸모 있는 말동무쯤으로만 여기던 아랫것이 제 분수를 잊고 기어오르기 시작하면, 내치는 건 쉬웠다. 애초에 진심으로 아낀 적 없으니.

여태 먹고살기 위해 수많은 귀족 밑에서 일했으면서 중요한 순간에 착각에 빠진 자신이 원망스러웠다. 그래, 착각. 호의를 특혜로 착각하지 말라는 아가씨의 차가운 명령이 귓가에 맴돌았다. 레티가 고개를 수그렸다.

"죄송합니다, 아가씨. 앞으로는 함부로 물건에 손대지 않겠습니다. 부디 용서해 주세요."

애초에 당신이 종이를 아무렇게나 늘어놔서 벌어진 일인데 왜 이러느냐고 따질 수 없었다. 이곳의 모든 것의 주인은 엘리자베스였고, 레티는 한낱 하녀였다.

"그래. 앞으로 주의하도록 해."

차디찬 꾸중이 계속해서 쏟아졌다. 눈빛마저 말투처럼 싸늘할지 알 수 없었다. 시선을 들어 확인할 용기가 없었다. 레티는 겁쟁이처럼 고개를 숙여 얼굴을 감췄다.

엘리자베스가 손에 종이를 쥔 채 굳은 얼굴로 돌아섰다. 그러나 미처 한 걸음을 온전히 떼기도 전 눈을 크게 뜨며 멈췄다. 레티는 경악하며 몸을 움츠렸다. 어떻게든 참으려고 절박하게 버텼는데 서러운 눈물이 떨어졌다. 아이처럼 속상했다.

"레티, 울어?"

냉기가 빠져나간 목소리로 엘리자베스가 물었다. 레티는 차마 대답하지 못했다. '네'라고 답하는 건 너무 이상했고, 아니라고 잡아떼기에는 눈물이 너무 명백했다. 레티는 조용한 울음을 그치려 애쓰느라 입술을 꽉 깨물었다. 하지만 기어코 흐느낌이 잇새를 적셨다. 두 여자 다 머릿속이 새하얘졌다.

"레티."

목소리가 부드러워지며 간절해졌다. 직전의 냉정한 훈계는 아득한 과거 같았다. 엘리자베스는 후회하고 후회하며 종이를 책상에 내려놓았다. 담요를 끌어다 종이를 덮어 내용물을 가린 엘리자베스가 레티에게 다가갔다.

고개를 숙인 채 흐느낌을 억누르는 하녀 앞에서 아가씨는 머뭇거렸다. 그러다 어색하게 손을 뻗어 하녀의 어깨를 감쌌다. 엘리자베스가 부드럽게 등을 쓸자 레티는 숨을 삼켰다. 아까 욕실에서 맡았던 입욕제 향이 감각을 마비시켰다.

"미안해, 레티. 그렇게까지 화내려는 건 아니었어. 내가 잠시 흥분했다. 제발 울지 마."

낮은 목소리로 안타깝게 달래는 아가씨의 모습은 낯설면서도 친숙했다. 엘리자베스의 품속에서 레티는 혼란을 느꼈다. 방금까지만 해도 엘리자베스는 차가웠다. 아프고 두려웠다. 그런데 지금 엘리자베스는 다정했다. 마치 어제와 같았다. 직접 하녀를 안고 다독이는 손길이 레티를 헷갈리게 했다.

"레티."

엘리자베스가 다시 이름을 불렀다. 그러나 혼란을 부풀릴 뿐이었다. 엘리자베스가 레티를 살짝 밀어냈다. 레티가 물먹은 눈으로 엘리자베스를 쳐다보았다. 간격이 매우, 매우 좁았다. 숨결이 엮일 만큼.

엘리자베스는 손으로 레티의 젖은 뺨을 쓸었다. 느리게, 부드럽게, 아기를 어루만지듯. 평생 물 한 방울 안 묻혀봤을 법한 말랑한 살갗이 조심스럽게 눈물을 닦아냈다. 레티의 호흡이 가빠졌다. 흐느낌이 저절로 사그라졌다.

"내가 잘못했어."

엘리자베스가 거듭 사과했다. 옅게 찡그린 얼굴이었다. 자신도 울음을 참는 것처럼. 그 영문 모를 고통의 표정이 아까 들었던 냉혹한 꾸중보다도 레티를 더 아프게 찔렀다.

"아니에요. 저야말로 죄송해요, 아가씨."

레티가 중얼거리며 시선을 내렸다. 아가씨의 어깨에 손을 얹고 그대로 지그시 밀어내고 싶었다. 하지만 감히 자신이 이분을 만져도 되는지 알 수 없었다. 이미 너무 가깝게 닿은 주제에.

"아니야, 레티. 내 잘못이야. 나가고 나서야 떠오르더군. 평소에는 미리 치워두는 서류인데, 아까는 깜빡했어. 그래서 다시 올라왔다가……."

엘리자베스는 주절주절 말하다가 한숨을 뱉으며 입을 다물었다.

레티는 잠자코 기다렸다. 하지만 더 이상의 설명은 없었다. 간격도 더는 좁혀지지 않았다. 숨결이 엮일 만큼 가까워지긴 했지만 이 이상 아무 일도 일어나지 않았다.

"어쨌든 미안해. 너는 잘못이 없어, 레티."

아가씨가 쓸쓸한 눈으로 레티를 가볍게 밀어냈다. 맞닿았던 품이 떨어졌다. 맞물렸던 숨결도 멀어졌다. 레티는 잠깐 꿈을 꾼 기분이었다.

"이건 내가 치울게. 신경 쓰지 마라."

엘리자베스가 레티를 등지며 서류에서 담요를 치웠다. 레티는 감히 바라보지 못하고 시선을 내렸다. 엘리자베스는 서류를 들고 책장 사이로 사라졌다. 부스럭부스럭하는 소리가 잠시 들린 뒤 발소리가 돌아왔다.

레티가 고개를 빠끔히 들었다. 다시 눈앞에 아가씨가 있었다. 평소처럼 담담한 듯 다정한 눈빛이었다. 명치끝이 지끈 쑤셨다. 아까 당혹스러운 꾸지람이 떨어질 때 저 눈빛이 유독 그리웠다.

레티는 무서웠다. 오늘이 고작 다섯 번째 만남인데 그새 그리워할 눈빛이 생겼다니. 저 다정함이 어느새 익숙해졌다니. 언제라도 빼앗길 수 있는 다정함이었다. 아니, 애초에 가진 적조차 없기에 빼앗길 수도 없었다. 가질 수 없다면 탐내지 않는 게 낫건만 심장이 바보같이 굴었다.

"레티, 많이 놀랐나?"

"……아닙니다."

"거짓말."

부드러운 비난에 안타까움이 가득했다. 레티가 엘리자베스의 표정을 살폈다. 아까 레티를 가장 아프게 찔렀던 그 표정과 비슷했다. 본인도 울음을 참는 듯한 눈빛.

"놀라지도 않았는데 그렇게 울었어?"

"많이는 안 울었잖아요."

"그래도 울긴 울었지."

"그야, 아가씨가 화내셔서……. 죄송해서……."

"죄송할 필요 없다. 아까도 말했지만 너는 잘못한 거 없어. 내가 말이 너무 심했어."

"그래도 중요한 서류인 것 같은데, 제가 함부로 읽었으니까요."

귀퉁이에 쪽수가 적힌 정체 모를 서류. 그 종이를 만졌다는 이유로 엘리자베스가 그토록 화낼 줄 알았더라면 근처에도 가지 않았을 텐데. 다시 명치끝이 묵직하게 아렸다.

"그 서류를 읽었나?"

"네, 네?"

"방금 읽었다며."

"아……. 딱 한 줄만 읽었습니다. 진짜예요."

"……됐어. 물어봐서 미안하다."

"진짜예요. 딱 한 줄만 읽었어요. 무슨 내용인지도 기억 안 납니다. 정말로요."

"됐다고 했잖아. 그리 엄청난 비밀도 아니다. 그냥 나 혼자 예민하게 군 거니까, 신경 꺼도 괜찮아."

엘리자베스의 표정은 언제 그리 매섭게 굴었냐는 듯 온화하기 그지없었다. 레티는 억울할 지경이었다.

별것도 아니면서 그렇게 화낸 거예요? 나는 당신께 그런 말을 들어서 정말로 가슴이 아팠는데.

"억울한가?"

"네?"

"억울하냐고. 이렇게 빨리 가라앉을 거였으면서 아까는 너한테 그렇게 화를 내서."

"아니, 그게, 아가씨, 무슨, 저는……."

아니, 독심술 하세요? 당황한 레티가 우왕좌왕하자 엘리자베스가 웃었다.

"내가 말했지, 레티. 너는 너무 투명해. 어떤 생각을 하고 마음을 품었는지 다 보여."

"그, 아니, 아닐걸요?"

내가 어떤 생각 중이고 어떤 마음인지 다 보이면 큰일 나는데.

레티가 망연자실하여 바라보자 엘리자베스가 재차 웃었다. 이번에는 소리 없이, 눈과 입술로만. 엘리자베스는 볼이라도 꼬집어 주고 싶은 심정에 손을 뻗었다가 재빨리 거두었다.

"억울해?"

"아뇨, 안 억울합니다, 하나도 안 억울해요."

"억울한 것 같은데."

"아니요, 아가씨, 오해입니다. 절대, 완전, 하나도 안 억울해요."

"그래?"

"네."

"표정은 말하고 다른 것 같은데."

"그건……."

한참 전에 그쳤던 울음이 다시 터질 지경이었다. 아랫것들 피 말리는 게 취향이신가? 빙빙 도는 문답으로 상대방을 너덜너덜하게 만들어놓곤 막상 본인은 입을 가리고 조용히 웃는 모습이 진심으로 얄미웠다.

"지금은 내가 얄미워 죽겠다고 생각하고 있지?"

그냥 일 그만둘까?

레티는 심각하게 고민했다.

엘리자베스가 재차 부드럽게 웃었다. 아까 억지로 주먹을 바르쥔 게 무색하도록 상대방이 마음에 겨웠다. 머리가 보내는 경고음이 마음의 열망에 압도당했다. 그녀는 이미 후회할 길을 선택했다.

"대답하지 않아도 된다."

엘리자베스가 입술을 꾹 물어 참으며 너그러운 척 타일렀다. 레티는 혼미해진 정신으로 아가씨를 바라보았다. 엘리자베스가 한 걸음 가까이 다가갔다. 레티가 움찔 떨며 어깨를 굳혔다. 다시 한 걸음 더, 이번에는 조금 더 넓은 보폭으로.

아까 숨결이 엮일 때만큼은 아니지만 서로가 훨씬 잘 보이는 거리에서 엘리자베스가 멈췄다. 여기서 재차 한 걸음을 내디디면 어떻게 될까. 다시 품이 맞닿는다면.

하지만 엘리자베스는 욕심을 참았다. 이번에는 파국을 면하고 싶었다.

"내가 얄밉게 굴었으니 사죄의 의미로 선물을 하나 하지."

"아뇨, 진짜……. 얄밉다고 생각한 적은 없는데……."

"누누이 말했지만 너는 거짓말에는 전혀 재주가 없으니 아닌 척 하지 않아도 돼, 레티."

"아무리 들어도 칭찬 같지 않은데요."

"마찬가지로 이전에도 말했지만 네가 칭찬으로 받아들여 준다면 칭찬이 되는 거야."

엘리자베스는 부루퉁한 레티의 뺨을 손끝으로 슬쩍 쓸었다. 레티는 토라진 것도 잊고 눈을 동그랗게 떴다. 엘리자베스는 행동하자마자 후회했다. 그녀가 손을 치웠다. 낮은 목소리에 변명이 담겼다.

"눈물이 아직 묻어 있었어."

저 때문에 흘린 눈물이었다. 아직도 지난날의 그늘에서 벗어나지 못해 때때로 못된 화풀이를 하는 그녀, 엘리자베스 메리요트 때문에. 엘리자베스는 레티의 뺨에 남은 얼룩덜룩한 자국에 마음이 아팠다.

“내가 선물을 하나 한다고 했지.”

“아가씨, 정말 괜찮습니다. 감사하지만 제게는 과분한 일이에요.”

“뭔지 들어 보지도 않고 과분하다는 거야?”

엘리자베스가 경쾌하게 묻자 레티는 입을 다물었다.

‘네, 아가씨.’

그녀가 속으로 속삭였다.

‘저택의 공주님이 한낱 하녀에게 내리는 선물은 그게 무엇이든지 간에 과분할 거예요.’

“일단 오늘은 일 그만해.”

“네?”

“새먼 부인한테는 내가 잘 말해놓으마. 오늘은 이만 쉬어.”

“하지만…….”

“월급이 깎이는 일도 당연히 없을 거고.”

뜻밖의 유급 휴가라니 엄청난 선물이긴 했다. 레티는 과분하다며 밀어내던 것도 잊고 잠시 군침을 흘렸다. 그녀의 눈이 반짝이자 엘리자베스가 생긋 웃었다.

귀여워라. 사랑스러워.

“그리고 선물 두 번째.”

“두 개나 있어요?”

"사실 세 개야."

"네? 아가씨, 정말 그건 아닌 것 같습니다. 하나도 이미 과분한 걸요."

"일단 들어보고 얘기해. 두 번째 선물, 시간 비는 대신 나랑 산책해."

레티의 표정이 확 굳었다. 그건 선물이 아닌데요? 금쪽같은 휴일에 윗사람과 산책이라니 형벌에 가까웠다.

울상을 짓는 하녀를 보고 아가씨가 얄밉게 웃었다. 뻔뻔한 귀족 아가씨는 딱 한 번만 자신의 권력을 남용하기로 했다. 어차피 무도회까지는 한 달. 주어진 시간은 많지 않았다. 한 달 뒤면 자신은 다른 누군가의 아내가 되어야만 했다.

"제게 거부권은 없는 거죠?"

"없다고 보면 되지."

"……아가씨, 잘못했어요."

"됐고. 세 번째 선물이 뭔지나 들어봐."

이런 못돼먹은 상전을 봤나. 힘없는 아랫것은 아가씨를 뾰로통하게 노려보았다. 그러다 다음 순간, 본인의 귀를 의심하며 눈을 크게 떴다.

"조만간 시내로 나갈 일이 있는데, 그때 너를 데려갈게. 가서 자네트 노스턴을 만나게 해줄게."

"자, 자네트 노스턴이요?"

"그래. 그 사람도 이 근처에 살잖아. 몰랐나?"

"몰랐어요. 아니, 아가씨가 어떻게 그분을……."

자네트 노스턴은 레티가 존경해 마지않는 소설가 중 하나로 공교롭게도 메리요트 영지와 인접한 도시에서 나고 자랐다. 이 일대에서는 그 도시가 가장 크고 번화했다. 그런즉 이곳 출신의 유명인들은 전부 그 도시 사람이라 해도 과언이 아니었다.

"메리요트 가문이 후원하는 예술가가 일대에 수두룩해. 전국 단위까지 논하기는 부끄럽지만 적어도 여기서 태어났거나 공부했던 음악가, 작가, 화가의 대부분이 우리 집안과 연이 있지. 자네트 노스턴도 그중 하나고."

레티는 엘리자베스의 설명을 이해했다. 그러고는 낙담했다. 애초에 희망할 것도 없는데 왜 매번 실망하고야 마는지 모를 일이었다.

엘리자베스 메리요트 공주님, 그리고 고만고만한 하녀 레티. 까마득한 거리감이 그녀를 압도했다. 아무리 발버둥 쳐도 닿을 수 없는 먼 곳에서 엘리자베스가 아름답게 빛나고 있었다.

"만나게 해줄게. 좋아하는 작가라고 하지 않았나? 나머지 셋은 어려울 것 같지만 노스턴 씨는 내가 편지를 부치면 좋다고 답할 거야."

바로 그저께, 자신이 좋아하는 작가를 아가씨에게 얘기하며 레티는 올리버 르완, 자네트 노스턴, 요한슨 윌랜드, 그리고 벤자민 레이먼을 언급했다. 그걸 또 기억하고 있었다는 생각에 가슴이 뭉클해졌다가 곧 슬픔으로 식었다.

당신은 심심풀이로 상대하는 하녀의 취향을 다 기억해 줄 만큼 섬세하고, 그 취향에 맞는 선물을 마련할 만한 재력과 인맥이 있지만, 나는 당신께 어떻게도 보답할 수 없어.

이토록 아름답고 다정한 분께 아무런 의미가 될 수 없음을 깨닫는 건 슬픈 일이었다. 레티는 애써 웃었다.

당신은 모든 생각과 감정이 내 눈에 고스란히 드러난다는데, 제발 그게 거짓말이었으면 좋겠다. 지금 마음에 어떤 설움이 고여 있는지 부디 평생 몰라주기를.

"감사합니다, 아가씨. 정말 많이 기뻐요."

"이번에는 과분하다고 말하지 않네? 못 받겠다고 거절하지도 않고."

"그야 그래봤자 거짓말일 테니까요. 만나고 싶어요, 자네트 노스턴. 진짜로요."

"다른 세 명은 못 만나도 괜찮고?"

"그분들도 아가씨가 만남을 주선해 주신다면 당연히 기쁘게 가겠지만 어려울 것 같다고 이미 말씀하셨잖아요. 한 명만으로도 충분해요. 정말로 감사해요, 아가씨."

"음. 조금 질투 나네."

"네?"

레티가 고개를 갸웃했다. 엘리자베스는 살짝 웃을 뿐 대답하지 않았다. 대신 레티의 뺨을 문질렀다. 충동적인 행동이었다. 저지르자마자 후회가 밀려올 정도로.

"그러니까 그만 울어. 울지 말고 웃어 줘. 내가 특별히 엄선한 선물이니까."

엘리자베스가 당부했다. 잔잔히 휜 눈꼬리에 진심이 담겼다.

심지어 형벌에 가까운 두 번째 선물마저도 오직 레티를 웃게 만들고 싶어서 준비했다. 그녀에게 보여 주고 싶은 곳이 있다. 때로는 감옥처럼 여겨지는 이 저택에서 해방감을 불어넣어 주는 곳. 함께 본다면 훨씬 기쁠 것 같았다.

"정리하고 1층으로 내려와, 레티. 현관 말고 뒷문으로. 거기서 기다릴게."

자네트 노스턴 이야기에 정신이 팔려 두 번째 선물을 잊고 있었던 레티가 고개를 들었다. 얼마나 금쪽같은 휴가인데 산책이라니. 이게 대체 어딜 봐서 선물이람. 속으로 구시렁대며, 하지만 사실은 기쁘게 여기며 레티는 끄덕였다. 한낱 하녀에게 거부권은 없었다.

"네, 아가씨."

레티가 맑게 대답하자 엘리자베스는 웃어 준 뒤 돌아섰다.

멀어지면 멀어질수록 그녀가 더 빛나는 것 같았다.

본의 아니게 갑작스럽게 농땡이를 치게 되어 찝찝했지만 그래도 유급 휴가라는 말은 단어 자체로 신이 났다. 레티는 금세 즐거워졌다. 놀 수 있을 때 놀아야지.

아득한 곳에서 아름답게 빛나는 아가씨를 떠올리면 슬펐다. 하지만, 어쩌랴. 원래부터 그런 사이였다. 아가씨가 뜻밖에도 베풀어준 호의 덕분에 잠시나마 친할 척할 수 있던 것에 불과했다. 고작 나흘밖에 안 됐지만 그 시간 내내 매일 얼굴을 맞대고 대화하다 보니 친숙하다고 착각해서 벌어진 일이었다. 그뿐이었다.

'그래, 나는 돈만 받고 일하면 그만이야. 잠깐 이렇게 윗사람 장단 좀 맞춰주고.'

레티는 새삼스레 자신의 분수를 곱씹으며 서재를 벗어났다.

"왔어?"

뒷문 바깥에 엘리자베스가 있었다. 레티는 말없이 감탄했다. 승마복으로 갈아입은 아가씨는 원피스를 입었을 때와는 다른 매력을 풍겼다. 레티는 죄책감을 느끼며 시선을 내렸다. 아가씨가 아름답다고 생각할 때마다 죄를 짓는 듯했다. 저 눈을 똑바로 바라보기가 힘들었다.

"혹시 말 탈 줄 아나?"

"아니요. 타 본 적이 없습니다."

승마는 귀족의 운동이었다. 동생들 학비에 보태려고 하녀로 일하는 레티가 그런 걸 배워 봤을 턱이 없었다.

"아예 없어?"

"네."

"이번 기회에 타 보면 되겠군."

"네?"

"숲속에 제법 근사한 산책로가 있어. 거기까진 말을 타고 이동할 거야."

말을 타 보기는커녕 멀리서 몇 번 본 게 전부인 레티는 기겁했다. 낙마, 사고, 죽음 같은 무시무시한 단어가 머릿속에 부대꼈다.

말을 타고 이동한다니 방금 내가 드린 말씀 못 들으셨나?

"대체 무슨 상상을 했길래 울상이야? 당연히 너 혼자 타라고 하진 않을 거다. 나랑 같이 타면 돼, 레티."

"아아, 네. 잠깐, 네?"

하염없이 '네'를 연발하며 울부짖는 가련한 하녀를 아가씨는 느긋한 표정으로 웃으며 지켜보았다.

역시 저분은 나를 고통에 몰아넣고 그걸 즐기시는 거야.

견고한 결론에 도달한 레티는 거의 울먹이며 아가씨를 쳐다보았다. 그러나 엘리자베스는 물러서지 않고 단호한 태도를 유지했다.

"어서 와, 레티. 떨어지지 않도록 꼭 잡아줄게."

"아니에요, 아가씨. 저는 걸어가도 됩니다. 말고삐를 잡을게요."

소설에 보면 귀족은 우아하게 말에 타고 아랫사람들이 말고삐를 잡고 이끌던데. 레티는 여태 집안일을 담당하는 하녀로만 일을 해와서 귀족과 함께하는 야외 활동은 생소했다. 말고삐를 잡는 일도 물론 해 본 적 없었다. 하지만 아가씨와 밀착한 채로 흔들리는 말 위에서 버티는 것보다는 훨씬 수월할 것 같았다.

레티는 잿빛으로 질려서 엘리자베스를 간절하게 바라보았다. 엘리자베스는 코웃음을 쳤다.

"말을 한 번도 타 본 적 없으면서 고삐를 잡겠다고? 말이 그렇게 순순한 짐승 같니? 꽤 까다로우니 너 같은 초보가 쭈뼛대봤자 거들떠보지도 않을 거다."

아가씨의 적나라한 지적에 하녀는 시무룩해졌다. 토라진 모습을 보고 엘리자베스는 웃으며 성큼 다가섰다. 레티는 좁아진 간격을 느끼고 흠칫 굳었다.

"뭐가 그렇게 불만이니, 응? 나랑 같이 말 타는 게 싫어?"

"아니요. 그런 게 아닙니다."

"그럼 내가 혹시 말을 잘못 몰아서 낙마할까 봐 무서운 거야?"

"그것도 아니에요."

"그것도 아니면 왜 이렇게 겁먹었어? 내가 해칠 것도 아닌데."

엘리자베스가 손을 뻗어 레티의 팔을 쓸었다. 레티는 전율했다. 분명 긴소매를 입었고 엘리자베스도 승마용 장갑을 끼고 있는데, 도톰한 모직과 두꺼운 가죽을 뚫고 살과 살이 맞닿는 느낌이었다.

“나랑 같이 타자, 레티.”

엘리자베스가 부드럽게 말했다. 회색 눈과 녹색 눈이 맞물렸다. 레티는 제게 거부권 같은 건 없음을 알았다. 단순히 그녀가 하녀이기 때문만은 아니었다.

“네, 아가씨.”

결국 레티가 패배를 선언했다. 엘리자베스는 얄밉게 웃고는 뒤돌아서 사뿐히 앞서갔다. 레티가 음침한 표정으로 뒤따랐다.

풀이 사각사각 밟혔다. 바람은 잔잔해졌다. 춥다는 생각은 들지 않았다.

마구간은 별관에 가까웠다. 엘리자베스가 문을 열고 들어갔다. 동물의 눅진한 냄새가 두 여자를 반겼다. 레티는 코를 막고 싶은 걸 참았다. 엘리자베스는 익숙한 듯 깊숙한 곳까지 걸어갔다. 레티가 상전과 보폭을 맞췄다.

“말은 어디 있나요, 아가씨?”

“저기.”

엘리자베스의 손끝을 따라 시선을 옮긴 레티는 거대한 밤색 짐승을 보고 감탄했다. 엘리자베스가 모는 말은 제 주인만큼이나 아름다웠다. 검은색 갈기는 윤기를 머금어 탐스러웠고 구슬 같은 눈동자는 선명하며 온순했다.

레티는 두려움도 잊고 가까이 다가갔다. 엘리자베스가 옆에서 웃었다.

"반했구나."

"예쁘게 생겼어요."

"만져 볼래?"

"그래도 돼요?"

"어차피 곧 타기까지 할 건데 안 될 것도 없지."

엘리자베스가 흔쾌히 허락하자 레티가 걸음을 내디뎠다. 그녀가 말의 목을 수줍게 쓰다듬었다. 생각보다 말랑했다. 평생 도시에서 나고 자라 집에서 강아지도 길러 본 적 없는 레티로서는 새로운 경험을 했다. 레티가 입술을 열어 맑게 웃자 엘리자베스가 쳐다보았다. 뒤늦게 시선을 느낀 레티가 입을 다물었다.

"왜 그렇게 빤히 보세요, 아가씨?"

내가 너무 경박하게 웃었나? 멍청하게 실실 웃느라 못생겨 보인 건 아니야? 뭐, 어차피 외모로 아가씨 앞에서 빼길 수 있는 건 아니지만. 레티는 이제라도 엄숙해 보이기 위해 애썼다. 그런 그녀가 귀엽다는 생각이 들었지만, 웃는 대신 엘리자베스는 어색하게 어깨만 으쓱했다.

"그냥. 신나 보여서."

'예뻐 보여서'라고 솔직하게 말하지는 못했다. *방금 웃는 모습이 참 예뻤어. 네 웃음에는 단 한 톨의 불순물도 없는 것 같았어.* 털어놓기가 쑥스러웠다.

"딱히 신난 건 아니에요. 말이 예뻐서 기분이 좋은 거예요."

레티가 정정했다. 절대 당신과 말을 타게 돼서 신난 건 아니라고 지적하는 괘씸한 하녀를 보고도 엘리자베스는 화가 나기는커녕 가슴이 물렁물렁해졌다. 고작 나흘 전에 만난 이 하녀가 평생을 알고 지낸 친구처럼 편안했다.

어쩌면 시간이 얼마 남지 않았기에 더욱 빠듯하게 하루하루를 살아가는 걸지도 몰라.

그런 생각을 떠올리자 쓴웃음이 번졌다. 엘리자베스는 우울한 생각을 떨쳐내며 눈앞의 귀여운 하녀에게 집중했다.

"그것도 좀 질투 나네."

"네?"

"됐고 내가 먼저 탈 테니 너도 따라서 타."

"그렇게 갑자기요?"

"갑자기는 아니지. 말을 타러 왔으니까 말을 타자는 것 뿐인데. 계속 만지고만 있게?"

"제 말은, 그게 아니라……. 네, 알겠습니다."

엘리자베스가 먼저 날렵한 동작으로 말 위에 올랐다. 레티는 음울하게 감탄했다. 저 민첩한 몸놀림도 몹시 매력적이었다.

"이제 타, 레티. 내가 잡아줄게."

저택의 공주님이 한낱 하녀에게 손을 내밀었다. 그 영광을 기쁘게 받아들이며 하녀는 기꺼이 그 손을 맞잡았다. 엘리자베스가 힘을 실어 하녀를 잡아당겼다. 레티의 몸이 위로 쑥 떠올랐다. 어느새 레티는 난생처음 말 위에 안착했다.

지면이 생각보다 멀었다. 레티는 기겁하며 얼어붙었다. 실수였다. 레티가 딱딱한 자세로 몸에 힘을 주고 앉아 있는 것을 알아챈 엘리자베스가 하녀의 가느다란 허리에 늘씬한 팔을 감았다. 레티는 더 아찔해졌다.

"왜, 떨어질 것 같아서 무서워?"

지금은 말에서 떨어질 가능성보다도 귓불에 감기는 아가씨의 숨결이 더 무서웠다. 레티는 숨을 참았다. 승마복으로 갈아입은 아가씨와 달리 치마를 입은 레티는 양다리를 모아 옆으로 뺀 채 비스듬히 앉았다. 그 덕에 엘리자베스는 레티의 뒤통수가 아닌 옆얼굴을 뻔뻔하게 바라볼 수 있었다.

지나치게 가까웠다. 적어도 레티는 그렇게 여겼다.

"아닙니다."

레티가 간신히 대답했다. 겁에 질린 병아리처럼 삐악대는 하녀를 아가씨는 물끄러미 보았다. 잠시 뒤, 엘리자베스는 자비를 베풀 듯 팔을 풀었다. 레티는 그제야 숨을 몰아쉬었다. 엘리자베스가 말고삐를 잡았다.

"뛰지 않고 걸을 거야. 빠르게 가지 않을 테니까 걱정하지 마."

"네, 아가씨."

엘리자베스가 조곤조곤 달랬다. 레티는 자그맣게 답했다. 엘리자베스가 가볍게 이랴 소리를 내자 말이 움직였다.

생경한 덜컹거림에 레티가 몸을 움츠렸다. 그러고는 잔뜩 볼멘 소리로 중얼거렸다.

"이거 선물인 거 맞아요?"

레티는 말해 놓곤 후회했다. 건방지다고 생각하면 어떡하지? 심장이 쪼그라들었다.

지금은 이토록 친숙하게 대해주시지만, 그리고 어제는 서재에서 마음껏 책을 빌려 가도 좋다고 하셨지만, 아까는 그토록 차갑게 구셨는걸.

"응, 맞아."

엘리자베스는 종전의 잔인함을 잊은 듯 친절했다. 레티는 그렇게 생각했다. 허나 사실 엘리자베스는 전의 실수를 전혀 잊지 않았기에 더더욱 다정하게 구는 중이었다. 화풀이를 한 것이 창피해서 필사적으로 애쓰고 있었다.

레티는 속으로 안도했지만 겉으로는 입술만 삐죽였다. 아가씨가 화내지 않아서 감사했다. 또한, 이런 선물을 받아 남몰래 기뻤다.

갑자기 생긴 금쪽같은 휴일에 윗사람과 승마와 산책을 함께하는 게 과연 선물이 맞느냐고 따지는 체했지만, 실은 간혹 스치는 아가씨의 체온이 든든했다.

단풍나무 숲을 향해, 말이 계속해서 움직였다.

"여기야."

꽤 오랫동안 말을 타고 이동한 엘리자베스가 속삭였다. 말에서 떨어지지 않는 동시에 아가씨를 너무 의식하지 않으려 애쓰던 레티가 고개를 들었다. 곧 그녀는 눈을 치뜨며 감탄했다.

숲속 한가운데 호수가 있었다. 호숫가에는 가을철 들꽃이 만개했고 바람이 부드럽게 훑고 지날 때마다 그 꽃들이 색깔별로 흔들렸다.

레티는 말 위에서 느리게 둘러보며 붉은 단풍과 푸른 호수를 찬찬히 음미했다. 엘리자베스는 뿌듯하게 지켜보았다. 동그란 눈을 더욱 동그랗게 뜨고 풀 조각 하나까지 전부 시야에 새기려는 레티를 조금 더 가까이서 관찰하고 싶었다.

"아름다워요, 아가씨. 여기 진짜 예뻐요."

하지만 그런 흑심은 자제해야겠지. 참새처럼 재잘대는 하녀를 보고 아가씨는 본심을 꾹 눌러 참았다. 엘리자베스가 차분한 음성으로 맞장구쳤다.

"맞아. 아름답지."

엘리자베스가 먼저 말에서 사뿐히 내렸다. 그녀가 레티를 향해 손을 뻗었다. 레티는 손을 맞쥐고 내려오다가 땅을 딛기 직전 초보답게 발을 헛디뎌 중심을 잃고 휘청이며 쓰러졌다. 엘리자베스가 품으로 그녀를 받았다. 아까 우는 레티를 달랠 때처럼 두 사람의 몸이 밀착했다. 양쪽 모두 숨을 참았다.

바람의 속삭임을 빼곤 사위가 잠잠했다.

"죄송합니다."

레티가 먼저 소리를 냈다. 엘리자베스가 말없이 레티를 내려놓았다. 떨리는 두 발이 땅을 디뎠다. 레티가 고개를 숙였다. 들켰을까? 들켰나?

엘리자베스의 말투는 여상했다.

"죄송할 건 없어. 말에서 내릴 때 조심하도록 해, 레티. 다칠 수 있으니까."

"네, 아가씨."

"그리고 뱀도 조심해."

"뱀이요?"

"숲속에 독사가 살거든. 이 근처는 풀이 길지 않고 지금은 대낮이라 잘 보여서 괜찮을 테지만……. 그래도 혹시 모르니까."

레티가 침을 꿀꺽 삼켰다. 독사라니. 도시에서 나고 자란 레티에게는 멀기만 한 이야기였다. 잔뜩 긴장한 다람쥐처럼 시선을 또르르 굴리는 레티를 보고 엘리자베스가 빙긋 웃었다.

"긴장 풀어, 레티. 여기는 풀이 길지 않아서 뱀이 숨기가 어려워. 혹시 뱀을 발견하더라도 피하면 되니까, 겁먹을 필요 없어."

"저, 아가씨. 혹시 여기서 독사에 물려서 죽은 사람도 있나요?"

"이 지역에 그렇게 독한 뱀은 없어. 뱀독에 유독 예민한 체질이라면 좀 위험하겠지만."

"아, 네."

"물론 죽지는 않더라도 죽도록 아프겠지?"

"아아, 네……."

레티의 목소리가 작아지고 안색은 창백해졌다. 조금 미안했지만 엘리자베스는 레티를 놀리는 게 참기가 어려웠다. 너무 귀여웠다.

"걱정하지 마, 레티. 내가 말했잖아. 이쪽은 괜찮다고."

엘리자베스가 시치미를 뚝 떼고 쾌활하게 말하며 레티의 손을 잡았다. 그녀가 레티를 이끄는 목적지는 분명했다.

"독사 걱정은 말고 즐겨. 남은 하루는 쉬기로 했으니까."

들꽃이 유독 풍성하게 만개한 곳에 두 사람을 위한 돗자리와 음식 바구니가 있었다.

"소풍이야."

그곳을 가리키며 엘리자베스가 상냥하게 선포했다. 레티는 눈을 의심했다. 갑자기 숲속에 웬 이런 동화 같은 풍경이람? 설마, 설마……?

"숲의 요정……?"

레티는 멍청하게도 혼자만의 망상을 소리 내어 말해버렸다. 엘리자베스는 어처구니없다는 듯이 레티를 보다가 끝내 폭소했다. 레티의 뺨이 새빨개졌다.

"푸핫, 숲의 요정이라니, 하하! 레티 너 정말 귀엽다."

"우, 웃지 마세요!"

"네가 날 웃기니까 그렇지. 혹시 일부러 그런 건가?"

"아, 하하, 물론이죠. 설마 제가 세상에 요정 같은 게 있다고 믿겠어요. 하하하……."

"또 거짓말하네, 레티. 너는 너무 투명하다고 분명 말했을 텐데."

히죽거리는 엘리자베스를 레티가 쏘아보았다. 원래 이런 성격이던가? 평소 엘리자베스는 분명 정적이고 진지한 느낌이었다. 안경을 벗어서 그럴까, 아니면 드레스가 아닌 승마복을 입어서 그럴까. 또는 모든 게 고요하게 가라앉은 그 유화 같은 저택에서 벗어나서일까. 지금 엘리자베스는 불꽃에 휘감긴 것처럼 들썩이고 있었다.

"네가 청소 도구를 정리하는 동안 미리 갖다 놓으라고 했어. 도착했을 때 모든 게 준비되어 있도록."

"아, 그렇군요. 당연히 그랬겠네요. 하하."

아가씨의 명령에 누군가가 음식을 준비하고 누군가가 돗자리를 깔아두었을 테다. 일이 다르게 흘러갔다면 그 사람이 자신이었을 수도 있었다. 그 자연스러운 과정을 뒤늦게 떠올리고 레티는 어색하게 끄덕였다. 레티 골드, 이 바보.

"정말로 숲의 요정이 저걸 준비했다고 생각했나?"

"아, 아닙니다, 아가씨. 설마요."

"너의 그 순수함이 좋아, 레티."

"정말 아니라니까요."

레티는 필사적으로 항의하는 와중에도 단 하나의 어절 때문에 명치끝이 비틀렸다. **그 순수함이 좋아, 레티. 좋아.**

"앉아."

아가씨가 다정하게 말했다. 레티는 치마폭을 가지런히 모으며 돗자리 위에 앉았다.

언제든 다시 거세질 수 있는 가을바람을 대비해 담요도 준비되어 있었다. 엘리자베스가 담요를 어깨에 둘러주자 레티가 얼굴을 붉혔다.

"저는 괜찮습니다, 아가씨. 아가씨가 덮으세요."

"아니야, 네가 하고 있어, 레티. 감기라도 걸리면 안 되니까."

"그건 아가씨한테도 해당하는 말 아닌가요? 어서 덮으세요."

"아니야, 네가 써. 나야 감기에 걸리면 그냥 내 책임이지만, 네가 내 선물 때문에 감기에 걸리면 네가 아픈 것으로 모자라 나까지 곤란해지니까 곱절로 힘들지. 그러니 그냥 네가 써."

궤변이었다. 그러나 윗사람이 고집하는데 극구 거부하는 것도 예의는 아닐 터. 레티는 제 어깨를 감싼 담요를 꼭 붙들었다. 폭신했다.

"감사합니다."

"천만에, 레티. 나야말로 네게 감사해."

"……왜요?"

"내가 선물이랍시고 억지 부렸는데 받아 줬잖아. 뭐, 너는 거부할 힘이 없었으니 받아 줬다고 말하기도 뭐하지만."

레티는 당황해서 침묵했다. 내가 별수 없이 상전의 말에 순종하는 무력한 존재라는 걸 알면서 왜 구태여 여기까지 끌고 왔을까. 저 그윽한 녹색 눈 뒤에 숨은 생각이 궁금했다. 정녕 어떤 생각과 어떤 감정을 품었는지 알고 싶었다.

당신은 늘 내 표정이 그렇게 투명하다는데 그건 참 불공평해. 나는 당신을 모르는데 당신은 나를 아는 거잖아.

"그리고 내가 오늘 널 울렸잖아."

"네?"

"거듭 말하지만 미안하게 생각한다. 정말로."

아직도 레티의 눈가에는 부기가 남아 있었다. 레티는 시선을 내리며 중얼거렸다.

"괜찮습니다. 정말이에요."

아직도 날 찌른 말들을 생각하면 가슴이 아프지만, 그럼에도 당신을 미워할 수가 없어.

자신이 답 없는 짝사랑에 빠졌다는 사실을 재차 확인받는 순간이었다. 자괴감이 들었다.

"……먹어, 레티."

아가씨가 부드럽게 권했다. 어느새 가라앉은 분위기가 두려워서 레티는 엘리자베스를 흘깃했다. 우아한 얼굴은 여전히 다정했다.

엘리자베스가 바구니 뚜껑을 열고 깨끗한 천에 싸인 빵을 꺼냈다. 호두와 말린 과일이 박힌 먹음직한 빵 덩이는 오븐에서 꺼낸지 얼마 되지 않은 듯 따끈했다.

"배고프지? 점심시간이잖아."

"감사합니다, 아가씨."

하녀들은 주로 일과 도중에 시간이 날 때 간단히 점심을 챙겨 먹었다. 아침과 저녁처럼 정해진 시간은 없었다. 그래도 얼추 평균을 내자면 보통 이때쯤에 점심을 먹기는 했다. 레티는 감격하며 빵을 받았다. 엘리자베스가 버터, 꿀, 단풍나무 시럽이 담긴 통을 연달아 꺼냈다. 레티가 눈을 휘둥그레 뜨고 바라보았다.

"아가씨, 이게 다 뭐예요?"

"뭐긴 뭐야, 빵에 발라 먹을 것들이지. 그냥 빵만 먹으려고 했어?"

"빵만으로도 충분히 맛있는데요."

"미식가가 아니구나. 실망했다, 레티."

"대체 무슨 기대를 하신 거죠?"

"농담이야. 어서 하나 골라. 네가 먹고 싶은 걸로."

이 호의가 부담스럽지 않다고 하면 거짓말이다. 그러나 설레지 않는다고 하면 그 또한 거짓말이리라. 온전히 이해할 수는 없으나 이 친절함이 즐거웠다.

설령 엘리자베스 메리요트의 곁을 거친 모든 하녀가 같은 대우를 받았다 해도, 레티는 똑같이 기뻤으리라. 베푸는 쪽에서는 특별 취급이 아니라고 해도 받는 그녀에게는 달랐다.

"감사합니다, 아가씨."

레티가 단풍나무 시럽이 담긴 통의 뚜껑을 열었다. 달짝지근한 향기가 경이로운 속도로 온 허공에 번졌다. 이상하지. 정말 취할 것 같았다. 술도 아닌데.

레티는 칼을 통에 집어넣으며 아가씨를 훔쳐보았다. 정말 이래도 되는 건지, 혹시라도 엘리자베스가 순식간에 돌변하여 아까와 같은 차가운 말을 뱉는 게 아닌지 두려웠다. 그러나 엘리자베스는 너그러울 뿐이었다. 눈빛에 잠겨 녹을 것만 같았다. 시럽 향기 때문에 제정신이 아니라 그런 과분한 생각이 들었을지도 모른다.

"아가씨는 안 드세요?"

"나도 먹을 테니까 걱정하지 말고 먹어."

엘리자베스가 자주 이러는지 궁금했다. 이렇게 아랫사람과 숲으로 소풍을 가는 걸 원래 즐기는지, 아니면 오늘은 변덕인지.

서로 만난 게 고작 나흘 전이었기에, 하녀는 아가씨에 대해 아는 게 별로 없었다. 그간 모은 정보라고는 구직 과정에서 주워들은 건조한 정보의 조각 정도. 죽은 남작의 외동딸이고, 거금의 유산을 약속 받았고, 집 밖으로 잘 나가지 않고, 유산과 영지를 물려받으려면 결혼해야 하고.

빵에 시럽을 바르던 동작이 느려졌다. 레티는 칼끝에 끈적하게 뭉개진 금빛을 내려다보았다. 향이 더는 달짝지근하게 느껴지지 않았다. 따끈한 빵도 의미를 잃었다.

"왜 그래, 레티?"

"네? 아아, 네. 잠시 뭔가 생각하고 있었어요."

레티가 서둘러 칼을 움직였다. 황금빛 시럽이 눅진하게 으깨졌다.

"원래 숲속에 자주 오시나요?"

"응, 자주 와. 특히 여름과 가을에. 여름에는 날씨가 좋아서 산책하기 좋고, 가을에는 단풍잎이 예쁘거든."

"보통 누구랑 오시나요?"

"혼자 와. 혼자 걸으면서 생각하는 걸 좋아한다."

"그럼 오늘 저는 왜……."

"혼자 있는 게 좋다고 해서 누군가와 함께하는 걸 싫어한다는 건 아니야. 특히 그 상대가 너처럼 착하고 귀여운 애라면."

쿵 떨어지는 제 심장을 레티는 원망했다. 그녀가 살짝 떨리는 목소리로 물었다.

"제가 귀여워요?"

"그럼. 굉장히 귀엽게 생겼어, 레티. 어느 정도 자각하고 있는지 모르겠지만."

그래서 처음 보는 순간부터 마음에 들었다고는 차마 털어놓지 못했다. 얄팍함이 부끄러워 엘리자베스는 말을 아꼈다. 상대방의 마음을 진짜로 읽을 수 있었다면 죄책감이 조금 덜했을지도. 본인이야말로 자신의 외모가 상대방에게 어떤 영향을 미치는지 온전히 자각하지 못하고 있었다.

"아. 앳되다고요? 그런 뜻이구나."

애처럼 보인다는 뜻이었구나. 여자가 아니라. 아니지. 여자한테 여자로 보여서 어쩔 건데? 그러면 안 되잖아. 소용도 없는걸. 레티가 다시 빵을 바라보았다. 아가씨한테 여자로 보여서 뭘 어쩔 건데? 어차피, 아가씨는…….

〈더러운 년.〉

……유산과 영지를 위해 남자와 결혼하실 텐데.

"왜. 싫어?"

"아, 아뇨. 오히려 칭찬해주시니 감사하죠. 귀여운 외모, 좋죠. 아주 좋아요."

"전혀 좋아하는 표정이 아닌데."

"그런가요?"

"솔직하게 말해봐, 레티. 너는 어떤 말을 듣고 싶었는데?"

예쁘다는 말을 듣고 싶었어요. 네가 특별하다는 말을 듣고 싶었어요. 또래라고는 하녀밖에 없는 외로운 상황에 지쳐서 얄팍한 호의를 베푸는 게 아니라고, 그저 심심함과 호기심에 이끌려 다가오는 게 아니라고, 그렇게 말하는 걸 듣고 싶었어요.

레티는 그 모든 말을 삼켰다.

당신은 내가 투명하다고 하지만, 나는 그렇지만은 않다고 생각해. 만약 당신이 내 모든 욕망과 아쉬움과 그리움까지 알았더라면, 당신은 날 경멸하며 떠날 테니까. 더는 웃어주지 않을 거야.

"비밀이에요."

레티는 새침하게 대답했다. 엘리자베스는 부드럽게 웃는 걸로 추궁을 그쳤다. 둘 다 각자의 생각에 몰두했다. 잠시 침묵이 흘렀다.

"레티. 너는 꿈이 뭐지?"

식사를 다 먹고 난 뒤 입가심으로 차를 따를 때 엘리자베스가 문득 물었다. 레티는 혼란스러워 아가씨를 바라보며 되물었다.

"꿈이요?"

"그래, 꿈. 네가 생각하는 이상적인 삶."

레티는 엘리자베스의 질문이 잔인하다고 생각했다.

지금 당신은 내 옷이 안 보이는 건가?

직종은 이미 정해졌다. 신분이 귀한 것도 아니고, 배운 게 많은 것도 아니고, 집에 돈이 넘쳐나는 것도 아니기에 하녀가 될 수 밖에 없었다. 평민이라서, 여자라서. 전문적인 지식 없이도 충분히 경력을 쌓을 수 있는 거의 유일한 직업.

레티의 아버지는 오래전 돌아가셨다. 아래로 학교에 가야 하는 어린 동생들이 있었다. 남자애는 똑똑하니 대학에 가고 싶어할 테고 여자애는 나중에 결혼할 때 지참금이 필요하겠지.

그들을 위해 자신은 촌구석이나 다름없는 이 외로운 숲속에 와서 상전의 비위를 맞추며 돈을 벌고 있는데, 그런 제게 꿈을 묻다니 잔인했다.

"저는 그냥…… 좋은 책을 많이 읽으면서 살고 싶어요."

레티는 솔직하게 대답했다. 무난했다. 하녀든 뭐든 책이야 얼마든지 읽을 수 있으니까. 소박한 취미였고 담백한 꿈이었다. 레티는 그 정도로 만족했다.

"그래? 그 꿈을 이루는 데 내가 도움이 됐으면 좋겠군. 서재까지 빌려주기로 했으니까."

엘리자베스가 진지하게 말했다. 레티는 적당한 대답을 찾지 못해 머뭇거렸다. 엘리자베스는 시선을 옮겨 먼 숲속을 바라보았다. 불타듯 선명한 단풍잎과 아직 물들지 않은 나뭇잎들이 뿜어내는 짙은 녹색이 더욱 대조되었다.

"내 꿈은 말이야, 레티. 이 집을 벗어나는 거야."

엘리자베스가 잔잔하게 폭로했다. 레티가 빤히 바라보았다.

순간 조각구름이 바람에 떠밀려 잠시나마 해를 가렸다. 그늘이 번지면서 모든 게 일시적으로 어두워졌다. 엘리자베스의 눈도 검은색에 가깝게 보였다.

"왜요?"

레티가 자그맣게 물었다. 엘리자베스는 자신이 뭐라고 말했는지 뒤늦게 깨달은 듯했다. 그녀가 옅게 이맛살을 찌푸렸다. 자책에 가까운 표정이었다.

"별거 아니다. 그냥 잊어버려."

사나운 명령이 아닌 다정한 충고. 레티의 귀에는 그렇게 들렸다.

"다 먹었어, 레티?"

"네, 아가씨."

"그럼 이제 돌아가자."

하지만 산책은 아직 하지도 않았는데. 승마와 소풍, 그리고 알 수 없는 마무리만 있을 뿐.

레티는 잠자코 따랐다.

한낱 하녀인 내가 어찌 당신을 거역할까.

그러나 궁금하기는 했다. 닫힌 문 뒤의 아가씨가 너무 궁금해서, 그녀 안에 담긴 비밀을 전부 제 것처럼 들이켜길 원했다.

"어서 타, 레티."

하지만 상상과는 달리 현실에서 레티는 얌전히 복종할 뿐이었다. 먼저 말에 오른 엘리자베스가 이전처럼 손을 뻗었다. 레티가 손을 맞잡았다. 당기는 손길에 따라 거리가 단숨에 좁혀졌다. 레티는 아가씨의 곁에 앉아 땅을 내려다보았다. 올 때와 마찬가지로 아찔한 높이였다.

"바구니랑 돗자리도 치워야 하는 거 아닌가요?"

"사람을 보내서 다시 치우게 할 거야. 걱정하지 마."

아, 맞다. 이분은 귀족이었지.

전전긍긍하던 하녀 레티는 곧 납득했다. 명령하고 맡기는 게 익숙하신 아가씨. 레티는 풀이 죽었다. 그러나 뒤에서 엘리자베스의 체온이 몸에 붙는 바람에 조금 시무룩할 뻔한 감정도 곧 새까맣게 잊었다.

"떨어지지 않게 조심해, 레티."

"네, 네!"

이번에도 숨결이 귓가를 긁어서 미칠 것 같았다.

아, 나는 왜 이렇게 음흉한 걸까.

레티는 무한한 자괴감에 빠졌다. 레티가 아가씨의 시커먼 속을 꿰뚫어 볼 수 있었다면 죄책감을 느끼기는커녕 억울했을 텐데. 겁먹은 다람쥐처럼 뻣뻣하게 굳은 레티의 옆모습을 보고 엘리자베스가 슬며시 웃었다는 사실을 가련한 하녀는 내내 알지 못했다.

엘리자베스의 미소는 레티의 눈에 닿지 않았다. 언뜻언뜻 해를 가리는 구름 때문만은 아니었다.

레티는 일상으로 돌아왔다. 지아나와 에블린과 함께 밥을 먹었고, 다른 하녀들과 살갑게 웃으며 대화했다. 조세핀 빼고. 또한 키라와 그 무리를 빼고. 하녀 사이에서도 무리가 나뉘었다. 키라를 중심으로 한 무리가 하나 있었고, 지아나와 에블린을 중심으로 한 무리가 다른 하나였다. 원래 케이트와 단둘이 다녔다는 조세핀은 혼자 겉돌았다.

그 밤에 레티는 뒤척이지도 않았고, 산책을 하지도 않았고, 피아노 연주를 듣지도 않았다. 다음 날 레티는 몹시 개운한 몸으로 일어났다. 그러나 마음은 두려웠다.

어제 청소하려고 별관에 갔다가 잠든 아가씨를 발견했다. 그러다 알 수 없는 종이를 읽는 바람에 차갑게 혼이 났다. 다시 그럴까 봐 두려웠다. 그 부분만이 현실이고, 단풍나무 숲에서 즐겼던 소풍은 꿈에 불과할까 봐.

하지만 아가씨는 친절했다. 여섯 번째 만남이었다. 그날도 레티는 청소했고, 엘리자베스는 독서했다. 하지만 첫날과는 달리 두 사람 사이에는 대화가 꽃폈다. 처음 시작은 책이었지만 곧 다른 주제도 입에 올랐다. 가장 무난한 날씨부터 어릴 적에 있었던 크고 작은 수치스러운 일들까지 이야깃거리가 많았다.

"정말로 그게 비누인 줄 알았어요. 똑같이 생겼었다니까요."

"네가 아무리 그때 어렸어도 그렇지, 어떻게 굳혀 놓은 생크림을 비누랑 헷갈려?"

"색깔이랑 모양이 정말 똑같았다니까요?"

정확히 말하자면, 레티가 이야기했고 엘리자베스는 거의 듣기만 했다. 아가씨는 때로는 놀리고 때로는 공감하며 레티의 유년기와 소년기의 각종 일화를 주워들었지만, 본인의 과거에 대해서는 과묵했다. 모든 부분이 단조로웠기 때문이었다.

메리요트 저택이 아닌 남쪽의 어느 휴양지 별장에서 태어났다. 일생의 대부분을 이 저택에서 살았다. 어릴 적 가정교사에게 귀족으로서 알아야 할 교양을 익혔고, 열세 살 때 별관으로 거처를 옮겼다.

조용한 삶이었다. 책을 읽고 산책하는 것이 전부였다. 하녀를 벗 삼아 얘기를 주고받는 것이 유일한 또래와의 대화였다.

"아가씨, 혹시 피아노를 배우셨나요?"

가정교사 얘기가 나오자 레티가 물었다. 여전히 첫날 밤의 연주가 환청처럼 머릿속을 맴돌았다.

"응, 배웠지. 피아노와 노래 정도는 모든 귀족이 열 살 이전부터 배워. 특별히 재능이나 관심이 있으면 악기 한두 개 정도 더 배우고. 작곡을 배우는 사람도 있고."

"아가씨는 그럼 피아노를 연주하시나요?"

"아니, 음악실에 잘 가지도 않아. 피아노를 별로 좋아하지 않거든. 재능도 없는데, 교양이랍시고 어렸을 때 계속 수업을 듣는 바람에 싫어졌어. 아예 못 치면 집안의 망신이 될까 봐 부끄럽지 않을 정도로는 익혔지만."

"그럼 피아노 연주는 거의 안 하시는 거네요?"

"안 해. '거의'가 아니라 '아예'라고 볼 수 있지."

"그렇군요."

아가씨가 치는 건 아니었구나. 밤중의 구슬픈 피아노 연주. 별관에 음악실이 따로 있으니 굳이 아가씨가 밤에 본관까지 가서 잠긴 음악실을 열고 피아노를 칠 리는 없다. 레티가 들은 피아노 연주는 분명 본관 쪽에서 났다. 남은 후보는 딱 한 명뿐이었다.

"마님은요?"

본관 음악실은 평소에 잠겨 있다고 했다. 돌아가신 메리요트 남작님이 생전에 음악에 무관심했기에 음악실을 쓰는 사람이 없어서.

"마님께서도 피아노에 별로 관심이 없으신가요?"

방치된 음악실을 윗사람의 눈치를 살피는 사용인들이 멋대로 들락거릴 수 있을 리 없다. 특히 모두가 잠드는 밤에는. 그렇다면 단 한 사람이 남았다.

"어머니는 어릴 적에 천재 소리도 들으셨대. 노래든 피아노든. 나랑은 다르게."

레티는 의외라고 생각했다. 어머니와 딸의 재능이 다르다는 부분이 아니라 어머니의 천재성을 딸이 오직 풍문으로 접했다는 게.

천재로 소문이 날 만큼 뛰어난 재능을 가진 사람이라면 자식에게 자랑하고 싶지 않을까? 하다못해 주변에서 자랑하라고 부추길 것 같았다. 당신의 연주가 얼마나 훌륭한지 사랑스러운 딸에게도 들려주라고.

"마님이 아가씨 앞에서 연주한 적이 없나요? 단 한 번도?"

"응. 음악회에 가는 걸 즐기시기는 하지만, 직접 연주하지는 않으셔. 어차피 본관 음악실은 잠겨 있고."

"아쉽네요."

"뭐가?"

"천재라고 불릴 정도로 재능이 있는 분이 더는 연주하지 않으신다는 게."

그럼 밤중의 피아노 소리는 뭐지? 몰래 치는 건가? 어째서? 숨길 이유가 뭐가 있다고.

"제가 너무 주제넘었다면 용서하세요. 감히 왈가왈부하려는 건 아니었어요."

레티가 재빨리 덧붙였다. 어제 아가씨가 내뱉은 독설을 기억하는 미천한 하녀는 아직 조심스러웠다. 고작 하녀 주제에 뭐라고 마님의 재능이 아깝다는 둥, 천재 소리까지 들으셨던 분이 지금은 전혀 연주하지 않으시는 게 의아하다는 둥, 품평을 늘어놓는다고 생각할까 봐. 그러다 다시 엘리자베스가 저를 말로 찌를까 봐 두려웠다.

"주제넘지 않았어, 레티."

엘리자베스가 부드럽게 말했다. 그녀도 어제 말로 쏟았던 뾰족한 냉기를 기억했다. 아직도 후회스러웠다. 담담한 얼굴 아래 씁쓸한 속내를 감추며, 엘리자베스는 상대방을 달래기 위해 대화를 이어갔다.

"어머니가 피아노를 치신 건 결혼 전이었어. 한때는 작곡도 배우셨다는군. 근데 시집오고 나서부터 음악을 그만두셨대."

"왜요?"

"아버지가 영 음악에 관심이 없으셨거든. 음악을 들어 주고 이해해 주고 공감해 줄 사람이 없다면 열정이 식기 마련이지. 아무런 비평도 찬사도 없다면 허공에 대고 연주하는 꼴이 될 테니까. 아마 그래서 흥미가 식으신 게 아닐까 생각해."

엘리자베스의 눈빛은 차분한 듯 서글펐고, 또한 무엇인가에 골똘하는 듯했다. 레티는 묻고 싶어졌다.

엘리자베스 아가씨. 당신은 어째서 자신의 이야기를 하듯 그리 깊고 고요한 눈빛으로 슬퍼하시나요?

"아마 내가 어머니를 닮아서 음악에 흥미나 소질을 보였다면 어머니도 다시 연주를 시작했을지도 몰라. 근데 나는 아버지를 닮았는지 솜씨가 영 엉망이었고 수업을 지루해했어. 가정교사를 피해서 서재에 콕 틀어박혀 책이나 읽기 일쑤였지. 아버지도 내가 싫다고 하니까 강요하지 않으셨고 결국 어머니도 포기하셨어. 애초에 별로 기대하지 않으셨던 것 같긴 하지만."

"그래요? 왜요?"

"내가 그분과 닮은 점이 별로 없거든. 아버지를 훨씬 닮았지. 타고난 재능도 아마 다를 거라고 나도 어머니도 은연중에 똑같이 생각했던 것 같아."

레티는 메리요트 남작 부인을 떠올렸다. 이곳에 도착한 첫날, 레티는 이 집의 주인이자 죽은 남편의 대리인인 마님께 인사드리러

갔다.

중년 여인은 부인할 여지 없는 미인이었다. 딸과의 공통점은 거기서 그쳤다. 흑발과 벽안의 조합 때문일까, 아무리 봐도 엘리자베스와는 비슷한 점이 없었다. 엄마와 딸이라고는 하였으나 남처럼 느껴졌다. 그런 점이 타고난 재능으로도 드러났구나.

"핏줄이라는 건 참 신기해, 레티. 두 사람을 데려다가 살을 섞어 아이를 만들어도 그 아이는 결코 부모의 정확한 혼합체가 될 수 없어. 아예 새로운 사람이지. 내가 어머니보다는 아버지를 훨씬 많이 닮은 건 사실이지만, 가끔 보면 출처를 알 수 없는 특징이 내 몸과 마음에 있어. 그때마다 신기해. 내가 그분들과 전혀 다른 인격체라는 게."

엘리자베스의 언어는 독백처럼 나직하게 흘렀다. 레티는 청소도구를 그러쥔 채 묵묵히 끄덕였다. 가슴이 뛰었다. 아가씨의 생각과 과거를 훔쳐보는 느낌이라 죄책감이 들면서도 하염없이 설렜다.

당신이 나를 그만큼 신뢰하는 것 같아서 기뻐. 당신에 대해 조금씩 알아내는 느낌이라 즐거워.

"너무 내 얘기만 했군. 청소를 방해해서 미안해, 레티."

"아닙니다. 언제든 방해하셔도 돼요, 아가씨."

"그럼 안 될 텐데. 빨리 일을 끝내야 쉴 수 있을 거 아냐, 레티."

"아가씨와 대화하는 시간이 제겐 휴식인걸요."

솔직한 고백이 튀어나왔다. 레티는 급격히 얼굴을 붉혔다가, 민망함에 속으로 몸부림치며 휙 뒤돌아 아가씨를 등졌다. 레티가 과격한 청소를 시작하자 엘리자베스가 입술을 깨물어 웃음을 참았다. 그러다 레티의 하녀복 허리끈이 조금 느슨해진 것이 눈에 들어왔다. 엘리자베스는 손을 뻗었다.

"가만히 있어 봐, 레티."

"왜, 왜, 왜요?"

"침착해, 레티. 네 허리끈이 느슨해져서 다시 묶어 주려고 그러는 거다."

"네, 아아, 네. 네, 알겠습니다."

"대체 무슨 상상을 한 거지?"

"사, 상상이라뇨? 저는 늘 아주 건전한, 아주……."

이제는 참지 못하고 웃음이 새어 나왔다. 허리끈을 처음부터 제대로 묶어주기 위해 아예 풀어 버리는 손길이 은근했다.

레티는 눈을 질끈 감았다. 엘리자베스의 손이 유려하게 움직여 허리끈을 느슨하게 풀었다가 곧 정교하게 매듭을 조였다. 레티는 얕은 호흡을 흘리며 눈을 떴다. 손끝이 맨살도 아니라 고작 옷을 스쳤을 뿐인데 심장이 파르르 요동쳤다. 아까 허리에 감긴 천이 느슨해질 때는 마치 옷을 벗는 느낌이었다. 엘리자베스 앞에서 나신으로 선 것만 같았다.

"다 됐어, 레티."

엘리자베스가 조곤조곤 말했다. 그 나지막한 음성에마저 의미가 있는 듯했다. 레티는 자신을 책망했다. 자그마한 친절의 손길에 혼자 백 가지 속뜻을 부여하며 아찔한 단꿈에 빠졌다. 부끄러웠다.

"옷이 조금 큰 것 같아. 허리끈도 잘 풀릴 것 같은데?"

"아아, 네, 제 옷이 아니거든요. 사실 제 옷은 아직 완성되지 않았어요. 워낙 급하게 사람을 구하는 바람에 그렇다고 하더라고요."

"그래? 그럼 지금 입은 옷은 누구 옷인데?"

"전임 하녀가 입던 옷이었대요. 전에 별관에서 청소하던 하녀라고 하던데요."

"케이트?"

즉시 쏟아진 이름에 레티가 돌아봤다. 엘리자베스의 녹색 눈이 흔들리고 있었다. 레티는 방금 아가씨의 목소리를, 지금 아가씨의 눈빛을 곱씹었다. 그녀가 느리게 대답했다.

"네, 아가씨. 이건 케이트의 옷이에요."

레티는 한 번도 본 적이 없지만, 수많은 사람에게 수많은 방식으로 흔적이 남아 있는 케이트.

"……이게 케이트의 옷이라고."

엘리자베스가 손을 뻗었다. 손은 치마폭을 스칠 듯 다가오다가 끝내 닿지 못하고 멀어졌다.

"네, 아가씨."

레티가 거듭 말했다. 혀가 밀랍으로 이루어진 듯 빽빽했다.

"아가씨, 케이트는 어떤 사람이었나요?"

물어볼 의도가 없었는데도 질문이 입에서 툭 떨어졌다. 무의식이 언어를 만들고 혀끝으로 밀어냈다. 엘리자베스가 시선을 내렸다. 명백히 회피하는 동작이었다.

"케이트는, 예뻤어."

어제 레티에게 귀엽다고 말했던 입술을 똑같이 움직여 아득하게 고백했다.

"예뻤어, 케이트는."

이제는 레티가 시선을 내렸다. 먼지떨이의 손잡이를 움켜쥔 손등에 뼈마디가 희게 불거졌다.

"그렇군요."

레티가 뒤돌아 아가씨를 등지고 청소를 이어갔다. 엘리자베스는 다소곳이 모은 무릎에 양손을 가지런히 포개고 앉아 생각에 잠겼다. 당장 눈앞에 있는 하녀의 뒷모습도, 조금 전까지만 해도 몰입해서 읽던 책상 위의 소설도 그녀의 눈길을 사로잡지 못했다.

하녀가 청소를 마치고 인사를 드릴 때까지 대화는 더 이어지지 않았다.

레티는 막간에 산책을 결심했다. 날씨가 점점 추워지고 있었다. 가을 날씨를 즐기며 정원을 거닐 수 있는 날도 얼마 남지 않았다.

뚜렷한 목적 없이 화단 사이를 헤매던 레티는 인기척을 느끼고 긴장했다. 설마 또 라울인가? 더는 엮이고 싶지 않은데. 특히 케이트에 대한 아가씨의 아득한 고백이 귓가에 울리는 지금은 더더욱 라울을 마주할 자신이 없었다.

잘 다듬어진 수풀 사이로 고요하게 모습을 드러낸 사람은 정원사가 아니었다. 헤스터 모르슨. 늙은 하녀이자 마님의 유모였다.

"안녕하세요, 모르슨 부인."

레티가 애써 친절하게 인사했다. 첫 번째 만남에서 느꼈던 껄끄러움이 남아 있었고 모리슨 부인이 치매에 걸렸다는 사실이 영 불편했다. 하지만 눈이 마주쳤는데 인사도 하지 않고 도망칠 수는 없는 노릇이었다.

"안녕하세요, 골드 양."

노인이 부드럽게 인사했다. 편견에 사로잡혀 있던 레티는 내심 놀랐다. 잔잔한 말투와 정중한 호칭 등 모든 게 지난번의 만남과 너무 달랐다. 그녀를 빤히 보는 시선만이 저번과 같았다. 레티는 본의 아니게 마른침을 삼켰다.

"제 이름을 아시는군요."

"물론이죠."

"아. 정원에는 어쩐 일이세요?"

"마님께 가야 하는데 길을 잃었어요."

길을 잃었다고? 저택이 넓기는 하지만 길을 잃을 정도는 아니었다. 게다가 모르슨 부인은 남작 부인이 시집 왔을 때부터 이 저택에서 일했다.

"그럼 저랑 같이 가실래요? 제가 마님께 모셔다 드릴게요, 부인."

저런 게 치매 증상인가. 레티는 기꺼이 도움의 손길을 내밀었다. 노인은 레티를 물끄러미 보다가 느리게 고개를 끄덕였다.

"고마워요, 골드 양."

"별말씀을요."

긴장을 벗어던진 레티는 평소 성격대로 살갑게 미소했다. 허나 헤스터 모르슨은 마주 웃지 않았다. 레티는 머쓱해져서 서둘러 웃음을 지웠다. 그녀가 어색하게 말했다.

"본관은 이쪽이에요, 부인. 이쪽으로 같이 가면 돼요."

"마님이 본관에 계신가요?"

"네, 마님은 본관에 계세요."

"그럼 별관에는……."

"별관에는 엘리자베스 아가씨가 계세요."

엘리자베스의 이름에 모르슨 부인이 반응했다. 기묘한 표정을 지으며 맞잡은 손을 움찔거린 것이다. 레티가 살짝 놀라 돌아보았다. 노인의 눈빛이 젊은이의 얼굴을 파고들었다. 레티는 시선을 살짝 틀어 피했다.

"엘리자베스 아가씨요?"

노인이 되물었다. 레티가 끄덕였다.

"네, 엘리자베스 아가씨요."

다시 모르슨 부인이 움찔 떨었다. 대체 왜? 레티는 노부인을 붙잡고 묻고 싶었다. 아는 게 무엇인지, 어째서 그런 표정을 짓는지, 어째서 손을 그리 떠는지, 왜 엘리자베스 아가씨에 대해 얘기하는 레티를 그런 눈으로 쳐다보는지.

"갈까요, 부인?"

그러나 레티는 의례적인 질문만을 공손히 물을 뿐이었다. 헤스터는 레티를 빤히 보다가 수긍한 듯 걸음을 옮겼다. 두 여자가 보폭을 맞췄다. 대화는 더 이어지지 않았다. 레티에게는 이 침묵이 안도로 다가왔지만 동시에 알 수 없이 답답했다.

점차 본관이 가까워졌다. 여전히 헤스터는 조용했다. 레티는 목적지에 도달하기만 하면 이 알 수 없는 노부인과 헤어질 수 있다는 사실이 기뻤으나 아까 그녀가 보였던 반응이 마음에 걸렸다.

이제 정말 본관이 코앞이 되었을 때도 주변에는 지나가는 사용인이 하나도 없이 조용했다. 레티는 조급하면서도 마지못한 걸음을 옮겼다. 그 순간 헤스터가 레티의 팔을 움켜잡았다. 갑작스러운 악력에 레티는 소스라치며 돌아보았다. 노인의 광기 어린 시선이 얼굴을 꿰뚫었다. 접신한 고대의 무당처럼 기이한 낯빛을 띤 헤스터가 다급하게 속삭였다.

"라울 데이커. 그 아이를 조심하세요. 그놈을 조심해야 해요."

"네, 네?"

"그놈을 조심하세요. 둘이 친해 보이던데 아니에요?"

"아니에요, 모르슨 부인. 그분이랑 별로 친하지 않아요. 이, 이것 좀 놔주세요."

"친하게 지내면 안 돼요. 돌아오지 말았어야 할 놈이야. 오지 말았어야 해. 차라리 그때 끝냈더라면, 차라리……."

"모르슨 부인, 그게 대체 무슨 말씀이세요? 일단 침착해보세요."

레티는 겁먹어 애원했다. 짓누르는 손길보다도 타오르는 시선이 더 무서웠다.

헤스터가 한 발짝 더 가까이 다가왔다. 거리가 좁혀지자 더욱 공포스러웠다. 노인에 대한 공경이고 뭐고 상대방을 힘껏 뿌리치려는 찰나 구원의 목소리를 들었다.

"레티, 모르슨 부인. 여기서 뭐 하세요?"

별로 친하지도 않은 사람인데 이렇게 반가울 수가. 레티는 거의 감격으로 울먹이며 다급히 돌아보았다. 소심한 인상의 마부, 제임스가 의아하게 이쪽을 보고 있었다.

"아, 제임스! 모르슨 부인이 마님을 봬야 한다고 하셨거든요. 그래서 길을 안내해 드렸어요."

레티가 횡설수설하자 제임스는 연민을 품은 표정으로 다가왔다. 모르슨 부인이 치매 증상을 보이고 있음은 공공연한 비밀이었다. 또 애꿎은 하녀를 붙잡고 헛소리를 늘어놓고 계셨나 보군. 제임스는 고개를 절레절레 저었다.

"모르슨 부인, 저랑 함께 가요. 여기 이 분은 놔주시고요. 레티, 이분은 이제 제가 모시고 갈게요."

"감사합니다, 제임스. 모르슨 부인, 안녕히 가세요."

레티는 안도했다. 제임스는 레티의 팔에서 헤스터를 억지로 떼어냈다. 헤스터는 살짝 비틀대며 멀어졌다. 레티가 제임스에게 감사의 의미로 활짝 웃었다. 제임스는 얼굴을 조금 붉히더니 수줍게 마주 웃었다. 30대 초반의 젊은 사내인 제임스가 헤스터를 데리고 본관 쪽으로 사라지자 레티는 혼자 남아 신음을 깨물었다.

'아야야…….'

헤스터가 얼마나 우악스레 잡았는지 팔이 저릿했다. 피멍이 남을 것 같았다. 아직도 심장이 쿵쿵 뛰었다. 거칠고 절박한 저음이 귓가에 맴돌았다.

〈라울 데이커. 그 아이를 조심하세요. 그놈을 조심해야 해요.〉

그때, 바로 라울의 목소리가 뇌리에 번지면서 노부인의 경고를 덧칠했다.

〈저만 너무 경계하지 마시고 주위를 잘 둘러보세요, 레티. 특히 제임스, 그 마부 조심하시고요.〉

이어서 조세핀의 날카로운 질문이 마음을 찔렀다. 마치 비명처럼.

〈라울 데이커랑 친해?〉

늙은 하녀도, 젊은 하녀도, 전부 레티와 라울의 친분을 전제한 듯 경고했다.

〈흠. 걔는 질 나쁜 놈이야.〉

그리고 그 경고에는 케이트의 이름도 필연처럼 엮였다.

〈완전 개자식이었어. 임자 있는 여자를 꼬드겨서 온갖 일을 벌였지. 물론 그 여자도 완전…… 쓰레기였지만.〉

레티는 케이트를 본 적도 없었다. 다만 케이트가 입었던 옷을 입고 케이트가 잤던 방에서 잤다. 케이트의 애인이었던 조세핀과 케이트와 바람이 났다는 라울로부터 각기 다른 경고를 들었다.

그러다 오늘 아가씨의 고백을 들었다.

〈케이트는, 예뻤어.〉

어지러웠다.

〈예뻤어, 케이트는.〉

나한테는 그저 귀엽다고만 했으면서.

'바보, 바보 레티.'

지금이 치졸하게 질투나 하고 있을 때는 아닐 텐데. 유치했다. 한심했다.

한낱 하녀와의 대화는 공주님의 단조로운 일상을 깨부수기 위한 심심풀이일 뿐. 그분은 나와 다른 세계에 사시는 분이야. 게다가 다른 사람하고 결혼하셔야 하는걸? 다른 이랑, 그러니까 남자랑. 동성을 사모하는 멍청한 하녀가 아니라.

〈더러운 년.〉

마지막으로 키라의 비난이 범람했다. 레티는 숨을 쉴 수 없었다.

레티는 익사했다. 저택에 오기 전부터 쭉 시작되었던 죽음일지도 몰랐다.

저녁을 먹기 전 하녀장 새먼 부인이 레티를 불러 소포를 하나 내밀었다.

"옷이에요, 바이올렛."

"……감사합니다, 새먼 부인."

마침내 레티의 몸에 맞춘 하녀복이 도착했다.

"지금 입고 있는 옷은 버려도 돼요. 내일부터 새 옷을 입고 일하시면 됩니다."

"버린다고요?"

"네. 방문 바깥에 올려두면 다른 하녀가 가져갈 겁니다."

"네, 새먼 부인."

그렇구나. 당연한 일이었다. 이 옷의 주인은 이제 더는 없었다. 케이트의 흔적을 레티가 점점 지워갔다.

레티는 자신이 입은 치마를 한 번 쓰다듬은 뒤 허리띠를 잠시 만지작댔다.

오늘 아가씨가 이 띠를 만지며 내 허리를 조였지. 옷이 스르르 벌어질 때 마치 아가씨 앞에서 벌거벗는 느낌이었어.

"그럼 식사 맛있게 하세요, 바이올렛."

"감사합니다, 새먼 부인."

각자 고개를 꾸벅인 뒤 멀어졌다. 아니, 멀어질 뻔했다. 미처 두 번째 걸음을 내디디기 전에 레티가 멈칫하며 돌아섰다. 그녀가 하녀장의 뒷모습을 보며 갈급히 외쳤다. 순전히 충동에서 비롯된 행동이었다.

"새먼 부인, 제가 오기 전에 있던 하녀는 왜 그만둔 건가요?"

"개인적인 사유가 있었습니다."

뒤돌아 레티를 마주한 하녀장이 단번에 대답했다. 마치 선을 긋듯이 눈빛이 조금 차가웠다. 레티가 입을 다물었다. 다른 이의 개인적인 사정을 캐묻는 것은 무례한 일이었다. 레티에게 과거를 파헤칠 자격은 없었다. 이미 레티는 선을 넘었다. 그 점을 깨닫자 부끄러워졌다. 레티가 서둘러 대답했다.

"네, 새먼 부인."

레티는 총총히 멀어졌다. 하녀장은 하녀를 오랫동안 쳐다보았다.

주방에는 지아나와 에블린이 먼저 와 있었다. 레티는 사교적인 미소를 그리며 식사와 수다에 동참했다. 이럴 때는 모든 게 평화로웠다. 엘리자베스 아가씨도, 케이트도, 모르슨 부인과 라울 데이커와 제임스도 전부 잊고 싶었다.

"내일 마님이 자리를 비우신다며? 시내로 나가신다는데."

하지만 레티는 메리요트 가문의 하녀였다. 지아나와 에블린과 이곳에서 현재 식사하는 다른 이들도 마찬가지였다. 메리요트 가문에 관한 일은 필연적으로 화제에 올랐다.

"응. 드레스를 맞추러 가시나 봐."

"하긴, 무도회가 얼마 남지 않았으니까. 엘리자베스 아가씨도 같이 가시나?"

"아니, 아가씨는 아닐걸. 재단사가 따로 올 거라고 들었어."

"또?"

"또라니?"

식사에 집중하느라 잠잠히 듣고만 있던 레티가 입안의 음식물을 꿀꺽 삼킨 뒤 되물었다. 스스로가 바보처럼 느껴졌다. 아가씨에 관한 내용이라면 티끌마저 궁금했다.

"아가씨는 저택 바깥에 잘 가시지 않거든. 혹시 나가더라도 마님이랑 늘 따로따로 움직이는 것 같아."

"뭐, 다 큰 어른이 꼭 엄마랑 같이 움직여야 한다는 법은 없지. 스물네 살이면 한참 어른이잖아?"

"그건 그런데, 아가씨는 옛날에도 마님이랑 잘 안 다니지 않았나? 애초에 저택 밖으로 잘 안 나가신 것 같아. 너도 기억나지? 되게 내향적이신 것 같아."

"나야 잘 모르지. 난 아가씨가 성인이 되시고 이 집에 왔는데."

"아, 맞다. 너 나보다 한참 후배지. 같이 일하는 게 너무 익숙해서 까먹고 있는데."

"야, '한참' 후배는 아니거든? 너는 여기서 수십 년은 일한 것처럼 얘기하네. 허풍만 늘었어."

"뭐, 허풍?"

지아나와 에블린이 티격태격하는 소리가 한참을 이어졌다. 레티는 그동안 외출이 매우 드물다는 엘리자베스 아가씨와, 어린 딸과 거의 동행한 적이 없다던 남작 부인을 생각했다. 또한 어제 단풍나무 숲에서 녹색 눈이 검게 가라앉던 순간도.

〈내 꿈은 말이야, 레티. 이 집을 벗어나는 거야.〉

그런 꿈을 품었으면서 왜 재단사를 저택으로 부를 정도로 외출을 꺼리는 건지. 혹시 꺼리는 게 맞기는 한지. 그것도 아닌데 외출을 자제한다면 이유가 무엇인지. 모든 것이 궁금했다. 생각은 오래 이어지지 않았다.

"레티, 나 후추 좀 줄래?"

"아, 물론이지. 여기."

레티가 후추통을 건넸다. 동료가 고맙다며 생긋 웃자 레티도 미소로 답례했다. 겉으로는 모든 게 평범했다.

일곱 번째 만남이 있던 날, 레티는 뜻밖의 질문을 들었다.

"레티, 너는 어떤 색깔을 좋아하지?"

"네?"

"옷을 말하는 거다."

"저는…… 아무거나 잘 입습니다."

레티가 어설프게 대답했다. 실은 당혹스러웠다. 패션 감각이라곤 눈곱만큼도 찾아볼 수 없는 레티는 평소에 입는 흑백 하녀복으로도 만족했다. 교양이 넘치는 귀족 아가씨가 옷에 대한 눈썰미는커녕 관심조차 없는 자신을 비웃을까 봐 두려웠다.

"아무거나 잘 입는다는 건, 아무 옷이나 잘 소화할 수 있다는 뜻인가?"

"아니요, 그건 아닙니다. 그게 아니라……. 사실, 저는 옷에 대해 잘 몰라요."

아가씨의 진지한 반문에 결국 레티는 사실을 실토했다. 엘리자베스가 책에서 시선을 떼며 눈썹을 치켰다. 레티는 얼굴을 붉혔다. 이제야말로 비웃으시려나? 그러나 엘리자베스는 뜻밖의 말을 했다.

"아쉽군. 나도 옷에 대해 아는 게 없어서 혹시 도움을 받을 수 있을까 기대했는데."

"네? 제 도움이요?"

"왜 또 그리 놀란 표정이지?"

"제가 드릴 도움이 뭐가 있다고."

레티가 시선을 피하며 중얼거렸다. 웃고 싶었다. 결코 기쁜 웃음은 아니었다. 집안일에 대한 조언을 구한다면 기꺼이 가르쳐 줄 수 있지만 옷을 고르는 방법이라니. 그건 정말 레티가 모르는 분야였다. 왜 저에게 도와달라고 하는지 이해할 수 없었다.

"보통 제3자의 의견을 듣는 것만으로도 도움이 되지 않나? 혼자 머리 싸매고 고민하는 것보다는 낫지."

"오후에 재단사가 오신다면서요. 직접 여쭤보시면 되지 않을까요? 그분이야말로 전문가일 텐데."

"오후에 재단사가 오는 걸 어떻게 알았지?"

엘리자베스가 되묻자 레티는 얼굴을 붉혔다. 상전의 일정을 관리하는 건 하녀의 소관이 아니었다. 레티가 주워들은 정보를 토대로 판단을 내린 결과였다.

"하녀들이 내 일정에 관심이 많구나."

엘리자베스는 스스로 답을 말했다. 저택의 사용인들은 모든 것을 보고, 듣고, 저들끼리 숙덕이며 전달한다. 어떻게 알았느냐고 묻기는 했지만 엘리자베스도 묻기 전부터 답을 알았다.

"죄송합니다."

레티가 속삭였다. 또 화내실까? 다시 한번 그 차가운 표정을 본다면, 정말 이 집에서 뛰쳐나가고 싶을 것 같았다.

"책망하려던 게 아니었어."

엘리자베스가 한숨처럼 부드럽게 말했다. 그녀도 그지께 이후로 레티에 대해서는 행동거지가 조심스러웠다.

"그냥 네 생각은 어떨지 궁금해서 물어봤어. 재단사 말고도 다른 사람의 의견도 듣고 싶어서."

엘리자베스가 간단하게 말한 뒤 다시 책을 집어 들었다. 책에 파묻히는 시선이 마치 선을 긋는 것만 같았다. 이제 너와의 대화는 끝났다고, 아무것도 모르는 너는 어차피 도움도 되지 않으니 더는 내 대화 상대가 아니라고 선포하는 것처럼.

사실 엘리자베스는 계속해서 자신이 말을 거는 게 부담스럽고 방해가 될까 봐 배려한답시고 시선을 피한 거였다. 그 점을 알 리가 없는 레티는 우울한 기색으로 청소에 집중했다.

'마님이랑 아가씨는 정말 서로 닮은 점이 거의 없나 봐.'

창턱을 닦으며 레티는 생각에 잠겼다. 엘리자베스는 옷에 대해 아는 게 없다고 했다. 하지만 메리요트 남작 부인의 눈썰미는 일대에서 널리 알려져 있었다. 사교계에서도 옷을 잘 입기로 유명하다나. 귀족들 사이에서는 미적 감각도 교양으로 취급받기에 그런 안목 또한 꽤 중요하다고 들었다. 그런데 아가씨는 본인이 문외한이라고 말했다. 아버지를 닮으신 거겠지.

'내가 좀 아는 게 있었다면 도와드렸을 텐데.'

레티가 우울하게 생각했다. 그러다 그 생각마저 가소로워 코웃음을 삼켰다. 아가씨를 도와드리고 싶다니. 야무진 꿈이었다. 레티는 과욕을 경계하며 꼼꼼히 청소를 마무리했다.

"아가씨, 안녕히 계세요."

"잠깐만, 레티."

"네, 아가씨."

"가장 가까운 휴일이 언제야?"

"내일모레입니다, 아가씨."

"그날 시간을 내줄 수 있나? 지키고 싶은 약속이 있는데."

"약속이요?"

"내가 말했잖아. 미안하다는 의미로 선물을 세 개 주겠다고."

"아……."

처음 겪는 냉담함에 흐느끼는 하녀에게 아가씨는 세 가지 선물을 약속했다. 첫 번째, 그날 남은 하루는 쉴 수 있도록 허락했고, 두 번째, 숲속의 호숫가에서 소풍을 준비했으며, 세 번째, 레티가 존경하는 소설가를 직접 소개해 주겠다고 약속했다. 남은 선물은 마지막뿐이었다.

"그날 나랑 외출하자. 허락해 줬으면 좋겠어."

"허, 허락이라뇨. 말씀만 하세요, 아가씨."

"혹시 선약이 있는 건 아니지?"

"아닙니다. 무척 한가해요."

"다행이군. 그럼 노스턴 부인에게는 내가 편지를 써 둘게. 같이 점심을 먹으면 좋을 것 같은데, 어때?"

"설마 셋이서요? 저랑 자네트 노스턴 작가님이랑 아가씨랑?"

"사실 넷이야. 노스턴 부인의 남편도 있거든."

"세상에!"

"좋아서 내는 소리 맞지?"

"좋아요. 매우 좋아요. 너무 좋아서 토할 것 같아요."

"레티, 감정을 다스리는 법을 배우는 게 좋겠군."

얼핏 훈계하는 것처럼 들렸지만 엘리자베스는 빙그레 웃고 있었다. 레티는 자신도 모르게 마주 웃었다. 활자로만 접하던 위대한 소설가와 식사라니! 아가씨까지 동석할 거라는 사실에 마음이 철렁하기는 했지만, 그건 남몰래 죗값으로 품어야 할 떨림이었다. 레티는 이미 지붕을 뚫고 하늘에 닿아 뛰어노는 중이었다.

"네, 알겠습니다. 정말 감사합니다, 아가씨!"

레티는 신나서 재잘거렸다. 엘리자베스의 얼굴이 빠르게 굳었다. 하지만 레티는 고개를 넙죽 숙여 감사를 표하느라 미처 알아채지 못했다.

엘리자베스가 잠시 고개를 돌리며 입가를 쓸었다. 볼이 뜨거웠다.

"정확한 시간과 장소는 내가 노스턴 부인과 이야기하고 말해 줄게. 어쨌든 내일모레 외출하는 걸로 알고 있어, 레티."

"네, 아가씨. 감사합니다. 오늘 좋은 하루 보내세요. 감사합니다!"

"그래, 너도."

레티는 밝은 얼굴로 퇴장했다. 혼자 남은 엘리자베스는 한숨을 뱉었다.

그녀가 안경을 벗고 습관처럼 이마를 짚었다. 열이 오른 것처럼 뜨거웠다. 엘리자베스는 손을 내려 심장 부근을 짚었다. 심장 박동은 이미 정상의 범주를 벗어났다. 그녀는 허공을 노려보다가 문득 속삭였다.

"젠장."

레티의 함박웃음을 보고 온몸이 아찔했다. 저렇게 순전히 밝게 웃기만 하는 얼굴을 마지막으로 본 게 언제인지 기억나지 않았다.

다른 사용인은 공손하기만 했다. 어머니는 담담하고 정갈했다.

근엄한 아버지는 웃음이 어울리지 않았고, 그녀에게 웃어 주던 다른 하녀는 요염하고 짓궂어 느낌이 전혀 달랐다. 저런 햇살 같은 미소는 겨울이 다가오는 쓸쓸한 고택에 전혀 어울리지 않았다.

엘리자베스는 창밖을 바라보았다. 청명한 물빛 하늘은 답을 알려주지 않고 침묵했다. 여태 그래왔듯 엘리자베스는 홀로 괴로웠다.

남작 부인은 저녁에 저택으로 돌아왔다. 이름은 로즈미나. 하지만 어디에서나 그녀는 남작 부인이나 마님으로만 불렸다.

"접니다."

오직 한 사람만이 그녀를 로즈미나라고 불렀다. 그 사람이 지금 도착했다. 하지만 다른 사람들의 눈과 귀를 피해야 했기에, 두 사람만 방에 남을 때까지 그들은 연기를 해야 했다.

"들어와, 라울."

젊은 정원사가 문을 닫았다. 시중드는 이들은 이미 자리를 비운 뒤였다.

라울 데이커가 로즈미나 메리요트에게 가까이 다가와 섰다. 로즈미나는 거울 앞에서 머리칼을 정돈하며 상대방이 말하기를 기다렸다.

"해충이 끼더라고요. 살충제를 바꿔야겠어요."

"그래, 그건 관리인한테 얘기해. 용건은?"

고작 살충제 따위가 본론일 리가 없다는 걸 로즈미나는 잘 알았다. 라울은 그녀의 뒤통수를 어둡게 쏘아보다가 나직하게 물었다.

"케이트, 어떻게 됐어요?"

로즈미나가 멈칫하더니 거울을 통해 라울과 눈을 맞췄다. 그녀가 천천히 되물었다.

"무슨 뜻이니?"

"내가 걔한테 편지했는데 답장이 없어서요."

"편지까지 했어? 그 애를 향한 정이 그렇게 깊은지 몰랐네, 라울. 잠깐 데리고 노는 거 아니었어?"

"로즈. 걔한테 무슨 짓 했어요?"

"다 알면서 왜 물어봐."

담담한 말투에 옅은 짜증이 묻어났다. 그녀가 휙 뒤돌았다. 젊은 정원사는 창백했다. 남작 부인이 부드럽게 코웃음 쳤다.

"라울, 너도 그 애도 진지한 감정이 아니었어. 그냥 호기심이었어. 너는 잘 제어했지만 그 애는 선을 넘었을 뿐이고."

"그게 무슨 뜻이에요?"

"케이트, 그 발칙한 년이 나한테 와서 뭐라고 협박했는지 알아?"

"협박?"

라울이 눈살을 찌푸렸다. 로즈미나가 느리게 한숨지었다. 아직도 그날을 떠올리면 기가 막혔다. 어처구니없는 계집애, 저질스러운 패를 들고 와서 어찌나 기고만장하던지.

"나와 너의 관계를 알아냈대. 내가 아들뻘의 사용인이랑 놀아나는 중이라고 까발리겠다고 협박하더군."

라울도 어이가 없어 입꼬리를 비스듬히 틀었다. 그 표정에 로즈미나가 희미하게 웃었다. 누군가를 지독히도 빼닮은 조소였다.

"그래, 황당하지? 돈을 요구했어. 자기 입을 막으려면 돈을 달래. 그것만 받고 자긴 사라지겠대."

라울이 아는 케이트라면 그러고도 남았다. 약삭빠르고 이기적이고 요망한. 뭐, 라울이 할 말은 아니지만.

"그 얘길 듣고 네가 불쌍해졌어, 라울. 둘이 불장난 중이라는 건 알았지만, 적어도 너는 예의를 갖췄잖아. 가벼웠어도 너는 진심이었어. 그런데 그 애는 가증스럽게도 돈을 갖고 튈 생각이었어, 심지어 그딴 망상을 품다니."

"……그래서 죽였어요? 확실하게 입을 막으려고?"

라울의 낮은 목소리는 차갑고도 고압적이었다. 결코 한낱 사용인이 대저택의 주인에게 사용할 수 있는 어투가 아니었다. 그 괘씸함을 로즈미나는 나무라지 않았다. 다만 마찬가지로 차갑고도 고압적인 말투로 되물었다.

"그럼 어떡해? 너를 대신 죽일 수는 없잖아."

그 말이 라울의 입을 봉했다. 귀부인이 정원사를 등지고 다시 머리카락을 정돈하기 시작했다.

"제가 당신한테 온 걸, 그래서 나를 받아준 것을 후회해요?"

마님이 시선을 내렸다. 거울도, 등 뒤의 남자도 보지 않으며 그녀가 부드럽게 대답했다.

"몰라."

만족스러운 대답은 아니었다. 조용한 대치가 이어졌다. 라울은 입을 다물었고, 로즈미나는 돌아보기를 거부했다.

라울이 자그맣게 한숨지으며 먼저 물러났다. 그가 공손한 태도로 말했다.

"그럼 저는 이만 물러가겠습니다. 살충제에 대해서는 관리인께 말씀 드릴게요. 안녕히 계세요, 마님."

정중한 어투는 연기가 다시 시작되었다는 뜻이었다. 무대 위로 조명과 배우들이 복귀했다. 배우가 담담하게 말했다.

"그래, 수고했다."

라울이 나갔다. 홀로 남겨진 마님은 예전처럼 양손에 얼굴을 묻지 않았다. 이제는 너무 무뎌졌다.

제2장. 외출

저택에서의 일곱 번째 날. 어떻게 일했고 어떤 사람들과 어떤 대화를 나눴으며 언제 어떤 음식을 먹었는지 전혀 기억나지 않았다. 기대감으로 부푼 어지러운 하루에 아가씨의 미소, 말투, 손짓만이 뚜렷한 잔상을 남겼다. 내일을 향한 설렘이 현기증을 불어넣고 감각을 흐트러트렸다. 독감에 걸린 사람처럼 정신이 없었다.

마침내 여덟 번째 날이 도래했다.

첫 휴일이었다.

아가씨와 외출하는 날짜였다.

처음으로 하녀복이 아닌 다른 옷을 입고 엘리자베스 앞에 서는 날이었다. 바보 같은 일임을 알면서도 레티는 몇 번이고 거울을 확인했다.

본인이 고백한 대로 옷에 대한 눈썰미라곤 손톱만큼도 없는 그녀지만, 나름의 재주를 발휘하여 옷의 색을 맞추고 특별히 세련된 모자를 썼다. 모자에 눌려 잘 보이지도 않겠지만 머리를 곱게 빗어 정교하게 땋는 것도 잊지 않았다.

모든 건 자네트 노스턴을 만나는 것 때문이라고 레티는 스스로를 세뇌했다. 팬으로서 벅찬 마음에 이토록 제정신이 아닌 거였다. 부분적으로는 사실이기는 했다. 글을 접하며 내내 우상시하던 작가였다. 레티에게는 신이나 국왕이나 다름이 없었다. 그런데 그 작가와 실제로 얼굴을 맞대고 식사를 하게 됐다니. 이러다 엘리자베스가 걱정한 대로 너무 흥분해서 속이 꼬여 탈이라도 나는 건 아닐지 모르겠다.

엘리자베스가 걱정한 대로.

엘리자베스.

엘리자베스 메리요트 아가씨.

레티가 거울에 비친 자신의 모습을 빤히 쳐다보았다. 뺨이 너무 붉었다. 자네트 노스턴 때문이 아니었다.

"……침착해, 레티."

그녀는 혼잣말로 속삭였다. 습관처럼 심호흡한 뒤, 그녀는 방을 나섰다. 자네트 노스턴, 또는 엘리자베스 메리요트를 만나기 위하여.

레티가 저택에 도착한 뒤로는 항상 날씨가 맑았다. 처음에 메리요트 영지에 왔을 때는 창밖으로 하염없이 펼쳐지는 들판과 바다가 너무 시골 같아서 기겁했는데 어느덧 이곳의 고요함과 광활함을 사랑하게 되었다.

이곳에 온 지 고작 이레밖에 지나지 않았다는 사실은 상관없었다. 때로는 시간이 많은 것을 결정했지만, 때로는 어떤 영향도 미치지 못했다. 감정도 마찬가지였다. 어떤 감정은 단순히 숫자에 지배당하기를 거부했다

엘리자베스와는 정문에서 만나기로 했다. 정체불명의 가락을 흥얼대며 뜰을 가로지르던 레티는 뜻밖의 인물을 만났다. 그녀는 눈살을 구기며 우뚝 멈췄다.

"안녕하세요, 레티. 어딜 그렇게 즐겁게 가요? 그것도 한껏 꾸민 차림으로."

라울 데이커가 쓸데없이 친한 척하며 다가왔다. 정원에서 모르슨 부인을 만난 이후로 첫만남이었다. 여기서 지금 이렇게 마주쳤다는 사실이 불쾌했다.

레티의 표정에 모든 게 투명하게 드러났다. 노골적인 박대에 라울이 쓰게 웃었다.

"인사했는데 왜 그런 표정이에요. 날 보는 게 그렇게 싫어요?"

"어, 음. 안녕하세요, 데이커 씨."

"아니라고는 안 하네. 그런데 왜 절 그렇게 불러요?"

"네?"

"호칭을 좀 바꿔보는 건 어때요? 데이커 씨가 아니라 라울로."

"사양할게요."

대답이 신속하고 명쾌했다. 라울은 재차 쓰게 웃었다. 저 투명함은 이 저택에서 흔히 볼 수 없는 태도였다. 사용인들은 침묵에 익숙했고 마님은 늘 담담했다. 그리고 아가씨, 엘리자베스 아가씨는.

"저는 계속 레티라고 불러도 되죠?"

"물론이죠. 맘대로 하세요."

라울의 명랑한 태도와는 대조되게 레티가 퉁명하게 대답했다.

"그런데 묻는 말에 대답도 안 해 주네요. 어디 가는 길이에요?"

"제가 그걸 일일이 말해 줘야 해요?"

"하하, 아니죠. 아니에요. 참견해서 미안해요. 안 말해 줘도 돼요."

"……별건 아니고, 오늘 휴가라서 시내에 다녀오려고요."

아아, 천하의 호구 바이올렛 골드. 막상 라울이 시무룩한 표정을 지으며 순순히 꼬리를 내리자 그녀는 양심의 가책을 느끼고 애매하게나마 사실대로 대답했다.

아니, 이게 내가 죄책감을 느껴야 하는 부분이냐고?

레티는 좌절했다.

어쩌면 라울의 준수한 얼굴에 약간 불긋한 부기가 남아 있어서 그럴지도 모른다. 마치 전날 밤을 눈물로 지새운 것처럼. 어울리지 않는 모습이었다. 저렇게나 유들유들하게 웃는 사람이 눈물이라니. 그래서 괜히 마음이 물러졌는지도 모른다.

"안 말해줘도 된다고 했는데."

라울이 생긋 웃었다. 눈가의 옅은 부기와 어울리지 않는 모습이었다. 레티는 짜증을 되삼켰다. 오늘 엘리자베스 아가씨, 아니, 노스턴 작가님과 식사할 생각에 잔뜩 들떠 있었는데 라울 때문에 하루를 망치고 싶지 않았다.

"그래도 어쨌든 말해 줬으니까 됐죠? 안녕히 계세요. 그럼 이만."

"레티, 당신은 참 착해요."

"어, 감사합니다."

으악, 레티 너 정말! 상대방이 자신을 뜬금없이 칭찬하자 저도 모르게 습관적으로 감사 인사까지 해버렸다. *아, 엄마가 예절 교육을 너무 철저히 한 탓이야.* 레티는 울상을 지으며 묵례했다. 총총히 멀어지는 뒷모습에 대고 라울은 피식거렸다.

"하여튼, 귀여워."

그가 눈웃음을 지으며 혼잣말했다. 오늘 특별히 꾸몄는지 동그란 얼굴에 얹힌 발랄한 표정이 평소보다도 예뻤다. 뭐, 자신은 저 발랄한 회색 눈을 제대로 본 적이 한 번도 없지만. 레티는 라울을 대할 때면 눈매를 찡그리는 게 보통이었다. 첫 만남이 그딴 식이었으니 할 말은 없다만.

라울은 간신히 웃음을 참으며 돌아섰다. 엘리자베스는 메리요트의 익숙한 윤곽과 제임스가 모는 마차가 먼발치에서 라울의 눈에 들어왔다.

"……하."

저 조합을 보자 저절로 미간에 주름이 파였다. 엘리자베스 라울이 좋아하기 무척 힘든 존재였고, 제임스란 인간은…….

'분명 저 새끼랑 어울리지 말라고 말했는데.'

한낱 하녀인 레티에게는 마부를 선택할 권한이 없다는 걸 알았다. 그렇다면 엘리자베스한테 경고해야 하나?

라울은 망설였다. 사용인들 간에 서로 고발하는 건 예민한 문제였다. 한 번 고자질쟁이로 낙인찍혔다가는 평생 겉돌며 살리라. 라울은 아무 일도 일어나지 않을 것이라고 스스로를 위안하며 천천히 정원으로 돌아갔다.

레티는 라울 데이커로부터 무사히 벗어나 정문에 다다랐다. 마차 앞에서 엘리자베스가 레티를 기다리고 있었다.

"아가씨, 좋은 아침입니다. 오래 기다리셨어요?"

"좋은 아침, 레티. 오래 기다리진 않았어."

엘리자베스의 얼굴이 묘하게 딱딱했다. 제임스도 비슷한 표정으로 엘리자베스를 힐끔대고 있었지만 그녀는 알아채지 못했다. 엘리자베스는 오직 눈앞의 레티와 점점 멀어지는 라울 데이커의 뒷모습만을 번갈아 바라보았다.

"들어가자, 레티."

엘리자베스가 서늘하게 말했다. 예상치 못한 차가운 태도에 레티는 주춤했다.

뭐지? 뭐야, 내가 또 뭐 잘못했나?

며칠 전의 상처는 아직 아물지 않았다. 아가씨를 보면 마음이 설레었다. 그녀의 눈에는 완벽해지고 싶었다. 그런 레티에게는 지금과 같은 냉대가 모두 아픔이 되었다.

내가 당신을 미워하거나 아예 무관심했다면 전혀 괴롭지 않았겠지. 혼났다는 생각에 잠깐 우울하고 말았을 거야. 하지만 당신과 나 사이에 관계가 생겼으면 좋겠어. 당신과 내가 '상관' 있었으면 좋겠어. 나는 당신한테 관심이 많아. 그래서 아프고 두려운 거야. 당신이 내가 잘못하지 않았다고 생각했으면 좋겠어.

엘리자베스와 레티가 차례로 마차에 올랐다. 마차가 곧 이동했다. 바퀴가 구르며 자갈과 부딪치는 소리가 내려앉은 침묵을 덮었다.

레티는 어색하게 눈치를 살폈다. 아가씨와 마주 앉는 호사를 허락받았건만 아가씨의 표정이 전혀 밝다고 할 수 없어 온전히 기뻐할 수 없었다. 그렇다고 마냥 어둡기만 한 표정도 아니었다. 레티는 혼란을 곱씹으며 침묵의 끝을 기다렸다.

"라울 데이커와 친해?"

엘리자베스가 문득 질문했다. 녹색 눈이 회색 눈을 똑바로 파고들었다. 레티는 당황했다. 아니, 왜 다들 나한테 그 질문을 못 해서 안달이지? 심지어 모르슨 부인은 질문조차 생략하고 바로 친하다고 넘겨짚었다.

"아뇨, 친하지는 않습니다."

대답은 매번 같았다.

"다행이야."

다른 사람들과는 달리 엘리자베스는 레티의 대답을 믿어주는 것 같기는 했다. 레티는 안도했다. 할 수 있다면 오직 당신뿐이라고, 당신밖에 없다고 부르짖고 싶었다.

"그 사람이랑 친하게 지내지 마."

명령은 나직하게, 그러나 단호하게 떨어졌다. 레티가 불안하게 양손을 맞잡았다. 윗사람이 아랫사람에게 다른 사람과 어울리지 말라고 구체적인 지시를 내리기도 하나? 이게 평균적인 경우인가? 아닐 텐데. 그러니까 질투라고 봐도 되나?

'대체 뭔 생각을 하는 거야.'

레티는 허황한 꿈을 속으로 엄격하게 꾸짖었다. 그럼에도 미련은 속절없이 이어졌다. 설마 당신이. 당신도 나를.

"왜요, 아가씨?"

묻고야 말았다. 조심스럽게, 비정상적으로 뛰는 심장 소리가 당신에게도 들릴까 봐 일부러 더욱 공손하게.

주제넘은 질문은 아니었다. 정원사와 친하게 지내지 말라는 엘리자베스의 지시는 평범한 종류는 아니었다. 이유를 묻는 것 정도는 할 수 있는 일이었다.

"별로 좋은 남자는 아니다."

엘리자베스가 옅게 찌푸리며 대답했다. 순간 레티는 조세핀을 떠올렸다.

〈흠. 걔는 질 나쁜 놈이야.〉

비슷한 얘기였다. 조세핀이 떠오르자 케이트도 떠올랐다. 케이트와 라울이 바람을 피웠고, 결과적으로 양쪽이 바람난 꼴이 돼 버렸다는 조세핀의 첨언도.

'잠깐. 설마…….'

조세핀의 말이 사실이라면, 케이트는 조세핀의 애인이었는데 라울과도 통정했으니 바람난 게 맞았다. 그럼 라울은? 라울은 케이트와 연애하면서 누구와 사귀었기에 바람났다는 평을 들었을까?

〈케이트는, 예뻤어.〉

그때 아가씨의 말은 그리움이 빚어낸 호평일까, 질투와 뒤엉킨 체념일까.

'……설마, 아가씨랑 라울이.'

레티의 상상력은 바쁘게 작동하고 있었다. 명치끝은 점차 차갑게 식었다. 아까와는 전혀 다른 의미로 토할 것 같았다. 이 모든 건 망상일 것이다. 소설을 너무 많이 읽은 탓일 수도 있겠지. 그러나 아무리 마음을 달래보려 애쓴들, 이미 떠오른 생각을 접을 수는 없었다.

젊고 잘생긴 정원사와 젊고 아름다운 아가씨가 서로를 사랑한 거라면?

〈예뻤어, 케이트는.〉

아가씨의 말에 담긴 감정은 그리움이었을까, 질투였을까. 처음 그 말을 들었을 때는 전자라고 생각했다. 가슴이 조이듯 답답했다. 엘리자베스가 케이트라는 예쁜 하녀를 좋아했을지도 모른다는 생각이 들어서. 저에게는 귀엽다고만 말했지만, 케이트는 예쁘다고 해서 유치하게, 서글프게 질투했었다. 그런데.

'아가씨랑 라울이……?'

만약에 아가씨와 몰래 마음을 나눈 대상은 하녀가 아니라 정원사라면? 그 정원사가 케이트와도 눈이 맞았기 때문에 아가씨가 오히려 하녀를 질투했다면?

토할 듯 울렁거렸다. 또다시 가슴이 조이듯 답답했다. 레티는 엘리자베스의 표정을 살폈다. 라울과 친하냐고 묻는 표정은, 친하게 지내지 말라고 명령하는 눈빛은 어떠한가. 저 절박한 눈빛에 애틋함이 섞였는지는 알 수 없었다.

레티는 아가씨의 표정을 읽어보려고 절실하게 노력했다. 하지만 아무것도 읽어내지 못했다.

당신의 눈은 투명하지 않아.

"어떤 면에서요?"

레티는 구태여 되물었다. 참 구질구질하다고 생각했지만, 이성이 가로막기 전에 감정은 기어코 말을 입밖으로 밀어냈다.

"바람둥이야."

엘리자베스는 서슴없이 대답했다. 사용인 앞에서 다른 사용인을 험담하는 꼴이 되었지만, 그런 도덕적인 문제는 안중에도 없다는 듯 단호했다.

대답을 들은 레티는 입술을 깨물었다. 이번에도 감정이 이성을 압도해 충동적인 질문들을 쏟아낼까 두려웠다.

혹시 데이커 씨랑 서로 좋아하는 사이였어요? 지금도 그래요? 당신과 데이커 씨와 케이트라는 하녀는 무슨 사이예요? 그리고 케이트는 왜, 대체 왜 그렇게 사라졌나요.

〈말했잖아요. 급하게 사람을 구하느라 그랬다고.〉

첫날에 그렇게 말하던 새먼 부인과.

〈모르지, 뭐. 꽤 오래 일했는데 굉장히 갑자기 그만뒀어. 인사도 제대로 안 하고 하루아침에 사라졌지 뭐야.〉

재잘거리던 다른 하녀들.

〈개인적인 사유가 있었습니다.〉

그리고 또다시 새먼 부인의 알 수 없던 차가움이, 머릿속에 맴돌며 마음속을 후볐다.

"레티. 우리 라울 데이커에 관한 얘기는 그만하자."

엘리자베스가 불쑥 말했다. 그녀가 상체를 기울이며 레티를 향해 손을 뻗었다. 엘리자베스는 레티의 모자 아래 흘러내린 잔머리를 하나 쥐어 귀에 걸어 주었다. 손끝이 귓불을 스치자 레티가 숨을 삼켰다. 맨살과 맨살이 잠시나마 맞닿으며 비비던 순간이 아찔했다. 레티가 깡깡 굳어서 쳐다보았다. 엘리자베스가 부드럽게 당부했다.

"우리 오늘 둘이 같이 외출하는 거잖아. 단둘이. 이따 다른 사람들과 점심을 먹을 거긴 하지만. 그러니까 다른 사람들 얘기는 하지 말고 우리 둘한테 집중할 수 없을까? 서로한테."

그러면서 눈부시게 웃었다.

레티는 넋을 잃고 쳐다보았다. 얼굴에 약한 얄팍한 자신을 머릿속으로 콩콩 쥐어박으며.

사실 얼굴 때문만은 아니었다. 만약 저 녹색 눈과 비단 같은 피부와 우아한 눈썹이 전부였다면, 라울 데이커를 보면서도 레티는 헤벌쭉 웃고 있을 터였다.

하지만 레티는 그녀밖에 안 보였다. 엘리자베스 이외의 사람은 존재하지 않는 것 같았다.

“이건 선물이잖아, 레티.”

엘리자베스 메리요트 아가씨. 어쩌면 좋죠?

“그러니까 부디 즐겼으면 좋겠어.”

제가 당신을 좋아하는 것 같아요.

“그때 널 울린 거에 대해 제대로 사과하게 해줘. 부디 온전히 집중하고 즐겨. 라울 데이커든 누구든 이 집에 관련된 사람들은 다 잊고. 물론 나 빼고 말이야.”

당신은 하필 여자이고 귀족이라 너무 괴로워요. 저도 여자이고, 또 귀족은 아니라서.

“오늘 이 집에 관련된 사람 중에선 나만 생각하고, 나만 기억해. 노스턴 부인한테 글에 대해 실컷 질문하고 점심도 맛있게 먹고. 그러려고 널 데리고 나가는 거야. 네가 즐거우면 돼.”

오늘이 고작 여덟 번째 만남이거늘 그새 속절없이 빠져 버린 제가 얄팍하다고 탓하세요. 미련하다고 욕하세요. 그런 말을 들어도 싸니까.

“쓸데없는 질문을 해서 미안해, 레티. 이제 라울 데이커는 잊어.”

어떤 마음은 숫자로 셀 수 없고 어떤 감정은 시간에 지배당하길 거부하기에.

“네, 아가씨.”

이게 얼마나 어리석고 급작스러운 일인지 생각하길 그치며 레티는 공손히 웃었다. 엘리자베스도 마주 웃었다. 자신의 마음에 저릿한 자국으로 남은 사람이 라울도 케이트도 아니라 마치 눈앞의 레티인 것처럼.

마차가 영지를 빠져나가 시내에 도착할 때까지 아가씨와 하녀는 많은 이야기를 나누었다. 화제는 책과 소설로 시작했다가 분야를 가리지 않고 넓어졌다. 날씨, 음식, 그리고 주로 레티의 가족.

엘리자베스는 부모님에 대해 할 말이 별로 없는 듯했다. 수다스러운 레티는 그 점을 별로 이상하게 여기지 않고 아가씨의 매끄러운 질문에 이끌려 재잘재잘 떠들었다. 돌아가시기 전 늘 인자했던 아버지, 잔소리가 심하시지만 강인하신 어머니, 말을 더럽게 안 듣는 남동생, 얌체 같은 여동생.

“동생들이랑 사이가 좋은가 보구나.”

“아니에요, 절대 아니에요! 절대 안 친해요, 절대.”

레티가 극구 부인했다. 엘리자베스가 희미하게 웃었다. 안 친하다고 하기에는 일화가 너무 많고 자세했다. 이야기를 들어 보니 상당히 살벌하게 치고받고 싸우는 것 같기는 하지만.

"그래도 난 부러워. 외동은 너무 심심해."

엘리자베스가 차분하게 대꾸했다. 레티가 눈살을 찌푸렸다. 자기는 차라리 외동이었으면 좋겠다고 털어놓으려다가 눈치껏 멈췄다. 집에서 벗어나는 게 꿈이라던 아가씨에게 왠지 솔직하게 말하기가 망설여졌다.

"그, 그래도……. 요즘은 제가 있어서 안 심심하지 않으세요?"

레티, 이 바보야! 레티는 말해놓고 본인이 경악했다. 이 몹쓸 주둥이. 엘리자베스가 당황해서 바라보았다. 레티는 마차에서 뛰어내리고 싶은 충동을 느꼈다.

"그러니까 제 말은, 앞으로 제가 곁에 있을게요. 아가씨가 심심하지 않도록, 그, 심심할 틈이 없도록……."

점입가경이었다. 레티의 안면으로 열기가 쏠렸다. 자기 덕분에 아가씨가 더는 심심하지 않을 거라는 오만한 단언은 무엇이며, 앞으로 심심할 틈이 없도록 곁에 있겠다는 호언장담은 또 뭐란 말이냐. 자기는 청소하고 빨래하는 하녀였지 상전의 따분함을 덜어주는 말벗이 아닌데.

분수를 잊고 횡설수설한 느낌이라 레티는 아가씨의 눈치를 살폈다. 뜻밖에도 엘리자베스는 웃고 있었다.

"이미 잘하고 있어, 레티."

그 말이 레티의 뺨에 열기를 더했다. 아까와는 다른 의미로 부끄러웠다. 아니, 쑥스럽다고 해야 할까. 봄꽃이 무르익어 온 세상에 향기가 가득한 것만 같았다. 지금은 낙엽이 스러지는 가을임에도.

"이미 너와 네 수다 덕분에 심심할 틈이 없어."

잠깐, 저걸 듣고 좋아해야 하나. 칭찬 맞지? 좋아하다가 말고 레티는 아가씨를 미심쩍게 바라보았다. 엘리자베스의 미소가 짙어졌다.

"칭찬 맞아, 레티."

어쩜 사람이 저리 투명한지. 또다시 마음이 들키자 움찔하며 시선을 피하는 건 왜 저렇게 귀여운지. 엘리자베스는 입술을 깨물어 폭소를 참았다. 여기서 웃으면 상대방이 더 불쌍해질 것 같았다. 놀려주고 싶은 마음도 없잖아 있었지만 레티에게 그런 못된 마음을 들키기는 싫었다. 자신을 성숙하고 너그러운 사람으로 기억해 줬으면 좋겠다. 마음에 드는 하녀한테 짓궂게 대하면서 쾌감을 얻는 유치한 귀족 아가씨가 아니라.

"어, 음. 감사합니다, 아가씨."

레티가 맞잡은 손가락을 꼼지락대며 중얼거렸다. 두 볼은 복숭앗빛이었다. 시선은 민망한 듯, 수줍은 듯 비스듬히 아래를 향했다.

엘리자베스는 순간 미소를 거두고 상상했다. 저 꼼지락대는 손가락을 감싸 쥐면 어떻게 될까. 살결에 입을 맞추면, 어떤 느낌일까. 작고 말랑한 턱을 부드럽게 쥐어 더는 도망치지 못하도록 시선을 독점하면, 그리고 맞물리는 시선 아래로 입술이 맞닿으면, 어떤 결과가 우리를 맞이할까.

'……그만.'

엘리자베스는 망상을 무지르며 시선을 뜯어냈다. 잔인한 망상이었다. 엘리자베스가 나직하게 말했다.

"별말을, 레티."

아가씨의 목소리가 돌연 가라앉은 걸 듣고 레티가 그녀를 살며시 훔쳐보았다. 엘리자베스는 창밖을 보고 있었다. 레티도 빠끔히 내다보았다. 두 여자는 창문 너머로 펼쳐지는 메리요트 영지의 알록달록한 농지와 아득한 언덕길과 광활한 하늘을 바라보았다. 하늘은 오늘도 새파랬고 그 아래로 잿빛으로 물든 바다가 지평선을 핥으며 문득문득 모습을 드러냈다.

"아름다워요."

레티가 문득 평가했다. 엘리자베스가 레티에게 시선을 넘겼다. 동의할 수밖에 없었다.

"그래, 아름다워."

유리창에 거의 코를 박고 시골의 찬란한 풍경을 구경하던 레티가 엘리자베스를 돌아보았다.

레티는 새삼 눈앞의 아가씨가 자신과 얼마나 다른 세상에 사는

지 실감했다.

지금 자신이 보고 감탄하는 땅이 전부 메리요트 가문의 것이었다. 죽은 메리요트 남작이 제 아비에게서, 저 아름다운 아가씨가 남작에게서 이 땅을 물려받았다. 정확히 말하면 물려받을 것이다.

현재 영지와 저택의 주인이자 관리자는 죽은 남편의 대리인인 메리요트 남작 부인이었다. 엘리자베스는 결혼해서 남편이 생겨야 지 유산을 진정으로 상속받을 수 있었다.

손등이 빽빽하게 굳으면서 손톱이 유리창을 긁었다. 레티는 먹먹한 통증을 간신히 억눌렀다.

"아가씨, 겨울 축제에 가 보신 적 있나요?"

"당연히 가 본 적 있지 않겠니? 난 평생 여기서 살았어, 레티."

"아, 그렇군요. 저는 그냥…… 축제는 평민들의 행사니까요."

레티가 중얼거렸다. 영지의 농민들과 도시의 주민들은 축제를 즐겼고, 메리요트 가문 사람들과 그 집의 귀빈들은 무도회와 만찬을 열었다.

"그래도 몇 번 가봤어. 공식적으로 참석한 건 아니었지만. 내가 24년째 이곳에 살았는데 한 번도 안 가본 건 이상하지."

"즐거우셨나요?"

"응."

이번에도 즐거울 수 있을까. 다가오는 축제의 시기, 아가씨는 신랑을 골라야 한다. 스물네 살이면 이 나라에서 여성의 혼인 적령기에 아슬아슬하게 걸친 나이였다. 한두 해만 넘겼다가는 노처녀 소리를 들을 나이.

"기대되네요."

레티가 짐짓 밝게 말했다. 엘리자베스는 고운 미간을 미세하게 찡그렸다. 기대된다고?

"저는 말로만 들었거든요. 유명하잖아요, 이 지역 겨울 축제."

레티가 살포시 웃었다. 엘리자베스는 마주 웃지 않지 않고 덤덤하게 대답했다.

"기대해도 좋아."

이제는 시작까지 채 한 달도 남지 않았다. 3주하고도 며칠 더.

"하지만 네가 그렇게 여유로울 상황인지는 모르겠어, 레티. 내가 듣기론 축제 기간에 일이 그렇게 많다는데."

"치이, 지금 약 올리시는 거예요?"

"약 올리는 게 아니라 상황이 그렇다는 거다."

"약 올리시는 거 맞는 것 같은데……."

"오해야."

분위기는 다시 밝아졌다. 서로 애쓴 덕분이었다. 하녀와 상전이 아닌 한 쌍의 친구처럼 아옹다옹하며 각자 남몰래 생각했다.

영원히 이 마차 안에만 있을 수 있다면.

"어, 도시다."

부질없는 소원이었다. 그 어떤 순간도 영원할 수가 없었다.

완만한 비탈과 평평한 들판 사이로 군데군데 박혀 있던 오두막이 사라지고 시원시원하게 높이 쌓아 올린 건물과 오밀조밀한 연립 주택, 시끌벅적한 광장이 드러났다. 활기찬 소음이 전원의 여유로운 고요를 잡아먹었다. 둘만의 시간이 끝났다.

"노스턴 부인의 집으로 가는 건가요?"

"그래, 식사 초대를 받았거든."

"와, 진짜 설레요."

"설레?"

"네. 정말 감사합니다, 아가씨. 이런 기회는 처음이에요."

"마지막은 아닐 거야."

"네?"

"앞으로 이런 기회는 얼마든지 마련해 줄게. 네가 원한다면."

아가씨의 눈은 진지했다. 레티는 그윽한 녹색 눈에 빨려드는 느낌이었다. 레티가 마른침을 삼키고는 속삭였다.

"왜 저한테 그렇게까지 잘해 주세요?"

레티는 한날 하녀일 뿐이었다.

내가 성격이 못된 것도 아니고 여태 얘기도 많이 나누었으니, 그래, 그새 정이 들었을 만해. 우리가 처음 만난 게 고작 이레 전이

지만 시간이 중요한 거는 아니니까. 하지만 고작 그뿐이라면, 어째서 이렇게까지 하시는 걸까. 좋아하는 작가와 만나게 해주시며, 손수 마차를 대령해 시내까지 데려가 주시며, 어찌.

"말했잖아. 선물이라고. 그때 널 울린 게 미안해서 그래."

엘리자베스가 담백하게 답했다. 레티는 수긍이 어려웠다. 그렇게 미안하시면 애초에 울리질 마시지. 레티는 속으로 구시렁대다가 흠칫하며 아가씨의 눈치를 살폈다. 제 표정이 그리 투명하다는데 이번에도 들켰을까 해서. 엘리자베스는 동요하지 않았다. 마음이 들킨 건지 아닌지 알 수 없었다. 귀엽다며 피식 웃거나 무례하다며 눈살을 찌푸리는 대신 그녀는 담담하게 덧붙일 뿐이었다.

"그리고 고마워서."

"뭐가요?"

"네 덕분에 안 심심해졌잖아."

아까 지껄인 헛소리가 그런 식으로 인용되는 걸 듣고 레티는 얼굴을 붉혔다. 하지만 엘리자베스는 끝까지 진지했다. 단언컨대 상대방을 민망하게 만들고 싶어서 꺼낸 말이 아니었다.

"네 덕분에 매일 오전이 즐거워, 레티."

극찬이었다. 레티는 눈을 말똥히 뜨고 바라보다가 시선을 내리며 속삭였다.

"저야말로 매일 아가씨 덕분에 즐거워요."

그 고백에 대한 답을 그들은 알 수 없었다. 용감하게 속삭인 레티도, 심지어 답을 준비한 엘리자베스 본인도.

그 순간 마차가 덜컹대며 움직이지 않았더라면, 절묘한 시기에 마차가 목적지에 도착하지 않았더라면, 과연 자신이 어떤 말을 털어놓았을지 엘리자베스는 나중에도 확신할 수 없었다.

"……도착했네."

"네……."

엘리자베스가 말하고 레티가 답했다. 둘 다 숨이 가빴다.

마차가 갑자기 멈추면서 공간이 살짝 흔들렸다. 각자의 몸이 기우뚱 쏟아지며 하마터면 맞닿을 뻔했다. 엘리자베스는 벽을 짚어서, 레티는 문고리를 잡아서 앞으로 고꾸라지는 불상사를 피했다.

"레티, 괜찮아?"

"아가씨는 괜찮으세요?"

"응, 나도 괜찮아."

사실 전혀 괜찮지 않았다. 아까 몸이 앞을 향해 불쑥 미끄러질 때 가슴이 덜컹했다. 그 순간 아주 잠깐, 서로가 너무 가까웠다.

급격한 동작 때문에 잔머리 몇 올이 흘러내리며 짙은 향이 번졌다. 아가씨의 몸에서 나는 향이었다. 레티는 제발 들키지 않기를 바라며 남몰래 냄새를 맡았다. 향수구나. 아닌가, 머리카락에 바르는 향유인가? 뭐든 간에 달콤했다. 레티는 또다시 있지도 않은 꽃

향기를 맡는 기분이었다.

"내리자."

레티는 잡념을 그치며 끄덕였다. 얼굴이 뜨거운 건 마차 안이 너무 더워서이기 때문이라고 되뇌었다.

밖에서 가을바람을 쐬면 괜찮아질 거야. 멍청한 마음이 주제를 깨닫고, 봄꽃 내음도 잊힐 거야.

"네, 아가씨."

제임스가 문을 열었다. 마부의 손을 잡고 엘리자베스가 먼저 내렸다. 레티는 스스로 내리기 위해 발을 디뎠다. 뜻밖에도 제임스가 레티에게도 손을 내밀었다. 레티는 다소 당황했지만, 예바르게 웃으며 그 손을 맞잡았다.

"고마워요, 제임스."

제임스가 꾸벅이며 가볍게 인사했다. 엘리자베스는 흘깃했으나 아무 말도 하지 않았다. 그녀가 여상히 뒤돌았다.

"저 집이야, 레티."

엘리자베스가 손짓했다. 레티가 손차양하며 바라보았다. 햇살 아래 평범하고 정갈한 주택 하나가 그들을 맞이했다. 엘리자베스가 레티를 바라보았다.

"눈부셔?"

"네?"

엘리자베스는 귀족 아가씨의 옷과 어울리는 레이스 양산을 하나 들고 있었다. 엘리자베스가 양산을 기울였다. 적당한 그늘이 떨어져 두 여자를 포근하게 덮었다.

"말을 하지 그랬어."

엘리자베스가 부드럽게 말했다. 다시 얼굴이 더워졌다. 가을바람은 소용없었다. 몹쓸 봄꽃이 아직 허공에 가득했다.

"아가씨, 이리 주세요. 제가 들겠습니다."

하녀가 혼비백산하며 양산 손잡이를 콱 잡았다. 정확히 말하자면 잡으려고 했는데, 그러다가 아가씨의 손을 대신 잡아 버렸다. 레티는 기겁했다.

"죄, 죄송합니다!"

"쉬이, 레티, 그렇게 소리치지 마라. 사람들 쳐다본다."

"죄송합니다……."

"그렇다고 굳이 속삭이지도 말고. 사과할 필요 없어."

엘리자베스가 침착하게 말하며 양산을 넘기자 레티가 새빨개진 얼굴로 받았다. 엘리자베스는 고개를 살짝 돌려 빙긋 접힌 입꼬리를 감췄다. 놀리고 싶은 마음을 참는 게 어려웠다.

"가자."

레티가 먼저 걷는 엘리자베스를 뒤따랐다. 엘리자베스가 현관으로 이어지는 계단을 올라 차분히 초인종을 눌렀다. 잠시 뒤, 하녀가 문을 열었다. 그녀는 엘리자베스를 알아보고 고개를 꾸벅여 단정히 인사했다.

"안녕하십니까, 메리요트 아가씨."

"안녕하세요. 노스턴 경과 노스턴 부인은 안에 계시죠?"

"네, 기다리고 계십니다."

하녀가 외투를 받아 벽면에 걸고 두 여자를 안내했다. 레티는 자신이 엘리자베스의 몸종이 아닌 동등한 위치의 동행인으로 취급받는 걸 깨닫고 수줍기도 했고 설레기도 했다.

하녀가 문을 열고 공손히 손짓했다. 엘리자베스와 레티가 응접실 안으로 들어갔다. 명랑하고도 우아한 여성의 목소리가 들렸다.

"리지, 오랜만이야!"

"안녕하세요, 노스턴 부인."

자네트 노스턴이었다. 나이는 40대 초반, 외모는 수수했지만 기품이 넘쳤다. 방긋대는 입술과 눈이 실제 나이와는 무관하게 자네트에게 소녀와 같은 느낌을 부여했다.

존경하는 작가를 눈앞에 둔 팬은 깡깡 얼어붙었다. 레티가 버벅대는 사이 엘리자베스와 자네트는 포옹했다. 자네트의 남편 노스턴 경이 다가와 엘리자베스와 악수했다. 다음은 레티 차례였다.

"안녕하세요, 골드 양. 엘리자베스한테서 얘기 많이 들었어요."

"아, 아, 안녕하십니까. 그, 그냥 레티라고 불러 주세요."

어떡해. 말 더듬었어! 레티는 얼굴을 붉혔다. 자네트가 미소를 감추려는 듯 입가를 꾹 눌렀다. 레티의 홍조가 짙어졌다. 아가씨한테 대체 무슨 얘기를 얼마나 많이 들었는지 불안하고 궁금해서 미칠 지경이었다.

"그래요, 레티 양. 반가워요. 내 팬이라면서?"

"네, 팬입니다, 팬이에요. 작가님, 아니, 노스턴 부인. 부인의 최신작도 다 읽었고 부인이 나오는 문학잡지도 전부 구독 중이에요. 그리고 부인의 데뷔작은……."

"어머, 레티 양, 쑥스럽게 왜 이래요. 일단 앉아서 얘기해요, 앉아서. 애야, 다과를 가져다줄래? 리지, 너도 앉아."

자네트의 부름에 하녀가 곧장 움직였다. 자네트와 자네트의 남편, 여전히 혼비백산하는 레티와 어쩐지 살짝 뚱한 표정의 엘리자베스가 응접실에 둘러앉았다.

"레티."

엘리자베스가 레티의 옆구리를 쿡 찌르더니 자네트의 옆자리를 향해 눈짓했다. 레티는 거의 공포에 찬 표정으로 돌아보았다. 그 모습을 흥미롭게 지켜보던 자네트가 빙그레 웃으며 옆자리를 톡톡 두드렸다.

"옆에 앉아요, 레티 양. 듣자 하니 물어볼 게 많다고 하던데?"

"아니요, 그렇게 많지는 않습니다……."

"수줍어할 필요 없어요. 나야 독자가 질문이 많으면 영광이죠. 엄청나게 지루하고 기억에 남지도 않는 작품이었으면 질문 같은 게 있을 리 없잖아요? 고마워요, 레티 양. 리지가 자기 하녀 중에 내 팬이 있다면서 편지했을 때 얼마나 기뻤는지 몰라요."

"아아, 네. 저야말로 영광입니다, 노스턴 부인."

레티는 소심하게 웃으며 엘리자베스를 돌아보았다. 엘리자베스는 인자한 표정으로 레티에게 무언의 격려를 보냈다.

그러나 레티가 자네트를 마주하는 순간, 엘리자베스의 표정은 뚱하게 식었다. 그 모습을 지켜보던 노스턴 경이 눈썹 한쪽을 흥미롭다는 듯 치켰다.

"뭘 물어보고 싶은가요, 레티 양? 꼭 질문이 아니어도 좋으니 그냥 하고 싶은 말이 있으면 다 말해 주세요. 비판해도 좋아요. 오늘 나는 경청하고 답하는 역할이니까."

"비, 비판이라뇨! 제가 어떻게 감히 부인의 책을 비판하겠어요."

"어머, 그러지 말라니까요, 쑥스럽게. 비판 없이 작가가 어떻게 성장하겠어요? 독자의 찬사는 작가에게 동기를 부여하고 비판은 작품에 양분을 제공해요. 찬사를 들으면 더 열심히 쓰게 되고, 비판을 들으면 더 잘 쓰게 된달까? 그러니까 마음껏 말해 줘요, 레티 양. 궁금해요."

"아아, 네, 저는 일단……."

처음에는 쭈뼛거렸지만 말문이 터지자 레티는 언제 그랬냐는 듯 평소처럼 쾌활하게 재잘거리기 시작했다. 궁금했던 점, 아쉬웠던 점, 너무 긴 여운을 남겨 한동안 정신이 멍했다는 책의 결말에 대한 감상까지도 눈을 초롱초롱 빛내며 모든 말을 쏟아냈다. 자네트는 즐겁게 경청했다.

"요새 어머니는 잘 계시니?"

"뭐, 잘 계시죠. 평소와 늘 같아요."

엘리자베스는 차를 홀짝거렸다. 노스턴 경이 엘리자베스에게 질문했다.

"무도회 준비는 잘 돼가고?"

"그렇겠죠? 저한테 물어보지 마세요, 노스턴 경. 제가 집안에 관여하지 않는 거 아시잖아요."

엘리자베스는 담백하게 대답했다. 노스턴 경은 살짝 미간을 찌푸렸다. 그가 중얼거렸다.

"쯧, 남작 부인은 과보호인 건지 뭔지."

"제가 못 미더우신 거겠죠."

"설마. 네가 얼마나 총명하고 성실한 앤데. 그리고 못 미덥더라도 이제 스물네 살 먹은 딸한테 아예 일을 안 맡기는 게 말이 돼? 곧 결혼해서 가문의 안주인이 될 사람한테."

"노스턴 경."

이제는 엘리자베스가 눈살을 찌푸렸다. 그녀가 찻잔을 받침대에 내려놓으며 나직이 당부했다.

"우리 다른 얘기 해요."

노스턴 경은 화제를 바꿨다.

잠시 후, 하녀가 점심이 준비됐다고 알렸다. 네 사람은 자리를 이동했다. 식사는 양적으로나 질적으로나 훌륭했다.

레티는 이 모든 게 한낱 하녀에게는 과분한 호사임을 알고 적극적으로 즐겼다. 밤 열두 시에 신데렐라의 마법이 깨졌듯, 오늘이 끝나고 나면 다시는 못 누릴 수도 있는 기적의 순간이었다.

"그대와 같이 열성적인 팬을 둬서 영광이에요, 레티 양."

"저야말로 엄청난 영광입니다. 실제로 뵙게 되었다는 게 믿기지 않아요."

"리지한테 고마워해야겠네요."

"당연하죠. 이미 매일매일 감사하며 살고 있어요."

레티가 엘리자베스를 돌아보며 활짝 웃었다. 엘리자베스는 철렁하여 고개를 숙였다. 조금 더웠다. 엘리자베스는 눈앞의 고기를 써는 데 집중했다. 자네트가 말을 이었다.

"그나저나 레티 양, 혹시 저 외에도 좋아하는 작가가 있나요? 듣고 나서 실컷 질투하고 싶네요."

"질투라뇨, 고작 저 때문에……. 음, 저는 올리버 르완, 요한슨 윌랜드, 벤자민 레이먼의 작품을 즐겨 읽어요."

"아아, 그래요? 굉장히 수준 높은 작가들을 좋아하네."

자네트가 웃었다. 고기를 썰던 엘리자베스의 동작이 느려졌다. 그녀가 고개를 들었다.

"셋 중에서 가장 좋아하는 작가를 뽑으라면 누굴 선택할래요?"

"아무래도 벤자민 레이먼 작가님을 제일 좋아해요."

"아하, 그렇구나. 이유는요?"

자네트는 나긋하게 대화를 이끌었다. 옆에서 노스턴 경은 간신히 웃음을 참았다. 엘리자베스가 미간을 좁혔다.

"글이 애절하거든요. 아름답고 애틋하고 슬퍼요. 하지만 결국에는 어떻게든 행복한 결말로 끝나요. 그런 점이 마음에 들어요."

"그렇군요. 극찬이네요."

자네트가 웃었다. 레티는 아무것도 모른 채 말갛게 마주 웃었다. 이제 엘리자베스의 눈썹은 거의 중간에서 만났다. 노스턴 경은 터져 나오려는 웃음을 막기 위해 포도주잔을 깨물 정도였다.

디저트까지 마친 후, 커피가 준비되었다. 자네트가 문득 자리에서 일어났다.

"미안해요, 레티 양. 잠깐 나갔다 올게요. 양해 부탁드려요."

"저도 같이 갈게요."

엘리자베스가 자리에서 일어났다. 레티는 조금 울상이 되었다.

수줍어서 제대로 말도 붙이지 못한 노스턴 경과 단둘이 방에 남게 생겼다.

"이따 봐, 레티."

레티의 표정이 이번에도 투명하게 속내를 드러냈는지, 엘리자베스는 레티와 눈이 마주치자 부드럽게 달래주었다. 레티는 안심하려 애썼다.

자네트가 정원으로 나갔다. 그녀가 담배에 불을 붙이고 연기를 한 모금 삼켰다. 엘리자베스가 앞에 섰다.

"설마 너도 피우려는 건 아니지, 리지?"

"그럴 리가요."

"그럼 왜 따라 나왔어? 많이 삐쳤나 보지?"

"놀리는 건 그만두세요."

"왜, 넌 놀리면 반응이 좋아서 그만두기가 힘들어."

"나 말고, 레티."

엘리자베스가 단숨에 받아쳤고, 자네트가 멈칫했다. 그녀가 엘리자베스를 피해 연기를 뿜었다.

"아하."

자네트가 생각에 잠기며 다시 담배를 입술에 물었다.

"과보호인가? 아니면 무서워서?"

"쓸데없는 소리는 됐고요. 차기작 준비는 잘 되고 있어요?"

엘리자베스는 뚝뚝하게 화제를 전환했다. 자네트는 토라진 아이를 보듯 가볍게 웃다가 선선히 대답했다.

"그럭저럭."

"별로 열성적인 목소리는 아닌데."

"나는 늘 열성적이야. 출판사도 같이 열성적이어서 문제지. 초고를 내면 계속 이것저것 뜯어고쳐. 그럴수록 출판사가 일을 제대로 한다는 증거긴 하지만, 그럼 우리로선 꽤 피곤하잖아? 열심히 써봤자 어차피 수정될 건데 뭘 그리 애쓰나 싶고."

"쓰는 게 즐거우니까요. 고칠수록 나아지는 게 글이기도 하고."

"그건 그래. 처음에 타자기 앞에 앉을 때는 어차피 죄다 뒤엎을 걸 뭘 이리 열심히 쓰나 싶다가도, 막상 시작하고 나면 나 혼자 신나서 쭉쭉 쓴다니까. 이래서 작가 된 거지."

"그러게요."

엘리자베스는 어깨를 으쓱하며 담백하게 대꾸했다. 한동안 잠잠하던 자네트가 한숨과 함께 담배 연기를 뱉었다.

"나도 너처럼 필명으로 활동할 걸 그랬어, 리지."

엘리자베스는 무표정했다. 자네트가 허공을 보며 말을 이었다.

"본명으로 가니까 너무 불편해. 명백하게 여자 이름이니까 확실히 한계가 있어. 추리나 역사 소설을 쓰면 남성 작가를 흉내 낸대. 연애 소설을 쓰면 역시 여류 작가라 10대 소녀들이 좋아할 만한 가벼운 통속 소설이라고 비하해. 대체 어쩌라는 거지?"

자네트의 눈매와 입술이 휘었다. 하지만 엘리자베스는 상대방이 웃고 있다고 생각하지 않았다.

"제가 필명을 쓰는 건 그런 부분 때문만은 아니에요. 어차피 필명을 써야 하는 상황이었으니까 굳이 하자면 남자 이름이 낫겠다고 판단한 거지."

"그래, 남자 이름이 여자 이름보다 편하다고 판단한 거잖아. 출판사도 지긋지긋해. 여성이 좋아하는 소설을 출판한다는 담당자도 중년 남성이야. 그 사람들이 여자인 내 글을 평가해. 물론 그 사람들은 전문가니까 조언과 평가가 뼈가 되고 살이 될 때가 많지. 하지만 가끔은 듣다 보면 답답해."

엘리자베스는 자네트의 넋두리를 묵묵히 들어 주었다. 탁월한 재능을 지니고도 하마터면 고만고만한 실력의 남성 작가에게 묻힐 뻔한 사람. 그녀를 메리요트 가문에서 알아보고 후원해서 여기까지 데려왔다. 또한 호의적인 남편이 있어서 가능했다. 노스턴 경이 아내에게 글쟁이 노릇은 그만두고 집안일이나 신경 쓰라고 호통치는 사람이 아닌 덕분에 이 나라의 문학계는 큰 손실을 면했다.

"또 너무 내 불평만 했네. 미안, 리지."

"아니에요. 실컷 말씀하세요."

"아니야, 이제 다 끝났어. 이제 네 얘기를 하자."

"할 얘기 없는데요."

"있을 텐데. 바이올렛 골드 양."

엘리자베스의 입매가 굳었다. 더는 웃음기 없이 자네트가 물었다.

"그분한테는 안 말해 줄 거니? 벤자민 레이먼 작가님."

엘리자베스 메리요트, 또는 벤자민 레이먼은 잠잠했다. 자네트가 집요하게 말을 이었다.

"나랑 대화하게 해주겠다고 데려온 걸 보면 그만큼 호감이 있다는 건데. 하녀잖아. 너 같은 사람들이 원래 하녀한테 신경은 쓰니? 근데 넌 지금 레티 양에게 나를 굳이 소개시켜 줄 정도로 노력을 쏟고 있어. 왜 그래?"

엘리자베스가 시선을 내렸다. 자네트의 눈빛이 탁하게 가라앉았다.

"설마 케이트의 대역쯤으로 여기는 거면……."

"하지 마."

자네트가 성급하게 꺼낸 말을 엘리자베스가 무질렀다. 엘리자베스는 입을 다문 자네트를 똑바로 응시했다.

"그런 거 아니에요. 그 사람 이름은 꺼내지도 마. 불쾌해."

엘리자베스가 나직하게 경고했다. 자네트가 눈썹을 치켰다. 중년의 부인에게는 젊디젊은 아가씨의 독설은 앙탈쯤으로 여겨졌다.

"내가 레이먼이라는 사실을 한 번 들킬 뻔했어요. 바보처럼 원고를 늘어놓고 서재를 비웠거든. 그때 청소하러 온 레티가 그 원고를 봐서, 당황해서 화풀이해 버렸어요. 그런데……."

울 줄을 몰랐지. 눈물을 떨구며 조용히 숨죽여 울 줄은. 그 투명함에 마음이 아팠다. 순간의 감정을 못 참고 화를 내 버린 못난 자신이 미웠다.

레티에게 온전히 마음을 열지도, 그렇다고 완벽하게 거리를 두지도 못하고 애매하게 맴돌다가 그 애를 울려 버렸다. 단연코 그럴 의도는 없었는데. 케이트에게 이미 한 번 상처받은 탓이었다.

"너 진짜 바보구나, 리지."

"그래, 난 바보예요."

"하긴, 레티 양은 네게 그냥 고용인일 뿐이니까. 어찌 보면 돈으로만 엮인 사이잖아. 좀 친해졌다고 해서 모든 걸 다 털어놓을 수는 없겠지. 네가 말해야 한다고 강요하는 건 아니야, 리지."

자네트가 엘리자베스를 조곤조곤 달랬다. 엘리자베스는 입술을 깨물었다. 레티는 그냥 고용인일 뿐이고, 돈으로만 엮인 사이라는 말이 퍽 아팠다.

자네트는 엘리자베스를 안쓰럽게 바라보았다. 정이 많은 아이였다. 조용히 글에 몰두하는 걸 좋아하지만, 동시에 반짝이는 호기심을 품고 세상과 사람을 관찰하는 걸 즐겼다.

그런 아이인데 여태 너무 외롭게 컸다.

시골 영지에 저택을 짓고 사는 귀족들의 삶이란 고상하면서도 고독했다. 신분의 간극이 흐려지는 시대의 마지막을 장식하는 이들.

세상은 분주하게 바뀌고 있지만, 메리요트 영지에 고립된 고택은 과거에 박제된 것만 같았다. 그런 곳에서 엘리자베스는 외로운 공주님처럼 살았다. 경제적인 부족함은 전혀 없었지만 친구도 없었다.

그래서 하녀에게 마음을 줬다가 배신 당했지.

"그런데 리지, 너 질투가 되게 심하더라?"

"내가 뭐요? 무슨 질투?"

"레티 양이 내 글 칭찬하니까 노려보던 시선이 만만찮던데. 얼굴에 구멍 뚫리겠어."

"과장이 심하네요, 노스턴 부인."

자네트가 가볍게 놀리자 엘리자베스가 시큰둥하게 대답했다. 자네트가 어렴풋이 웃었다. 과장은 무슨.

"그래도 내가 네 칭찬도 듣게 해줬잖아? 애절한 글을 잘 쓰시네, 레이먼 작가님."

"그 얘기는 이미 들었어요. 레티한테 직접."

"아아, 그래?"

"네. 보다시피 말이 많은 애라서요."

"그래서 싫어?"

"……아니요."

"레티 양한테 잘해줘, 리지. 그렇게 열렬하고 착한 팬은 찾기 어려워. 무작정 좋다고만 하지 않고 글에 대해서 구체적으로 평가하는 거 보니까 원고 보는 눈도 꽤 있는 것 같고."

"총명한 아이입니다."

"그 애가 저택에서 일한 지 얼마나 됐지?"

"일주일 전에 처음 왔어요."

"일주일? 나는 또 한 달은 된 줄 알았네. 그사이에 그렇게 정을 붙이고 총명하다고 평가까지 내려?"

"오래 알고 지냈다고 해서 누군가의 모든 걸 파악할 수 있는 건 아니죠. 반대로 고작 며칠을 함께해도 친근하게 느껴지는 사람이 있어요. 레티는 후자예요."

엘리자베스는 찬찬히 설명했다. 자네트는 더 묻지 않고 마지막으로 연기를 빨았다. 잿빛 부스러기가 떨어졌다.

"이제 들어가자, 리지."

"네, 부인."

두 여자는 씁쓸한 냄새를 남기고 실내로 돌아갔다.

엘리자베스와 자네트가 떠난 뒤, 레티는 양손을 모으고 쭈뼛쭈뼛 노스턴 경의 눈치를 살폈다. 다행히도 그는 자상하고 현명한 남자였다. 상대방의 긴장을 낌새챈 노스턴 경은 친절하고 무난한 태도로 대화를 유도했다.

"메리요트 저택에서 일한 지 얼마 안 됐다고 했죠, 레티 양? 얼마나 됐나요?"

"일주일째입니다, 노스턴 경."

"아, 생각보다 짧네요. 일은 좀 어때요?"

"일은 괜찮습니다. 예전부터 하녀 일을 했어요. 그래서 일이 어렵다거나 어색하다는 생각은 하지 않습니다."

"하녀로 오래 일했나 봐요? 아직 어려 보이는데. 하녀로 일한 지는 몇 년이나 됐어요?"

"올해 스물한 살입니다, 노스턴 경. 열여덟 살에 성인이 된 이후로 계속 하녀로 일했고요."

"3년째군요. 일이 몸에 익을 만하네요."

대화는 매끄럽게 이어졌다. 노스턴 경의 정중하면서도 편안한 말투가 레티의 긴장을 녹이고 해사한 미소를 불렀다. 레티의 쾌활한 태도도 분위기를 편안하게 만드는 데 일조했다. 지난주의 크리켓 경기에 대한 논의를 끝내고 방금 먹은 점심을 분석하는 단계로 넘어갔을 즈음 엘리자베스와 자네트와 거실로 돌아왔다. 자네트가 남편을 보며 미소했고, 엘리자베스는 레티를 물끄러미 바라보았다. 레티는 어쩐지 쑥스러워서 시선을 피했다.

"둘이 무슨 얘기했어요? 우리 자리에 없을 때 욕이라도 한 건 아니지?"

"하하, 그럴 리가요."

자네트가 명랑하게 농담하자 노스턴 경이 태연하게 받아쳤다. 자네트가 생글대며 남편 옆에 앉았다. 레티가 그들을 빠끔히 훔쳐봤다.

둘에게는 아이는 없었지만, 서로와 글을 벗 삼아 나날이 평안하게 살아갔다. 무슨 느낌일까. 아버지는 어릴 적 돌아가셨고 어머니는 늘 돈을 버느라 바쁘셨다. 이런 부부의 모습을 가까이서 관찰한 적이 없었다. 생경했고 부러웠다.

나도 언젠가 이럴 수 있을까. 하녀로 몇 년을 일해야 내 지참금이 모일까? 엘리자베스 아가씨는 어떨까. 3주 뒤에 있을 무도회에서 신랑을 고른 뒤, 그분은 앞으로 이런 삶을 살아갈까. 계속해서 다른 사람의 서재와 침실을 청소할 나는 닿을 수 없는 평행선에서.

"어떡할래, 리지? 차라도 더 마실까?"

"레티, 넌 어떻게 하고 싶어?"

"저요?"

엘리자베스는 레티에게 자네트의 질문을 돌렸다. 레티가 당황해서 되물었다. 엘리자베스가 차분하게 부연했다.

"오늘은 너를 위해 마련한 자리야, 레티. 노스턴 부인과 더 얘기하고 싶으면 그래도 돼. 아니면 슬슬 갈까? 시내 구경 좀 하자."

"시내 구경이요?"

어서 집으로 돌아가자는 뜻인 줄 알았다. 그런데 엘리자베스는 뜻밖에도 관광을 제안했다. 레티는 더욱 당혹스러워졌다. 결코 불쾌한 종류는 아니었다.

"그럼 한 시간만 더 있다 가요. 차 좀 마시면서 소화하고 나가면 되겠네."

"그럴까요? 그럴까, 레티?"

"네, 좋아요."

아가씨와 시내 구경이라니. 걷잡을 수 없이 마음이 부풀었다. 별거 아닌 하루일 것이다. 소음과 매연이 가득한 시내를 걸으며 그저 그런 가게를 구경하고 맛없는 군것질을 하겠지. 특별할 것 없는 외출. 하지만 함께하는 상대가 순간순간을 특별하게 만들 것이다.

"그럼 일단 좀 더 쉬다 가."

모든 게 평화로웠다. 홍차는 향긋했고 과자는 맛있었다. 하지만 레티는 매 순간 잊지 않았다. 이건 꿈이었다. 마법에 불과했다. 밤 열두 시가 되면 깨지는 마법.

변덕스러운 귀족 아가씨의 호의로 존경하던 작가를 만나 제게 다정하게 대해 주는 사람들과 오순도순 다과회를 즐겼다. 그러나 레티는 이 마법이 영원히 계속되리라고는 기대하지 않았다.

레티의 마음이 조금이라도 덜 깊었다면 편지로 오늘 있었던 모든 일을 동생들과 어머니에게 자랑했으리라. 하지만 레티는 오늘 일을 침묵에 묻기로 했다.

레티는 찻잔 너머로 아가씨를 훔쳐보았다. 엘리자베스는 노스턴 경과 대화하고 있었다. 비단으로 짠 실타래처럼 풍성한 갈색 머리칼이 우아한 자태로 빛을 빨아들였고, 안경을 벗어 말갛게 드러난 민얼굴에 잔잔한 생기가 돌았다. 아름다웠다.

저 분과 함께 있는 모든 순간은 평생의 비밀로 묻어 두는 게 훨씬 나았다. 그녀만이 아는 보물창고에.

"그럼 저희는 이제 슬슬 가 볼게요. 초대해 주셔서 감사합니다."

"우리야말로 와 주니까 고맙지. 이렇게 귀여운 팬도 데려다주고. 고마워요, 레티 양."

"아닙니다. 저야말로 정말 감사합니다, 노스턴 부인."

"아, 참, 내 정신 좀 봐. 가기 전에 사인도 안 해줄 뻔했네."

"아, 저는……."

사인을 부탁하려다가 너무 황송한 마음에 눈치만 살피던 참이었다. 레티는 눈을 빛냈다.

"또 괜찮다고 하지 말고 여기서 기다려요. 금방 다녀올게요."

서재로 갔다 곧 돌아온 자네트는 표지에 가죽을 덧댄 적당한 크기의 공책을 쥐고 있었다. 자네트가 표지를 열고 그 안쪽에 만넌필로 글씨를 휘갈겼다. 첫 글자가 길쭉하게 뻗은 매력적인 필체였다. 그녀가 중얼거렸다.

"오래도록 기억에 남을 특별한 팬, 레티 골드에게."

레티는 성물을 받는 신자처럼 거의 울먹이며 공책을 받았다. 흥분 탓에 또 뺨이 달아올랐다.

엘리자베스는 또다시 뚱한 눈이 되었다. 레티는 거듭 자네트에게 감사를 표했다. 자네트는 인자하게 웃으며 레티를 가볍게 안았다.

"나중에 언제든 또 와요. 오늘 즐거웠어요."

"저도 정말 즐거웠습니다, 부인. 정말 감사합니다."

레티는 노스턴 경과도 인사를 나눴다. 하녀가 손님들을 현관까지 배웅했다.

"기분이 엄청 좋아 보이네."

"네, 좋아요. 진짜 감사합니다, 아가씨. 다 아가씨 덕분이에요."

"흠. 선물이 마음에 든 것 같군."

"당연하죠. 최고의 선물이었어요. 오늘 이렇게 데리고 나와 주셔서 감사합니다."

"아니, 내 선물 말고. 방금 노스턴 부인이 준 공책 말이다."

"아, 이거요? 네, 물론 공책도 엄청난 선물이죠. 무려 작가님이 친필로 사인해 주셨잖아요. 평생 가보로 간직할 거예요."

"가보?"

"네, 대대손손 물려줘야죠."

레티는 잔뜩 신나서 재잘댔지만 엘리자베스는 심란해졌다. 뭐, 가보? 대대손손?

"빨리 결혼해서 집안이 번창해야겠네, 레티. 가보는 있으니까 이제 물려줄 자식이 필요하겠군."

엘리자베스가 응어리진 목소리로 지적했다. 양산을 든 채 아가씨와 나란히 보폭을 맞추어 걷던 레티가 멈칫했다. 그녀가 콕콕 찌르는 느낌을 되삼켰다.

"어, 아마 그렇겠죠."

"그래? 그럴 거야?"

"그, 그러지 않을까요? 저도 언젠가 결혼…… 하겠죠……?"

"하면 하는 거지, 왜 물어보나? 나한테 허락을 구할 것도 아닌데."

"그러게요."

레티가 중얼거렸다. 아까 작가의 친필을 받고 좋아하던 기색은 온데간데없었다. 눈부신 가을 햇살 아래 홀로 먹구름을 머금은 채, 하녀 레티는 착실히 양산을 받치며 뚝뚝하게 걸었다.

"제가 아가씨 허락받고 결혼할 것도 아닌데."

여자 사용인의 경우, 같은 집에서 일하는 사람과 결혼하는 게 아닌 이상 결혼하면 일을 그만두고 떠나야 했기에 윗사람과 상의하기도 했지만 대부분 형식적인 수준에서 그쳤다. 귀족이라고 해도 아랫사람의 결혼까지 좌우할 자격은 없었다.

"음, 만약 메리요트 저택에서 일하다가 결혼하게 된다면 아가씨께 제일 먼저 말씀드리겠지만요. 아닌가. 마님께 가장 먼저 말씀드려야 하려나? 아니면 새먼 부인께……."

또다시 횡설수설이었다. 엘리자베스는 잠잠했다.

매번 같았다. 혼자 당황하고, 혼자 고민하고, 혼자 종알대다 어색한 침묵에 가라앉고. 레티는 이 모든 과정에 환멸을 느꼈다. 어차피 그녀와 엘리자베스는 전혀 다른 세계에 살았다. 심지어 엘리자베스 본인은 곧 다른 남자와 결혼해야 했다.

왜 맨날 혼자 피곤하게 눈치를 살피고 전전긍긍하지. 당신은 왜 그런 나를 뻔히 알면서 매번 침묵으로 방치하는지.

"어쨌든, 제가 결혼하게 되면 아가씨께 제일 먼저 말씀드릴게요."

또 바보 같은 약속을 해 버렸다. 레티는 바닥을 보며 웅얼거렸다. 엘리자베스는 내리 잠잠했다. 인파가 가득한 시내에서 두 사람만 고요 속을 디뎠다.

"나도 내가 결혼하게 되면 네게 가장 먼저 알려 주겠다, 레티."

레티는 기막혀서 엘리자베스를 쳐다보았다. 아가씨의 옆얼굴이 조금 차가워 보이는 건 기분 탓이 아닌 것 같았다.

"알려 주실 필요 없을 거예요, 아가씨. 어차피 온 집안에 소문이 날 텐데요. 따로 말씀해 주지 않으셔도 알게 될 거예요."

집안뿐이랴, 온 지역이 다 알 것이다.

이 지역 최대 유지인 메리요트 가문의 외동딸, 일대의 공주님. 결혼 소식은 모든 신문에 실리겠지. 피하고 싶다고 피할 수 있는 게 아니었다.

"그러겠네."

엘리자베스는 매정하게 말했다. 이번에는 레티가 침묵했다. 일주일 만에 처음으로 레티는 아가씨가 싫어졌다. 두 사람은 잠자코 시내를 걸었다. 그들 사이의 분위기가 무색하도록 날씨는 화창했다.

엘리자베스가 레티를 흘깃했다. 선물을 빼앗긴 아이처럼 뚱하게 앞만 노려보는 레티가 눈에 담기자 그녀는 입술을 깨물었다. 귀여웠다. 귀여우면 안 되는데. 매우 속이 상해 있는 아이를 보고 고작 귀엽다고 평가하는 게 못되게만 느껴졌다. 방금 자신이 내뱉은 말들만큼 못되지는 않았지만.

'대체 뭐라고 지껄인 거야, 엘리자베스.'

자책이 밀려왔다. 아까 짜증 낼 때부터 후회했다. 이 아이를 붙잡고 결혼 운운하며 화풀이해봤자 뭐할까? 바보처럼 질척대는 쪽은 엘리자베스였다.

"레티, 책 구경할까?"

엘리자베스가 다정하게 말했다. 그 극단적인 태세 전환을 의심하며 레티가 미심쩍게 돌아보았다. 엘리자베스가 부드럽게 웃었다.

그 모습이 고와서 레티는 아가씨가 더욱 미워졌다.

"어때, 레티. 책 구경할래?"

마침 길 바로 맞은편에 서점이 있었다. 레티도 이름을 아는 유명한 대형 서점이었다. 책벌레 레티가 물지 않고는 못 배길 미끼였다.

"네, 아가씨."

레티의 대답은 하녀다웠으나 표정과 말투는 전혀 그렇지 않았다. 여전히 뾰로통했다. 방금 아가씨와 결혼에 대해 나눈 대화는 레티에게 깊은 상처가 됐다. 레티는 엘리자베스의 그 무엇에 대해서도 어떤 소유권을 주장할 수 없건만, 그럼에도 너무 아팠다.

"가자, 그럼."

이토록 아픈데, 아가씨가 상냥하게 웃으며 손짓하면 또 속절없이 이끌렸다.

하녀와 아가씨는 서점에 입장했다. 서점 안에는 책과 사람이 가득했다. 레티는 양산을 접으며 즐겁게 둘러보았다.

"따로 구경하다가 1층에서 다시 만날래?"

"네, 아가씨. 그럼 이따 봬요."

엘리자베스는 다소 시무룩해졌다. 내심 같이 둘러보자고 말해주길 기대했는데. 레티는 산책 나온 강아지처럼 살랑대며 사라졌고, 혼자 남겨진 아가씨는 음울한 표정으로 책장 사이를 거닐었다.

바보 레티. 이 눈치 따위 없는 둔한 하녀야. 솔직하게 말하지 않은 제 잘못이 가장 컸지만.

"엘리자베스 아가씨."

"레티?"

속으로 잔뜩 구시렁대며 책 표지들을 훑던 엘리자베스는 익숙한 목소리에 이끌려 휙 뒤돌았다. 레티의 머쓱한 얼굴이 보였다. 그녀가 다가와서 속살댔다.

"아무리 그래도 제가 아랫사람인데 혼자 쪼르르 사라지는 건 아닌 것 같아서요. 옆에 있을게요."

"……넌 내 말벗을 해 주는 하녀가 아니야, 레티. 옆에 붙어 다니면서 시중들 의무는 없어. 엄연히 따지자면 오늘 휴가잖아."

"그래도 그냥 옆에 있을게요, 아가씨. 제 양심이 아파서 그래요."

"넌 정말 쓸데없이 솔직하구나."

"네?"

"아니야."

양심의 가책이나 책임감 때문에 마음이 불편해서 그런 게 아니라, 정말 내가 좋아서 곁에 있고 싶어서 돌아온 거라고 말해주지.

엘리자베스는 상심했다. 분명 마음이 상했는데 입꼬리는 계속해서 위로 솟구칠 징조를 보였다. 씰룩대는 입매가 당혹스러웠다.

"그럼 네 양심이 너무 아프지 않을 정도로만 가까이 있어, 레티. 난 신경 쓰지 말고 원하는 책 살펴봐."

"네, 아가씨. 근처에 있을 테니까 걱정하지 마세요."

"걱정 안 해."

엘리자베스는 부드럽게 대답하고는 레티가 미처 반응하기 전에 도로 뒤돌아 책에 집중하는 척했다. 입꼬리가 이성을 이겼다. 빙그레 접힌 눈매는 비밀로 남았다.

레티는 살짝 당황했다. 그러다가 무심코 옮긴 시선에 얼굴이 더워졌다. 엘리자베스는 집에 있을 때와 달리 머리카락을 우아하게 틀어 올렸다. 그 아래로 유려한 목선이 희게 드러났다. 단정하게 두른 목걸이가 반짝이자 그 비단 같은 살결이 아찔하게 보였다. 레티는 마른침을 삼키며 시선을 거두었다.

"네, 아가씨."

레티는 웅얼거린 뒤 본인도 뒤돌아 책을 보는 척했다. 하도 작게 중얼거린 말이라 엘리자베스의 귀에는 들리지 않았다. 엘리자베스는 계속해서 소리 없이 웃었다.

곧 민망함도 미소도 가셨다. 두 책벌레는 열심히 책을 골랐다. 레티는 자신의 소중한 월급을 쪼개 책과 잡지를 두세 권씩 샀고, 엘리자베스도 책 한 권을 골랐다.

메리요트 가문의 고귀한 공주님은 굳이 복작대는 서점에 번거롭게 행차하여 책을 고를 이유가 전혀 없었다. 가문의 인장을 사용하여 편지를 보낸다면 출판사에서 곧장 원하는 책을 보내주리라.

하지만 오늘만큼은 엘리자베스는 레티와 보폭을 맞추기로 했다. 그런 즐거움을 위해 선물을 핑계로 외출한 거니까. 정혼자를 고르고 나면 더는 누리지 못할 즐거움이었다.

이미 노처녀라고 불리기 직전의 나이였다. 결혼 준비는 속전속결로 진행될 테다. 그 바쁜 와중에 예비 신부가 한가하게 시내나 돌아다니고 있을 수는 없다. 그리고 결혼하고 나면 삶은 예전과 같을 수 없겠지.

"다 골랐어, 레티?"

"네, 이게 전부입니다. 아가씨가 먼저 계산하실래요?"

"줘."

"네?"

"주라고, 네가 고른 책이랑 잡지. 내가 계산할게."

"아, 안 돼요, 아가씨."

"왜 안 되지? 선물인데."

"선물은 세 개로 끝난 거 아니었나요? 이미 세 번째 선물까지 받았잖아요."

"그럼 네 개까지 받는 거로 해라. 이게 네 번째 선물이야."

"아가씨, 이러지 마세요."

"선물을 너무 거절하는 것도 예의가 아니라는 걸 알 텐데, 레티."

뻔뻔한 고용주는 고용인의 손에서 책과 잡지를 빼앗았다. 힘없는 하녀는 경악하며 지켜보았다.

"아가씨, 이건 예의의 문제가 아니잖아요, 네? 제가 살게요. 제가 사게 해 주세요."

"넌 참 독특한 아이야, 레티. 보통 사람들은 어떻게든 돈을 적게 내려고 하지 않나? 오히려 돈을 더 쓰고 싶어서 안달이군."

"제가 아니라 아가씨가 독특하다는 생각은 안 해 보셨어요?"

하녀가 다소 무례하게 절규하는 사이 아가씨는 신속하게 계산을 마쳤다. 엘리자베스는 하녀에게 책이 담긴 봉투를 건넸다.

"자, 선물."

레티는 저 얄밉고 예쁜 얼굴을 맥없이 노려보았다. 그러나 방법이 없었다. 레티는 고분고분하게 봉투를 받았다.

"감사합니다, 아가씨. 잘 읽을게요."

"그래, 잘 읽도록 해. 내 생각이 나서 짜증 난다고 밤중에 몰래 불태우면 안 돼."

"책을 어떻게 불태워요. 당연히 안 그럴 테니 걱정하지 마세요."

"내 생각이 나서 짜증 난다는 부분은 부정하지 않네."

"아니, 그게……."

레티는 봉투를 꼭 끌어안은 채 절절맸다. 엘리자베스는 미소가 새어나가기 전에 입술을 꾹 깨물었다. 그러더니 다소 충동적으로 레티의 팔을 잡았다.

"이제 가자."

"저택으로요?"

"아니, 맛있는 거 먹으러."

"이미 계속 먹었잖아요. 아까 노스턴 부인의 집에서."

"그건 그거고, 이건 이거지. 놀러 나왔으면 바깥에서 맛있는 걸 먹어줘야 하지 않겠니?"

"꼭 그런 건 아닌 것 같습니다만."

엘리자베스가 옅게 웃었다. 그 봄빛 같은 미소에 레티가 정신이 팔린 사이 엘리자베스의 손이 미끄러져 레티의 손목을 쓸었고, 이어서 손에 닿았다. 손가락이 자연스레 포개지며 깍지가 얽혔다. 쿵, 심장 내려앉는 소리가 레티에게만 들렸다. 엘리자베스가 웃으며 말했다.

"근처에 케이크 가게가 있어. 커피와 타르트로 유명한 곳인데, 가 보자."

"……네, 아가씨."

체온도 미소도 너무 가까웠다. 아가씨의 손에 이끌려 서점을 나서고 찬란한 햇빛 아래 딱 한 걸음을 내딛는 그 순간이 꿈결 같았고, 연극 같았다. 언젠가는 꿈에서 깨고 무대에는 막이 내리겠지. 깍지 낀 손에 현실감은 없었다.

하지만 딱 반나절만이라도 내가 하녀라는 걸 잊고, 우리 둘 다 여자라는 걸 잊고, 당신이 곧 다른 사람과 약혼할 몸이라는 걸 잊고, 따사로운 오후를 즐기는 평범한 애인인 척해 보고 싶었다.

함께 걸으며 엘리자베스는 손을 놓지 않았다. 레티는 뿌리치지 않았다. 한낱 하녀가 고귀한 아가씨의 손을 뿌리칠 힘 따위는 없다고 둘러대면 그만이었다.

도시의 소음과 매연조차 전혀 거슬리지 않았다. 정답기만 했다.

엘리자베스는 케이크를 종류별로 시켰다. 이것도 선물이라 우기며 계산까지 했다. 이쯤 되자 레티는 자포자기하며 순순히 받아들였다.

"그런데 아가씨, 시내 외출을 이렇게 즐기실 줄 몰랐어요."

"뭐, 딱히 내가 말한 적 없으니 몰랐겠지."

"네, 뭐, 그런 것도 있지만. 사실 조금 의외예요."

"의외라니, 어떤 면에서?"

"그게……."

자신이 하녀라는 것도, 둘 다 여자라는 것도, 아가씨가 조만간 다른 사람과 약혼할 몸이라는 것도 잊기로 해서일까. 오늘 하루만큼은 이것저것 질문해도 될 것 같았다. 아가씨가 자신을 주제넘다고 꾸짖고 며칠 전처럼 차갑게 화낼까 봐 걱정할 필요 없이.

"아가씨는 워낙 조용한 걸 좋아하시잖아요. 독서처럼 한곳에 혼자 앉아서 오랫동안 할 수 있는 취미를 가지셨고. 그래서 이렇게 돌아다니면서 시간을 보내는 일엔 관심이 없으신 줄 알았어요."

레티는 오물오물 설명했다. 엘리자베스는 가만히 지켜보았다. 방금 먹은 초콜릿 케이크가 묻어 끈적한 흑갈색이 된 입술, 그리고 말할 때마다 그 입술이 부드럽게 율동하는 것을.

저 입술을 머금으면 초콜릿처럼 달큼한 맛이 날까?

"내가 조용한 걸 좋아하긴 하지만 시끄러운 걸 싫어하지도 않아. 적당한 소란과 활기를 마다할 이유는 없지. 맨날 서재에만 틀어박혀 있을 수는 없잖니."

"그런데 왜……."

"왜, 뭐?"

"아가씨는 외출을 잘 안 하신다고 들었어요. 메리요트 저택에서 열리는 게 아니면 다른 귀족들의 모임이나 무도회에 잘 안 다니신다고. 아가씨의 이름과 얼굴이야 다들 알고 있지만."

죽은 메리요트 남작의 외동딸은 엄청난 재산과 영지의 상속녀라는 점, 나이 스물넷에도 미혼이라는 점, 또한 매우 아름답다는 점에서 유명했다. 툭하면 사교계의 잡지에 이름이 언급되었고, 하녀들의 이야깃거리로 소비되었다. 레티도 일을 구하며 조각조각 그러모은 이야기가 있었다. 또한, 일주일간 다른 사용인들로부터 생각보다 많은 것들을 얻어들었다.

"그리고 제가 청소할 때도 항상 서재에 계시잖아요. 굉장히 정적이고 차분하신 분 같았어요. 아, 그렇다고 지금 모습이 산만하다거나 그런 건 아니고요. 그냥, 조금 의외였어요."

레티는 버릇처럼 횡설수설했다. 땅굴이라도 파서 숨고 싶어졌다.

왜 나는 당신 앞에서 늘 바보처럼 혀가 꼬일까?

"그런 모습이 싫지 않아요, 아가씨."

궤변을 수습하기 위해 더한 궤변을 늘어놓는 이 모순은 뭐란 말인가. 또 주제넘게 굴었을까 봐 어떻게든 무마해야겠다는 생각에 칭찬을 늘어놓았다. 그러다 보니 더 주제를 넘은 듯했다.

"가만히 계시는 모습도 좋고 지금 활기찬 모습도 좋아요. 그래도 둘이 상반된 것 같아서 말씀 드리는 거예요. 조금 의외라고."

아가씨의 어떤 모습이 왜 좋은지 평가하는 건 하녀의 몫이 아니다. 레티는 숨을 고르며 말을 멈췄다. 레티가 시선을 내렸다가 다시 올렸다. 녹색 눈의 미인이 자신을 보고 있었다.

"외출을 싫어하지는 않아."

엘리자베스가 담담히 말했다. 그녀가 포크로 블루베리 타르트를 조각내 입에 집어넣었다. 과육이 생크림과 섞여 혀끝에서 으깨졌다.

"사람을 싫어하는 것도 아니고. 나를 반사회적 외톨이로 오해하지 않았으면 좋겠군."

"그렇게 오해한 적 없어요."

"그래, 나도 알아. 그냥 당부의 말이야."

엘리자베스가 언짢아하는 것 같지는 않았다. 고민의 기색이 있을 뿐.

말할까, 말까.

말하고 후회하지 않을 자신이 없었다. 한 번 배신당한 적이 있는데 또다시 사람을 믿는 건 어려운 일이었다.

하지만 케이트와 너무 다른 저 투명한 눈빛이, 또한 엘리자베스 본인의 외로움과 따분함이, 그녀의 가장 친밀한 공간을 청소하는 하녀에게 기어코 또 입을 열게 했다.

"어머니는 내가 사교계에서 활동하는 걸 별로 좋아하지 않으셔."

"마님이요? 왜요?"

의외였다. 레티가 눈을 동그랗게 떴다. 엘리자베스는 마음이 씁쓸해졌다. 이건 딱히 비밀도 아니었다.

"내가 그분을 별로 안 닮았거든."

"무슨 말씀이신지 잘 모르겠어요."

"그분은 다재다능하셔, 레티. 사교계에서 모두의 눈과 귀를 사로잡는 매력도 있고. 어머니를 본 적 있지, 레티? 굉장한 미인이셔."

하마터면 아가씨도 미인이라고 말할 뻔했다. 레티는 가까스로 침묵을 유지하며 경청했다.

"단지 미모 때문만은 아니야. 분위기를 주도하고 상황에 맞춰 대화를 이끄는 능력이 탁월하시지. 나는 그걸 못 해. 사람들과 섞여 얘기를 듣는 걸 좋아하긴 하지만 여주인 역할을 하라고 하면 도무지 할 수가 없어. 낯을 많이 가리거든."

엘리자베스는 사람에 대한 애정을 품고 호기심으로 주변을 가만히 관찰하는 사람이었다. 마음을 열고 나면 소수의 사람들을 깊이 아끼는 것은 분명히 장점이었다. 하지만 두루두루 얄팍하게 친분을 유지하는 데 서툴렀다. 일단 빠지고 나면 쉽사리 벗어나질 못했다. 타고난 성격이었다. 메리요트 남작 부인과 사뭇 달랐다.

"그런 내게 실망하신 건지, 아니면 내가 수줍음을 많이 타는 걸 알고 보호하려 하신 건지 모르겠어. 옛날부터 날 데리고 외출하는 걸 꺼리셨어. 그럴수록 연습할 기회가 적어졌고, 결국 나중에는 스스로 피하게 됐지. 그렇게 된 거야."

그리하여 이 일대의 공주님, 엘리자베스 메리요트는 저택의 구석진 별관에서 죽은 듯이 조용하게 살아가는 신비의 인물이 되었다.

"아버지도 어머니와 비슷하신 생각이셨던 것 같아. 나를 좀 더 데리고 돌아다녀야 한다고 어머니를 설득한 적이 없는 걸 보니. 오히려 어머니의 방침에 동의하시는 느낌이었어."

엘리자베스는 아무렇지 않게 말했지만 레티는 어쩐지 마음이 아렸다. 그녀가 눈살을 찌푸렸다. 엘리자베스의 포크에 찔려 타르트가 점점 잘게 부서졌다. 본인도 눈치채지 못한 사이에.

"그건…… 아가씨한테 불공평한 일이라고 생각해요."

레티가 떠듬떠듬 말했다. 엘리자베스는 타르트를 짓이기던 걸 그치고 레티를 바라보았다.

"충분한 기회가 주어지지 않은 거잖아요. 사교계에서 사람을 대하는 법도 연습하면 늘었을 거예요. 뭐든 연습하면 아주 조금이라도 늘 수 있으니까요. 만약 늘지 않았더라도, 적어도 노력이라도 해 봤다고 할 수 있는데, 기회조차 주어지지 않았다면……."

횡설수설했다는 생각에 볼이 달아오르며 말꼬리가 뭉개졌다. 하지만 가식이나 과장은 없었다.

엘리자베스가 돌연 부드럽게 웃었다. 아가씨의 저릿한 미소가 레티의 호흡을 앗아갔다. 아름다웠고 또한 서러웠다.

"날 위해 그렇게 안타까워해 줘서 고마워, 레티."

엘리자베스의 말은 친절했다. 레티는 주먹을 바르쥐고 쳐다보다가 시선을 내렸다.

"아니에요. 뭐 고작 이런 걸 갖고."

당신이 저런 얼굴로, 저런 식으로 웃을 때마다 속절없이 떨리는 내 심장이 싫어. 또한, 내 위로는 말뿐이야. 아무리 당신을 안타까워한들, 두서없는 말밖에 늘어놓을 수 없는 한심하고 무력한 처지.

"고작이 아니지, 레티. 네가 내게 주는 기쁨을 과소평가하지 마."

엘리자베스는 웃으며, 그러나 진지하게 반박했다. 그녀가 포크로 다른 타르트를 찍어 입에 집어넣었다. 레티는 시선을 피했다. 기쁨이라는 강렬한 단어가 너무 버거웠다.

"너처럼 나이도 취향도 비슷한 사용인이 곁에 있어서 다행이지. 특히 책에 관해 얘기할 수 있어서 좋아. 혼자 읽는 것도 좋지만, 같이 얘기하면 더 재밌거든. 무슨 느낌인지 알지? 너도 책을 좋아하니까."

"그럼 제가 오기 전에는요?"

레티가 불쑥 물었다. 충동적인 질문이었다. 엘리자베스가 다시 타르트를 찍다가 멈칫했다. 레티가 고개를 들었다.

"제가 저택에 도착한 게 고작 일주일 전이잖아요, 아가씨. 그럼 제가 오기 전에는 누가 곁에 있었나요? 아가씨가 말동무가 필요할 때."

주먹이 더욱 빳빳하게 굳었다. 뼈마디에 눌린 살갗이 아팠다. 긴긴 침묵이 무겁게 끌렸다.

"……케이트라는 애가 있었어. 너와 같은 시간에 같은 공간을 청소했다."

엘리자베스가 마침내 대답했다. 레티도 아는 사실이었다. 그런데 하필 지금, 그 의미가 새롭게 해석되어 마음을 후볐다.

"그러니까 그냥 운이었군요. 아니면 우연이거나."

"운? 그게 무슨 뜻이지?"

"제가 당신을 만나서 오늘 이렇게 같이 시내에 나온 거. 그건 순전한 운이었어요."

"무슨 뜻인지 잘 모르겠어."

"제가 특별한 게 아닌 거죠? 아가씨는 그냥 심심하신 거예요. 꼭 저나 케이트가 아니더라도 다른 사람이 같은 시간에 같은 곳을 청소하다가 아가씨를 만났으면, 그럼 그 사람이……."

그 사람이, 지금 여기에 앉아 당신의 이야기를 듣고 있겠구나. 레티는 뒷말을 되삼켰다. 너무 추하고 부질없어서. 구질구질해. 결국에는 욕심이었다. 왜 나를 특별하게 여기지 않느냐고 떼쓰는 어린아이의 초라한 질투였다.

"레티."

엘리자베스가 심각하게 불렀다. 레티는 입술을 깨물었다.

"내가 너를 특별하게 대해 주길 원해?"

레티는 어떻게 대답해야 할지 알 수 없었다.

"이 정도로 충분하지 않은 거야?"

레티가 대답하지 않고 쳐다보기만 하자 엘리자베스가 되물었다. 그녀의 눈빛과 말투를 물들인 저 짙은 감정이 답답함인지, 아니면 오만한 짜증인지 가늠하기 어려웠다.

"내가 하녀인 너를 시내로 데리고 나와서 존경하는 작가와 만나게 해 주고 지금 여기 마주 앉은 게, 특별 대우가 아닌 것 같아?"

레티가 입술을 더 세게 깨물었다. 엘리자베스가 손을 뻗어 제 아랫입술을 쓸자 레티는 소스라치게 놀랐다. 엘리자베스가 나직하게 말했다.

"부탁인데 입술 그렇게 깨물지 마. 피 나겠어."

엘리자베스의 손끝에는 초콜릿이 묻어 있었다. 레티의 입술에서 묻어난 흔적이었다.

"초콜릿 같은 거 입에 묻히고 다니지 마라. 칠칠치 못하게."

레티가 얼굴을 붉히며 서둘러 냅킨으로 입가를 훔쳤다. 엘리자베스는 새침하게 커피를 홀짝였다. 레티가 소심하게 물었다.

"아가씨, 혹시 아직도 묻었나요?"

냅킨으로 얼마나 박박 문질렀는지, 연분홍빛 살이 발긋하게 부풀어 있었다. 엘리자베스는 물끄러미 보다가 고개를 저었다.

"아니, 안 묻었어."

"아. 감사합니다."

레티가 안도하며 구겨진 냅킨을 내려놓았다. 손끝이 살짝 떨렸다.

"그럼, 우리 책에 관해 얘기할까?"

엘리자베스가 침착하게 제안했다. 레티는 혼란스러웠다. 아까 쏟아진 아가씨의 질문에 대해 레티는 단 하나의 답도 내놓지 못했다. 그 사실은 중요하지 않다고, 엘리자베스는 침착한 어투로 쐐기를 박았다.

"너무 난처한 얘기만 늘어놓은 것 같아. 좀 더 평범한 화제로 넘어가자, 우리. 어차피 책 얘기는 아무리 해도 끝이 없잖아."

평범한 화제라. 레티가 쓰게 곱씹었다. 지금 아가씨를 향한 마음에 평범한 부분 같은 건 없다. 심지어 위태롭기까지 했다. 레티가 남자였다면, 돈 많은 귀족이었다면, 이렇게 두려워하지 않아도 됐겠지.

"네, 아가씨. 책 얘기 좋아요."

"그래. 오늘 네가 산 책. 무슨 내용이야?"

대화는 면접을 진행하듯 엄숙하게 시작됐다. 처음에는 어색했지만, 곧 두 사람은 몰두했다. 책 얘기는 아무리 해도 끝이 없다는 말이 적어도 이 두 독서광에게는 완벽하게 적용됐다. 두 사람은 엘리자베스의 외로움과 레티의 특별함과 초콜릿이 묻은 입술을 잊었고, 소설과 수필과 작가에 대해 얘기했다. 손짓, 미소, 케이크를 곁들이며.

원 없이 수다를 떨다 보니 어느덧 창밖으로 어스름이 몰려들었다. 여름이 끝난 계절이었다. 해는 일찍 저물었다.

레티와 엘리자베스는 자리를 정리하고 밖으로 나왔다. 더는 양산을 펼칠 이유가 없었다.

“제임스는 아까 우리가 내렸던 장소에서 기다리기로 했다. 가자.”

“네, 아가씨.”

두 여자는 나란히 걸었다. 어스름이 짙어질수록 집에 돌아가기 위해 발걸음을 서두르는 사람들이 늘었다. 그중 하나가 바삐 지나치다가 하마터면 레티와 부딪칠 뻔했다. 레티는 피하느라 급히 몸을 틀었다가 순간 균형을 잃었다.

“아……!”

볼썽사납게 바닥에 처박히는 일은 일어나지 않았다. 엘리자베스가 잽싸게 팔을 뻗어 레티를 품으로 감쌌다. 망토와 망토가 서로 휘감기며 간격이 급속도로 좁아졌다. 각자의 숨결이 입술을 스쳤다. 그것만으로도 얼어붙기에는 충분했다.

“아.”

레티가 흐리게 신음했다. 한 쌍의 녹색 눈이 바로 앞에서 잘게 떨렸다. 엘리자베스가 레티의 어깨에 손을 얹었다. 이대로 당길 줄 알았는데 엘리자베스는 지그시 밀어냈다.

“괜찮아?”

목소리도 눈과 마찬가지로 떨렸다. 이상하다. 어째서 당신도 나처럼 단숨에 심장이 내려앉은 것처럼 행동할까. 마치 당신의 세상까지 방금 뒤얽힌 숨결 때문에 뒤흔들린 것처럼.

“네, 아가씨. 괜찮아요.”

더는 숨결이 서로의 입술을 만지는 간격이 아니었다. 아쉬우면서도 편안했다. 레티가 괜히 망토를 반듯이 여몄다.

"그래, 다행이야."

엘리자베스가 말했다. 둘은 다시 걸었다.

제임스는 성실하게 마차에서 대기하고 있었다. 제임스는 아가씨에게 정중히 인사하고 하녀에게는 가볍게 묵례했다.

엘리자베스는 침착하게 인사를 받았지만 레티는 어물쩍 시선을 피했다. 현재 심장이 너무 빨리 뛰고 얼굴이 너무 더웠다. 다른 누군가와 눈이 정면으로 마주치면 속내를 들켜버릴 것만 같았다.

두 여자는 마차에 탑승했다. 밀폐된 공간에서 아가씨와 마주 앉게 된 레티는 절박하게 시선을 굴리며 핑곗거리를 모색했다. 하지만 낮과 달리 창밖은 어두웠다. 바깥을 구경한다는 삼삼한 구실조차 이제는 쓸 수 없었다. 점점 곤란해졌다.

"레티, 옆으로 올래?"

"네?"

"옆으로 와서 앉아. 역방향으로 앉으면 멀미 나잖아."

아가씨의 제안은 친절한 듯 전혀 친절하지 않았다. 엘리자베스의 권유에 레티는 두려움을 느꼈다.

"……괜찮습니다."

"정말 괜찮아?"

"네, 괜찮아요."

당신 옆에 앉으면 더 토할 것 같거든요. 너무 울렁거려서 기절할지도 몰라요. 레티는 속으로만 해명했다.

"그래?"

마차 안에도 등불이 있었지만 그리 밝지는 않았다. 희끄무레한 빛이 얼굴에 그림자를 드리웠다. 엘리자베스의 눈은 먹빛에 가깝게 보였다. 밤하늘과 같은 색에 레티는 빨려들 것 같았다. 그녀는 엘리자베스를 하염없이 쳐다보았다. 본능이 소곤대는 경고를 느끼면서도.

"그럼 내가 거기로 가지."

엘리자베스가 말했다. 그리고 레티가 항의하기도 전, 항의해야 한다는 생각을 미처 떠올리기도 전, 일어서서 자리를 옮겼다.

비좁은 공간이 더욱 비좁아졌다. 치마폭이 포개지고 어깨가 맞닿았다. 아가씨는 덫을 놓는 사람처럼 하녀의 뺨에 손을 얹었다.

"싫으면 말해, 레티."

불공평한 말이었다. 싫다고 해서 말할 수 있을 리가 없었다. 한낱 하녀인 레티는 마땅히 윗사람 말에 복종해야 했다. 그 사실에 안주하며 레티는 눈을 감았다.

사람이 사람에게 끌리는 데 딱히 이유가 있을까? 나중에 지어내서 갖다 붙이면 그만인걸. 그냥이라는 막연한 부사로 전부를 뭉

뚱그리며 두루뭉술 둘러댔다. 합리적인 핑계는 나중에 끼워 맞추면 된다. 아니, 아예 없어도 상관없었다.

두 사람은 입술을 포갰다.

레티의 팔이 엘리자베스의 허리에 어색하게 감겼다. 한 번도 해 본 적 없기에 어색할 수밖에 없었다. 아무도 가르쳐 준 적 없었다.

사내가 아닌 여인을 어떻게 안는 건지, 옛날에 입 맞췄던 그 남자애와 달리 너무도 부드럽고 말랑하고 가녀린 몸을 가진 당신을 어떻게 품어야 하는지. 혀끝이 전혀 상상치도 못한 방식으로 뒤엉키는데 이건 이렇게 하는 게 맞는 건지. 나도 모르게 배 속이 뜨겁게 뒤틀리고 질컥대는 입술이 틈을 만들 때마다 달콤한 신음이 흘러나오는데 이래도 되는 건지, 이래야 하는 건지.

아, 그게 대체 다 무슨 상관인지.

엘리자베스는 계속해서 키스하며 손만 움직여 서로의 모자를 벗겼다. 그러고는 레티의 목을 싸안으며 혀를 더 깊이 놀렸다. 부푼 가슴이 서로를 문지르며 맞닿았다.

"아가씨……."

레티가 바르작거렸다. 엘리자베스는 아쉬움을 느끼며 레티의 손에 순순히 밀려났다. 레티는 단풍나무 숲처럼 붉어진 얼굴로, 마른 낙엽처럼 뚝뚝 갈라진 숨결로 가늘게 떨며 엘리자베스를 바라보았다. 그녀가 떠듬떠듬 울먹였다.

"아가씨, 저는, 저는……."

엘리자베스가 레티의 얼굴을 유심히 살폈다. 혐오하는 걸까? 아니, 혐오라 보기엔 아까 레티의 동작이 너무 부드럽고 서툴렀다.

처음이라 당황스럽다는 듯 어색하게 버벅대면서도 레티는 조심스럽게 말캉한 입술을 움직였고 엘리자베스를 안았다. 정말 싫고 끔찍했다면 밀쳐내면 그만. 하지만 레티는 오히려 몸을 바짝 붙였었다.

"싫어?"

엘리자베스가 물었다. 잔인한 질문이었다. 레티가 처량하게 미간을 찡그렸다. 정답은 이미 정해져 있는데, 거짓말을 해야 했다. 싫다고 말해야 한다. 제발 다시는 이러지 말라고, 다시는…….

"내가 널 안고 입 맞추는 게 싫어, 레티?"

싫다고 말해야 하는데.

"아, 아뇨. 싫지 않아요. 전혀 싫지 않아요. 그런데……."

싫다, 고. 말했어야 했는데.

"하지만 아가씨, 아가씨도 여자고, 저도 여자고, 아가씨는 곧 겨, 결혼하셔야 하고, 발각되면 저는 바로 쫓겨날 거예요. 제가 쫓겨나면 제 가족은, 그러면……."

"들키지 않으면 되지."

엘리자베스가 즉시 답했다. 그렇게 쉽게 말하지 말라고 화낼 수 없었다. 엘리자베스의 눈빛은 진지하기 짝이 없었다. 모든 고민과 결심과 각오를 담은 눈이었다.

그 타오르는 녹색으로 레티를 뒤덮으며 엘리자베스가 간청했다.

“네가 말한 대로 나는 곧 결혼해야 해. 그러니까, 제발. 그때까지만이라도.”

잔인했다.

너무 이기적이잖아. 억지로 결혼하기 전에 미련을 남기고 싶지 않다는 아가씨. 그럼 남겨진 나는? 당신은 결혼하고 후련하게 떠나면 그만이지만. 계속해서 저택에서 하녀로 일해야 하는 나는, 다른 이의 신부가 된 당신을 지켜봐야만 하는 나는, 나는?

“레티, 제발.”

아가씨가 다가왔다. 레티는 그 입술을 거부할 수 없었다.

“너도 원하고 나도 원하니까, 괜찮아.”

감히 상대방의 마음을 핑계 삼는 잔인하고 이기적인 아가씨.

하지만 레티는 엘리자베스를 껴안을 수밖에 없었다.

처음부터 겉도는 느낌이었다. 어린 엘리자베스 메리요트는 유모와 하녀들이 자신을 보며 수군댄다는 것을 알 수 있었다. 그 수군거림의 내용을 알아채기도 전, 아랫사람이 전부 교체되었다. 남작부인의 유모였던 모르슨 부인이 엘리자베스를 돌보기 시작했다.

"아이가 하나도 안 닮았어요."

어느 날, 모르슨 부인의 눈을 피해 혼자서 꼼지락꼼지락 저택을 돌아다니던 어린 엘리자베스는 문 틈새로 아버지와 어머니의 말을 엿들었다. 차가운 목소리는 어머니의 것이었다.

"밖에 내보이기 불안할 정도예요."

"그럼 그러지 말든가."

아버지가 다소 성마르게 대꾸했다. 엘리자베스는 가만히 듣다가 살금살금 걸어 도망쳤다.

나이가 들수록 엘리자베스는 자신이 어머니와 하나도 안 닮았다는 사실을 알아차렸다. 그뿐만이 아니었다. 남작과도 공통점이 별로 없었다.

남작 부인은 음악과 패션에 대한 감각이 뛰어났지만 엘리자베스는 아니었다. 남작은 승마와 사냥을 즐기는 호탕한 성격이었지만 엘리자베스는 아니었다.

운동 신경은 뛰어난 편이었다. 엘리자베스는 어릴 적부터 승마를 배웠고, 말을 모는 걸 즐겼다. 하지만 사냥, 그놈의 사냥. 고기를 먹는 것과 별개로 불필요하게 피를 보며 즐거워하는 이유는 뭐지? 엘리자베스는 이해할 수 없었다.

그 빌어먹을 사냥이 기어코 사달을 일으켰다.

순전한 사고였다. 여우 사냥을 위해 놓았던 덫에 남작이 탄 말이 잘못 걸리면서 남작은 낙마로 즉사했다.

엘리자베스는 현장에 없었다. 아버지의 마지막 순간을 놓쳐서 다행이라고 생각했다. 피, 비명, 부서진 몸 등을 보고 싶지 않았다.

엄숙한 장례가 치러졌다. 모든 사용인이 참석했다. 그해에 새로 들어온 정원사 라울부터 예전부터 있었던 모르슨 부인까지 전부. 그 조의에 진심이 담겼는지 순전히 형식적인지는 중요하지 않았다.

남작은 한 줌 흙이 되었다.

'나는 이제 혼자야.'

그즈음부터 그런 생각을 했던 것 같다.

'나는 이제 정말 혼자가 된 거야.'

어머니도 아버지도 서먹하기는 마찬가지였지만 아버지는 그나마 편안했다. 가부장적인 편이라 아주 친하지는 않고 어색함이 남아 있었으나 평균적이라 감당할 수 있는 정도였다. 하지만 남작 부인의 태도는 엘리자베스가 책으로 배운, 소위 모성애를 품은 어머니와는 너무 달랐다.

남작 부인은 엘리자베스를 학대하지 않았다. 굶기거나 때리지 않았고, 독설을 퍼붓지도 않았다. 다만 늘 남처럼 거리를 유지했다. 서로 예의를 지키는 동업자처럼.

자신과 너무 다른 새파란 눈을 볼 때마다 엘리자베스는 숨이 막혔다. 엘리자베스의 녹색 눈은 아버지의 유산이었다. 하지만 진갈색 머리칼은 누구와도 닮지 않았다. 남작 부인은 흑발이었고, 남작은 금발이었다. 조부모 중 한 명이 갈색 머리였다고 어디선가 들은 적 있긴 했다.

어지러웠다. 가슴이 답답했다.

아버지가 돌아가셨으니 이제 엘리자베스가 상속을 받아야 했다. 허나 유산과 영지를 물려받으려면 결혼해야 했다. 결혼이라니.

진지하고 어른스러운 성격이지만 엘리자베스는 아직 어렸다. 고작 스무 살이었다.

결혼이라니. 그런 건 대체 어떻게 하는 거지?

"아가씨, 혹시 몸이 안 좋으신가요?"

그때, 매일 그녀의 서재와 침실을 청소하던 하녀 하나가 다가왔다. 묵묵히 인사하던 것이 전부였기 때문에 의외로운 접근이었다.

엘리자베스가 창백한 시선을 들었다. 책을 읽는 척했지만 아버지의 유산에 대해 생각하던 중이라 한 글자도 제대로 들어오지 않았다.

"들꽃이에요. 잠시 입에 물고 계실래요?"

이 아이의 이름이 뭐였더라. 케이트, 케이트였지. 예전에는 무심코 지나쳤는데 오늘 처음 자세히 보니 상당히 예뻤다. 특히 저 짙은 눈동자.

"꽃 뒤에 꿀주머니가 있어요. 입에 물고 있으면 향이 나서 마음이 편해지실 거예요."

케이트가 주머니에서 꽃을 꺼냈다. 엘리자베스가 들꽃을 받아 입술에 물었다. 케이트가 말한 대로 달콤한 향기가 났다.

"어때요, 아가씨?"

"……향이 좋네요. 고마워요, 케이트."

"말 놓으셔도 돼요, 아가씨."

케이트는 생긋 웃었다. 고혹적인 눈매를 보며 엘리자베스는 순순히 응했다.

"고마워, 케이트."

외롭지 않다고 생각했다.

그러나 나중에 돌이켜보면, 그때가 더한 나락의 시작이었다.

엘리자베스는 총명했지만 책으로만 세상을 배웠다. 그런 상대적 무지 가운데도 진리처럼 자리 잡은 몇 가지 '상식'이 있었다. 그중 대표적으로, 성(性)과 사랑은 오직 남녀의 전유물이라는 것.

"쉬이, 아가씨. 괜찮아요."

스물세 살이었다. 엘리자베스는 난생처음 누군가의 품에 안겨 치마폭 아래에서 놀라운 일들을 겪고 있었다. 엘리자베스는 발갛게 달아오른 얼굴로 케이트를 노려보았다.

"그만……. 이제 그만해……."

"왜, 싫으세요?"

"이건 아니야. 이건 아닌 것 같아."

"아가씨는 제 질문에 대답하지 않으셨어요. 싫으세요, 좋으세요?"

"나는……."

서로가 서로에게 끌리고 있다는 사실은 말을 하지 않아도 스치는 눈빛만으로 확신할 수 있었다.

적어도 엘리자베스는 케이트에게 속절없이 끌리고 있었다. 케이트도 저에게 끌렸는지 더는 확신할 수 없었다. 답을 구하기 전 하녀는 상처만 남긴 채 사라졌다. 배신당한 아가씨는 과거를 곱씹으며 공허함만 느꼈다.

"아가씨, 이건 이상한 게 전혀 아니에요."

케이트가 진지하게, 달콤하게 속삭였다. 그러더니 아가씨의 목덜미를 잘근잘근 핥았다.

"제가 여자라서 그래요? 아니면 하녀라서? 무슨 상관이에요, 아가씨. 우리가 서로 좋다는데."

간편하게 결론을 내린 케이트가 도로 입을 맞췄다. 엘리자베스는 상대방의 숨결을 갈급하게 받아먹었다.

"그래."

엘리자베스가 케이트의 어깨에 손을 얹고 살짝 밀어냈다. 밀회를 끝내자는 게 아니었다. 아가씨가 하녀복의 단추를 서툴게 풀기 시작했다. 케이트는 고혹적으로 웃었다.

"서로 좋다는데, 뭐가 상관이겠어."

이번에는 아가씨가 먼저 입을 맞췄다. 한동안, 서재에는 눅진한 신음이 가득했다.

세상을 책으로만 배운 금지옥엽 아가씨. 엘리자베스에게 케이트는 강렬한 자극이었고, 신선한 기쁨이었다. 짜릿한 첫사랑이었다.

성과 사랑은 남녀의 전유물이라고 배웠지만, 동시에 세상에는 그 상식을 거스르는 관계가 있다는 것 역시 책에서 읽어봤다.

내가 그런 사람이구나. 이상한 걸까. 비정상인가. 어떤 사람들이 수군대듯 이건 정말 정신병일까? 그래도 상관없었다. 어차피 누가 알아내겠어.

사용인들도 거의 오지 않는 구석의 별관에서 조용히 살아가는 엘리자베스 아가씨. 어머니조차 딸에 무관심하며 간섭 같은 건 하지 않았다. 두 사람만 조심하면 아무도 모를 것이다. 별관의 서재에서, 침실에서 두 사람은 완전히 고립되었다. 완벽한 비밀을 만들 수 있었다.

사랑, 그래. 그때 엘리자베스는 그게 사랑이라고 믿었다.

자신과 케이트의 이야기가 비밀도 사랑도 아니었음을 나중에야 깨달았다.

"라울 데이커랑 무슨 사이지?"

엘리자베스의 차가운 추궁에 어여쁜 하녀는 눈을 크게 치떴다.

"그게 무슨 말씀이세요?"

"그 낯짝 반반한 정원사와 무슨 사이냐고 물었어."

거의 고립된 채로 살고 있다고는 하나 저택이 어떻게 돌아가는

지 정도는 알고 있었다. 잘생긴 정원사와 아름다운 하녀를 둘러싼 어렴풋한 염문이 엘리자베스의 귀에도 닿았다. 섬뜩한 질투가 심장을 찔렀다.

"낯짝이 아가씨 말씀처럼 꽤 봐 줄 만은 하죠. 하지만 아가씨가 훨씬 예뻐요. 아시잖아요."

"말 돌리지 마. 대답해. 그 사람이랑 정확히 무슨 사이야?"

"아무 사이 아니라고 말씀 드리면 믿으실 거예요? 이미 답을 정해 놓고 추궁하시는 것 같은데?"

케이트가 슬프게 되물었다. 엘리자베스는 이를 악물었다. 저 영악한 것. 엘리자베스가 제게 약한 것을 알고는 처량한 표정으로 안겼다. 엘리자베스는 화낼 의지를 잃었다.

"그 사람은 신경 쓰지 마세요. 저한테는 아가씨밖에 없어요. 다 알면서 왜 그렇게 화를 내세요?"

거짓말. 엘리자베스는 입을 맞추면서도 속으로 부르짖었다. *라울 데이커뿐만 아니야. 네가 조세핀이라는 하녀와 어떤 사이인지도 이미 다 들었어.* 속으로만, 부르짖었다.

"그리고 아가씨, 소문이 사실이라도 그렇게 화내시면 안 되죠. 그건 너무 불공평해요."

케이트가 비난했다.

"아가씨는 언젠가 어느 돈 많고 가문 좋은 남자랑 결혼하실 거잖아요. 아가씨는 언제든지 저를 버릴 준비를 하고 계시면서 이렇게 집착하시는 건 잔인해요. 과한 소유욕이라고요."

엘리자베스는 혼란에 빠졌다.

그녀의 마음이 정말 집착이나 소유욕에 불과한 걸까, 그뿐일까? 엘리자베스는 자신이 케이트를 정말 사랑하고 있다고 믿었다.

연인이 바람을 피운다는 소문을 들으면 미쳐버릴 것 같은 게 당연했다. 좋아하기 때문에 화가 나는 게 일반적이었다. 엘리자베스는 그렇게 생각했다.

그런데 케이트는 엘리자베스가 과민한 것처럼 몰아갔다. 욕심쟁이라고 비난했다. 언젠가 결혼해서 저를 버릴 거라고, 엘리자베스의 죄책감을 건드리는 말을 사용하여 그녀를 꼼짝없이 옭아매고 자신의 결백을 주장했다.

더 좋아하는 쪽이 질 수밖에 없었다. 엘리자베스는 속절없이 휘둘렸다. 분명 동갑인데 케이트가 10년은 더 오래 산 것 같았다. 책으로만 세상을 배운 어리숙한 아가씨는 산전수전 모두 겪은 하녀를 당해낼 수가 없었다.

사건은 일단락되었으나 상처와 불신은 이미 자리 잡았다.

그로부터 몇 주 뒤, 또다시 일이 터졌다.

"말해봐, 케이트. 솔직하게 말해줘. 네가 훔쳤어?"

"절대 아니에요! 제가 도둑처럼 보이세요?"

케이트는 정말 억울하고 화나서 미치겠다는 표정으로 항의했다. 엘리자베스는 주먹을 바르쥐고 낮게 중얼거렸다.

"그래, 네가 아니란 말이지."

엘리자베스가 먼 친척 집을 방문하기 위해 별관을 한동안 비운 사이 서재와 침실에서 몇 가지 물건이 사라졌다. 귀중품은 아니었다. 펜 하나, 담요 한 장, 속옷 몇 벌. 너무 뜬금없고 괴이쩍은 사건이라 엘리자베스는 당황했다. 도둑이 들었다고 알리기도 민망한 규모였다. 그렇다고 그냥 덮을 수 있는 것도 아니었다.

"저 진짜 아니에요. 아니라고요, 아가씨."

"……그래, 알겠어."

"아가씨, 지금 저 의심하는 거죠? 의심하는 거 맞죠, 그렇죠?"

"아니, 아니라니까. 너 의심 안 해."

"거짓말. 아가씨, 저한테 거짓말하지 마세요."

"그만해, 케이트."

목소리가 위협적으로 낮아졌다. 귀족의 고압적인 목소리였다.

"네 분수를 잊지 말고, 내 호의를 착각하지 마. 너는 한낱 하녀야. 제발 네 주제를 기억해."

케이트가 얼어붙었다. 하지만 엘리자베스에게는 그마저 연기 같았다. 지긋지긋했다. 가슴이 아팠다. 엘리자베스가 냉담하게 말했다.

"좀 피곤하구나. 혼자 있고 싶으니까 나가."

케이트는 말없이 엘리자베스를 쳐다보았다. 그러다 한참 시간이 흐른 뒤에야 알겠다는 대답도 없이 고개만 꾸벅인 뒤 사라졌다. 혼자 남은 엘리자베스가 어금니를 아득 물었다.

괘씸한 것.

며칠 뒤, 갑자기 케이트가 나타나지 않았다. 하녀장한테 물어보니 어젯밤 저택을 나갔다고 했다.

황당하다는 생각조차 들지 않았다. 그저 멍했다.

케이트를 대체할 하녀를 허겁지겁 구했고, 새 사람이 뽑혔다고 들었다. 엘리자베스는 깊게 생각하지 않고 넘어갔다.

"안녕하세요, 엘리자베스 메리요트 아가씨. 바이올렛 골드라고 합니다."

첫인상이 귀여웠다. 맑고 동글동글한 얼굴이었다. 어떤 생각을 감췄는지 알 수 없는 누군가와는 참 달랐다.

"그, 그냥 레티라고 부르시면 됩니다."

저를 보면 얼굴을 붉히는 것도 귀여웠다. 예전에 케이트를 대할 때는 엘리자베스가 얼굴을 붉히고, 휘둘리고, 의심하고, 아파하는 쪽이었는데.

"그래요, 레티 골드."

이름의 발음도 귀엽고 간편했다. 혀끝이 입천장을 밀며 둥글게 말렸다가 탁 하고 부딪쳐 떨어지는 느낌이 좋았다.

또다시 일상이 바뀌었다.

첫 번째 만남은 무의미했다. 사용인과 상전으로 만난 관계에서 상대편에게 정을 주는 게 얼마나 부질없는 일인지 엘리자베스는 케이트를 통해 똑똑히 배웠다. 실수를 반복하고 싶지 않았다.

"왜, 물어볼 거라도 있나요?"

그런 결심이 무색하게도 그 다음날, 하녀가 계속 힐끔대는 게 신경 쓰인 엘리자베스는 무심코 질문했다.

"아니요, 아니, 아닙니다. 그러니까 제 말은, 현재 무슨 책을 읽고 계신 건가요?"

"『호숫가의 비밀』이라는 소설이에요."

"추리 소설을 좋아하시나요?"

대화는 물 흐르듯 이어졌다. 엘리자베스는 사교계에서 익힌 습관이 남아 얼결에 질문을 거듭 덧붙였다. 순진한 하녀는 고분고분 대답했다.

눈매도 콧등도 턱선도 동글동글했다. 눈이 특히 빛났다. 투명한 회색이었다. 우중충한 먹구름의 잿빛이 아니라, 바닷가에서 햇빛을 받아 반짝이는 조약돌 같은 회색이었다. 엘리자베스는 하녀의 꾸밈없는 눈동자를 바라보며 청명한 여름날의 해변을 떠올렸다.

바이올렛, 또는 레티 골드. 메리요트 가문의 상속녀에게 깍듯하게 굴며 거리를 두는 다른 사용인들과 달랐고, 원래 별관을 청소하던 다른 하녀와도 확실히 달랐다.

케이트를 떠올리자 명치끝이 차갑게 식었다. 엘리자베스는 첫사랑의 망령을 떨쳐내기 위해서 눈앞의 새 하녀에게 집중했다.

"동생이 몇 명이에요, 레티?"

"두 명입니다, 아가씨."

"그대가 맏이고?"

"네, 아가씨."

"맏이는 책임감이 강하다던데."

"그, 아무래도 책임감을 가지려고 노력합니다. 어머니께서 제게 많이 의지하시니까요."

"또 어른스럽고."

"저, 제가 유치한 편은……. 아니고요……."

"또 매우 믿음직하고. 아닌가요?"

"……태어난 순서와 상관없이 믿음직한 사람으로 크는 건 중요하겠죠?"

횡설수설하는 모습이 귀여웠다. 웃었더니 하녀의 뺨에 머물던 홍조가 점차 짙어지는 게 보였다. 무례하다는 걸 알면서도 별수 없이 다시 웃었다.

동생이 두 명이나 있다는 하녀의 말을 듣고 엘리자베스는 짧게

나마 고민했다. 외동이 아니었다면 덜 외로웠을까. 동생이 있었다면 괜히 하녀를 붙잡고 대화에 매달릴 필요가 없지 않았을까?

그나마 새로 고용된 하녀가 케이트와 닮은 구석이 하나도 없어서 다행이었다. 조약돌을 닮은 투명한 눈빛과 종알대는 말소리를 들으니 확실히 속임수에는 재주가 없을 것 같았다.

"아가씨."

"네, 레티."

"아가씨만 괜찮으시다면, 제게 말을 낮춰 주셨으면 좋겠습니다."

하녀가 소심하게 건넨 부탁을 듣자 엘리자베스는 케이트가 생각났다. 하지만 저 부탁을 거절하기는 싫었다. 자신이 케이트에게 그토록 영향을 받는다는 사실을 인정하고 싶지 않았다. 더는 마음에 그녀의 가장 옅은 흔적조차 남지 않았으면 했다.

"알겠어, 레티."

"감사합니다, 아가씨."

그게 두 번째 만남이었다. 모든 게 평화로웠다.

세 번째 만남. 새 하녀가 벤자민 레이먼의 작품을 좋아한다는 사실을 알아냈다. 조금 놀랐고 내심 뿌듯했다. 세상에 팬을 만나고 싫어할 작가는 없다. 애독자의 칭찬은 엘리자베스가 글을 쓰는 가장 큰 동기였다.

궁금했다. 재밌기도 했다. 자신은 상대방을 아는데 상대방은 자신을 모른다는 사실이. 가면무도회에서 정체를 숨기고 하룻밤의 일탈을 즐기는 기분이었다.

"레티. 그 작가의 책 중에서 어떤 걸 가장 좋아하지?"

"다 좋아합니다. 딱히 우열을 가릴 수가 없네요."

쑥스러워라. 내가 글을 그렇게 잘 쓴다, 이거지? 히죽거리지 않기 위해 꾹 참았다. 열렬한 숭배의 의지를 불태우는 팬이 귀여웠다.

"어, 어쨌든. 저는 이만 청소를 시작하겠습니다. 독서를 방해해서 죄송합니다, 아가씨."

"방해 아니었어."

"네?"

"방해라고 생각한 적 없다고."

방해는커녕 즐겁다는 생각이 들었다. 그런 생각은 오랜만이었다.

마지막 인사도 없이 그만둔 케이트, 절대 자기가 물건을 훔치지 않았다고 주장하던 케이트, 나를 두고 다른 사람들의 입술을 탐했을 케이트. 게다가 곧 다가오는 무도회, 피할 수 없는 결혼까지. 최근에는 즐거울 일이 없었다.

레티가 일상을 바꿨다. 일방적인 실연 때문에 한없이 우울하던 마음에 활력을 불어넣었고, 본명을 숨기고 활동하는 작가에게 극찬을 쏟아냈다.

고작 세 번 만났는데, 고마운 마음이 들었다.

넷째 날에도 대화가 이어졌다. 이번에는 엘리자베스가 먼저 말을 걸었다. 새 하녀가 제 작품에 관해 얘기하도록 유도하려는 수작이었다. 새 하녀는 정말로 소설을 좋아하는 것 같았다. 벤자민 레이먼을 언급하며 조금만 방향을 잡아 주자 금세 수다스러워져서 종알종알 명랑하게 떠들었다.

"그분의 필체에 담긴 비극적인 느낌이 좋아요. 애절하고, 서로 오해하고, 그러다가도 결국은 행복을 찾는 이야기들도요. 제 친구 하나는 그런 점이 답답하다고 하더라고요. 그래도 저는 그 애잔함이 좋아요. 그리고 다 행복한 결말로 끝나는 것도 마음에 들어요."

소설에서라도 다들 행복한 결말을 누려야 한다는 것이 엘리자베스의 지론이었다. 현실에서는 어렵더라도 허구 속에서는 꿈이라도 꿀 수 있도록.

"극찬이구나."

"이것도 극찬인가요?"

"그래. 모든 작가가 인간의 감정을 어떻게든 파헤치고 매료하고 싶어서 안달이거든. 독자의 심금을 울리는 책이 가장 많이 사랑받고 가장 많이 팔릴 테니까."

돈, 돈, 돈. 결국 그 무정한 물질에 모든 것이 귀결되었다. 결혼해야만 온전히 유산을 상속받을 수 있는 귀족 아가씨도 돈의 차가운 굴레에서 벗어날 수 없었다.

"그 표정은 뭐지?"

"제 표정이 어때서요?"

레티 골드는 언제나 맑고 동글동글한 얼굴에 표정을 너무 쉽게 드러냈다. 신선했다. 그래서 진심으로 권했다.

"네가 가져온 책을 다 읽고 나면 이 서재에 있는 책을 자유롭게 빌려 읽어도 좋아. 나한테 어떤 책을 빌려 갔는지 말만 해줘."

하녀를 향한 따스한 호의였다. 순간 서재와 침실에서 없어졌던 펜, 담요, 속옷 등이 생각났다. 이번에는 책이 없어지면 어떡하지.

엘리자베스는 곧 그 생각을 폐기했다. 레티가 케이트처럼 행동할 거라고 멋대로 단정하는 건 그야말로 성급하며 무례한 일반화였다.

레티는 그러지 않아. 케이트와는 달라. 이번에는 괜찮을 거야.

제발, 괜찮아야만 해.

마음을 열고 정을 줬다가 또 배신당하면, 또 상처받는 일이 생기면 그때는 정말로 견디기 힘들 것이다.

"내가 심심해서 그래. 좋은 책은 같이 나누고 싶어. 나 혼자 붙들고 있어야 따분하기만 하지. 앞으로 자유롭게 읽어도 좋아."

심심했다. 갑갑했다. 외로웠다. 또래 친구도 딱히 없는 엘리자베스는 하녀와라도 자유롭게 얘기하고 싶었다.

"레티. 내일도 얘기하자."

그래서 아무도 시키지 않았는데 그렇게 제안했다. 하녀 레티는 얌전히 대답했다.

"네, 아가씨."

그런데 왜 저리 시무룩한 표정인지 알 수 없었다.

신경 쓰였다. 신경 쓰인다는 사실이 짜증 났다.

귀엽고 수다스럽고 책에 관심이 많아 말동무로는 흡족했지만, 더 깊게 들어가고 싶지 않았다. 지난번에는 그리했다가 기어코 다쳤으므로. 쓸데없이 물러지지 말고 적당히 선을 긋기로 마음먹었었다. 그런데 벌써 이렇게…….

'왜 그렇게 슬픈 표정이야?'

허심탄회하게 묻고 싶었다. 그러나 엘리자베스는 체면을 중시해서, 고작 네 번째 만남이라서 솔직한 질문을 삼갔다.

레티는 끝까지 자신이 슬퍼하는 이유를 밝히지 않았다. 자신을 아랫사람이 아니라 말벗처럼 대해 주는 아가씨의 태도 탓에 오히려 이 사회의 매정한 규칙을 자꾸 상기하게 된다고 말하지 못했다.

두 여자가 아는 세상에서 상속녀와 하녀는 친구가 될 수 없었다.

레티는 그 사실을 곱씹으며 울적하게 자리를 떴다. 혼자 남은 엘리자베스는 하녀가 말하지 않은 수수께끼 같은 본심을 파헤치느라 머리가 아팠다.

그럴수록 더욱 그 아이가 생각났다.

다섯 번째 만남.

"종이가 바람에 날려서 치워둬야 할 것 같은데요, 혹시……."

"남의 물건을 함부로 뒤적이는 게 취미인가?"

내뱉는 순간 실수라는 걸 깨달았다. 귀중한 원고를 허술하게 내버려 둔 자신이 죄인이었다. 레티에게 화내는 건 비합리적인 분풀이였다. 엘리자베스도 그 사실을 잘 알았다. 그런데.

"앞으로 네가 건드리면 안 될 것 같은 게 있으면 나한테 먼저 와서 보고해. 알겠어?"

그런데, 자꾸만 울컥울컥 화가 났다.

"내가 베푼 호의를 특혜로 착각하지 마."

케이트에게 했던 말과 비슷한 말이었다. 아픈 기억이 되살아나는 바람에 목소리가 차게 얼어붙었다. 하얗게 질린 레티의 얼굴이 보였다. 그쯤에서 멈췄어야 했다.

나도, 너도 그쯤에서 멈췄어야 해. 나는 고작 하녀에게 쓸데없이 살갑게 굴어서 선을 흐리지 말고, 너도 아랫것의 본분을 지켜야 해. 그러니 그렇게 웃지 마. 네가 얼굴에 그런 미소를 그리면 착각하게 되거든. 나도 모르게 심장이 떨려.

"레티, 울어?"

그때 레티가 눈물을 뚝뚝 흘리지만 않았어도, 뒤늦게나마 멈출 수 있었을 텐데.

"레티."

울리려는 생각은 없었다.

"미안해, 레티. 그렇게까지 화내려는 건 아니었어. 내가 잠시 흥분했다. 제발 울지 마."

자그마한 강아지가 흐느끼는 느낌이었다. 엘리자베스는 레티를 가까이 안으며 부드럽게 다독였다. 손으로 둥근 뺨을 문질러 눈물을 걷어냈다. 살결이 아기처럼 폭신했다.

레티는 혼란스럽다는 듯 엘리자베스를 보고 있었다. 엘리자베스는 그 감정이 참 타당하다고 생각했다. 혼란. 엘리자베스도 본인의 마음이 헷갈렸다.

엘리자베스는 제 품에 쏙 담긴 앳된 하녀를 바라보았다. 눈높이가 얼추 맞았다. 여기서 고개를 살짝만 기울이면 입술이 스칠 만큼, 그러다 기어코 겹칠 만큼, 그리고 서서히 벌어져 안쪽 깊숙한 곳에서 샘솟는 숨결을 끌어낼 만큼 가까웠다.

엘리자베스는 레티를 밀어냈다. 이기적인 충동이 이 아이에게 더한 상처를 남기기 전에.

"내가 잘못했어."

"아니에요. 저야말로 죄송해요, 아가씨."

"아니야, 레티. 내 잘못이야."

상처를 주었으니 보상해야 마땅하다고 생각했다. 그를 핑계 삼아 레티와 조금만 시간을 보내고 싶다고 생각했다는 사실을 부정하지는 않으리라. 서재뿐만 아니라, 서재 밖, 더 넓은 세상을 레티와 보고 듣고 느끼고 싶었다.

"내가 얄밉게 굴었으니 사죄의 의미로 선물을 하나 하지."

단풍나무 숲도, 북적이는 시내도, 그녀와 함께.

"시간 비는 대신 나랑 산책해."

어쩌면 레티도 자신을 싫어하지 않는 것 같다는 행복한 착각에 조금 더 매달리고 싶었다.

"조만간 내가 시내로 나갈 일이 있는데, 그때 너를 데려갈게. 가서 자네트 노스턴을 만나게 해 줄게."

어차피 곧 끝날 연극이었다. 약 3주 뒤 손님들이 도착한다.

그리고 누군가의 신부가 될 귀족 아가씨 엘리자베스 메리요트는 하녀 바이올렛 골드와 함께할 수 없었다.

아가씨와 하녀는 한 가닥의 흐트러짐도 없이 마차에서 내렸다. 제임스가 그들에게 인사했다. 두 여자는 나란히, 잠잠히 걸었다. 엘리자베스가 먼저 멈췄다.

"오늘 즐거웠어, 레티."

모든 게 변함없었으나 동시에 모든 것이 달라졌다. 엘리자베스가 웃으며 잠시 레티의 손끝을 쥐었다.

"이제 들어가서 쉬어. 내일 보자."

약속처럼 들렸다. 세상에서 제일 달콤하고 위험한 약속.

레티는 손을 꼭 맞쥐었다. 마차에서처럼 이 손을 끌어당겨 목을 와락 안고 입 맞추고 싶었다. 하지만 이곳은 경직된 고택이었다. 누군가 보기라도 한다면……. 레티는 인내했다.

"네, 아가씨. 내일 봬요."

내일 우리는 레티와 엘리자베스로 돌아갈 거야. 우리 말고는 아무도 오지 않는 별관 서재에서 설렘을 속삭이고 체온을 나눌 거야.

"저도 오늘 즐거웠어요."

결국 전부를 들켜버렸다. 그러나 레티의 진심을 알아챈 뒤에도 엘리자베스는 레티를 더럽다며 밀어내지 않았다. 오히려 더 가까이 당기며 열렬히 구애했다. 맞물리던 입술의 감촉은 충격으로 다가왔다. 진정한 의미의 첫 키스였다. 옆집 소년은 진즉에 잊혔다.

"즐거웠다니 다행이야, 레티."

엘리자베스가 나직이 인사하고 별관으로 들어섰다. 레티는 멀어지는 아가씨의 뒷모습을 눈에 담다가 뒤늦게 본관으로 향했다. 점점 걸음이 빨라졌다. 레티는 어느새 뛰고 있었다. 날아갈 것 같다는 표현에 과장은 없었다. 마차 안에서의 입맞춤을 생각하면 어깻

죽지에 정말 날개라도 달린 듯했다.

〈케이트는, 예뻤어.〉

그때 하필 그 이름에 엉킨 아가씨의 고백이 뇌리에 눌어붙는 건 대체 무슨 이유에서인지.

레티의 걸음이 점차 느려졌다. 그녀는 지난 며칠간의 공포를, 키라의 비난을, 약 3주 뒤의 무도회에서 신랑감을 골라야 하는 엘리자베스를 생각했다.

피아노 소리가 울렸다. 레티는 움찔하며 고개를 들었다.

해가 지기 전이었다. 석양을 기다리는 하늘은 언저리부터 맑은 보랏빛으로 짙어지고 있었다. 그 신비한 색채를 배경으로 음악이 울려 퍼졌다.

메리요트 남작 부인이 음악실 문을 열었다.

로즈미나 메리요트는 피아노 앞에 앉았다.

밤에나 몇 번 몰래 찾았던 곳을 항시 개방해 두도록 일렀다. 곧 오랜만에 저택에서 무도회가 열릴 예정이었다. 손님을 환영하는 의미에서 집주인이 연주를 해야만 했다. 그것이 로즈미나의 재능을 아직 기억하는 모두에게 보답하는 길이었다.

로즈미나의 길고 민첩한 손가락이 흑백 건반을 눌렀다. 연주는 발랄하지 않았다. 오히려 구슬펐다. 오랫동안 사무쳤던 애틋함과 그리움이 음악에 고스란히 녹은 듯 했다. 듣는 이의 눈시울이 절로 아릿하게 물들이는 선율이 허공을 난자했다. 그러나 연주자의 눈가는 건조했다.

로즈미나는 연습을 마무리했다. 그때 옅게 삐걱대는 소리가 들렸다. 크고 강한 손이 문을 열어젖혔다. 라울 데이커였다.

"……무슨 일이지?"

"이제는 낮에도 연주하시네요."

"곧 손님들이 오시잖니. 오랜만에 청중 앞에서 연주하는 것도 나쁘지 않다고 생각해서."

로즈미나가 담담하게 말했다. 라울이 마님 앞에 서서 그림자를 드리우며 그녀를 내려다보았다.

"그런데 너는 왜 낮에도 오니?"

로즈미나가 라울을 올려다보며 서늘하게 물었다.

종종 잠을 설치다 음악실에 찾을 때면 이따금 라울이 먼저 이 방에 와 있곤 했다. 이 집에서 음악실을 찾는 사람이 로즈미나 한 사람뿐이라는 걸 알고 하는 행동이었다.

"그래도 밤에 찾아오는 것보다는 낫구나. 내가 너랑 밤에 같이 있는 모습을 들켜서 케이트가 그렇게 된 거야. 물론 그년이 그런 터무니없는 협박을 할 줄은 너도 몰랐겠지만."

"케이트 얘기하지 마세요. 당신은 그럴 자격 없어."

라울이 낮게 쏘아붙였다. 케이트를 떠올리자 손등이 굳으며 손톱이 손바닥을 파고들었다.

"그 애를 사랑했니, 라울?"

로즈미나가 부드럽게 물었다. 라울은 대답하지 않았다.

사랑? 아마 아니었을 거다. 고작 그런 인간에게 지순한 사랑을 느낄 만큼 라울은 고결하지도 한심하지도 않았다. 하지만 한동안 가볍게나마 정을 통했던 여자가 죽었다는 사실을 듣고 아무렇지 않기는 어려웠다.

"미련 버려, 라울. 어떤 년인지 알잖아. 약점을 잡았다고 생각하니까 바로 그딴 협박을 한 꼬락서니를 봐. 어차피 그년도 너를 진심으로 사랑하지 않았어. 케이트가 너 말고도 다른 하녀랑 엘리자베스까지 갖고 놀고 있었다는 걸 모르지는 않지?"

라울은 조용했다. 로즈미나가 그의 손을 감쌌다. 라울은 그녀의 주름진 손등을 묵묵히 내려다보았다.

당신도 많이 늙었구나. 20여 년 전의 당신은 지금보다 훨씬 아름다웠겠지.

"게다가 그 애는 도둑이야."

"그건 아니에요."

라울이 즉각 말했다. 그의 낮은 목소리는 괴롭게 들렸다. 로즈미나가 주춤하며 라울의 얼굴을 살폈다. 그녀가 눈썹을 치켰다.

"그게 무슨 뜻이지? 뭐 아는 거라도 있니?"

"케이트가 다른 건 몰라도 도둑질은 안 했어요."

"걔가 너한테 무슨 말을 했지? 억울하다고 징징거리기라도 했니? 케이트가 너한테 뭐라고 했어, 라울?"

라울은 대답하지 않았다. 그는 제 손을 잡아 빼려 했지만, 마님은 집요하게 매달렸다. 라울의 얼굴에 난처한 기색이 짙어졌다. 매번 그렇듯 그는 깊게 갈등했다.

"뭘 훔쳤는지는 알아?"

"걔가 훔친 거 아니라니까."

"상식적으로 범인이 케이트일 수밖에 없어. 엘리자베스의 서재랑 침실을 청소하는 애는 케이트뿐이야. 그런데 그곳에서 물건이 사라졌어. 그럼 누가 가장 유력한 용의자지?"

"별관에는 누구나 드나들 수 있어요. 당신도 알잖아, 로즈."

"그래서 따로 의심 가는 사람이라도 있니?"

라울이 주저했다. 말해, 말아? 고민 끝에 그는 이번에도 침묵했다. 라울이 지닌 정보는 누군가의 약점이었다. 지금 범인이 누구인지 털어놓는다면 그자는 바로 붙잡혀 처벌 받을 테다. 그럼 나중에 이용할 기회가 없어지는 거지. 그는 교활하게 계산했다. 적절한 때에 가진 약점을 써먹고 싶었다.

"그건 아니고요. 그냥, 너무 뻔하잖아요. 물건이 사라지면 가장 의심받을 사람은 케이트야. 그런데 뭐하러 그런 일을 벌이겠어요? 어차피 귀중품도 아니었는데."

"귀중품이 아니었다는 것도 아는구나. 어디까지 알고 있지?"

"……케이트가 저한테 찾아왔었어요. 엘리자베스 아가씨가 자기를 의심한다더라. 그런데 얘기 들어보니까 사라진 물건이 뭐, 펜, 담요, 속옷? 미쳤다고 걔가 그런 걸 훔쳐요? 차라리 보석 몇 개 챙겨서 깔끔히 튀었다면 모를까."

"아니지, 그래서 오히려 케이트가 의심스러워. 엘리자베스랑 둘이 그런 사이였잖아. 그러니까 속옷을 훔친 거지."

"하하, 로즈, 그건 아닐 텐데. 내 속옷은 멀쩡하잖아요?"

라울이 스산하게 웃자 로즈미나가 그를 노려보았다. 그녀가 그의 손을 내려놓았다.

"그런데 로즈, 엘리자베스 아가씨랑 케이트가 무슨 사인지는 어떻게 알았어?"

"그건 네 알 바가 아니야."

라울이 상처받은 듯 얼굴을 일그러뜨렸다. 로즈미나가 엘리자베스를 언급할 때마다 라울은 종종 저런 표정을 지었다. 심란했다. 저 지독한 질투, 집념이 로즈미나를 걷잡을 수 없는 후회로 몰아넣었다.

"그나저나, 로즈. 한 가지 더."

"아직도 안 끝났니?"

"모르슨 부인. 어떻게 할 거야?"

라울의 냉담한 질문이 침묵을 이끌었다. 처음으로 로즈미나가 라울의 시선을 피했다.

"증상이 점점 심해지고 있어요. 이러다 온 집안을 돌아다니면서 떠벌릴 기세야. 얼마 전에는 레티한테도 접근했대. 모르슨 부인이 그 애를 붙잡고 있는 걸 제임스가 봤대요."

"레티? 그게 누구더라."

"케이트 후임 있잖아요. 별관에서 청소하는 바이올렛 골드."

로즈미나가 눈썹을 치켰다.

"그 하녀한테 관심이 많구나, 라울."

라울은 물끄러미 맞바라보았다. 그가 선을 그었다.

"이번에는 케이트 같은 일 없을 테니까, 걱정하지 마요."

"없어야지."

로즈미나는 냉담하게 돌아앉아 피아노 뚜껑을 열었다. 이만 꺼지라는 뜻이었다. 라울은 정확하게 알아들었다.

그러나 그는 그 묵언의 명령을 무시하고 또 다른 질문을 던졌다.

"로즈. 정말 아가씨가 이렇게 결혼하게 둘 거예요?"

로즈미나가 멈칫했다. 라울은 횃횃한 시선으로 기다렸다. 아가씨라는 단어를 발음할 때마다 말투가 눈빛과 같은 방식으로 일그러졌다. 지독한 질투, 집념. 어쩌면 혐오에 가까웠다.

"그러면 유산은 당신 딸이랑 사위가 다 차지할 텐데. 안 아까워요? 그냥 넘겨줄 거야?"

라울이 바라는 정답은 명확했다. 아주 오래전부터 그는 탈출구를 갈망했다. 엘리자베스 메리요트 대신 라울과 로즈미나가 가문의 막대한 재산을 챙겨 이 쓸쓸한 저택에서 벗어날 방법이 있었다. 로즈미나도 분명 알고 있었다.

"……나가."

하지만, 이번에도, 역시.

"안녕히 계십시오, 마님."

라울은 마님이라는 호칭을 씹어뱉었다. 그가 음악실을 나가자 혼자 남은 로즈미나는 양손으로 얼굴을 쓸었다.

본관을 벗어난 라울은 화를 죽이지 않고 걸었다. 피아노 소리가 들렸다. 마님이 다시 연주를 시작했다는 뜻이었다. 라울이 미간을 확 찡그렸다. 그는 뒤돌다가 누군가와 부딪쳤다.

"아악!"

"윽!"

"어, 데이커 씨?"

"아, 레티."

레티 골드였다. 그녀가 자신을 얼떨떨하게 보고 있었다. 부딪친 어깨가 꽤 아팠는지 눈살을 찡그린 채였다. 라울도 무심코 팔을 문질렀다. 퍽 얼얼했다.

"시내는 잘 다녀왔어요?"

그러나 얼굴에 저절로 미소가 번졌다. 아까 로즈미나와의 대화로 머릿속이 복잡했지만, 저 동그란 잿빛 눈을 보니 다 잊히는 것 같았다.

"네, 잘 다녀왔어요."

형식적인 답변이었다. 레티는 어깨를 문지르며 한 걸음 물러섰다. 피아노 소리를 쫓아 여기까지 온 그녀는 한 가지 불쾌한 기억을 떠올렸다. 라울도 같은 생각이었다. 그가 쾌활하게 말했다.

"기억나요, 레티? 여기 우리가 처음 만난 곳이잖아요."

"네, 너무 잘 기억나네요."

레티가 불퉁하게 받아쳤다. 잊었을 리가. 괴한한테 끌려가는 줄 알고 무서웠다. 생각해 보니 그때와 지금의 상황이 비슷했다.

"그런데 레티, 좀 섭섭하네요. 대답은 그게 다예요? 제가 시내 잘 다녀왔냐고 물어봤는데, 더 구체적으로 대답해줄 수 없어요?"

"없는데요?"

"야박하네."

"제가 야박한 게 아니라 당신이 필요 이상으로 질척댄다는 생각은 안 해 보셨어요?"

레티는 평소보다도 솔직했다. 라울은 뻔뻔하게 웃어넘겼다. 그러더니 어쩐지 퍽 다정한 말투로 레티를 똑바로 바라보았다. 제법 진지한 태도였다.

"레티, 하나만 더 물어봐도 돼요?"

"안 된다고 해도 어차피 물어볼 거잖아요. 그러니까 그냥 물어보세요."

"하하, 감사합니다. 그게, 있잖아요. 엘리자베스 아가씨랑 언제 그렇게 친해졌어요?"

레티의 얼굴이 확 붉어졌다. 외려 라울이 당황했다. 이런 반응을 예상한 건 아니었다. 레티는 허겁지겁 라울의 시선을 피했다.

"그, 뭐, 친한 건 아니고요. 아가씨가 워낙 친절하신 분이니까, 같이 대화하기도 편하고 그래서, 그래서 그렇게 된 거예요."

거짓말 진짜 못하네. 라울은 우왕좌왕하는 레티를 보며 안쓰러움 반, 부러움 반을 느꼈다.

나도 저런 어설픈 언행으로 버틸 수 있는 세상에 살았더라면.

"맞아요. 엘리자베스 아가씨가 친절하긴 하시죠. 그럼 저는 먼저 가 볼게요, 레티. 가던 길 가세요."

라울은 담백하게 장단을 맞춰주었다.

"아아, 네. 안녕히 가세요, 데이커 씨."

라울은 꾸벅 인사한 뒤 레티를 지나쳤다. 레티는 자신의 미욱한 반응을 깊이 통탄하며 제자리에서 서성거렸다. 그사이 피아노 소리는 그쳤다. 더는 여기서 미적거릴 이유는 없어졌지만, 라울과 같은 방향으로 걷기 싫은 마음에 레티는 속으로 열까지 센 뒤에야 느린 걸음을 디뎠다.

음악실 쪽에서 온전히 멀어지기 전, 레티는 어깨 너머로 곁눈질을 던졌다. 천재라고 불릴 재능을 갖추었으면서도 더는 연주하지 않는 남작 부인, 딸에게 외로움을 가르친 여인에 대해 궁금해하며.

레티는 시선을 거두었다. 곧 어스름만 남았다.

며칠 뒤, 헤스터 모르슨의 병세가 너무 심해져 드디어 그녀를 요양원에 보냈다는 사실이 알려졌다. 헤스터는 인사도 하지 않고 떠났다. 다른 사람들을 알아보지 못할 정도로 치매기 심해졌다고 한다.

손님들이 저택에 도착하기 전이었다.

제4장. 꿈의 종말

저택 곳곳에 전에 없던 생기가 돌았다. 어느샌가 겨울이 들이닥쳤지만, 사용인들이 매일 부지런히 저택 안을 쏘다니는 열기에 추위가 무색할 정도였다.

이맘때가 한 해 중에 가장 바쁜 시절이라는 말은 과언이 아니었다. 레티도 별관 청소를 끝내고 다른 곳에 줄곧 불려 다녔다. 손님방을 정돈해야 했고, 의자를 재배치해야 했고, 복도를 닦아야 했고, 문에 기름칠을 해야 했다.

레티는 바쁘다는 사실이 기뻤다. 온종일 몸이 고단하여 머리가 복잡해질 겨를이 없었기 때문이다. 일주일간 저택에 머물 손님 중 절반가량이 어떤 목적을 갖고 무도회에 참석하는지 곱씹느니 몸이 피곤한 쪽이 차라리 나았다. 일부러라도 노동에 몰두하는 와중에 레티는 마음을 한층 더 심란하게 휘젓는 일을 맞닥트렸다.

"흑, 흐윽……."

"조세핀?"

조금 열린 창고 문 틈새로 낮은 흐느낌이 새어 나왔다. 때마침 복도를 지나던 레티는 놀라서 그 안을 들여다보았다. 전혀 예상하지 못했던 풍경이 안에 펼쳐져 있었다.

"조세핀, 우, 울어? 괜찮아? 무슨 일이야?"

"그냥 꺼져."

조세핀은 흐느끼는 사이사이로 평소처럼 까칠하게 내뱉었다. 레티는 굴하지 않고 용감하게 다가갔다. 우는 사람을 발견했는데, '응, 알겠어. 너 혼자 잘 울고 있으렴.' 하고 유유히 사라질 수는 없었다. 레티는 조세핀을 열심히 달랬다. 이미 축축해진 조세핀의 손수건을 대신해 자신의 손수건을 빌려주기까지 했다.

부르튼 눈가를 닦고 코를 여러 번 풀고 난 뒤, 조세핀이 마지못해 웅얼거렸다.

"고마워, 신입."

"아니야. 별것도 아닌데, 뭐."

레티가 머쓱하게 대답했다. 분위기가 굉장히 어색했다.

조세핀은 평소에 쌀쌀맞게 굴던 상대 앞에서 본의 아니게 엉엉

울었다는 점이 창피해서 숨고 싶었다. 레티도 별로 친하지도 않은 사람의 치부를 엿본 것만 같아서 민망하기 짝이 없었다.

"그런데 조세핀, 실례가 아니라면 왜 울었는지 물어봐도 될까? 내가 도울 수 있는 게 있다면 돕고 싶어."

어색한 침묵을 깨트리기 위해서라도 레티는 서둘러 말을 쏟아냈다. 조세핀은 얼굴을 찡그렸다. 그녀가 화를 내려는 줄 알고 레티는 움츠렸다. 그러나 조세핀은 그저 한숨과 함께 흐느낌을 토하며 다른 이의 이름을 씹어뱉었다.

"케이트, 그 나쁜 년……."

"케이트?"

"편지해도 답장이 없고, 먼저 편지하지도 않아. 나한테 인사도 없이 일을 그만뒀으면 해명쯤은 해야 하는 거 아니야?"

"케이트가 어디 사는지 알아? 가서 직접 물어보는 건 어때?"

"그러고 싶진 않아. 차인 전 애인이 갑자기 집 앞에 나타난다고 생각해 봐. 그만큼 구질구질한 게 없다고. 걔가 날 일방적으로 찬 거잖아, 그렇지? 그만둔다고 한마디 말도 없이, 작별 인사도 안 하고, 설명도 없고……."

조세핀은 계속해서 한탄했다. 레티의 마음에는 진정한 연민이 들어찼다. 엘리자베스와 비밀 연애를 시작했기에 더욱 생생히 조세핀의 사연에 몰입할 수 있었다.

엘리자베스가 갑자기 이유도 예고도 없이 그녀를 해고했다면. 별관 청소를 담당한 하녀를 하루아침에 바꿨다면. 제정신을 유지할 수 있었을까? 조세핀처럼 까칠해지지 않을 자신이 있나? 후임으로 뽑힌 하녀를 미친 듯이 질투했을지도 몰라. 자기 대신 아가씨의 서재를 청소하며 아가씨와 온갖 비밀을 속닥일 그 하녀를 존재 자체만으로 미워할 수도 있겠지.

레티는 이제야 조세핀이 느끼는 실연의 아픔을 이해할 수 있었다.

게다가 우느라 빨갛게 부어오른 눈가 탓에 조세핀은 처량하고 연약하게 보였다. 평소처럼 사납고 차갑기만 했다면 껄끄러웠을 테지만 지금 조세핀을 향한 레티의 마음은 온화하기 그지없었다.

"적어도 편지에는 답장해 줄 줄 알았어. 정말 집 앞까지 찾아가는 구질구질한 수준에 이르기 전에 내가 싫다고 확실하게 말해 줬으면 좋겠다고. 이렇게 사라져 버리는 건 진짜 아니잖아."

레티는 이어지는 하소연을 묵묵히 들어 주었다. 그간 조세핀이 얼마나 답답했을지 이해할 수 있었다. 그녀의 눈물이 남의 얘기 같지 않았다.

조세핀은 동료 하녀를 사랑했다는 이유만으로 정상이 아니라는 비난을 들었다. 레티도 세간의 질책이 두려워 연정을 당당하게 드러내지 못했다. 조세핀은 갑작스럽고 불가사의한 실연에 아파했고, 레티 역시 강제된 이별을 앞두고 있었다.

지금 레티의 심장을 후비는 연민은 강 건너 불 보듯 공허한 동정이 아닌 본인의 가슴이 찢어진 것처럼 생생한 공감이었다.

"라울 데이커한테 가서 케이트 소식 들은 거 없냐고 물어볼 생각까지 했다니까. 결국 안 했지만. 그건 진짜 비참할 것 같아. 둘이 바람난 거 알았을 때도 제대로 따지고 들지도 못했는데……. 더 좋아하는 쪽이 진다더니, 진짜……."

라울의 이름까지 언급되자 레티는 망설였다. 미친 척하고 조세핀한테 물어볼까? 케이트가 바람난 상대가 정말 데이커뿐인지, 아니면 혹시 엘리자베스 아가씨와도 관계가 있었는지. 엘리자베스 본인에게는 물어볼 엄두조차 못 내는 질문이었다.

"나, 일 그만둘 거야. 축제 끝나고 나면."

조세핀이 불쑥 말했다. 레티는 케이트와 엘리자베스의 관계에 대해 물어보려던 것도 잊을 정도로 당황했다.

조세핀은 손등으로 눈가를 닦았다. 더는 눈물이 흐르지 않았다. 예전보다 훨씬 누그러진 얼굴로 레티를 보며, 조세핀이 덧붙였다.

"더는 여기 못 있겠어. 이곳만큼 좋은 조건으로 일할 수 있는 곳도 별로 없으니 바보짓을 하는 건가 싶기는 한데……. 그래도, 여기는 이제 싫어. 지긋지긋해."

이곳에는 사랑하던 사람과의 추억이 가득했다.

케이트는 하루하루 짜릿함을 즐기며 살던 사람이었다. 조세핀은 모든 게 그 애에겐 불장난이었을지도 모른다고 생각했다. 성별과 신분도 상관없이, 그냥 순간순간의 쾌락을 좇는 어른의 유희를 즐겼을 뿐이라고. 자신은 마음 바쳐 매달릴 동안 케이트는 한 철의 놀이를 추구했다고 생각하자 허탈감이 몰려왔다.

조세핀은 억지로 마음을 다잡았다. 아직 남은 그리움과 미련을 어떻게든 끊기로 했다. 꿈 같던 사랑은 이제 끝났다. 케이트는 사라졌으니, 이제 그 애를 포기해야겠지. 다른 누구도 아닌 자신을 위해.

그러나 영영 잊을 수는 없으리라. 흐릿한 추억으로나마 죽는 날까지 떠오를 사랑이었다.

“다른 사람한테는 비밀로 해 줄래? 나중에 내가 새먼 부인한테 정식으로 말씀 드릴 거야.”

“으, 응. 알겠어, 조세핀. 다른 사람한테는 말하지 않을게.”

“고마워, 레티.”

그날 처음으로 조세핀은 신입을 레티라고 불렀다. 레티는 머쓱했지만, 싫지는 않았다. 그렇다고 좋지만도 않았다. 조세핀의 얼굴에는 여전히 물기가 반짝이고 있었다. 마음이 불편했다. 조세핀의 모습이 꼭 제 미래 같았다. 사랑에 실패하고 저택에서부터 도망치는 것.

조세핀은 이미 꿈의 종말을 받아들였지만 레티는 그러지 못했다. 그녀는 여전히 꿈속에서 힘없이 끝을 기다렸다.

엘리자베스는 레티가 청소하는 모든 곳에 함께했다.

레티가 서재를 청소할 때는 서재에서, 레티가 침실을 청소할 때는 침실에서 머물렀다. 레티가 욕실과 복도를 청소할 때도 근처를 서성였다.

꿈 같은 3주가 지나 무도회 전날이 되었다.

"레티."

엘리자베스가 간절하게 불렀다. 레티는 못 들은 척 청소를 이어갔다. 서재 창문은 이미 반짝반짝했지만, 레티는 애인을 등진 채 계속해서 같은 부분을 벅벅 문질렀다.

창밖의 하늘이 청명했다. 헐벗은 햇살에 눈이 찔릴 것만 같았다.

"레티."

엘리자베스가 재차 부르며 레티에게로 사뿐히 다가가 늘씬한 허리를 꽉 끌어안았다. 부드러운 가슴이 척추를 누르자 레티가 숨을 참았다. 창문을 문지르던 걸레가 손안에서 구겨졌다.

"레티, 이제 내가 싫어진 거야?"

엘리자베스가 구슬프게 중얼댔다. 그녀가 입술로 레티의 목을 훑었다. 말캉한 감촉이 덜미에 온기를 남겼다. 레티가 눈을 질끈 감았다. 잠시 뒤, 레티는 눈을 뜨며 손을 허리로 내렸다. 그녀는 제 배에 포개진 엘리자베스의 손을 꾹 싸쥐었다.

"그럴 리가요, 아가씨."

레티가 탄식하며 엘리자베스를 살짝 밀어냈다. 엘리자베스는 절망을 느끼며 물러섰다. 하지만 레티가 엘리자베스를 곧 다시 당겼다. 방금 밀어낸 건 그저 충분한 공간을 확보하기 위함이었다.

레티가 엘리자베스를 마주했다. 하녀가 걸레를 내려놓고 아가씨의 목에 팔을 감았다. 서재 문은 잠겨 있었다. 처음 입을 맞춘 뒤로 레티는 늘 방문을 잠갔다. 다른 사람들과 차단된 공간 속에서 단둘이 있는 힘껏 사랑하기 위함이었다.

"당신이 싫지 않아요. 싫을 리가 없잖아요."

차라리 싫었다면 홀가분하겠지. 이렇게 괴로울 리가 없잖아.

레티는 울음이 터지려는 걸 참으며 먼저 키스했다. 엘리자베스는 기꺼이 입술을 열어 받아들였다. 혀가 촉촉하게 뒤엉키며 끈적한 소리를 냈다. 허리와 가슴의 굴곡이 빈틈없이 맞물렸다.

"아아, 레티."

엘리자베스가 틈틈이 신음했다. 레티는 입맞춤에 집중했다.

옛날에는 조금만 스쳐도 과일처럼 붉어지며 버벅대더니, 막상 사랑을 시작하고 나자 과감하기 그지없었다. 수줍음도, 갈망도 숨길 줄을 몰랐다.

엘리자베스는 그 무모함을 사랑했다. 그녀의 세상에서는 결코 존재할 수 없는 무모함이었다.

"아가씨, 있잖아요. 만약, 만약에 말이에요."

레티가 절박하게 속삭였다. 청소는 어느새 뒷전이었다.

오늘이 가장 바쁜 날이었다. 당장 내일 손님들이 도착할 것이다. 그중에는 일대의 귀족 차남들과 부유한 상인들, 그리고 엘리자베스의 사촌들이 포함되었다.

엘리자베스의 남자 사촌들은 그녀의 결혼을 반대했다. 메리요트 가문의 유일한 직계 후손이자 상속녀인 그녀가 평생 독신으로 남는다면 언젠가 이 가문의 재산은 저들에게 배분될 테니까.

반면 귀족 차남들과 부유한 상인들은 엘리자베스의 결혼에 열렬히 찬성했다. 정확히 말하자면, 각자 자기가 그녀와 결혼하는 미래를 노렸다.

이 나라에서는 장남은 아비의 유산을 대부분 물려받지만, 차남은 극히 일부만을 상속받을 뿐이었다. 부친이 죽고 나면 차남은 이전과 같은 부를 누리지 못한다는 뜻이었다. 하지만 엘리자베스와 결혼해 상속녀의 남편이 된다면 메리요트 가문이 소유하는 모든 땅과 돈의 주인이 될 수 있었다.

부유한 상인들은 작위를 노렸다. 재력으로만 따진다면 웬만한 귀족 부럽지 않은 상인들에게도 열등감이 있었다. 바로 신분이 평민이라는 것이었다. 귀족 아가씨와 결혼하면 그 점이 해결될 것이었다. 게다가 메리요트 남작이 남긴 막대한 유산도 제 것이 되니, 일거양득이었다.

그리고 그중 아무도 엘리자베스의 속사람에는 관심이 없었다. 돈과 땅을 계산하며, 그녀의 겉모습을 탐할 뿐이었다.

엘리자베스에 대해서는 아무것도 모르는 이들이 내일이면 짐승 떼처럼 당도할 것이다.

"아가씨가 끝까지 결혼하지 않고 독신으로 남으면 어떻게 돼요?"

만약 엘리자베스가 아무와도 결혼하지 않으면 어떻게 될까.

"그럼 어머니가 계속해서 재산을 관리하시겠지. 그러다 돌아가시고 나면, 재산은 남자인 사촌들한테 분배될 거야. 나는 빈털터리가 될 거고."

엘리자베스가 나직하게 대답했다. 녹색 눈에 고통이 가득했다. 엘리자베스는 안경을 벗고 있었다. 요즘 그녀는 안경을 쓰는 일이 드물었다. 레티와 마음이 통하기 전에는 조용히 책 속의 세계에 몰두하기 위해 안경을 썼지만, 요즘은 그럴 필요가 없었다. 게다가 안경은 입맞춤을 방해했다.

"미혼 여자는 재산권을 가질 수 없어, 레티. 어머니가 지금 이 가문의 재산과 영지를 관리하시는 건, 그분이 돌아가신 아버지의 대리인이기 때문이야. 결혼하지 않는 이상 나는 그냥 힘없는 딸이야. 나중에 어머니가 돌아가시면 나는 사촌들의 자비에 기대야 해. 그리고 그 사람들은……."

천박한 작자들이었다. 적어도 엘리자베스의 아버지는 생전에 그렇게 욕했다. 상업으로 돈을 번 천박한 부류라고 전통 귀족 메리요트 남작은 늘 경멸을 담아 말했었다.

엘리자베스는 상업이 천박한 직종이라는 부친의 말에 무작정 동의하지는 않았다. 하지만 어릴 적부터 그런 말을 들으며 컸으니 마음이 가까울 리 없었다. 직업과는 별개로 사촌들의 사람 됨됨이도 썩 훌륭하지 않았고 물리적인 거리도 굉장히 멀었다. 전부 타지에 터전을 일구고 살아가 사실상 남과 다름없었다. 그들에게 노후를 의탁해야 한다니 상상만으로 끔찍했다.

"나는 결혼해야 해. 친척들 눈치 살피면서 혼자 늙어가지 않으려면. 그런 건 무서워, 레티. 그때 가서 누가 날 챙겨주겠어. 그냥 짐만 되는 노인일 텐데. 확 죽어버리길 원할지도 모르지."

사실 지금도 어떤 사람들은 그녀의 죽음을 바랄지도 모른다. 연인을 안은 엘리자베스의 팔에 힘이 들어갔다. 처음으로 엘리자베스가 울음을 터트렸다.

"미안해, 레티, 미안해, 정말 미안해. 다 내 이기심이야. 너한테 입 맞추지 말아야 했어. 네가 좋다느니 뭐니, 다 잔인한 말이었어."

엘리자베스가 서럽게 흐느꼈다. 레티는 자신도 무너지고 싶은 걸 참으며 연인의 뺨을 감쌌다. 레티는 입술로 엘리자베스의 눈물을 닦았다. 그러고는 짠물이 묻은 입술을 그대로 상대방에게 포갰다.

"이렇게 헤어질 거였으면 내가 참는 게 나았겠지, 그렇지?"

엘리자베스가 울먹였다. 덜컹대는 마차 안에서 고작 일주일 동안 자라난 마음에 충동적으로 온몸을 맡기지 않았더라면, 지금 덜 불행했을까. 평범한 상전과 하녀인 척하며 아무렇지 않게 책 얘기를 하고 있었을지도 몰랐다.

"글쎄요, 아가씨. 저는 잘 모르겠어요."

레티는 솔직하게 대답했다. 그녀가 엘리자베스의 짠 입술에 다시 달콤한 살을 내렸다. 타액인지, 눈물인지, 온통 축축했다.

"저도 아가씨랑 같은 생각을 해 보지 않은 건 아니에요. 차라리 둘 다 참았으면 지금 훨씬 덜 힘들었을까, 하고. 그런데 아무것도 안 하고 후회하는 쪽이 더 힘들어요."

레티가 입술을 떼고 엘리자베스의 뺨을 조심히 문질러 닦았다. 제 품에 안겨 비 맞은 고양이처럼 오들오들 떠는 연인을 지킬 힘이 없는 게 한스러웠다.

"그때 아가씨가 참았으면, 저도 참았을 거예요. 당신도 아시잖아요. 아가씨가 다가오신 덕분에 용기 낼 수 있었어요. 아가씨 덕분에 제가 더 자유로워졌고, 더 건강해졌어요. 그러니까 후회는 없어요. 오히려 감사해요, 아가씨."

하마터면 평생을 자책하며 살았을 뻔했다. 자기는 비정상도 아니고 정신병자도 아닌데 세상의 시선 때문에 늘 숨어 살 뻔했다. 엘리자베스가 자신을 살렸다. 그러니 결코 후회는 없다고, 레티는 꾸밈없이 털어놓았다.

"차마 괜찮다고는 못 하겠어요. 아가씨가 누누이 말하듯, 제가 거짓말에는 영 재주가 없어서. 그래도 견딜 만하니까, 지금 너무 슬퍼도 후회는 없으니까……. 제발, 아가씨도 조금 덜 슬퍼하셨으면 좋겠어요."

어쩌면 서로를 금방 잊을 수 있지 않을까. 고작 한 달간이었다. 수많은 사람이 수많은 이유로 연애했다가 수많은 이유로 이별하지만 잘만 살아갔다. 우리도 그럴 수 있을 것이다. 그렇게 될 것이다. 레티는 자기 세뇌에 매달렸다.

"나는 못 견디겠어."

엘리자베스가 흐느꼈다. 그녀가 레티를 와락 끌어안았다. 이번에는 입을 맞추지 않고 목에 얼굴을 파묻었다. 레티는 엘리자베스의 떨리는 몸을 다정하게 다독였다.

"나 정말, 정말 결혼하기 싫어, 레티……."

원래도 결혼 따위 하고 싶지 않았는데, 연인과의 이별이 맞물리자 더욱 괴로웠다.

케이트 때보다도 더 힘들었다. 그때는 상대방의 마음에 대한 의심이 가득했다. 날 사랑할까, 라울이랑 조세핀랑은 얼마나 진실된 사이일까, 내 물건을 훔쳤을까, 밤낮을 설치며 고통받곤 했다.

그 고통 자체가 너무 커서 막상 케이트가 작별 인사도 없이 사라졌을 때, 이별의 아픔은 오히려 뭉툭했다. 슬프기보다는 황당했고, 현실감이 없었다. 지금처럼 아픔이 생생하게 찌르지 않았다.

엘리자베스는 레티를 좋아했고 레티도 엘리자베스를 좋아했다. 차라리 한쪽의 마음이 일찌감치 식었더라면 조금 더 쉽게 견딜 수 있었을 텐데. 서로 좋아하면서도 헤어져야 하는 건 비참했다.

"널 좋아해, 레티."

엘리자베스가 속삭였다. 그녀는 곧바로 덧붙였다.

"레티, 사랑해."

좋아한다는 말은 거듭 전해 봤지만 사랑한다는 말은 처음이었다. 우스웠다. 처음 만난 건 고작 한 달 전, 서로 마음을 확인한 건 3주 전이었다.

"……저도 사랑해요, 엘리자베스 아가씨."

하지만 세상의 어떤 마음은 숫자로는 표현할 수 없었다. 숫자에 가둘 수 없었다.

"사랑해요, 아가씨. 사랑해요, 사랑해요, 사랑해요."

찰나의 감성이라 비웃을지 모르지만 지금만큼은 진심이었다. 고백하지 않고 미련을 남기는 것보다는 모조리 털어놓는 쪽이 나았다. 후회할 시간조차 없을지도 몰랐다.

두 사람은 다시 입을 맞췄다. 혀와 입술의 화음이 전신을 불꽃처럼 달궜다. 곧 레티의 등이 서재 소파를 눌렀다. 엘리자베스가 연인을 몸으로 덮었다. 레티는 계속해서 입을 맞췄다. 하녀의 손이 아가씨를 어루만졌다. 거침없는 와중에도 동작은 자상했다.

두 연인은 미래를 생각하지 않았다. 다만 종말이 다가오고 있음을 알았다.

라울은 단풍나무 숲 호숫가의 조용한 곳에 드러누워 풀을 씹으며 생각에 잠겨 있었다. 내일부터 도착하는 손님들과 엘리자베스 아가씨에 관한 생각이었다.

'그 사람이 계속 독신으로 남으면 로즈가 계속해서 재산을 관리할 수 있어.'

파란 눈이 골똘히 생각에 몰두했다. 엘리자베스 메리요트의 존재 자체가 그에게는 껄끄러웠다.

'아니면, 다른 방법은…….'

그때 부스럭대는 소리가 들렸다. 라울은 혹시 독사일까 봐 벌떡 일어나 앉았다. 하지만 풀과 나무를 헤치고 나아온 이는 뱀이 아닌 인간이었다.

"어, 레티?"

아니, 당신이 왜 여기에 있어?

레티는 습관적으로 라울에게 딱딱거릴 뻔했다.

"안녕하세요, 데이커 씨. 여기서 뭐 하세요?"

"그냥, 이것저것 생각 중이었죠. 그런데 레티, 울었어요?"

습관적으로 상대방의 얼굴을 뜯어보던 라울이 눈을 동그랗게 떴다. 레티는 서둘러 눈가를 문질렀다. 짠물을 머금은 뺨이 통통했다. 레티는 괜히 부끄러워졌다.

"아니요? 청소하다가 눈에 먼지가 들어가서 빨간 것뿐이에요."

"그냥 빨간 정도가 아니라, 완전 퉁퉁 부은 느낌인데."

"……먼지 들어간 게 아파서, 눈물이 좀 나와서 그런가 봐요."

"아하."

'조금'이 아닐 텐데. 하지만 라울은 더는 캐묻지 않았다. 오늘만큼은 레티를 괴롭히고 싶지 않았다.

"산책하러 나온 거예요?"

"네."

"그럼 산책 즐기다 들어가세요. 조심하시고요. 숲에 독사가 있을 수 있어요."

"네, 저도 알아요. 어쨌든 감사합니다."

다른 사람들은 아가씨와 하녀의 관계에 대해서 꿈도 꾸지 못하고 있지만, 레티에게도 엘리자베스에게도 관심이 많은 라울은 예전부터 낌새채고 있었다.

게다가 라울은 엘리자베스가 예전에 케이트와 연인 사이였다는 사실을 알고 있었다. 그는 유연하게 사고했다. 여자끼리 정분이 날 수 있다는 가능성을 아예 고려조차 하지 않는 사람들과는 달랐다.

“그럼 이따 봐요, 레티.”

라울은 내일 저택에 도착하는 손님들이 레티에게는 어떤 의미일지 넉넉히 짐작했다.

괴롭겠지. 레티는 케이트와 달랐다. 케이트는 눈 하나 깜짝하지 않았다. 애초에 엘리자베스의 지순한 연정 따위는 바라지도 않았다. 라울 본인도 케이트의 그런 면에 끌렸다. 자신도 똑같은 놈이니까. 만약 지금 아가씨의 약혼으로 인한 이별을 앞둔 이가 케이트라면, 저도 굳이 위로하려 들지 않았을 것이다.

레티는 달랐다. 레티 골드는 저와는 너무 달라 라울의 마음을 불편하게 했다.

“네, 나중에 봐요, 데이커 씨.”

착하고 예의바르기도 했다. 그를 싫어하는 게 눈에 딱 보이는데, 한 달 내내 마주칠 때마다 매번 저렇게 깍듯하게 인사한다. 라울은 쓴웃음을 삼켰다.

정원사가 멀어졌다. 레티는 호숫가에 쭈그려 앉았다. 저절로 한숨이 나왔다. 아까 서재에서 엘리자베스와 나눈 대화 때문에 심란한 마음을 라울 데이커와의 만남이 한층 부추겼다. 연인의 결혼 때문에, 마음이 찢기듯 아팠다.

그 순간 풀숲이 흔들거렸다. 레티는 온 신경을 곤두세웠다.

"헉."

뱀이었다. 레티가 벌떡 일어났다. 그녀는 눈살을 찌푸렸다. 작고 검은 뱀이 겨울이라 쪼그라든 풀 사이를 느릿느릿 징그럽게 헤치고 있었다.

'저것들은 동면도 안 하네.'

날이 추워졌다지만 아직 뱀들이 모두 동면에 들어갈 시기는 아니었다. 설령 동면한다 한들 가끔 움직이는 뱀이 있다고 들었다. 안 그래도 엘리자베스한테도 라울한테도 뱀을 조심하라는 조언을 들었다. 레티는 그 조언을 받아들이기로 했다. 그녀가 돌아서서 숲을 빠져나갔다. 사람 없는 숲에 작은 독뱀만 속살거렸다.

숲을 벗어난 레티는 제임스를 맞닥뜨렸다. 붉어진 눈가를 들키고 싶지 않다는 생각에 레티는 평소보다도 활짝 웃었다. 쾌활한 인사가 우울한 기색을 덮어주었으면 했다.

"안녕하세요, 레티."

제임스는 머뭇머뭇 수줍게 화답했다. 레티가 친절하게 물었다.

"지금 어디 가세요, 제임스?"

"아, 마구간으로 갑니다. 조금 손볼 게 있어서요."

"저는 별관 가는데, 그럼 같이 가실래요? 같은 방향이니까."

"아, 네, 그러죠."

두 사람은 나란히 걸었다. 레티가 대화를 주도했고, 제임스는 레티의 이야기를 경청하며 맞장구를 쳤다. 대화의 소재는 평범했다. 날씨, 말, 음식, 무도회, 그놈의 무도회, 또 무도회. 아무래도 무도회가 가장 큰 주제일 수밖에 없었다. 무도회와 축제. 모두가 그 얘기를 했다. 레티는 그 이야기가 싫었다. 예정된 끝이 절망스러웠다. 그때쯤이면 엘리자베스는 다른 이의 약혼자가 되어 있을 테다.

"모두들 정신 없이 바빠요. 무도회 전날이어서 그런가봐요."

"뭐, 그러게요."

예의상 대화를 이어가기 위해 마음에도 없는 말을 재잘대던 레티는 제임스의 대답을 듣고 멈칫했다. 시큰둥한 건지 시무룩한 건지 제임스는 다소 의기소침한 태도였다.

레티는 의아해서 그를 곁눈질하다가 매끄럽게 말을 이었다.

"그래도 덕분에 저택을 예쁘게 꾸며서 보기 좋아요. 괜히 뿌듯하기도 하고요."

"네, 네. 그렇네요."

"어쨌든, 제임스, 일 잘 마무리하길 바랄게요."

"저기, 레티."

"네?"

돌아서려던 레티를 제임스가 소심하게 불렀다. 그는 레티의 시선을 어물쩍 피하며 질문했다.

"왜 저한테 이렇게 잘해 주세요?"

레티는 당황스러웠다. 그녀는 눈을 끔뻑이다가, 예의를 잃지 않고 대답했다.

"그야, 같이 일하는 사이니까요."

그러고는 제임스가 반응을 보이기 전 최대한 멀어졌다.

'뭐야…….'

침착한 태도를 유지했지만 순간 꺼림칙했다. 왜 이렇게 잘해 주냐고? 대체 질문의 의미가 뭐지? 같은 저택에서 일하면서 굳이 척질 이유는 없잖아.

게다가 제임스는 괜찮은 사람이었다. 사람이 조금 어색하고 어설픈 면이 있기는 하지만, 그래도, 점잖고 정중한…….

〈저만 너무 경계하지 마시고 주위를 잘 둘러보세요, 레티. 특히 제임스, 그 마부 조심하시고요.〉

순간 라울 데이커의 나긋한 목소리가 난입했다. 레티는 얼굴을 확 찡그렸다.

제5장. 상속녀 쟁탈전

손님들은 오후부터 도착할 예정이었다.

가장 가능성이 큰 남편 후보로 꼽히는 헤르멘 자작의 차남 루카스와 거대 공장의 소유주인 모란 경의 외아들 라이언도 예외는 아니었다.

"아가씨, 다 되었습니다."

하녀가 화장을 마칠 동안 눈을 감고 있던 엘리자베스가 스르르 눈을 떴다. 거울 속에 낯선 이가 보였다. 조용히 책을 들여다보던 아가씨가 화려한 사교계의 여인으로 바뀌었다.

너무 짙지도 옅지도 않은 화장이 입술과 볼을 봄빛으로 물들였다. 목, 귓불, 팔목에 장신구가 반짝였다. 집에 있을 때는 편하게 땋아 내리고 외출할 일이 있으면 가볍게 틀어 올릴 뿐인 머리칼이 오늘은 정교한 방식으로 고정되어 우아함을 덧입혔다.

엘리자베스는 거울 속의 여인을 물끄러미 바라보았다. 이번 축제의 전리품, 남자들이 쟁탈해야 할 상속녀였다. 연극의 배우조차 될 수 없었다. 엘리자베스는 소품이었다.

"고마워. 수고했어."

엘리자베스가 담백하게 대답했다. 하녀는 말없이 꾸벅였다.

지금 레티를 불러 자신의 모습을 보여주면 예쁘다고 칭찬해줄지 궁금했다. 울음을 삼키며 고개를 돌리려나? 둘 다 엘리자베스가 원하는 모습은 아니었다.

차라리 케이트가 여기 있었으면 했다. 그랬다면 이렇게까지 마음이 무너지지는 않았을 것이다.

"본관으로 가자."

"네, 아가씨."

본관에는 메리요트 남작 부인이 기다리고 있으리라. 엘리자베스의 어머니, 즉 상속녀의 법적 보호자로서, 남작 부인의 역할이 컸다.

하녀가 엘리자베스의 어깨에 숄을 둘렀다. 상속녀는 품위를 잊지 않고 움직였다. 가는 길에 레티는 보이지 않았다.

엘리자베스는 외롭다고 생각했다. 처음 시장에 자기 자신을 내놓는 날이었다.

겨울날의 해는 짧았다. 하늘 언저리는 노을빛에 잠기는 듯했다.

저택의 본관은 궁전처럼 꾸며졌다. 공작이나 후작도 아닌, 고작 해야 남작이면서 뭘 이리 화려하게 준비했느냐고 비웃을 자는 아무도 없었다. 이 시골 영지에서 메리요트 남작가는 왕실이나 다름없었다. 그 가문의 안주인은 여왕과 비등한 위엄으로 응접실에서 기다렸다.

문 두드리는 소리가 났다. 창가에 서서 정원을 내다보던 로즈미나가 돌아보며 불렀다.

"들어오렴."

문이 열리고 딸과 하녀가 들어왔다.

내 딸, 엘리자베스 메리요트.

로즈미나가 살짝 찡그렸다. 엘리자베스는 저도 모르게 움찔했다. 때때로 엘리자베스는 어머니의 얼굴에서 저런 표정을 발견하곤 했다. 영문을 알 수 없는 표정은 매번 금세 매끄럽게 가라앉았다. 엘리자베스는 그 표정이 어떤 감정을 담고 있는지조차 가늠할 수 없었다.

"어머니, 안녕하세요."

"예쁘네."

엘리자베스가 인사하자 로즈미나가 담담하게 평가했다. 엘리자베스가 긴장으로 손끝을 오므렸다.

어머니에게 외모에 대한 칭찬을 들을 때마다 엘리자베스는 감격스러운 한편으로는 초조했다. 로즈미나 메리요트는 객관적으로 미인이었다. 그토록 아름다운 어머니가 제게도 예쁘다고 말해주면 어머니로부터 인정을 받은 기분이었다. 하지만 외려 바로 그런 점이 엘리자베스를 절망에 빠뜨리기도 했다. 닮은 구석 없이 예쁠 뿐이었으니까.

딸이 어머니를 닮아 참 미인이라고 번지르르한 칭찬을 늘어놓는 아첨꾼들을 많이 만나 봤다. 그딴 말이 쏟아질 때마다 엘리자베스는 속이 탔다.

닮았다고? 미인으로 봐줘서 고마운데, 그건 아니야. 당신들도 그 말이 거짓인 걸 알잖아. 어머니와 나는 하나도 닮지 않았어.

그런데 어머니를 닮아 참 미인이라니, 조롱 같았다.

자신을 종종 타인처럼 보는 모친에게 인정받고 싶어서 억지로 피아노 연습에 매진하던 시절도 있었다. 하지만 아무리 노력해도 어머니는 태도를 바꾸지 않았다. 딸은 곧 포기했다.

"앉으렴. 루카스 헤르멘과 그의 일행이 방금 역을 지났다고 하더라. 곧 도착할 거야."

"네, 어머니."

"생각은 해 봤니? 누구랑 결혼하고 싶은지?"

"제게 선택권이 있는 거였어요?"

엘리자베스가 신랄하게 비꼬았다. 맞은편에 앉은 로즈미나는 잔잔히 대답했다.

"그럼, 물론이지, 엘리자베스. 나는 보잘것없는 집안의 딸이라 팔려 오듯 시집 와야 했지만, 너는 달라. 이 집안의 상속녀인 너는 충분히 영향력을 행사할 수 있어."

엘리자베스가 목소리를 쥐어짰다.

"어머니도 귀족이잖아요. 보잘것없는 집안은 아니었어요."

"귀족도 다 같은 귀족이 아니란다. 사실상 몰락한 처지였지. 같은 남작가여도 영지의 규모가 달랐어."

신흥 상업이 발달하며 전통적인 신분제가 흔들리는 시대. 엘리자베스의 외가는 망해가는 귀족 가문이었다. 그나마 딸의 미모를 팔아서 메리요트 남작가와 사돈을 맺는 데는 성공했다. 딸의 의견 따위 중요하지 않았다. 그러나 그마저도 오래가지 못했다. 처음에는 로즈미나의 미모에 혹했던 메리요트 남작은 얼마 못 가 그녀에게 흥미를 잃었다. 형식적인 결혼이었다.

"너는 상황이 달라. 주어진 힘을 최대한 활용하렴. 알겠지?"

"……네, 어머니."

기가 막혔다. 남작 부부 사이에 한 톨의 연정도 없었음은 이미 알고 있지만, 그렇다고 굳이 그걸 딸의 앞에서 폭로해야 했을까.

팔려 오듯 시집왔다고 꼭 그리 말했어야 했나.

다 알고 있었지만, 이미 다 알았지만. 그럼에도 그 말이 새삼 아팠다. 엘리자베스가 무표정 아래에서 오랜 상처를 삭였다.

집사가 노크했다.

"마님, 아가씨. 루카스 헤르멘 도련님과 소피아 헤르멘 아가씨, 에밀리 룩우드 아가씨께서 도착하셨습니다."

"전부 응접실로 모셔 올래? 고마워."

"네, 마님."

집사가 인사하며 지시를 수행했다. 로즈미나는 치마를 정리하며 자리에서 일어났다. 엘리자베스도 따라서 몸을 일으켰다.

사람들을 만날 생각에 손바닥에 식은땀이 맺혔다. 루카스와 소피아는 예전에 몇 번 만나 본 적 있지만, 별로 친하지는 않았기에 사실상 완벽한 남이었다. 게다가 남매의 친구라는 에밀리 룩우드는 아예 초면이었다.

아, 레티 네가 곁에 있었다면. 그렇다면 낯선 사람 수백 명이 지금 저 문을 통해 달려들더라도 웃을 수 있을 텐데.

다시 노크 소리가 들렸다. 두 모녀는 자연스럽게 미소를 장착했다. 문이 열리고 세 명의 손님이 들어왔다.

그 루카스가 대표로 인사했다.

"안녕하십니까, 메리요트 남작 부인. 못 본 새에 더 아름다워지셨군요."

"고마워요, 루카스. 다 빈말인 건 알지만요. 옆에 내 딸을 세워 두고 내가 어찌 아름답다는 말을 듣겠어요? 쑥스러워라."

기품과 교태의 중간쯤에 속하는 목소리가 마님의 입술을 타고 나긋하게 흘렀다. 옆에서 엘리자베스는 인형처럼 웃었다.

손님 중 하나인 에밀리가 호기심을 품고 기웃거렸다. 루카스와 소피아가 엘리자베스를 향해 돌아섰다.

"부인의 말씀이 옳습니다. 세상에, 엘리자베스 양. 작년 성탄제에서 본 게 마지막이지요? 미모가 만개했군요. 한 떨기 꽃을 보는 것 같습니다."

"과찬입니다, 루카스 군. 오랜만이에요."

고리타분한 비유라고 생각하면서도 엘리자베스는 웃으며 화답했다. 루카스는 호들갑을 떨며 계속 그녀에게 말을 걸었다. 대화에 선선히 동참하며 엘리자베스는 이 남자에 대해 아는 모든 정보를 떠올렸다.

루카스 헤르멘, 올해 나이 스물다섯, 엘리자베스보다 한 살 위. 이유는 모르겠지만 남자는 조금 늦게 결혼해도 아무도 뭐라 하지 않았다. 스물다섯의 남자는 여자와는 다르게 결혼 적령기로 여겨졌다.

헤르멘 자작가의 차남, 위로는 형 한 명, 아래로는 여동생 소피아 한 명. 자작의 작위는 남작보다 한 단계 높으니 일개 남작의 딸과 혼인하는 게 성에 안 찰 수도 있지만, 지금 그는 찬밥 더운밥 가릴 때가 아니었다. 상속법에 따라 현 자작의 모든 영지는 맏이인 루카스의 형에게 갈 테고, 루카스는 약간의 재산만을 물려받을 테니까. 그러니 결혼에 매달릴 수밖에 없었다. 외동딸이자 상속녀인 엘리자베스는 탐스러운 목표였다.

"여기, 제가 소개해드리죠. 이분은 에밀리 룩우드 양입니다. 저와 소피아의 먼 친척이자 친구인데, 올겨울에 우리 집에서 몇 주 묵기로 했죠. 에밀리, 이쪽은 엘리자베스 메리요트 양."

"안녕하세요, 엘리자베스 양. 말씀 많이 들었어요."

"안녕하세요, 에밀리 양. 만나서 반가워요."

갑갑했다. 앞으로 일주일간 어떻게 내내 이러나 싶었다. 별로 반갑지 않은데 반갑다고 인사하고, 언제 어디서 마지막으로 봤는지 기억나지 않는데 기억나는 척했다. 한심했다. 이 세상이, 자기 자신이, 고작 이런 게 힘이라고 말하며 잘 골라보라고 무심하게 말하던 어머니도.

엘리자베스는 피상적인 대화를 나누며 루카스를 덤덤히 뜯어보았다. 얼굴은 저 정도면 뭐 괜찮은 편이고. 키는? 너무 많은 걸 바라지는 말자. 예절, 인격, 취미, 재능은? 아, 그걸 어떻게 알아. 여태 얄팍한 대화 몇 번 나눠본 게 다였다. 다과회에서 마주 앉고, 무도회에서 춤을 춘 정도였다. 그녀는 저 사람에 대해 아무것도 알지 못했다. 하지만 어쩌면 저 남자와 결혼할지도 몰랐다.

"단풍나무 숲은 여전히 아름답더군요. 요즘은 숲에서 사냥을 안 하시나요?"

"네, 아무래도 아버지가 돌아가시고 나서는 좀……."

"아아, 네, 물론이죠, 그렇군요. 제가 너무 불민하게 굴었네요. 무례를 용서하세요."

"아니에요, 루카스 군. 괜찮아요. 소피아 양, 지금 입고 계신 드레스는 어떤 디자이너한테 맡긴 거예요? 정말 탐날 정도네요."

잠시 후, 집사가 들어와 라이언 모란의 일행이 도착했다고 알렸다. 에밀리와 소피아가 말없이 시선을 교환했고, 루카스의 입술 한쪽이 일그러졌다.

"이런, 드디어 오셨군."

비꼬는 의도가 농후한 말이었다. 로즈미나와 엘리자베스는 귀족들의 투덜거림을 우아하게 무시했다. 사람들이 다시 자리에서 일어났다. 문이 열리자 라이언 모란을 포함한 서너 명의 남녀가 들어왔다. 공장주의 아들인 라이언을 포함한 모두 신분은 평민이지만 웬만한 귀족보다 부유한 자들이었다.

루카스, 에밀리, 소피아의 눈빛에 예의를 가장한 경멸이 서렸다. 반면 로즈미나와 엘리자베스는 완벽하게 깍듯했다.

“어서 오세요. 먼 길 오느라 수고 많으셨어요.”

“하하, 아닙니다. 오는 길이 아름다워서 구경하느라 시간 가는 줄 몰랐는걸요. 초대해 주셔서 감사합니다, 남작 부인.”

“그대야말로 초대에 응해 주셔서 고맙습니다. 여기, 이 아이와는 구면이죠? 둘이 오랜만에 만나는 걸로 알고 있는데.”

“오, 엘리자베스 양! 그간 더 아름다워지셨군요. 당신이 봄꽃 같아서 계절을 잊어버릴 지경입니다.”

“당신이야말로 더 늠름해지셨군요. 오랜만에 만나서 반가워요. 혹시 친구들을 소개해 주실 수 있을까요?”

“네, 물론이죠.”

인사가 이어졌고, 대화가 뒤엉켰다. 발랄하지만 공허하게.

엘리자베스는 연신 몸을 훑는 시선을 느꼈다. 루카스와 라이언, 두 남자가 눈에 계산과 갈망을 품고 그녀를 가늠했다.

엘리자베스는 혀끝까지 치민 흉건한 욕설을 겨우 꿀꺽 삼켰다. 대신 자신도 지지 않겠다는 듯 상대편 남자들을 열심히 뜯어보았다. 별로 기쁜 일은 아니었다. 겉가죽이 잘생기기라도 했으면 참아보려 했는데 전부 실망스러울 따름이었다. 그럼 부디 속사람이 괜찮은 이였으면 좋겠는데 알아낼 길이 없었다. 지금까지의 태도를 보아서는 됨됨이도 멀쩡하진 않을 것 같긴 했다. 참으로 얄팍했다. 결혼 시장에서 상속녀 엘리자베스는 최고가가 찍힌 상품이었다.

그녀는 구혼자들의 시선에 뜯겨 낱낱이 해부되고 있었다.

저택에서 무도회가 진행될 동안 하녀들도 바빴다. 새벽에 무도회가 끝나면 손님들이 와서 바로 쉴 수 있도록 침실과 욕실을 점검하고 난로를 후끈하게 달궈 놓아야 했다. 그러고 나서야 하녀들은 휴식할 틈을 얻었다.

"에구구, 삭신이야. 매년 성탄제만 되면 늙는 느낌이라니까."

"할머니 같은 소리 하지 말고 저기 버터나 좀 줘."

"할머니는 무슨. 그나저나, 정말 엘리자베스 아가씨가 이번에 신랑을 고르시는 거야?"

"그렇다는데? 헤르멘 자작님 아들이랑 그, 누구냐, 라이언 모란도 왔대."

"흠, 왠지 불안해. 엘리자베스 아가씨 사촌도 잔뜩 몰려왔다며? 그 사람들이 아가씨가 결혼하는 걸 그냥 보고만 있겠어?"

"그렇다고 뭘 어쩌겠어? 당사자랑 마님이 결정한 일인데, 끼어들 자격은 없지."

"난 솔직히 쌤통이야. 메리요트 남작님 장례식 때 왔던 그 사촌 놈들, 굉장히 무례했잖아. 생전에 남작님이 그놈들한테 천한 상인이네 뭐네 했던 걸로 앙심을 품고 깽판 쳤던 거, 기억나?"

"뭐, 그 사람들한테는 남작님이 곱게 보이지 않았겠지. 사실 돈으로만 따지자면 아가씨 사촌들도 아가씨만큼이나 부자잖아. 직계 귀족은 아니지만."

"쉬이, 아무리 그래도 남작님에 대해 나쁜 말 하면 못써. 우리 지금 남작님 집에서 먹고 자고 일하는 거야, 잊었어?"

"야, 뭐 어때? 죽은 사람은 죽은 사람인데."

"남작님이 그리 친절하신 분도 아니었잖아. 딱히 난폭하거나 무례하지도 않았지만."

"맞아. 게다가 마님한테는……."

"레티, 어디 가?"

레티가 겨우 반쯤 비운 그릇을 들고 자리에서 일어나자 에블린이 눈을 동그랗게 뜨고 돌아보았다. 레티는 억지로 웃으며 대답했다.

"응, 나 잠깐 산책 좀 하려고. 몸이 좀 찌뿌둥해서."

"이 날씨에 산책이라고? 너무 추워, 레티. 몸이 안 좋으면 차라리 방에서 쉬어."

"아니야, 괜찮아. 잠깐만 걷다가 들어갈게. 걱정해줘서 고마워."

"흐음. 너무 오래 밖에 있지 말고 꼭 옷 따뜻하게 입어, 알았지?"

"그래, 알겠어."

레티는 남은 음식을 버리고 비척비척 주방을 벗어났다. 방으로 돌아간 레티는 외투에 목도리까지 두르고 밖으로 나갔다. 공기는 찼지만 바람이 없어서 견딜 만했다. 레티가 느리게 걷다 멈췄다.

"흑……."

어린애처럼 훌쩍이고 싶지 않았는데, 결국 눈물이 범람했다. 차라리 마음이 무뎌졌으면 했다. 처음 진지하게 좋아하고 사귄 사람과 고작 이런 식으로 끝나는 것에 대해 더 의연할 수 있었다면.

고작 한 달간의 인연이었다. 평생을 약속할 수는 없었다. 신분 차이가 있는 동성 간의 사랑인지라 지난 몇 주간의 설렘이, 떨림이, 입맞춤이, 아무것도 아니게 됐다. 이렇게 끝내야 한다는 게 비참했고 허무했다.

'참을 걸 그랬어.'

손등으로 눈물을 훔치며 레티는 한탄했다. 불과 어제까지만 해도 후회하지 않는다고 했는데 생각이 바뀌었다.

어차피 이렇게 헤어질 거라면 진즉 밀어내는 게 옳지 않았을까? 남들한테 당당하게 말하지도 못하고 죄인처럼 숨어서 해야 하는 사랑이 뭐가 그리 소중하고 특별하다고. 고작 사춘기 소녀들의 장난과 같은 만남일 뿐이었는데. 그렇게 믿는 게 차라리 편했을 텐데.

'하지만 인제 와서 후회해봤자 달라지는 것도 없어.'

후회가 있든 없든, 이별의 때는 다가왔다.

레티는 멍하니 서서 겨울밤의 한기를 들이켰다. 저도 조세핀을 따라 무도회가 끝나면 사표를 내야 하나 고민이 되었다.

경제적인 면만 생각하면 무모한 짓이었다. 고작 한 달만 일하고 그만둔다면 나중에 다른 일자리를 찾을 때도 별로 좋아 보이지 않을 것이다.

어머니가 얼마나 충격을 받으실까. 동생들이 물어보면 뭐라고 대답해? 이 집의 주인아씨와 불같은 사랑에 빠졌고, 그분이 결혼해서 남편과 살아가는 걸 지켜볼 자신이 없어서 그만둔다고?

'역시, 어렵겠지?'

레티는 절망했다. 생계라는 현실이 그녀를 압박했다. 도망칠 길조차 막혀버렸다.

'어라? 저기는…….'

순간, 레티의 눈이 팽창했다. 무도회가 한창인 본관 건물과 달리 바깥은 어두웠다. 아주 자그마한 불빛도 금세 눈에 띄었다. 그런데 어둠을 가로질러 자리한 별관에서 불빛이 반짝였다. 창문 뒤에서 누군가 촛불을 켠 듯했다. 하지만 누가? 지금 별관에는 사람이 없어야 했다. 무도회 기간에 엘리자베스는 본관에서 지내기로 했다. 하녀와 하인도 따라서 전부 본관으로 옮겼다. 지금 시간에 별관에서 일하는 하녀가 있을 리도 만무했다. 그런데, 지금, 왜?

다시 불빛이 반짝였다. 레티의 심장이 빠르게 뛰었다. 그녀는 망설였다. 별관에 가서 불빛의 정체를 확인해 봐야 한다는 생각과 당장 뒤돌아 멀어져야 한다는 생각이 충돌했다. 적어도 혼자 가면 안 된다고 머릿속에서 경고음이 울렸다. 레티가 미간을 찌푸렸다.

'이게 대체 뭐라고.'

도망치거나 혼자 가면 안 된다니. 어불성설이었다. 매일 일하는 이 저택의 별관이었다. 지극히 평범하고 일상적인 공간이었다. 평소에 별관에 오가는 사용인이 볼일이 있어 잠깐 들렀을 확률이 높았다. 다만 이 밤중에 대체 무슨 볼일이 있는 건지 의아할 뿐.

레티는 혼자 별관으로 향했다. 사박사박 풀 밟히는 소리가 났다. 밤바람은 잠잠했지만 어쩐지 별관에 가까워질수록 더 추워지는 것만 같아 레티는 무심결에 외투 깃을 여몄다.

'별관에 뭘 두고 갔나?'

그렇다면 물건 찾는 걸 도와주는 게 낫겠다. 자신이 별관을 청소하니까 잃어버린 물건이 있다면 빠르고 꼼꼼하게 살펴줄 수 있을 것이다.

'에블린도 데려오는 게 나으려나.'

에블린은 1층을 청소했고, 레티는 2층을 청소했다. 하지만 에블린을 부르러 본관까지 가기에는 너무 멀리 와버렸다. 바로 앞에 별관이 있었다.

문은 잠겨 있지 않았다. 원래 별관 문은 밤에는 잠가 두지만, 지금은 안에 사람이 있으니 열려 있을 거라고 미리 짐작했었다. 하지만 막상 문이 저항 없이 열리자 레티는 조금 거북해졌다.

거실 쪽에서 불빛이 새어 나왔다. 문이 살짝 열려 있었다. 그 틈새를 향해 레티는 나아갔다.

문고리를 잡은 채 레티는 잠깐 굳었다. 뒤늦게 사용인이 아닐 수도 있다는 생각이 들었다. 무도회를 앞두고 경비를 삼엄하게 한다고 했으나 메리요트 저택은 너무 넓어서 외부인이 숨어들 구석이 많았다.

얼어붙은 레티에게 발소리가 다가왔다. 문 맞은편에 있는 사람이 먼저 문을 열었다.

"아악!"

"왜, 왜 그래요, 레티."

"아아, 하, 제임스……."

레티는 벌렁대는 가슴을 꾹 눌렀다. 아는 사람이었다. 레티는 갈라진 호흡을 골랐다. 곧 당혹이 들어찼다.

"제임스, 울었어요?"

제임스의 눈가가 조금 빨갰다. 거실을 밝히는 조명은 작은 촛불 하나뿐이라, 얼굴을 제대로 확인하기가 어려웠다. 기괴한 음영이 묘하게 뒤틀리며 레티의 시야를 덧칠했다. 레티는 제대로 보려고 노력하며 무심코 한 발짝 가까이 다가갔다.

"아니에요, 울지 않았어요. 운 게 아니라……."

제임스가 횡설수설했다. 레티는 미심쩍게 쳐다보았다.

"그런데 제임스, 여기서 뭐 해요? 그것도 이 시간에."

제임스의 얼굴에 난색이 번졌다. 레티는 익숙한 냄새를 맡았다. 유쾌한 종류의 것은 아니었다. 레티가 눈을 크게 떴다.

"제임스, 술 마셨어요?"

레티는 이 상황을 좀처럼 이해할 수 없었다. 운 것 같이 눈가는 빨갛고, 술 냄새가 나고, 심지어 뜬금없이 밤중에 별관에서 무슨 일을 하고 있는 거지?

"조금, 아주 조금 마셨습니다."

제임스가 서둘러 대답했다. 그 빠른 시인이 레티를 더욱 당황하게 했다. 동시에 약간의 분노를 불어넣었다.

"별관 거실에서 음주라니 그건 좀 아니지 않나요, 제임스? 여긴 아가씨의 생활 공간이에요. 대체 무슨 생각이에요?"

레티는 또박또박 훈계했다. 제임스는 물끄러미 레티를 쳐다보았다. 그러더니 돌연 낮은 숨소리를 흘렸다. 레티는 깜짝 놀랐다. 제임스가 울고 있었다. 그가 흐느끼며 말했다.

"저는 당신이라면 이해해줄 줄 알았습니다."

"네, 네? 그게 무슨……."

"당신은 착하잖아요. 항상 밝게 웃어 주고, 먼저 말도 걸어 주죠. 고작 저 같은 놈한테, 아무도 저를 챙겨 주지 않는데……. 아가씨도 늘, 늘……. 오직 당신만……."

"아니, 아가씨 얘기가 여기서 왜 나와요? 지금 대체 뭐라는 거예요? 제임스, 일단 앉아서 얘기해요. 일단 들어가요."

레티는 엉겁결에 거실 안으로 제임스를 밀었다. 손이 그의 가슴에 닿았다. 레티가 제임스의 손목을 쥐고 안으로 이끌었다. 혹시 몰라 거실 문은 열어두었다.

식탁 위의 촛불에 의지하여 레티는 거실 소파에 제임스를 부드럽게 앉혔다. 그녀는 우는 동생들을 지겹도록 달래 본 맏이의 경험을 활용하며 인자하게 물었다.

"제임스, 왜 그래요? 무슨 일인데 이렇게 울어요? 도울 일이 있다면 말해줘요. 할 수 있는 일이라면 뭐든 할게요."

"레티, 역시 당신은 친절해요."

"이건 당연한 일인걸요. 어서 말해 주세요, 제임스. 말하기 곤란한 일이면 안 말해도 돼요."

"아니요, 아니요. 사실 말하고 싶습니다. 너무 오래 혼자 마음에 품고 지내서 답답해요. 미칠 것 같아요. 아, 정말로……."

제임스는 말꼬리를 흐리며 짧게 떨었다. 레티는 걱정과 궁금증, 그리고 이 상황에 대한 혼란 속에서 제임스가 말을 잇기를 기다렸다. 제임스는 깊게 심호흡하더니 고백했다.

"저는 엘리자베스 아가씨를 사모하고 있습니다."

"……네?"

"알아요, 충격적이요? 믿기 힘들겠죠. 고작 저 같은 놈이 그런 아름답고 고귀한 분을."

"아니요, 그게 아니라, 제 말은, 그……. 당신이, 엘리자베스 아가씨를 사모한다고요?"

"왜요, 레티? 왜 그런 눈으로 봐요? 당신도 저를 이상하게 생각해요? 헛된 꿈을 꾸고 있다고 믿는 거죠?"

"……제임스. 정말 유감이지만, 제 말을 잘 들어요. 그분은 우리 같은 사람들과 다른 세상에 사는 분이에요. 미안해요, 제임스. 이런 말밖에 못 해 줘서."

"아니요, 아닙니다. 저도 알아요, 제가 미친놈이라는 걸. 그래도 그분이 계속 생각나고……. 무도회만 생각하면 속이 뒤틀려요."

레티는 얼떨떨했다. 엘리자베스 아가씨를 연모한다니 생각지도 못한 내용이라 곱씹고 받아들일 시간이 필요했다.

"다 죽여 버리고 싶어요, 그놈들."

바로 그때 제임스가 거칠게 덧붙였다. 레티는 귀를 의심했다.

"사실 그렇잖아요, 레티, 안 그래요? 그 사람들이 우리보다 나은 게 뭐가 있어요? 다 부모 잘 만나서 그렇게 된 거잖아요. 그 사람들이 뭐라고 아가씨를 가져요? 내 엘리자베스 아가씨를?"

"저기, 제임스. 좀 취한 것 같아요. 일단 흥분을 가라앉히고, 천천히……."

"제가 말도 안 되는 애기를 한다고 생각해요? 레티, 당신마저 그러면 안 되죠. 당신은 제 편이잖아요. 우리는 동류잖아요, 그렇죠? 그 거만한 귀족 놈들이랑 달라요."

"제임스, 침착해요. 우리 나가서 얘기해요, 나가서. 바람을 쐬면 좀 괜찮아질 거예요."

"아니면, 레티. 혹시 저 좋아해요?"

"네?"

"제가 엘리자베스 아가씨를 좋아한다고 하니까 질투 나서 그러는 거예요?"

원래 이런 사람이었나. 술과 절망이 본색을 불러낸 건가. 레티는 화도 짜증도 낼 수 없었다. 공포 때문이었다. 다른 감정이 비집고 들어갈 틈이 없었다. 심장이 너무 빠르게 뛰었다.

"제임스, 우리 제발 나가서 얘기해요."

"대답부터 해요, 레티. 말 돌리지 말고."

"제임스, 제발, 나가서 얘기해요."

"아니면 당신도 날 무시하는 거야? 당신도 똑같은 하녀 주제에, 그 귀족 놈들처럼?"

"제임스, 제가 먼저 나가 있을게요. 이따 봐요. 조금 진정되면 나와요, 알겠죠?"

레티가 벌떡 일어났다. 동시에 손목이 잡혔다. 바닥에 내동댕이쳐지는 감각이 낯설었다. 무게가 그녀를 짓눌렀다. 그림자가 촛불을 가렸다.

"먼저 들이댔으면서 짜증 나게 구네."

난폭한 헛소리가 그녀를 할퀴었다. 하녀복 단추가 뜯겨나갔다. 잔인한 손이 치마를 찢었다.

라울은 어둠 속을 느리게 걸었다. 머릿속이 너무 복잡해서 가만히 앉아 있을 수가 없었다.

어깨 너머에는 창문마다 불빛이 밝혀진 본관이 위용을 자랑했다. 그가 차갑게 얼굴을 찌푸렸다.

'팔자 좋은 귀족들.'

여자 하나 잘 만나서 어떻게든 팔자를 고쳐 보겠다고 나풀대는 꼴이 우스웠다. 게다가 대체 어떤 팔자를 고치겠다는 건지 라울은 알 수 없었다. 처음부터 귀족이고 부자로 태어난 사람들이었다. 대체 뭐가 아쉬워서 그리 아등바등하는 걸까.

'……이렇게 생각하면 또 불쌍하기도 하고.'

라울은 엘리자베스 메리요트를 생각했다. 상품이 돼버린 아름답고 젊은 상속녀. 오늘 밤 그녀의 마음에 기쁨은 없으리라. 아무도 그녀의 비명을 듣지 못하겠지.

하지만 그렇다고 해서 라울이 엘리자베스를 받아들일 수 있는 건 아니었다. 용서 또한 불가능했다.

오래전 로즈미나도 똑같이 말했다. 대체 왜 엘리자베스를 감싸냐고 물었을 때. 이 집에서 불행한 결혼 생활을 한 로즈미나에게 그냥 함께 도망치면 안 되냐고 라울은 빌었지만, 로즈미나는 망설였다. 경악스러운 일이었다.

〈대체 왜? 그 사람이 당신한테 뭐라고.〉

그날 라울은 발밑이 무너지는 느낌이었다. 로즈미나는 다소 혼란스러워하며 답했다.

〈불쌍해서 그래, 라울. 불쌍해서.〉

대체 어디가? 라울은 이를 악물었다.

그래, 상품으로 전락한 그 힘없는 귀족 아가씨를 나도 오늘 밤엔 동정해. 하지만 지금 이 순간뿐이야. 나와 당신은 그러면 안 돼. 그러지 않아도 되잖아. 다른 사람이라면 모를까 우리 둘이 엘리자베스 메리요트를 동정할 필요는 없는 건데, 대체 왜.

라울은 굳은 얼굴로 돌아섰다. 그러다 멈췄다. 엘리자베스가 앞에 있었다. 그가 사랑하는 사람과 전혀 닮지 않은 갈색 머리칼과 녹색 눈으로.

"라울 데이커?"

저 오만한 목소리. 귀족의 목소리. 온전한 귀족도 아니면서. 라울은 속으로 비웃었다.

"엘리자베스 아가씨. 늦은 시간에 여기서 뭐 하십니까?"

"나야말로 묻고 싶은데. 왜 돌아다니지?"

"실내가 갑갑해서 산책 겸 나왔습니다. 겨울밤치고는 날씨가 포근하기도 하고요."

바람이 없어서 살갗에 닿는 냉기가 평소보다는 덜 날카로웠다. 엘리자베스는 고개를 끄덕였다.

"그래, 맞아. 겨울밤치고는 따뜻해."

무도회장은 너무 갑갑했다. 엘리자베스는 몰래 자리를 벗어났다. 라이언 모란의 느끼한 말과 그를 견제하는 루카스 헤르멘, 자신을 향한 사촌들의 거북한 시선을 피하고 싶었다.

무엇보다 로즈미나 메리요트의 피아노 연주, 그 황홀하고 정갈한 연주. 자신이 단 한 톨도 물려받지 못한 압도적인 재능으로부터 숨고 싶었다.

"아가씨는 어디로 가십니까?"

"별관에 들를 일이 있어. 그대가 신경 쓸 필요는 없다."

"같이 가도 되겠습니까? 바래다 드리겠습니다."

"……그대가 왜?"

"사용인이 상전의 밤길을 에스코트하는 게 이상한 일입니까?"

"그 사용인이 정원사라면 이상한 일이지. 그대는 내 하인도, 호위도 아니야. 에스코트는 무슨 에스코트야?"

"싫다면 가지 않겠습니다."

자기가 먼저 다가왔으면서 먼저 선을 긋는다. 엘리자베스가 담담하게 말하며 걸음을 옮겼다.

"싫지 않아. 그럼 데려다 줘."

라울이 묵묵히 보폭을 맞췄다.

라울이 엘리자베스를 힐긋했다. 엘리자베스는 앞만 바라보며 걸었다. 라울의 시선이 그녀의 목으로 내려갔다. 가늘고 여린 목. 한 줌에 움켜쥘 수 있었다. 으스러트리면 상속녀는 죽을 테고, 그러고 나면 재산은…….

그때 아주 연약한 비명이 들렸다. 별관 1층에서 불빛이 일렁였다. 별관에 거의 다 도착했을 때였다.

라울과 엘리자베스가 퍼뜩 굳었다가 동시에 뛰었다.

아무도 없어야 할 곳에서 비명이 들리고 불빛이 보였다. 절대 정상적인 상황이 아니었다. 라울과 엘리자베스는 강도를 떠올렸다. 현관문을 확 떠밀자 문이 너무 쉽게 열렸다. 라울은 더욱 조급해졌다. 조금 열려 있는 거실문으로부터 불빛이 새어 나왔다. 라울은 근처에 있는 우산꽂이를 무기처럼 쥐고 거실문을 박찼다.

거실에 들이닥친 엘리자베스와 라울은 강도보다 더 끔찍한 장면을 봤다.

"레티?"

엘리자베스가 외쳤다. 라울이 우산꽂이를 옆으로 던졌다. 무기는 필요 없었다.

라울이 제임스의 어깨를 붙잡고 그를 바닥에 내리꽂더니 아랫배를 세게 밟았다. 제임스가 아파하며 절규했다. 엘리자베스가 레티에게 달려갔다. 레티는 덜덜 떨며 일어나 앉았다.

"레티, 괜찮아? 이게 무슨 일이야!"

"아가씨……."

눈물이 후드득 떨어졌다. 공포와 분노가 얼굴을 방울방울 적셨다. 엘리자베스는 형편없이 찢긴 레티의 옷을 본 즉시 외투를 벗어 레티에게 둘러 주었다.

엘리자베스의 눈에 분노가 맺혔다. 그녀가 레티를 끌어안은 채 뒤를 돌아보았다. 라울이 제임스를 무자비하게 패고 있었다.

"이 변태 새끼가, 진짜."

"으, 으악!"

라울이 멱살을 쥐고 하관에 주먹을 날리자 제임스가 처량하게 울부짖었다. 술 냄새가 훅 끼쳤다. 라울이 인상을 찡그렸다.

엘리자베스가 달려와 밀치는 바람에 라울은 얼결에 밀려났다. 제임스 앞에 선 그녀가 제임스의 뺨을 날리고 배를 걷어찼다. 제임스가 다시 고함을 질렀다. 엘리자베스도 바락바락 악을 썼다.

"죽여 버릴 거야, 쓰레기 같은 놈! 죽여 버릴 거라고!"

"어어, 아가씨, 잠깐만, 진짜 죽이는 건 안 돼요!"

라울이 기겁하며 엘리자베스를 붙잡아 뒤로 획 당겼다. 엘리자베스는 그를 떨쳐내려 했지만 성인 남성의 힘을 당해내기엔 역부족이었다. 라울이 엘리자베스의 어깨를 꾹 누르며 다급하게 말했다.

"아가씨, 레티를 달래주세요. 저는 이놈을 집사님이랑 하인장님께 직접 끌고 갈게요. 이놈은 일단 신경 쓰지 마세요. 지금은 레티한테 집중해 주세요, 네?"

거듭되는 레티의 이름이 엘리자베스의 분노에 조금씩 다른 감정을 끼얹었다. 그녀가 레티를 돌아보았다. 길 잃은 토끼처럼 바들바들 떠는 아이가 보였다.

라울이 손에서 힘을 풀었다. 엘리자베스는 그를 뿌리치고 레티에게 다가가 조심스럽게 레티의 손을 잡고 일으켜 세웠다.

레티가 연인에게 힘없이 기댔다. 지금은 제임스도 라울도 미처 신경 쓸 여력이 없었다. 그녀는 그들이 보고 있다는 것도 잊고 엘리자베스를 와락 끌어안으며 얼굴을 숨겼다. 엘리자베스가 레티를 쓰다듬었다. 그녀가 부드럽게 속삭였다.

"위로 가자, 레티. 서재로 가서 쉬자."

엘리자베스가 레티를 부축했다. 레티는 절뚝절뚝 움직였다. 거실을 나가기 전 레티가 그곳을 돌아보았다. 시선은 처음에는 바닥에 쓰러진 제임스에, 그 다음에는 라울에 머물렀다. 라울은 찡그리듯 웃으며 나직하게 말했다.

"어서 가세요, 레티. 어서 가요."

엘리자베스가 레티를 가볍게 당겼다. 레티는 시선을 뜯어냈다. 두 여자 뒤로 문이 닫혔다.

라울은 바닥에서 훌쩍이는 제임스를 차디차게 내려다보았다.

"정말 한심해."

그가 차갑게 말했다. 제임스가 바닥에서 움찔 떨었다. 라울은 조소를 머금었다. 정말, 정말 한심한 놈. 제임스뿐 아니라 자기 자신을 향한 욕설이었다.

"레티는 왜 건드렸어, 응? 네가 흑심 품은 쪽은 엘리자베스 아가씨 아니었어?"

흑심을 품은 것도, 그 흑심을 실천에 옮긴 것도 더러운데, 그 대상이 레티라니. 황당했다. 짜증 났다. 죽여버리고 싶을 만큼 싫었다.

"그, 그건 어떻게……."

제임스가 창백하게 떠듬거렸다. 라울이 서늘한 웃음을 흘렸다. 제임스의 목에 소름이 돋았다. 라울이 몸을 낮춰 제임스를 바라보았다. 그가 겁에 질려 몸을 움츠렸다.

"어떻게 알긴 뭘 어떻게 알아. 속옷 도둑아."

제임스의 안색은 잿빛에 가까워졌다. 라울은 쓰디쓴 자책을 입에 담았다.

"진즉 고발할 걸 그랬어."

이 추잡한 놈을 진즉에 고발하지 않은 건 언젠가는 이를 무기 삼아 요긴하게 부려 먹을 수 있겠다고 생각했기 때문이었다.

라울은 후회했다. 제임스의 열등감과 음욕이 하필 레티에게 이런 식으로 돌아갈 줄 알았더라면, 절대 침묵하지 않았을 것이다.

"넌 뒤졌어, 새끼야."

라울은 제임스의 팔을 움켜쥐고 거칠게 당겼다. 비웃음을 숨길 수가 없었다. 제임스가 제 앞에서 쭈그러드는 모습이 같잖았다. 레티는 바닥에 그딴 식으로 짓눌렀으면서.

라울은 촛불을 후 불어 끈 뒤, 제임스를 끌고 나갔다.

엘리자베스는 레티를 서재로 데려갔다. 커튼을 치고 새로 촛불을 켜 곳곳에 밝힌 뒤, 레티를 소파에 앉혀 담요를 둘러 주었다.

레티는 계속 떨었다. 벽난로를 지폈지만 서재의 공기는 여전히 냉랭했다. 레티가 왈칵 울었다. 레티의 서늘한 손을 감싼 엘리자베스도 같이 눈물이 나올 것 같았다. 하지만 연인을 위해 강해져야 했다. 엘리자베스는 억지로 울음을 끊어 되삼켰다. 그녀가 레티의 뺨을 부드럽게 문지르며 다독였다.

"어떻게 된 거야, 레티?"

레티는 흐느끼며 설명했다. 산책을 나왔고, 우연히 별관 창문에서 불빛을 봤고, 무슨 일인지 확인하러 왔다가 제임스를 만났고,

이후 엄청난 말을 들었다는 걸. 제임스가 연정 같지도 않은 연정을 고백하는 대목에서 엘리자베스가 뻣뻣하게 굳었다.

레티는 꾸역꾸역 말을 잇다가 제임스가 자신을 바닥에 내던진 부분에 다다르자 침묵에 잠겼다.

"레티, 괜찮아. 억지로 말하지 않아도 돼. 그럴 필요 없어."

"……감사해요, 아가씨. 정말 감사해요. 아가씨랑 데이커 씨가 나타나지 않았다면 훨씬 끔찍했을 거예요."

"천만다행이야. 진짜 우연이었어. 무도회를 더는 견딜 수가 없어서 잠깐 바람 쐬러 나왔는데, 하필 라울을 만난 거야. 가만히 서 있기가 민망해서 얼결에 별관에 들를 일이 있다고 둘러댔어. 그래서 왔는데 나도 불빛을 보고……."

엘리자베스가 이를 악물었다. 가해자를 향한 분노와 피해자를 위한 슬픔이 치밀어서 닥치는 대로 때려 부수고 던지고 싶은 충동이 일었다. 난폭한 마음을 애써 가라앉혔다. 지금은 본인의 격정에 휩쓸려 길을 잃을 때가 아니었다.

레티를 생각하며, 레티를 위해야 했다.

"처음에는 강도인 줄 알았어. 지금 별관에 사람이 있을 이유가 없으니까. 게다가 비명이 들렸고……. 그냥 뭔가 잘못됐다는 생각이 들어서 허겁지겁 달려갔는데 거기에, 네가 있었어."

조금만 더 늦었다면 정말 끔찍할 뻔했다. 물론 지금도 괜찮지는 않았다. 레티의 몸 곳곳에 손 모양대로 피멍이 남아 있었다. 속옷은 멀쩡했지만 겉옷은 엉망이었다.

"왜 혼자 왔어? 다른 사람하고 같이 확인하지 않고?"

"……죄송해요."

"아니야. 아니다. 정말 미안해. 네가 사과할 일이 아니야. 맨날 청소하는 곳인데, 혼자 무슨 일인지 확인하러 올 수 있지. 이런 일이 있을 줄은 어떻게 알았겠어."

엘리자베스가 서둘러 달랬다. 레티가 입술을 꾹 깨물었다. 커다란 눈물이 뺨을 타고 뚝뚝 흘렀다. 엘리자베스는 경솔한 말을 후회했다. 지금 질책과 질문이 웬 말이냐고.

그녀가 레티의 뒷머리를 안아 당기며 품으로 감쌌다. 레티가 가볍게 떠는 것이 느껴졌다.

"미안해, 레티. 나야말로 그딴 거 물어봐서 미안해. 이제 제발 그만 울어. 아니다, 그냥 원하는 만큼 울어. 실컷 울어."

"아가씨……."

"응, 왜, 레티?"

"보고 싶었어요."

레티가 흐느꼈다. 엘리자베스의 심장이 내려앉았다. 고통이 너무 예리했다.

레티가 엘리자베스를 살짝 밀어내고 영롱한 눈으로 연인을 직시했다. 녹색과 회색이 뒤엉켰다. 질게. 또한 깊게.

"정말, 정말 보고 싶었어."

암흑이 비명을 잡아먹고, 공포가 시야를 흐리던 그때 그녀가 정말로 보고 싶었다.

레티가 입을 맞췄다. 짜디짠 입맞춤이었다. 다시는 놓아주지 않을 것처럼, 입술이 입술을 빨아들였다. 엘리자베스는 레티를 끌어안으며 마주 움직였다.

엘리자베스도 비명 속에서 익사하고 있던 건 마찬가지였다. 무도회와 불빛과 사내들의 시선이 지긋지긋했다. 죽을 것처럼 키스했다. 본인도, 연인도 위로하고 위로받길 원하며.

서로의 숨결이 혀끝에서 녹았다. 어둠과 불빛이 절묘하게 뒤엉켰다. 한동안 둘뿐이었다.

하녀장이 창백한 인색으로 별관으로 왔다. 라울이 제임스를 처리한 뒤 하녀장에게도 상황을 설명한 결과였다. 그녀가 레티를 부축하는 모습을 엘리자베스는 잠자코 지켜보았다.

"폐를 끼쳐서 죄송합니다, 아가씨."

"폐라뇨. 아니에요, 새먼 부인. 그대는 잘못한 게 없어요."

"네, 아가씨. 그럼 저희 둘은 이만 가 보겠습니다. 단장을 도울 하녀를 불러 드릴까요?"

"부탁드려요."

"네, 아가씨."

"저기, 새먼 부인. 레티를 잘 부탁드려요."

"……네, 아가씨."

하녀장은 고개를 꾸벅인 뒤 돌아섰다. 멀어지기 전 레티가 어깨 너머로 빠끔히 돌아보았다. 엘리자베스가 아프게 웃어 주었다. 레티도 희미한 미소로 화답했다.

별관 침실로 다른 하녀가 들어왔다. 잘 훈련된 하녀는 아무것도 묻지 않고 아가씨의 헝클어진 화장과 머리를 다시 정돈해 주었다. 엘리자베스는 무도회로 돌아갔다. 화려한 불빛이 비명을 잡아먹는 곳으로.

"엘리자베스 양, 어디 있었어요? 한참을 찾았는데."

"미안해요. 바깥에 잠깐 나갔는데 별이 너무 예뻐서 저도 모르게 한참을 구경했네요."

"하하, 그렇군요. 역시 여자들은 감수성이 풍부하다니까요."

"그런가요?"

엘리자베스가 대충 맞장구쳐 주었다.

취기가 오른 모양인지 라이언 모란의 얼굴은 붉게 이지러져 있었다. 썩 보기 좋은 행색은 아니었다. 루카스 헤르멘은 라이언을 한심하게 보고 있었다. 역시 태생이 천한 장사치의 아들에 불과하니까 그 모양이라고 말하는 듯했다.

엘리자베스는 조소를 머금었다. *너희 둘 다 한심해.* 그러나 둘 다 가장 유력한 신랑 후보였다. 신물이 났다.

"별을 보고 있었다고?"

"네, 마이클 오라버니. 오늘 밤 하늘이 되게 맑아요."

사촌오빠가 어슬렁어슬렁 다가왔다. 그가 4년 전 아버지의 장례식에서 온갖 무례한 말을 내뱉고 갔던 게 떠올랐다.

"별빛 아래 산책이라. 낭만적이네. 하긴 라이언이 말한 대로 여자들은 감수성이 풍부하니까, 그렇지?"

"그런가 봐요, 오라버니."

이제는 왜 다들 감수성 타령이람. 꽃 타령만큼이나 지겨웠다.

엘리자베스는 샴페인을 홀짝이며 표정을 감췄다. 레티가 걱정스러웠고 보고 싶었다. 당장 제임스 그놈을 죽기 직전까지 패고 싶었다. 여기 있고 싶지 않았다. 도망치고 싶었다.

"그래도 너무 늦은 시각에 함부로 돌아다니지 마, 엘리자베스. 험한 세상이잖니. 조심해서 나쁠 건 없지."

마이클이 나긋하게 말했다. 엘리자베스가 미소를 지으며 상냥하게 답했다.

"걱정해줘서 고마워요, 오라버니. 하지만 정말 괜찮아요. 이 집의 모든 땅이 저와 어머니의 것인걸요. 누가 감히 이 땅에서 우리를 해치겠어요?"

땅의 소유권, 즉 유산의 상속자가 누구인지를 못 박아두는 말이었다. 마이클은 말에 잔뜩 담긴 뼈를 알아듣고 웃는 척 이빨을 드러냈다. 엘리자베스도 꿋꿋이 마주 웃었다.

"허허, 엘리자베스 양은 배포도 크시군요."

"그러게요. 멋있어요, 엘리자베스 양."

경직된 분위기를 알아챈 다른 이들이 어색하게 화제를 돌렸다. 마이클은 휙 뒤돌아 멀어졌다. 감미로운 배경 음악이 이어졌다.

"엘리자베스 양. 저분이 당신의 고종사촌이신 마이클 게리먼인가요?"

"네, 맞아요. 마이클 오라버니의 어머니와 제 선친이 남매지간이었어요."

"아아, 네. 그렇군요."

질문한 쪽은 루카스였다. 엘리자베스는 저 표정이, 말투가 마음에 들지 않았다. 벌써 남편인 것처럼 엘리자베스의 편에서 사촌을 경계하고 있었다.

"당신과 마이클 군은 별로 닮지 않았네요."

"네, 뭐. 사촌끼리 닮는 경우는 흔치 않으니까요."

마이클은 금발이었다. 죽은 메리요트 남작과 마찬가지로. 엘리자베스만 이 집안에서 갈색 머리였다.

"엘리자베스 양, 제게 춤 한 번 허락하시겠습니까?"

"물론이죠, 라이언 군."

루카스와 대화를 이어나가는 모습에 조바심이라도 난 건지 라이언이 다가왔다. 엘리자베스는 정중히 웃으며 답했다. 루카스가 라이언을 노려보자 라이언이 느물느물 웃으며 받아쳤다. 엘리자베스는 피로했다.

무도회 중반, 몹시 죄송해하며 다가온 하녀장이 마님의 귀에 다급히 무엇인가를 속닥였다. 로즈미나의 안색이 차갑게 식었다. 엘리자베스가 돌아온 걸 확인한 즉시 로즈미나는 집무실로 향했다. 라울, 하인장, 제임스가 그곳에서 기다리고 있었다.

"마님, 제가 따로 긴히 드릴 말씀이 있는데 혹시 괜찮을까요?"

설명을 마친 후 라울이 공손히 청했다.

"그래, 물론이지. 그대는 이놈을 다락에 가두도록 해."

"네, 마님."

마님은 하인장에게 명령을 내렸다. 단둘이 남자 라울이 숨겨 두었던 것을 털어놓았다. 실은 제임스가 속옷 도둑이라는 사실을 이미 알고 있었지만 나중에 쓸모가 있을까 봐 말하지 않았다고.

로즈미나는 기가 막혀 라울의 뺨을 때렸다.

"미친놈, 그걸 이제야 말해?"

“죄송합니다.”

“그놈이 그런 변태라는 걸 미리 알았더라면 진즉에 조치를 취했을 거야. 충분히 예방할 수 있는 일이었다고.”

“네, 알아요. 알고 있어요. 죄송합니다.”

“너도 어지간히 한심한 놈이구나. 어쨌든, 알겠어. 다음부터 이런 일은 절대 없도록 해라.”

“명심하겠습니다.”

라울은 고분고분했다. 로즈미나는 뒤늦게 입술을 깨물었다. 뒤늦게 저 아이에게 손을 올린 것이 후회스러웠다. 벌써 살갗이 울긋불긋했다.

로즈미나는 라울을 향해 손을 뻗었다가 다시 거두었다.

“네가 이미 알고 있었냐는 사실은 비밀인 거야. 나도 다른 사람들에게 말하지 않으마. 알겠지?”

“네, 마님.”

“……왜 갑자기 마님이라고 불러?”

“마님 맞죠. 왜, 싫어요?”

“아니. 아니야. 싫지는 않아.”

“제가 무슨 자격으로 당신의 이름을 부르겠어요. 당신이 아가씨 편을 드느라 저한테 머리끝까지 화가 난 게 이렇게 똑똑히 보이는데. 안 그래요?”

라울은 바닥을 보며 나직이 말했다. 로즈미나는 거듭 입술을 물었다. 라울의 뺨은 빠르게 붓고 있었다. 로즈미나는 자신의 손바닥이 불에 타는 느낌이었다.

"같은 여자라서 그렇지. 너는 사내라서 제임스의 도둑질을 보고도 그리 심각하다는 생각이 안 들었을지 모르겠지만, 나는 상상만으로 소름이 끼쳐. 엘리자베스도 마찬가지일 테고."

로즈미나가 차가운 태도로 변명했다. 거짓말은 아니었다. 속옷 도둑이라니. 아무리 다른 이의 약점을 잡고 싶다 한들 같은 공포를 아는 자신이라면 절대 비밀로 하지 않았을 터였다.

"그래요. 그러게요."

라울이 건조하게 대답했다. 로즈미나는 그의 표정이 마음에 들지 않았다.

"더 할 얘기 없지?"

"없어요."

"그럼 가 봐."

"네, 마님."

마지막 호칭에 힘이 들어갔다. 찡그린 로즈미나의 얼굴을 무시하며 라울은 뒤돌아 퇴장했다. 뺨이 욱신댔다.

라울은 레티 때문에 지금껏 침묵한 일을 후회했다. 하지만 로즈미나는 엘리자베스 때문에 그의 침묵에 분노했다. 둘은 별개의 일이었다. 비참했다. 맞아도 싸다고 생각하긴 했지만, 엘리자베스 메리요트 때문에, 고작 그 사람 때문에, 그것도 하필 로즈미나 메리요트의 손에 맞았다는 사실이 기가 막혔다.

손님들이 각자 피로와 술에 취해 방으로 돌아간 이후, 로즈미나가 엘리자베스를 불렀다.

"별관에서 소동이 있었다며."

로즈미나는 본론부터 던졌다. 엘리자베스는 침묵했다. 로즈미나는 피곤해 보였다. 한 치의 흐트러짐도 없는 화장 아래 피부는 창백했다.

"레티라는 아이에겐 당분간 일을 쉬라고 했어. 다른 사람들한테는 몸이 안 좋아서 쉬는 거라고 알릴 거야. 제임스는 다락에 가둬놨다. 무도회가 끝난 후에 처리하마."

"……어떻게 처리하실 건데요."

"쫓아내야지. 멀쩡한 일자리에 발도 못 붙이게 될 거야."

"그냥 경찰에 넘기세요. 강간 미수였어요. 처벌할 수 있어요."

"그건 안 되지. 신문에 대문짝만하게 기사가 나올걸. '메리요트 가문의 마부, 하녀를 겁탈하려 하다.' 너무 자극적이지 않니?"

"가문에 먹칠하지 않기 위해 조용히 넘어가자는 거네요."

엘리자베스의 음성이 차가워졌다. 로즈미나가 나직하게 말을 이었다.

"네가 그렇게도 끔찍하게 아끼는 그 하녀를 배려하는 일이기도 해. 싸구려 특종을 원하는 삼류 기자들이 그 아일 어떻게 대할 것 같아?"

엘리자베스가 주먹을 말아 쥐었다. 말마따나 별로 예상하기 어려운 일도 아니라서 더욱 분노가 치밀었다. 게다가 한 가지 구절이 몹시 오싹했다.

〈네가 그렇게도 끔찍하게 아끼는 그 하녀.〉

"이번 일은 그냥 덮자. 쓰레기를 처벌하기 위해서 꼭 법에만 기댈 필요는 없어. 제임스 그놈은 한평생 비참하게 살 거라고 보장하마. 경찰까지 불러서 일 키울 필요 없어."

"……네, 어머니."

"그리고, 엘리자베스."

"네."

"별관에서 물건 사라진 적 있지? 펜이랑 담요랑 속옷 같은 거."

엘리자베스의 눈이 흔들렸다. 고민하고 고민하다 끝내 어머니한테는 말하지 않은 일이었다. 그때는 참 미련하게도 케이트를 사랑했으니까. 그녀가 의심스럽기는 했지만 케이트가 공식적으로 도둑으로 몰리는 일을 막고 싶었다.

"어떻게 알았는지 궁금해하는 표정이네."

로즈미나가 정확하게 지적했다. 엘리자베스가 입술을 깨물었다. 로즈미나의 웃음이 엘리자베스의 심장을 찔렀다.

"엘리자베스. 이 집에서 내가 모르는 건 없단다."

왜 어머니가 자신을 조롱하는지 알 수 없었다.

당신은 내 어머니고 나는 당신의 딸인데, 왜?

친딸에게 자신이 저택 내에서 가장 큰 영향력을 가졌다고 자랑할 이유는 없었다. 그런 과시와 경쟁은 모녀지간에서 필요하지 않았다. 엘리자베스는 더욱 혼란스러웠다.

"제임스가 범인이야."

"뭐라고요?"

"그놈이 자백했어. 너를 향한 애타는 마음을 주체하지 못해 물건이라도 훔쳐서 품에 두고 싶었다는구나. 제정신이 아니지, 진짜."

엘리자베스가 창백해졌다. 역겨워서 참을 수가 없었다. 케이트를 의심했던 게 뒤늦게 죄스러워졌다. 제임스를 죽기 직전까지 패고 싶다는 충동이 다시 스멀스멀 올라왔다.

"그놈은 충분히 벌 받을 거야. 그러니까 너무 걱정하지 말고, 허튼짓도 하지 마."

폭력을 향한 갈망이 고스란히 표정에 드러난 모양인지. 로즈미나는 허튼짓하지 말라는 부분을 강조하며 말했다. 엘리자베스는 억지로 수긍했다.

"네, 어머니."

"그리고 엘리자베스."

"네."

"하녀는 하녀일 뿐이지, 그렇지?"

엘리자베스의 마음이 내려앉았다. 이 집에서 자신이 모르는 건 없다는 자랑에는 이런 이유가 있던 것이다.

"너무 깊이 빠지지는 말렴."

로즈미나가 조곤조곤 명령했다. 엘리자베스는 수치스러웠다.

그녀는 뒤돌아 방을 나갔다. 어머니에게 인사하지 않았다. 예의에는 어긋나는 일이지만 상관없을 것 같았다. 어머니는 딸을 부르지 않았다. 딸은 어머니로부터 끝까지 도망쳤다.

두 번째 날이 밝았다. 새벽까지 무도회를 즐긴 손님들은 느릿느릿 일어났다. 메리요트 저택의 주방장이 심혈을 기울여 준비한 아침 식사 후에는 볕이 잘 드는 응접실에 둘러앉아 차를 마셨다.

대화의 소재는 어제와 비슷했다. 날씨, 음식, 스포츠, 무도회, 다시 무도회, 문학, 음악, 날씨, 또 날씨. 가장 최근에 수도에서 유행하는 패션에 대한 수다가 오갔고, 심각한 어투로 국제 정세를 논하는 이들도 있었다. 그 흔한 흐름에 마님과 아가씨는 매끄럽게 편승했다. 하지만 엘리자베스는 매 순간 피로를 느꼈다.

“엘리자베스 양, 표정이 어둡군요. 몸이 안 좋으신가요?”

“아뇨, 아니에요. 어제 너무 늦게 자서 조금 피곤한가 봐요.”

“무리하지는 마십시오. 가냘픈 숙녀분께서 몸을 혹사했다가 병이라도 얻을까 봐 걱정이에요.”

“걱정해줘서 고마워요, 루카스 군. 하지만 제 건강은 멀쩡합니다.”

엘리자베스는 웃으며 찻잔을 쥐었다. 루카스는 그 미소를 믿고 헤벌쭉 웃었다. 한편 라이언은 경쟁자를 견제하며 노려보는 대신 다소 불퉁한 표정으로 차만 홀짝이고 있었다. 어젯밤 과음한 결과였다. 엘리자베스는 두 남자를 번갈아 견주며 무력감을 느꼈다.

‘차라리 헤르멘 쪽이 낫지, 그렇지?’

엘리자베스는 과자를 고르는 척하며 생각에 잠겼다. 같은 귀족이고 예의범절이나 생김새가 그나마 나았다. 적어도 라이언 모란처럼 첫날부터 술을 퍼마시는 불상사를 저지르지는 않았다.

‘어머니도 좋아하실 거야. 어쨌든 헤르멘은 자작의 아들이니까. 다른 귀족한테 손가락질 받을 일도 없을 거고. 그리고…….’

레티. 속절없이 연인이 떠올랐다. 누구와 결혼하는 게 자신과 가문에 유리할까 궁리하는 와중에도 그녀가 그리웠다.

“다행이군요. 건강이 최고예요, 안 그런가요? 건강은 돈으로도 살 수 없죠.”

“제 생각도 같아요, 루카스 군. 건강은 하늘이 내린 축복이죠.”

루카스가 나불대자 엘리자베스는 옆에서 적당히 맞장구쳤다. 얼굴 예쁜 상속녀가 제 말에 귀 기울이는 듯 하자 루카스는 어깨에 힘이 들어갔다. 루카스는 오만한 눈으로 경쟁자를 돌아보았다.

"맞아요, 축복이 맞습니다. 그리고 아까도 말했지만 그 축복은 돈으로도 살 수 없죠. 돈으로 이 세상에서 모든 걸 해결할 수 있다고 믿는 것처럼 미련한 짓도 없을 거예요, 안 그래요?"

가진 건 돈밖에 없는 라이언을 향한 비난이었다. 귀족도 아닌 주제에 돈이 많다는 이유로 감히 저와 맞먹을 수 있다고 생각하다니.

루카스가 노골적으로 시비를 걸자 숙취에 절어 있던 라이언이 고개를 들어 상대방을 마주 쏘아보았다.

로즈미나의 속에서는 환멸이 들끓었다. 엘리자베스는 가장 유력한 남편 후보들의 꼴에 절망을 느낄 정도였다.

"그렇죠, 돈으로 살 수 없는 것들이 있죠. 세상에는 돈보다도 중요한 가치가 훨씬 많고요. 예를 들어 미덕과 교양이라든가."

엘리자베스는 거의 포기한 심정이 되었다. 라이언은 루카스를 똑바로 보았다.

"하지만 이 세상에는 그런 중요한 가치를 아무리 애써도 가지지 못하는 사람이 있는 것 같아요. 애석할 따름이죠."

'너 말이야, 이 새끼야.' 라이언이 눈빛으로 덧붙였다. '미덕? 교양? 그딴 거 없어. 귀족이면 뭐하니.'

웬일로 맞는 말을 하는가 싶더니 역시나 시비였다. 라이언이 조롱으로 받아치자 루카스는 얼굴을 붉혔다.

그런 와중에도 시간은 흘렀다. 오후에 손님들은 저택 내부를 구경했다. 메리요트 가문 사람들의 초상화를 포함한 각종 예술품을 대대로 간직해온 전속 미술관과 정원사들이 애지중지 가꿔온 온실 정원까지. 그 규모와 아름다움에 모두 감탄했다.

그러나 모두가 진심으로 찬탄하는 것은 아니었다. 그중 유독 가라앉은 눈으로 형식적인 칭찬만을 내뱉는 이들이 있었다. 엘리자베스의 사촌들. 엘리자베스가 결혼한다면 이 아름다운 저택에서 단 한 뼘의 땅도 가져가지 못할 이들. 문득 마이클과 눈이 마주친 엘리자베스는 시선을 돌렸다.

저택을 둘러본 후 누군가 메리요트 남작 부인에게 피아노 연주를 청했다. 로즈미나는 거절했지만 내리 청이 쏟아졌다. 그녀는 마지못해 피아노 앞에 앉았다.

아름다운 선율이 울려 퍼졌다. 로즈미나의 연주에 찬탄을 숨기지 못하는 사람들 틈에서 엘리자베스는 속이 울렁거렸다. 연주가 끝나자마자 박수가 쏟아졌다. 요란한 갈채에 숙덕임이 섞였다.

"정말 천재라는 호칭이 아깝지가 않네요. 그런데 왜 예전에는 그렇게 연주하는 일을 꺼리셨대요? 저분 연주를 들어 본 적이 거의 없어요."

"그야 고(故) 메리요트 남작님이 음악을 싫어하셨으니까. 생전에는 음악실이 아예 잠겨 있었대."

"네? 남작님이 음악을 싫어하시기까지 하셨다고요?"

"나는 그렇게 들었어. 특히 딸이 태어난 후엔……."

엘리자베스는 더 듣지 못했다. 사람들이 엘리자베스에게도 연주를 청했기 때문이었다. 로즈미나가 눈가를 굳히는 순간 문이 열렸다.

"배고프던 차에 잘됐네."

"자자, 다들 다과라도 들면서 좀 쉬어요."

저택의 사용인들은 아기자기한 케이크와 말린 과일, 고급 도자기에 담긴 홍차를 들고 시기적절하게 나타났다. 사람들은 즐거워 재잘거렸다. 마님의 아름다운 피아노 연주조차 잠시 잊혔다.

로즈미나는 안도의 한숨을 되삼켰다. 딸도, 엄마도, 서로 다른 이유로 연주가 비교되는 걸 원치 않았다.

"그나저나 올겨울은 상당히 따뜻하지 않아요?"

"그러게요. 게다가 눈은 고사하고 비도 거의 안 왔어요. 땅이 완전 메말랐던데요."

"질척질척한 것보다는 메마른 게 차라리 낫죠, 뭐."

무해하고 무익하고 무의미한 대화.

엘리자베스는 비명을 지르고 싶은 마음을 숨기며 그에 동참했다.

누군가 새로운 게임을 제안하자 사람들은 곧 게임에 빠져들었다. 엘리자베스는 필요 이상으로 몰입했다. 아무도 그녀에게 피아노를 쳐달라고 말하지 않았다.

잠시 후 게임이 소강 상태에 접어들 무렵 엘리자베스는 슬그머니 빠져나왔다. 그녀는 하녀장을 통해 전갈을 보낸 뒤 온실에 갔다. 1초가 영원처럼 흘렀다.

"아가씨."

마침내 발소리. 동시에 그리운 목소리.

"레티."

듣기만 해도 심장을 찌르는 이름. 그러나 그 고통은 달콤했다. 레티는 온실 문을 꼭 닫고 주변에 아무도 없음을 확인한 뒤에야 연인에게 달려가 품에 안겼다. 엘리자베스가 레티의 머리에 뺨을 기댔다. 헤어진 지 채 하루도 되지 않았는데 억겁의 시간을 견딘 듯했다.

"아가씨. 지금 여기 있어도 돼요? 손님들은 어쩌고요."

"그 사람들 얘기는 하지도 마. 이미 머리가 터질 것 같으니까."

엘리자베스는 단호하게, 다정하게 당부하고는 입을 맞췄다. 레티가 눈을 감고 연인의 목을 안았다.

숨어서 품는 사랑이라 이렇게 달콤한가? 금단의 만남이 주는 짜릿함이 애틋함과 설렘을 더하는 걸까. 아니, 서로의 소중함을 고작 그런 찰나의 흥분만으로 설명할 수 없었다. 단순한 자극이나 불장난이 아니었다.

애초에 둘 다 이런 위태로움을 즐기는 성격이 아니었다. 오직 서로를 위해서 평소답지 않게 모험을 택했다.

"괜찮아, 레티?"

"……네."

"정말 괜찮아? 괜찮은 거 맞아?"

"아가씨, 제임스, 그 사람. 그놈 어떻게 됐어요?"

"일단 가둬놨어. 무도회가 끝나고 나면 어머니가 정리하겠대. 다시는 멀쩡한 일터에 발도 못 붙이게 할 거래. 걱정하지 마, 레티. 확실히 처벌할 테니까."

"혹시 경찰한테는 알렸나요?"

"……아니."

"나중에 알릴 생각인가요?"

"레티, 정말 미안해. 나는 알리고 싶었어. 그런데, 어머니가 그러지 말자고 했어. 일이 커지면 너한테 또 피해가 생길 수도 있고, 그리고……."

"아. 이해해요, 아가씨. 완벽하게 이해해요. 괜찮아요. 미안해하지 않으셔도 돼요."

"아냐, 미안해. 정말 미안해."

"괜찮아요, 아가씨. 저도 사실 고민했어요. 그놈이 확실하게 처벌받는 걸 보고 싶다가도 너무 피곤해요. 어제 일은 생각하기도 싫어요. 그런데 법정까지 가면 증언이나 진술 같은 온갖 일을 다 해야 할 거 아녜요. 감당할 수 있을지 모르겠어요."

"억지로 감당하지 않아도 돼. 애쓸 필요 없어. 너는 그냥 나아지는 데만 집중해. 너만 괜찮으면 돼."

"고마워요, 아가씨."

"이건 당연한 거야, 레티."

엘리자베스가 뜨겁게 속삭였다. 이번에도 그녀가 먼저 입을 맞췄다. 레티는 기꺼이 입술을 내어 주며 엘리자베스의 목을 더 세게 안고 가슴을 맞붙였다. 입술이 마찰하며 미끄러질 때마다 짙은 신음이 새어 나왔다.

그들은 서로를 갈구했다. 자신들을 압박하고 감시하는 시공간을 잊고, 살을 맞대고 싶었다.

"사랑해, 레티."

"사랑해요, 아가씨."

"리지라고 불러 봐. 그게 내 애칭이야."

"리지. 내 사랑스러운 리지."

"앞으로 노스턴 부인한테는 리지라고 부르지 말라고 해야겠어."

"갑자기 왜?"

"네가 리지라고 부르니까. 앞으로는 너만 부를 수 있는 이름이야. 다른 사람은 안 돼."

리지는 당차게 선포했다. 레티는 살포시 웃었다. 슬프고도 기쁜 미소였다. 레티가 속삭였다.

"고마워요, 리지. 날 그렇게 특별하게 생각해줘서."

"아까도 말했지만 이건 당연한 거야. 널 사랑하니까."

사랑한다면서 정작 다른 사람과 결혼을 계획하는 못된 사람. 레티는 잔인한 연인의 품에 얼굴을 비볐다. 엘리자베스는 레티의 이마에, 뺨에, 머리카락에 차례로 입을 맞췄다.

엘리자베스의 손이 아래로 내려갔다. 종아리를 타고 무릎까지 접근한 연인의 손을 막으며 레티가 가냘프게 속삭였다.

"하지 마세요."

엘리자베스가 굳었다. 레티가 연인의 손목을 붙잡은 채 슬프게 입을 맞췄다. 키스가 작별을 뜻하는 것만 같아 엘리자베스는 더럭 겁먹었다. 레티는 연인의 입속 깊숙한 곳까지 자국을 남기고 다시 이마에 입을 맞췄다.

"이제 가셔야죠, 아가씨. 너무 오래 자리를 비우시면 안 돼요."

반박할 말이 없었다. 밀회는 끝났다. 꿈에 종말을 고해야 했다. 레티가 먼저 일어서서 머리와 옷을 정돈했다. 그녀가 엘리자베스의 간절한 눈을 피하며 중얼거렸다.

"안녕히 계세요, 아가씨."

레티가 도망쳤다. 혼자 남은 엘리자베스는 얼굴을 감싸며 흐느낌을 삼켰다. 화장이 뭉개질까 봐 마음껏 울지도 못했다.

엘리자베스는 패잔병처럼 온실을 나섰다. 메마른 땅에 발자국조차 남지 않았다.

저녁 식사 후, 또 무도회가 있었다. 대화, 춤, 샴페인. 어제와 다른 듯 똑같이 시간이 흘렀다. 그나마 매일 무도회의 주제는 달랐다. 오늘 손님들은 문학 작품의 등장인물처럼 꾸미고 무도회에 참석했다. 동화 속 공주와 기사, 이국적인 배경으로 펼쳐지는 소설의 주인공, 요정과 같이 환상적인 세계관에나 등장하는 존재로 분장한 사람들이 곳곳을 누볐다.

엘리자베스는 숲의 정령으로 꾸몄다. 긴 머리칼을 땋아 내리고 눈 색깔을 닮은 녹색 비단을 몸에 두르자 제법 신비로운 분위기가 났다. 얼굴과 머리칼은 반짝이도록 은가루로 화장을 했다.

거울 속을 들여다보며 엘리자베스는 만족했다. 어린아이가 된 느낌이었다. 공연히 설렜다. 이 모습을 레티가 보면 어떤 표정을 지을까. 둘이 숲속 호숫가에 갔을 때를 떠올린 엘리자베스는 레티의 반응을 상상해 보았다. 그러자 도리어 기분이 가라앉았다.

"아가씨, 너무 아름다우세요!"

"고마워."

지금 옆에서 눈을 반짝이며 호들갑을 떠는 애는 이 하녀가 아니라 레티였어야 했다는 생각이 들었다. 엘리자베스는 그리움을 삼키며 생긋 웃었다. 다시 연기할 시간이었다.

엘리자베스는 무도회장으로 향했다.

몇 시간 뒤. 저택에서 비명이 울렸다.

저택에서 시체가 발견되었다.

제6장. 그 밤

엘리자베스는 무도회에 나타나자마자 모두의 이목을 사로잡았다. 반짝이는 은색 화장과 물결치는 녹색 비단이 늘씬한 몸에 화려한 기품을 더했다. 동경, 감탄, 경계의 눈빛이 그녀를 둘러쌌다. 누군가는 제거해야 할 경쟁자를 봤고, 누군가는 쟁취해야 할 전리품을 봤다.

"옷이 너무 예쁘네요, 엘리자베스 양. 누구를 따라한 건가요?"

"숲의 정령 느낌을 내봤어요. 동화에 나오는 요정 있잖아요."

"세상에, 너무 잘 어울려요."

"칭찬 고맙습니다."

"숲의 정령 아가씨, 오늘 첫 춤은 저랑 추시겠습니까?"

“물론이죠.”

경쟁자로 보든, 전리품을 보든, 그곳에 ‘엘리자베스’는 없는 듯했다. 음악이 감미롭게 이어졌다.

레티가 보고 싶었다.

자정 즈음, 마이클은 아내 로리아와 함께 무도회장을 나와 본관의 별실을 찾았다. 그가 담배를 피울 동안 로리아는 잠자코 지켜보았다. 마이클이 스산하게 씹어뱉었다.

“그 재수 없는 계집애.”

누구를 뜻하는지는 명백했다. 로리아가 살짝 눈살을 찌푸렸다. 말조심하라는 뜻이었다. 마이클은 아랑곳하지 않고 계속해서 사납게 중얼거렸다.

“평생 노처녀로 살다가 죽을 것처럼 굴더니 인제 와서 무도회를 열어? 신랑감을 골라? 이거 원, 기가 막혀서. 유산을 통째로 먹겠다는 뜻이잖소.”

“침착하세요, 여보. 화내도 소용없어요. 그 애가 결혼하지 않는다고 해서 우리한테 당장 돈이 떨어지는 것도 아니잖아? 그 애가 노처녀로 남으면 그 어미만 신났겠죠.”

엘리자베스 메리요트가 살아있는 한 그녀의 사촌들은 단 한 푼의 돈도, 단 한 뼘의 땅도 챙길 수 없다. 엘리자베스 메리요트가 살아있는 한.

“말도 안 돼. 불공평해. 그대도 내 어머니가 어떻게 당했는지 알잖소. 고모부는 결혼 상대가 마음에 차지 않는다는 이유로 지참금을 한 푼도 주지 않았어. 하! 그놈만 생각하면…….”

메리요트 남작과 마이클의 어머니는 사이가 서먹한 남매였다. 두 사람의 아버지는 비교적 일찍 돌아가셨고, 엄격한 오라비가 가장 노릇을 했다. 마이클의 어머니는 정략결혼을 하지 않고 연애로 결혼했다. 마이클의 아버지는 귀족은 귀족이되 작위를 사서 그 반열에 합류한 사람이었다. 메리요트 남작은 질이 떨어진다며 결혼을 반대했다. 여동생은 그를 무시하고 기어코 결혼했지만 대신 유산과 지참금을 빼앗겼다.

“그런데 이제 그 딸년이 유산을 홀라당 먹어버리겠다?”

그딴 일이 벌어지도록 두고 볼 줄 안다면 오산이었다.

심지어 가장 유력한 신랑 후보에는 라이언 모란이 포함되었다. 공장주의 아들. 평민. 그놈이야말로 작위조차 사지 못한, 메리요트 남작이 그토록 경멸하던 ‘질 떨어지는’ 놈이었다. 그런데 메리요트 남작의 따님께서는 그런 놈과 결혼해서라도 유산을 독차지하겠다니 어처구니가 없었다.

“이 발칙한 아가씨를 이제 어쩐다…….”

마이클은 새 담배를 말며 중얼거렸다. 로리아는 침묵을 지켰다.

곧, 별실 안에 희뿌연 연기가 가득 찼다.

자정이 넘은 시각, 무도회장에서 조금 떨어진 복도에서 두 남자가 언성을 높이고 있었다. 루카스와 라이언이었다.

"한심한 놈. 부끄럽지도 않냐?"

"부모 잘 만나서 귀족으로 태어난 주제에 목에 잔뜩 힘주고 돌아다니는 놈보다는 낫지."

"하, 그렇게 따지면 부모 잘 만나서 잘된 건 너도 마찬가지다, 모란. 네놈이 아니라 네 아버지가 공장주잖아? 어디서 잘난 척이야."

"너, 진짜 재수 없어."

"쯧, 술에 단단히 취했군."

상황은 이러했다.

라이언은 오늘도 샴페인에 너무 빨리 취하는 바람에 무도회장에서 루카스를 대놓고 비웃었다. 루카스가 입은 시대극 의상이 너무 뚱뚱하게 보인다는 것이었다.

루카스의 체형은 듬직한 쪽에 가까웠다. 뚱뚱하다는 표현은 악의가 가득 담긴 과장이었다. 하지만 라이언과 엘리자베스를 두고 다투고 있는 마당에 조롱이 더해지자 루카스는 폭발할 뻔했다. 그는 귀족의 품위를 잃고 험악하게 굴기 직전 화장실에 가겠다며 자리를 피했다.

헌데 무도회장으로 돌아가던 중 불행하게도 라이언과 다시 맞닥뜨린 것이었다. 술 좀 깨고 오라는 조언에 따라 라이언도 무도회장을 벗어나는 바람에 일어난 일이었다.

"그렇게 살지 마라, 천한 놈. 제대로 망신당하는 수가 있어."

천한 놈이라는 원색적인 비난에 라이언이 붉으락푸르락했다. 그가 주먹을 휘둘렀다. 하지만 루카스가 조금 더 빨랐다. 루카스는 잽싸게 몸을 틀어 주먹을 피한 뒤 라이언의 손목을 잡고 그를 벽에 몰아붙였다. 라이언이 추하게 발버둥 쳤다. 루카스가 차갑게 조소했다.

"너 따위가 감히 이 집의 주인이 될 수 있다고 생각하지 마라. 엘리자베스는 내 거야. 귀족은 귀족끼리 맺어져야지, 안 그래?"

라이언은 충혈된 눈으로 루카스를 노려보았다. 귀족 남자는 상대방을 놓아준 뒤 유유하게, 얄밉게 멀어졌다.

"젠장……."

라이언이 욕설을 뱉었다. 그는 느릿느릿 돌아서서 루카스와 반대 방향으로 향했다. 무도회장이 아니라 건물 바깥쪽이었다. 무도회든 뭐든 다 지긋지긋했다. 전부 귀족의 놀이였다.

아버지의 사업과 재산은 라이언을 부잣집 도련님으로 만들었지만 귀족으로 만들어 주지는 못했다. 작위를 사면 그만이지 않냐고 말할 수 있는 시절은 끝났다. 작위 판매가 성행하다 보니 귀족 출신 의원들의 주도 아래 아예 국법이 바뀌었기 때문이었다. 작위 판매는 이제 금지되었다. 세상이 한 차례 더 바뀌지 않는 한 라이언은 영원히 평민이리라.

'젠장, 그럼 대체 나보고 어쩌라고!'

돈을 그러모아 꼭대기까지 오른 듯했지만 여전히 그 위에는 더한 무엇인가가 있었다.

신분제는 질긴 구습이었다. 아무리 세상이 바뀌고 있다 한들 모든 게 하루아침에 달라지지는 않았다.

루카스 같은 자들의 경멸 어린 시선이 싫었다. 운이 좋아 높은 신분을 타고난 것만 빼면 대체 그놈들이 저보다 무엇이 더 잘났는지 알 수 없었다. 귀족과 혼인하여 작위를 얻는다면 이런 고난도 그치리라. 그래서 예전부터 계속해서 엘리자베스 곁을 맴돌았다.

하지만 그 도도한 계집은 친절하게 웃기만 할 뿐 도저히 틈을 내주지 않았다. 라이언은 점차 조급해졌다.

'네년도 똑같아. 귀족이 아니라 거들떠볼 가치도 없다는 거냐?'

열등감으로 똘똘 뭉친 사내는 복도를 목적 없이 헤맸다.

어느새 밖이었다. 찬 공기가 얼굴을 훑었다. 분노와 술에 잔뜩 취한 그는 밤바람을 개의치 않고 정원을 비틀비틀 헤맸다. 본관 건물을 지나치니 새카만 숲이 거대한 장벽처럼 앞을 가로막았다.

몇 주 전까지만 해도 피처럼 붉던 단풍나무 숲은 이제 낙엽을 떨구고 헐벗은 잿빛으로 섰다. 밤에 마주한 숲은 낮보다 훨씬 으스스한 분위기로 인간을 압도했다. 농축된 어둠이 안에 도사리고 있었다. 조금만 더 가까이 나아가 손으로 공기를 쓸면 살이 녹듯 잡아먹힐 것만 같았다.

그때 먼발치에서 소음이 터졌다. 라이언은 눈살을 찌푸리며 어둠 속을 유심히 쳐다보았다. 여러 개의 인영이 어렴풋이 보였고 어지러운 발소리와 고성이 들렸다.

영문 모를 소음과 인영이 빠르게 가까워졌다. 처음에는 흐릿하던 윤곽이 어느새 코앞에서 매우 선명하게 보였다.

안색이 창백하게 질린 어떤 남자와 그 사람을 쫓는 다른 여러 명의 남자였다. 라이언은 미처 몰랐지만 선두에 선 남자는 제임스였다. 도망치는 그를 하인들이 뒤쫓고 있었다.

"야, 미친놈아, 멈춰, 멈춰!"

"빨리 쫓아가!"

"나리, 저놈 좀 잡아주십시오!"

하인들이 고함쳤다. 얼결에 지목당한 라이언은 아직 술이 덜 깬 채로 버벅거렸다. 그사이 허겁지겁 도망치던 마부는 이를 악물고 속도를 높였다.

"비켜!"

"윽!"

마부는 앞을 가로막은 라이언을 거칠게 밀쳤다. 멍청하게 서서 주춤대던 라이언은 엉덩방아를 찧으며 우스꽝스럽게 넘어졌다.

"아니, 무슨, 이게……."

갑작스럽고 당황스러워 안 그래도 뻣뻣하던 혀가 꼬였다. 난데없는 봉변에 대한 당혹감은 곧 사라지고 금세 불같은 분노가 치밀었다.

'저놈이 감히 나를 밀쳐?!'

안 그래도 뺀질뺀질한 귀족 놈들과 짜증스러운 계집 때문에 심란해 죽겠는데. 모욕감과 취기가 질척질척한 덩어리로 뒤엉켜 라이언을 부추겼다.

"야, 이 새끼야, 거기 안 서?!"

라이언은 고래고래 소리치며 비틀비틀 일어섰다. 그는 자신을 밀친 남자가 도망친 쪽으로 씩씩대며 뛰기 시작했다.

맨정신인 하인들은 동작이 굼뜬 취객을 순식간에 앞질렀다. 그들을 따라 헉헉대며 뛰던 라이언은 얼마 못 가 서서히 느려졌다.

'젠장, 대체 뭐 하는 거야……'

몽롱하고 어지러웠다. 라이언은 가쁜 숨을 몰아쉬며 구슬땀을 훔쳤다. 갑자기 뛰고 나니 체온이 후끈하게 달아올랐다.

라이언은 주변을 둘러보았다. 그는 그제야 자신이 어디까지 뛰어왔는지 깨달았다. 새카만 숲 한가운데였다. 오스스 소름이 돋았다.

주변에 아무도 없었다. 발소리도 고성도 더는 들리지 않았다. 선득한 밤바람에 풀잎이 사각대는 소리만 들렸다. 어디선가 새가 울었다. 가늘고 서느렇게.

라이언은 천천히 뒷걸음질했다. 주변은 고요했다. 어디선가 나는 사각대는 소리만 빼면. 소리는 계속해서 가까워졌다.

그러나 아무도 보이지 않았다.

"아악!"

비명이 울렸다.

루카스는 한참 전에 돌아왔지만 아무리 둘러봐도 라이언은 보이지 않았다. 엘리자베스는 눈살을 찌푸렸다. 술에 취해 어디 널브러지기라도 한 거 아니야? 그런 품위 없는 손님이 있으면 곤란했다.

"엘리자베스 양, 누굴 찾으세요?"

"아, 루카스 군. 어머니가 어디 계신지 확인하고 있었어요."

엘리자베스는 미소를 띠며 둘러댔다. 루카스가 그토록 깔보고 싫어하는 부잣집 아들을 찾고 있었다고는 못 말하겠다. 루카스도 마주 웃었지만 어딘지 모르게 조금 격앙돼 보였다.

"엘리자베스 양. 입구 좌측에 보니 테라스가 하나 있더군요. 안내를 부탁드려도 될까요?"

"네, 물론이죠."

뜬금없이 테라스 타령이라니 엘리자베스는 불길한 예감을 느꼈다. 거절할 수는 없었다. 예의에 어긋나는 일이었다. 엘리자베스는 기계적인 친절로 루카스를 응대했다.

엘리자베스가 앞장섰고 루카스가 뒤따랐다. 그는 몹시 초조해 보였다. 테라스에 들어선 엘리자베스가 휘장을 걷고 주변을 둘러보았다. 꽤 어두웠다.

"테라스도 아름답군요. 이 저택에는 아름답지 않은 곳이 없어요."

"네, 다들 그렇게 말하죠."

"겨울이라 아쉽습니다. 지금의 정원과 숲도 대단히 예쁘지만 여름보다야 흥취가 덜할 테니까요."

"여름에 꼭 한 번 오세요. 함께 숲을 산책하면 좋겠네요."

"고마워요, 엘리자베스 양. 그럴 기회가 많았으면 좋겠네요."

엘리자베스는 형식적으로 웃었다. 하지만 전혀 웃고 싶은 기분이 아니었다. 날씨가 따뜻할 때는 삼면이 열려 있지만, 지금은 겨울이라 테라스는 통유리로 막혀 있었다. 그 공간에 단둘뿐이었다. 무슨 이야기를 하려고 여기까지 불렀는지 걱정스러웠다.

"엘리자베스 양."

"네, 루카스 군."

"제 나이 올해 스물다섯입니다. 슬슬 안정된 삶을 바랄 나이죠."

"그런가요? 모험에 더 걸맞은 나이 같은데."

"영원히 어린아이로 살 수는 없지 않습니까. 스물다섯 살이면 어른이 돼야죠. 그리고 진정한 어른이 되려면 가정을 꾸려 식구를 책임질 수 있어야 한다고 생각합니다."

"저도 동의해요, 루카스 군."

"스물네 살도 마찬가지일 것 같은데요. 안 그래요?"

"……그렇다고 볼 수 있죠."

"엘리자베스 양."

루카스가 한 걸음 더 가까이 다가왔다. 엘리자베스는 반사적으로 물러섰다. 각오하고 결정한 일인데도 너무나 싫었다.

"아까도 말씀드렸지만, 이 저택은 매우 아름다워요."

"네, 맞아요. 저와 어머니의 자랑이랍니다. 아버지가 살아계실 때는 그분의 자랑이기도 했고요."

"그리고 당신도 아름답습니다."

엘리자베스는 차라리 웃고 싶었다.

"이 아름다운 저택에서 아름다운 당신과 평생을 함께하고 싶습니다. 엘리자베스, 제 마음을 받아 주세요."

"루카스 군."

엘리자베스의 절박한 말을 무엇으로 여겼는지 루카스는 한 손으로 그녀의 어깨를 감싸며 남은 손으로 턱을 쥐었다.

머릿속이 새하얘졌다. 엘리자베스는 눈을 질끈 감았다. 루카스의 성마른 숨소리가 다가왔다. 심장은 빠르게 뛰었다. 설레서는 아니였다.

바로 그때, 멀리서 누군가의 비명이 밤공기를 조각냈다.

엘리자베스가 루카스를 밀쳐냈다. 루카스는 생각보다 쉽게 밀려났다. 엘리자베스는 도망치듯 테라스를 벗어났다. 그 흐릿하게 전해진 불길한 비명 때문에, 또한 자신의 턱을 누르던 남자의 악력 때문에 온몸에 소름이 돋았다.

무도회장으로 돌아온 엘리자베스는 어머니부터 찾았다.

"엘리자베스 양, 무슨 일이에요?"

"잠깐, 잠깐만요."

뒤따라 나온 루카스가 엘리자베스의 팔에 손을 얹자 그녀는 허겁지겁 중얼대며 그를 뿌리쳤다. 루카스의 눈에 상처와 당황이 서렸지만, 엘리자베스는 무시했다. 어머니를 찾는 일이 더 급했다.

"루카스 군, 미안해요. 잠시만 실례할게요."

드디어 로즈미나를 발견한 엘리자베스는 루카스를 돌아보는 둥 마는 둥 말했다. 루카스는 황당해하며 주먹을 움켜쥐었다.

"어머니!"

"엘리자베스, 무슨 일이니?"

하인장이 전한 말을 들은 뒤 심각한 표정으로 무도회장을 가로

지르던 로즈미나가 눈살을 찌푸렸다. 엘리자베스는 무례를 무릅쓰고 마님의 앞을 가로막았다.

"어머니, 방금 비명을 들었어요. 본관 동쪽에서요. 사용인들의 처소가 있는 곳이요."

마님의 표정이 더욱 심각해졌다. 로즈미나는 잠시 입술을 씹으며 고민했다. 옆에서 하인장이 초조하게 지켜보았다.

"……너는 여기 남아라, 엘리자베스. 손님들을 챙기도록 해. 알겠지?"

"저도 같이 가서 확인할게요."

"아니, 그럴 수 없어. 집주인들이 동시에 자리를 비우는 게 말이 되니? 손님들한테 엄청난 무례야. 넌 어서 무도회에 집중해."

로즈미나는 엄격하게 선을 그었다. 엘리자베스는 저항을 포기했다. 그녀가 두어 걸음 물러섰다. 그러다 문득 무언가를 깨닫고 미간을 확 좁혔다.

"그런데 어머니, 어머니는 어디 가시는 거예요? 무슨 일이죠?"

로즈미나가 비명을 들었을 리 없다. 엘리자베스가 테라스에서 비명을 들은 건 근처가 조용하고 비명의 근원지와 훨씬 가까웠기 때문이다. 방금까지 무도회장 한가운데에 있던 로즈미나가 비명을 들었을 리 만무했다.

게다가 로즈미나는 엘리자베스가 오기 전부터 어딘가를 바삐

가는 중이었다. 몹시 진지한 표정으로. 하인장이 무도회에 찾아와 마님께 말을 전한 데는 다른 이유가 있었다.

"어머니, 무슨 일인가요?"

엘리자베스가 다급히 물었다. 심장 박동이 위태롭게 빨라졌다.

"나중에 말해줄게."

로즈미나가 사라졌다. 뒤에 남겨진 엘리자베스는 오도카니 서서 옷자락만 괴롭혔다. 하지만 오래지 않아 심호흡한 뒤 미소를 장착했다. 그녀는 불빛을 향해 돌아섰다. 그러고는 로즈미나가 당부했던 것처럼 파티의 주최자 노릇을 했다.

엘리자베스는 루카스와도 정중한 대화를 나눴다. 하지만 예바른 가식 아래에 몹시 거북한 기류가 흘렀다. 루카스의 눈빛은 내내 서늘했다. 그녀의 손에 식은땀이 맺혔다.

'좀 무례하긴 했지. 청혼받자마자 뛰쳐나간 거니까.'

동의도 구하지 않고 입 맞추려 했다는 점에서 상대방이 훨씬 무례하기는 했지만. 루카스는 엘리자베스에게 결혼하고 싶다고 말한 직후였고, 엘리자베스는 제대로 된 대답도 주지 않고 뛰쳐나갔다. 앞으로 해결해야 할 숙제가 하나 생긴 셈이었다.

'대답…… 해 줘야겠지……'

루카스가 청혼했을 때부터, 아니, 그전부터, 엘리자베스는 이미 결정을 내려두고 있었다.

어차피 결혼은 해야 했다. 하루빨리 상속권을 확보하고 싶었다. 이왕 결혼해야 한다면 귀족인 루카스가 적격이었다. 주어진 선택지 안에서는 최선이었다.

그런데 가슴이 답답했다.

레티, 네가 보고 싶어. 너와 훨씬 오래 지내고 싶어. 너는 나를 행복하게 만드는 사람이야.

'청혼 받아들이겠다고. 최대한 빨리……'

엘리자베스는 본인이 바라는 바를 거스르며 결단을 내렸다. 그러며 제게 딱딱한 시선을 보내는 루카스에게 웃어주었다.

너덧 명의 하녀들이 레티의 방에 모여 있었다. 그들은 촛불을 밝히고 이불을 뒤집어쓴 채 에블린의 스산한 목소리에 집중했다. 얼굴은 창백하게 질려 있었다.

"그때 소녀는 이상한 소리를 들었어. 뭔가 뚝뚝 떨어지는 소리, 질척한 소리. 소녀는 느리게 돌아보았어. 그리고 그때 크고 하얀 손이 소녀를 확……!"

"꺄아악!"

"야, 하지 마. 하지 마. 무서워!"

"저기, 네가 더 무섭거든? 제발 비명 좀 지르지 말아 줄래? 야! 그만 밀쳐!"

"아, 좀, 하지 마! 얘기 마저 듣게 조용히 해."

"우리 그만 들으면 안 돼? 이거 너무 무서워."

"그게 무슨 말이야? 무서운 이야기는 끝까지 들어야지!"

윗사람들이 무도회를 즐길 때, 사용인들도 자기들끼리 노느라 바빴다. 일과도 다 끝났겠다, 날도 적당히 으스스하겠다, 하녀들은 레티의 방에 모여 서로 귀신 이야기를 들려주며 소소한 공포를 즐기기로 했다.

"들어봐. 크고 하얀 손이 소녀를 확 잡았어. 소녀는 비명을 질렀어. 그때 발밑에서 땅이 갈라지더니 거기서 손이 또……."

"싫어, 안 돼, 하지 마! 다음 이야기, 다음 이야기!"

"안 돼, 끝까지 들어보라니까?"

다들 꺅꺅대며 옥신각신했고, 그 사이에서 레티도 웃고 소리쳤다. 너무 무서울 때는 옆자리의 친구를 와락 안았다.

차라리 이게 나았다. 귀신 이야기가 주는 공포보다도 지금 무도회장에서 벌어지는 현실이 훨씬 끔찍했다.

결혼을 준비하는 엘리자베스, 약혼자가 필요한 엘리자베스, 다른 사람과 춤추는 엘리자베스, 남자에게 웃어주는 엘리자베스. 엘리자베스 아가씨, 나의 연인.

크고 하얀 손과 떨어지는 핏방울에 관한 이야기에 몰입하다 보면 현실을 잊을 수 있었다.

〈사람을 보고 왜 이렇게 놀라요? 유령이라도 본 줄 알겠네.〉

〈사람이 유령보다 더 무서워요! 어제 당신 때문에 무서워 죽는 줄 알았다고요.〉

약 한 달 전, 라울 데이커와 나누었던 이야기가 떠올랐다. 지금도 그 생각은 변함없었다. 아니, 오히려 더 강해졌다.

레티가 무서운 일을 겪는 것도 사람 때문이었고, 그녀가 슬퍼하는 이유도 사람 때문이었다. 제임스도, 아가씨도, 유령이 아닌 사람이었다.

〈그리고 하녀님, 정말로 사람이 유령보다 무서워요?〉

〈당연하죠. 유령은 실제로 존재하지 않잖아요. 사람이랑은 다르게.〉

〈그러게요. 슬픈 일이에요.〉

그때 라울은 왜 슬프다고 한 걸까? 유령이 실제로 존재하지 않아서? 아니면 사람은 실제로 존재하기 때문에?

'알 게 뭐야.'

레티는 곧 생각을 그쳤다. 라울도, 제임스도, 엘리자베스도 생각하고 싶지 않았다. 허무맹랑한 귀신 이야기에 집중하고 싶었다.

"그나저나 레티, 너 몸은 많이 나아졌어?"

"어, 어? 응, 괜찮아. 이제 멀쩡해."

"몸살이라고 해서 걱정했더니만. 그냥 감기였나 보다."

"응, 그런 것 같아."

레티가 당분간 일을 쉴 수 있도록 마님과 하녀장이 배려한 결과였다. 공식적인 이유는 몸살. 실제로 일어났던 일은 조용히 묻혔다.

"어쨌든 다 나아서 다행이야. 그래도 며칠 더 쉬는 거지, 레티?"

"응, 내일모레까지. 새먼 부인이 허락해 주셨어."

"그래, 이참에 푹 쉬어, 레티. 병 키우면 큰일이야."

"맞아. 이게 다 과로해서 그렇다니까. 그놈의 무도회 때문에 사지가 떨어질 것 같아."

"그러니까 말이야. 빨리 좀 끝났으면 좋겠어. 손님들도 어서 집으로 꺼졌으면."

그러게. 빨리 꺼졌으면. 레티는 우울하게 생각했다. 아니다, 그들이 꺼진다는 건 무도회가 끝난다는 뜻이었다. 그때쯤에는 엘리자베스는 누군가의 약혼녀일 테다.

"애들아, 우리 도전 게임 하는 거 어때?"

"싫어. 불안해."

누군가 칭얼댔지만, 레티는 눈을 반짝이며 집중했다. 도전 게임은 술래가 임무를 받고 그 임무를 이행하지 않으면 따로 벌칙을 수행해야 하는 게임이었다. 그리고 이번의 도전은 바로…….

"밖으로 나간다. 그리고 온실 옆에 자라는 밤나무 가지에서 겨우살이 하나를 꺾어온다. 됐지?"

"이 밤에?"

"진짜 춥겠다."

"추운 게 문제가 아니지. 완전 무서울걸? 어둡고, 춥고, 바람이 속삭이고, 그러다 웬 크고 하얀 손이 갑자기 확!"

"으악, 하지 마!"

시끄럽게 떠들면서 하녀들은 제비를 뽑았다. 그 결과, 지아나가 술래가 되었다. 뽑히지 않은 나머지가 울상이 된 지아나를 실컷 놀렸다. 툴툴대던 지아나가 외투를 챙기며 비장한 표정으로 말했다.

"그럼 다녀온다."

"중간에 길 잃지 말고!"

"맞아. 그리고 크고 하얀 손에 붙잡히지 말고!"

"시끄러워, 이것들아."

지아나가 딱딱거렸지만 친구들은 개의치 않고 그녀를 놀렸다. 레티도 분위기에 휩쓸려 유령의 손에 대해 재잘대며 크게 웃었다. 지아나는 친구들을 음침하게 노려본 뒤 방을 나섰다.

지아나가 나가고 얼마 지나지 않았을 무렵이었다.

"방금 무슨 소리 나지 않았어?"

"무슨 소리?"

"진짜야. 비명이었어. 지아나 같았는데. 지아나 목소리였어."

"야, 너 무섭게 왜 그래? 헛소리하지 말고 앉아."

“그래, 침착해, 에블린. 별일 아닐 거야. 하얀 손에 붙잡히기라도 했나 보지.”

“진짜야, 이거 농담 아니야, 나 아까 들었어!”

레티는 심장이 너무 빨리 뛰었다. 정말로 누군가 비명을 질렀다면? 지아나가 어제 저와 같은 일을 겪었다면?

“어, 레티, 야, 어디 가?”

“레티, 같이 가!”

레티가 벌떡 일어나 외투를 챙겨 나갔다. 놀란 에블린이 뒤따랐고, 나머지도 당황하며 서둘러 따라 나갔다. 비명이 이어졌다. 이제는 확실했다. 분명 지아나의 목소리였다. 복도의 다른 방문들도 연달아 벌컥벌컥 열렸다. 누군가 짜증스레 내뱉었다.

“왜 이렇게 시끄러워? 잠 좀 자자!”

레티는 있는 힘껏 쪽문을 향해 달렸다. 비명이 점점 가까워졌다. 레티는 문을 열어젖혔다. 지아나는 멀지 않은 곳에 서 있었다.

“지아나, 무슨 일이야? 괜찮아? 왜 그래?”

“저기, 저기……!”

지아나는 혼비백산하며 흐느꼈다. 레티는 친구를 꽉 안으며 눈을 흡떴다. 손과 입이 잘게 떨렸다. 다른 하녀가 램프를 들이대었다. 불빛이 모든 걸 적나라하게 드러냈다.

피. 붉은빛. 사람도 유령도 아니었다.

다만 시체였다.

라이언 모란이었다.

하인장이 귓속말로 전한 소식은 당황스럽기 짝이 없었다. 제임스가 탈출했다는 내용이었다.

허무맹랑한 일은 아니었다. 메리요트 저택은 군사 기지가 아니었다. 경비원이 대문을 지키기는 했지만 일단 집 안에서는 자유롭게 오갈 수 있었다.

제임스를 가둬 둔 다락방도 감시가 삼엄하지는 않았다. 손은 묶어 두었지만 발은 자유로웠고, 앞을 지키는 사람도 저택의 하인이었다. 오랫동안 마부로 일해온 제임스와 면식이 있을 수밖에 없었다.

제임스가 이것저것 핑계를 대며 불쌍한 척 호소하자 그를 감시하던 하인들의 마음이 물러졌다. 제임스가 화장실에 가고 싶다는 핑계로 다락을 나섰을 때 일이 터졌다.

양 손목이 자유로워진 제임스는 하인들을 뿌리치고 도망갔다. 허무하지만 효과적인 탈출이었다. 그는 저택과 그 주변의 지리에 익숙했다. 제임스는 쉽게 추격자를 따돌리고 건물을 벗어났다. 칠흑 같은 밤이 그를 덮었다. 단풍나무 숲의 어둠 속에 파묻히자 하인들은 제임스를 놓쳤다.

하인들은 저택으로 돌아가 보고했다. 하인장은 마님께 달려갔다. 가둬둔 죄인이 탈출했으니, 무도회를 방해하는 무례를 무릅쓰고라도 일단 알려야 했다.

보고를 받은 로즈미나는 무도회장을 벗어났다.

"저기, 저기, 시체가……!"

다들 평범하게 살아온 사람들이었다. 바닥에 얼굴을 처박고 쓰러진 시체를 보고 침착하게 대응할 수 있을 리 없었다.

비명을 듣고 시끄럽다고 성내며 뛰쳐나온 다른 하녀도, 하나둘씩 소란에 이끌려 모습을 드러낸 하인도, 전부 같은 풍경을 보고 얼어붙거나 소리를 질렀다.

레티는 덜덜 떠는 지아나를 끌어안은 채 시체를 정신없이 쳐다보았다. 눈을 떼고 싶었으나 계속 쳐다보게 되었다. 멍한 비현실감이 극심한 공포와 뒤엉켰다.

"이게 무슨 일이지?"

권위를 담은 목소리가 들렸다. 마님이었다.

도망친 마부에 관한 보고를 들으러 왔다가 사용인들이 오밤중에 와글와글 나와 있는 걸 보고 로즈미나는 눈살을 찌푸렸다.

"사람이 죽었습니다!"

누군가 이성을 잃은 사람처럼 울부짖었다. 너무나 뜻밖의 말이었다. 로즈미나는 그 사람의 손가락질에 따라 곧장 고개를 돌렸다가 얼어붙었다. 그러나 사용인들처럼 우왕좌왕하지는 않았다.

"……다들 방으로 돌아가."

혼란에 빠진 사람들은 웅성거릴 뿐 지시를 따라야 한다는 생각도 못 했다. 로즈미나가 목소리를 왈칵 높였다.

"다들 듣지 못했나? 당장 방으로 돌아가!"

그제야 사람들이 덜덜 떨며 하나둘씩 흩어지기 시작했다.

"새먼 부인은 여기 남게. 그대도 마찬가지야."

슬그머니 물러나려던 하녀장이 마님의 부름에 우뚝 멈췄다. 하인장도 마찬가지였다.

"너희 둘도 여기 남아라."

로즈미나는 하인 두 명을 무작위로 붙잡았다. 그들도 쭈뼛쭈뼛 자리에 남았다.

레티, 지아나, 에블린은 마님에게 호명된 것이 아닌데도 아직 자리를 뜨지 못했다. 충격에 빠진 지아나가 고장 난 듯 얼어붙은 까닭이었다.

로즈미나는 다른 사람들이 사라진 뒤에도 뭉그적거리는 세 사람을 주목했다. 한 명을 두 명이 둘러싸고 달래는 구도를 보니 어떤 상황인지 쉽게 알아차릴 수 있었다.

"네가 시체를 발견한 거니?"

로즈미나는 정확히 지아나를 지목했다. 지아나는 가까스로 고개만 끄덕였다.

“새먼 부인, 이 아이를 응접실로 데려가서 담요와 따뜻한 차를 내어주게.”

“네, 마님.”

대답하는 하녀장의 얼굴은 종잇장처럼 창백했다. 로즈미나가 에블린과 레티를 보며 단정하게 덧붙였다.

“너희 둘도 같이 가서 네 친구 곁에 있어 주렴.”

레티는 마님의 정신력에 대한 무한한 존경심을 느꼈다. 당장 눈앞에 시체가 있었다. 심지어 본인이 주최한 무도회 도중에 일어난 일이었다. 하지만 마님은 침착하게 버티고 있었다. 손끝이 살짝 떨리는 것이 다였다. 저 단호한 눈빛과 필사적인 입매가 누군가를 닮았다고 생각했다. 생각이 이어지기 전, 옆에서 흐느끼는 소리가 터졌다.

“흑…….”

지아나였다.

“다들 이쪽으로 오세요.”

새먼 부인이 떨리는 목소리로 지시했다. 레티와 에블린은 지아나를 양쪽에서 조심스레 부축했다.

레티는 뒤를 무심코 돌아보다가 자신을 뚫어질 듯 쳐다보는 시선과 마주쳤다. 그녀는 흠칫하며 도로 고개를 돌렸다.

'뭐지?'

마님이 레티를 너무 빤히 보고 있었다. 도저히 그 짧은 시간에는 파악할 수 없는 깊이를 담긴 눈으로.

하녀들이 떠나자 마님은 눈앞의 시체를 해결하는 데 집중했다.

"시내에서 경감님과 의사를 모셔와. 저택에서 시체가 발견됐으니 최대한 빨리 와주셨으면 좋겠다고 말씀드려."

"네, 마님."

심부름을 받은 하인 하나가 조르르 건물 안으로 사라졌다.

세 명의 산 자와 한 명의 죽은 자만이 어둠을 지켰다.

"이분은……."

"라이언 모란."

하인장이 중얼대자 로즈미나가 나직하게 답했다. 들고 있는 촛불 때문에 기괴하게 질린 망자의 얼굴이 선명하게 보였다. 하인장은 해쓱한 얼굴로 외면했다. 로즈미나는 마찬가지로 토할 것 같은 와중에도 시체를 계속 쏘아보았다.

'왜?'

얼마 전까지만 해도 무도회장에서 술에 취해 루카스와 신경전을 벌이느라 모두를 피곤하게 만들고 있던 라이언이다. 팔팔하게 살아있던 작자가 갑자기 왜, 어떻게, 이런 식으로 엉뚱한 사람들에게 발견되었는지.

누가 이 사람을 이렇게 만들었을까.

로즈미나는 저도 모르게 범인을 추론했다. 괜히 현장을 훼손할까 봐 시체를 자세히 살피지 못하고 있었으나, 육안에 비치는 참담한 모습과 단순한 직감이 이건 절대 자연스러운 사고가 아니라고 끈질기게 우겼다. 혹은, 단순한 사고로만 끝나지는 않을 것 같다고.

하지만 도저히 누가 이런 일을 꾸몄는지 감조차 잡을 수 없었다.

'그리고 왜 하필 이런 때, 이 집에서……'

로즈미나는 어금니를 아득 물었다. 제일 화나는 지점이었다. 이런 불미스러운 일이 자신의 집에서, 직접 주최한 무도회 도중에 일어났다니. 메리요트 가문의 외동딸이 신랑을 고르는 경사스럽고도 예민한 자리에 거대한 불상사가 끼어버렸다.

도대체 이 사실을 다른 손님들에게 어떻게 전해야 할지도 막막했다. 심지어 그중에는 죽은 라이언의 친구들도 있었다.

"마님, 두 분 다 한 시간 이내로 도착하신다고 하셨습니다!"

심부름을 보냈던 하인이 숨을 몰아쉬며 돌아왔다. 마님은 생각을 애써 그치고 눈 앞의 일에 집중했다.

"그래, 수고했다. 이제 너희 둘은 이 자리에서 경감님과 의사가 올 때까지 기다려."

"다, 단둘이 말씀입니까, 마님?"

"그래."

하인 둘은 당장 맨몸으로 바다에 뛰어들라는 명령을 받은 듯한 표정을 지었다. 로즈미나는 신경 쓰지 않고 하인장에게 명령했다.

"우리 둘은 응접실로 가지. 하녀들에게 물어볼 게 있어."

"네, 마님."

하인장은 어둡고 추운 곳에서 시체를 지키는 역할을 맡지 않아도 된다는 데 감격하여 기꺼이 뒤따랐다.

로즈미나는 어깨 너머로 하인들에게 단단히 당부했다.

"그리고 아무것도 만지지 마. 알겠지?"

가까이 갈 생각도 없었다.

하인들은 서글프게 마님과 하인장을 쳐다봤지만, 두 사람은 이미 저만치 멀어진 뒤였다.

지아나는 계속해서 울었다. 날카롭고 탁한 숨소리가 뚝뚝 끊겨 나왔다.

시체를 목격한데다가 아까부터 계속 우는 소리에 시달린 레티는 돌아버릴 지경이었다. 자신은 결코 다른 사람들이 말하는 것처럼 착한 성격은 아닌 듯했다.

"지아나, 그만 울어. 인제 그만 울어, 제발."

너무, 너무 시끄러웠다.

레티는 본인도 비명을 지르고 싶은 걸 참으며 어금니를 악물었다.

피. 시체. 기괴한 색깔로 질린 살결, 죽음에 잡아먹힌 남자의 얼굴.

그런 것들이 거듭 생각나 어지러웠다. 레티도 공포를 느꼈다. 조용한 곳으로 도망쳐 이불 아래 숨고 싶었다. 친했던 친구의 울음소리마저 거슬렸다. 정말 미쳐가는 것 같았다.

그때 마님이 들어왔다.

"지아나, 에블린, 레티."

로즈미나는 차분히 세 사람의 이름을 나열했다.

하녀들은 조금 흠칫했다. 레티야 불과 어제 제임스 때문에 그 난리가 있었으니 마님께서 이름을 외운 게 이상하지 않았지만, 다른 하녀들의 이름까지 전부 알고 있다는 건 의외였다. 평소에 이들은 높으신 마님과 얼굴을 맞댈 틈도 없었다.

마님께서는 저택을 오가는 모든 사람과 저택에서 일어나는 모든 일을 다 꿰뚫고 있는 걸까. 그럼 아까 그 시체를 둘러싼 진실도 마님은 과연 알고 있을까? 엘리자베스 아가씨에 대해서는?

연인을 떠올리자 레티는 마음이 차갑게 식었다. 남작 부인이 둘의 관계마저 알고 있을까 봐 거북했다.

"지아나, 좀 진정됐니?"

"네, 마님, 흑……."

진정되기는 무슨. 레티는 한숨을 어렵게 되삼켰다. 조금 전까지만 해도 끊임없이 흐느끼고 훌쩍이고 울먹이는 지아나 때문에 머리가 다 아팠는데. 그런 생각을 하면서도 레티는 죄책감을 느꼈다.

'난 왜 이리 못됐을까. 원래 이런 사람이었나.'

"천천히, 오늘 어떤 일이 일어났는지 말해 주겠니?"

하녀들과 마주 앉은 마님이 부드럽게 촉구했다. 지아나는 눈물을 삼키면서 이야기를 시작했다. 이야기는 하녀들끼리 괴담을 나누던 때까지 거슬러 올라가 도전 게임을 하던 대목에 이르렀다.

"그래서 제가 술래가 돼서 나갔는데, 흑! 온실로 가는 중에 발소리가 들리고, 신음이 들려서, 거기 누구 있어요? 라고 외쳤더니, 흐윽, 갑자기 그분이 나타나서……."

"처음 발견했을 때 살아 있었던 거니?"

로즈미나가 날카롭게 질문했다. 지아나는 예절조차 잊고 손등으로 눈물을 쓱쓱 문질러 닦으며 고개를 끄덕였다.

"네, 마님. 비틀거리며 걸어오고 계셨어요. 그러다 얼마 못 가서 제 앞에 쓰러지셨고. 그래서 저는 너무 놀라서……."

로즈미나는 눈살을 찌푸렸다. 살아 있는 상태로 나타나 그곳에서 죽었다고? 죽은 채로 발견된 게 아니라?

"지아나, 정말 힘들고 끔찍한 일이겠지만 기억을 되살려 보렴. 그 사람이 바닥에 쓰러지면서 혹시 발작 같은 걸 일으켰니?"

"조, 조금 몸을 떨었던 것 같아요. 그리고 목을 움켜쥐었던 것 같은데……. 모르겠어요. 잘 기억나지 않아요. 정말, 흑! 죄송해요,

마님.”

“아니야, 죄송할 필요 없어. 정말 고마워, 지아나. 방금 네가 해 준 말은 매우 중요한 정보였어.”

로즈미나는 자애로운 안주인답게 아랫사람을 달래며 지아나의 증언을 바삐 곱씹었다.

“하나만 더 물어볼게, 지아나. 혹시 밖으로 나가기 전 수상한 소리를 들었니?”

“아, 아니요. 그런 적 없습니다, 마님.”

“너희는?”

로즈미나는 레티와 에블린을 돌아보았다. 둘 다 고개를 저었다.

“저도 그런 적 없습니다, 마님.”

“저도 듣지 못했어요. 죄송합니다.”

로즈미나가 더욱 짙게 미간을 찡그렸다. 레티도 의문을 품었다. 그녀는 친구의 진술을 되짚어 보았다.

‘지아나가 보는 앞에서 죽었다고?’

그 참담한 시체를 봤을 때, 레티도 본능적으로 타살을 떠올렸다.

라이언 모란. 귀족은 아니지만, 갑부의 아들. 그래서 귀족이 되고 싶어 하는 자.

무도회 준비가 시작된 이후로 레티는 제 연인과 결혼할지도 모르는 남자들의 정보를 모았다. 알아내면 알아낼수록 괴로웠지만 아예 모르는 쪽보다는 나았다.

적어도 대체 어떤 놈들이 당신을 가지겠다고 오는지 확인은 해봐야지. 얼마나 잘났는지 한번 보자고.

레티가 라이언 모란에 대해 수집한 정보 중에 오늘 그의 죽음이 자살 또는 자연사라는 확신을 주는 단서는 그 어디에도 없었다. 우울증을 앓거나 지병이 있다는 기사는 없었다. 상속녀와 결혼을 희망할 만큼 제 앞날에 대한 의지와 나름의 계획도 있었다.

그런데 갑자기 남의 집 무도회에서 스스로 목숨을 끊는다? 그것도 생뚱맞게 하녀들과 하인들 숙소 앞에서?

타살일 가능성이 높았다. 하지만 그렇다 해도 의문이 남았다.

'그런데 지아나 앞에서 죽었다면……. 살아있는 상태에서 거기까지 왔다가 쓰러진 거라면, 그럼…….'

왜? 어떻게? 누가 총으로 쏜 것도 아니고 칼로 찌른 것도 아닌데 비틀비틀 나타나더니 몸을 떨며 쓰러졌다고?

'이상해.'

비명을 지른 건 지아나뿐이었다. 누군가 그에게 흉기를 휘두르거나 목을 졸랐다면 라이언은 저항했을 것이다. 건장한 성인 남자가 과격하게 싸우면 큰소리가 날 법한데 지아나가 비명을 지르기 전까지 밤은 잠잠했다.

'누군가 시체를 버린 줄 알았는데 라이언이 살아 있는 채로 제

발로 걸어 왔다는 거잖아. 뭐야……'

지아나가 잘못 본 것이고, 라이언의 시체가 실상은 버려졌다 해도 이해할 수 없는 점이 많았다. 왜 하필 거기지? 사용인을 범인으로 몰고 싶었나?

무의식적으로 타살로 의견이 기울었지만 여러 가설이 뒤죽박죽 엉켜 추리는 아무런 진전을 보이지 못했다. 로즈미나도 비슷한 상황이었다.

'정말 우리가 모르는 지병이라도 있었던 건가.'

로즈미나가 궁리했다. 본인조차 모르던 병이라도 있었나? 세상의 어떤 병증은 부지중에 발현된다던데, 라이언도 그런 경우에 속했던 걸까.

그런 이유라면 어째서 뜬금없는 장소에서 죽었는지 추론해 볼 수 있었다. 무도회장에 있다가 갑자기 병증이 도지면서 갑갑해졌을 수도 있지. 그래서 몰래 밖에 나와 헤매다가 쓰러져 죽은 거라면? 그럴싸했다.

'……일단 가설에 불과해.'

로즈미나는 전문가가 아니었다. 그저 추측을 하며 자신을 다잡으려 애쓸 따름이었다. 살면서 시체를 본 적은 있었지만 이런 식으로 죽은 자를 목격한 것은 처음이었다. 평정을 유지하기 어려웠다.

그녀가 옛날에 마주했던 시체는 잠든 듯 가지런히 누워 있었다.

"말해줘서 고마워. 이제 돌아가서 쉬도록 해."

"네, 마님."

"다른 하녀들이 네가 뭘 봤는지 묻거든 일단 함구해. 오늘 밤에 대해 다른 사람들과 함부로 얘기하지 마. 알겠니?"

"네, 알겠습니다."

"그럼 이만 가봐. 에블린, 지아나를 부축해줘. 그리고 레티는 잠시 여기 남으렴."

에블린과 지아나가 의아하게 레티를 보았다. 당황한 건 레티도 마찬가지였다.

"……네, 마님."

달리 할 말이 없었다.

다른 하녀들이 모두 나가고 오직 단둘이 남았다. 레티는 숨통을 틀어막는 어색함에 시선을 내렸다.

"어제 그런 일이 있었는데, 오늘은 좀 괜찮니?"

뜻밖에도 마님이 꺼낸 말은 평범했다. 자상하진 않지만 진중한 걱정이 깃들어 있었다.

"네, 마님. 신경 써주신 덕분에 많이 나아졌습니다."

"그래, 다행이군."

마님의 말투는 부드러웠다. 그러나 레티는 도저히 마음을 놓을 수 없었다. 계속해서 엘리자베스의 얼굴이 머릿속에 맴돌았다. 레티는 본능적으로 마님을 경계했다.

"유감이지만 비보를 하나 전해야겠어. 조금 전에 제임스가 탈출했단다."

"네?"

레티는 창백한 안색으로 고개를 치켰다. 로즈미나는 심각한 표정으로 말을 이었다.

"손님들이 가고 나면 제대로 처벌하기 위해 일단 가둬 놨는데 그새 탈출해서 숲으로 도망쳤다는군. 지금은 아직 못 찾은 상태고."

"아……."

레티는 무심코 그놈이 숲속에서 발이라도 헛디뎌 콱 죽어 버리길 바랐다. 어젯밤 자신을 짓누르던 거친 손길을 떠올리니 살의에 가까운 혐오가 치밀었다.

"날이 밝는 대로 하인들을 보내서 숲을 수색할 거야. 그놈도 밤중에는 숲속을 함부로 돌아다니지 못할 테지. 얼마 못 갔을 거다."

드넓고 빽빽한 숲속은 한 치 앞도 보이지 않을 정도로 새카맸다. 불빛도 없이 맨몸으로 뛰어들었다가는 길을 잃기 딱 좋았다. 제임스도 그 사실을 뻔히 알 테니 당장은 가까운 곳에 숨어 몸 사리고 있을 테다.

"혹시 모르니까 오늘 밤은 지아나의 방에서 함께 자지 않겠니? 그 애도 잔뜩 겁먹었을 테니 내가 그 애를 위해 지시한 일이라고 하면 별 의심 없이 받아들일 거다."

"네, 알겠습니다. 감사합니다, 마님."

레티는 조금 감동했다. 언제 다시 저택에 나타날지 모르는 미친 놈을 생각하면 오늘 밤은 혼자 자는 게 너무 무서웠다.

"별말을."

마님은 우아하게 대답했다. 어쩌면 여태 레티가 상상했던 것보다 더 좋은 사람일지도 몰랐다.

하지만 레티의 생각은 오래가지 못했다.

"그런데, 레티. 엘리자베스가 네게 잘해 주니?"

마님이 파란 눈으로 레티를 똑바로 보며 질문을 던졌다. 아지랑이 같은 감동이 사라졌다.

"그 아이와 매우 친하더구나. 안 그래?"

그녀는 집안에서 벌어지는 일을 전부 알고 있었다. 빠짐없이.

"게다가 네가 온 지 아직 한 달밖에 안 됐는데."

레티는 마님을 쳐다보다가 황급히 시선을 내렸다. 맞잡은 손끝이 순진하게 떨렸다.

"아아, 네. 그야 아가씨께서는 워낙 다정하시니까요. 그래서 저한테, 그렇게……."

레티는 희미한 목소리로 횡설수설했다. 로즈미나는 그녀를 물끄러미 뜯어보며 속으로 감탄했다. 아, 저렇게 투명할 수가. 왜 엘리자베스가 저 아이에게 사로잡혔는지 알 것 같았다. 라울, 그 애도.

"맞아. 그 아이는 사람에게 다정하단다. 너무 다정해서 탈이지."

로즈미나가 느리게 말했다. 레티는 고개를 푹 숙였다. 자신의 얼굴이 새하얀지 새빨간지조차 가늠이 되지 않았다. 너무 추워 창백한 듯한데, 동시에 열이 올라 폭발할 것 같았다.

"얼마나 다정하면 옆에서 오랫동안 함께했던 하녀가 하루아침에 그만두고 사라졌을 때 그렇게 상심했겠니?"

심장이 쿵 떨어졌다. 레티가 고개를 들었다. 로즈미나는 레티를 똑바로 보고 있었다.

"그 애 이름이 케이트였지. 케이트가 갑자기 떠났을 때 엘리자베스는 굉장히 슬퍼했어. 고작 하녀일 뿐인데."

로즈미나는 지금 자신의 말을 듣고 있는 상대도 '고작' 하녀에 불과하다는 사실을 잊은 것처럼 얘기했지만 그 의도는 명백했다. 이로써 레티의 위치를 똑똑히 일깨워 주겠다는 뜻이었다.

"그런데 며칠 뒤에 네가 오자마자 이리 가까워진 걸 보니, 역시 엘리자베스는 정이 많은 만큼 회복력도 좋은가 봐."

그만. 레티는 비명을 지르고 싶었다. 무릎 위에 모은 양손은 점점 주먹으로 말렸다.

"아니면 그냥 애정결핍인 걸까. 많이 외로웠나? 정에 굶주려서 정이 많아진 건가? 그래서 너한테 그리 잘해 주는 거겠지?"

"마님은 어떻게."

레티는 끝내 왈칵 씹어뱉었다. 한낱 하녀인 제게 눈앞의 귀족 마님은 까마득한 하늘 같은 존재라는 사실마저 잠시 잊었다. 오직 연인만이 머릿속에 가득했다.

"어떻게, 따님에 대해 그렇게 말씀하세요?"

순진하고 투명한 레티. 지혜롭게 감정을 억누를 줄 몰랐다. 분하면 분한 대로, 답답하면 답답한 대로 기어이 쏟아내야만 했다.

"아가씨가 정에 굶주렸다뇨. 정말 그분이 외로워 보이셨다면 마님께서 보듬어 주셨어야죠. 하나뿐인 가족이잖아요. 그런데 왜 인제 와서 저한테……."

당신이 직접 낳은 자식이잖아. 아가씨는 24년 평생을 여태 당신과 같은 지붕 아래에서 함께했어. 가족이잖아. 핏줄이잖아. 이보단 따뜻해야 할 거 아니야.

레티는 곧잘 동생들에 관해 이런저런 불평을 늘어놓았다. 오래전 돌아가신 아빠의 얼굴은 이제 가물가물했다. 그래도 늘 가족의 온정 속에서 자랐다. 로즈미나의 태도를 전혀 이해할 수 없었다.

로즈미나가 픽 웃었다. 그 모습이 누군가를 지독하게 빼닮았다고 레티는 생각했다. 그런데 대체 누구인지 떠올릴 수 없었다.

"화가 많이 났니?"

로즈미나가 부드럽게 물었다. 레티는 그제야 현실로 돌아왔다.

방금 자신이 누구에게 어떤 식으로 쏘아붙인 건지 깨닫자 주먹이 더욱 굳어졌다.

"엘리자베스를 많이 아끼는구나."

마님이 조곤조곤 지적했다. 레티는 이를 악물며 황급히 시선을 떨구었다. 눈시울이 발갛게 달아올랐다.

지금 당장이라도 울음이 터질 듯 위태로운 건 감히 이 집 안주인에게 내뱉은 괘씸한 말의 후폭풍이 두려워서가 아니었다. 그저 자신의 사랑이 비참했다. 저런 질문을 듣고도 꾹 참아야만 하는 현실이 싫었다.

"하지만 레티, 새겨들으렴. 그 아이의 감정은 진지하지 않아. 불장난 같은 거지. 그 대상은 원래 케이트였지만 케이트가 없어지니까 네가 대용품이 된 거야. 복잡하게 생각할 필요 없어."

로즈미나의 나직한 말은 거의 위로처럼 들려서 레티는 기가 막혔다. 그녀는 촉촉하게 젖은 눈으로 마님을 쳐다보았다.

"그러니 부디 그 아이에게 휘둘리지 마. 고통받지 말고 그 아이를 그냥 놓아줘. 그래야 모두가 편해질 거야."

로즈미나는 하녀 따위가 어딜 감히 결혼 전의 딸을 흔드냐고 욕설을 퍼붓지 않았다. 오히려 레티를 연민하듯, 엘리자베스를 질책하는 어투로 속삭였다.

레티는 손등으로 눈가를 닦았다. 마님 앞에서 눈물을 보이는 게 여러모로 수치스러웠다.

"이해했니, 레티?"

"네, 마님."

이해하지 못했다고 대답한다면 다음번에는 어떤 우아한 폭언이 쏟아질지 두려웠다.

"그만 가보렴. 가서 네 친구를 잘 달래 줘."

"네, 마님."

레티는 간신히 중얼댔다. 매우 껄끄러운 윗사람 앞에서 오열하는 수치를 면하기 위해 입술을 꽉 깨물고는 쏜살같이 방을 퇴장했다.

하녀가 사라지자마자 로즈미나는 이마를 짚으며 눈을 질끈 감았다. 그녀가 헛숨을 토했다.

"하……!"

〈아가씨가 정에 굶주렸다뇨. 정말 그분이 외로워 보이셨다면 마님께서 보듬어 주셨어야죠. 하나뿐인 가족이잖아요.〉

"……알지도 못하면서."

내가 여태 어떤 심정으로 그 아이를 길렀는지 모르면서.

로즈미나는 심호흡하며 격정을 다스렸다.

누군가 노크했다.

"들어와."

하인장이 들어와 고했다.

"경감님과 의사가 오셔서 시체를 살펴보셨습니다."

"안으로 모셔."

로즈미나가 자리에서 일어났다. 두 남자가 응접실로 들어왔다.

"어서 오세요. 이런 일로 모시게 되어 죄송합니다."

남작 부인이 정중하게 인사했다. 퇴근 시간이 한참 지난 때 사저에서 헐레벌떡 불려 나온 경감과 의사는 몹시 피곤한 표정이었다.

"아닙니다. 이런 일로 찾아뵙게 된 건 유감스럽지만요."

경감은 식은땀을 훔치며 중얼거렸다.

"왜 죽은 건가요?"

의사가 난처해하며 대답했다.

"뱀에 물려 돌아가셨습니다."

"뭐라고요?"

로즈미나는 눈을 크게 떴다. 뜻밖이었다.

"뱀독에 당한 듯 하더군요. 오른쪽 발목에 뱀에 물린 자국으로 추정되는 상처를 발견했습니다."

"저택 안에 뱀이라고요? 그럴 리가 없어요."

로즈미나는 이게 상대방의 잘못이 아니라는 사실도 잊고 저도 모르게 쏘아붙였다. 그만큼 황당한 일이었다.

"그리고 숲에 있는 뱀은 독이 그리 세지 않아요. 게다가 겨울철이라 움직임이 둔할 텐데, 어떻게……."

올겨울이 예년보다 따뜻하긴 했다. 모든 뱀이 동면할 정도로 날씨가 얼어붙지는 않았다. 하지만 그 모든 걸 고려하더라도 뜬금없는 사인이었다.

"간혹 뱀독에 다른 이들보다 훨씬 예민한 사람이 있습니다. 또 상당히 과음하셨다고 하는데 그것도 영향을 미칠 수 있습니다."

어젯밤부터 내리 술을 마신 탓에 골골대던 라이언의 모습이 떠올랐다.

"그렇군요. 어쨌든 타살은 아니다, 이거죠?"

"네, 뱀독에 당하셨습니다."

의사는 성실하게 대답했다. 로즈미나는 그 대답에 안심하고 싶었다. 그러나 경감의 눈빛이 께름칙했다.

"시체를 처음 발견한 하녀들이 있다고 들었습니다, 부인."

"네, 맞아요."

"한번 만나보고 싶은데, 가능할까요?"

로즈미나는 이미 자신이 그들과 이야기를 마쳤으니 그럴 필요 없다고 답하려다가 말았다.

"물론이지요, 경감님."

엘리자베스를 시집보내고 싶었을 뿐이다. 왜 일이 이렇게까지 꼬여야 했는지 알 수 없었다. 고작 뱀 한 마리 때문에.

"일단 여기서 기다리시지요. 차를 내오게 하겠습니다."

“감사합니다, 부인. 번거로울 텐데 애써주셔서 감사합니다.”

“저야말로 감사하죠.”

로즈미나는 주름진 눈가를 우아하게 접으며 경감을 똑바로 응시했다.

“이런 불미스러운 일을 최대한 매끄럽게 해결하기 위해 이토록 노력해 주시는데요.”

경감은 작게 헛기침하며 시선을 피했다. 로즈미나는 계속해서 고상하게 웃는 낯이었다.

“그럼 두 분 모두 잘 부탁드립니다.”

“네, 부인.”

‘숲까지 들어갔던 건가? 숲을 돌아다니다가 뱀에 물렸고, 본관으로 돌아오던 중에 숨졌다고?’

응접실을 나와 빠르게 걸으며 로즈미나는 상황을 되짚었다.

만약 그렇더라면 왜 그자가 처음부터 시체로 발견된 게 아니라, 하녀들의 숙소 앞까지 와서 지아나가 보는 앞에서 죽었는지는 이해되었다.

‘독뱀을 만나려면 상당히 숲 안쪽으로 들어가야 하는데…….’

캄캄한 밤중에 숲에 그렇게나 깊이 들어가면 다시 나오기까지는 꽤 오랜 시간이 걸렸다. 하물며 당사자가 술에 취해 방향 감각이 엉망인 상태라면.

'대체 어디까지 돌아다닌 거야, 그 인간은.'

로즈미나의 눈빛이 매서워졌다. 그녀는 애도보다는 짜증을 느꼈다. 왜 멍청하게 술을 처먹다가 남의 집에서 죽었는지. 덕분에 경쟁자가 하나 줄었다고 좋아하는 남자들도 있겠지.

로즈미나는 걸음을 옮겼다. 무도회장으로 돌아가 라이언의 죽음을 알리는, 달갑지 않은 과제를 해치우기 위해.

로즈미나가 황급히 자리를 비운 이후, 엘리자베스는 내리 가시방석 위였다. 이런 일이 비교적 미숙한 엘리자베스에게는 잠시라고 해도 혼자 떠맡은 주최자 노릇이 꽤나 고되었다.

게다가 아까부터 루카스가 너무 꽁해 있었다. 신경 쓰지 않으려고 애썼지만 좀처럼 쉽지 않았다. 입맞춤 직전에 뛰쳐나갔으니 그럴 만하다고 너그럽게 생각하려다가도, 동의 없이 다가오던 낯짝이 떠올라 울컥울컥 화가 솟구쳤다.

"겨울인데 꽃들로 장식하셨네요. 온실에서 기르신 거죠?"

손님 하나가 무도회장 곳곳에 정성스레 배치된 꽃병을 보고 칭찬하자 엘리자베스는 웃으며 답했다. 아무리 마음이 복잡해도 주최자로서의 노릇에는 충실해야 했다.

"네, 그렇답니다. 어머니가 꽃꽂이에 관심이 많으셔서요."

그 문제의 어머니는 대체 어디서 뭘 하고 계시는지 모르겠다.

"어머, 그렇구나. 저도 부인한테 한 수 배워야겠어요. 눈썰미가 없으니 도저히 혼자서는 안 되겠더라고요."

저도 마찬가지인걸요. 엘리자베스는 속으로 대꾸했다. *제가 얼마나 눈썰미가 없는지 안다면 아마 놀랄 거예요. 그 로즈미나 메리요트의 딸이.*

"아, 마침 저기 오시네요."

손님이 즐겁게 재잘대는 소리에 엘리자베스가 휙 뒤돌았다. 빠르게 이쪽으로 다가오는 로즈미나가 보였다.

"어머니."

엘리자베스는 안도했다. 자연스레 꽃꽂이 얘기를 꺼내며 차례를 넘길 생각이었다. 그런데 로즈미나가 선수를 쳤다.

"엘리자베스, 잠깐 테라스로 나와보겠니? 할 얘기가 있어."

엘리자베스의 얼굴이 굳었다. 테라스라니, 루카스의 실패한 입맞춤이 떠올라서 속이 울렁거렸다.

"네, 어머니."

하지만 거부할 수도 없는 노릇이었다. 아가씨는 손님들에게 양해를 구한 뒤 마님을 따라 이동했다.

"무슨 얘기인데요, 어머니?"

테라스에 들어가자마자 엘리자베스가 물었다. 시선은 상대방을 묘하게 엇나갔다. 어젯밤 제임스, 레티, 케이트에 대하여 대화를 나

눈 뒤로 단둘이 마주하는 게 상당히 불편했다. 언제는 편했느냐만.

"제임스가 탈출했어."

엘리자베스는 아찔해졌다.

"그리고 라이언 모란이 죽었다."

"네?"

비현실적이었다. 충격적이었다. 맥락도 예고도 없이 들이닥친 그 말 탓에 지칠 대로 지쳐 있던 엘리자베스의 머리가 핑 돌았다.

"뱀에 물렸다고 해."

로즈미나가 있었던 일을 전부 털어놓았다.

"시체는 일단 옮겨 놨어. 경감이 하녀들과 얘기 나누는 중이고."

"하녀들이요? 왜요?"

엘리자베스가 날카롭게 되물었다. 그녀는 이제 시선을 피하지 않았다. 간밤의 거북한 대화도 잊어버렸다.

"그 애들은, 왜요?"

그 애들이라고 복수로 표현했지만 사실 생각나는 사람은 단 한 명이었다.

"뱀에 물려 죽은 거라면서요."

그럼 뱀을 잡든가. 아무런 관련이 없는 하녀들이 어째서 경감과 대화를 하고 있다는 건지 이해할 수 없었다.

"현장의 첫 목격자잖니. 궁금한 게 있으실 수도 있지."

담백하게 대답했지만 로즈미나는 은근히 시선을 피하고 있었다.

"그러니까 무슨 상관이죠? 사고였잖아요."

엘리자베스의 눈매가 가늘어졌다. 어머니가 제 눈을 피하는 것이 어쩐지 불안했다.

"사고라고 무시하고 지나갈 수 있는 일도 아니잖아? 어쨌든 사람이 죽었는데."

마님이 침착하게 지적했다. 반박할 말이 없었다. 사람이 죽었다. 아직도 엘리자베스는 그 말이 실감이 나지 않았다.

"엘리자베스, 잘 들어. 이제 우리가 할 일은 이 사실을 밝히고, 정중하게 사과한 다음에 손님들을 일찍 돌려보내는 거야."

"……왜 우리가 사과해요. 우리가 잘못한 게 아닌데."

엘리자베스는 항의했다. 이 고역스러운 무도회를 예정보다 일찍 끝낼 수 있게 되었지만, 그 사실에 기뻐할 수는 없었다.

"우리 집에서 불미스러운 사건이 생겼으니까. 여기 모란의 친구들도 있잖니? 누구라도 사과하고 원망을 받아주길 바랄 거다."

"원망이라고요? 그 사람들이 우리한테?"

엘리자베스의 혼란은 점점 더 짙어졌다. 로즈미나가 그녀를 물끄러미 바라보았다. 어쩐지 조금 안쓰러워하는 듯도 했다.

"엘리자베스. 숲에서 뱀이 나온 것도, 라이언 모란이 하필이면 술에 취해 뱀이 있는 곳까지 가서 헤맨 것도 우리 잘못은 아니지.

나도 그건 알아."

조곤조곤 삶의 진리를 깨우쳐 주는 어투였다. 궁전 같은 저택에 갇혀 자란 엘리자베스가 세상 물정 같은 걸 어찌 알겠냐는 듯이.

"하지만 어쩌겠니? 주변 사람을 잃은 사람에게는 누구라도 탓할 대상이 필요해. 미워할 사람이 필요하다고. 그러지 않고 혼자 삭이면 본인만 미쳐갈 테니까."

엘리자베스는 나중에서야 생각했다.

그때 당신의 목소리에 담긴 뒤틀린 우수를 왜 몰랐을까. 어찌 알았겠어. 가르쳐 준 사람이 아무도 없는걸.

"그러니까 일단 사과하자. 귀한 시간에 불미스러운 사고를 내서 죄송하다고. 그 뒤 무도회를 끝내고 손님들을 돌려보내면 돼. 그럼 상황은 정리될 거야."

그러고 나면 다시 일상으로 돌아갈 수 있으려나. 엘리자베스는 궁금해졌다. 제 삶의 전부가 이 무도회의 전과 후로 나뉠 것처럼 모두가 얘기했다. 그런데 무도회가 이렇게 허무하게 끝나면 뒤에 남겨진 그녀는? 결혼도 미뤄지는 걸까? 그렇다면 언제까지? 만약 결혼하지 않고 유산도 받지 못한다면 어떻게 되는 걸까.

"제 결혼은요?"

엘리자베스는 얼떨결에 묻고 말았다. 참 우스웠다. 가능하다면 평생 미룰 수 있기를 바랐던 일이었으나 막상 실제로 기약 없이 연기될 가능성을 마주하자 두려웠다.

로즈미나는 애매하게 답했다.

"글쎄, 이 기회에 옳다구나 하는 사람이 있을 수도 있겠지."

속이 울렁거렸다. 그럼 여전히 결혼할 수 있는 건가? 그건 그것대로 끔찍했다. 자신의 간사한 마음이 한심했다.

"어쨌든, 어서 끝내버리자."

로즈미나가 한숨처럼 말했다. 싸움터로 향하는 용사처럼 사뭇 비장했다.

"너는 아무것도 안 해도 돼. 손님들한테 말하는 건 내가 할게."

정말 나를 지키고 싶어서 저러는 걸까. 엘리자베스는 헷갈렸다. 하지만 버거운 일을 떠안아 주겠다는 말이 고마운 건 사실이었다.

"감사합니다."

엘리자베스는 속삭이며 옷자락을 그러쥐었다. 고마워서, 또한 고마워하는 자신이 답답해서. 자신은 영원히 엄마의 치마폭 뒤에 숨는 어린아이일 것만 같았다.

"감사하기는, 무슨."

로즈미나가 나직하게 답했다. 그녀는 다른 말 없이 테라스를 나갔다. 그 뒷모습이 마치 성벽처럼 보였다.

레티는 경찰의 등장이 당혹스러웠다. 그런 일이 있었으니 경찰이 이 집에 나타난 것까지는 이해했다. 그러나 이미 마님께 한차례 시달린 지아나와 아는 게 하나도 없는 자기 자신까지 이 남자와 대면해야 하는 이유를 알 수 없었다.

"이름이 바이올렛 골드라고 했죠."

"네, 경감님."

"올해 스물한 살이고."

"네, 그렇습니다."

레티는 괜히 초조해져서 무릎 위에 손을 모은 채 기다렸다. 경감은 깊게 가라앉은 눈으로 하녀의 앳된 얼굴을 훑었다.

"이 집에서 하녀로 일한 지는 얼마나 됐소?"

"이제 막 한 달쯤 되었습니다."

겨우 한 달이었다. 그 한 달간 매우 많은 일이 일어났다.

"흐음, 그래요."

경감은 생각에 잠긴 듯 중얼거렸다. 레티는 맞잡은 양손을 쏘아보며 어서 이 시간이 끝나기를 기다렸다.

"혹시 이 집의 사용인 중 라이언 모란 군에게 원한을 품을 만한 사람이 있을까요?"

"아니요. 전혀요."

레티가 소스라치며 머리를 황급히 저었다. 사람이 죽은 마당에 저런 질문을 듣고 있자니 퍽 거북했다.

"알겠소. 이제 나가도 좋아요."

"네, 감사합니다."

레티는 서둘러 응접실을 빠져나와 방으로 돌아갔다. 침대에 오도카니 앉아 있는 지아나가 보였다. 익숙한 곳에 다다르자 마음이 그나마 편해졌다.

"지아나, 괜찮아?"

레티가 나직하게 물었다. 지아나는 말없이 고개를 끄덕이더니 끝내 다시 울음을 터트렸다. 레티는 한숨을 되삼켰다. 아까와는 달리 짜증이 아닌 연민이 섞였다. 달래야 할 사람이 있다고 생각하니 처음 시체를 본 상황에서도 나름대로 침착함을 유지할 수 있었다.

"손수건은 챙기고 울어."

"흑, 흐윽, 고마워, 레티……."

레티가 듬직하게 손수건을 건넸다. 훌쩍이며 손수건을 받은 지아나는 요란하게 코를 풀었다.

"오늘은 내가 옆에서 같이 잘 거니까 너무 무서워하지 마."

"응, 알겠어. 정말 고마워."

지아나에게서 의외의 여린 면을 발견한 것 같았다. 하긴, 오늘 귀신 얘기에 시달리다가 봉변을 당했으니 무너질 만도 했다.

레티는 악몽을 꾼 동생을 달래 본 경험으로 친구를 다독였다.

지아나가 어느덧 새근새근 숨소리를 내쉬며 조용해지자 레티도 침대에 반듯이 누웠다.

'사실 나도 무서워.'

레티는 잠든 지아나에게 속으로 고백했다. 어젯밤, 지금과 비슷한 어둠 속에서 제임스에게 짓눌렸던 손길이 떠올랐다. 레티는 눈을 질끈 감고 잠이 찾아오기를 기다렸다.

그때 지아나가 몸을 옆에서 뒤척였다. 악몽이라도 꾸는 것인지 앓는 소리를 내었다. 레티는 그 악몽의 정체가 무엇인지 쉬이 짐작했다. 오늘 죽은 라이언 모란일 것이다.

'어쩌다 죽었을까?'

경감은 하녀들을 한 명씩 불러 조사했으면서도 피해자의 사인을 설명해 주지는 않았다.

'왜 그런 걸 물어봐, 괜히 기분 뒤숭숭하게…….'

라이언 모란에게 원한이 있을 법한 사람이라니. 사용인들 사이에 그런 사람이 있다고 해도 앙심을 실천에 옮길 힘이 있기나 할까? 돈 많고 힘 있는 다른 귀빈들이라면 모를까.

생각이 여기까지 미치자 무서워졌다.

'그냥 자자, 어서.'

하지만 잠이 올 리가 없었다. 레티는 소록소록 잘만 자는 지아나를 깨울까 봐 뒤척이지도 못하고 얼음처럼 굳었다. 결국 생각은 한 사람에 가 닿았다.

'이제 아가씨는 어떻게 되는 거야?'

구혼자 중 하나가 신랑을 고르는 자리에서 돌연사했다. 이 일을 기점으로 상황이 어떻게 흘러갈지 감조차 잡히지 않았다.

'……뭐가 어떻게 되긴 어떻게 돼.'

아무것도 바뀌지 않으리라는 생각도 들었다.

'다른 사람들한테는 경쟁자 하나 줄어드는 거지, 뭐.'

죽은 사람을 두고 경쟁자가 줄었다는 말을 내뱉는 건 비정했다. 그러나 딱히 못 할 것도 없었다. 이미 저들은 엘리자베스를 유산과 더불어 쟁취해야 할 전리품쯤으로 여겼다. 거기에 레티가 약간의 냉소를 얹는다고 뭐가 그리 더 나빠질까.

'보고 싶어.'

레티는 잘 알지도 못하는 타인의 죽음을 슬퍼하는 대신 마음에 품은 단 한 사람을 그리워하며 잠들었다.

크고 작은 비보가 켜켜이 겹친 밤이 느리게 지나갔다.

제7장. 가속

저택의 분위기가 돌변했다.

혼례를 준비하며 들떴던 저택은 장례에 걸맞게 가라앉았다. 남은 무도회와 다과회가 전부 취소되었고, 일주일간 묵기로 했던 손님들의 방문 기간이 대폭 축소되었다. 이르면 오늘, 늦어도 내일 안에 전원 이곳을 뜨는 것으로 결정되었다.

분명 그렇게 합의를 본 참이었다.

하지만 편지 하나가 딴죽을 걸었다. 로즈미나는 퍽 곤란했다.

"불합리한 요구입니다. 저나 경감님이 강제할 수 없는 일이라고 생각해요."

응접실에서 경감을 마주한 로즈미나가 잔뜩 지친 목소리로 지적했다. 응접실 식탁 위에는 문제의 그 편지가 자리했다. 죽은 라이언 모란의 아비가 보낸 사나운 서신.

“자식 잃은 아비의 슬픔을 어찌 모르겠어요? 억울한 심정을 이해합니다만 이래봤자 뭐가 달라지겠습니까.”

모란 경은 건강하던 아들이 하루아침에 뱀에 물려 죽었다는 사실을 도저히 받아들이지 못하고 있었다.

아들의 부고를 듣자마자 그는 메리요트 저택에 편지를 투척했다. 그에 따르면, 모란 경은 아들의 죽음에 얽힌 진실을 반드시 파헤치겠다는 불굴의 의지를 품고 저택으로 오고 있었다. 당연했다. 세상에 자식이 죽었다는데 가만히 앉아만 있을 부모는 없었다. 그가 성난 황소처럼 들이닥쳐 손님 관리를 제대로 하지 못한 죄를 물어 온갖 폭언을 쏟아붓더라도 묵묵히 받아주겠노라 로즈미나도 그리 생각하던 참이었다.

그런데 본인이 오는 건 그렇다 쳐도 남이 가는 걸 막는 건 도를 넘는 일이었다.

라이언 모란의 아비는 다른 손님들이 저택을 떠나지 않고 끝까지 꼼짝 말아야 한다고 주장했다. 라이언의 죽음에 대한 ‘진실’이 밝혀질 때까지는.

“경감님도 아시지 않습니까. 끔찍한 일이었지만 사고였어요. 모란 경이 혼란에 빠진 건 이해하지만 손님이 오가는 것까지 간섭

하는 일은 도리에 어긋납니다. 집주인인 저의 권리도, 다른 손님들의 권리도 침해하는 일이지요."

로즈미나의 음성은 싸늘했다. 자식을 잃은 어버이의 원통함이야 백 번이고 천 번이고 받아줄 수 있었다. 그러나 이 집을 마치 경찰서 취조실처럼, 또한 자신의 손님들을 살인 용의자처럼 취급하는 건 용납할 수 없었다.

"저도 부인의 말에 백번 동의합니다. 하지만 부인, 모란 경도 워낙 완강하셔서 말이죠. 그분이 도착하시면 마님이 직접 타일러 보시는 게 어떻겠습니까?"

경감의 제안은 조심스럽고 매끄러웠다. 슬그머니 발을 빼는 듯한 경감의 태도에 로즈미나는 쓴웃음을 되삼켰다. 경찰의 권위를 내세워 잔뜩 흥분한 피해자의 아비를 억제해 준다면 훨씬 편할 텐데.

경감을 이해하지 못하는 건 아니었다. 로즈미나는 이 일대 유일한 귀족이자 정치적 거물이요, 모란 경은 소문난 갑부였다. 사이에 끼인 소시민 경감은 제 살길을 모색할 뿐이었다.

자식을 잃고 눈에 뵈는 게 없는 아비라. 상상만 해도 파괴적이었다. 로즈미나는 숙연한 각오를 다지며 담담하게 답했다.

"그리하지요."

경감은 고개를 가볍게 꾸벅이며 수긍했다.

병이라도 퍼진 것처럼 그 어떤 손님도 밖으로 나오지 않았다.

엘리자베스도 처음에는 방에 얌전히 있었다. 집에서 사람이 죽었으니 자중하는 모습을 보여야 할 것 같았다. 게다가 망자는 제게 관심을 가지던 사람이었다. 물론 엘리자베스 자신은 잘못한 게 없었다. 그와는 아무 사이도 아니었다. 하지만 괜히 조심스러웠다.

'갑갑해.'

별관 서재에 앉아 책을 읽고 글을 쓰며 자유롭게 사색하는 것과 달랐다. 그때는 편안한 마음으로 몰두할 것들이 많았고 무엇보다 곁에 소중한 사람이 있었다. 반면 지금은 독방에 갇힌 꼴이었다.

'산책이라도 하자.'

엘리자베스는 결심을 마치고 외투를 걸쳤다. 남들의 시선에 대한 불안은 잠시 잊기로 했다.

어젯밤 로즈미나가 침통하게 라이언의 부고를 밝혔을 때, 함께 저택에 초대받은 그의 친구들이 던진 적대적인 시선을 엘리자베스는 잊을 수 없었다. 엘리자베스가 손수 라이언을 꾀어내어 죽게 했다고 믿는 듯했다.

헛소리.

엘리자베스는 물론 죽은 사람을 향한 애도를 느꼈다. 하지만 그보다는 짜증이 더 짙었다. 자신은 라이언과 결혼하겠다는 생각으로 그를 저택에 초대한 적 없다. 초대자 명단은 로즈미나가 결정했고 엘리자베스는 어쩔 수 없이 따랐을 뿐이다. 게다가 라이언을 죽인 것은 뱀이지 다른 누군가가 아니었다.

돈과 작위가 탐나서 결혼하려고 그렇게 아득바득 붙던 사람이 누군데.

"하."

답답한 심정에 절로 한숨이 터졌다. 엉망이 된 무도회, 뱀에 물려 죽은 사내, 아직 발견되지 않은 제임스의 행방까지. 여러 문제가 복잡하게 뒤엉켜 마음을 짓눌렀다.

"웬 한숨입니까? 엘리자베스 양."

이미 무거운 마음에 또 다른 문제가 더해졌다. 엘리자베스는 애써 웃으며 돌아보았다.

"루카스 군."

그래, 이 사람도 있었구나.

엘리자베스는 어젯밤 루카스의 언행을 잊지 않았다. 도저히 잊을 수 없었다. 하마터면 그 자리에서 이 사람의 약혼녀가 될 뻔했다.

다시 만날 때까지 엘리자베스는 무의식적으로 그 문제를 외면했다. 라이언의 죽음은 완벽한 핑계였다. 어젯밤 갑자기 사람이 죽었는데 그 직전에 일어날 뻔한 청혼에 대해 깊이 고민할 정신은 보통 없을 테니까.

"그럴 상황이니까요."

"라이언 군의 일은 참 유감입니다."

루카스의 표정은 침울하기 그지없었다. 엘리자베스는 그의 슬픔이 진심인지, 아니면 타인의 시선을 의식한 연기인지 궁금했다.

"뱀독에 약한 체질이 있다는 이야기는 처음 들어봤습니다."

"저도요. 누가 알았겠어요."

별 영양가 없는 대화가 오갔다. 예의 때문이라도 엘리자베스는 루카스를 밀어내지 못했다. 둘은 정원을 나란히 가로지르는 형국이 되었다. 엘리자베스는 점점 불편해졌다.

'다른 사람이 보면 곤란한데.'

악의가 담긴 혀는 잔인하다. 조금만 빌미를 주면 그 사실을 헤집고 부풀리고 파헤치며 지독한 결과를 만들어낸다. 라이언과 루카스가 엘리자베스와의 결혼을 목표로 경쟁하고 있었다는 사실은 저택의 손님이라면 누구나 알고 있다. 그런데 라이언은 갑자기 죽었고 이제 루카스만 남았다.

그리고 엘리자베스는 구혼자가 죽은 바로 다음 날 또 다른 구혼자와 멀쩡한 얼굴로 대화하고 있었다. 그것도 정원에서 단둘이.

다른 손님들, 특히 죽은 라이언의 친구들이 보면 어떻게 생각할지 불안했다.

"엘리자베스 양."

"네?"

루카스가 근엄하게 엘리자베스를 불렀다. 엘리자베스는 별로 달갑지 않아 하며 대꾸했다.

"어젯밤, 제가 당신에게 청한 게 있었죠."

루카스는 단도직입으로 본론을 꺼냈다. 어제는 갑작스럽기는 해도 귀족답게 빙빙 돌려 말하며 접근했다. 그런데 오늘 루카스는 훨씬 직설적이고 조급했다. 따라갈 수 없는 속도로 결혼을 이야기하는 루카스가 엘리자베스는 당황스러웠다.

두 사람 모두 걸음을 멈췄다.

"그에 대한 답변을 지금 듣고 싶습니다."

이 요청은 더더욱 의외였다. 루카스가 엘리자베스의 손을 덥석 잡았다. 엘리자베스는 그를 뿌리치지 않으려 안간힘을 썼다.

"지, 지금이요?"

"네, 엘리자베스 양. 더 미룰 이유가 어디 있겠어요?"

어차피 저와 결혼하게 될 거 아니냐는 듯 거만한 태도였다. 엘리자베스는 울컥했다. 하지만 달리 반박할 말이 없었다.

"어젯밤에 끔찍한 사고가 있었는데 오늘 바로 이런 이야기를 하기에는 이르지 않을까요? 애도해야 할 기간에 어찌 경사스러운 일을 준비하겠어요."

엘리자베스는 멋쩍게 웃었다. 그러나 상대방은 단호했다.

"다른 사람들에게까지 알릴 필요는 없습니다. 저랑 당신, 또 제 부모님과 당신의 어머님만 알고 있으면 됩니다. 발표야 나중에 해도 되니까."

확실하게 약혼만 하면 된다는 이야기였다. 공표하지는 않아도 당사자들과 양가 부모들은 분명히 알도록, 그래서 나중에 빠져나갈 구멍이 없도록.

루카스가 이 결혼을 얼마나 절박하게 원하는지 엘리자베스는 새삼 깨달았다. 그에게 자신을 향한 불타는 연정 같은 건 없었다. 작위를 물려받을 수 없는 둘째 아들의 삶이 너무 갑갑했을 뿐이었다.

자기도 똑같으면서, 그깟 돈과 노후를 위해 사랑하는 사람까지 저버리기로 했으면서, 엘리자베스는 뻔뻔하게도 울컥했다.

하마터면 루카스를 뿌리칠 뻔했다.

시기적절하게 재채기 소리가 들렸다.

"으, 에취!"

"어?"

루카스는 당황했다. 엘리자베스는 경악에 가까운 감정을 느꼈다. 재채기만으로도 상대방의 목소리를 알아들을 수 있었다.

"레티?"

게다가 왜 수풀 사이에 쭈그려 있는 레티 옆에 하필 라울 데이커가 있는지 모를 일이었다.

이 민망한 상황의 시작은 이러했다.

"레티, 안녕하세요."

별로 반가운 사람은 아니었다. 그러나 평소처럼 경박하게 깐족대지는 않아 레티는 너그럽게 봐주기로 했다.

"안녕하세요, 데이커 씨."

어차피 짜증 낼 힘도 없었다.

앓아누운 지아나를 대신해 레티가 본관 청소를 자청한 건, 우연히라도 아가씨를 보기 위함이었다. 그런데도 엘리자베스를 만나지 못했으니 힘이 빠질 수밖에.

"좀 괜찮아요?"

라울이 조심스레 물었다. 레티는 라울의 소심한 태도가 낯설었다. 그저께 제임스가 부린 행패 때문에 이렇게 구는 것 같았다. 조금 의외였다.

"보다시피 멀쩡해요."

레티가 말의 내용과 전혀 어울리지 않게 우울한 표정을 지었다.

"그게 멀쩡한 표정이에요?"

라울이 눈썹을 치켰다. 레티는 어깨를 으쓱했다.

"그럼 즐거워서 폴짝폴짝 뛰기라도 할까요?"

무도회가 시작된 때부터 레티는 내리 저기압이었다. 절 두고 다른 사람과 결혼하겠다는 어떤 못돼먹은 아가씨 때문에. 게다가 그저께부터 너무 많은 일이 있다 보니 피로가 축적되면서 목소리가 날카로워졌다.

"하하, 당신도 이제 비꼬는 법을 배웠나 보네요."

라울이 눈매를 휘며 부드럽게 웃었다. 레티는 코웃음을 쳤다.

"원래도 비꼴 줄 알았거든요."

그저께 자신을 제임스한테서 구해줬기 때문일까. 평소보다 처진 모습이 어쩐지 안쓰러워서일까. 오늘 레티는 라울에게 그리 뾰족하게 굴 수 없었다.

다만 한 가지 확인할 게 있었다.

그 질문에 대한 답변에 따라 라울을 향한 태도가 다시 바뀌리라. 예전보다도 뾰족하게 굴지도, 어쩌면 혐오할지도 몰랐다.

"그런데 데이커 씨, 물어볼 게 있어요."

"물어보세요."

"그, 예전에 저한테……, 그놈 조심하라고 경고한 적 있잖아요."

이름을 말하는 것조차 힘들었다. 레티는 더듬더듬 말을 이었다. 라울은 굳은 채 경청했다.

"어떤 놈인지 알고 그런 거예요?"

만약 제임스가 어떤 인간인지 이미 파악하고 있었으면서 여태 침묵했다면, 그럼 정말로 혐오하게 될지도 몰랐다.

"……좀 음침한 놈이라고 생각했어요. 그리고 사내놈 둘 이상이 모이면 주로 어떤 종류의 얘기가 오가는지 뻔하잖아요."

라울은 시선을 피하며 중얼거렸고, 레티는 치미는 적개심을 참느라 주먹을 말아 쥐었다.

"그놈도 그냥 그런 놈이었어요. 주변에 흔히 있을 법한 더러운 놈. 평소에 기분 나쁘게 생각해서 당신한테도 그냥 지나가는 말처럼 한 건데 더 심각하게 생각하지는 않았어요. 미안해요."

라울은 거짓말을 했다. 레티가 저를 경멸하면 견딜 수 없을 것만 같아서.

"지나가는 말처럼 한 거라고요."

레티가 천천히 말했다. 심호흡했다.

"기분 나쁘게 생각했다고."

같은 사내끼리 무슨 말을 하고 무슨 짓을 하든 피해자가 될 일이 없으니까 고작 그렇게 생각했겠지. 기분이 나쁘다고만 가볍게 툭 내뱉고 태연하게 돌아설 수 있는 거야.

"정말 미안해요, 레티."

적어도 라울은 사과라도 하고 있었다. 그 사과를 무작정 받아줄 마음이 드는 건 아니었지만.

"그저께 제 편에서 그 새끼 패준 걸로 빚 갚았다고 칠게요."

레티는 새침하게 말한 뒤 휙 돌아서서 빠르게 멀어졌다. 그러다가 금세 팔목을 붙잡혔다.

"지금 무슨……."

"쉬이, 잠깐만요."

야, 방금 미안하다며. 그런데 이렇게 멋대로 팔목 휙휙 잡아도 되는 거야, 어?

"저기, 저쪽 봐요."

라울이 조용히 턱짓했다. 눈에 유황불을 담고 라울을 노려보던 레티는 마지못해 그가 가리키는 쪽을 돌아보았다가 몸이 굳었다.

"궁금하지 않아요? 둘이 무슨 얘기 할지."

라울은 예전처럼 묘한 장난기를 담아 웃었다. 레티는 저만치에 나타난 엘리자베스와 루카스를 보느라 화내는 것도 잊었다.

"하, 하나도 안 궁금한데요?"

레티는 전혀 신빙성 없게 속닥였다. 라울은 그 투명하기 짝이 없는 회색 눈을 보고 느직하게 웃었다.

"거짓말."

그가 속삭였다. 레티는 라울의 다 안다는 말투가 참 싫었다.

"궁금해서 미칠 것 같을 텐데. 아니에요?"

왜냐하면 이 사람도 정말 다 아는 것 같았으니까.

어젯밤 남작 부인도, 지금 라울 데이커도. 레티와 엘리자베스가 어떤 관계인지 뻔히 다 아는 채로 그녀를 자극했다.

"가서 엿들을래요?"

"미쳤어요? 저 안 해요."

라울이 생긋 웃으며 제안했다. 레티는 반항적으로 중얼거렸지만 눈빛은 거짓말하지 못했다.

"그럼 저 혼자 가야겠네요. 안녕, 레티."

라울은 경쾌하게 인사하며 휙 돌아섰다. 그러자 레티가 그의 소매를 콱 잡고는 바짝 낮춘 목소리로 항의했다.

"안 돼, 당신도 가지 마."

"왜요? 저 혼자 당신 빼고 재미있는 얘기 들을까 봐?"

"그게 문제가 아니잖아요, 지금!"

다급하게 쫑알대며 레티는 엘리자베스가 있는 쪽을 흘긋했다. 루카스 헤르멘이 뭔가 말하고 있었고, 엘리자베스는 이쪽을 등진 터라 표정이 보이지 않았다.

궁금했다. 엘리자베스가 현재 그녀와 결혼할 확률이 가장 높은 남자와 단둘이서 무슨 얘기를 하는지 궁금해 미칠 지경이었다. 레티는 결국 호기심에 굴복했다. 나약한 제 자신을 탓해야 하나, 매번 저를 종잇장처럼 휘두르는 라울 데이커를 탓해야 하나. 그녀가 라울을 처량하게 쏘아보았다.

"같이 가요, 그럼."

"이럴 줄 알았어."

라울은 승리감에 차서 얄밉게 웃었다. 레티는 뚱한 표정으로 고개를 내렸다. 그와 눈을 맞추는 게 어려웠다.

두려움 때문이었다.

마님도 라울도, 대체 그녀의 연정을 어디까지 알고 멋대로 휘두르는 건지 모르겠다.

하녀와 정원사는 끝내 한 쌍의 범죄자처럼 살금살금 움직여 수풀 뒤에 몸을 숨겼다. 라울 옆에 나란히 쪼그려 앉으며 레티는 극심한 자괴감을 느꼈다.

나 왜 이러는 거야, 대체? 남의 대화를 멋대로 엿듣는 건 엄청나게 예의 없는 짓이라고. 하지만 당신은 날 두고 다른 사람과 결혼하려 하잖아. 그럼 이 정도는 해도 되지 않을까. 아주 조금은 못되게 굴어도 되지 않을까.

"더 미룰 이유가 어디 있겠어요?"

남자의 목소리가 먼저 들렸다. 레티는 눈살을 찌푸리며 필사적으로 집중했다.

"어젯밤에 끔찍한 사고가 있었는데 오늘 바로 이런 이야기를 하기에는 이르지 않을까요? 애도해야 할 기간에 어찌 경사스러운 일을 준비하겠어요."

레티는 이제 숨조차 참았다. 경사스러운 일이라니, 설마.

"다른 사람들에게까지 알릴 필요는 없습니다. 저랑 당신, 또 제 부모님과 당신의 어머님만 알고 있으면 됩니다. 발표야 나중에 해도 되니까."

결혼이라는 단어가 결정타였다. 레티는 라울의 말을 들은 걸 후회했다. 확인 사살만 당하는 꼴이었다.

하필 그때 재채기가 터진 건, 정말이지 지극한 우연이었다.

"으, 에취!"

라울은 경악했고, 레티는 더더욱 경악했고, 소리를 알아들은 엘리자베스가 제일 경악했다. 루카스 혼자 어리둥절했다.

"어?"

레티는 눈을 질끈 감았다. 인제 와서 여기 없는 척 버텨봤자 더 바보 같아질 뿐이다. 자수를 선택한 그녀가 심호흡한 뒤 일어섰다.

"아가씨, 도련님, 안녕하십니까."

방금 둘을 엿듣고 훔쳐보고 있었다는 사실을 들킨 사람치고는 너무 싱거운 인사였다. 루카스는 아직 상황 파악이 덜 된 것 같았다. 엘리자베스는 창백하게 질린 안색으로 레티를 쳐다보았다.

라울도 벌떡 일어났다. 수풀 뒤에서 또 한 명이 나타나자 루카스는 흠칫했다.

"두 사람, 거기서 뭐 해?"

잠시 굳었던 엘리자베스가 황망하게 물었다. 감히 윗사람을 염탐한 사용인에 대한 꾸중보다도 본인의 죄책감과 질투를 담은 질문이었다.

대체 언제부터 있었던 거야. 어디까지 들은 거야? 레티 앞에서 다른 사람과 결혼을 논하는 모습을 들킨 게 끔찍했다. 그리고 왜 라울 데이커는 레티 옆에 붙어 있는 건데.

"죄송합니다, 아가씨. 제가 다리에 쥐가 났는데, 바이올렛이 저를 발견하고 도와줬습니다. 그때 마침 두 분이 나타나서서 당황한 마음에 무심코 몸을 숨겼습니다. 놀라게 해드려서 죄송합니다."

라울의 변명은 청산유수였다. 레티는 고개를 수그린 채 라울의 거짓말에 감탄하는 동시에 엘리자베스의 반응을 두려워했다.

엘리자베스는 입술을 깨물었다. 루카스는 불만스러운 표정을 지었다. 이유가 뭐든 간에 귀족들의 얘기를 엿들은 건방진 사용인들을 나무라고 싶은 마음이 굴뚝 같았다. 하지만 남의 집 고용인을 멋대로 훈계할 수도 없는 법이라 루카스는 침묵했다.

"……아니야. 다리는 이제 괜찮나?"

엘리자베스는 차분한 목소리를 쥐어짰다. 레티가 자신을 전혀 보지 않는다는 사실이 아팠다.

"네, 아가씨. 이제 괜찮습니다."

라울은 공손히 답했다. 자신의 입에 담긴 아가씨라는 호칭이 싫었지만 드러내지는 않았다.

"그래, 다행이군."

엘리자베스는 아프다던 사람에게 최소한의 예의를 갖춘 뒤, 레티를 돌아보았다. 레티는 고개를 내린 상태에서도 엘리자베스가 자신을 보고 있다는 걸 느끼고 어깨를 움츠렸다.

"레티, 마침 생각난 게 있어. 새먼 부인한테 전달할 게 있는데, 심부름 좀 해 주겠니?"

엘리자베스도 라울만큼이나 거짓말의 달인이었다.

"네, 아가씨."

"루카스 군, 얘기 도중에 미안해요. 나중에 제대로 자리를 잡고 마저 대화하도록 하죠."

엘리자베스는 우아하게 양해를 구했다. 그녀는 확실히 대답의 때를 미뤘다.

"알겠습니다, 엘리자베스 양."

루카스가 서늘하게 대꾸했다. 눈빛도 냉랭했다.

엘리자베스는 그 냉기를 보고 불안을 느꼈지만, 다른 사람을 오래 신경 쓸 틈이 없었다. 머릿속에 오직 레티만 있었다.

"레티, 가자."

아가씨가 먼저 뒤돌았고 하녀는 뒤따랐다.

두 사람은 본관으로 들어갔다. 공식적으로 무도회는 끝났지만 손님들이 모두 돌아간 것은 아니라 엘리자베스는 아직 본관에서 지냈다.

복도를 걷는 내내 누구와도 마주치지 않았다. 조금 을씨년스럽기까지 했지만 엘리자베스와 레티는 차라리 기뻤다. 이 넓고 쓸쓸한 저택에 방해받지 않고 둘만 있다는 느낌이 좋았다.

엘리자베스가 먼저 방에 들어갔다. 레티가 사뿐히 뒤따르더니 문을 닫았다.

"왜 부르셨어요, 아가씨?"

레티는 문고리를 쥔 채 부드럽게 물었다.

엘리자베스는 그녀를 빤히 바라보았다. 레티도 용기를 내어 연인과 눈을 맞췄다.

"새먼 부인께 뭘 전달 드리면 되는데요?"

같잖은 소리였다. 엘리자베스는 이를 증명하듯 성큼성큼 다가왔다. 숨을 들이켤 시간조차 없었다.

아가씨는 하녀를 끌어안고, 입을 맞췄다.

꽃잎을 으깨면 향기가 퍼지듯, 엘리자베스가 입술을 빨고 누르며 입속을 훑자 레티의 숨결이 더 짙게 흘렀다.

레티가 숨을 뱉었다. 눈빛이 촉촉했다. 엘리자베스는 레티의 목을 안고 아까보다 훨씬 가깝게 끌어당겼다. 레티도 엘리자베스의 허리를 안았다.

"리지."

레티가 속삭였다. 오직 이곳에서만 허락된 이름. 오직 단둘이 남았을 때 주어지는 자유가 있었다. 너무 덧없고 위태로워, 훅 불면

날아갈까 꽉 쥐고 있게 되는 자유.

"진짜, 저보고 어쩌라는 거예요……."

결혼하기 싫다면서, 못 견디겠다면서. 아까 그 남자와는 태연하게 얘기를 나눴잖아. 그런데 지금은 또…….

"대체 어떤 장단에 맞추라는 거예요? 당신 나중에 그 남자랑 결혼할 거잖아요, 안 그래? 방금 결혼 얘기한 거잖아요."

"제발 지금 다른 사람 얘기하지 말아 줄래?"

엘리자베스가 탁하게 속삭였다. 이어서 연인에게 도로 입을 맞췄다. 갈급하게, 이번이 처음이자 마지막인 듯. 마치 억겁의 세월을 견디고 재회한 것처럼 레티를 끌어안았다.

"집중하자, 레티, 응? 시간 아깝잖아. 다른 사람 얘기는 하지 말자."

"대체 어쩌란 거예요!"

레티가 절규하며 어깨를 짚고 밀어냈다. 그녀는 환희뿐 아니라 비탄도 숨기는 법을 몰랐다.

"지금 그런 말이 나와요? 다른 사람하고 결혼 이야기하던 것 다 들었어요. 헤어지기로 한 거잖아요, 우리. 사실상 이미 헤어진 거잖아요. 나는 괜찮으니까, 충분히 버틸 수 있으니까 당신도 행복해지라고 한 건데, 왜……."

왜, 왜 내 거짓말을 비참하게 만들어. 이제야 그게 거짓말인 줄 알았어. 괜찮지 않아. 버틸 수 없어. 내가 어른스럽게 견딜 수 있을

줄 알았어. 하지만 착각이었어.

"왜, 왜 나한테 이래요? 나중에 다른 사람이랑 결혼할 거잖아요. 나를 선택할 용기도 없으면서, 왜, 정말……."

못돼먹은 아가씨 같으니. 그리고 거기에 속절없이 휘말리는 멍청하고 나약한 레티.

레티는 서럽게 흐느꼈다. 너무 크게 울면 소리가 번질까 봐 뒤늦게 이를 악물었다.

"레티. 레티, 울지 마."

엘리자베스는 황망하게 달랬다.

네가 믿어 줄지 모르겠지만, 정녕 너를 불행하게 만들고 싶은 적은 없었다. 네게 오직 행복만 알려 주고 싶었다. 책 읽는 걸 좋아하고, 눈을 빛내며 재잘재잘 잘만 떠드는 레티. 그런 네가 너무 귀엽고 사랑스러워서, *나의 최선을 주고 싶었다.*

"레티, 미안해. 미안해, 내가 잘못했어. 울지 마."

내 최선이 고작 이따위인 걸 용서해줘. 네 말대로 나중에 다른 사람이랑 결혼할 거면서, 같잖은 거짓말로 너를 불러냈어. 너를 위로하겠답시고 입을 맞췄어.

"레티, 미안해. 내가 잘못했으니까……, 제발, 지금은 우리 집중하자, 응?"

엘리자베스는 우는 레티를 부드럽게 안고 달래주지는 못할망정,

조급한 마음에 재촉하며 서둘러 문을 잠갔다. 달칵 하고 자물쇠가 돌아갔다. 이제 복도와 방은 완전히 분리되었다. 지금 이 방에는 오직 레티와 엘리자베스, 둘뿐이었다.

"키스해 줘, 레티. 제발 키스해 줘."

평소에는 무심하기만 했던 아가씨가 빌었다. 멱살을 쥐듯 연인의 옷깃에 매달리며 역동적으로 속삭였다. 눈가에는 물기가 조금도 없는데, 마치 우는 것처럼 보였다.

"말도 안 돼, 진짜."

레티는 계속 흐느끼며 손등으로 얼굴을 거칠게 닦았다.

"이게 뭐예요, 대체, 나한테 왜 그래요……."

칭얼대면서도 레티는 연인이 애원한 대로 입을 맞췄다. 혀와 혀가 뒤엉키고 울음인지 웃음인지 모를 숨소리가 미약하게 터졌다. 레티가 안겨들면 안겨들수록 엘리자베스는 주춤주춤 물러나 침대 위로 주저앉았다.

레티가 엘리자베스의 어깨를 짚으며 몸을 포갰다.

서재에서 나눈 3주간의 연애를 떠올려본다. 고작 3주 안에 그토록 정을 쌓을 수 있다니, 신기했다.

어떤 마음은 기간에 비례하여 쌓이지 않았다. 첫눈에 반했다는 대사가 전혀 진부하게 여겨지지 않을 만큼, 지금 여기서 펼쳐지는 고작 한 달짜리 인연이 애틋했다.

레티가 엘리자베스의 목을 지그시 깨물자 엘리자베스가 가늘게 몸서리쳤다.

"우리 진짜 이래도 돼요, 리지?"

될 리가. 애초에 둘이 서로 좋아하는 데 있어서 뭔가 '되는' 조건이 맞아떨어진 적은 없었다. 같은 여자라서 안 되고, 레티는 한날 하녀라 안 되고, 엘리자베스는 곧 결혼할 거라 안 되고. 안 될 이유는 언제든, 어디서든 쉽게 찾을 수 있었다.

"그게 지금 중요해?"

엘리자베스가 망설이는 연인을 대신해 먼저 과감하게 손을 뻗었다. 하녀복의 허리끈을 익숙하게 끄르고 단추를 하나씩 풀어 내려갔다. 레티의 얼굴이 더워졌다.

"어, 리지, 그런데 어젯밤 사람도 죽었고, 그리고……."

"레티."

엘리자베스는 횡설수설하는 레티의 말을 고압적으로 잘랐다.

레티는 마른침을 삼키며 내려다보았다. 엘리자베스는 명령하는 귀족의 오만한 자세와 애걸하는 연인의 모순적인 조화를 품고, 레티를 똑바로 올려다보았다.

"싫으면 그냥 나가."

잔인한 명령이었다. 어쩌면 차라리 레티가 자신의 명령에 따라주기를 내심 기대했는지도 몰랐다. 그러면 레티를 핑계 삼아 간신히 이성을 되찾고, 어젯밤 사람이 죽었으며 자신은 곧 결혼해야 한다는 사실을 되새긴 뒤, 옷차림을 정돈할 수 있었을 텐데.

레티의 얼굴이 이지러졌다. 너무 상처받은 표정이라 엘리자베스는 방금 뱉은 말을 후회했다. 사과하기 위해 입을 열려는 찰나 레티가 그 입을 틀어막았다.

"너무해, 진짜."

레티는 울먹이며 입을 맞췄다. 엘리자베스는 눈을 감았다. 기어코 눈물이 떨어졌다. 눈꺼풀로 떠밀린 물기가 진주알처럼 흘렀다.

"진짜 너무해요. 그렇게 말하면 어떡해……."

싫으면 나가라니. 싫을 리가 없었다. 그냥 꺼지라고 말했어야지. 그럼 치미는 그리움을 삼키며 돌아설 수 있었을 텐데. 그런데 그런 어설픈 명령을 내리는 바람에 물러설 길을 잃었다. 떠날 수 없었다. 싫으면 떠나라 명했다. '싫으면'이라는 조건 하나 허투루 넘길 수 없었다. 덕분에 오히려 고마운 족쇄를 얻었다. 이렇게 입 맞추는 시간이 전혀 싫지 않기에 침실에 남았다.

입맞춤이 이어지고 어루만짐이 깊어졌다.

독서를 좋아하는 얌전하고 우아한 아가씨. 그런 사람이 지금 하녀의 품에서 이런 소리를 낸다는 사실을 대체 누가 짐작이나 할까? 오직 레티만 아는 모습이었다. 이게 뭐라고 참 뿌듯했다. 앞으로도 저만 알았으면 했다. 부디 그녀에겐 오직 저만 특별하길 빌었다.

〈그 애 이름이 케이트였지. 케이트가 갑자기 떠났을 때 엘리자베스는 굉장히 슬퍼했어.〉

하필 마님이 자상하게 털어놓은 옛날얘기만 아니었다면.

〈그런데 며칠 뒤에 네가 오자마자 또 이리 가까워진 걸 보니, 역시 엘리자베스는 정이 많은 만큼 회복력도 좋은가 봐.〉

오직 혼자만 알았으면, 혼자만 특별했으면 했다. 그러나 당신의 과거에는 이미 다른 누군가가 있었다는 사실을 기억해버렸다.

"레티?"

엘리자베스가 의아해서 속삭였다. 조심히 연인의 뺨을 감싸며 그녀의 시선을 제게로 당겼다.

"레티, 왜 그러는 거야? 표정이 왜 그래?"

레티 골드는 자신이 지금 지독하게 슬프다는 사실을 숨길 수는 없었지만, 부분적인 거짓말쯤은 할 수 있었다.

"그냥, 이것도 언젠가 끝날 거라고 생각하니까……."

레티는 맥없이 중얼거리며 시선을 피했다. 엘리자베스는 입술을 깨물었다. 그녀는 지금 당장이라도 강단 있게 일어나 유산이고 뭐고 다 필요 없으니 우리 둘이 함께 도망치자고 외치는 상상을 했다.

아무도 우리를 모르는 곳에 간다면, 신분도 성별도 상관없겠지. 친척이라고 속이면 다른 사람들이 알 게 뭐야. 결혼 같은 건 필요 없어. 유산과 땅이야 욕심 많은 사촌들이 가지라고 해.

그러니까 레티, 너와 나, 우리 둘이서.

하지만 엘리자베스는 용기라고는 하나도 없는 비실비실한 귀족 영애였다. 그녀는 자조했다.

엘리자베스가 레티를 데리고 간 후, 라울은 덩그러니 남은 루카스에게 인사하고 유유히 사라졌다. 여자한테 차인 불쌍한 귀족 남자의 장단을 맞춰주고 있을 시간은 없었다.

'저놈은 배짱도 좋네.'

라울은 속으로 조소했다. 바로 전날 가장 큰 경쟁자가 돌연사해서 사람들이 바라보는 시선이 곱지 않을 텐데 냉큼 청혼이라니.

'어지간히 급하긴 한가 봐.'

루카스 헤르멘도 혼기가 꽉 찼다. 더 미적거렸다가는 흔한 노총각 차남이 되어버릴 테니, 그 전에 상속녀와 결혼하겠다는 거겠지.

그렇게 서두르면 라울도 곤란하다.

'……일단 하던 일부터 마저 하자.'

그는 걸음을 재촉했다.

마구간 근처에 쓸쓸하게 방치된 거대한 창고가 있었다. 원래는 덫, 사냥총과 같은 다양한 사냥 용품을 보관하던 건물이었다. 4년 전 메리요트 남작이 죽은 후 이 집의 아무도 사냥에 관심을 가지지 않았기에, 이 건물은 유령의 집처럼 오도카니 남겨졌다.

라울은 근처에 아무도 없는 걸 확인하고 문을 살짝 밀었다. 잠겨 있었다. 하지만 자물쇠를 따는 건 일도 아니었다.

"제임스."

닫힌 건물 안으로 진입한 라울은 허공에 대고 제임스를 불러 보았다. 눅눅한 침묵만 그를 맞이했다. 라울은 느리게 한숨짓고는 나긋하게 말을 이었다.

"여기 있으면 내 말 잘 들어. 원하는 대로 해 주면 네 위치는 밝히지 않을게. 샅샅이 뒤졌는데도 찾지 못했다고 말해줄게. 알겠지?"

해가 밝자마자 로즈미나는 하인들을 풀어 숲을 뒤지게 했다. 허나 모두 허탕을 쳤다. 라울은 다른 가능성을 고민했다. 제임스가 애초에 숲 바깥에 있을 가능성.

"내가 너한테 무슨 억하심정이 있겠어. 그저께는 내가 너무 흥분했어. 그래도 오랫동안 함께 일한 동료인데 말이야, 그렇지? 딱 한 번만 내가 시키는 대로 해. 그럼 무사히 도망치게 도와줄게."

창고 안에는 여전히 침묵뿐이었다. 하지만 라울은 본능적으로 직감했다. 난 지금 여기 혼자 있는 게 아니구나. 그가 창고 문에 느긋하게 기댔다.

"네가 그토록 좋아하던 엘리자베스 아가씨 말이야. 다른 남자랑 결혼한다더라?"

자존감 낮고 궁지에 몰린 추잡한 범죄자를 어떤 식으로 부추기면 좋을까. 어떻게 해야 대신 손을 더럽히고 문제를 해결해 줄까.

"당연히 귀족이고, 너보다 돈도 훨씬 많고, 능력 좋고, 집안 좋고. 물론 다 운이 좋아서 그런 거지만. 안 그래?"

단지 그 이유만으로 운명은 거울에 비친 모습처럼 엇갈렸다. 그게 라울은 옛날부터 참 분했다.

"어떡할래? 둘이 오늘 밤에 만난다던데."

마음껏 부러워해. 마음껏 질투해.

가지지 못한다면 망가뜨리는 게 낫다고 추한 마음을 품어 봐.

"부러우면 가봐."

라울은 쐐기를 박았다. 부디 자신의 세 치 혀로 충분했기를 빌며.

"그리고 거기서 만나는 사람, 네가 죽여줘."

이참에 방해물을 하나 더 치워 버리는 것도 나쁘지 않을 듯했다.

로즈미나는 눈앞의 남자를 마주했다. 귀족의 피라고는 몸에 한 방울도 흐르지 않으나 뛰어난 상술로 일대의 갑부가 된 라이언의 아버지, 모란 경이었다.

"단순한 사고일 리 없습니다. 부인께서도 동의하시지요?"

하루아침에 아들을 잃은 노인은 충혈된 눈을 번뜩이며 남작 부인을 압박했다.

"내 아들은 이 집에 도착하기 전까지만 해도 매우 건강했어요.

뱀독에 약한 체질이라는 건 다 핑계 아닙니까? 더 조사를 하기 싫어서 그러는 것 아니냐고요?"

"미안합니다, 모란 경. 만약 미심쩍은 부분이 있다면 직접 경찰서에 가서 얘기하세요. 메리요트 가문에서는 더는 당신을 도울 힘이 없답니다."

로즈미나는 정중히 선을 그었다. 자식의 죽음을 받아들이지 못해 음모론에 사로잡힌 이 가여운 남자를 하루빨리 내보내고 싶었다.

"당신이 주최한 파티에서 이런 일이 일어났으니 당신도 마땅히 책임을 져야 합니다. 더는 도울 힘이 없다니, 그게 무슨 뜻입니까?"

남자의 이마에 핏대가 섰다. 로즈미나의 안색이 굳었다.

모란 경의 슬픔을 속속들이 이해하는 것과 별개로 누군가 자신의 잘못이 아닌 일로 소리를 지르기 시작한다면 불쾌하지 않을 사람은 별로 없다.

"말씀드린 대로에요, 모란 경. 나는 경찰도 의사도 아니랍니다. 그리고 그분들은 이미 아드님의 죽음이 뱀독으로 인한 사고라고 판단했죠. 만약 믿기 어렵다면 그분들께 가서 따지세요. 더 드릴 말씀이 없습니다."

"하! 당신도 내가 장사치라고 깔보는 거요?"

모란 경의 비난이 쩌렁쩌렁 울리자 로즈미나가 눈을 가늘게 떴다. 그녀가 차갑게 대꾸했다.

"그건 사실도 아닐뿐더러 논지에서 벗어난 일입니다."

로즈미나는 죽은 남편을 떠올렸다. 한심한 놈. 그녀의 마음에 오랜 경멸과 원한이 차올랐다. 그가 살아생전 다른 사람들을 그렇게 깔아뭉개고 다녔던 바람에 남편이 죽은 뒤에도 그녀까지 덩달아 욕먹는 중이었다.

"사실이 아니긴! 평민이 죽었으니까 그냥 쉽게 덮고 넘어갈 수 있다고 생각하나 본데, 그건 큰 오산이요! 내가 가만있을 것 같소?"

"모란 경, 부디 침착하세요. 흥분을 가라앉히고 얘기해봐요."

"자식이 죽었는데 침착은 무슨. 왜 계속 말을 돌리는 거요? 숨기는 거라도 있소? 알고 보니 이 집의 다른 손님과 딸을 맺어주고 싶어서 일부러 내 아들을 죽게 한 거 아니오?"

"억측이 심하십니다."

로즈미나의 눈에서 냉기가 뚝뚝 떨어졌다. 모란 경의 입매가 비틀렸다. 그가 벌떡 일어나 로즈미나에게 성큼성큼 다가갔다. 건장한 남성이 제 앞에 우뚝 서서 쏘아보자 로즈미나는 움찔했지만 내색하지 않았다.

"알 건 다 알고 왔어요, 메리요트 남작 부인. 이곳에 헤르멘 자작의 차남이 있다며? 그놈은 옛날부터 내 아들과 사이가 안 좋았소. 이번에는 당신 딸과 결혼하겠다고 여기까지 왔던데. 내 아들이 방해되니까 치워 버린 거 아니냐 묻잖소?"

"헛소리도 정도껏 하시는 게 좋을 겁니다."

로즈미나가 헛웃음을 쳤다. 그 냉소를 보고 모란 경의 눈이 위험하게 번뜩였다.

"뭐요, 헛소리?"

그가 으르렁댔다. 격정이 이성을 앞질렀다. 그는 위협적으로 손을 뻗었다.

순간 문이 쾅 열렸다.

"기별도 없이 들어와서 죄송합니다."

숨 가쁘게 입장한 이는 엘리자베스였다. 머리카락을 급히 땋아 내린 듯 조금 헝클어졌고, 두 볼은 분홍빛이었다. 하지만 로즈미나도, 모란 경도 그런 부분에 신경 쓸 틈이 없었다.

"밖에서 큰 소리가 들려서요."

엘리자베스는 집에 손님이 왔다는 소식을 듣고 모란 경을 맞이하기 위해 뒤늦게 내려오던 참이었다. 복도에서 고성이 들린 순간, 엘리자베스는 망설이지 않고 뛰어왔다.

"마침 잘 왔어, 엘리자베스. 차를 새로 가져다주겠니?"

로즈미나가 침착하게 지시했다. 엘리자베스를 내보내고 싶어 하는 기색이 역력했다. 저 애를 이 이성 잃은 남자와 같은 공간에 두고 싶지 않았다.

"차는 필요 없소."

모란 경이 딱딱거렸다. 엘리자베스의 표정도 로즈미나와 비슷하게 변했다. 주인이 대접하는 차를 손님이 거절하는 것은 무례였다.

"……인사가 늦었네요. 저는 엘리자베스 메리요트입니다."

첨예한 대립을 누그러트리기 위해 엘리자베스는 공손히 말했다. 애석하게도 효과는 없었다.

"그래, 당신이 그 유명한 엘리자베스 메리요트군요."

엘리자베스는 모란 경의 비꼬는 말투가 싫었다. 자신을 품평하듯 위에서 아래로 훑어보는 시선도. 주먹을 움켜쥐고 싶은 걸 간신히 참았다. 어젯밤 라이언의 부고를 처음 전했을 때, 그의 친구들이 싸늘하게 쏘아보던 게 기억났다. 엘리자베스가 죄 없는 라이언을 꾀어 죽게 만든 것처럼 비난하는 듯한 시선이었다.

"모란 경. 흥분을 가라앉히고 휴식을 취하시는 게 좋겠습니다."

로즈미나가 개입했다. 모란 경은 그녀를 노려봤지만 대답은 없었다. 로즈미나는 손을 뻗어 식탁 위의 종을 울렸다.

"손님방으로 안내해 드리도록 하겠습니다. 조금 진정되시면 다시 얘기하시죠."

모란 경이 얼굴을 일그러뜨렸다. 그는 어금니를 씹어 울음을 참았다.

"……좋습니다. 그럼 나중에 다시 내려오겠습니다."

"네, 모란 경."

이제야 조금 정신이 든 건지, 아니면 그저 너무 지친 건지, 모란 경은 방 안내를 하러 온 하녀를 따라 고분고분 퇴장했다. 끝까지 미안하다는 말은 없었다.

"어머니, 괜찮으세요?"

엘리자베스의 녹색 눈에 걱정이 가득했다. 로즈미나는 담담하게 대답했다.

"그래, 별일 없었어."

그런 것 같지 않던데. 엘리자베스는 도톰한 입술을 살짝 깨물었다가, 조심스레 물었다.

"모란 경이 뭐라고 하던가요?"

"아들이 뱀 때문에 죽었다는 사실을 받아들이기 힘든가 보더라. 더 조사해야 한다고 우겼어."

자세한 얘기는 생략했다. 모란 경이 루카스 헤르멘한테 의심의 화살을 돌렸다는 등의 이야기를 더해봤자 엘리자베스가 할 수 있는 일은 없었다.

"어머니."

로즈미나가 엘리자베스를 돌아보았다. 젊고 예쁜 얼굴이 보였다.

'정말 나랑 닮은 구석이 하나도 없어.'

로즈미나는 생각했다.

"루카스 군이 저한테 청혼했어요."

로즈미나가 눈매를 좁혔다. 최악의 시기였다.

"어떡할까요? 이미 두 번이나 대답을 미뤄서 더는 늦출 수 없을 것 같아요."

어머니가 허락해주기를 바랐다. 아니, 강렬히 반대하기를 바랐다. 이참에 확실히 신랑감을 정하라고 말해도 무서울 것 같았고, 일단 무기한 미뤄야 할 것 같다고 말해도 두려울 것 같았다.

나는 대체 왜 이리도 갈피를 못 잡을까. 방금까지만 해도 레티와 함께 희열에 몸부림치고 있었는데 지금은 다른 남자와의 결혼을 논하다니. 이런 내가 미친 것 같아. 아니, 내가 미친 건지 세상이 미친 건지 모르겠어.

"받아들이는 게 좋을 것 같아."

잠깐의 침묵 끝에 로즈미나가 답했다. 엘리자베스는 명치를 찌르는 감정의 농도에 홀로 놀랐다.

"다만, 당분간은 아는 사람만 알고 있는 게 좋겠지. 루카스의 부모한테만 서신을 보내고, 발표는 미루자."

절망스러웠다.

"네, 어머니."

연인을 버리고 결혼하겠다고 결심한 건 엘리자베스 본인이었다. 멀쩡할 수 있을 줄 알았다. 예전부터 알고 있었고 준비해 두었던 결말이었다. 그런데 허락의 말이 떨어지자 엘리자베스의 심장도 발밑까지 떨어졌다.

직전까지만 해도 결혼이 미뤄지길 원하는지, 아니면 최대한 빨리 결론이 나길 원하는지 확신할 수 없었는데, 이제는 알았다. 더는 헷갈리지 않았다. 너무 분명했다.

나는 이 결혼, 원하지 않아.

부디 영원토록 미뤄질 수 있다면.

"그럼…… 오늘 안에 루카스 군한테 말할게요."

고작 한 달 전에 너를 만난 게 너무 서러워. 더 일찍 내 삶에 나타나지 그랬어. 그랬더라면 너는 내 첫사랑이 됐을 테고, 우리는 몇 주가 아니라 몇 년을 서로 사랑했을지도 모르는데.

"그래, 그러도록 해라."

로즈미나는 담담하게 말했다. 엘리자베스는 처량하게 시선을 떨구었다. 지금만큼은 그녀도 제 연인만큼이나 투명했다. 로즈미나는 엘리자베스에게 애인은 잘 정리하라고 경고할까 고민했다. 하지만 너무 잔인하게 굴지 않기로 했다.

"조금 천천히 말해도 돼. 상황도 상황이니까."

로즈미나가 덧붙였다.

다른 구혼자가 죽은 바로 다음 날 청혼을 받아들이는 게 조금 꺼림칙하기도 했다. 로즈미나는 엘리자베스에게 마음을 정리할 시간도 허락할 겸 기한을 늘려주었다.

"네, 어머니."

엘리자베스는 기계처럼 대답했다.

바로 그날 두 사람의 방에 각자 다른 쪽지가 전달되었다.

엘리자베스가 마님과 괴로운 대화를 견디는 사이, 레티는 멍하니 복도를 걷고 있었다. 숙소로 돌아가야 할 시간이었다. 그러나 삶의 목적과 더불어 방향 감각까지 잃은 것처럼 레티는 길을 헤맸다.

맞은편에서 누군가 나타나 레티에게 인사했다. 레티는 반쯤 넋이 나간 상태라 미처 반응하지 못했다. 상대는 눈살을 찌푸리며 손을 휘휘 내저었다.

"저기, 레티?"

"어, 어? 안녕, 조세핀."

레티는 그제야 허둥지둥 인사했다. 조세핀이 눈을 가늘게 떴다.

"야, 너 상태가 왜 이래?"

레티는 어젯밤 사람이 죽은 게 꺼림칙해서 정신이 없는 거라고 어떻게든 얼버무리려고 했다. 그러나 미처 말을 꺼내기 전에 조세핀이 눈을 동그랗게 떴다.

"야, 너……!"

조세핀이 돌연 제 손목을 낚아채자 레티는 당황했다. 조세핀은 다짜고짜 모퉁이 너머 으슥한 구석으로 레티를 끌어당기더니 옷

깃을 콱 쥐었다.

“진짜 정신 나갔구나? 이런 걸 대놓고 묻히고 다니면 어떡해?”

“어……?”

조세핀은 옷깃을 들췄다. 옷에 아슬아슬하게 가려진 새하얀 목덜미에 불그스름한 자국이 드러났다. 조세핀은 그 실체를 어렵지 않게 알아보았다. 여자의 립스틱이었다.

“얼마 전부터 불안하더니만, 어휴.”

조세핀은 나직이 툴툴대며 손수건으로 레티의 목을 쓱쓱 문질렀다.

“알고 있었어?”

창백해진 레티가 희미하게 추궁하자 조세핀은 퉁명하게 받아쳤다.

“뭘? 나는 아무것도 몰라. 아무것도 말하지 마. 추측은 그냥 추측으로 끝나게 둬. 무슨 뜻인지 알아들었어?”

이 거대하고 오래된 저택에 비밀은 없다. 그저 비밀을 지켜 주려는 사람들과 귀찮아서 눈감는 사람들만 있을 뿐. 적어도 조세핀은 그렇게 믿었다. 설령 여태 완벽하게 은폐된 비밀이 있더라도 언젠가는 들키기 마련이다. 그런 면에서 눈앞의 제 동료는 참 가여울 만큼 순진했다.

조세핀은 바이올렛 골드가 신경 쓰였다. 처음에는 태연하게 케이트의 하녀복을 입고 다니는 뻔뻔하고 순진무구한 낯짝이 거슬려서 계속 눈이 갔는데, 요즘은 안타까움이 앞섰다.

"어차피 나는 곧 떠날 사람이니까, 괜히 나까지 엮지 마."

아가씨의 신랑감을 고르는 무도회가 다가올수록 눈에 띄게 침울해지던 레티 골드. 언젠가 발갛게 부은 눈으로 별관 쪽에서 걸어오던 레티 골드. 살짝 흐트러진 차림새로 유령처럼 복도를 배회하는 레티 골드.

이 아이를 돕는 것도, 이 아이한테 도움 받는 것도 이번이 마지막이었으면 했다. 레티를 볼 때마다 케이트가 떠올랐다. 조세핀은 이 인연의 끝을 바랐다. 적어도 레티 골드만큼은 자기와 달리 행복한 결말을 맞이했으면 좋겠는데, 지금 그녀를 보아하니 그 또한 불가능할 것 같아 입맛이 썼다.

"……고마워, 조세핀."

레티는 간신히 목소리를 쥐어짜 속삭였다. 조세핀의 마음에 고인 연민이 짙어졌다. 조세핀은 말없이 레티의 어깨를 토닥였다. 그녀가 레티의 목을 문질렀던 손수건을 손에 꼭 쥐고 모퉁이를 돌아 사라졌다.

레티는 낮게 한숨지으며 제 목덜미를 매만졌다. 무방비하게 돌아다닌 자기 자신이 한심했다.

'미쳤어, 진짜, 큰일 날 뻔했잖아. 조세핀 말고 다른 애가 발견했

으면 어쩌려고 그랬어?'

더는 메리요트 가문의 하녀로 일하지 못할 수도 있었다. 어쩌면 자기도 케이트처럼 쥐도 새도 모르게 사라질지도 모른다.

마치 케이트처럼.

'……설마, 그 사람도?'

자신과 아가씨의 관계를 다 아는 듯 암시하던 마님이 태연하게 케이트의 이름을 언급했다는 사실이 떠올랐다.

〈케이트가 갑자기 떠났을 때 엘리자베스는 굉장히 슬퍼했어.〉

그렇다면 그 슬픔은 애초에 누구의 탓일까?

레티는 어지러운 생각을 이어가다가, 숨을 훅 들이켜며 생각을 뚝 그쳤다.

고민하지 말자. 분석하지 말자. 어차피 더는 여기 없는 사람, 이름만 무성히 들었을 뿐 실제로 만난 적도 없는 사람에 대해 음침하게 숙고하고 싶지 않았다.

그 사람이 사랑스러운 엘리자베스와 무슨 짓을 했을지, 마님은 어디까지 알고 있는지, 조세핀의 비밀은 정확히 무엇인지 하나하나 파헤치며 곱씹고 싶지 않았다.

다른 사람과의 결혼을 목전에 둔 연인을 생각하는 것만으로도 벅찼다. 레티는 많은 것을 외면했다.

로즈미나와 대화를 끝내고 엘리자베스는 완전히 지쳐서 방으로 돌아갔다. 문 앞에서 그녀는 작게 눈살을 찌푸렸다.

"어?"

문틈에 고이 접혀 끼워진 종이가 하나 있었다. 주변을 둘러보았지만 근처에는 아무도 없었다.

짧은 편지였다. 다소 불쾌한 요청과 몹시 거북한 이름이 적혀 있었다. 발신인은 루카스였다.

저녁에 단둘이 뵙고 싶습니다. 아직 못 들은 답을 듣고 싶군요.

엘리자베스는 눈살을 찌푸렸다. 저녁에 단둘이 보자니. 보수적인 귀족 사회에서 통용되는 예절이 절대 아니었다.

8시에 별관 정문 앞에서 기다리겠습니다. 아직 생각할 시간이 필요하다면 나오지 않으셔도 됩니다. 30분을 기다리겠습니다.

엘리자베스는 기가 차서 쪽지를 구겼다. 어제부터 꽤 조급한 듯하긴 했지만, 이런 식으로까지 답을 요구할 줄은 몰랐었다.

'찾아가서 따질까?'

엘리자베스는 이를 악물었다.

'……아니야, 가지 말자.'

자신이 지금 루카스의 방까지 찾아가는 데는 문제가 있었다. 어젯밤 사고 이후 다들 매우 예민했다. 엘리자베스가 루카스를 찾아갔다는 사실이 알려진다면 그 후폭풍은 건잡을 수 없을 것이다.

그녀는 자신을 보던 라이언의 친구들과 부친의 시선을 기억했다. 라이언을 홀려 죽음으로 떠민 요부라도 보는 듯했다. 그런 자들이 만약에 다른 남자의 방을 찾아가 대놓고 대화를 청하는 모습을 보면 어찌 여길까? 악의는 추문을 만들 것이다. 몸서리쳐지는 일이다.

생각이 여기까지 미치자, 왜 루카스가 굳이 이런 비상식적인 방법으로 제게 만남을 구했는지 이해되기도 했다. 마음은 급한데 대놓고 찾아올 수는 없으니 문에 몰래 이런 쪽지를 남기고 간 듯 싶었다. 본관 안에서는 마주하는 것조차 조심스러워 구태여 저녁에 은밀히 만나자는 남자를 지금 당장 찾아가기도 거북했다.

엘리자베스는 만남을 거절하기로 했다. 그녀는 자신이 루카스와 은밀한 쪽지를 주고받는 사이였다는 염문의 여지를 남기지 않고자 종이를 아예 찢어서 쓰레기통에 버렸다.

이후, 그녀는 이 일을 당분간 까맣게 잊어버렸다.

비슷한 시각, 비슷한 내용으로 루카스의 방에도 다른 쪽지가 도착했다는 걸 엘리자베스는 당연히 알 수 없었다.

저녁에 단둘이 뵙고 싶습니다. 아직 못 드린 답을 드리고 싶군요. 8시에 별관 후문 앞에서 기다리겠습니다. 꼭 나와주세요.

발신인은 엘리자베스였다. 루카스는 다소 의외라고 생각했지만, 불쾌하지는 않았다.

불쾌한 걸로 따지자면 여태 두 번이나 청혼을 거절당한 게 훨씬 불쾌했다. 거절당했다기보다는 상대방이 어물쩍 답을 미룬 거지만 실질적으로는 그게 그거였다. 자신을 두 번 거절한 여자한테 계속해서 매달리는 꼴이라니. 루카스는 자존심이 상했지만 현실적인 이유로 꾹 참았다. 그는 작위가, 돈과 땅이 필요했다. 그리고 그 젊은 상속녀와의 결혼은 세 가지를 모두 그에게 줄 수 있었다.

게다가 생긴 것도 나쁘지 않지. 루카스는 엘리자베스의 보드라운 얼굴과 늘씬한 윤곽을 떠올리며 음험한 눈빛을 지었다.

그래, 그런 여자를 다른 사람들에게 아내로 소개하고 매일 밤 침대에 까는 것도 나쁘지는 않으리라.

다른 사람들이 알 리가 없는 흑심을 멀쩡한 겉가죽 아래 감춘 채 루카스는 8시를 기다렸다.

만약 엘리자베스가 별관 후문으로 나오라는 쪽지를 받았다면, 단번에 쪽지를 의심했을 것이다. 정문도 아니고 후문이라니? 건물 뒤에 있어 매우 어둡고 외진 곳이었다. 엘리자베스라면 해가 진 후 찾을 만한 곳이 아니었다.

하지만 건장한 성인 남성인 루카스는 단 한 번도 엘리자베스가 겪었을 법한 공포를 느껴 본 적 없었다. 엘리자베스 본인이 정말 그 쪽지를 적었다면 결코 후문을 만남 장소로 정하지 않았을 거라는 생각도 하지 못했다.

루카스는 의심 없이 8시 조금 전에 별관 후문 앞에 도착했다. 그곳은 숲에 가까웠다. 별관 건물이 시야를 가려 본관이 보이지 않았다. 본관에서도 이곳이 보이지 않기는 마찬가지였다.

루카스는 촛불로 사위를 밝히며 기다란 막대기로 이따금 풀밭을 탁탁 두드렸다. 어젯밤 라이언 모란이 뱀에 물려 죽은 탓인지 숲의 어둠을 보니 독사가 떠올랐다.

이제 8시가 다 됐으려나. 루카스는 시계를 확인하기 위해 주머니를 뒤적거렸다. 그때, 발소리가 들렸다.

"아, 엘리자……."

퍽!

둔탁한 소리와 함께 피가 튀었다. 두꺼운 나뭇가지에 머리를 얻어맞은 루카스가 바닥으로 쓰러졌다.

촛불이 뒹굴었다. 습격자의 발이 불씨를 지르밟았다. 완벽한 어둠이 사위를 적셨다.

"으으, 윽!"

루카스는 숨이 턱턱 끊기는 소리를 냈다. 그는 풍채 좋은 장정이었지만 뒤통수를 기습당한 터라 미처 저항하지 못했다. 습격자는 루카스의 몸을 깔아뭉개며 목을 조였다. 양손 가득 증오, 질투, 열등감을 담아 살의를 쏟아냈다.

"으윽, 켁, 콜록, 너……."

흐려지는 시야 속에서 루카스는 상대방을 알아보지 못했다. 어찌 알아보랴? 이 집에 난생처음 초대받아 기껏해야 한두 번 스친 것이 전부인 마부를.

"크윽, 컥……."

루카스는 발버둥쳤다. 그러나 처음에 무방비 상태로 당한 게 타격이 너무 컸다. 몸에 힘이 빠졌다. 이곳은 너무 어둡고 외졌다. 소리를 질러봤자 들어줄 사람이 없었다.

그러니까 조금이라도 의심해봤으면 좋았을걸.

루카스의 잘못은 아니었다. 예측할 수 있는 상황도 아니었다. 엄연한 피해자를 조심성이 없다는 이유로 욕할 수는 없었다. 그저 서서히 끊겨가는 그의 삶을 애도할 수밖에.

발작하던 루카스가 숨을 거두었다. 제임스는 숨을 쌕쌕 몰아쉬며 물러났다.

"축하해."

낭랑한 목소리가 들렸다. 제임스는 굳은 얼굴로 돌아보았다. 후문 옆 테라스 난간에 기대어 살인자를 내려다보는 이가 있었다.

"네 첫 번째 살인이잖아, 그렇지? 기분이 어때?"

제임스는 라울을 쏘아보았다. 라울 데이커 저놈은 대체 어디서 뭘 하다 왔는지 모르겠다.

과거도 정확하지 않고 이 지역 출신도 아닌 라울이 4년 전 어느 날 갑자기 새 정원사랍시고 나타났을 때, 수군대는 사용인들도 많았었다. 그러나 아무도 로즈미나가 직접 고용한 사람에게 차마 대놓고 시비를 걸지는 못했다. 게다가 워낙 잘생겼고 넉살이 좋아 여자 사용인들 사이에서는 늘 인기가 많았다.

"이제 네 약속을 지켜."

제임스가 요구했다.

오늘 저녁 별관 후문 앞에 나타나는 사람을 죽이면 탈출을 도와주겠다고 라울이 분명 약조했다. 거부한다면 친히 은신처를 고발하겠다는 협박은 덤이었다.

제임스는 소심하고 비겁한 사람이었다. 겁이 많고 나약해 오히려 살인이나 강간 미수 같은 무모한 범행을 저지를 수 있었다. 성격 탓에 생겨난 열등감은 안으로 파묻혀 곪았고, 저보다 신체적으로 만만한 사람들을 대상으로 비뚤게 폭발했다. 예컨대 레티라든지.

이번에 이 남자를 목 졸라 죽인 건 죽음이 무서웠기 때문이었다. 말대로 하지 않으면 죽이겠다는 라울의 쾌활한 경고는 묘하게 설득력이 있었다. 정말로 저 잘생기고 상냥한 낯으로 해맑게 웃으며 자신을 죽일 수 있을 것 같았다.

제임스는 죽느니 죽이는 길을 택했다. 그 결과 여기까지 왔다.

"약속? 무슨 약속?"

"빌어먹을. 무사히 탈출할 수 있도록 도와주겠다고 했잖아!"

제임스가 앙칼지게 역정을 내자 라울은 느릿하게 웃었다. 저 찌질한 놈. 궁지에 몰리니까 본색을 드러내는구나.

"거짓말했어."

라울은 밝게 말했다. 그가 난간을 훌쩍 넘어 테라스에서 내려왔다. 제임스는 도망가려고 했으나 금세 라울에게 붙잡혔다. 라울이 제임스를 찍어 눌렀다. 가해자가 피해자로 역전된 상황이었다. 제임스는 발버둥쳤다. 라울은 그의 절박한 몸부림을 내려다보며 장갑을 낀 손으로 천천히, 천천히 목을 졸랐다.

"너는 연습용이야."

라울이 진지하게 속삭였다. 그가 준수하게 웃는 낯으로 자신을 죽일 거라는 제임스의 예상은 빗나갔다. 라울은 표정 없이 절제된 포악함을 눈에 새긴 채 느린 살인을 이어갔다.

"그리고 원래부터 맘에 안 들었어."

특히 그저께 일에 이르러서는 혐오스러운 수준으로 번졌다. 레티가 아닌 다른 하녀를 건드렸다면 덜 짜증 났을까.

나는 너와 비슷한 쓰레기일 뿐이야. 정당한 법의 처벌에 널 맡기진 않겠어.

“크허, 억…….”

갈라진 숨소리가 두어 번 터지더니 제임스가 잠잠해졌다. 라울은 손에 힘을 풀었다. 그가 시체를 물끄러미 내려다보았다.

“수고했어.”

라울이 속삭였다. 망자는 대꾸하지 못했다. 라울이 장갑을 낀 손으로 제임스의 시체를 루카스 옆으로 끌고 갔다. 그가 노끈을 꺼냈다. 연극 무대를 마련할 시간이었다.

제8장. 나들이

종일 수색해도 찾을 수 없었던 제임스가 별관에서 발견되었다. 시체로. 다른 시체와 나란히, 아가씨의 침실에서 목을 맨 채.

유서가 남아 있었다. 주인아씨를 연모한 어리석은 마부의 편지였다. 엘리자베스 아가씨를 사랑해 그분을 늘 먼발치에서 바라보았고, 그분이 다른 사내와 결혼하실 거라는 사실에 깊이 상심하고 분노하여 예비 약혼자를 죽이고 자신도 목숨을 끊는다고 구구절절 쓰여 있었다.

가장 강력한 경쟁자 라이언 모란이 죽고 나서 은근히 의심받던 루카스 헤르멘마저 시체가 되어 나타났다. 적어도 루카스는 모든 누명에서 벗어나게 되었다.

대신 자극적인 수군거림은 전부 엘리자베스를 향했다.

그녀가 라이언과 루카스를 물리적으로 해쳤을 거라고 믿는 사람은 물론 없었다.

피해자는 둘 다 성인 남성이었고, 엘리자베스는 서재에 틀어박혀 책이나 읽던 아가씨였다. 그녀가 그 말랑말랑한 손으로 루카스의 목을 조르려 했다면 루카스가 얌전히 당하고 있었을 리는 없다. 분명 일을 저지른 살인자는 따로 있었다. 그럼에도 형체 없는 언어는 그녀를 물어뜯었다.

남자 잡아먹는 년. 요부. 저주에 걸린 상속녀. 가장 적극적으로 구애한 두 사람이 하루 간격으로 죽었다.

게다가 아가씨를 사모하는 마부라니, 흥미진진하고도 망측했다.

혹시 두 사람 사이에 뭔가 있었던 게 아닐까? 아가씨가 마부에게 여지를 줬던 거 아니야? 그래서 마부가 배신감을 느끼고 연적을 죽인 뒤 목을 맨 거 아닐까?

엘리자베스는 그 모든 숙덕임을 묵묵히 견뎠다.

손님들이 하나둘씩 떠났다. 헤르멘 자작 내외가 찾아와 아들의 시신을 데려갔다.

"엘리자베스."

사흘인가, 나흘이 지났을까. 로즈미나가 엘리자베스를 불렀다. 아가씨는 상대를 물끄러미 보았다. 상대방의 표정을 판독하는 건 불가능했다.

"장례식 전까지, 잠시 떠나 있을래?"

조만간 두 남자의 장례식이 있을 예정이었다. 기자들과 경찰들은 이미 저택을 들락거리고 있었다. 그들에게 이 예쁘고 덤덤한 아가씨는 너무 탐스러운 먹잇감이었다.

"다른 마을에라도 가 있으렴. 휴가라고 생각하면 되니까."

내가 한낱 기삿거리로 전락해 뜯기고 씹히는 게 싫은 걸까, 아니면 가문과 집을 걱정하는 걸까? 메마른 호기심이 고개를 치켰으나 엘리자베스는 질문을 포기했다.

"네, 좋아요."

바라던 바였다. 이 집에서 잠시나마 벗어나고 싶었다.

문 두드리는 소리가 들렸다. 침대에 앉아 양손을 맞잡고 무릎을 빤히 내려다보던 엘리자베스는 천천히 고개를 들었다.

"들어와."

소중한 이가 들어왔다.

이 집에서 유일한 위로이자 안식이 되는 사람.

레티가 다가오자 엘리자베스는 팔을 벌려 연인의 폭신한 품에 얼굴을 묻었다. 익숙한 향기가 났다. 엘리자베스는 마치 마약을 삼키듯 그 향기를 들이켰다.

"리지."

레티가 안타깝게 속삭였다.

네가 애틋하게 불러 주는 내 애칭이 얼마나 거룩한지.

"괜찮으세요?"

답이 이미 정해진 질문이었다. 그러나 물어보는 이가 중요했다. 레티가 지금 당장 앞에 있었다. 그것만으로도 엘리자베스는 행복했다.

"아니. 하나도 안 괜찮아. 대체 뭐가 뭔지 모르겠고, 왜 나한테 이런 일이 벌어지는지도 모르겠고, 왜……."

엘리자베스는 레티의 허리를 꽉 끌어안았다. 레티는 엘리자베스의 머리를 꼭 붙안으며 뺨을 기댔다. 엘리자베스는 레티의 가슴에 느리게 얼굴을 비볐다. 나직한 심장 소리가 들렸다.

"사실은, 알 것 같아. 지금 천벌을 받는 걸지도 몰라."

"네?"

엘리자베스가 중얼댔다. 눈을 동그랗게 뜬 레티가 엘리자베스의 표정을 확인했다. 울음을 참느라 눈시울이 붉었다.

"내가 너한테 너무 못되게 굴어서……. 사랑한다고 말해놓곤, 다른 사람이랑 결혼하겠다고 해서……."

눈물이 떨어졌다. 레티는 황급히 손을 뻗어 연인의 뺨을 문질러 닦았다. 그러나 눈물이 흐르는 속도가 닦는 속도보다 훨씬 빨랐다. 엘리자베스는 하염없이 울었다.

"내가 정말로 나쁜 년이라 천벌을 받는 건가 봐."

"그런 거 아니에요. 그럴 리가 없어요. 리지, 대체 왜 그렇게 생각해요?"

"왜, 너는 안 그렇게 생각해? 쌤통이라는 생각 안 들어? 마음에도 없이 팔려 가듯 결혼하겠답시고 남자들 모아놓고 웃더니 결국 그중 두 명이 죽게 됐어."

"리지, 그렇게 생각하지 말아요. 그건 사실이 아니잖아요! 제임스 그놈이 미친놈이지 당신이 대체 뭘 잘못했어요?"

"미안해, 레티. 정말 미안해. 다 내가 잘못해서 그런 거야, 내가……."

"아니에요, 리지. 절대 아니에요. 리지, 저를 봐요. 제발 그런 식으로 말하지 말아요."

엘리자베스는 얼굴을 가린 채 흐느꼈다. 레티는 그녀를 다정하게 달래며 입을 맞췄다. 레티의 입술은 이마를 훑다가 콧등을 스쳤고, 결국 입술에 안착했다. 말캉한 살이 온기를 불어넣었다.

"일부러 못되게 굴고 싶어서 그런 거 아니잖아요? 그리고 다른 사람이 살인 저지른 게 왜 당신 잘못이에요? 그 살인자 잘못이지."

레티는 힘주어 속삭였다. 엘리자베스는 떨리는 숨을 뱉었다. 그녀는 레티의 얼굴을 쓰다듬으며 서서히 자기 자신을 가라앉혔다.

"살인. 살인자. 글을 통해 볼 때는 참 간단했는데."

엘리자베스가 중얼댔다. 소설 속에 존재하는 허구의 죽음, 또한 기사를 통해 접하는 타인의 비극. 그때는 전부 아득한 일만 같았는데, 지금은 지독한 현실감이 옭아맸다.

"실제로 접하니 이렇게 무서운 일인 줄 누가 알았겠어, 응?"

엘리자베스는 애써 미소 지었다. 고작 지난 며칠 사이에 몹시 수척해진 얼굴이었다.

"레티. 나 놀러 가기로 했어."

"네?"

"정확히 말하자면, 현실 도피지. 어머니가 먼저 권하셨어. 장례식 전까지 어디 좀 멀리 가 있으라고."

"……기자들 때문에 그래요?"

"그렇기도 하고. 그냥, 내가 지쳤어."

원래라면 예비 신부가 돼야 했을 아가씨는 자극적인 살인 사건의 관련자로 지면에서 이름을 날리고 있었다. 기자들이 조금만 더 용감했다면 엘리자베스의 사진까지 실렸으리라. 그러나 신문사는 남작 부인의 눈치를 보며 자제했다. 유서 깊은 남작 가문은 여전히 이 지역에서 위세가 대단했다.

"이런 상황에 자중하기는커녕 멋대로 놀러 가는 건 정말 몰상식한 걸까? 이것도 천벌을 부를 짓일까, 레티?"

"천벌은 무슨 천벌이에요. 그런 거 아니라고 말씀드렸잖아요. 그리고, 당신이 뭘 잘못했다고 자중을 해요? 당신도 피해자라고요."

"그래, 고마워, 레티. 그렇게 말해 줘서 정말 고마워."

"고마워하지 마세요, 아가씨. 제가 할 말은 다 당연한 말이에요."

"그래도 고마워, 레티. 그렇게 당연한 말을 여태 내게 해 준 사람은 너밖에 없거든."

엘리자베스는 묽게 웃으며 힘없이 말했다. 레티는 울 것 같았다. 아가씨가 가여웠다. 지옥에 떨어졌을 제임스가 더더욱 미워졌다.

"네가 처음이야, 레티. 다른 사람들은 당연한 말도 안 해줘."

엘리자베스는 레티의 허리를 안고 얼굴을 감췄다. 레티는 연인의 등을 다독이며 입술을 깨물었다.

"레티, 있잖아. 루카스 방에서 내가 보냈다는 쪽지가 증거물로 나왔어. 하지만 내가 쓴 게 아니야."

"네?"

레티는 깜짝 놀랐다. 경찰이 밝히지 않은 기밀 정보였다.

"제임스가 내 글씨체를 베껴서 루카스를 꾀어냈나 봐. 다른 사람들이 알아내면 또 이상하게 수군댈까 봐 무서워. 다른 사람이 내 필체를 베낀 게 맞냐, 내가 보내놓고 제임스한테 뒤집어씌운 게 아니냐, 이렇게."

"말도 안……!"

레티는 화내려다가 주춤했다. 그래, 말도 안 되는 궤변이었다. 그런데 사람들은 그런 궤변을 너무 쉽게 믿고, 너무 쉽게 퍼트렸다.

"나보고 남자 잡아먹는 년이라고 말하고 다닐지도 모르지."

"리지, 그러지 말아요."

레티가 애원했다. 혹시 엘리자베스가 다시 울고 있을까 봐 두려웠지만, 엘리자베스의 눈은 건조했다. 모래알처럼 메말라 보였다.

"그래도 너는 그렇게 생각하지 않아서 다행이야."

엘리자베스가 속삭이며 레티에게 입을 맞췄다.

"레티, 아까 내가 놀러 갈 거라고 했잖아."

"네, 리지."

"너도 같이 가자."

레티의 눈이 동그래졌다. 엘리자베스는 아까보다 부드럽고 편안한 미소를 지어보였다.

"당분간 내 전속 하녀로 일해. 나랑 같이 놀러 다니면서 나를 돌봐주고 종일 같이 놀아 주면 돼. 어때?"

너무 좋았다. 시중을 핑계로 당신의 1분 1초를 함께하고 당신의 모든 것을 내 시야에 담는 것. 하지만……. 레티는 망설였다.

"리지. 호, 혹시. 그러다가 저랑 이상하게 소문나도 괜찮겠어요?"

마님도 알고 있었다. 라울도 알아챈 듯했다. 조세핀도 의심스러웠다.

그런 상황에서 엘리자베스와 버젓이 도피 여행이라도 떠난다면, 다른 사람들도 눈치채지 않을까? 아가씨가 같은 여자와도 붙어먹는 더러운 년이라고 몹쓸 사람들이 수군대지 않을까? 조세핀에게 키라가 내뱉었던 말이 아직도 귓가에 생생했다.

"몸종 하나 데려가는 게 뭐가 그리 이상한 일이라고."

엘리자베스는 대수롭지 않게 말했다. 그러다 무언가를 생각해내고, 너무 상처받지 않으려 애쓰며 레티에게 말했다.

"하지만 물론 네가 불편하다면 강요하지 않을게. 혹시 정말 소문이라도 나면 너도 곤란해지니까, 나는 다른 애랑……."

"안 돼요, 싫어요!"

레티는 황급히 연인의 말을 자르며 소리쳤다. 언성을 높여 버렸다는 사실을 뒤늦게 깨닫고 레티는 얼굴을 붉혔다. 하지만 꿋꿋하게, 오직 진심을 담아 간절하게 당부했다.

"제발 저랑 같이 가요, 아가씨. 하나도 안 불편해요. 저 말고 다른 애랑 단둘이 다녀오시면 정말 화낼 거예요."

레티가 협박을 덧붙였다. 엘리자베스는 웃음을 터뜨렸다.

"너를 화나게 할 수는 없지."

엘리자베스가 부드럽게 레티의 뺨을 쓰다듬었다.

"그런데 솔직하게 말해봐, 레티. 단순히 화만 내는 게 아니라 질투하는 거지, 그렇지?"

"네, 질투예요. 엄청나게 몹시 매우 질투할 거예요. 됐죠?"

"그래, 됐어. 아주 충분해."

"리지, 우리 둘만 가는 거예요?"

"응, 우리 둘만."

"그럼 둘이 같은 방 쓰는 거예요?"

레티는 냉큼 물었다. 엘리자베스는 멀뚱멀뚱 보다가 눈꼬리를 사르르 접었다.

"당연하지."

엘리자베스가 귓가에 속닥였다. 숨결이 살갗을 긁자 레티는 바르르 떨었다. 엘리자베스는 농밀하게 덧붙였다.

"같은 방을 써야만 할 수 있는 온갖 일을 다 할 거야."

"흠, 기대되는데요."

레티가 새빨개진 얼굴로 중얼거렸다. 엘리자베스는 레티의 복숭앗빛 볼을 손가락으로 콕 찔러보았다.

"그래, 그러니까 일단은 참자, 레티."

마음 같아선 당장이라도 침대에 눕히고 싶었지만 레티마저 자신과 같은 시선에 시달릴까 두려워 엘리자베스는 애써 참았다.

"지금 아껴놔야 나중에 실컷 하지."

굳이 아껴놓지 않아도 나중에 얼마든지 실컷 즐길 수 있다고 레티는 솔직하게 대답하고 싶을 마음을 참았다. 이미 너무 많이 지친 연인을 무방비한 상태로 몰아가고 싶지 않았다.

"좋아요, 리지."

레티는 열렬히 끄덕였다. 이어서 아가씨의 손을 꼭 잡으며 전심을 다해 말했다.

"특히 그 실컷이라는 말이 매우 맘에 들어요."

"나도 아주 마음에 들어, 레티."

엘리자베스는 엄숙하게 답했다.

"아주, 아주 마음에 들어."

아가씨와 하녀는 이른 아침 조용히 떠났다. 제임스가 아닌 다른 마부가 그들을 시내의 역까지 모셨다. 두 여자는 죽은 사람에 대해 생각하지 않으려 애썼다.

둘 다 귀족에게도 하녀에게도 어울리는 무난한 옷을 입고 적당한 크기의 짐 가방을 들었다. 정말로 평범한 나들이 같았다. 살인사건이 벌어진 저택으로부터 도망치는 절박한 여행이 아니라, 연인끼리 온난한 겨울을 즐기며 기분 전환을 하는 평안한 나들이.

"그런데 우리 놀러 갈 때도 정말 모범생들처럼 노네요."

레티가 가볍게 푸념했다.

두 사람의 목적지는 근방에 있는 문학 관광지였다. 유명한 작가가 나고 자란 곳이었다. 그 사람의 생가가 정성스레 보존되어 있을 뿐더러 이 시기에는 전통 의상과 음식을 팔고 음악을 공연하는 축제도 열렸다.

"걱정하지 마. 밤에는 전혀 모범생 같지 않을 거야."

엘리자베스가 속닥속닥 약속했다. 레티가 웃었다.

현실 도피를 위해 놀러 갈 때도 문학 관광지를 선택하고 마는 두 책벌레는 지금 행복했다. 최근에 일어난 그 모든 일에도 불구하고 함께이기에 즐거웠다.

"기대할게요."

레티가 마주 속삭였다. 엘리자베스는 사람들이 오가는 이 복작복작한 역에서 대놓고 연인에게 키스하고 싶은 걸 꾹 참았다.

"그래, 기대해."

아직은 말로 만족할 수밖에 없었다. 레티는 더욱 정답게 웃으며 손을 뻗어 연인과 깍지를 꼈다.

엘리자베스는 살짝 당황해서 토끼 눈을 떴다. 누가 보면 어쩌느냐는 눈치였다.

레티는 연인의 불안을 이해했다. 그녀는 짧게 온기를 섞은 뒤 깍지를 풀었다. 하지만 잔열은 오래 남았다.

"좀만 더 참을게요."

레티는 생긋 웃으며 속삭였다. 엘리자베스는 시선을 돌렸다. 레티는 애인이 무슨 생각인지 다 안다는 듯 작게 쿡쿡 웃었다.

대중 마차가 도착했다. 두 여자는 나란히 승차했다. 마차 안에는 아는 사람이 없었다. 그 익명성이 기뻤다. 이곳에서 그들은 아가씨와 하녀가 아니었다. 여러 예절과 관습을 강요받지 않았다. 자유로웠다. 그 자유마저 언젠가 깨질, 가냘프고 위태로운 것이었지만, 그래서 더욱 소중했다.

마차는 마을을 벗어나 길을 따라 이동했다.

그리고 잠시 뒤, 누군가 열심히 그 뒤를 쫓았다.

레티와 엘리자베스는 점심을 먹기 전에 목적지에 도착했다. 날씨가 겨울치고는 따뜻해 두툼한 외투를 단단히 여미자 찬바람에 방해받지 않고 쏘다닐 수 있었다.

"레티, 우리 저거 입어 볼래?"

엘리자베스가 녹색 눈을 반짝였다.

"너무 바가지인데요."

레티는 질색했다. 엘리자베스가 지목한 옷가게는 축제에 맞춰 몇 세기 전에나 유행하던 멋스러운 복장을 대여하고 있었다. 가격이 상당히 높았다.

"이런 곳들이 다 그렇지, 뭐."

엘리자베스는 쾌활하게 말했다. 그녀가 스스럼없이 연인과 팔짱을 꼈다. 레티는 조금 당황했지만, 곧 긴장을 풀며 안기듯 기댔다.

그래, 이래도 괜찮아. 이곳에서는 아무도 우리를 몰라.

“돈 걱정은 하지 마. 앞으로 우리가 여기서 누릴 모든 게 내 선물이야. 알겠지?”

“아가씨, 그건 좀…….”

“레티.”

레티의 항의를 엘리자베스는 뭉텅 잘랐다.

“내가 이 정도는 하게 해줘.”

엘리자베스가 속삭였다. 그녀가 손끝으로 레티의 입술을 스치듯 쓸었다. 손으로 입맞춤을 하는 것 같았다.

“언제 또 이렇게 해 줄 수 있을지 모르니까.”

분명 마지막일 테니까. 엘리자베스는 뒷말을 삼키며 고개를 돌려 시선을 회피했다. 엘리자베스는 레티의 팔을 끌어당겼다. 레티는 못 이기는 척 끌려갔다.

“안녕하세요, 손님! 혹시 찾는 의상이 있으신가요?”

“일단 그냥 둘러보려고요.”

가게 주인이 발랄하게 다가왔다. 엘리자베스는 적당히 선을 그으며 레티에게 물었다.

“레티, 우리 뭐 입을까?”

생일 전야의 어린이처럼 눈을 반짝반짝 빛내는 연인을 보며 레티는 서글프게 웃었다. 엘리자베스가 진정으로 이 순간을 즐기고

자 애쓰는 게 보였다.

"글쎄요. 그런데 당신한테 입혀 보고 싶은 건 있어요."

레티는 명랑하게 대답했다. 상대방이 애써 주니 자신도 맞장구쳐주고 싶었다. 좋은 기억만 남기고 싶었다. 어차피 마지막이라면. 이 나들이는 일탈일 뿐, 도피일 뿐. 지금의 세상에서 두 사람의 관계는 결코 당연하게 받아들여질 수가 없다.

"이거 어때요?"

레티는 현재를 필사적으로 즐기겠다는 마음가짐으로, 야심차게 드레스 하나를 가리켰다.

"이거?"

엘리자베스는 꽤 심각해졌다. 레티는 즐겁게 웃음을 터뜨렸다.

"예쁠 것 같은데, 한 번 입어보세요."

부담스러운 복장이기는 했다. 어깨를 둥글게 부풀린 소매와 펑퍼짐하게 퍼진 치마는 중세 배경의 동화책에서나 튀어나올 법한 생김새였다. 평범한 날, 평범한 거리에서 이런 옷을 입고 돌아다니라 했으면 극구 거부했겠지. 쓸데없이 이목만 끌었을 것이다.

하지만 지금은 축제니까. 일탈의 순간이니까.

그리고 나의 우아한 아가씨에게는 이런 옷이 참 잘 어울릴 것 같아서. 당신의 고운 모습은 모조리 기억에 담아가고 싶어서.

레티는 간청했다.

"레티, 넌 취향이 참 독특하구나."

엘리자베스는 칭찬일지 질책일지 모를 평가를 내리며 드레스의 소매를 만지작댔다. 그러다 돌연 악동 같은 미소를 지었다.

"레티, 나도 옷 골라 줘도 돼?"

"뭐, 그러든가요. 이미 생각해 두신 게 있는 건가요?"

"그래, 이거."

엘리자베스는 당당히 또 다른 중세풍 의복을 쥐었다. 그 실체를 확인한 레티는 절규했다.

"아, 리지, 제가 이걸 어떻게 입어요?"

"왜, 이게 어때서? 잘 어울릴 것 같은데."

엘리자베스는 해맑게 웃으며 옷걸이를 날렵하게 낚아챘다. 그녀가 옷을 레티에게 대 보았다. 보드라운 우단이 레티의 발목까지 떨어졌다.

"거봐, 색깔도 잘 받잖아."

셔츠와 바지, 화려한 단추가 달린 조끼와 나풀대는 망토. 중세 시대 귀족을 연상시키는 옷이었다. 그리고 분명 남성복이었다.

"색깔이 문제가 아니잖아요. 제가 남자 옷을 어떻게 입어요?"

"왜 못 입는데?"

엘리자베스가 너무 자연스럽게 되묻는 바람에 레티는 할 말을 잃었다. 엘리자베스는 레티가 골라 준 분홍빛 드레스를 턱짓했다.

"그렇게 따지면 이 옷도 만만치 않아, 레티. 여자는 남자 옷을 못 입는다는 법이라도 있나, 응? 어차피 다 즐기자고 하는 건데."

엘리자베스는 구구절절 옳은 말만 하며 애인을 압박했다. 레티는 이번에도 못 이기는 척 맞춰 주기로 했다.

"알겠어요, 그럼. 저는 이거 입을게요."

레티는 쑥스러워하며 옷걸이를 집었다. 승리감으로 생글거리며 엘리자베스는 대여비를 낸 뒤 레티를 탈의실로 이끌었다.

"자, 잠깐만요, 리지!"

"왜 그래, 레티?"

"설마 같이 갈아입게요?"

레티는 뜨악해서 쳐다보았다. 엘리자베스가 도리어 황당해했다.

"그럼 따로 갈아입으려고 했니?"

저만치에서 가게 주인은 아무런 의심도 하지 않고 있었다. 동성끼리 함께 탈의실에 들어가 옷을 갈아입는 것쯤이야 당연한 일이라는 듯. 동성 '친구'는 결코 그 이상이 될 수 없다고 믿는 세상.

"이럴 때 할 수 있는 건 다 해야지."

레티는 정말로 마지못해 엘리자베스에게 이끌렸다. 둘이 같은 탈의실에 들어가자 엘리자베스가 문을 닫았다.

"우리 이런 거 하려고 놀러 온 거 아니었어?"

이곳이 둘만의 공간이 되자마자 엘리자베스는 목소리를 달콤하게 내리깔며 눈웃음을 쳤다. 레티는 어물쩍 시선을 피했다. 엘리자베스가 눈살을 찌푸렸다.

"뭐야, 왜 싫다는 표정을 해?"

엘리자베스는 얼굴을 바짝 들이밀었다. 레티가 고개를 푹 숙인 채 한쪽으로 피하면 엘리자베스도 같은 쪽을 기울였고, 레티가 저쪽으로 고개를 돌려버리면 엘리자베스도 따라갔다.

"시, 싫은 거 아니에요!"

레티가 냅다 외쳤다. 엘리자베스는 바깥의 직원이 대화를 들을까 봐 순간 기겁했다.

"절대 싫은 거 아니에요, 저는, 그게, 그냥! 이렇게 가깝게 단둘이 있으면 참는 게 너무 힘들어서……."

레티는 양손으로 아예 얼굴을 가린 채 횡설수설했다. 엘리자베스는 폭소했다.

"그런 거였어?"

엘리자베스는 레티의 손목을 부드럽게 잡았다. 얼굴을 가린 양손을 밀어 치우자 늦봄의 산딸기처럼 새빨갛게 익은 동그란 얼굴이 보였다.

"네가 그렇게까지 힘들어할 줄은 몰랐네."

아가씨가 달콤하게 속삭이며 연인의 턱을 쥐고 입을 맞췄다.

"안 힘들어지는 방법을 알려 줄까?"

촉촉한 감촉을 남기고 입술이 떨어지자 속삭임이 이어졌다. 레티는 숨을 가쁘게 몰아쉬며 상대방을 쳐다보았다.

"그때그때 욕구를 풀면 돼."

지금처럼. 입술이 다시 맞닿았다. 가느다란 신음이 말캉한 살에 짓눌려 으깨졌다. 엘리자베스가 레티의 어깨를 짚었다. 레티의 등이 벽에 닿았다.

"참을 필요 없다는 뜻이야."

엘리자베스의 눈에 열기가 흘렀다. 레티는 연인이 제안한 해결책을 곱씹었다. 그러더니 마음을 굳힌 듯 엘리자베스의 허리를 와락 안고 이번에는 본인이 먼저 입을 맞췄다.

"나중에 못 멈출까 봐 그러죠."

레티가 어색하게 중얼댔다. 방음도 딱히 잘 안 되는 듯한 탈의실에서 절제를 모르고 극단까지 치달을까 봐 불안했다.

"이렇게 대놓고 유혹하면 어떡해요, 진짜……."

모든 책임을 전가하며 레티는 칭얼거렸다. 연인에게 붙잡힌 채 엘리자베스는 생긋 웃었다.

"그래, 다 내 잘못이야."

엘리자베스는 흔쾌히 인정했다.

너에게 마음을 준 내 잘못이고, 결혼을 앞둔 주제에 네게 사랑을 속삭인 내 잘못이며, 지금 너를 이곳으로 끌고 들어와 몸을 맞

붙이는 내 잘못이다.

"그러니까 마음껏 탓해, 알겠지?"

지금도, 앞으로도. 언젠가 장례식이 끝나고 세간의 수군거림이 잦아들고 나면, 다시 결혼이 필요한 상속녀로 돌아가 네 마음을 찢어놓을 나를 탓해줘.

"네가 날 원망하는 만큼 다정하게 굴어봐. 어서."

레티의 목에 양팔을 두르며 엘리자베스는 속살거렸다. 미소는 입술에만 걸어두고 숲을 닮은 녹색 눈에 짙은 감정을 담은 채.

"그럼 곤란해요."

레티가 웅얼거렸다. 원망? 예전에 다 잊어버린 것 같다. 당신의 숨결이 내 입술을 스치는 이 순간에만큼은, 단연코.

"그냥 내가 당신을 사랑하는 만큼 다정하게 구는 걸로 할게요. 어때요?"

"좋아."

엘리자베스는 한숨짓듯 동의하며 눈을 감았다. 레티의 입에 사랑이라는 단어가 담길 때마다 설탕물에 잠겨 녹아버릴 것 같았다.

"기대할게. 대체 얼마만큼 다정할 건지."

엘리자베스의 속삭임이 레티의 혀끝에 감겼다. 깊고 느린 입맞춤이었다. 탈의실 밖의 사람들이 아무것도 의심하지 않는 동안 안에서는 잠잠한 천국이 펼쳐졌다.

"이만큼이에요."

레티가 마침내 털어놓았다. 엘리자베스는 레티와 이마를 스르르 맞댔다.

"너무 좋아."

엘리자베스가 고백했다. 저는 참으로 과분한 애정을 누리고 있다는 생각이 들었다.

"그런데 리지, 우리 옷 갈아입기로 한 거 아니었어요?"

레티는 가까스로 본연의 목적을 상기했다. 엘리자베스는 꿈에서 깨어난 듯 몽롱한 눈을 깜빡였다. 그녀가 짓궂게 웃었다.

"그러게, 레티. 서로 입혀 주면 되겠네."

엘리자베스는 단숨에 자신의 허리끈을 풀었다. *아, 젠장.* 레티는 속으로만 욕했다. 겉옷이 조급하게 바닥으로 떨어졌다.

"옷 벗는 것도 도와주고, 옷 입는 것도 도와주고. 이 삭막한 세상에서 서로 돕고 살아야 하지 않겠어, 레티?"

"음, 굳이 세상 핑계를 댈 필요가 있을까요?"

레티는 빨개진 얼굴로 소심하게 항의했다. 그러면서도 엘리자베스가 손을 뻗어 자신의 웃옷 단추를 푸는 걸 막지 않았다.

"왜, 틀린 말은 아니잖아."

엘리자베스는 짐짓 밝게 말했다.

레티의 속살이 드러났다. 엘리자베스는 쇄골이 도드라진 곳에 입을 맞췄다. 레티가 작게 신음했다.

"세상이 정말 삭막하더라, 레티."

불과 며칠 전만 해도 주변에서는 세 명이 연달아 죽었다. 사고, 살해, 자살. 이유도 참 다양했다.

"네가 없었으면 훨씬 삭막했을 뻔했어."

쇄골보다 조금 더 아래, 조금 더 느리게. 하얀 치아가 하얀 살결을 긁었다. 레티는 부르르 떨며 연인의 허리에 닿은 손톱을 세웠다.

"네가 있어서 참 다행이야."

엘리자베스는 진심을 털어놓으며 레티의 어깨에 뺨을 기댔다.

레티는 천천히 손을 올려 연인의 척추가 시작되는 부분을 매만졌다. 그곳부터 하나씩 단추를 풀어 내리자 한 겹의 얇은 속옷도 헐거워졌다.

"저도 당신이 있어서 참 다행이라고 생각해요, 엘리자베스."

레티도 오직 진심을 얘기했다. 엘리자베스는 옅게 웃었다.

"그래, 고마워."

참 많은 것에 대한 감사였다.

로즈미나가 털어놓지 않은 사실이 하나 있었다.

"타살이라고요?"

메리요트 가문의 위세가 대단해서 다행이었다. 덕분에 가까스로 경찰을 입막음할 수 있었다.

"네, 부인. 자살로 보이게 하려고 교묘하게 위장하긴 했지만, 목에 남은 멍의 모양이 조금 다릅니다."

"확실합니까?"

경감이 우울한 얼굴로 긴밀하게 속삭였다. 로즈미나가 날카롭게 되물었다. 그 음성에 깃든 냉기가 너무 뾰족해서 경감은 저도 모르게 그녀의 눈치를 살폈다.

"자살한 게 아니라 누군가에게 죽었다는 게, 확실하냐고요."

로즈미나의 파란 눈은 오만했다. 그 시선에 경감은 위압감과 환멸을 동시에 느꼈다. 아, 귀족들이란.

"전문가의 소견입니다."

경감이 딱딱하게 해명했다. 로즈미나는 그를 똑바로 바라보며 경고했다.

"확실하지도 않은데 이 집에서 살인 사건이 두 건이나 일어났다고 떠벌리고 다닌다면, 저도 경감님도 많이 후회하게 될 겁니다."

경감의 환멸이 한결 깊어졌다. 그러나 신분제는 아직 무너지지 않았다. 게다가 귀족이란 신분을 떼놓고 봐도 메리요트 가문의 부와 영향력은 어마어마했다.

경감은 현실 앞에서 소명을 굽혔다.

"명심하겠습니다, 부인."

"수사는 비밀리에 진행해 주세요."

이번에 경감은 조금 놀랐다. 비밀리라고는 하지만 수사를 진행하라니. 아예 덮으라고 할 줄 알았다.

"알겠습니다."

그는 순순히 대답했다. 상대방에게 휘둘리는 본인의 모습이 퍽 거슬렸지만, 귀족과 부딪치지 않고도 수사를 이어갈 수 있으니 마냥 싫지는 않았다. 그도 반드시 범인을 잡고 싶었다.

제임스와 루카스가 시체로 발견된 다음 날의 일이었다.

이후 로즈미나는 고민 끝에 엘리자베스를 불렀고, 그녀에게 아예 며칠간 집을 비울 것을 권유했다.

세간의 과도한 관심과 저열한 숙덕거림이 다는 아니었다. 누군가 이 집에서 사람을 죽였다. 처음에는 살인자가 제임스인 줄 알았다. 제임스의 시체를 발견했을 땐 그 살인자가 깔끔히 자살해서 내심 안도했다. 그딴 유서를 남기고 죽은 건 용서할 수 없었지만.

그런데 제임스도 살해 당한 것이라니. 그놈이 루카스를 정말로 죽인 게 맞든 틀리든, 또 다른 사람이 그놈을 죽였다니.

살인자가 하나 더 있었다. 아직 잡히지 않은.

로즈미나는 엘리자베스가 집에서 아예 도망쳐 있는 게 당분간 안전하리라고 생각했다.

그리고 로즈미나는 이곳에서 범인을 잡을 계획이었다.

대체 누구일까.

루카스는 돈 많고 지위 높은 사람이니 그렇다고 치자. 가진 게 많을수록 뺏길 것도 많고, 뺏길 게 많을수록 적도 많다. 그러나 돈도 지위도 없는 일개 마부는 왜 살해당했을까.

로즈미나가 떠올린 유일하게 그럴듯한 동기는 원한뿐이었다.

두 연인은 나란히 거리를 걸었다. 한쪽은 심히 민망했고 한쪽은 심히 뿌듯했다.

"거봐요, 리지. 다들 쳐다보잖아."

"예뻐서 그래, 예뻐서. 잘 어울리니까 그렇지."

"아닌 것 같은데……."

"맞다니까."

망토와 모자 아래 긴 머리카락을 숨긴 레티는 바지 차림이 어색해서 계속해서 옷자락을 매만졌다. 엘리자베스는 완연히 생글대며 옆에서 치마폭을 나풀거렸다.

"그나저나 레티, 나 방금 조금 서운했어."

"네?"

"내가 예쁘다고 칭찬해줬는데 반응이 고작 그거야? 다들 쳐다보든 말든 곧장 헤벌쭉 웃으면서 좋아해야 하지 않나?"

말로는 서운했다면서 엘리자베스는 입술과 눈으로 한껏 웃었다. 입가에만 간신히 맴도는 거짓 웃음이 아니었다. 연인과 함께하는 이 시간이 진심으로 즐거웠다.

"치이, 그렇게 계산적인 마음으로 칭찬해 주는 거예요?"

레티는 서운한 듯 입술을 삐죽였지만 마음은 물렁물렁했다. 눈 앞에서 활짝 웃는 애인이 너무 좋았다.

"그만큼 네 관심이 고프다는 뜻이야."

엘리자베스는 명랑하게 속살대며 가볍게 팔짱을 꼈다. 레티가 서둘러 팔을 엮자 엘리자베스는 곧장 어깨를 맞댔다.

"제 관심이 그렇게 고파요?"

"응, 정말 많이."

영광이었다. 황송할 따름이었다. 원래 레티는 엘리자베스와 이런 식으로 평범하게 노닥거릴 수 있는 사람이 아니었다. 뒷모습만 묵묵히 지키며 청소에 열중해야 할 아랫사람이었다.

"그럼 많이 드려야겠네요. 제 관심."

레티는 다정하게 웃었다.

"당신이 부족함을 느끼면 곤란하니까."

당신이 절대 주릴 일이 없으면 좋겠다. 모든 것을 풍족하게 채워 주고 싶다. 내가 당신에게 포만감을 주었으면 좋겠다. 훗날 나를 떠올렸을 때 좋은 기억만 넘쳐났으면 좋겠다. 결국 모든 것이 지나고 난 후 서로 붙들 수 있는 것은 추억밖에는 없을 테니.

"그래, 곤란하지."

엘리자베스는 계속해서 방글거렸다. 정말로 축제에 나온 어린아이 같았다. 의아할 지경이었다. 자신이 알던 엘리자베스 메리요트가 맞나 싶을 정도였다. 늘 책만 들여다보더니.

레티는 엘리자베스의 고요한 모습도 사랑했지만, 지금의 모습도 지극히 아꼈다. 연인에 대해서라면 그 어떤 점도 버릴 게 없었다.

"우리 저거 먹을래?"

엘리자베스는 자연스레 화제를 전환하며 길 건너편을 가리켰다. 북적이는 거리에서 어떤 노점상이 군밤을 팔고 있었다. 쌀쌀할 날씨라 김이 모락모락 피어오르는 군밤이 더더욱 인기를 끄는 듯했다.

"리지, 배고팠구나?"

레티가 혀를 찼다. 슬슬 뭔가 먹을 시간이긴 했다.

"나도 나지만, 내 애인한테도 맛있는 거 먹여야지."

엘리자베스가 속닥이자 레티의 얼굴이 확 붉어졌다. 내 애인. 그 짤막한 구절이 머릿속에 강렬하게 각인되었다.

"가자, 레티."

엘리자베스는 팔짱을 풀고 스스럼없이 레티의 손을 잡았다. 레티는 순순히 이끌렸다.

노점 앞에는 줄이 길었다. 기다리는 사람들 모두 축제 분위기에 맞춰 색색의 옷을 입고 있었다. '평범한' 차림새는 오히려 드물었다.

"레티, 저기 앞 좀 봐봐."

엘리자베스가 레티의 턱을 살짝 밀었다. 레티는 맨살에 닿은 연인의 손길에 새삼스럽게 전율하며 같은 쪽으로 시선을 돌렸다.

"아까 옷가게에 저런 건 없던데. 나중에 찾으면 우리도 빌리자."

우스꽝스러울 정도로 화려한 모자가 줄 앞쪽에 어른거렸다. 풍성한 깃털 장식이 시선을 사로잡았다. 엘리자베스는 아이처럼 졸랐다.

"써보고 싶어."

"당신이 저걸 쓰고 있으면 저는 덜 튀긴 하겠네요."

"그럴 것 같긴 하네. 그런데 레티, 튀는 게 그렇게 싫어?"

엘리자베스는 레티의 휘황찬란한 벨벳 망토를 만지작댔다. 시대극에서 툭 튀어나온 듯했다.

"그냥 하루 입고 노는 건데 뭐 어때."

어차피 찰나의 일탈인데.

"게다가 내가 말했잖아. 잘 어울린다고."

전부 잊고 지금의 행복에 녹아들면 되잖아.

"예쁘다고 말했잖아."

엘리자베스는 본인이야말로 정말 예쁘게 웃었다. 레티는 울음을 참는 기분으로 대답했다. 성격대로 솔직하게.

"당신이 훨씬 예뻐요, 리지."

엘리자베스는 펄럭거리는 드레스를 입고 레티는 고풍스러운 망토를 둘렀다. 지금 그들의 앞에는 현란하기 짝이 없는 깃털 모자를 나부끼는 사람이 있었다. 평범한 사람 따위 없는 지금 이곳에서 그들은 가장 자유로웠다. 굳이 평범하지도, 정상적이지도 않아도 괜찮았다. 애초에 '정상'의 기준 같은 건 축제의 현장에서만큼은 잊힌 지 오래였다.

"난 딱 너만큼 예뻐, 레티."

엘리자베스가 달콤하게 속삭였다. 레티는 코웃음을 쳤다.

"그건 정말 아닌 것 같아요, 리지."

"아니야, 진짜야. 나는 널 좋아하니까."

엘리자베스는 주변 사람들이 듣든 말든 신경 쓰지 않고 내뱉었다. 예쁘다고, 좋아한다고. 지금까지 너무 오래 참아 온 탓에 답답했다.

"좋아하면 다 예뻐 보이나 봐, 레티."

레티의 얼굴이 빨개졌다.

엘리자베스는 스스로 꽤 탁월한 작가라고 내심 자신했지만, 지금의 감정은 결코 언어로 옮길 수 없을 것 같았다.

달콤하며 보드랍고, 동시에 날카롭고 위태로운. 세상의 모든 역경을 물리칠 듯 강력하다가도, 가장 자그마한 균열에도 와장창 깨지고 마는. 도망치고 싶다가도 다가가고 싶어지고, 울음과 웃음이 번갈아 샘솟아 숨이 막히는.

이런 기분을 어떻게 고작 단어 몇 개로 묘사할 수 있을까.

"그럼 난 당신을 처음부터 좋아했나 봐요."

쑥스러워 시선을 피하면서도 우물우물 할 말은 다 하고 마는 소중한 그녀를 대체 어떻게 표현할까.

"당신은 처음부터 예뻤거든요."

레티가 회상에 잠겨서 말했다. 엘리자베스는 충동을 느꼈다. 지금이 야밤이었으면, 밀폐된 공간이었으면, 그랬다면 레티에게 입맞추었을 텐데. 엘리자베스는 시선을 피하며 말했다.

"그래? 다행이다."

첫인상이라도 고운 것만 남길 수 있어서.

레티가 엘리자베스의 손을 더 힘주어 쥐었다. 엘리자베스는 말없이 매달렸다.

평범한 듯 특별한 순간이었다. 평안하면서도 아슬아슬한.

연인들은 미행당하고 있다는 사실을 전혀 눈치채지 못했다.

엘리자베스와 레티는 다채로운 군것질을 즐겼다. 어떤 음식은 너무 싱거웠고, 어떤 음식은 너무 눅눅했고, 어떤 음식은 너무 기름졌지만, 연인들은 불평하지 않았다. 양질의 식사를 원한다면 실력 좋은 주방장이 대기하는 메리요트 저택으로 돌아가면 된다. 하지만 그러고 싶지 않았다.

겨울날의 해는 짧았다. 아쉬울 수도 있겠지만 축제의 주최자는 오히려 이를 이점으로 활용했다. 금세 노을이 지고 어둠이 짙어지자 검푸른 허공에 색색의 불빛이 번졌다. 물감을 칠한 알전구를 가로수에 줄줄이 두른 결과였다.

"우와……."

전기는 비교적 최근의 발명품이었다. 전구 자체도 아직 신기했는데, 전구에 색을 칠해 온 거리를 빛의 향연으로 바꾸다니. 마치 요정의 세계에 들어선 느낌이었다.

레티는 동그란 눈을 더욱 동그랗게 뜨고 감상했다. 엘리사베스는 그 모습을 혹여 한순간이라도 놓칠까 봐 전구가 아닌 연인에게 집중했다.

두 사람은 손을 잡고 걷던 중에 아기자기한 기념품을 파는 곳에 시선이 멈췄다.

"거기 아가씨들, 구경 좀 하고 가세요!"

노점상의 부름에 두 여자는 총총히 다가갔다. 간간이 감탄사를 흘리며 함께 물건들을 살펴보던 두 사람은 곧 하나의 제품에 똑같이 관심을 가졌다. 남자 주먹만 한 도자기 인형으로 옛날 복장의 여자와 남자가 서로 꼭 끌어안은 모양새였다.

"최고급 도자기로 만들었습니다. 이 인물들도 알아보시겠죠?"

모를 수가 없었다. 이 축제가 기리는 작가의 가장 유명한 작품,

길이길이 전해지는 애절한 사랑 이야기의 주인공.

"보세요, 인형이 이렇게 분리된답니다. 연인들이 하나씩 나눠 가지면, 멀리 떨어져 있어도 서로를 지켜준대요. 부적인 셈이죠."

노점상이 열렬히 설명하며 인형을 집었다. 상인이 조심스럽게 손목을 틀자 절묘하게 맞물려 있던 한 쌍의 도자기가 매끄럽게 나뉘었다. 자그마한 여자와 남자는 각각 허공을 그러안았다.

"둘 중에 애인이 있는 분이 가지시면 되겠네요. 아니면 애인이 있는 친구나 가족에게 선물하셔도 좋고요."

노점상은 쾌활하게 떠들었다. 그 지레짐작에 레티는 속으로 쓰게 웃었다. 그래, 우리끼리 설마 사귀고 있노라곤 생각하진 못하겠지. 아예 선택지에서 지워진 관계가 슬펐다. 레티는 쓴웃음을 삼켰고 엘리자베스의 얼굴은 대놓고 식었다. 그러나 인형이 마음에 쏙 든 건 별개의 문제였다.

"얼마예요?"

엘리자베스가 물었다. 노점상은 당당하게 가격을 밝혔다. 엘리자베스의 시선이 차가워졌다.

"지금 장난해요? 너무 비싸잖아요."

엘리자베스는 단도직입적으로 따졌다. 노점상과 레티는 둘 다 당황했다. 상대방이 여리여리한 아가씨라고 방심하고 있던 노점상은 쩔쩔매며 반박했다.

"에이, 손님, 그 정도 값어치가 있는 물건이니까 그렇죠. 절대 후회 안 하실 겁니다."

"글쎄요, 방금 말씀하신 가격이면 후회할 것 같네요. 마침 현금도 거의 떨어졌고. 이만 가볼게요."

엘리자베스는 쌀쌀맞게 말한 뒤 돌아섰다. 레티는 내심 놀랐다. 현금이 거의 떨어졌기는 무슨. 부잣집 아가씨의 주머니는 아직 넉넉했다. 레티는 엘리자베스의 흥정을 망치기 전에 서둘러 고개를 돌려 표정을 감췄다.

"잠깐만요, 잠깐!"

바가지를 씌우던 쪽이 급해졌다. 노점상이 허둥지둥 손짓했다. 엘리자베스는 마지못한 척 새침하게 돌아보았다.

"아이고, 아가씨, 왜 이렇게 성격이 급하십니까. 현금이 대체 얼마나 남으셨는데 그래요?"

"제가 말씀드릴 이유는 없는 것 같네요."

엘리자베스는 여전히 도도했다. 노점상은 협상을 시도했다.

"저, 그럼 제가 두 분한테 특별히 물건을 더 싸게 드리겠습니다. 이렇게 물건을 발견한 것도 인연인데, 그냥 가시면 아쉽잖아요."

"얼마나 더 싸게 주실 건데요?"

엘리자베스는 냉큼 기회를 붙잡았다. 잠깐의 흥정이 이어졌다. 레티는 감탄하며 지켜보았다. 마침내 노점상이 시무룩하게 물러섰다. 엘리자베스는 얄미울 만큼 의기양양한 표정으로 손에 도자기 인형을 쥐고 있었다.

"어때, 레티? 나 잘했지?"

"좀 무서웠는데 멋있었어요."

연인들은 팔짱을 낀 채 숙덕이며 멀어졌다. 엘리자베스가 레티를 보며 쌩긋 웃었다. 레티는 불가항력처럼 마주 웃었다.

"하여튼 당신 은근히 짓궂다니까요."

"짓궂은 게 아니라 해야 할 말을 한 거지. 그 가격은 솔직히 너무했잖아? 게다가 결국 고분고분 깎아준 걸 보면 애초에 부풀려서 말한 게 맞아."

정말로 그 가격에서 더는 내릴 수 없는 상황이었다면 끝까지 팔 수 없다고 버텼을 테다. 손해 보면서 장사할 수는 없으니까. 그러나 상인은 빠르게 굴복했다. 엘리자베스는 승리를 만끽했다.

"하나씩 나눠 가지자."

엘리자베스가 생글대며 말했다. 그녀가 도자기를 둘로 분리했다. 멀리서도 서로를 지켜준다는 연인들의 부적. 레티는 엘리자베스가 내민 인형을 물끄러미 바라보았다.

"그냥 당신이 둘 다 가지세요, 리지."

레티는 밝게 말하며 엘리자베스의 손을 지그시 밀었다.

"왜? 연인들이 나눠 가지는 거라잖아."

엘리자베스가 눈살을 살짝 찌푸렸다. 레티의 반응이 섭섭하다기보다는 의아했다.

“그래도 하나씩 떨어져 있는 건 좀…….”

레티가 머뭇거렸다. 그녀의 시선이 인형들에 닿았다. 둘로 나뉘자 서로가 아닌 허공을 껴안아야만 하는 인형.

“외로워 보여서요.”

레티는 부드럽게 덧붙였다. 엘리자베스는 조용해졌다.

“……그럼 둘 다 네가 가져.”

엘리자베스가 양손을 모두 내밀었다. 레티는 손사래 쳤다.

“아니에요, 당신 돈으로 샀으니까 당신이 가져야죠.”

“내 돈으로 샀으니까 네가 가져야지. 이건 선물이야.”

엘리자베스는 나직하게, 그러나 고집스럽게 인형을 쥐여주었다. 매끈한 도자기는 차가워야 마땅하겠지만 여태 엘리자베스가 쥐고 있어 체온으로 데워져 따스했다.

“자기 선물을 제 돈 주고 사는 사람이 어디 있어. 선물은 남 주려고 사는 거다.”

“왜요, 자기가 자기한테 선물 사서 줄 수도 있지.”

레티는 반항적으로 중얼거리면서도 인형에 감긴 제 손가락을 풀지 않았다. 오히려 구명줄을 붙잡듯 단단히 쥘 뿐이었다.

“잘 받을게요.”

"고마워."

가끔 저 인형들을 보며 나를 생각해주기를.

하지만 엘리자베스는 속내를 말하지 않기로 했다. 벌써 입에 올리면 너무 이별이 가까운 것 같았다.

"그럼 이제 우리 뭐 할까요?"

인형을 가방에 집어넣은 레티는 부러 발랄하게 목소리를 높였다. 다시 깍지를 끼는 동작이 자연스럽다 못해 과감했다.

"글쎄. 뭐 할까?"

생각해 보면, 그들의 관계는 시작부터 끝까지 과감했다. 처음 연인이 된 뒤로 지금까지 쭉. 청소를 핑계로 벌건 대낮에 만나 매일 서재와 침실에서 몸을 섞었다. 소리가 새어 나가지 않도록 문과 창문을 꽉꽉 걸어 잠근 채 수많은 사람이 더불어 사는 저택에서 둘만 존재하는 것처럼 사랑했다. 그토록 무모하고 용기 있었기에 별로 길지 않은 시간을 알차게 보냈던 건지 몰랐다.

"어두워졌는데 이제 슬슬 들어가야지, 레티."

남은 기간도 정녕 알차게 보내 주리라 다짐했다. 그리움은 진득하게 남아도 후회 따위는 없도록.

"들어가서 밥도 먹어야 하잖아, 안 그래?"

레티의 얼굴이 붉어졌다. 레티가 사랑하는 아가씨는 밥 먹자는 심심한 문장도 요염하게 들리게 만드는 재주가 있었다.

"그렇게 먹어놓고 또 먹어요?"

레티가 가볍게 타박하자 엘리자베스는 당당하게 대꾸했다.

"왜, 많이 먹어야 힘도 쓰지."

뺨이 아예 익어 버린 채 레티는 잠시 말을 잃었다.

"가자."

엘리자베스는 명랑하게 이끌었다. 레티는 삐걱삐걱 뒤따랐다. 그리고 저 멀리서, 누군가 그들을 지켜보고 있었다.

거리에서 무수한 발걸음이 엇갈렸다.

제임스는 타살당했을지도 모른다.

그 의견이 나온 다음 날부터 경감은 저택의 사용인을 조사했다.

"그저께 오후 8시부터 9시 사이에 어디서 뭘 하고 있었는지 말해주세요."

"아, 저는……."

조사는 시작부터 난항이었다. 메리요트 저택의 사용인만 수십 명이었다.

조사 대상에서 여성을 제외하면 숫자를 반으로 줄일 수는 있었다. 그러나 경감은 그러지 않기로 했다. 신체적으로, 평범한 여자가 평범한 남자를 힘으로 제압해서 죽이는 건 불가능에 가까웠다. 하지만 공범이 될 수는 있었다. 망을 보거나 거짓말을 했을 수도 있었다. 가능성을 열어 두어야 했다.

"저녁을 먹고 방에 있었다고요?"

"네. 제 옆방을 쓰는 아이와 수다를 떨고 있었습니다."

"정확히 몇 시쯤이죠?"

또 다른 난점은, 사람들이 생각보다 시계를 잘 보지 않는다는 것이었다.

범행이 일어난 시각은 사용인들이 일과를 마무리하는 때였다. 분 단위로 쫓기며 바쁘게 일하는 시간이 아니었다. 시계를 확인한 사람은 거의 없었다.

"그저께 오후 8시부터 9시 사이에 어디서 뭘 하고 있었소?"

"아, 그게, 저는."

이번에 불려온 하녀의 얼굴은 순식간에 빨개졌다. 경감이 눈살을 찌푸렸다. 홍조? 의외로운 반응이었다. 보통 미심쩍은 행동을 했다면, 얼굴에 열이 쏠리는 게 아니라 핏기가 가시면서 창백해지는 것이 일반적이었다.

"어서 말해보세요."

"그게, 그러니까, 저는, 그날……."

하녀가 횡설수설하자 경감의 눈매가 가늘어졌다. 그는 한층 냉혹해진 목소리로 말했다.

"솔직하게 말해줘야 합니다. 숨기는 게 있다면 당신을 의심할 수밖에 없어요."

겁을 줘서라도 진실을 밝혀내야 한다. 경감이 야멸차게 다그치자 하녀는 고개를 푹 숙이며 중얼거렸다.

"그저께 저는……. 라울 데이커 씨랑……."

"라울 데이커?"

경감은 옆에 쌓아둔 서류를 뒤적여 사용인들의 인적 사항이 담긴 문서를 끄집어냈다. 라울의 서류를 찾아낸 경감이 눈썹을 치켰다.

"이 남자와 그때 둘만 있었나요?"

"네……."

하녀는 기어들어 가는 목소리로 말했다. 경감은 그제야 이해했다. 민망해서 이렇게 절절매는 중이구나.

"단둘이 뭐 했죠?"

경감은 부러 뭉툭하게 질문했다. 하녀는 괴로운 표정을 지었다. 경감은 그 표정을 뚱하게 살피다가 덤덤하게 말을 이었다.

"됐고, 둘이 함께 있다가 방에서 언제 나갔소?"

"그, 함께 나온 건 아닙니다. 데이커 씨가 먼저 나갔고, 저는 안에서 조금 기다렸어요. 그게, 시차를 두기 위해서……."

하녀는 웅얼웅얼 해명했다. 제게 알리바이가 생겼다는 사실에 대한 기쁨보다도 의도치 않게 자신과 다른 이의 사생활을 낱낱이 까발리게 된 것에 대한 거북함이 더 컸다.

"그게 언제였는데요? 라울 데이커가 방을 나간 시간이랑 당신이 나중에 방을 나간 시간이."

"정확히는 모르겠습니다. 우리가 방에서 만난 게 8시쯤이었고, 거기서 한, 어, 30분은 있었으니까, 아마도 데이커 씨는 8시 반쯤 나갔어요. 그리고 저는 8시 40분쯤에 나갔고요."

"정확히는 모른다고 했죠. 그 방에 시계가 없었나요?"

"네, 시계가 없었습니다."

"시계가 없는데 8시쯤에 둘이 만난 건 어떻게 기억하죠? 미리 약속하고 만났나요?"

"방으로 가던 도중에 복도에 있는 시계를 지나쳤습니다. 8시 조금 전이었던 걸로 기억해요."

경감은 미간을 찌푸렸다. 저택의 사용인들이 언제 어디서 어떤 문란한 교제를 즐기는지는 알 바가 아니었으나 두 남녀의 애매한 알리바이가 마음에 걸렸다.

"원래 라울 데이커랑 애인 사이예요?"

경감이 재차 질문했다. 하녀는 다시 얼굴을 붉히더니 마지못한 태도로 대답했다.

"아니요, 그건 아닙니다. 어제가 처음이었어요."

경감의 손끝이 꿈틀댔다.

하녀의 눈빛이 조금 삐딱해졌다. 나를 발랑 까졌다고 욕한다 한들 어쩌겠느냐는 눈빛이었다. 경감은 그녀를 유심히 보다가 입을 열었다.

"이제 가도 좋습니다."

하녀가 떠난 뒤 경감은 생각에 잠겼다. 라울 데이커라는 준수한 정원사에 대하여.

'만약, 만약에 그자가 범인이라면.'

아직은 속단할 수 없었다. 하지만 정말로 모든 가능성을 열어둔다는 전제 아래 라울 데이커가 살인자라고 가정한다면.

'알리바이를 만들려고 어제 여자를 꼬드긴 건가?'

정원사와 하녀는 8시쯤에 만나 약 30분간 함께 있었다. 범행 시간은 8시 반과 9시 사이.

하녀가 시간을 착각했을 가능성이 있었다. 아니, 꽤 높았다. 시계도 없는 방에서 끈적한 밀회를 즐기던 두 남녀가 시간을 재고 있을 정신이 있었을까. 만약 라울 데이커가 8시 30분 전에 하녀를 둔 채 방을 나갔고, 곧장 별관으로 향했다면?

'……원래 애인도 아닌 여자와 하필 그날 밤, 굳이, 그 시간에 단둘이 만났단 말이지.'

가설은 총 두 개였다.

첫 번째, 라울 데이커는 그냥 바람둥이다. 정식으로 사귀는 사이도 아닌 여자와 저녁에 몰래 만나는 것에 대해 아무런 거리낌이 없는 방탕아.

두 번째, 라울 데이커는 살인자다. 알리바이를 만들기 위해 딱 30분간 여자를 이용한 쓰레기.

경감은 다음 조사 대상을 불렀다. 이야기를 들어 보자 데이커에 대한 두 가지 가설 중 첫 번째 가설의 가능성이 상당히 높아졌다.

"아, 라울 데이커요? 그 시간에 여자랑 같이 있었대요? 허, 참나. 원래 그런 놈이에요. 바로 전날 사람이 죽었는데 염치가 있어야지."

조세핀이라는 하녀는 데이커가 언급되는 즉시 몹시 삐딱한 표정을 짓더니 경감이 묻지도 않은 말을 사납게 늘어놓기 시작했다.

"아무리 생판 남이긴 하지만 사람이 죽었다잖아요. 그럼 꺼림칙해서라도 다음 날은 자중하는 게 인지상정 아니에요? 그런데 그날도 여자를 불러냈어? 정말, 너무 자기다워서 뭐라 할 말이 없네."

"그러니까 당신 말은, 그게 라울 데이커의 평소 습관이라는 거죠? 그, 어, 밤중에 여자 사용인과 무작위로 자리를 비우는 게?"

하녀의 악랄한 넋두리가 너무 길어지기 전에 경감이 잽싸게 끼어들었다. 조세핀은 흉포한 시선으로 고개를 끄덕였다.

"네, 원래 그놈은 그래요."

경감은 정원사를 향하던 의심이 대부분 풀어졌다. 그래, 그날 그 사람의 행동이 딱히 특이하진 않았다 이거지. 경감은 조세핀에게 몇 가지 질문을 더 던졌으나 별다른 소득은 없었다.

경감은 다른 사용인들도 연달아 조사했다.

라울의 차례도 왔다.

"그저께 저녁 8시부터 9시 사이에 어디서 뭐를 했죠?"

저녁을 먹은 뒤 8시쯤에 하녀를 만나 약 30분간 밀회를 즐기고 자기가 먼저 나왔다고 했다. 주방으로 돌아가 물을 마셨고, 몸을 식히기 위해 본관 주변을 짧게 산책한 다음에 방으로 돌아왔다. 이후 라울은 목욕을 했다.

"당신이 주방에서 물을 마시는 걸 본 사람이 있나요?"

라울은 하인 하나와 마주쳤다며 하인의 이름을 댔다. 거짓말이라면 금방 들통 날 거짓말이었다. 나중에 경감은 그 하인을 직접 불러 질의했다. 거짓말은 아니었다.

"그 뒤로 계속 방에 있었다고요?"

"네, 경감님."

라울은 더없이 정중한 얼굴로 대답했다. 조금 초조해하는 듯 싶었지만 자연스러운 반응이었다. 평범한 정원사가 살인 사건이 일어난 저택에서 경찰과 마주 앉은 상황에 여유로운 모습을 보였다면 되레 의심스러웠을 것이다.

"그 말을 증명해 줄 사람은 없고."

"딱히 있다고는 말씀드릴 수 없군요."

저택의 사용인들은 기본적으로 독방을 사용했다. 라울도 마찬가지였다. 그 시간에 다른 누군가 그의 방에 들르지 않은 이상 라울의 말이 거짓이라고 입증할 방법은 없었다. 동시에 라울의 말이 참이라고 입증할 방법도 딱히 없었다.

모든 게 모호했다. 용의자는 모두인 동시에 누구도 아니었다.

여태 문답을 주고받은 사용인 중에 거짓말을 한 사람이 단 한 명도 없다고 경감은 감히 자부하지는 않았다. 그는 독심술을 하는 사람이 아니었다.

"피해자는 생전에 어떤 사람이었죠?"

경감은 조금 다른 질문을 했다. 라울이 고개를 갸웃하자 경감이 부연했다.

"그 마부요."

"아. 제임스."

라울이 느리게 읊조렸다. 그는 꺼림칙한 표정을 지었다.

"솔직하게 말해도 되는 건가요?"

"솔직하게 말하라고 만든 자리입니다."

"망자에 대해 나쁜 말은 별로 하고 싶지 않아서."

"이미 죽은 사람이 산 자의 말을 신경이나 쓰겠습니까."

경감은 무뚝뚝하게 말했고, 라울은 속으로 웃었다.

죽은 자가 산 자의 말을 신경 쓸 수 있기를 나는 간절히 바라는걸. 부디 들어 주기를, 알아 주기를. 똑똑히 지켜보고 있기를.

"좀 음침한 친구라고 생각했어요. 소심하고 답답했거든요."

"그런가요?"

"네. 그럭저럭 같이 일할 만은 하지만 개인적으로 친해지고 싶지는 않은 애였어요."

라울은 매끄럽게 설명했다.

"알겠어요. 질문은 여기까지입니다. 이제 나가보세요."

라울은 자리에서 일어나 고개를 꾸벅인 뒤 퇴장했다. 문이 닫히고 혼자 남자 경감은 이마를 짚으며 한숨을 씹었다.

엘리자베스와 레티가 저택을 떠난 것은 이로부터 며칠 뒤였다.

같은 날 라울도 저택에서 사라졌다.

두 여자는 여관에 딸린 식당에서 식사했다. 음식은 훌륭했다. 고기와 채소에 곁들인 포도주는 알싸하면서도 달큼했다. 술이 입에 닿기 전부터 연인들은 조금 취해 있었다.

"씻을까요?"

"씻을까?"

식사를 마치고 방으로 돌아온 연인들이 나란히 속삭였다. 문은 이미 잠갔고 커튼을 쳤다. 바깥세상과 단절된 오롯이 둘만의 공간에 두 사람의 숨소리만 들어찼다.

"누가 먼저 씻을래?"

엘리자베스가 안경을 벗고 눈매를 휘며 물었다. 비단 같은 속눈썹 뒤에 신비로운 초록색이 빛났다. 레티는 그 눈을 하염없이 바라보다가 용기 내어 말했다.

"같이 씻을래요?"

목욕을 함께한 적은 여태 없었다. 저택에서 레티가 맡은 일은 청소였지 목욕 시중을 드는 것이 아니었다. 애초에 엘리자베스가 하녀들로부터 목욕 시중을 받지도 않았지만.

"정말?"

엘리자베스가 눈을 동그랗게 떴다. 그녀는 긴장한 마음을 숨기며 짓궂게 물었다.

"정말 나한테 다 보여 줄 수 있겠어? 자신 있어?"

그들은 여태 서로의 온전한 나신을 본 적이 없었다.

틈만 나면 서재와 침실에서 서로를 붙잡고 치마 아래를 파고들긴 했지만, 비밀을 지켜야 하는 관계 탓에 옷을 모두 벗을 수는 없었다. 누가 들어오기라도 하면, 대체 언제 다시 옷을 입을 것인가? 시간은 부족하고 공간은 비좁았다. 단추를 몇 개씩만 풀고 손을 밀어 넣어 말캉한 살결을 주무르는 걸로 만족해야 했다.

"이젠 정말 다 볼 수 있는 거야? 진짜?"

"그, 그렇게 말하지 말아요. 쑥스럽다고요."

레티는 버벅거리며 얼굴을 붉혔다. 엘리자베스는 부드럽게 웃더니 입을 맞췄다. 어린아이의 장난스러운 뽀뽀가 아니었다. 몸속에 열기를 들이붓는 어른의 동작이었다.

"나도 쑥스러워."

레티는 가쁜 숨을 뱉으며 연인을 노려보았다. 전혀 아닌 것 같은데. 쑥스러운 사람치고는 손놀림이 너무 유려했다.

"그래도 나는 정말 괜찮아, 레티."

허리춤이 느슨해지고 앞섶이 헐거워지고 곧 속옷마저 열렸다.

"너는 내가 어떻든 예쁘다고 해줄 테니까."

엘리자베스는 이미 자신의 애인을 속속들이 파악하고 있었다.

내가 네 앞에서 온전한 알몸으로 서면 어떤 식으로 얼굴을 붉힐지, 어떤 식으로 나를 쓰다듬을지, 어떤 식으로 내 목에 얼굴을 묻을지 너무 쉽게 상상돼.

"그야 당신은 실제로 뭘 하든 예쁘니까……"

레티는 연인의 품에 갇혀 바르작댔다. 평소보다도 저돌적으로 파고드는 손길이 당혹스러우면서도 무섭지 않았다. 혼란스러우면서도 싫지 않았다. 가끔은 조금 아팠지만 그 고통마저 달콤했다.

아직 옷을 다 벗지도 않았는데 벌써 레티의 등이 침대에 닿았다. 그녀는 엘리자베스의 목에 팔을 감았다.

"우리 분명 먼저 씻기로 했는데……."

"씻는 건 나중에 해도 되잖아, 레티."

엘리자베스가 자애롭게 타일렀다. 그러면서 전혀 자애롭지 않은 손길로 연인을 자극했다.

레티의 눈꼬리에 눈물이 맺혔다. 좋았다. 너무 좋았다. 이대로 그냥 정신을 잃어도 행복할 것 같았다.

하지만 이대로 기절한다면 당신을 보지도, 느끼지도 못할 테니, 레티는 머리에 열이 쏠려 당장 까무러칠 것 같은 와중에도 필사적으로 견뎠다. 눈을 꽉 감고 연인을 꼭 끌어안으며 깊숙한 곳에서 요동하는 감촉에 따라 몸을 달싹였다.

옷이 벗겨지며 가슴이 비볐다. 배꼽이 마찰했다. 두 쌍의 다리가 엉켜 체온을 나누었다. 서로를 바라보는 눈길이 뜨거웠다.

레티는 온전히 울었다. 희열이 극에 달해 숨이 막혔다. 황홀할수록 비참해서 몸이 마구 떨렸다. 예정된 이별이 거짓말 같았다.

"엘리자베스."

엘리자베스는 연인을 온몸으로 덮은 채 눈을 감았다. 상대방이 속삭여주는 자신의 이름이 좋았다. 이 이름이 원래 그렇게 달콤했나? 이 나라에서 흔해 빠진 지루하고 전형적인 여자 이름일 뿐인데.

"엘리자베스, 사랑해요."

이런 고백이 필연처럼 뒤따라서 사랑스러워진 걸 테다. 이름 자체만으로 특별한 게 아닐 테다. 네가 사랑하는 엘리자베스고 너를 사랑하는 엘리자베스라서, 이토록 아름답게 느껴지는 거야.

“나도 사랑해, 레티.”

고백에는 고백으로 보답했다. 엘리자베스는 최대한 상냥함을 담은 눈빛으로 레티를 내려다보았다. 당장이라도 누군가 들이닥쳐 지금의 평화를 조각낼 것 같았지만, 마지막 순간까지 그녀는 두려움을 꾹 눌러 참았다.

“너를 사랑해, 바이올렛 골드.”

입술이 입술을 찾았다. 혀가 혀를 이끌었다.

“네가 내 집에 와서 다행이야.”

네가 오지 않았더라면 너는 다른 사람과 결혼해야 한다는 애인도, 제임스라는 쓰레기도 만나지 않아도 됐을 테니, 널 알게 되어 기쁘다는 내 고백은 어쩌면 참 이기적이야.

하지만 레티는 그 이기적인 고백에 화내지 않았다. 오히려 매우 동감했다. 저택에 오고 나서 겪은 모든 괴로운 일은 전부 잊었다. 그녀는 오직 진심을 담아 화답했다.

“저도 정말 다행이라고 생각해요, 아가씨.”

어리석었다. 하지만 참으로 기쁜 어리석음이었다.

두 사람은 미련 같은 건 남지 않도록 최선을 다했다. 나중에 아무리 슬퍼도 후회만큼은 남지 않는, 추억으로라도 붙들 수 있는 그런 사랑이 될 수 있도록.

두 사람은 함께 품은 소원을 따라 그 밤을 온몸에 녹였다.

엘리자베스를 떠나보낸 뒤, 로즈미나는 서재에 앉아 생각에 잠겼다. 별로 유쾌한 생각은 아니었다.

'왜, 그렇게까지 했지?'

누군가 루카스와 제임스를 죽였다. 그리고 제임스가 루카스를 죽인 것처럼 꾸몄다. 왜? 범인이 따로 있는 것처럼 꾸며서 수사망을 벗어나려고?

'왜, 하필, 여기서, 지금.'

이곳은 사방이 숲과 들로 가로막힌 저택이었다. 살인자가 들키기 쉬운 환경이었다.

루카스가 집으로 돌아가는 길에 죽일 수도 있지 않았나? 노상강도의 짓으로 꾸미는 쪽이 더 쉬웠다. 제임스도 마찬가지였다. 제임스가 외출하는 날을 노려 그를 죽이는 게 훨씬 편리했을 텐데. 저택에서 살인 사건이 일어난다면 당연히 그 저택에 사는 사람들에게 수사가 집중되고 경찰의 포위망도 훨씬 촘촘해질 텐데, 왜?

게다가 엘리자베스의 신랑감을 고르는 무도회라 세간의 관심이 대단했다. 살인자는 일부러 주목받는 무대를 고른 듯했다.

'생각해보자. 이번 살인 사건을 통해 범인이 얻은 게 뭐지?'

만약 원한이 동기라면, 피해자는 확실히 죽었으니 적어도 목적은 달성한 듯 보였다. 하지만 앙갚음이 전부일 뿐이라면 이토록 주목받는 장소에서, 주목받는 시기에 자극적인 방식으로 상황을 꾸민 게 이상했다.

굳이 루카스의 죽음을 제임스의 소행으로 꾸미고 그 이유를 엘리자베스를 향한 '연정' 때문이라고 꾸민 이유는 뭘까. 결과에 집중해 보자. 어떤 일들이 일어났지?

엘리자베스는 입방아에 휘말렸다.

남자 잡아먹는 년이라는 수군거림이 돌았다. 가장 유력한 신랑 후보자 둘이 연달아 죽는 바람에 결혼은 미뤄졌다. 엘리자베스는 앞으로도 오랫동안, 심지어는 평생 결혼하지 못할지도 모른다.

세상은 여성의 평판에 유독 과민했다. 조금이라도 안 좋은 소문에 얽힌 여자라면 색안경을 껴버리기 일쑤였다.

로즈미나는 입술을 씹었다.

사건의 목적은 엘리자베스의 혼삿길을 막는 데 있었다. 적어도 로즈미나의 결론은 그러했다. 물증은 아직 없었다. 심증만 가득할 뿐.

그렇다면 대체 누가 이런 일을 꾸몄을까?

엘리자베스의 사촌들이 가장 먼저 떠올랐다.

엘리자베스가 결혼해서 상속권을 확보한다면 이 가문의 두둑한 재산을 한 푼도 가지지 못할 자들.

'바이올렛 골드……?'

설득력이 없었다. 엘리자베스의 연인인 그 아이야 당연히 엘리자베스의 결혼을 원하지 않겠지만, 살인은 전혀 다른 얘기였다. 여자 힘으로 남자 두 명의 목을 조르고, 그중 한 명은 천장에 매달아 자살로 위장했다? 어림도 없었다.

만약 남자 사용인이 공범이라면? 하지만 레티 골드가 이곳에서 일을 시작한 지 고작 한 달째였다. 그사이에 함께 살인을 계획할 만큼 각별하게 친해진 다른 사용인이 있었을까?

'모란 경은?'

죽은 라이언 모란의 아버지도 고려해봤다. 분노와 슬픔으로 반쯤 미친 그가 루카스 헤르멘에게 앙심을 품었을 가능성도 배제할 수 없었다. 하지만 루카스야 그렇다 치고 제임스를 죽일 만한 동기가 없었다. 남의 집 마부의 목을 조르고 자살로 꾸며 모란 경이 얻을 게 뭐가 있단 말인가.

'아니면.'

생각나는 사람이 하나 더 있었다.

하지만 아니기를 바랐다.

그 아이가 이런 일까지 저질렀다면 이번에는 그 아이를 감싸지 못할까 봐. 아니, 그 모든 일에도 불구하고 자신이 여전히 그를 감쌀까 봐 두려웠다.

머리가 지끈지끈 아팠다. 로즈미나는 한숨을 뱉은 뒤, 턱을 괸 채 창밖을 바라보았다. 올겨울은 계속해서 날씨가 좋았다. 이토록 평화로운 때에도 사람은 죽는구나. 죽음과 이별은 날씨와 계절을 가리지 않는다는 사실쯤이야 예전에 몸소 배웠으나 오늘 유독 새삼스러웠다.

'일단 경감에게 귀띔해 놔야겠어. 친척들을 주시하라고.'

로즈미나는 두 번째 한숨을 삼키며 자리에서 일어났다.

오늘도 바빴다. 집안이 뒤숭숭한 만큼 더욱 정신을 바짝 차려야 했다. 저택의 일과는 삐걱거리면서도 서서히 굴러갔다.

하지만 그건 표면에 불과했다.

로즈미나는 라울이 함께 사라졌다는 사실을 알아차렸다.

함께 맞이하는 아침은 포근했다.

하루의 시작을 소중한 이에게 헌납하는 게 이토록 가슴 벅찬 일일 줄은 몰랐다.

"리지. 일어나요."

레티가 속삭였다. 하지만 평소답지 않게 게을러진 아가씨는 알아들을 수 없는 말을 웅얼대며 이불에 몸을 파묻을 뿐이었다.

"리지, 어서 일어나요. 아침이에요."

"싫어, 더 잘래……."

잠투정하는 아가씨가 귀여웠다. 레티는 괜히 우쭐대며 연인을 쓰다듬었다.

"뭐야, 세 살 차이 별거 아니네."

레티가 속닥이며 아가씨의 폭신한 갈색 머리칼을 손가락에 빙빙 감았다. 엘리자베스는 가까스로 실눈을 뜨고 연인을 게슴츠레 노려보았다.

"으, 여기서 나이 얘기가 왜 나와……."

엘리자베스가 칭얼거렸다. 레티는 그녀의 이마에 입을 맞췄다.

"어리광은 그만 부리시고 이제 일어나세요. 오늘은 저랑 안 놀아 줄 거예요?"

"그냥 침대에서 놀면 안 되는 거야?"

엘리자베스는 꿋꿋이 이불 아래에서 투덜거렸다. 그녀는 알몸을 꼼지락꼼지락 움직여 연인에게 안겼다. 레티는 자연스럽게 마주 안았다. 맨살이 닿는 느낌이 좋았다.

"뭐, 그것도 나쁘지 않을 것 같네요."

일어나라고 계속 재촉했던 것치고는 너무 빠른 양보였다.

"흐암, 아니야. 이제 일어나야지."

엘리자베스는 꾸물꾸물 몸을 일으켰다. 침대에 일어나 앉아 기지개를 켜자 이불이 흘러내리며 상아색 몸의 굴곡이 고스란히 드러났다. 레티는 예술품을 감상하는 기분에 사로잡혔다.

"뭘 그렇게 봐?"

엘리자베스는 쑥스러워하며 이불을 끌어당겨 제 몸을 가렸다.

뒤늦은 반응에 레티는 코웃음을 쳤다.

"당신이야말로 새삼스레 왜 그래요? 어젯밤에 보여 줄 건 다 보여 줘 놓고."

손으로, 또한 눈으로 자신의 온몸 구석구석을 훑던 아가씨가 떠올라 레티는 문득 억울해졌다. 이제 와 내숭을 떠시겠다?

"또 보여줘요, 이불 내려놓고. 뭘 인제 와서 꽁꽁 가려요?"

"으악, 이거 놔!"

레티가 심통을 부리며 이불을 잡아당기자 엘리자베스는 다급하게 붙잡았다. 한 명은 당기고 한 명은 놓지 않았다. 엘리자베스가 이불을 따라 레티 위로 쑥 넘어졌다.

"으앗!"

체온이 풀썩 포개졌다. 구릿빛 머리카락이 비단처럼 떨어져 베개 위에 흐드러진 금발과 뒤섞였다.

"진즉 이렇게 나올 것이지."

레티가 새침하게 말했다. 그러더니 엘리자베스의 목을 꼭 안으며 입을 맞췄다.

엘리자베스가 낮게 신음했다. 눈이 사르르 감겼다. 커튼 틈새로 스민 햇살이 두 사람의 하얀 살결을 금빛으로 물들였다.

"오늘은 정말 침대에서만 놀까요?"

숨 가쁜 입맞춤의 끝에 레티가 속삭였다. 사랑스러운 연인이 원하는 대로 다 할 생각이었다. 엘리자베스는 짧게 고민했다.

"음, 오전에만. 오전에는 그냥 여기서 빈둥거리자."

이번에는 엘리자베스가 먼저 입을 맞췄다. 나신을 보여주기 쑥스럽다며 이불을 칭칭 감던 여자는 어디 갔는지, 엘리자베스는 우윳빛 살결로 연인을 과감하게 뒤덮었다.

"그리고 오후에는 외출하는 거야, 알겠지?"

엘리자베스는 곱게 웃으며 덧붙였다. 레티는 숨을 헐떡이며 간신히 고개만 끄덕였다.

"아직도 너랑 놀러 가고 싶은 데가 많아."

기회가 있을 때 추억을 쌓아야 했다. 레티가 재차 끄덕이며 연인의 목에 뺨을 비볐다.

"알겠어요. 저도 당신이랑 놀러 가고 싶은 데가 많아요."

그들에게는 충분한 시간이 없었다. 돈도 없고. 남의 월급으로 먹고사는 하녀, 결혼해야만 유산을 받을 수 있는 아가씨.

"그러니까 오늘 실컷 놀아요, 리지."

그래도 시간이나 돈보다 훨씬 소중한 사람이 여기 있었으니 레티는 만족했다. 최선을 다해 행복해질 것이다. 내일까지 총 사흘짜리 나들이였다. 얼마 남지 않은 시간을 소중히 할 것이다.

"내일까지 나는 네 거야, 레티."

엘리자베스가 달콤하게 약속했다. 레티가 자그맣게 속삭였다.

"저는 내일이 지나고 나서도 당신 거예요."

억장이 무너졌다. 레티는 연인의 쓰라린 표정을 오래 보기 싫어서 엘리자베스를 와락 끌어안았다. 머리에 뺨을 기대고 눈을 감자 시야가 차단됐다. 아련한 살냄새가 코끝으로 쏟아졌다.

"우리, 빈둥거리자면서요."

레티가 중얼거리며 엘리자베스의 턱 아래를 입술로 문질렀다. 엘리자베스의 신음이 레티의 귓가를 스쳤다.

"계속 이렇게 건전한 방식으로 빈둥거릴 거예요?"

밀폐된 공간에 단둘이 오붓하게 남은 상황인데 얌전히 껴안고만 있는 건 안 될 말이었다. 레티는 고집스레 연인을 자극했다.

"아니, 그럴 리가."

엘리자베스는 붉어진 얼굴로 대답했다. 그녀가 레티의 뺨을 싸쥔 뒤 키스했다. 숨을 쉬기가 어려웠다.

"우리는 앞으로 매우, 매우 불건전한 시간을 보낼 거야. 알겠지?"

엘리자베스는 지척에서 얘기했다. 그녀의 들숨이 레티의 날숨이 되었고, 반대로 레티의 들숨은 엘리자베스의 날숨이 되어 몸속으로 빨려 들어갔다.

"너무 좋아요."

이 비좁은 간격도, 불건전한 시간을 보낼 거라는 연인의 당당한 약속도, 넘칠 듯 끓어오르는 체열도. 전부 매우 좋아서 레티는 갈급히 입술을 포갰다.

"저한테 보여 주세요. 당신이 얼마나 불건전하게 굴 수 있는지."

레티가 앙큼하게 도전장을 내밀자 엘리자베스가 웃었다. 그녀가 연인과 양손을 깍지 꼈다. 엇갈린 손가락이 레티의 머리 양옆, 침대를 꾹 눌렀다.

"실컷 보여줄게, 그럼."

엘리자베스가 생글거렸다. 아찔한 미소가 곧 레티 위로 쏟아졌다. 설탕물에 빠지는 느낌이었다.

"온실 속 화초처럼 자란 귀족 아가씨가 얼마나 야할 수 있는지 똑똑히 지켜봐."

스스로 온실 속 화초라고 깎아내리긴 했지만 엘리자베스의 몸놀림에 부족함이 있는 건 아니었다. 오히려 너무 차고 넘쳐 레티는 숨이 넘어갈 지경이었다.

레티는 솔직하게 울먹였다.

"저, 지금 너무 좋아서 죽어버릴 것 같아요."

이대로 숨이 멎어도 여한 따위 없을 것 같았다. 엘리자베스는 눈살을 찌푸렸다.

"죽어 버린다니, 죽긴 왜 죽어. 죽지 마."

엘리자베스는 마치 벌하듯 과격하게 키스했다. 레티는 눈을 감고 엘리자베스를 끌어안았다. 짓눌려 숨이 막혔다.

"너는 오래오래 살 거야, 레티."

엘리자베스가 약속했다. 조곤조곤 속삭일 때마다 이곳에 입을 맞췄고, 또 저곳을 어루만졌다. 살이 맞닿는 순간마다 애틋했다.

"넌 할머니가 돼도 예쁠 거야."

"음, 그건 아닐 것 같은데요."

엘리자베스는 부드럽게 웃으며 레티의 쇄골을 살짝 깨물었다. 레티가 부르르 떨었다.

"읏, 간지러워요."

"그래서, 싫어?"

엘리자베스가 곧장 되묻자 레티는 뾰로통한 표정을 지으며 고개를 휘휘 저었다.

"아니요, 싫은 건 아니고요."

"그럼 그냥 계속할게."

종종 느끼는 거지만 이 아가씨, 생각보다 제멋대로다.

"흐읏, 리지, 잠깐만……."

하지만 레티는 연인을 욕할 수 없었다. 아가씨가 이렇게 제멋대로고 막무가내인 데는 엄연히 제 잘못도 있으니까. 늘 휘말리니 당당하게 화낼 수도 없었다.

"리지……."

엘리자베스의 입술이 쇄골을 지나 아래로, 더 아래로 내려가자 레티는 신음을 거푸 내뱉었다. 엘리자베스는 자비 없이 파고들었다.

“힘 빼, 레티.”

양손으로 레티의 허벅지를 쥐고 부드럽게 벌리며 엘리자베스가 간청했다. 레티는 다시 숨만 토했다.

“아프게 하지 않을게. 걱정하지 마.”

그 부분은 어차피 걱정하지 않았다. 아무리 귀족 아가씨가 제멋대로고 막무가내여도 그녀는 언제나 견딜 수 없을 만큼 자상했다. 레티가 두려운 건 그런 게 아니었다. 희열이 극에 달하면 숨을 쉬는 것조차 어려워지고, 시공간을 잊으며 정신을 제대로 차릴 수가 없다. 순식간에 나락과 극락을 번갈아 오가는 느낌이었다.

“리지…….”

레티는 애원하듯 불렀다. 멈추라는 뜻이 아니었다. 오히려 정반대였다.

“사랑해요.”

달아오른 연인을 꽉 끌어안으며 레티는 혼탁하게 풀린 목소리로 고백했다. 엘리자베스는 아름답게 웃었다.

“그래, 나도 알아.”

귀에 못 박히도록 들은 고백이었다. 그러나 안다고 해서 결코 지겨워진 건 아니었다.

“앞으로도 평생 못 잊어, 레티.”

엘리자베스는 약속한 뒤, 입을 맞췄다. 혀와 손끝으로 사랑하는 사람을 어루만졌다. 레티가 뱉은 신음은 모조리 엘리자베스의 입 속에 흡수되었다.

해가 중천에 떠오를 때쯤 두 사람은 함께 목욕했다. 레티는 엘리자베스의 머리카락을 말리고 곱게 빗겨 주었다. 엘리자베스는 화장대 거울을 통해 레티를 지켜보았다.

"레티. 혹시 다른 데서 일할래?"

엘리자베스의 물음에 레티가 마른침을 삼키며 시선을 내렸다.

"내가 결혼하고 나도 계속 내 곁에서 일할 수 있겠어?"

엘리자베스의 음성이 낮아졌다. 레티는 바닥만 보다가 조심스레 속삭였다.

"그런데 리지, 당신 결혼할 수 있는 거 맞아요?"

진지한 의문이었다. 신랑감을 찾는 자리에서 그런 일이 있었으니 이전처럼 엘리자베스를 찾는 사람이 많지는 않을 것이다. 레티는 엘리자베스의 미래가 걱정되는 한편 평생 그녀의 혼삿길이 막히기를 내심 바랐다.

"모르겠어."

엘리자베스는 짧게 대답하며 시선을 피했다.

"아마 할 수 있지 않을까?"

해야 하지 않을까. 해야 하는데. 자신에게도 연인에게도 잔인한 일이었다. 엘리자베스는 애써 그 말을 삼켰다.

결혼하지 않으면 유산을 받을 수 없다. 그럼 엘리자베스는 어머니께 의존해서 살다가 어머니가 돌아가시면 사촌에게 몸을 의탁해야했다. 그건 싫었다.

물론 유산을 전부 포기하고도 살아갈 수 있는 길이 있었다. 엘리자베스는 벤자민 레이먼이라는 작가로서 꽤 넉넉한 인세를 벌어들이고 있었다. 진정으로 자유로워지는 길은 이미 알고 있었다.

하지만 두려웠다.

온실 속 화초로 컸다고 세상 물정을 모르는 건 아니었다. 아니, 오히려 온실 속 화초로 컸기에 너무 잘 아는 것들이 있었다. 엘리자베스는 자신이 얼마나 무능한지, 연약한지를 매일 상기했다.

메리요트 가문의 상속녀라는 화려한 이름표를 떼고 나면, 나는 뭐지? 평소에는 집 밖으로 잘 나가지도 않는 미숙한 젊은이? 집안일도, 장보기도 스스로 해 본 적 없는 동화 속의 한심한 공주님?

제대로 수고를 인정받지 못하면서도 꿋꿋이 돈을 벌며 가족을 부양하는 레티 같은 사람들이 있었다. 엘리자베스는 그들처럼 강하지 못했다. 자신을 과분할 정도로 사랑해 주는 레티 앞에 서면, 엘리자베스는 늘 자기 자신이 부끄러웠다.

"시간이 좀 흐르고 소문이 잠잠해지면, 아마."

엘리자베스가 중얼거렸다. 이미 세 번이나 죽음과 엮여 버렸지만 어서 저를 둘러싼 유쾌하지 않은 소문이 잦아들면 좋을 것이다. 다시 '흠 없는' 신붓감이 되어 남편 될 자를 물색할 수 있도록.

하지만 그러고 나면 내가 사랑하는 레티는 어찌 되려나.

가여운 내 진심은 또 어찌 되려나.

"그때 네가 그 집에서 더는 일하고 싶지 않다면, 레티."

엘리자베스는 허공을 보며 말을 이었다. 레티의 회색 눈을 똑바로 마주할 자신이 없었다.

"다른 좋은 곳으로 옮겨서 계속 일할 수 있도록 꼭 알아봐 줄게."

잠시 침묵이 흘렀다. 엘리자베스는 명치끝이 조여드는 느낌을 간신히 밀어냈다.

"물론 네가 원한다면, 레티."

레티는 내리 잠잠했다. 엘리자베스는 자학하는 심정으로 레티를 훔쳐보았다. 눈이 마주치자 심장이 철렁 내려앉았다. 레티의 눈시울이 붉은 탓이었다.

"네, 아가씨."

레티가 속삭이며 침울하게 빗질을 재개했다. '아가씨'로 돌아온 호칭이 엘리자베스의 마음을 찢었다. 하지만 그런 통증이야 벌로서는 가볍기까지 했다.

"미안해, 레티."

엘리자베스가 가냘프게 말했다. 스스로 생각하기에도 너무 뻔뻔한 사과라 자괴감이 들었다. 동의하는지 레티도 끝까지 조용했다.

엘리자베스의 풍성한 갈색 머리칼을 곱게 빗어 땋은 뒤에 레티는 한 발짝 물러섰다. 엘리자베스가 레티를 간절하게 바라보았다.

"오늘 오후에 나랑 노는 거 아직 유효하지, 레티?"

레티가 눈을 깜빡였다. 그러더니 웃으며 엘리자베스의 손을 꼭 쥐었다. 엘리자베스는 그 온기에 안도하며 갈급히 깍지를 꼈다.

"당연하죠, 리지."

다시 이름으로 돌아온 호칭에 엘리자베스는 주저앉아 울고 싶었다. 레티가 엘리자베스의 손등에 입을 맞췄다. 엘리자베스는 입술을 깨물어 눈물을 막았다.

"내일까지 당신은 제 거라면서."

레티는 짐짓 발랄하게 말하며 얽힌 손을 내저었다. 엘리자베스는 절박하게 말했다.

"내일이 끝난 뒤에도 나는 네 거야."

레티가 흠칫했다. 억지로 지었던 밝은 미소가 흔들렸다. 엘리자베스는 떠듬떠듬 약속했다.

"그때 그 말은 취소야. 내일까지만 아니야. 나는 늘 네 거야."

레티의 눈이 요동쳤다. 그녀는 숨을 뭉쳐서 삼켰다가, 다시 하나씩 끊어서 위태롭게 내뱉었다. 그러다가 필사적으로 웃었다.

"우리 일단 오늘에 집중해요."

쓸데없는 소리는 하지 말라는 것처럼 들렸다. 어차피 지키지도 못할 약속이면서 멋대로 지껄이지 말라는 것 같았다. 억지로 웃는 레티의 태도가 엘리자베스의 마음에 비수를 꽂았다.

"내일이 지난 뒤 어떤 일이 일어날지에 대해 미리 얘기할 필요는 없잖아요."

오늘을 기뻐하기에도 바쁘고, 오늘의 고통만으로도 벅찼다. 왜 굳이 미래를 얘기해야 할까. 레티는 외면을 택했다.

"어서 나가요, 리지. 맛있는 것부터 먹어요."

"알겠어."

아가씨라 부르며 선을 긋지 않는 것만으로도 감사해야 할 처지였다. 겁쟁이처럼 다른 사람과 결혼을 고려하는 자신을 내치지 않고 경멸하지 않아 주는 것만으로도 고마웠다.

안정적인 삶을 포기하고 우리의 행복을 택한다면, 어떻게 될까.

엘리자베스는 두려워서 생각을 이어가지 못했다.

"어제보다 좀 추운 것 같으니까, 목도리도 하고 나가요."

"목도리는 답답한데."

"고집부리지 말고 어서 입어요. 감기 걸리지 말고."

단호하게 잔소리하며 친히 목도리를 감아주는 레티의 태도에 엘리자베스는 슬픈 와중에도 웃음을 흘렸다. 흡사 자신이 막냇동생이고 레티가 맏언니가 된 것 같았다.

"그래, 세 살 차이 정말 별거 아니네."

"네?"

"아무것도 아니야."

둘은 따뜻한 옷으로 중무장하고 여관 밖으로 나왔다. 식당을 찾아 거리를 걷기를 얼마, 레티는 가방이 너무 묵직해서 안을 살펴보았다.

"어?"

어제 산 도자기 인형이 보였다. 연인들을 지켜준다는 부적이었다.

"어제 꺼내놓는다는 걸 깜빡했나 봐요."

"내가 준 선물인데 너무 소홀하게 대하는 거 아닌가?"

"윽, 죄송해요. 그런데 리지 잘못도 있거든요? 어제 방에 들어가자마자 너무 정신 팔리게 해서 그런 거라고요."

"참나, 내 탓하는 것 좀 봐."

둘은 티격태격하며 거리를 걸었다. 가방 안에서 인형들이 정답게 달싹거렸다.

짧디짧은 겨울날, 얼마 돌아다니지도 않았는데 거리는 벌써 어둑했다. 어제처럼 곳곳에 색칠한 전구가 가득했다.

"레티, 저기 봐."

엘리자베스가 신나서 어딘가를 가리켰다. 관광객들을 상대로 소품과 장신구를 파는 곳이었다. 그중에 한 가지 물건이 엘리자베스의 시선을 독점했다.

"저 모자 기억나지? 나도 저거 쓰고 싶어."

"리지, 진심이었어요?"

레티는 난색을 보였다. 두 사람이 군밤을 사기 위해 줄을 서며 봤던 깃털 달린 모자였다. 어딜 가나 튈 법한 모양이었다.

"그럼 당연히 진심이지. 어서 가자."

본인 돈으로 본인이 쓸 모자를 사겠다는데 말릴 수는 없었다. 레티는 다소 우울한 기색으로 따라갔다. 엘리자베스는 일찌감치 앞장서서 모자를 구매했다.

"어때, 레티? 예쁘지 않아?"

"아니, 당신은 뭘 써도 예쁘긴 한데, 사람들이 쳐다보잖아요……."

"어제도 많이들 쳐다봤잖아. 이제 슬슬 익숙해지렴, 레티."

어제는 둘 다 축제 복장이었지만, 지금은 각자 평상복 차림인데 한 명만 휘황찬란한 모자를 머리에 이고 있었다. 그 부조화 탓에 어제보다 더 많은 시선을 잡아끌었다.

"정 싫으면 그냥 벗을까?"

엘리자베스가 마지못해 물었다. 저토록 질색하니 고집부리기가 미안했다.

"아니에요. 이미 산 걸 뭐하러 벗어요. 괜찮아요."

레티는 부루퉁하게 말했다. 아가씨의 시무룩한 표정을 보니 마음이 약해졌다.

"그렇지? 괜찮겠지?"

엘리자베스는 금세 태도를 바꾸며 눈을 반짝였다. 레티는 절레절레 고개를 저었다.

"아니, 이럴 거면 왜 물어봤어요?"

"음, 예의상?"

"허, 참나."

티격태격하는 와중에도 팔짱을 낀 채 둘은 쾌활하게 거리를 누볐다.

레티가 원한 대로 엘리자베스가 그 모자를 쓰지 않는 게 나을 뻔했다. 결과적으로 뭐가 달라졌을지는 모르지만, 모자가 눈에 띄어 북적이는 인파 속에서 엘리자베스를 구분하기 쉬워진 건 사실이었다. 어느 남자에게는 뜻밖의 행운이었다.

"리지, 이제 날도 어두운데 들어갈까요?"

"그럴까? 벌써 시간이 이렇게 됐네."

엘리자베스는 손목시계를 확인했다. 그녀가 레티의 손을 잡고 가볍게 잡아당겼다. 깃털 모자가 머리 위에서 나풀거렸다.

남자는 조급해졌다. 여자들이 손을 잡더니 갑자기 방향을 트는 게 보였다. 저녁을 먹으려고 식당을 찾는 건가? 슬슬 그럴 만한 시간이기는 했다.

저 둘이 거리의 식당에 들어간다면 식사가 끝나고 나서 일을 처리해도 되겠지만, 이대로 여관으로 돌아가면 곤란해진다. 내일 아침까지 밖으로 나오지 않을 테니까. 내일이 되면 언제 저 사람들이 저택으로 돌아갈지 모를 일이다.

남자는 둘의 정확한 여행 일정을 알지 못했다. 다만 엘리자베스 메리요트가 저택으로 돌아가고 나면 목적한 바를 이루기가 매우 어려워질 거라는 사실은 알았다. 기회가 있을 때 일을 끝내야 했다. 지금 놓치면 언제 다시 올지 몰랐다.

남자는 여자들이 시끄러운 큰길을 벗어나기를 기다렸다. 그러나 아가씨와 하녀는 그럴 기미를 보이지 않았다. 남자는 성마르게 입술을 물었다.

'젠장…….'

좋아, 유인해야겠다.

"으악!"

뭔가 빠르고 사납게 지나갔다. 레티는 놀라서 비명을 질렀다. 팔에서 순식간에 가방이 사라졌다. 소매치기는 레티의 가방을 끌어안고 쏜살같이 달렸다.

"저 사람 좀 잡아요, 도둑이야!"

엘리자베스가 곧장 외쳤다. 효과는 미미했다. 자기 일도 아닌데 기꺼이 나서는 사람은 적었다. 게다가 이 혼잡한 축제의 장에서 엘리자베스의 목소리는 너무 쉽게 묻혔다.

"리지, 여기서 기다려요, 제가 잡아 올게요!"

"레티, 기다려!"

레티가 가방을 쫓아 뛰어갔다. 엘리자베스가 불렀지만 레티는 그를 무시하고 뜀박질에 열중했다. 엘리자베스가 이를 아득 물고 뒤따랐다.

소매치기는 느리게 달아났다. 달리기에 별다른 소질이 없는 레티도, 늘 앉아만 있던 엘리자베스도 놓치지 않을 정도였다.

남자는 자신이 여자들의 시야에서 완전히 벗어나지 않을 정도로 속도를 조절하며 인파를 꾸역꾸역 헤쳤다. 길을 가로지르고 모퉁이를 돌자 드디어 원하던 장소가 나왔다. 음산한 골목이었다. 축제의 소음은 아득하게 느껴졌다. 고작 몇 걸음만 안으로 들어왔을 뿐인데, 미궁에 들어선 듯 컴컴했다.

"레티, 위험해!"

남자가 골목 안으로 뛰어든 걸 본 엘리자베스는 본능적으로 레티의 소매를 잡았다.

골목은 입구부터 어두웠다. 그 어둠으로 걸어 들어가기가 꺼림칙했다. 그깟 가방 하나, 그리고 안에 있던 다른 모든 소지품까지 새로 사는 게 낫다는 생각이 들 만큼.

레티도 주춤했다. 정신없는 와중에 무작정 쫓아오긴 했으나 이런 골목 안으로까지 건장한 사내를 따라 들어설 정도로 무모하지는 않았다.

"레티……."

엘리자베스가 재차 불렀다. 가방은 잃어버린 셈 치고 가자고 덧붙이려 한 순간이었다.

골목에서 손이 튀어나와 레티의 팔을 움켜잡아 끌어당겼다. 힘으로는 당해낼 수 없었다. 너무 순식간이라 저항할 틈도 없었다. 레티의 소매를 잡고 있던 엘리자베스도 덩달아 어둠에 처박혔다.

남자는 레티를 바닥에 내동댕이쳤다. 엘리자베스도 중심을 잃고 엎어졌다. 숨을 고를 틈도 없이 남자가 엘리자베스의 머리채를 붙잡았다.

"아악!"

비명이 터졌다. 이런 난폭함은 난생처음이었다. 지금껏 그 누구도 감히 메리요트 남작의 외동딸을 이렇게 거칠게 다룬 적 없었다.

"윽!"

남자는 엘리자베스를 바닥에 내던지고 다리로 깔아뭉개더니, 크고 거친 손으로 입과 목을 눌렀다. 숨이 뚝뚝 끊겼다. 온몸이 극통을 호소했다.

"으윽, 큭……."

엘리자베스는 몸부림쳤다. 그럴수록 남자는 더 세게 힘을 주었다. 목과 입가에 피멍이 번지면서 시야가 점점 흐릿해졌다.

혼란스러웠다. 초면인 남자가 저를 왜 죽이려고 하는지 누군가 설명이라도 해준다면 조금이라도 덜 억울할까. 이유도 모르고 죽을 지경에 처했다는 게 황당했다.

이런 게 죽음이구나. 본능적으로 알 수 있었다. 세상의 어떤 것들은 배우지 않아도 곧장 알 수 있었다. 엘리자베스는 새삼스럽게 그를 상기했다.

케이트를 보고 첫사랑이라고 생각한 것처럼. 레티를 만난 지 얼마 되지도 않아서 속절없이 끌렸을 때처럼. 이건 연정이라고 다른 누가 굳이 알려 주지 않아도, 알 수밖에 없는 순간들이 있었어. 죽음도 그런 순간에 속하나 봐. 정말 끔찍하게 고통스러워.

"윽."

그 순간, 남자가 몸을 휘청였다. 어느새인가 몸을 일으킨 레티가 있는 힘껏 그를 떠밀었기 때문이었다. 전혀 염두에 두지 않았던 사람이 반격해 오자 남자가 중심을 잃었다. 그 덕에 엘리자베스를 누르던 힘이 느슨해졌다.

"으윽, 컥, 콜록콜록……."

자유로워진 엘리자베스가 바닥에 웅크려 괴롭게 기침했다. 레티는 숨을 쌕쌕거리며 아가씨의 손을 와락 잡았다. 어서 엘리자베스를 일으켜 세우고 함께 도망칠 심산이었다.

"이년이, 진짜!"

하지만 금세 자세를 가다듬은 습격자가 레티를 낚아챘다.

"꺅!"

레티는 아까보다 훨씬 거칠게 바닥과 부딪쳤다. 통증에 일순 눈물이 핑 돌았다.

"네년부터 처리해야겠어."

남자가 씩씩거렸다. 원래는 귀족부터 처리할 생각이었는데 생각이 바뀌었다. 그를 고용한 자가 원하는 건 엘리자베스 메리요트의 죽음이었다. 하녀는 우선순위에서 밀려났다. 그러나 현재 엘리자베스 메리요트는 간신히 숨만 쉬고 있었다. 굳이 서두를 필요는 없으리라.

"으윽, 윽!"

남자는 레티의 목을 쥐었다. 레티는 살인자를 올려다보았다. 처음 보는 얼굴, 냉정한 살의. 이해할 수 없었다.

"윽……. 왜……."

누구야. 왜 나를 죽이려 하는 거야?

답변은 곧 떠올랐다. 이 사람의 목표는 메리요트 가문의 상속녀였고, 레티는 그저 불운한 목격자였다.

평범한 하녀 하나 죽여봤자 뭐 얻을 게 있을까. 추잡한 욕정을 채우기 위해 여자를 범하려는 것도 아니었고, 돈이 될 물건이 있을까 싶어 주머니를 뒤지는 것도 아니었다.

레티는 엘리자베스의 옆에 있었다는 이유만으로 살인자의 손에 붙들렸다. 하지만 레티가 없었다면 엘리자베스 혼자 이 고통을 감내했을 것이다. 이렇게 된 것도 나쁘지 않다고 생각했다. 적어도 같이 죽을 수는 있으니까.

"레티……."

엘리자베스는 바닥에 엎드린 채 신음했다. 어서 일어나 레티를 구해야 하는데, 머리를 부딪친 충격 때문에 눈앞이 어지러웠다. 사지에 힘이 들어가지 않았다.

이토록 무력하게, 네가 죽는 걸 지켜봐야 하나.

그때 발소리가 들렸다. 지면이 다급하게 울렸다. 엘리자베스는 간신히 고개를 들었다. 그 어떤 감정보다 앞서 놀라움이 찾아왔다.

뜬금없이 등장한 라울 데이커는 망설이지 않고 재빠르게 움직였다. 라울은 레티의 목을 조르던 남자를 걷어찼다. 남자는 괴성을 토하며 옆으로 굴렀고, 라울은 그를 밟았다.

"윽, 쿨럭……."

"레티……!"

풀려난 레티가 몸을 말며 기침했다. 엘리자베스는 가냘픈 음성을 쥐어짜며 그녀에게로 기어갔다. 그사이 남자들은 과격한 장면을 연출했다.

"끄아악!"

둘 중 한쪽만 시끄러웠다. 라울은 숨소리조차 조용했다. 동작 하나하나가 서늘하고 침착했다. 그 모습이 오히려 괴이했다. 뼈 꺾이는 소리와 머리가 벽에 처박히는 소리, 으깨진 살에서 피가 뚝뚝 떨어지는 소리가 연달아 울렸다.

"으으……."

제압당한 남자는 신음 두어 마디 끝에 조용해졌다. 라울이 숨을 고르며 뒤돌았다. 파란 눈이 섬뜩하게 빛났다.

"레티? 레티, 괜찮아?"

한편, 엘리자베스는 연인을 깨우기 위해 노력을 다하고 있었다. 그녀가 떨리는 손으로 레티의 뺨을 건드렸다. 레티는 몇 번 더 기침할 뿐, 대답할 힘을 얻지 못했다.

"레티."

라울이 나직하게 부르며 엘리자베스 맞은편에 꿇어앉았다.

좀 더 평화로운 상황이었다면 라울의 느닷없는 등장에 당황했을 텐데, 방금 죽다 살아난 터라 따지고 있을 틈이 없었다.

"레티, 괜찮아요?"

"으……."

라울의 부드러운 물음에 레티는 신음으로 답했다. 그녀가 힘없는 손을 뻗어 엘리자베스의 손을 만졌다. 엘리자베스는 절박하게 맞쥐었다. 라울은 그 모습을 빤히 지켜보더니 속삭였다.

"미안해요, 레티."

구해줘서 고맙다고 인사하기 위해 엘리자베스가 고개를 들었다. 두 사람의 눈이 만났다. 한쪽은 녹색, 한쪽은 청색.

다음 순간, 라울은 벌떡 일어서 엘리자베스의 머리칼을 붙잡았다.

"아!"

"이쪽으로."

라울은 엘리자베스를 뒤쪽으로 끌고 갔다. 레티 골드 앞에서 엘리자베스를 죽인 살인자로 각인되고 싶지 않았다. 이미 늦어 버렸지만.

"그러니까 다른 사람은 왜 끌고 왔어?"

라울이 낮게 씹어뱉었다. 엘리자베스는 통증으로 미간을 잔뜩 찡그린 채 그를 올려다보았다. 이해, 할 수 없었다.

"너 혼자 죽으면 끝인데."

그가 그녀를 내던졌다. 엘리자베스가 널브러졌다. 강압적인 손이 기도를 짓눌렀다. 이미 멍든 부위를 세게 눌리자 구역질이 날 만큼 아팠다.

"너 혼자 죽으면 다 끝이잖아."

애초에 태어나지 않았다면 좋았을 뻔했다. 너도, 나도 그 지긋지긋한 집안에 이런 식으로 엮이지 않았다면 좋았을걸.

"저승에 가면 네 아비를 탓해."

"으, 윽!"

엘리자베스는 몸부림치며 라울의 속삭임에 집중하려 애썼다. 죽더라도 이유를 알고 죽어야겠다는 오기가 들었다.

"진짜, 하나도 안 닮았네."

라울이 문득 실소했다.

"전혀 안 닮았어. 너 같은 애한테 어머니 소리 듣는 것도 참 힘들었겠어."

라울의 저음에 쓰디쓴 독기가 묻었다. 엘리자베스는 빠르게 새카매지는 세상 속에서 한 가지를 불현듯 깨달았다.

아. 이 남자, 누군가를 닮았어.

하늘처럼 파란 눈도, 수려한 이목구비도, 써늘한 저 표정까지.

내가 잘 아는 누군가를 너무, 너무 닮았어.

"리지!"

누군가 애타게 외쳤다.

아, 레티. 왜 아직도 도망치지 않고 여기 남아 있지?

아까 라울은 레티를 해치고 싶지 않다는 의사를 분명히 밝혔다. 그가 원한을 품은 대상은 엘리자베스뿐이었다.

가, 제발 가.

엘리자베스는 죽어가며 속으로 부르짖었다. 소리 내어 애원하고 싶었으나, 목소리를 쥐어짜려 애쓸수록 피 섞인 숨결만 처량하게 꺾일 뿐이었다.

"레티, 그냥 가요."

성심껏 살인에 열중하며 라울은 어깨 너머로 불렀다. 그 음성은 한결같이 다정했다. 그가 타일렀다.

"당신까지 해칠 이유는 없거든. 이 사람을 죽여야 돈이 나오지, 당신을 죽여야 돈이 나오는 건 아니잖아요, 그렇죠?"

라울도 메리요트 가문의 유산을 노리고 엘리자베스를 죽이러 왔다는 뜻이었다. 레티는 거기까지만 이해했다. 그 이상은 알 수 없었고 알고 싶지도 않았다. 여유로운 상황이 아니었다.

평범한 정원사인 라울이 높으신 분들의 상속 분쟁과 무슨 상관인지 모르겠으나, 그건 정말 알 바가 아니었다.

레티는 오직 한 사람을 위해 움직였다. 사랑하는 사람이 죽어가고 있었다. 동기는 충분했다. 그녀는 근처에 아무렇게나 던져진 제 가방을 발견했다. 필사적으로 기어가 가방을 열었다. 절박하게 손을 들이밀자 매끈한 물체가 잡혔다.

도자기. 연인들을 지켜준다는 부적.

레티는 주저 없이 인형을 바닥에 내리쳐 뾰족한 무기를 만들었다.

"라울!"

어떻게든 주의를 끌어야겠다는 생각에 다짜고짜 이름만 튀어나왔다.

레티가 달려갔다. 방금까지만 해도 전신이 죽을 것처럼 쑤셨는데 사람이 간절해지면 정말로 초인적인 힘이 샘솟아 뭐는 할 수 있게 되나 보다. 맹세코 살면서 사람을 해쳐 본 적은 없지만, 그때는 정말 다른 누군가를 찌를 수 있을 것 같았다.

라울은 휙 뒤돌았다. 예리한 도자기 파편이 어깨를 파고들기 직전에 막혔다. 라울이 맨손으로 도자기를 쥐고 얼굴을 찡그렸다. 두 사람의 피가 뒤엉켜 흘렀다.

"레티, 다치잖아요."

조각난 도자기에 손잡이 같은 건 없었다. 무기를 움켜쥔 레티의 손바닥에서 피가 뚝뚝 흘렀다.

"그냥, 딱 한 번만 눈감아주지."

"윽!"

라울이 휙 뿌리치자 레티는 바닥으로 넘어졌다. 라울은 레티의 손에서 도자기를 잡아 뺐다.

"잠깐 쉬고 있어요."

복수를 마무리하기 전에 레티부터 얌전히 기절시킬 심산이었다. 라울은 레티를 향해 손을 뻗었다.

"거기 당장 멈추시오!"

그때, 뜻밖의 변수가 들이닥쳤다.

"당장 멈추고 손들어! 안 그러면 쏠 거요!"

아무도 예상치 못했다. 레티와 엘리자베스는 구원을 만난 듯 반가웠다. 하지만 라울은 안타까웠다. 허무했다. 조금만 더 시간이 있었더라면. 그는 깊게 탄식을 뱉었다.

"못 들었나? 당장 손들어!"

아무리 이곳이 으슥한 골목이라 해도, 축제가 벌어지는 큰길과 완전히 단절되지 않았다. 레티의 비명이 행인의 귀에 닿은 듯했다.

누군가가 경찰에 신고한 모양이었다. 축제를 대비해 평소보다 많은 인원의 순찰대가 배치된 게 두 여자에겐 천운이었다.

이틀간의 나들이가 그렇게 끝났다.

제9장. 고아

엘리자베스의 사촌들은 처음부터 엘리자베스가 아니꼬웠다.

운 좋게 직계로 태어난 계집애. 차라리 평생 혼자 늙어 준다면 저년이 죽은 뒤에라도 그 막대한 유산을 우리가 받을 수 있을 텐데. 일찌감치 죽어 주면 더 좋고.

엘리자베스의 사촌오빠 마이클은 꾀를 냈다. 돈 앞에서 인륜도 내버리는 일은 흔하디흔하다. 제임스의 자살로 엘리자베스의 결혼이 미루어진 것을 그는 기회로 여겼다.

이참에 그년을 죽여 버리자. 구혼자들이 연달아 죽어 준 덕분에 시간을 벌었잖아.

호시탐탐 기회를 노리던 마이클 내외는 엘리자베스가 하녀 한 명과 함께 근처 마을로 요양을 떠난다는 소식을 들었다. 라이언 모란과 루카스 헤르멘의 장례식이 있기 전에 돌아올 거라고 했다.

그 전에 모든 것을 끝내고 싶었다.

마이클은 사람을 고용했다. 엘리자베스 메리요트와 그 동행인을 죽이되 강도의 소행처럼 꾸미라고. 마이클이 훨씬 수준 높은 살인자를 고용했더라면 뒤늦게 라울이 개입하는 일은 없었을지도 모른다. 하지만 마이클은 청부 살인에 대해 아는 게 별로 없었다. 그저 돈 많은 악당을 어설프게 흉내 냈을 뿐.

마이클이 고용한 사람은 다른 이가 같은 표적을 뒤쫓는 줄도 모르고 성실하게 엘리자베스와 레티를 미행했다. 라울은 먼저 상대방을 발견했다. 그가 노리는 대상은 엘리자베스뿐이었다. 레티를 해칠 이유는 없었다.

라울은 소매치기 추격전이 벌어지자 곧장 뒤따랐다. 다행히 너무 늦기 전에 도착해서 레티를 구했다.

이후 레티가 깨진 도자기로 라울을 공격하지 않았거나, 경찰이 조금 더 늦게 도착했더라면, 그는 원하던 바를 이루고 친모에게 돌아갔으리라. 엘리자베스 메리요트가 죽었으니 이 집안의 모든 재산이 당신 거라고, 그렇게 말할 수 있기를 바랐는데.

그렇게 하면 4년 전 너무 쉽게 죽은 메리요트 남작에 대한 복수가 될까 싶었는데.

결국에는 실패했다.

부부가 함께 바람을 피웠다. 하지만 남편과 내연녀의 소생은 후계로 인정받고, 아내와 내연남의 소생은 버려지는 건 어떤 이치일까.

사랑 없이 결혼한 두 남녀가 있었다. 부부는 남쪽 휴양지의 별장에서 시간을 보냈고, 그곳에서 각자 다른 사람과 사랑에 빠졌다.

두 여자는 비슷한 시기에 임신했다. 한 명은 딸을 낳았고, 한 명은 아들을 낳았다. 각자 부모를 골고루 빼닮았다. 하지만 메리요트 남작의 상대였던 하녀는 산욕열이 올라 죽었다. 그 여자의 아이는 죽은 채로 태어났다고 알려졌다. 며칠 뒤, 메리요트 남작 부인이 출산했다.

"찾을 생각은 하지 마시오."

남작은 차갑게 말했다. 남작 부인은 충혈된 눈으로 쏘아보았다. 분명 어제 사내아이를 낳았는데……. 곁에 있는 아이는 여자였다. 남작은 그녀의 아이를 빼돌리고 대신 죽은 내연녀의 딸을 데려와 기를 것을 강요했다.

"애는 이 근방 보육원에 맡겼소. 가끔 소식을 듣는 것 정도는 허락하지. 하지만 절대 다른 사람들한테 알리는 건 안 되오. 우리 집에 데려오는 것도."

우리, 집. 자연스럽게 그렇게 지칭하는 남편 탓에 로즈미나의 입가에서 웃음이 새어 나왔다. 우리, 우리라고? 단 한 번도 그 저택을 내 집이라고 생각해본 적 없다.

“됐어요. 소식을 들어봤자 뭐해요. 같이 살 수 있는 것도 아닌데.”

로즈미나는 냉담하게 선을 그었다. 차라리 잘됐다고 생각하기로 했다.

“멀쩡히 살아있기만 하다면 됐어요.”

어차피 평생 제 아이라는 것을 부인해야 한다.

고귀하신 남작 부인이 외간 남자와 몸을 섞어 아이를 가졌다는 사실은 영원히 비밀이어야 했다. 만나지 못할 거라면 일찌감치 정을 떼는 게 나았다. 얼굴도 잘 모른다. 젖을 물려 본 적도, 제대로 안아 본 적도 없다. 아이를 낳자마자 탈진해서 쓰러지듯 잠들었고, 눈을 떠보니 남작은 아이를 이미 빼돌린 뒤였다. 혈육의 정을 쌓을 틈은 없었다.

지난 몇 달간 제 배 속에서 꼼지락대던 감촉이 거짓말 같았다.

“건드리기만 해봐.”

젊은 로즈미나는 싸늘하게 못을 박았다. 남편을 쏘아보는 시선이 흉흉했다.

“나중에 애한테 무슨 일이 생겼다는 소식을 들으면, 그때는 내가 다 까발려 버릴 거야.”

로즈미나가 나직하게 위협했다. 남작이 눈을 가늘게 치뜨며 그녀를 노려보았다.

"약속하지. 아이는 건드리지 않겠소."

이미 아이의 아빠는, 감히 귀족의 아내를 탐한 그 건방진 사내는 없애 버렸으니까.

로즈미나는 고분고분 남편의 딸을 제 자식으로 키우기로 했다. 친아들의 목숨을 담보로 잡힌 채.

심각하게 어긋난 그 시절의 첫 단추였다. 길고 긴 이야기의 시작은 이랬다.

라이언과 루카스의 장례식이 지나갔다. 엘리자베스 메리요트는 참석하지 않았다. 며칠 전, 강도에게 습격당해 온몸을 다쳐서 당분간 쉬어야 한다고 했다. 아가씨는 별관에 틀어박혀 두문불출했다. 사람들은 수군댔다.

죄인이었던 제임스까지 조촐하게 묻힌 날, 엘리자베스는 저녁에 로즈미나를 찾아갔다.

로즈미나는 본관 음악실에 있었다. 어떤 연주도 하지 않고 그저 악기 앞에 앉아 멍하니 허공을 응시하고 있었다. 엘리자베스가 들어오자 로즈미나는 엘리자베스에게 시선을 던졌다. 두 사람의 시선이 교차했다.

"……안녕하세요."

더는 어머니라고 부르지 못할 것만 같아 호칭은 생략했다. 알 수 없었다. 당신은 대체 나에게 뭔지. 나에게 여태 뭐였는지. 앞으로 무엇이어야만 하는지.

로즈미나는 대답하지 않았다. 다만 한동안 제 딸이었던 아이를 물끄러미 응시했다. 엘리자베스의 목에 옅은 멍이 남아 있었다.

"이야기를 듣고 싶어요."

엘리자베스는 고민 끝에 말했다. 이 단순한 말을 하기 위해 며칠을 괴로워했다.

며칠 전, 라울이 체포되었다. 죄목은 살인 미수, 또한 살인죄. 그는 엘리자베스를 살해하려다가 현장에서 잡혔고, 자신이 제임스를 죽였다고 자백했다.

경찰에게 끌려가기 전, 라울은 엘리자베스의 귓가에 속삭였다.

〈로즈의 친자는 나야.〉

"당신이랑 내 아버지랑 어머니 이야기."

한참 전에 알았어야 할 이야기. 조금만 더 주의를 기울였더라면, 진즉에 알아차렸을 수도 있는 이야기.

"……어디서부터 말해줘야 할까?"

로즈미나는 메마르게 속삭였다. 처음이었다. 그녀가 이토록 연약해 보이는 것은.

"뭐가 가장 궁금한데?"

"케이트랑 헤스터 모르슨. 하루아침에 사라진 두 사람."

엘리자베스는 주먹을 그러쥐며 단숨에 대답했다. 목소리가 가늘게 떨렸다. 케이트를 떠올리면 몸속이 뒤틀리는 느낌이었다.

"그 사람들이 어떻게 됐는지, 왜 그렇게 됐는지, 당신은 어디까지 알고 있는지, 다 알고 싶어요."

엘리자베스는 다그쳤다. 로즈미나는 한숨지으며 피아노를 어루만졌다.

"케이트를 죽일 생각은 없었어. 그건 정말 사고였지."

덤덤하게 일하는 그녀의 시선은 피아노에 고정되어 있었다.

"이 집에서 최대한 빨리 쫓아내고 싶었어. 그리고 가는 길에 사람을 보냈지. 원래는 그냥 겁만 줘서 입막음할 생각이었는데……."

하루아침에 쫓겨나게 된 케이트는 마차에 실려 마을로 향했다. 그 뒤를 로즈미나가 고용한 사람이 말을 타고 쫓았다. 케이트는 겁에 질려 도망치다가 실족했다.

"왜 그랬어요?"

이제 엘리자베스의 목소리는 정말 심하게 떨렸다. 잠시 이를 악물고 눈가를 가리며 심호흡했다. 그러나 결국 감정을 다스리는 데 실패했다.

"그 애가 뭘 알아낸 거예요? 당신이랑 라울이 빼닮았다는 걸?"

"아니. 나랑 라울이 내연 관계인 걸로 오해하더구나."

"네?"

"같잖은 협박을 했어. 사용인과 놀아났다고 소문을 퍼트리지 않을 테니 돈을 달래. 돈만 받으면 조용히 떠나겠다고 하더라."

엘리자베스가 쳐다보았다. 힘이 빠졌다.

"네 첫사랑이 그 꼴이었단다, 엘리자베스."

엘리자베스는 시선을 내렸다. 눈시울의 통증이 부끄러웠다.

"앉아, 엘리자베스."

로즈미나가 음악실 한쪽에 있는 소파를 향해 부드럽게 손짓했다.

"듣고 싶은 건 다 얘기해줄 테니까."

분명 긴 이야기가 될 것이다. 엘리자베스는 어정쩡하게 서서 머뭇대다가, 곧 소파로 가서 앉았다. 그녀는 재빨리 손등으로 눈가를 훔쳤다. 로즈미나는 못 본 척해주었다.

"네가 내 친딸이 아니라고 의심해 본 적은 정말 없어?"

로즈미나는 나직하게 질문했다. 엘리자베스는 발등을 노려보다가 대답했다.

"설마 정말로 그럴 거라고는 생각 못 했죠."

서로 하나도 닮지 않았지만. 원래 모든 자식과 부모가 서로 완전히 같은 존재도 아니고, 보통 이 정도의 뒷이야기가 숨겨져 있을 것이라곤 일반적으로 상상하기는 힘드니까. 부자연스러운 점을 눈치채도 무의식 깊은 곳에 묻어 두었다.

“그래. 그랬겠지.”

로즈미나는 아득하게 속삭였다. 엘리자베스는 대꾸하지 않았다. 바르쥔 주먹을 무릎 위에 모아놓고 묵묵히 기다릴 뿐이었다.

그리하여, 마님의 이야기가 시작되었다.

로즈미나는 음악에 천재적인 재능을 보였다.

남자로 태어났더라면 그녀의 부모는 기꺼이 로즈미나를 세기의 독보적인 작곡가 겸 연주자로 빚어냈으리라. 하지만 당대의 귀족 여성이 으레 그러했듯 로즈미나도 딱 교양을 갖출 정도로만 교육을 받았다. 그 이상은 허락받지 못했다.

몰락 귀족의 딸 로즈미나는 타고난 미색이 최상품이었다. 지참금조차 제대로 챙기지 못한 그녀를 전(前) 메리요트 남작 부부가 기꺼이 며느리로 받아 준 이유였다.

로즈미나의 시가 사람들은 음악에 흥미가 없었다. 교양 삼아 자식에게 악기를 가르쳤고 저택에 음악실을 갖추었지만, 그뿐이었다.

로즈미나는 재능이 퇴화하는 것을 느꼈다. 혼자 피아노를 사랑하는 것만으로는 부족했다. 아무리 몸과 마음을 다해 경이로운 연주를 펼친다 한들 끝에 남는 건 공허한 침묵뿐.

결혼 초창기에는 로즈미나는 혼자서라도 꾸준히 피아노를 쳤다. 그러나 몇 달 후, 그 고집스러운 습관을 포기했다. 작곡한 악보도

전부 창고에 치워 버렸고, 음악실의 문을 잠갔다.

그녀가 문득 다시 피아노를 치고 싶다고 생각한 건 몇 년 뒤, 남편의 건강을 위해 남쪽에 있는 별장으로 내려갔을 때였다.

"여기도 피아노가 있네."

음악실을 발견한 로즈미나는 피아노 건반을 눌러보았다. 탁한 소리가 났다. 그녀가 눈살을 찌푸렸다. 조율 상태가 엉망이었다. 로즈미나는 피아노 수리공을 불렀다. 황갈색 머리카락을 지닌 젊은 미남이었다.

"다 됐나요?"

"네, 마님. 최상입니다. 소리를 들어보세요."

수리를 마친 남자가 쾌활하게 말하며 건반을 가볍게 두드렸다. 로즈미나는 남자의 손목에 살짝 손을 얹었다.

"이제 일 다 끝났으면 가 줬으면 좋겠네요. 남의 피아노에 너무 오래 손대지 말고."

로즈미나는 도도한 태도로 남자를 꾸짖었다. 남자는 그녀를 빤히 보다가 웃음을 터트렸다.

"이런, 참, 죄송해서 어쩔 줄을 모르겠네요. 제 무례를 어찌 사죄드려야 하나?"

남자는 거만한 태도가 아니꼬웠는지 느직하게 빈정댔다. 심지어는 뻔뻔하게 건반에 손을 올렸다. 노골적인 무례에 호통을 치려던 로즈미나는 남자가 쏟아내는 선율을 듣고 눈을 크게 떴다.

"어때요. 이 정도 연주면 좀 배상이 되나요?"

남자는 짧지만 화려한 연주를 끝냈다. 로즈미나는 그를 쳐다보았다. 그러더니 오연하게 명령했다.

"더 쳐보세요."

"네?"

"더 쳐보라고요. 다른 곡은 없나요?"

남자는 혀를 찼다. 하여간 귀족들이란. 그러나 피아노를 칠 수 있게 해 주겠다는데 물러설 생각은 없었다. 재능이 있었으나 빈궁한 처지라 꿈을 접을 수밖에 없었다. 지금은 생계를 위해 일하고 있을 뿐이었다. 모처럼 이렇게 비싼 악기를 만지게 된 게 신이 나 남자는 순순히 시키는 대로 했다.

제대로 배우지 못해 서툴지만, 몹시도 맑고 당당하며 풍성한 소리가 남자의 손끝에서 떨어졌다. 로즈미나는 홀린 듯 경청했다. 이윽고 다시 보챘다.

"한 곡 더요. 부탁드려요."

남자는 귀족의 뻔뻔함을 욕하는 것도 잊고 심혈을 기울여 곡을 하나 더 완성했다. 그 곡이 끝난 후, 로즈미나는 저도 모르게 박수했다. 남자는 쑥스러워 얼굴을 붉혔다.

"부끄러운 실력인데, 몸 둘 바를 모르겠네요."

"부끄러운 실력이라뇨. 객관적이지 않은 평가는 본인의 피아노에 대한 모독이에요."

로즈미나의 진지한 반박에 남자가 크게 웃었다. 로즈미나는 당황해서 뺨에 열이 몰렸다.

"거참, 높으신 분이 그렇게 말씀하시니 정말 쑥스럽네요."

남자는 능글맞게 대답했다. 로즈미나는 얼떨결에 시선을 피했다.

"혹시 앞으로도 종종 와서 피아노를 치실래요?"

로즈미나는 저도 모르게 그를 붙잡았다. 남자는 굉장히 놀랐다.

"제가요? 여기에? 제가 왜요?"

"그, 피아노는 아주 섬세한 악기니까요. 조율을 조금 더 자주 해줘야 할 것 같아요."

로즈미나는 횡설수설 핑계를 만들었다. 남자는 말없이 로즈미나를 바라보았다. 확실히 조율을 마쳤기에 당분간 다시 손볼 필요는 없었다. 하지만 그는 다른 대답을 택했다.

"알겠습니다, 마님."

로즈미나의 얼굴은 눈에 띄게 밝아졌다. 반색하는 그녀의 얼굴은 당혹스러울 만큼 아름다웠다. 남자는 눈빛의 변화를 들킬까 봐 고개를 돌렸다.

사랑의 시작이자 불륜의 시작이었다. 도덕은 없었으나 진심은 있었다.

그렇게 몇 주가 지났다. 로즈미나는 임신을 깨달았다. 남편의 아이일 리는 없었다. 별장에 온 이후, 남작 내외는 동침한 적이 없었다. 아내에게는 피아노 수리공이 있었고, 남편에게는 하녀가 있었다.

로즈미나는 조급해졌다. 날짜를 계산해 봤지만 배 속의 아이를 남편의 아이로 우기는 데는 한계가 있어 보였다.

그때였다. 로즈미나가 연인과 결별을 선택한 건.

로즈미나는 그 남자를 사랑했다. 그러나 그보다 사랑하는 것들이 많았다. 안정적인 생활을 사랑했고, 돈과 지위가 보장하는 유익함을 사랑했다. 주어진 조건에 자신을 맞춰야만 보장되는 안전과 혜택이 있었다.

그 모든 걸 한 철의 열병 같은 사랑을 위해 내던지기엔 로즈미나는 너무 현실적이었고, 너무 냉철했고, 무엇보다 너무 겁이 많았다.

로즈미나는 모진 말로 남자로 떼어냈다. 그가 지겨워진 척했다.

연기는 생각보다 쉬웠다. 평생 해온 일이었다. 진심을 억제하고 표정을 왜곡하며 남들을 속이는 것. 쉬운 일이라 익숙하고, 익숙한 일이라 아프지 않을 줄 알았는데. 야멸찬 말을 들은 남자가 상처받은 눈빛을 드러냈다. 그 눈 자체로 끔찍한 고통이었다.

그게 마지막 순간인 줄 알았더라면, 다른 방법을 택했을 텐데.

“이놈이 그놈이지?”

로즈미나가 유산하기 위해 민간의 낙태 방법을 모두 시도할 즈음이었다. 어느 날, 남작이 부인을 불렀다. 확인해야 할 시체가 있다고 했다.

"다시는 다른 남자를 들이지 마시오. 이 꼴이 날 테니까."

돈 많고 힘 있는 귀족 남자에게 평민 하나쯤 죽이는 것은 쉬운 일이었다. 남자는 잠든 듯 평화로운 얼굴로 가지런히 누워 있었다.

"……애는 낳게 해줘요."

로즈미나는 그 순간, 낙태를 포기했다. 남편 놈에게 반항하기 위해서라도 아이는 무사히 낳고 싶었다.

"내 핏줄이라는 사실은 당연히 숨길 테니까 낳아서 키우게 해줘요. 하인으로 기를 거예요."

이딴 식으로 애인을 잃었는데 아이까지 버릴 수는 없었다. 차라리 죽을지언정.

"뭐, 그러지."

남작이 차갑게 말했다. 아직 속내를 드러내지는 않았지만 아이가 태어나면 보육원에 보내버릴 심산이었다.

"부인, 나는 분명 경고했소."

로즈미나는 갈라진 실소를 뱉었다. 경고, 경고라. 다시는 자기 집에 다른 남자를 들이지 말라는 경고. 남작은 로즈미나를 연모해서 그에게 질투를 품은 것도 아니었다. 권위에 도전하는 행위에 대한, 거만하기까지 한 경계였다.

당시 남작에게도 내연녀가 있었다. 구리처럼 반짝이는 진갈색 머리칼이 어여쁜 하녀였다. 심지어 그 여자도 임신 중이었다. 하녀가 아이를 낳으면, 아이는 아비의 성을 물려받는다. 그러고는 어떠한 법적 문제 없이 메리요트 가문의 일원으로 인정받을 것이다. 사생아라고 조금 천대를 받을 수는 있으나.

아내가 외간 남자와 통정하여 아이를 밴 경우와는 달랐다. 아내는 메리요트 가문의 일원이지만, 그 아내의 아이는 메리요트의 성을 받을 수 없었다. 그 괴리.

그깟 성씨가 대체 뭐라고. 가문의 긍지, 가장의 권위, 그런 게 대체 뭐라고.

한 남자의 뻔뻔한 자존심 때문에 어떤 아이는 태어나기도 전에 아비를 잃었다.

몇 달 뒤, 며칠 간격으로 두 아이가 태어났다.

아이는 엄마를 닮았다. 어릴 적부터 참 예뻤다. 사람들은 '엄마'를 닮아 미인이 될 거라며 로즈미나에게 엘리자베스의 칭찬을 늘어놓았다. 겉으로야 품위 있는 남작 부인답게 사람들에게 적당히 화답했지만, 그런 이야기를 들을 때마다 웃겨 죽을 지경이었다.

유모의 품에서 옹알대는 자그마한 여자아이를 보며 로즈미나는 자신이 저 애를 미워하는지 고민했다.

아니. 어떠한 감정도 느껴지지 않았다. 저 아이는 철저한 남이었다. 연극의 소품일 뿐이었다. 저 아이가 저리 태어나고 싶어 한 것도 아니었다. 아이에게는 잘못이 없었다.

때로는 그 사실이 슬펐다. 잘못했다면, 사과라도 받아내려고 들 수 있는데, 아이의 관계를 두고는 아무것도 할 수 없었다.

엘리자베스를 둘러싸고 사용인들 사이에 소문이 번진 적이 있었다. 사실 하녀 소생의 사생아라는, 진실을 담은 수군거림이었다.

로즈미나는 엘리자베스 주변의 사용인들을 모두 교체했다. 엘리자베스를 돌보던 유모도 쫓겨났다. 모든 내막을 알고 있는 로즈미나의 충직한 하녀 헤스터 모르슨이 대신 아이를 돌보게 되었다.

아이가 여덟 살쯤 되었을 무렵 로즈미나는 가정교사의 수업을 피해 서재에 쪼그려 있는 엘리자베스를 발견했다. 고사리 같은 손으로 그림책을 쥐고 중얼중얼 글씨를 읽고 있었다.

"여기서 뭐 하니?"

로즈미나의 목소리에 엘리자베스는 책을 탁 닫았다. 아이가 겁먹은 눈을 동그랗게 뜨고 올려다보았다.

"어, 어머니."

아이는 우물우물 말부터 더듬었다. 로즈미나는 어린아이의 직감이 신기했다.

저 애는 본능적으로 나를 무서워해. 단 한 번도 저 애한테 손찌검은커녕 언성을 높여본 적 없는데도, 마치 자신과 나 사이에 거

대한 벽이 있다는 걸 아는 것만 같아.

"수업 가야지, 엘리자베스. 선생님이 찾고 있어."

로즈미나는 응석을 받아 주지도 않았고, 이러면 안 된다고 꾸중하지도 않았다. 어떤 감정도 실리지가 않았다.

"네, 어머니."

엘리자베스는 주섬주섬 일어났다. 그림책을 정리한 아이가 쭈뼛거리며 다가갔으나 로즈미나는 아이의 손을 잡아 주지 않았다.

"피아노가 재미없니?"

아이를 음악실로 데려가며 로즈미나가 물었다. 엘리자베스가 빠지려고 드는 수업 종목은 다양했다. 음악도 그에 포함됐다.

"네, 어머니. 제가 잘 못 쳐서……."

양손을 곰지락대는 모습이 퍽 처량했다. 엘리자베스는 소심하게 덧붙였다.

"그래도 열심히 연습하고 있어요."

로즈미나는 아이의 간절한 눈망울을 내려다보았다. 남작을 쏙 닮은 선명한 녹색 눈. 하지만 이목구비의 나머지는 제 아비와 비슷한 구석이 거의 없었다.

"그래, 착하다."

로즈미나는 무심코 아이의 머리를 쓰다듬었다. 꼬마 엘리자베스는 얼굴을 붉혔다. 로즈미나는 서둘러 손을 뗐다.

"이제 들어가렴."

"네, 어머니."

엘리자베스는 비장한 얼굴로 음악실에 입장했다.

로즈미나는 한참을 복도에서 서성였다. 아이의 작은 머리가 닿았던 손을 괜히 쥐었다 폈다. 따뜻했다. 사소한 칭찬에도 발갛게 물들던 통통한 볼은 다시 생각해도 사랑스러웠다.

그래서 로즈미나는 죄책감을 느꼈다.

제대로 한 번 안아주지도 못하고 떠나보내야만 했던 친아들을 생각하면, 가짜 딸한테 마음을 줘서는 안 돼. 나와 닮은 점이 하나도 없는 녹색 눈의 여자아이.

로즈미나는 손을 치마폭에 문질러 툭툭 털어버렸다.

빈 자리에 아이의 서툰 피아노 연주가 곧 들어찼다.

엘리자베스가 열아홉 살이 되었을 때. 그녀가 로즈미나를 찾았다.

"어머니."

"왜?"

"저, 출판사에서 연락이 왔는데요."

엘리자베스는 잔뜩 긴장한 표정으로 봉투를 하나 내밀었다.

"출판사?"

"제가 예전에 투고한 소설이 있어요. 출판할 수 있을 것 같은데,

괜찮을까요?"

로즈미나는 여러 부분에서 놀랐다. 엘리자베스가 그새 글을 썼다는 사실에 놀랐고, 또 그 원고를 출판사에 보냈다는 사실에 놀랐고, 출판사가 그 원고를 받아들였다는 사실에 놀랐다.

"투고할 때 네 이름을 썼니?"

엘리자베스는 고개를 저었다.

"아니요, 필명을 썼어요."

로즈미나는 더욱 놀랐다. 메리요트라는 이름을 사용했다면 출판사가 이름값에 혹해서 원고를 받아들였다고 해석할 수도 있는데 그게 아니었다.

"네 맘대로 해."

"지, 진짜요?"

엘리자베스는 눈을 동그랗게 떴다. 로즈미나는 자신과 하나도 닮지 않은 얼굴을 살피다가 고개를 끄덕였다.

"응, 네가 원하는 대로 해."

여자의 글쓰기를 환영하는 시대가 아니었다. 숙녀답지 않게 쓸데없는 짓은 하지 말라고 로즈미나가 냉담하게 말했더라면 엘리자베스는 별수 없이 단념했을 것이다. 예상과는 다르게 너무 쉽게 받아낸 허락이 기쁜 한편으로는 당혹스러웠다.

로즈미나는 궁금했다. 신기하기도 했다. 어쩌면 조금 응원해 주고도 싶었다.

나는 이 집에 들어온 뒤로 음악을 버렸는데, 너는 나랑 다를지 궁금해. 나를 속박한 이곳에서 네 재능은 번성할 수 있을까.

몇 달 뒤, 책이 출판되었다. 불티나게 팔린다고 했다. 소식을 들은 로즈미나는 내심 뿌듯했다. 그 감정이 당황스러웠다.

이게 나랑 무슨 상관이라고 뿌듯해하지? 어차피 피 한 방울 안 섞인 남의 일이잖아.

그렇게 되뇌었으나 흡족한 마음은 희미하게 남았다. 부러웠는지도 몰랐다. 가짜 이름을 쓰고서라도 결실을 맺은 재능이.

그 즈음이었다.

라울 데이커가 메리요트 저택을 찾아왔다.

헤스터 모르슨이 손님이 있다고 알려왔다. 소식을 전하는 모르슨 부인의 안색은 창백했다. 그 이유를 로즈미나는 처음에 알지 못했다. 헤스터도 알려주지 않았다. 그저 한 번 꼭 만나 보셔야 한다고 유령에 홀린 사람처럼 거듭 속닥일 뿐이었다.

문을 열고 들어서는 순간, 로즈미나는 그 이유를 깨달았다.

"안녕하세요."

조심스러운 인사. 낯설지만 동시에 지독하게 익숙한 목소리였다. 로즈미나는 숨을 삼켰다.

"바로 알아보시네요."

준수한 남자의 얼굴에 사나운 조소가 어렸다.

"태어나자마자 버렸으면서."

죽은 이의 얼굴에 자신을 살짝 덧칠한 듯한 모습으로 비난을 쏟아내는 낯선 남자. 낯설면서도 낯익은 남자. 설마.

"……왜 왔어?"

첫 질문이었다. 얼굴을 보자마자 본능처럼 알아본 친자식에게, 가장 궁금한 점이 그것이었다.

"너 미쳤니?"

메리요트 남작이 멀쩡히 살아 있었다. 아내의 혼외자식이 나타났다는 사실을 안다면 결코 가만있을 사람이 아니었다.

"일자리가 필요해서요. 굶어 죽게 두진 않으실 거죠?"

라울은 고집스레 되물었다. 난생처음 보는 친엄마가 처음 던진 질문이 고작 미쳤냐는 말이라는 사실이 아무렇지도 않은 듯, 화가 들끓지 않는 듯.

"허드렛일이라도 좋으니까 일을 주세요. 제가 누구인지 말하고 다니지 않을게요. 다시는 말도 걸지 않을게요. 부탁드려요."

로즈미나는 입술을 씹으며 주저했다.

과연 옳은 일일까? 아니, 옳고 그름을 떠나서 제정신인 일인가?

오랫동안 생사조차 모르고 지냈던 아이였다. 폭탄이었고 함정이었다. 자신의 사생아라는 사실을 들키기라도 한다면 한평생 지켜온 정숙한 귀부인으로서의 안정과 안전도 전부 무너질 것이다.

쫓아내는 게 합리적이었다. 다시는 나타나지 말라고 윽박지르는 게 일상을 지키는 방법이었다.

20년간 떨어져 지냈는데. 고작 아홉 달을 품었다고.

어차피 남이나 다름없었다.

"……일단, 오늘은 여기서 쉬어."

오늘 밤만 여기서 재우자. 하루, 딱 하루만.

"내일 아침에 다시 얘기하자."

자신과 저 아들이라는 남자의 무덤을 동시에 파는 짓이라 생각하면서도 입은 멋대로 움직였다.

"감사합니다, 마님."

라울은 정중하게, 서늘하게 말했다. 로즈미나는 숨이 막혔다.

아무도 새로 들어온 정원사의 정체를 의심하지 않았다.

마님과 정원사가 닮았다고 하여 그 관계를 혈연으로 짐작하는 사람은 극히 적었다. 마님의 혼외자식이라니. 통속 소설 속에나 나올 법한 이야기였다.

처음에는 살얼음판을 걷는 기분이었다. 그러나 사람들은 생각보다 무관심했다. 로즈미나는 점차 긴장을 풀었다. 개중에는 남편이

제일 황당했다. 그는 아예 라울을 알아보지 못했다. 남작의 머릿속에서 20여 년 전의 기억은 흐려진 모양이었다.

저 때문에 태어나기도 전에 아비를 잃은 아이가 있는데 가해자는 새까맣게 잊어버렸다. 아비를 잃은 피해자만 원한을 기억했다.

웃지도 못할 촌극이었다. 한 집에 부부가 살았다. 그 부부는 과거에 각기 다른 사람을 사랑했는데, 남편의 딸은 아가씨 소리를 듣고 지내며 부인의 아들은 정원사 노릇을 하고 있다. 게다가 딸은 자신이 부부 모두의 친딸이라고 철석같이 믿고 있었다. 자신의 아빠도, '엄마'도, 심지어 '엄마'의 아들까지도 진실을 알고 있는데. 딸 혼자만.

인간은 적응하는 존재라던가. 이 기형적인 구성에 로즈미나는 스스로 놀랄 정도로 빠르게 익숙해졌다.

표면적으로는 달라진 게 별로 없었다. 다른 사람들은 라울을 새로 들어온 정원사로만 알고 있었고, 남작은 라울의 정체를 알아채지 못했으며, 엘리자베스는 한결같이 별관에 머물렀다.

어느 날, 사냥철이 돌아왔다.

남작이 낙마해서 죽었다.

순전한 사고였다. 하지만 왠지 로즈미나는 라울의 존재가 꺼림칙했다. 라울에게 달라붙은 죽은 이의 원혼이 메리요트 남작을 잡아먹은 것만 같았다. 미신에 가까웠으나 그 생각을 떨칠 수가 없었다.

로즈미나는 당장 들이닥친 현실에 집중했다. 남작 가문에 남작이 사라졌다. 메리요트의 성을 이은 아들은 없었다. 남편이 없으면 아무런 법적 권리도 행사할 수 없는 딸만 하나 있었다. 로즈미나는 무거운 마음으로 그 아이에게 향했다.

"당분간 이 집의 재산은 내가 관리할 거야. 네 아버지의 대리인 자격으로. 나중에 결혼하고 나면, 그 권리는 네게 넘어갈 거고."

"결혼, 이요?"

상복을 입은 엘리자베스가 멍하게 물었다. 그녀는 수척해 보였다.

"그래. 네가 미혼인 상태에서 내가 죽으면 재산권은 사촌들에게로 넘어간다. 그걸 원하진 않지?"

장례식 때, 남작이 살아생전 무시하고 비난했던 엘리자베스의 사촌들도 찾아왔다. 그들은 투박한 말을 뱉으며 시비를 걸었다. 남작의 자업자득이라고 생각하긴 했으나, 그렇다고 그들의 무례가 고깝지 않은 건 아니었다. 로즈미나도 남작을 혐오했으나 그래도 예절이라는 게 있었다. 장례식에까지 찾아와 행패를 부리는 것은 도를 넘은 행위였다.

"아직 나도 건강하고 너도 젊지만, 사람 일은 모르는 거니까. 슬슬 생각해두렴."

"네, 어머니."

엘리자베스의 아득한 시선이 길을 잃고 방황했다. 아버지의 갑작스러운 죽음에 대한 충격이 미처 가시지도 않은 상황에서 혼인이라니 재산권이라니 하는 말들을 들었으니 그럴 만도 했다.

로즈미나는 아이를 향한 연민을 느꼈다. 스무 살이면 성인이라지만, 중년의 원숙한 어른에게는 여전히 아이로 보였다. 이제 막 세상을 향해 기지개를 켠 이 아이가 돌연 결혼과 유산이라는 막중한 문제를 떠안은 게 안쓰러웠다. 마음 한쪽이 조금 물러졌다. 자신이 찬란하고 풋풋하던 시절에 마치 팔려 가듯 이 집에 시집왔던 게 떠올라서 곱절로 마음이 쓰렸다.

아니, 이러지 말자. 이러면 안 돼. 로즈미나는 습관처럼 마음을 다잡았다. 자신도 모르는 사이에 눅진하게 스미려는 온정을 쳐냈다. 친아들은 그녀를 마님이라 부르는데, 피 한 방울 안 섞인 이 여자애는 스스럼없이 어머니라 부르는 이 상황이 괴이해서, 여태 그래왔듯 선을 그었다.

"그럼 나는 이만 가보마."

함께 힘내보자는 말도 없었다. 아버지를 잃은 아이에게 형식적으로나마 따스한 위로 한마디 건네지 않았다.

이제 엘리자베스는 완벽하게 고아였다. 아버지가 죽었다. 본인은 모르겠지만, 친엄마도 훨씬 예전에 죽었다. 그녀의 곁에 피붙이라고는 남지 않았다.

로즈미나는 그걸 뻔히 알면서 그녀를 덩그러니 두고 떠났다.

남편이 죽은 후에야 로즈미나는 다시 피아노를 쳤다. 밤에 몰래, 본관 음악실에서. 왠지 아무에게도 보이고 싶지 않았다. 밤에 돌아다니는 사람이 있다면 다 들리겠지만, 이 정도 자유라도 만끽하고 싶었다.

로즈미나는 피아노 뚜껑을 연 뒤, 심호흡했다. 건반을 누르는 감촉이 낯설었다. 두려웠다. 낯설다니, 낯설게 느껴지다니. 한때는 숨 쉬듯 자연스러웠는데.

단절된 시간을 뛰어넘어 조심스레 악기를 두드렸다. 뿌연 안개가 걷히고 햇살이 들이치는 느낌이었다.

로즈미나는 남편의 죽음을 애도하는 검은색 옷을 입었고 주위는 밤이라 온통 어두웠다. 허나 재회를 만끽하며 건반을 어루만지자, 돌연 세상이 오색찬란하게 보였다.

"잘 치시네요."

귀에 설고도 익은 목소리가 들렸다. 로즈미나는 휙 돌아보았다.

"그런데 왜 밤에 연주해요? 자는 사람들 깨울 일 있어요?"

라울이 문가에 서 있었다. 머리칼은 아버지를 닮아 부드러운 황갈색이었고 눈은 어머니를 닮아 선명한 파란색이었지만, 둘 다 지금은 어둠에 잠겨 거멓게 보였다.

"……이 주변에는 사용인들이 없어. 나랑 남작님의 공간이거든."

라울이 저벅저벅 다가와 건반에 손을 얹었다.

"소문이라도 돌면 어떡해요. 본관에 유령이 나온다고."

라울이 부드럽게 속삭이며 건반을 눌렀다. 맑고 곧은 소리가 쓸쓸하게 울렸다. 그가 스스럼없이 몇 음을 더 뽑았다. 구슬픈 가락이 이어졌다.

"이 저택에 미련이 남아 밤마다 찾아와 피아노를 치는 유령. 괴담 하나는 너끈히 나오겠는데요. 안 그래요?"

로즈미나가 그의 손을 쳐냈다. 라울은 순순히 손을 물렸다.

"남의 악기 함부로 만지는 건 너나 네 아비나 똑같아."

몇 달 전 첫 만남 이후로 처음 나눠보는 대화였다.

"그래요?"

라울은 돌연 웃었다. 로즈미나는 그 모습에서 자신과 죽은 애인을 골고루 찾을 수 있었다.

"더 얘기해주세요, 마님. 아버지 얘기를 듣고 싶어요. 누구 때문에 죽어서 평생 만나 볼 기회가 없었거든요."

"네 아버지가 어떻게 죽었는지 알고 있어?"

로즈미나가 대뜸 물었다. 라울은 웃음을 잃지 않고 대답했다.

"네, 알고 있어요."

"누구한테 들었지?"

"아버지의 친구한테요. 우연히 만났어요. 제가 아버지랑 똑같이 생겼다면서 먼저 알아보고 다가오시더라고요. 술 몇 잔에 별 얘기를 다 털어놓으시던데요."

"너……."

"네, 마님."

"이 집에 왜 온 거야?"

"왜긴요. 일자리가 필요해서 왔다니까요."

"거짓말하지 마."

"마님, 마님이랑 남작님이랑 엘리자베스 아가씨 같은 분들은 태어날 때부터 너무, 너무 고귀하셔서 잘 모르시겠지만, 저 같은 평민 고아한테 먹고사는 건 정말 심각한 문제예요. 이런 인맥이 있으면 써먹어야죠. 태어날 때부터 부모에게 버림받은 혈혈단신인 줄 알았던 제가 알고 보니 높으신 남작 부인의 사생아더라고요. 그래서 왔어요. 혈연을 동아줄 삼아 살아보려고. 제가 당신 아들이라는 알량한 이점을 사용해서 빌붙어 살려고."

로즈미나는 라울을 쏘아보았다. 이를 너무 세게 악물어서 턱이 아팠다.

"너무 나쁘게 생각하지 말아 주세요, 마님. 정말 돈이 필요했을 뿐이에요. 덕에 이렇게 안정적으로 밥벌이를 하고 있으니 고마울 뿐이죠. 물론 당신이 저를 당연히 고용해 줄 거로 생각했어요. 제가 입이라도 잘못 놀리면 당신 평판이 와르르 무너질 테니까."

"지금 협박하니?"

로즈미나가 눈을 가늘게 떴다. 라울은 더는 웃지 않았다.

"그런가 봐요."

로즈미나가 잠깐의 침묵 끝에 말했다.

"단둘이 있을 때는 마님이라고 부르지 마."

"네?"

"단둘이 있을 때는 그 호칭 쓰지 말라고. 거슬려."

라울의 눈빛이 흔들렸다가 가라앉았다. 그가 나직하게 물었다.

"그럼 어머니라고 불러도 돼요?"

"아니."

로즈미나는 단호했다. 그녀는 이제 피아노를 보고 있었다.

"그냥 이름으로 불러."

라울이 엄마에게 시선을 고정한 채 부드럽게 답했다.

"알겠습니다, 로즈미나."

누군가 자신의 이름을 불러 주는 게 오랜만이었다. 어머니, 부인, 마님도 아니고, 로즈미나.

"조용히, 죽은 듯 살아."

로즈미나는 냉담하게 지시했다. 마음속에서 계속해서 강렬한 열기가 들끓어 억지로 식히고 또 식혀야 했다.

“조금이라도 문제 생길 낌새가 보이면 바로 내보낼 거야. 입막음도 깔끔히 할 거고. 알겠니?”

“네, 로즈미나.”

라울은 얌전히 대답했다. 로즈미나가 그를 곁눈질했다. 라울의 표정을 판독할 수 없었다.

“앞으로도 계속 명심해.”

그래야 네가 내 곁에 오래오래 남을 수 있을 테니까. 나머지 진심은 삼키고, 엄마는 아들을 외면했다.

음악실에서의 첫 밀회였다.

라울은 약속대로 얌전하게 지냈다. 그리고 가끔 밤중에 피아노 소리를 듣고 찾아왔다.

첫 만남 이후로 라울은 다시 연주하지 않았다. 그저 로즈미나의 연주를 경청했고, 때로는 한마디씩 평가를 던졌다. 그게 로즈미나는 싫지 않았다.

언젠가 라울이 물었다.

“이 집에 왜 남아 있어요?”

로즈미나는 당혹스러웠다.

“남편 때문에 이 집에 온 거잖아요. 남편 때문에 이 집에 살았던 거고. 왜 아직 여기를 떠나지 않았어?”

그의 음성에 담긴 의문과 원망이 심장을 깊게 찔렀다. 로즈미나는 오래 고민했다. 저도 그 이유를 잘 모르고 있었다.

"여길 벗어나면, 난 어디로 가?"

로즈미나는 반문을 내놓았다. 가장 솔직한 반응이었다.

"친정으로 돌아갈까? 난 그 사람들 가족 취급 안 해."

로즈미나에게도 부모와 오빠가 있었다. 하지만 예쁜 막내가 팔려 가듯 시집갈 때 남작가와 사돈을 맺을 수 있다는 사실에 기뻐하던 자들이었다. 그녀는 마음속에서 그들을 진즉에 끊어냈다.

"꼭 다른 사람 집에 가야 해요? 당신 돈 많잖아요. 별로 좋아하지도 않는 사람들한테 얹혀살 필요 없잖아. 그냥 당신 집 하나 만들면 안 돼요?"

라울의 질문은 지나치게 정확했고, 지나치게 단순했다. 그는 새파란 눈으로 엄마를 직시했다.

"지금 이 집안의 모든 돈이 당신 거잖아요. 왜 그걸 가지고 도망칠 생각을 안 해요?"

어디든 갈 수 있었다. 언제든지, 누구든 함께.

로즈미나는 죽은 남편의 대리인으로서 이 가문의 모든 재산을 처분할 권리를 갖고 있었고, 원하는 돈을 원하는 때에 맘대로 갖고 떠날 수 있었다. 얼마든지 새 삶을 시작할 수 있었다.

"로즈미나."

라울이 애타게 불렀다. 그녀의 이름을 불러주는 유일한 혈육. 또한, 그녀 외에는 삶에 누구도 남지 않은 매우 외로운 사람.

"그냥, 우리 같이 떠나면 안 돼요?"

라울의 가장 깊은 속내였다. 보육원에서 길거리로, 그리고 길거리에서 이 저택으로 정처 없이 떠돌기만 한 인생이었다. 그는 로즈미나에게서 안식할 기회를 발견했다.

어머니에게는 돈이 있잖아. 돈이 있으면 뭐든지 할 수 있을 거야. 나는 생계를 걱정할 필요 없고, 어머니는 이 지겨운 집구석에 갇혀 있을 필요 없어. 우리는 자유로워질 수 있어.

"이런 촌구석 말고, 조금 더 즐겁게 살 수 있는 곳으로 가요. 미련이 있을 이유도 없잖아요."

마음껏 당신의 아들로 살고 싶어. 그리고 당신은, 원치 않은 메리요트라는 이름을 벗어던질 수 있어. 죽은 남편의 성 따위 당신에겐 족쇄일 뿐이잖아.

그런 줄 알았어. 당신에게 이 집안에 대한 미련 따위 없을 줄로만.

"내가 떠나면, 엘리자베스는?"

로즈미나가 딱딱하게 되묻자 라울의 눈빛이 식었다.

"내가 갑자기 돈을 들고 떠나버리면 걔는 뭐가 되니? 어떻게 살아가라고? 아직 자기를 돌봐줄 남편도 없는 애가."

로즈미나는 당연한 얘기를 했지만 라울은 받아들이지 못했다.

"그게 무슨 상관이에요?"

"뭐?"

"당신이랑 피 한 방울 안 섞인 아가씨가 혼자 살든 말든 뭔 상관이냐고요."

라울은 도저히 이해할 수 없다는 표정으로 로즈미나를 노려보았다. 그는 어느새 주먹을 움켜쥐고 있었다.

"당신 애인 죽인 새끼가 다른 여자랑 바람나서 생긴 딸인데, 보살펴 주고 싶은 마음이 들어요?"

정작 친아들은 내버렸으면서. 20년간 단 한 번도 찾지 않았으면서. 그게 그가 포악하게 덧붙이고 싶은 진심이었다.

"라울. 너 질투하니?"

로즈미나는 특유의 담담하면서도 날카로운 어투로 아들의 가슴을 후벼팠다.

"내가 친자식도 아닌 그 아이를 너보다 아끼는 것 같아서 싫어?"

라울은 이를 악물며 시선을 피했다. 로즈미나는 아들을 안타깝게 보다가 나직이 경고했다.

"그 아이는 건드리지 마라."

라울이 고개를 홱 치켰다. 그가 로즈미나를 쏘아보며 되물었다.

"대체 왜? 그 사람이 당신한테 뭐라고."

발밑이 무너지는 느낌이었다. 고아로 자란 라울의 앞에서, 이제야 어머니를 찾은 그 앞에서, 친아버지를 죽인 작자의 딸을 변호하는 로즈미나가 퍽 잔인하게만 느껴졌다.

"불쌍해서 그래, 라울. 불쌍해서."

로즈미나는 다소 혼란스러워하며 대답했다.

그러게. 그 애가 대체 뭐라고. 미워할 이유도 없지만, 사랑할 이유도 없는, 어쩌다 보니 가족이라는 거짓 이름으로 묶인 아이인데.

대체 엘리자베스의 어디가 그리 불쌍하냐고 라울은 따져 묻고 싶었다. 똑같이 불륜의 결과로 태어났지만 엘리자베스는 저와 달리 공주님 대접을 받으며 부모 두 명을 모두 갖고 컸는데, 대체 어디가 불쌍하냐고 묻고 싶었다.

그러나 아무것도 말하지 않았다. 여기서 제 어미가 그 여자를 변호한다면 기분이 최악으로 떨어질 것만 같았다.

"라울, 알겠지? 엘리자베스는 건드리지 마."

라울은 순순히 대답했다.

"알겠어요, 로즈."

하지만 굳이 그 약속을 지킬 필요는 없다고 생각했다.

메리요트 저택에는 케이트라는 하녀가 있었다. 저택의 모든 하녀를 통틀어 얼굴이 가장 예뻤다. 남자 중에서는 라울이 으뜸이었고. 성별을 떠나 전체적인 미색으로 견주자면 둘이 비등비등했다.

“뭐해?”

어느 날, 케이트는 다짜고짜 라울에게 말을 걸었다. 날씨가 제법 화창했던 걸로 기억했다. 라울은 화단 앞에 쪼그려 앉아 묘목을 옮겨 심고 있었다.

“보면 몰라? 일하잖아.”

라울 역시 시큰둥하게 대답했다. 상대방이 먼저 격식을 깨트렸으니 굳이 예의를 갖추지 않았다.

이전까지 둘이 한 번도 제대로 된 대화 같은 건 해 보지 않았다는 사실은 중요하지 않았다.

“그렇게 말하면 안 되지. 더 자세히 설명해 줘야 할 거 아니야.”

라울은 눈썹을 치키며 그제야 그녀를 제대로 바라보았다. 매혹적인 이목구비가 보였다.

“온실에서 키우던 묘목이야. 이제 바깥에 심어도 좋다고 판단해서 그렇게 하는 중이고.”

“온실에서 키우는 거랑 바깥에서 키우는 거랑 뭐가 다른데?”

라울은 고분고분 설명해 주었다. 케이트는 다시 눈웃음을 쳤다.

“넌 아는 게 많구나. 유식해서 좋겠네.”

“내가 하는 일인데 당연히 아는 게 많아야지.”

“흠, 싸가지 없이 말하는 것도 멋있어. 일부러 그렇게 퉁명하게 말하는 거니? 아니면 원래 성격이야?”

케이트는 예쁜 눈을 빛내며 물었다. 라울은 피식 웃었다.

"글쎄."

동종은 동종을 알아본달까. 평생 살면서 진지한 연애 같은 건 해본 적 없는 라울은 케이트의 저 눈웃음이 익숙했다. 본인의 미색을 알고 그걸 실컷 써먹는 이들. 지고지순한 애정보다는 그때그때의 설렘을 뒤쫓는 부류였다.

"그냥 네 맘대로 생각해."

"그럼 일부러 그러는 거로 생각할게."

"이유는?"

"네 평소 성격이 이런 거면 주변 사람들이 힘들 것 같아서."

"네가 할 말은 아닌 것 같아."

라울은 케이트가 조세핀과 애인 사이라는 소문을 들어 알고 있었다. 그러나 망설일 이유는 되지 않았다. 이렇게 가볍게 다가오는 애라면 가볍게 받아들이면 그만이었다. 굳이 도덕과 상식을 따질 이유는 없었다. 그것이 라울의 판단이었다.

라울은 조세핀이 가여웠다. 차라리 케이트가 바람이 난 걸 알면 조세핀이 정신을 차리고 케이트와 헤어질지도 모른다고 생각했다. 그게 조세핀 본인에게 좋을 텐데.

그렇게 두 남녀는 애인이 되었다. 애인이라는 이름을 붙이기에도 조금 민망한 관계이긴 했다. 서로 쾌락에 충실했다고 보는 게 더 정확할지도 모르겠다.

무모한 혈기에 사로잡힌 짧은 연애였다. 돌이켜보면 달콤한 추억보다는 쓰라린 후회가 더 컸다.

"라울, 생일이 언제야?"

언젠가 케이트가 물어봤다. 라울이 대답하자 케이트는 무심코 덧붙였다.

"어, 리즈 아가씨랑 생일이 비슷하네."

리즈, 리지. 전부 엘리자베스라는 이름의 별칭이었다. 라울이 예민하게 반응하자 케이트는 아차 싶었다.

"라울, 미안해. 화난 건 아니지?"

"아니, 화난 건 아닌데……."

케이트가 눈치를 살피자 라울은 한숨을 씹으며 앞머리를 쓸었다. 양다리를 걸치는 줄 알았더니만 무려 세 명이었다니……. 경이로울 지경이었다.

"너는 아가씨랑 언제부터……. 아니다, 대답하지 마."

기분이 이상했다. 엘리자베스 메리요트가 저와 겹치는 방식이 기묘했다. 그들은 엄마도, 애인도 나눠 가졌지만 완벽한 타인이었다.

"라울, 있잖아. 내가 세 명이랑 동시에 만나는 게 불쾌하면 너한테서 당분간 거리 둘게."

케이트가 타협안이랍시고 제안했다. 라울은 실소했다.

"엘리자베스 아가씨가 아니라 날 포기하는 거야?"

"음, 솔직히 말하자면 그분이 먼저거든."

케이트는 이럴 때만 쓸데없이 솔직했다. 라울은 자기 자신에 환멸을 느꼈다. 대체 이런 애 어디가 좋다고 매달리는 거야?

"그럼 조세핀은? 안 불쌍해? 불쾌하냐고 물어본 적이나 있어?"

"조세핀은 달라. 걔는 단순히 애인 이상이란 말이야. 내 유일한 친구라고."

친구가 한 명밖에 없다는 말을 참 당당하게도 한다. 라울은 케이트를 이해하는 걸 포기했다.

"그런데 설마 아가씨가 우리 관계 알아낸 건 아니지?"

라울은 서늘하게 캐물었다. 같은 사용인 사이에서 연적이 생기는 건 감당할 수 있었다. 그러나 귀족인 엘리자베스 메리요트가 제게 악의라도 품게 된다면 곤란했다.

"아니, 그분은 몰라."

아직 엘리자베스가 하녀와 정원사에 대한 소문을 주워듣고 케이트를 추궁하기 전이었다.

"어떡할래, 라울? 어차피 그분은 곧 결혼하잖아. 언젠간 당연히 나랑 헤어져야 할 텐데, 그때까지 너랑 거리 둘까? 응?"

케이트가 초조하게 질문했다. 라울은 고개를 천천히 저었다.

"아니. 그럴 필요 없어. 제발 그러지 마."

그 온실 속 아가씨를 이런 식으로라도 골리고 싶다는 생각이 들었다. 엘리자베스가 라울의 어머니를 빼어갔으니 저는 엘리자베스의 애인을 빼어도 좋을 것 같았다. 어차피 케이트가 말한 대로 나중에 유산 때문에 케이트를 버려야 할 사람인데.

유산을 생각하면 기분이 또 더러웠다.

엘리자베스 메리요트도 라울도 몸속에 평민의 피가 흐르는 반쪽짜리 귀족임은 똑같은데, 둘 중 하나만 어마어마한 재산을 독차지하게 생겼다.

엘리자베스가 자신과 케이트의 관계를 주워듣고 속이 뒤틀릴 대로 뒤틀리길 바랐다. 그렇게 되면 좀 속이 시원할 것 같았다. 그런 치졸한 생각을 머릿속에서 이리저리 굴리며 그는 케이트의 달뜬 손길에 자신을 맡겼다.

몇 주 뒤 케이트는 잔뜩 속이 상한 표정으로 라울을 찾아왔다.

"아가씨가 나보고 도둑질했냐고 물어봤어. 말도 안 돼!"

"도둑질? 갑자기 무슨 말이야?"

"몰라, 아가씨 방에서 별 이상한 게 없어졌나 봐. 펜도 담요도 없어지고, 심지어 속옷도 없어졌대. 아니, 대체 어떤 변태 새끼가 그런 거야? 내가 다 뒤집어쓰게 생겼다고!"

"잠깐, 속옷?"

라울은 퍼뜩 누군가를 떠올렸다. 며칠 전에 목격한 바가 있었다.

심부름을 전달하기 위해 잠깐 들렀던 제임스의 방에서 굉장히 비싸 보이는 여성용 속옷을 발견했다고 폭로한다면 케이트는 누명을 벗을 수 있겠지.

하지만 라울은 망설였다. 그렇게까지 해야 하는지 의문이었다.

엘리자베스 아가씨가 노발대발하여 당장 케이트를 내쫓겠다고 벼르는 상황이었다면 기꺼이 나섰으리라. 하지만 말을 들어보니 엘리자베스는 이번 일을 덮기로 결심한 것 같았다. 아가씨는 자신의 첫사랑이 도둑으로 몰려 해고당하는 걸 원하지 않았다. 그 첫사랑에 대한 신뢰가 산산이 깨진 것과는 별개로.

'일단 나만 알고 있어야겠어. 써먹을 데가 있을지도 모르잖아.'

그가 보육원과 길거리에서 살아남으며 얻은 삶의 요령 하나는 바로, 남의 약점을 잡아야 한다는 것이었다. 삭막한 세상에서 신뢰와 애정만을 기반으로 한 관계는 쉽게 깨질 수 있었다. 하지만 한쪽이 상대편의 약점을 쥐고 흔드는 경우라면 훨씬 안전했다.

'그 귀한 정보를, 지금?'

주인집 따님께 욕정을 품고 몰래 속옷을 훔쳐 보관하는 변태 마부라. 알려지는 즉시 험악한 일을 당할 것이다.

라울이 뭘 알고 있는지 제임스도 아는 한, 웬만한 부탁은 다 들어줘야겠지.

라울은 폭로를 보류했다. 엘리자베스가 혹시라도 마음을 바꿔 케이트를 압박한다면, 그때 가서 밝혀도 늦지 않으리라 생각했다.

그런데 며칠 뒤, 케이트가 돌연 사라졌다. 작별 인사도 없이. 케이트가 일을 그만두는 바람에 부랴부랴 후임을 뽑고 있다고 했다.

라울의 상실감은 생각보다 컸다. 쓰레기처럼 만난 사이니, 황당하게 이별한들 별 감흥이 없으리라 생각했다. 작별도 예고도 한마디 없이 사라진 사람이 원망스러울 줄은 몰랐다.

라울은 케이트에게 편지를 썼다. 답장은 오지 않았다. 영영 도착하지 않을 답신을 그가 절박하게 기다리는 사이 케이트의 후임이 왔다. 이름은 바이올렛 골드.

새로운 이야기의 시작이었다.

케이트가 저택을 떠난 그날, 늦저녁. 그녀는 마님을 찾아갔다.

"무슨 일로 보자고 청했니?"

로즈미나는 다소 싸늘하게 하녀를 맞이했다. 로즈미나는 케이트와 엘리자베스의 관계를 알고 있었다. '딸'의 오점으로 남을 만한 이 하녀를 곱게 생각할 수 없었다.

"일을 그만두고 싶습니다."

"갑자기?"

로즈미나의 음성이 한결 냉랭해졌다. 사직이야 당사자의 자유고 권리지만, 이런 시기를 골랐다는 사실이 퍽 성가셨다. 곧 겨울 축제가 열렸다. 무도회를 준비하느라 굉장히 바빠지는 시기였다.

"네. 그리고 그 전에 마님께 묻고 싶은 게 있습니다."

"질문하렴."

"마님, 라울 데이커는 마님의 애인인가요?"

살면서 들어본 가장 어처구니없는 질문이었다. 로즈미나의 눈이 휘둥그레졌다.

"뭐라고?"

로즈미나는 곧장 되물었다. 상대방이 '라울 데이커는 마님의 아들인가요?' 라고 물었다면 겁에 질려 아무 말도 못 했을 텐데. 하필 애인이라니. 그렇게 생각하는 이유가 너무 궁금했다.

"라울 데이커가 마님의 애인이냐고 물었습니다."

케이트는 겉으로 뻔뻔하고 침착했지만, 속으로 몹시 떨고 있었다. 무려 귀족을, 그것도 고용주를 상대로 벌이는 협박이었다. 자칫하면 원하는 바를 얻어내기는커녕 역으로 짓밟히리라.

하지만 케이트는 천성적으로 대범하며 영악했다. 집요하기도 했다.

그녀는 이곳을 벗어나고 싶었다. 아가씨의 총애를 잃은 이상 이곳에서의 앞날을 보장할 수 없었다. 엘리자베스는 일단 도둑 사건을 덮기로 결정했지만 나중에 앙심이 깊어지면 말 한마디로 케이트를 깔아뭉갤 수도 있었다.

방패가 필요했다. 케이트는 무모한 도박을 시도했다.

최근에 몇 번, 라울이 밤중에 본관 건물을 오가는 걸 목격한 적 있었다. 그는 음악실이 있는 방향을 향했다. 그런 밤마다 공중에는 피아노 소리가 떠돌았다.

케이트는 몰래 라울의 뒤를 밟았다. 복도에 숨어든 케이트는 그날 똑똑히 봤다. 음악실에서 한동안 피아노 소리가 흘러나오더니 라울이 얼마 뒤 음악실을 벗어났다. 조금 더 기다리자 로즈미나가 빠져나왔다.

그때부터 케이트의 상상력은 자유롭게 뛰놀았다.

"마님이 라울과 밤중에 본관 음악실에서 몰래 만나는 걸 목격했어요. 내연 관계가 아니라면, 다른 이유가 있나요?"

나이 차이가 가장 마음에 걸렸다. 말 그대로 아들뻘이었다. 라울은 올해 스물네 살로 엘리자베스와 동갑이었다. 자식이랑 동갑인 사람한테 성욕을 느낄 수 있나? 그게 가능해? 하지만 불가능할 건 또 뭐람. 사랑의 형태는 다양하다. 때로는 성별과 국경과 신분을 초월하듯 나이 또한 한낱 숫자로 전락할 때도 많았다.

마님의 취향이 어린 남자라고 하신다면 나름 납득이 갔다. 두 사람 다 성인이었고 라울의 외모는 누구든 홀릴 수 있을 만치 매우 훌륭했다.

"절대 말하지 않겠습니다. 저 혼자만 알고 있을게요. 대신 좀 도와주세요. 생계에 조금만 보태 주시면 좋겠습니다."

케이트의 협박이 이어졌다. 담대한 케이트, 영악한 케이트. 도덕과 상식을 거스르고 아슬아슬한 쾌락을 즐기다가 기어코 어느 날 선을 넘어버린 케이트.

로즈미나는 돌연 웃음을 터트렸다.

"푸하, 아, 하하! 아하하!"

하녀는 깜짝 놀랐다. 뒷덜미에 저절로 소름이 돋았다.

"하하, 케이트, 아, 하하. 정말 웃긴 얘기였어. 즐겁게 해줘서 고마워. 네 상상력이 얼마나 풍부한지 고스란히 보여 줬구나."

로즈미나는 눈가에 맺힌 물기를 닦아냈다. 상쾌한 폭소의 여파로 입가는 아직도 씰룩거렸다.

라울과 함께 음악실에 있는 것까지 들켰는데, 정작 가장 중요한 진실은 묻혔구나.

실로 엉뚱한 상상력이었다. 로즈미나는 그 결론이 너무 어이가 없어 웃음이 나올 지경이었다. 애인이라니, 내연 관계라니. 라울이 로즈미나의 숨겨진 아들이라 상상하느니 숨겨진 애인이라고 판단하는 게 훨씬 일반적이기는 했다. 그리고 이걸 '일반적'으로 생각하게 되다니, 저를 둘러싼 진실은 얼마나 평범한 이들의 인식을 뛰어넘는 것인가. 이 자체로도 황당하여 웃음이 크게 터져 나왔다.

"케이트, 정말 미안해. 헛소리를 더는 들어 줄 수 없을 것 같구나.

그만두고 싶다는 얘기는 잘 들었어. 오늘 밤 당장 떠나면 되겠지?"

싱글벙글 웃는 입술과는 별개로 로즈미나의 눈빛은 차갑게 가라앉았다. 웬만하면 주눅드는 법이 없는 케이트조차 뼛속까지 얼어붙는 한기를 느낄 정도였다.

"네 생계는 알아서 책임지도록 하고. 분수에 맞지 않는 꿈은 꾸지 마라. 그리고 입 다물고 살렴. 네 머릿속에 든 그 귀여운 망상이 다른 누구에게 새어 나가기라도 한다면 무슨 결과가 벌어질지 나도 장담할 수 없거든."

명백한 위협이었다. 케이트는 치맛자락을 움켜쥐며 입을 앙다물었다. 상대를 잘못 골랐다는 생각이 들었다.

"더 할 말이 없는 것 같으니, 이제 가 보도록 해."

로즈미나는 싸늘하게 쐐기를 박으며 종을 울려 하녀를 불렀다. 로즈미나가 손짓하자 불려 온 하녀가 케이트의 팔을 잡았다. 케이트는 기겁했다.

"지금 뭐 하시는 거예요?"

"뭐 하기는. 목적지까지 데려다 주려고 그러지."

마님의 써늘한 설명에 케이트는 겁먹고 발버둥 쳤다. 그러나 로즈미나의 전속 하녀는 힘이 참 억셌다. 케이트는 급기야 비명을 지르려 했지만 입이 틀어막혔다.

"네 짐도 곧 딸려 보내마."

입이 막혀 케이트는 답하지 못했다.

"다시는 볼 일이 없기를 바란다."

문이 쿵 닫혔다. 로즈미나는 닫힌 문을 골똘히 쏘아보았다. 잠시 후 그녀가 하녀장을 불렀다.

"부르셨습니까, 마님."

"오늘 케이트라는 하녀가 저택을 떠날 거다. 그 아이의 짐을 챙겨서, 사람 하나를 딸려 보내렴."

"네, 마님. 그 아이는 어떻게 할까요."

"적당히 겁만 줘."

생명의 위협을 느낄 정도여야 한다. 하루아침에 일터에서 내쫓긴 그 아이가 분을 풀겠답시고 밖에서 허튼소리를 뱉지 못하도록. 메리요트 남작 부인이 그 집의 젊고 잘생긴 정원사와 놀아나는 중이며 비밀을 들키자 자신을 쫓아냈다고 떠들지 않도록.

케이트가 자신과 라울이 모자 관계라는 사실은 상상도 못 했다는 점에 로즈미나는 안심했다. 하지만 다른 어떤 식이든 추문이 도는 건 사양이었다.

죽이려는 의도까지는 없었다.

다만 겁을 너무 확실히 주었다. 그저 위협만 느낄 정도이길 바랐는데, 지나치게 생생한 위험으로 다가온 모양이었다.

하녀장의 명을 받든 하인이 복면하고 케이트가 탄 마차를 쫓았다. 케이트는 겁에 질려 마차에서 내린 뒤 길 양옆을 까맣게 채운 숲속으로 도망쳤다. 그러다 절벽에서 넘어져 굴렀다. 머리를 세게 부딪쳤다고 했다.

"케이트, 어떻게 됐어요?"

라울이 그렇게까지 신경 쓸 줄은 몰랐다. 고작 그런 애한테 그렇게까지 마음을 주다니. 짜증이 났다.

"무슨 뜻이니?"

"내가 걔한테 편지했는데 답장이 없어서요."

"편지까지 했어? 그 애를 향한 정이 그렇게 깊은지 몰랐네, 라울. 잠깐 데리고 노는 거 아니었어?"

"로즈. 걔한테 무슨 짓 했어요?"

"다 알면서 왜 물어봐."

내 가짜 딸이나, 진짜 아들이나. 왜 그렇게 사람 보는 눈이 형편없는지. 그래, 얼굴이 꽤 훌륭했다는 건 인정한다. 그런데 그건 너희도 마찬가지잖아? 대체 너희 둘이 뭐가 부족하다고.

다음에는 둘 다 나아지길 바랄 뿐이었다.

"케이트, 그 발칙한 년이 나한테 와서 뭐라고 말했는지 알아?"

라울에게라도 설명해야 했다.

"나와 너의 관계를 알아냈대. 내가 아들뻘의 사용인이랑 놀아나는 중이라고 까발리겠다고 협박하더군."

말할수록 화가 났다.

"그 얘길 듣고 네가 불쌍해졌어, 라울. 둘이 불장난 중이라는 건 알았지만, 적어도 너는 예의를 갖췄잖아. 가벼웠어도 너는 진심이었어. 그런데 그 애는 가증스럽게도 돈을 갖고 튈 생각이었어, 심지어 그딴 망상을 품다니."

"……그래서 죽였어요? 확실하게 입을 막으려고?"

라울은 머리 돌아가는 속도가 남달랐다. 게다가 이 집에 들어오기 전 얼마나 험하게 지냈는지 내리는 결론이 꽤 살벌했다. 도입부를 듣자마자 곧장 청부 살인이라는 발상으로 뛰어넘다니.

"그럼 어떡해? 너를 대신 죽일 수는 없잖아."

"제가 당신한테 온 걸, 그래서 나를 받아준 것을 후회해요?"

너무 불안해, 라울. 나는 계속 너를 곁에 두고 싶은데, 그럴수록 일상이 위협 받잖아.

"몰라."

끝까지 네 생사조차 몰랐다면, 내 삶이 훨씬 편안했을까. 네가 내 세계에 돌아와 나는 무엇을 잃었나. 고작 아홉 달을 배 속에 품었을 뿐 무려 20년간을 떨어져 지냈으니 남과 다름없다고 그리 자신했거늘.

세상의 어떤 마음은 고작 시간 따위에 비례하지 않았다.

바이올렛 골드라는 새 하녀가 들어왔다. 케이트가 사라진 지 얼마 되지 않아서였다.

첫 만남은 최악이었다.

본관 음악실에서 로즈미나를 만난 뒤 숙소로 돌아가는 길이었다. 바스락대는 소리가 들렸다. 라울은 소리가 들리는 쪽으로 손을 뻗어 입을 틀어막고 어둠 속으로 끌어당겼다. 예전에 몇 번, 음악실을 오갈 때마다 누군가 지켜본다는 느낌을 받았던 탓이었다.

“어, 뭐야. 혹시 이 집 하녀예요?”

“그렇게 물어보는 당신은 누구죠?”

나중에 알아낸 바에 따르면 자신을 지켜보던 사람은 케이브였다. 레티는 완전히 무관했다.

“이상한 사람 아니에요. 이 집 정원사입니다.”

“정원사라는 사람이 밤중에 애꿎은 사람한테 무슨 짓이에요? 입 틀어막고 끌고 다니고! 소리 없이 나타나서는!”

“놀라게 만들어서 미안해요. 나도 놀라서 엉겁결에.”

“댁은 놀라기만 했겠지, 나는 무서워서 죽을 뻔했거든요?”

“미안합니다. 정말 미안해요. 밤중에 누가 돌아다녀서 수상한 사람인 줄 알고 잡은 거예요.”

“그렇게 따지면 댁도 밤중에 돌아다니고 있잖아요. 당신 이름이 뭐예요?”

“라울이라고 해요. 라울 데이커. 아까 말했듯 이 집 정원사고요.”

"저는 레……. 아니지. 별로 알려 주고 싶지 않네요. 그럼 이만."

낮에 멀리서나마 얼굴을 봤던 게 기억났다. 제임스한테 씩씩하게 인사하고 있었지. 흠, 그놈한테 그렇게 친절할 필요 없는데.

"정말 이름 안 알려 줄 거예요?"

어차피 앞으로 계속 마주칠 텐데 통성명이라도 해두자. 그러나 여자는 끝까지 눈만 흘겼다.

"앞으로는 낮에 만나요, 이름 모를 아가씨. 밤에 돌아다니면 위험하니까."

괜히 밤에 돌아다니다가 보면 안 될 것들 보지 말고.

최근에 사라진 케이트와 점점 치매 증상이 심해지는 모르슨 부인, 엘리자베스 메리요트가 곧 결혼한다는 사실이 겹쳐 모르는 사람한테 과민하게 군 것 같았다. 퍽 미안했다.

"그래요, 위험하지."

여자는 들으라는 듯 중얼거리고는 쿵쿵대며 사라졌다. 라울은 픽 웃었다.

결국 이름은 듣지 못했다.

바로 다음 날, 라울은 그녀를 다시 만났다.

"으아악!"

"으아, 깜짝이야!"

"저기요, 그건 제가 할 말이거든요?!"

"사람을 보고 왜 이렇게 놀라요? 유령이라도 본 줄 알겠네."

"사람이 유령보다 더 무서워요! 어제 당신 때문에 무서워 죽는 줄 알았다고요."

어젯밤에도 느낀 건데, 순하게 생긴 얼굴로 할 말은 다 한다. 답답하게 아무 말도 않고 우물대는 성격보다는 훨씬 나았다.

"그리고 하녀님, 정말로 사람이 유령보다 무서워요?"

보통은 유령을 더 무서워하지 않나? 사람들은 살인자의 이야기를 접하면 잠깐 불안해하고 잊지만, 귀신 이야기라도 들으면 두고두고 떠올리곤 했다. 살인자는 실재하고 귀신은 허구임에도.

"당연하죠. 유령은 실제로 존재하지 않잖아요. 사람이랑은 다르게."

딱 라울의 생각이었다. 그래서 늘 아쉬웠다.

"그러게요. 슬픈 일이에요."

눈앞에 있어야 복수할 수 있는데. 이미 죽은 사람을 다시 죽일 수는 없었다.

메리요트 남작의 이야기였다. 제대로 복수할 기회도 주지 않고 허무하게 사고로 죽다니 퍽 섭섭했다. 처음 라울이 메리요트 대저택에 들어왔을 때, 그의 마음에 담긴 복수심은 막연하기 그지없었다. 그는 아버지가 남작 때문에 죽었다는 사실을 알고 있었다. 그렇다면 라울은, 그 남작을 죽이고 싶어 하는가?

글쎄. 잘 모르겠어. 그 새끼가 혐오스러운 건 사실이야. 하지만 나는, 아버지를 만나 본 적도 없잖아. 남과 다름없는 고인을 위해, 굳이 살인까지 저질러야 할까.

그런 생각과 별개로 이따금 라울은 꿈을 꿨다. 피비린내가 물큰 풍기는 악몽이었다. 꿈속에서 라울은 메리요트 남작을 찔렀고, 찔렀고, 찔렀고, 온통 붉게 물든 채 악마처럼 웃었다.

그러던 어느 날, 남작이 사고로 돌연 죽었다.

라울은 무덤덤했다. 허무함이 제일 컸다. 메리요트 남작 때문에 고아가 되었고, 악몽을 꿨으며, 복수의 의미를 저울질하느라 괴로워했다. 그런데 그냥 죽어 버렸다. 죗값도 치르지 않고. 메리요트 남작은 끝까지 모르겠지. 자신이 죽이라고 명령한 어느 남자의 아들이 매일 자신을 먼발치에서 바라보고 있었다는 사실을.

뒤늦게 분노가 치밀었다. 라울은 자기 자신에게 환멸을 느꼈다. 우유부단하게 굴다가 복수할 기회도 놓쳤다. 이제 영영 저놈에게 닿을 수 없었다. 아버지의 원수를 갚을 수도 없었다.

다른 사용인들과 함께 검은색 옷을 입은 라울은 장례식장에서 엘리자베스를 곁눈질했다. 안색이 송장처럼 창백했다. 라울은 제 아비를 빼닮은 녹색 눈과 어여쁜 얼굴, 하얗고 늘씬한 목덜미를 보았다. 저 목에 손을 얹고 힘껏 조르는 상상을 했다.

라울은 자신도 모르는 사이에 새로운 복수를 꿈꾸었다. 비겁한 전가였다. 질투이기도 했다. 아비의 느닷없는 죽음 앞에 슬프게 버티고 선 엘리자베스에게 로즈미나는 한 번도 따뜻한 시선을 주지 않았다. 그게 기분이 좋아서 라울은 속으로 쓰게 웃었다.

그때부터 예전과 같을 수 없었다.

조세핀은 자신의 애인이 정원사와 바람피우는 중임을 알게 되었다. 온몸이 덜덜 떨려 산산조각이 날 것 같았다. 이를 깨물고 자기 자신을 다잡아야 했다.

"언제부터였어?"

"뭐가?"

케이트는 난처한 듯 딴청을 피웠다. 그러더니 평소처럼 달콤한 입맞춤으로 상황을 덮으려 했다. 조세핀은 날카롭게 뿌리쳤다.

"라울 데이커 그놈이랑 언제부터 물고 빠는 사이였냐고!"

케이트는 눈살을 찌푸렸다. 그녀가 조세핀의 뺨을 조심히 감쌌다.

"조세핀, 미안해. 그러지 마. 걔랑 헤어질게. 다시는 단둘이 만나지 않을게. 제발 화 풀어, 응?"

둘이 만나는 사이였다는 걸 부정하지 않는구나. 조세핀은 재차 케이트의 손을 떼어냈다.

"조세핀, 어차피 그놈도 나 진지하게 만나는 거 아니야. 걔도 양다리라고. 하나로 만족할 놈이 아니야."

"뭐라고?"

"걔가 만나는 사람이 누군지 알려 줄까? 들으면 깜짝 놀랄걸?"

케이트는 특유의 간드러진 목소리로 조세핀의 귓가에 속삭였다. 조세핀의 눈이 휘둥그레졌다. 그녀는 신성을 모독하는 말을 들은 것처럼 고개를 휘휘 저었다.

"말도 안 돼. 어떻게 그 둘이……. 마님이 그런 사람이랑……."

케이트가 쫓겨나기 며칠 전이었다. 이미 케이트는 엘리자베스에게 도둑으로 의심받고 있었고, 빨리 한밑천 챙겨서 이 집을 빠져나갈 궁리를 하고 있었다.

"사실이야. 둘이 밤에 본관 음악실에서 차례로 나오는 걸 봤다고."

"세상에. 하지만 데이커는 마님의 아들뻘이잖아? 엘리자베스 아가씨랑 동갑 아니야?"

"뭐, 사랑에 나이는 중요하지 않나 봐. 성별도 별 상관없잖아, 안 그래?"

케이트는 입술로 조세핀의 입을 막아 버렸다. 조세핀은 홀린 듯 키스하면서도 케이트를 미워했다. 정말, 정말 나쁜 년이었다.

"라울이랑은 끝이야. 곧 정리할게. 조금만 기다려, 조세핀."

"……넌 제정신이 아니야."

"그래, 나도 알아."

케이트는 맑게 웃었다. 조세핀은 지긋지긋해하며 고개를 돌렸다. 케이트가 조세핀의 뺨을 감싸 그녀의 시선을 제게로 밀었다.

"우리 같이 도망가자, 조세핀."

조세핀은 그 말을 믿지 않았다.

며칠 뒤, 케이트가 사라졌다. 하루아침에 그만뒀다고 했다. 제게는 말도 안 하고.

원래 케이트는 돈을 받고 나면 진심으로 조세핀에게 다시 고백하려 했었다.

우리, 같이 떠나자. 이제 돈이 생겼으니 두려울 게 없어. 미천한 신분도, 같은 성별도 아무런 족쇄가 되지 못하는 곳으로 갈 거야. 라울은 그저 한 철의 즐거움을 위한 상대였고, 엘리자베스 아가씨는 어차피 날 두고 결혼할 테니까. 내게는 정말로 너뿐이야, 조세핀.

인생을 멋대로 살던 케이트의 유일한 한 조각 양심이었다. 답지 않게 지순한 진심이었다. 결국 조세핀은 알아내지 못했다. 버려진 조세핀의 분노와 후회와 그리움은, 케이트의 후임으로 들어온 애꿎은 하녀를 향했다.

"조세핀. 나를 싫어하지 마."

하염없이 유하게만 보이던 그 하녀가 밤중에 찾아올 줄은 몰랐다.

"나는 너한테 잘못한 게 없어."

그 말이 맞았다. 조세핀은 치졸하게 굴었다는 걸 인정했다. 부질없는 화풀이였다.

"라울 데이커랑 친하냐고 왜 물어본 거야?"

사과를 받아낸 후 순순히 물러날 줄 알았던 신입이 라울 데이커에 대해 물었다. 그 이름을 듣자 격정이 울컥 올라왔다.

"흠. 걔는 질 나쁜 놈이야."

"어떤 면에서?"

"어떤 면인 것 같아? 순진한 척하지 말고."

그리고 그녀는 라울만큼이나 질이 나쁜 여자를 간절히 사랑했다. 자조하면서 조세핀은 말을 이었다.

"완전 개자식이었어. 임자 있는 여자를 꼬드겨서 온갖 일을 벌였지. 물론, 그 여자도 완전…… 쓰레기였지만."

"케이트 말하는 거야?"

"바람난 거지, 뭐. 양쪽 다."

케이트는 조세핀과 라울 사이에 양다리를 걸쳤고, 라울은 케이트를 두고 마님과 바람이 났다. 말하고 나서야 조세핀은 아차 싶었다. 라울과 마님의 사이는 기밀이었다.

"양쪽이 바람난 거라고? 그게 무슨 뜻이야, 조세핀?"

"알 거 없어."

조세핀은 매몰차게 대꾸했다. 레티는 더 파고들지 않았다. 대신 뜻밖의 말을 했다.

"있잖아, 조세핀. 나는 네가 이상하다고 생각하지 않아. 네가……, 더럽다고 생각하지 않는다고."

조세핀은 고맙다고 말하는 대신, 고슴도치처럼 가시를 잔뜩 세우고 내뱉었다.

"왜, 너도 동성애자니?"

"아니. 절대 그런 거 아니야."

신입은 즉각 부정했다. 그게 진짜인지, 거짓인지 캐묻지 않은 건 조세핀의 배려였다. 편견 때문에 너무 많이 상처받아 본 그녀는 이런 일로 누군가를 몰아가고 싶지 않았다.

"알겠으니까 침착해. 잘 자, 신입."

"……잘 자."

그때나 지금이나 조세핀은 그리움을 견뎌야 했다.

라울은 헤스터 모르슨을 기억했다. 라울이 아주 어릴 적에, 로즈미나 메리요트가 친아들의 생사를 확인하기 위해 가까운 사람을 보육원에 보낸 적이 있었다.

"잠깐만요! 잠깐만 기다려주세요!"

라울은 짤막한 다리로 열심히 뛰어 헤스터의 옷을 붙잡았다. 헤스터는 미간을 찡그리며 돌아섰다.

"제 어머니랑 아는 사이시라고요? 어머니는 어떤 분이신가요?

잘 지내고 계신 거 맞죠? 저는 언제쯤 어머니랑 만날 수 있어요? 언제 절 데리러 오시나요? 네?"

한평생 보육원에서만 생활해 온 아이들이 그러듯 라울도 기적적으로 부모님과 재회하는 꿈을 꿨다.

나를 꼭 안아 주시며 그동안 버려둬서 미안했다고 울며 말씀하시겠지. 나를 동화 같은 성으로 데려가 왕자님처럼 키워줄 거야.

"당돌한 것. 제 분수도 모르고."

그러나 헤스터가 내뱉은 말은 차가웠다. 어른이 뿌리치자 라울은 힘없이 밀려났다. 아이가 파란 눈으로 망연히 헤스터를 올려다봤다. 헤스터는 진저리쳤다.

"너만 없었어도, 너만 태어나지 않았어도……."

맹목적인 충정으로 가득한 헤스터는, 존경하는 마님의 치부로 남은 아이를 흉측하게 여겼다. 이 아이는 불륜의 열매다. 헤스터는 늘 그 사실을 곱씹으며 살았다.

"죽은 듯 살아. 네가 마님을 만나는 일은 없을 거다."

헤스터는 야멸차게 말하며 돌아섰다. 남겨진 라울은 아이답지 않은 표정으로 이를 악물더니 멀어지는 뒷모습에 속삭였다.

"정말 감사합니다, 부인."

그 말에 헤스터는 천천히 뒤돌았다. 라울이 써늘한 불꽃이 일렁이는 눈빛으로 그녀를 똑바로 보고 있었다. 섬뜩했다. 평범한 또래

치럼 그저 훌쩍훌쩍 울었다면 나았을 텐데.

"오늘 와 주셔서 감사해요."

빈정대는 게 아니었다. 스산한 진심이었다. 덕분에 제게 엄마가 있기는 하다는 사실을 알게 되었다.

버려두고 한 번도 찾아오지 않아서 죽은 줄 알았지 뭐야. 그런데 적어도 한 가지 사실은 확실해졌어. 엄마는 어딘가에 멀쩡히 잘 살아있는데도 찾아오지 않는 거야. 이 사람을 내게 보낼 정도의 힘이 있으면서.

꼬마가 매섭게 쏘아보는 눈빛에 헤스터는 도망치듯 떠났다.

시간이 흘러 저택에 정원사로 취업한 라울은 헤스터에게 옛날의 고마운 감정을 간직하고 있었다.

덕분에 어머니를 찾을 단서가 생겼어. 당신이 그 야멸찬 시선을 남기고 떠나간 뒤로, 그 일을 얼마나 곱씹었는지 몰라.

"너……!"

하지만 당신이 이런 상황이 되기를 바란 건 아니야.

"모르슨 부인."

우연히 재회한 바이올렛 골드와 산책하던 중이었다. 자신이 바이올렛을 일방적으로 쫓아다니는 거에 가까웠지만. 레티는 싫다는 티를 팍팍 냈으나 라울은 그녀가 그럴수록 괴롭히고 싶어져서 졸졸 따라다녔다.

라울은 헤스터를 발견하고 우뚝 굳었다. 눈빛이 차게 식었다. 능글대던 가면은 사라지고 본모습이 드러났다.

"편찮으시면 안에 계셔야죠. 날씨도 추운데 이렇게 돌아다니면 곤란해요."

요양원에라도 보냈다가는 치매에 걸린 헤스터 부인이 너무 많은 것을 폭로할까 봐 두려워 로즈미나가 망설인다는 사실을 라울은 알았다. 하지만 저대로 두면 그것대로 위험했다.

"어서 저랑 같이 돌아가요, 모르슨 부인."

"너, 너는……!"

그래, 나. 불륜의 결실. 어머니의 치부. 죽은 아버지를 너무도 쏙 빼닮은 나.

"대체 왜 돌아왔니, 왜, 대체 왜……."

레티를 보내고 난 뒤에도 노부인은 횡설수설했다. 라울은 그녀를 안았다.

"제발 이러지 마세요, 모르슨 부인, 네?"

라울은 헤스터 모르슨을 아끼지 않았다. 늘 그를 죄악의 씨앗으로만 여기고 쌀쌀맞게 대하던 헤스터 모르슨을 어찌 좋아할 수 있겠는가. 하지만 이런 걸 원한 적은 없었다.

"그러다 당신도 사라지면 어쩌려고 그래."

메리요트 남작은 아내의 불륜을 덮고 싶어 내 아버지를 죽였어.

며칠 전 케이트는 감쪽같이 사라졌고. 당신도 똑같이 '입막음' 당하면 어떡해.

"왜 돌아왔니, 왜 돌아왔어, 왜 여기에 왔어, 왜……."

노인은 중얼거렸다. 라울이 눈을 내리감았다.

"그러게요."

단지 살고자 하는 욕망이었나. 정말로 일자리가 필요해서, 생모가 그래도 먹을 것과 지낼 곳 정도는 허락해줄 것 같아서?

"방으로 돌아가요, 모르슨 부인."

그곳에서 제발 조용히 지내. 아는 것을 떠벌리고 다니지 마. 자기 자신을 위험에 빠트리지 마. 부디, 쥐도 새도 모르게 사라지지 마.

그러나 동시에, 헤스터 부인이 정말 쥐도 모르게 사라져 영영 침묵하게 된다면 저와 로즈미나에게 훨씬 나으리라 생각했다.

헤스터 모르슨에 대해 로즈미나와 상의하고 싶었다. 라울은 일을 핑계로 마님을 찾아갔다.

"케이트, 어떻게 됐어요?"

"무슨 뜻이니?"

"내가 걔한테 편지했는데 답장이 없어서요."

"편지까지 했어? 그 애를 향한 정이 그렇게 깊은지 몰랐네, 라울. 잠깐 데리고 노는 거 아니었어?"

로즈미나는 라울의 표정을 보고 그가 의심하는 바를 알아챘다.

입을 막으려고 케이트를 죽였다고 생각하는구나. 케이트를 죽일 생각까지는 없었다고, 그저 겁을 주려던 것뿐이라고, 구차하게 해명할 생각은 들지 않았다. 로즈미나는 오해가 곪도록 방치했다.

"케이트, 그 발칙한 년이 나한테 와서 뭐라고 협박했는지 알아?"

그 말만큼은 솔직하게 털어놓았다.

"나와 너의 관계를 알아냈대. 내가 아들뻘의 사용인이랑 놀아나는 중이라고 까발리겠다고 협박하더군."

너무 케이트다워 라울은 할 말을 잃었다. 도둑으로 몰린 게 억울해 죽겠다며 난리를 치더니 결국 돈을 들고 튀기로 했구나.

"……그래서 죽였어요? 확실하게 입을 막으려고?"

"그럼 어떡해? 너를 대신 죽일 수는 없잖아."

라울은 잠시 조용해졌다. 듣는 쪽이나 무심코 내뱉은 쪽이나 각자 마음이 철렁했다.

"제가 당신한테 온 걸, 그래서 나를 받아준 것을 후회해요?"

"몰라."

솔직한 답변이었다.

내가 너를 만나 즐거운지 비참한지 모르겠다. 네 존재 자체가 저주요, 축복이야.

맹세코 헤스터 모르슨을 죽이지 않았다. 요양원에 보내지도 않았다. 요양원에서 어떤 말을 어떤 식으로 떠벌릴지 누가 알고.

저택에 손님들이 몰려들기 전, 로즈미나는 과거에 자신을 시중들던 하녀 한 명에게 연락해서 헤스터를 데려가게 시켰다. 헤스터와 함께 로즈미나를 어릴 적부터 돌보다가 결혼해서 일을 그만두고 오래전 떠나간 사람이었다. 남편과 사별하고 아이들을 결혼시킨 뒤 적적하게 살아가고 있다 하니, 헤스터가 무슨 소리를 늘어놓아도 말을 옮길 수도 없겠지. 돈도 두둑이 챙겨 주었다.

헤스터는 이 저택보다도 훨씬 한적한 시골의, 물 좋고 공기 좋은 오두막에 살아 있었다.

라이언 모란의 죽음은 우연이었다. 누군가의 절박한 몸부림이 불러낸 우연. 저택에서 첫 번째 시신이 발견된 그 밤, 제임스는 새카만 숲속을 한참 헤매다가 겁먹고 저택으로 돌아와 숨을 곳을 찾았다. 그가 헤집어 놓았던 자리에 하필이면 독뱀이 있었다.

방해받은 독사는 숲 언저리까지 기어 나왔다가 인간을 만났다. 라이언 모란이었다. 술에 취해 충동적으로, 엉겁결에 제임스를 쫓아 뛰어왔던 라이언은 허무한 최후를 맞이했다.

그가 루카스 헤르멘과 싸운 뒤 밖으로 뛰쳐나가지 않았더라면. 하필 그때 제임스가 숲을 향해 도망치지 않았더라면. 두 남자가 부딪치지 않았더라면. 숲에 뱀이 살지 않았더라면. 라이언이 뱀독에 예민한 체질이 아니였다면.

그랬더라면 살았을 텐데.

그의 죽음은 사소한 변수들이 쌓여 일어난 것이었다.

그다음 일어난 일은 명쾌했다. 루카스 헤르멘은 살해당했다. 루카스의 죽인 남자는 그것을 주사한 남자에게 역으로 살해당했다. 라울은 제임스를 죽인 뒤 자살로 위장했다. 연이은 죽음이 엘리자베스의 결혼을 늦추고 평판에 먹칠하기를 기다렸다.

상속녀의 주변에 죽음이 퍼질수록 청혼하겠답시고 달려드는 얼간이는 줄어들 것이다.

라울은 시간을 벌었다.

꽤 오래전부터, 메리요트 남작의 장례식 때 엘리자베스의 날씬한 목을 봤을 때부터 그녀를 죽이고 싶다고 생각했다. 피 한 방울 섞이지 않은 가짜 혈육을. 라울의 친모를 어머니라고 부르는 그녀를. 엘리자베스만 없다면 이 모든 돈과 땅이 로즈미나의 것인데.

그럴 수만 있다면 라울은 로즈미나와 이 지긋지긋한 집안을 벗어나고 싶었다.

라울은 엘리자베스를 노렸다. 바이올렛은 건드리고 싶지 않았다. 그래서 다른 이가 자객을 따로 보냈을 때 라울은 분노했다. 하마터면 아가씨와 하녀, 둘 다 죽을 뻔했다.

결국에는 둘 다 살아남았다.

"저는 계속 혼자였네요."

이야기를 끝까지 풀어낸 로즈미나의 목은 잔뜩 쉬었다. 엘리자베스는 간신히 속삭였다.

"친어머니는 진즉에 돌아가셨고. 아버지도 사고로 죽고."

아버지가 다정다감했던 기억은 없었다. 아버지는 근엄한 상징처럼 존재했고, 딸의 고독을 알지 못했으며, 알려고 하지도 않았다.

"하물며 살인자도 어미라 칭할 자가 있는데."

내리깔린 목소리가 잇새로 뜯겨 나왔다. 로즈미나가 쳐다보았다. 엘리자베스는 그녀를, 마님을 똑바로 맞바라보며 나직이 씹어 뱉었다.

"저는, 처음부터 없었네요."

라울은 경찰에게 어떤 일이 있었는지 순순히 자백했다. 하지만 동기를 밝히지는 않았다. 유치장에 갇힌 그가 내리 침묵하자 신문에는 자극적인 제목과 추측성의 기사가 판쳤다. 누군가는 그가 상속녀를 사모해서 그랬다고 했다. 누군가는 그가 그저 미친놈이라고 했다.

자신이 누구의 아들인지 라울은 말하지 않았고, 자신이 누구의 엄마인지 로즈미나도 밝히지 않았다. 지저분한 가십 속에서 재판이 이어졌다.

"유죄로 판결받을 거예요. 살인했다고 자백했으니 이미 끝이죠,

뭐. 살인에다가 살인 미수. 그놈이 제 목을 졸랐어요. 저를, 죽이려고, 했다고요."

한 마디씩 끊어 뱉어도, 보란 듯이 푹푹 찔러도 반응이 없었다. 모든 고백을 마친 로즈미나는 잠잠했다. 엘리자베스는 끝내 탄식했다. 표독했던 눈빛이 무너졌다.

"왜 아무 말도 안 해?"

엘리자베스는 절규했다. 야속하고 안타까워 숨이 막혔다. 그녀도, 라울 데이커도 고아처럼 버려둔 저 사람. 친아들의 자리를 도둑질한 엘리자베스도, 살인을 저지른 친아들도 둘 다 감싸지도, 내치지도 못한 저 사람.

늘 차갑고 우아한 마님의 모습만 봤지 부서진 인형처럼 우유부단한 모습은 처음이었다. 엘리자베스는 자신이 로즈미나에 대해 생각보다 아는 게 적다는 것을 깨닫고 억장이 무너졌다.

"내 편에서 그놈을 욕하든가, 아니면 어떻게든 노력해서 사형이라도 피하게 해 봐요. 돈이든 힘이든, 할 수 있는 건 다 쓰라고. 우리 집 그런 거 많잖아. 그깟 거 때문에 내가 결혼하려고 했잖아!"

엘리자베스가 비명을 지르며 로즈미나를 노려보았다. 쌕쌕대는 숨이 입가로 새어나왔다. 로즈미나가 처음 보는 모습이었다.

"살릴 거면 당신이 살려. 난 그 새끼 편 드는 일은 아무것도 안 할 거야. 사실대로 증언할 거야. 알아서 막아. 변호사든 뭐든 다 알아서 구해. 나는 몰라. 그런 놈은 그냥 확 죽었으면 좋겠어."

로즈미나는 숨을 삼켰다. 엘리자베스는 이를 악물었다가 갈라진 음성으로 쏘아붙였다.

"그럼 저는 이만 가서 쉴게요. 마님."

엘리자베스는 문을 거칠게 열어젖혔다. 그녀는 성난 발소리를 내며 도망쳤다.

혼자 남은 로즈미나는 양손에 얼굴을 묻었다. 안색이 파리했다.

엘리자베스는 고요한 복도를 미친 듯이 뛰었다. 조용했다. 너무 조용했다. 온 저택이 먹빛 침묵에 가라앉은 듯했다.

'레티.'

나는 예전부터 혼자였어.

'레티.'

바보처럼 그런 줄도 모르고 얼마나 어머니의 눈치를 봤는지.

'레티.'

마음에 들고 싶어서 피아노를 밤낮으로 연습하고.

'레티.'

어머니를 닮아 참 미인이라는 말을 들을 때마다 초조해지고.

'레티.'

그녀의 뜻에 따라 사교계를 멀리하고, 별관에 은둔하고, 결혼을 준비하고, 이별을 견뎌내고.

전부, 혈연이라는 허상에 매여 혼자 아등바등 이어가던 촌극이었다.

그러나 그 가운데 존재하는 유일한 빛이 있었다. 엘리자베스는 정신없이 뛰다가, 그 빛 앞에서 서서히 느려졌다.

"레티."

엘리자베스는 부드럽게 불렀다. 대답이 없었다. 문고리를 천천히 돌렸다. 방 안에는 목에 멍 자국이 남은 레티가 잠들어 있었다.

엘리자베스는 소록대는 레티를 가만히 지켜보았다. 이윽고 살그머니 다가가 몸을 낮추었다.

"레티."

엘리자베스는 이불 밖으로 삐져나온 손을 조심히 잡아 손등에 입을 맞췄다.

판결 날짜가 가까워지고 있었다.

로즈미나가 자신의 변호를 위해 말 한마디 하지 않고 돈 한 푼도 쓰지 않았다는 사실을 알았을 때, 라울은 섭섭하긴 해도 놀라지는 않았다.

이 세상에 한낱 정원사를 위해 시간과 돈과 노력을 들이는 귀부인이 어디 있다고.

그녀가 나섰다가는 꼼짝없이 내연녀 소리를 듣게 될 테다. 그 소문을 피하려면 자신이 피고의 친모라는 사실을 밝혀야 한다. 꽉 막힌 귀족 마님이 이제 와 사실대로 말할 리가 없었다. 존경받는 귀부인으로 안전하게 살고 싶어서, 우아한 가면을 지키고 싶어서 눈물겹게 발버둥 친 사람이었다. 그 때문에 라울은 지난 20여 년간 고아로 살았다. 이제 와 달라질 것이라는 기대는 없었다.

그러나 이 사람은 여기 왜 왔는지 모르겠다.

"여긴 왜 왔어?"

엘리자베스는 눈앞의 남자를 느리게 훑었다. 마지막으로 봤을 때보다 조금 수척해져 있었다. 라울이 엘리자베스를 죽이려 했을 때.

"낯짝 한 번 제대로 보고 싶어서."

라울은 코웃음을 쳤다.

"지난 4년간 보고 살았잖아, 귀하신 아가씨."

라울은 엘리자베스의 집에서 정원사로 내내 일했다. 그러나 그들의 관계는 늘 일방적이었다. 고귀하신 아가씨는 한낱 사용인에게 별 관심이 없었다.

"내가 누구 핏줄인지 알아내고 나니까 새로워? 신경 쓰여? 한 번쯤 낱낱이 뜯어보고 싶었어?"

라울은 싸늘하게 빈정거리며 정곡을 찔렀다. 엘리자베스는 차마 반박하지 못했다. 그럼에도 그녀는 라울의 얼굴을 응시했다. 이곳에 온 목적이었다. 저 남자의 수려한 이목구비와 새파란 눈에 한평생 엄마로 알고 살았던 사람의 모습을 겹쳐 보고자 했다.

너무 쉬운 일이었다.

"어때, 닮았어?"

남자는 계속해서 냉담하게 비꼬았다. 여자는 잠잠했다.

심경이 복잡했다. 4년간 곁에 두었던 사람의 비밀을 알아냈다. 배신감이 치밀었다. 다시 얼굴을 맞대면 오직 증오만이 있을 거라 생각했다. 저놈이 목을 조르던 순간이 떠올라 섬뜩할 수도 있다고 생각했다. 케이트와 과거에 어떤 관계였는지 알았기에 뒤늦은 질투도 힘없이 흘렀다.

그러나 이질적인 감정이 섞여 들었다. 안쓰러움이. 배신감이. 아직도 저자가 피 한 방울 섞이지 않은 동생이라는 생각에 얼떨떨했다. 어릴 적부터 고아 아닌 고아로 큰 삶이 안타까웠다. 시기했다. 부러웠다. 지금까지 엄마라 생각했던 이를 진짜 엄마로 둔 저자가. 그 모든 감정이 파도처럼 쏟아지며 엘리자베스를 덮쳤다.

"……닮았네."

엘리자베스는 덤덤히 인정했다. 라울은 쓸쓸히 대꾸했다.

"그리고 당신은 정말 하나도 안 닮았어."

탐스러운 구릿빛 머리카락은 한 번도 만나 보지 못한 친엄마의 것이었다. 저 미모도, 체구도, 탐구하는 성격과 뛰어난 글재주도.

"로즈도 고생 꽤 했겠어. 너랑 가족인 척하느라."

라울이 끝까지 상처를 남겼다. 엘리자베스는 낮게 씹어뱉었다.

"고생한 건 피차 마찬가지야."

로즈미나는 엘리자베스를 별관에 가둬놓다시피 했다. 엘리자베스는 사교에 서툰 아이가 되었다. 별관의 서재와 단풍나무 숲이 그녀의 유일한 세계였다.

"나도 힘들었고, 로즈미나도 힘들었고. 너도 힘들었겠네. 나 죽이고 싶은 거 참느라."

이제는 엘리자베스도 로즈미나를 이름으로 불렀다. 남매 아닌 남매는 외견상으로는 닮은 구석이 하나도 없었지만 다른 부분에서 조금씩 서로를 닮아 갔다.

"내가 죽으면 로즈미나가 유산 챙겨서 옳다구나 하고 너랑 같이 떠날 줄 알았어?"

그건 라울만의 희망 사항이었다. 엘리자베스를 죽인다 한들 로즈미나가 기뻐하지 않으리란 건 그가 가장 잘 알았다.

"아니면 내 아버지는 편하게 사고로 죽었으니까, 나라도 네 정체를 알고 천천히 고통스럽게 죽기를 바랐나?"

그랬던 것 같다. 부질없는 살의였다. 죽은 자를 되살려 복수할 수 없기에 산 자에게 책임을 떠넘기는 구차한 몸부림이었다.

"정말 한심해, 라울 데이커."

원색적인 비난을 쏟아부은 엘리자베스는 자리에서 일어났다.

안경 너머로 녹색 눈이 활활 불탔다. 라울은 그 눈을 바라보며 다른 여자를 생각했다.

"평생 교도소에서 썩길 바라지."

엘리자베스는 저주를 내뱉고는 도망치듯 다급하게 돌아섰다. 뒤에서 터진 나직한 조소가 그녀의 발목을 붙잡았다.

"그럴 일 없을걸?"

엘리자베스는 고개를 돌렸다.

"아마 죽겠지, 뭐. 교도소 근처에는 발도 못 붙여볼 텐데."

라울은 사형을 예측하며 덧없이 실소했다. 엘리자베스는 소금 기둥이 된 것처럼 라울을 쳐다보았다.

그녀가 유치장을 벗어난 건 한참 후의 일이었다.

면회는 아무것도 해소하지 못했다. 감정의 구렁텅이만 깊어졌다.

엘리자베스는 삭막한 건물을 떠나 큰길에 주차된 마차로 갔다. 그곳에 그녀의 숨통을 트여주는 유일한 사람이 있었다. 레티 골드, 그녀의 하나뿐인 빛이. 엘리자베스는 레티의 옆에 무너지듯 앉았다.

"리지."

레티의 푸석한 얼굴에 연인을 위한 근심이 가득했다.

오늘 엘리자베스가 라울 데이커를 면회하겠다고 선언하자 레티는 억지를 부려 동행했다. 이미 엘리자베스로부터 로즈미나와 라울에 얽힌 모든 이야기를 들었다.

"괜찮아요?"

그럴 리가 없음을 알면서도 기어코 묻고야 말았다. 다른 사람이 질문했다면 빈말로 여겼을 텐데, 엘리자베스는 그저 스르르 녹았다. 저 뻔한 질문에는 분명 진심이 담겨 있었다. 레티의 열렬한 눈빛이 엘리자베스를 지켰다.

"아니."

엘리자베스는 느리게 고개를 저었다. 그녀는 연인에게 안겼다. 아가씨보다 나이도 어리고 신분도 낮은 스물한 살 하녀가 믿음직하게 그녀를 달랬다.

"몇 마디 나누지도 않았는데, 힘들어."

자신을 죽이려 했던 남자와 밀폐된 공간에서 단둘이 마주하는 것에 대한 공포. 그가 누구로 인해 세상에 태어났는지, 또한 누구 때문에 고아가 되었는지 알아버렸기에, 하릴없이 밀려드는 죄책감.

엘리자베스 본인은 아무런 잘못이 없었지만 핏줄을 타고 흐르는 원죄가 그녀를 옥죄었다.

"자기가 사형당할 거라고 생각하는 눈치던데."

엘리자베스가 중얼거렸다. 가늘게 떨리는 어깨와 머리를 쓰다듬으며 레티는 슬프게 속삭였다.

"그렇겠지요, 아마."

지금 심중을 헤집는 슬픔은 내가 너무 물러서 그런 건가? 사랑

하는 이를 목 졸라 죽이려 했던 사람을 연민하는 것은 어리석지 않나? 아니. 그냥 이 상황 자체가, 여태껏 일어난 죽음이, 앞으로도 아마 일어날 죽음이, 서글플 뿐이야.

"리지."

레티가 속삭였다. 그녀가 연인의 양팔을 살짝 밀어 공간을 확보했다. 사면이 막힌 마차 안에서 두 사람의 시선이 깊숙이 얽혔다. 이 어지럽고 슬픈 세상으로부터 차단되었다.

"괜찮아요."

엘리자베스는 레티를 뿌리치지 않았다.

"괜찮아요. 당신도, 저도 살았어요. 둘이 이렇게 함께 있어요."

레티는 연인에게 입을 맞췄다. 연인을 달래고 자신도 추스르기 위해 다정하게 온기를 섞었다.

"그러니까 괜찮아요, 엘리자베스."

여태껏 일어난 죽음도, 앞으로 일어날 죽음도, 우리 둘의 삶을 합친다면 어떻게든 이겨낼 수 있겠지. 레티는 그렇게 다짐하며 입술을 머금고, 숨결을 삼키고, 혀뿌리를 휘감았다.

"나, 결혼 안 할 거야."

연인의 금발에 손가락을 얽고 헐떡이던 엘리자베스가 문득 말하며 레티를 와락 안았다.

"그딴 거 안 해. 못 하겠어. 어차피 진짜 못 할걸. 내 집에서 사람이 죽었는데, 어떻게 누구랑 결혼해."

결혼 시장에서 평판과 소문이 가지는 위력은 대단했다. 아주 작은 흠집만으로도 최상품이 폐기물로 전락할 수 있었다. 가치 높은 상속녀는 순식간에 바닥에 처박혔다. 한때 그녀를 탐내던 이들이 지금은 거북한 시선을 던지며 돌아섰다.

"내 사촌들도 다시는 나 건드리지 못할 것 같고."

엘리자베스의 사촌오빠도 살인을 주사한 죄로 체포되었다. 친아들에 대해서는 마냥 넋을 잃고 있던 로즈미나도 또 다른 범죄자에 대해서는 강경하게 대응했다. 그 사건에 한해서는 로즈미나는 확실하게 엘리자베스의 편이었다.

"평생 혼자 살려고."

엘리자베스는 쓸쓸히 되뇌며 연인의 뺨에 입술을 비볐다. 레티는 속상하고 화가 났다.

"왜 혼자 살아요?"

레티가 엘리자베스의 손을 감쌌다. 동그란 눈가에 물기가 찔끔 묻었다.

"저도 데리고 살아요, 리지. 평생 당신이랑 같이 살래요."

생각지도 못한 고백이었다. 짧고도 길었던 지난 한 달간 감히 꺼내지 못한 소망. 사랑한다고도, 그리웠다고도 말했지만, 평생을 약속하는 언어는 처음이었다. 말하는 쪽에게도, 듣는 쪽에게도.

"당신이 떠나면 같이 떠나고 그 저택에 남으면 같이 남을게요. 우리 함께해요. 그러려고 살아남은 것 같아요, 우리."

삶의 마지막 순간을 목전에 두고 우리는 서로를 생각했다.

가까스로 되찾은 삶은 두 번 다시 오지 않을 선물 같았다. 이런 일을 또다시 겪을 것 같지는 않지만 삶은 아무도 장담할 수 없었다. 축제 도중에 갑자기 나타난 괴한의 손길처럼 삶의 끝은 불현듯 들이닥치리라. 그 순간에 후회는 없었으면 했다.

"그래. 그런가 봐."

엘리자베스는 우는 듯 웃으며 중얼거렸다.

"로즈미나처럼 살지는 않으려고."

어리고 어여쁜 나이에 팔려가듯 시집을 와서 스스로를 억누른 채 살다가 사랑 때문에 비극을 겪은 여인. 로즈미나와는 다르게 자유롭게 살아보고 싶었다.

현실적으로는 앞날이 막막하긴 했다. 당장 나날이 먹고사는 문제가 시급했다. 그래도 쓰는 책의 인세 정도라면 그럭저럭 살아갈 수 있겠지. 레티도 야무진 아이니까 어디에서든 다시 일할 수 있을 것이다.

자신은 물론이고 레티도 그 아름답고 외로운 저택에 다시는 발을 붙이고 싶지 않을 터였다. 저택을 벗어나면 레티에게도 새 일자리가 필요했다. 이것저것 계산하다 보니 숨이 턱턱 막혔다. 안전한 새장으로 돌아가 웅크려 안주하고 싶은 마음이 굴뚝 같았다. 허나 엘리자베스는 이를 악물며 참았다.

다시, 절대, 돌아가지 않아. 골목길에 던져져 목이 졸릴 때, 두려웠거든. 고작 이렇게 살다가 끝나는 걸까 봐. 느닷없는 죽음 앞에서도 웃을 수 있는 삶을 살고 싶어.

"사랑해요, 리지."

그리고 이 아이와 함께라면, 그렇게 웃으며 살 수 있지 않을까.

"나도 사랑해, 레티."

숨결이, 손길이, 짠맛이 나는 눈물과 단맛이 나는 입술이, 아름다웠다.

엘리자베스는 그 아름다움에 평생 헌신할 것을 맹세했다.

엘리자베스는 레티와 함께 저택으로 돌아갔다.

아름답고 외로운 궁전.

탑에 갇힌 공주처럼 평생을 보냈던 곳.

엘리자베스는 레티를 방으로 돌려보내고 마님을 만나러 갔다. 떠난다고 생각하니 홀가분했고 당당했다. 이 모든 일을 겪고 난 뒤에야 엘리자베스는 비로소 용기를 얻었다.

진즉 이럴걸. 일찌감치 결혼 따위 하지 않겠다고 선포했더라면, 여럿의 죽음을 부른 무도회가 애초에 시작되지도 않았을 텐데.

엘리자베스는 고개를 저었다. 자책하는 일은 멈추기로 했다. 과거의 엘리자베스는 나약하고 소심했지만 그녀의 잘못만은 아니었다. 상황이 선택을 강요했다. 그녀는 상황에 휘둘릴 수밖에 없었다. 엘리자베스는 힘겹게 자기 자신을 용서했다.

"들어와."

엘리자베스의 노크에 서재에 있던 로즈미나가 승낙했다. 엘리자베스가 들어왔다. 마님은 더는 제 딸이 될 수 없는 아가씨를 응시했다. 그녀가 입을 열었다.

"너한테 줄 게 있어."

뜻밖의 발언에 엘리자베스는 의문을 품었다.

"이쪽으로 와보렴."

로즈미나는 책상의 서랍을 열어 봉투 두 개를 꺼냈다. 하나는 두툼했고, 하나는 얄팍했다. 로즈미나는 돌아서서 엘리자베스에게 봉투를 건넸다.

"받아."

엘리자베스는 받지 않았다. 그녀가 봉투의 정체를 묻기 전, 로즈미나가 덤덤히 입을 뗐다.

"이건 저택과 영지의 소유권을 입증하는 서류. 이건 이 집안의 이름으로 등록된 통장에 접근하게 해 주는 증서."

엘리자베스의 눈이 커졌다. 로즈미나와는 전혀 닮지 않은 그 눈동자가. 로즈미나는 나직이 선언했다.

"네 거야."

엘리자베스는 봉투를 받지 않는 대신 거칠게 되물었다.

"왜요? 그리고 어떻게?"

미혼 여성인 엘리자베스 메리요트는 유산에 대해 어떤 법적 권리도 행사하지 못했다. 죽은 남편의 부인이자 대리인인 로즈미나 메리요트가 이 드넓은 영지와 궁전 같은 집의 실질적인 주인이었다. 그래서 비참한 결혼을 준비했던 건데, 이제 와서, 왜.

"네가 이 문서를 가지고 뭘 할 수 있는 건 없어. 여전히 재산을 관리하는 사람은 나야. 다만 보험이라고 생각해두렴."

"보험이요?"

"땅문서랑 집문서 없이도 일상적인 업무나 권리 행사는 문제없이 할 수 있지만, 혹시라도 내가 땅이나 집을 팔려고 한다면, 이 문서가 필요해. 이거 없이는 이 저택과 영지를 사고 팔 수 없어."

엘리자베스는 아직 온전히 이해하지 못했다. 뻣뻣하게 굳어 있는 엘리자베스의 손에 로즈미나는 봉투를 쥐여주었다. 체온이 살며시 겹쳤다.

"그러니까 네가 갖고 있어. 내가 나중에라도 너한테 부질없는 악의를 품고 심술을 부려 이 집을 팔아치우지 못하게."

서러운 말을 하면서, 표정은 왜 이리 담담한지. 로즈미나의 가면을 벗겨 내고 싶었다. 어떤 감정과 생각이 숨겨져 있는지 궁금했다.

"나는 이 집의 돈을 쓸 만큼 쓰고 나서, 떠날 테니까."

딸에 이어 엄마도, 아니, 딸보다 엄마가 훨씬 이전부터 이곳을 떠나고자 했다. 훨훨 날아가고자 했다. 미지의 자유보다는 익숙한 구속을 선호하는 인간의 비겁한 본능에 묶여 여태 벗어나지 못했다. 모든 사건이 일어난 이후에야 로즈미나는 족쇄를 벗어던졌다.

"집도, 땅도 이제부터 전부 네 거다. 물론 내 몫은 챙길 거야. 여태 내가 이 집에 기여한 게 있으니, 그 정도는 받아도 되겠지."

거금을 챙겨서 떠나리라. 우아한 귀부인이 아닌 다른 것이 될 수 있는 어딘가로, 멀리.

하지만 그 전에 매듭지을 일이 있었다.

"내가 죽을 때까지 너는 원하는 대로 살아. 내가 죽고 나서는 알아서 하고."

엘리자베스가 결혼에 매달렸던 것도 로즈미나가 죽은 후가 두려워서였다. 어머니가 죽고 미혼인 자신만 남으면 재산은 전부 남성 친척들에게 돌아갈 테니.

"너는, 그 정도는 할 수 있을 거라고 생각해."

언젠가 로즈미나가 죽었을 때 어떻게든 먹고살 방도가 있어야 했다. 유산을 받지 않기로 결심한 지금 그러기 위해서는 지금부터라도 치열하게 살아야 했다.

"진즉 이랬어야 했는데. 미안해."

이제야 로즈미나는 사과했다.

"결혼을 강요할 게 아니었어. 내가 죽은 후에도 네가 살아갈 수 있도록 격려하고 도와줬어야 했어. 미안해."

단순한 해답이었는데 여태 진지하게 고려하지 않았다. 로즈미나는 알지도 못하는 자유보다는 익숙한 구속이 편안했다. 엘리자베스도 당연히 그럴 줄 알았다.

"너를 위해 그렇게까지 애쓰고 싶지 않다는 생각이 무의식중에 있었나 봐. 미안해."

가축처럼 결혼을 준비하는 엘리자베스를 보면서도, 그녀의 모습에 자신의 과거를 겹쳐 보면서도, 나서지 않았다. 아무것도 하지 않았다. 자신을 어머니라고 부르지 못하는 아들이 마음에 걸려서, 평생 딸처럼 키운 그녀에게 괜히 쌀쌀맞게 굴었다.

아니, 엘리자베스를 단 한 번도 진짜 딸로 여겨 본 적 없다는 죄책감이 비뚤어져 기어이 무관심으로 변했다. 왜 그녀를 자립적인 여성으로 길러내기 위해 노력을 쏟아야 하는지 이해하지 못했다.

그깟 결혼, 그냥 하면 되잖아. 내가 했고, 내 어머니와 네 할머니가 했어. 우리는 다 그렇게 살았어. 비참해도 그냥 참았어. 너도 그냥 그러면 될 거라고 생각했어.

엘리자베스의 숨통을 옥죄던 무도회에서 사람이 연달아 죽고,

친아들인 라울이 엘리자베스를 죽이려고 한 뒤에야, 로즈미나는 뒤늦게 후회했다.

"……괜찮아요."

엘리자베스는 봉투를 도로 내밀었다. 로즈미나는 받지 않았다. 이번에는 딸이 엄마의 손에 봉투를 쥐여 주었다.

"정말 괜찮아요. 필요 없어요. 저도 떠날 거예요."

감옥 같았던 이 아름다운 집을 떠나, 사랑하는 사람과 함께. 미지의 자유에 대한 두려움을 참으며, 익숙한 구속을 벗어던지고.

"땅이랑 집이랑, 팔아치우든 부수든 알아서 하세요. 이제 당신 거니까. 당신 말마따나 당신이 안주인으로서 지키고 키운 거니까."

운 좋게 공주님으로 태어나 모든 것을 거저 누린 저에게는 자격이 없다고 엘리자베스는 생각했다. 누군가는 불륜으로 태어나는 바람에 살인자가 되었다. 그런데 똑같이 부정한 방법으로 태어난 그녀가 이 집과 땅을 누린다면, 너무 불공평한 일인 것 같았다.

"어차피 아버지나 이 집에 대해 자부심을 느꼈지, 저는 그런 거 없거든요. 사실 지겨워요, 여기."

엘리자베스는 조곤조곤 설명했다. 그녀의 눈에는 단 한 톨의 미련도 없었다. 물론 이 고풍스러운 저택과 드넓게 펼쳐지는 단풍나무 숲, 그리고 이곳에서 쌓아온 추억을 사랑했다. 그러나 그보다도 아끼는 것들이 많이 있었다.

“저한테 이런 귀한 문서를 넘겨주셔서 감사합니다.”

남편도 아비도 없는 젊은 여인이 감히 만져 보지도 못할 문서.

지금 엘리자베스는 몹시 강하고 곧은 눈을 하고 있었다. 로즈미나는 이를 알아봤다.

“그런데 저, 필요 없어요.”

잠시나마 이 땅문서와 집문서를 갖고 저택에서 사는 상상을 하긴 했다. 레티를 옆에 끼고, 평화롭게, 안일하게, 또 갇혀서.

“저도 떠날 거예요. 어차피 언젠가 잃게 될 텐데, 그냥 지금 스스로 놓으려고요.”

엘리자베스는 그 상상을 깨트렸다. 24년간 여기서 지낸 것만으로도 충분했다. 언제 로즈미나가 죽어서 이 집에서 쫓겨나야 할까 전전긍긍하며 살기는 싫었다. 무엇보다 끝내 굴복하여 결혼을 구걸할까 두려웠다.

그건 안 될 말이었다. 레티와 평생을 함께 살아가기로 약속했으니 모든 유혹의 씨를 아예 뿌리째 뽑을 생각이었다.

“그러니까 돈이랑 땅은 당신이 맘대로 쓰세요. 로즈미나.”

엘리자베스가 자신의 본명을 부르는 걸 듣고, 로즈미나는 기분이 묘해졌다.

“그래.”

로즈미나가 속삭이며 봉투를 꽉 쥐었다.

"아예 안 쓰고 떠날 생각은 아니었어."

엘리자베스에게 이 집을 넘겨주려고 하긴 했지만 그 전에 안주인으로서의 몫을 살뜰히 쓸 데가 있었다.

"이제는 뭘 할 건가요?"

엘리자베스는 로즈미나를 바로 보며 물었다. 하지만 이미 답을 짐작하고 있었다.

"……사형은 면하게 해야지."

로즈미나가 중얼댔다. 파란 눈은 가늘게 떨리다가 끝내 바닥으로 떨어졌다.

"미안하다."

로즈미나는 자신과 피가 섞였다는 이유로 엘리자베스를 죽이려고 한 살인자를 변호하고자 했다. 죄스러웠다.

"괜찮아요."

뭐가 괜찮은지 엘리자베스 본인도 정확히 알지 못했다. 그저 진심으로, 괜찮다는 것만 알았다.

"정말 괜찮아요, 로즈미나."

사형을 면하더라도 라울은 남은 평생 죗값을 치를 것이다. 국법은 너그럽지 않았다.

"그동안 키워주셔서 감사합니다."

그리고 24년간 남편의 외도로 태어난 여자애한테 어머니 소리를 들었는데, 이 정도는 눈감아줘도 되겠지 싶었다.

로즈미나는 엘리자베스가 태어나서 본 가장 연약한 표정을 지으며 작게 말했다.

"이제 나가봐."

마음에 증오는 없었다.

아릿한 회한을 품고, 흐릿한 온정을 담고. 두 사람은 헤어졌다.

에필로그. 마침내, 그들은

귀족 아가씨도, 평범한 하녀도 꿈이 있었다. 아가씨는 집을 벗어나고 싶었고, 하녀는 좋은 책을 많이 읽으며 살고 싶었다. 서로 무관해 보였던 두 꿈이 하나로 귀결될 줄 누가 알았을까.

한 명은 정말 집에서 벗어났고, 다른 한 명은 좋은 책을 많이, 너무 많이, 억지로라도 읽으며 살게 되었다.

"레티. 살짝만. 정말 살짝만 보여 주면 안 돼?"

"안 돼요, 리지. 나 바쁘니까 좀 비켜봐."

"야박하네. 처음에는 이러지 않았는데. 내가 원하는 건 뭐든 해 줄 것처럼 얘기하던 그 여자애는 어디 갔어?"

"내가 언제 여자'애'였어요? 우리 처음 만났을 때 나 스물한 살이었거든요? 그럼 다 큰 성인이지, 뭐."

"아니야, 완전 아기였어. 아기 같았어. 그나저나 제발 좀 보여줘."

"어휴, 안 된다니까."

갈색 머리 여인이 측은하게 매달리자 그녀의 금발 애인은 단호하게 뿌리치며 아예 등을 돌려버렸다. 매달리던 여인은 눈매를 새치름하게 좁히며 스산하게 중얼댔다.

"변했어, 레티 골드."

"사람은 다 변해요, 엘리자베스."

레티는 애인을 고집스레 등지며 원고에 집중했다.

자신이 맡은 작가의 초고를 탐독하며 스물여섯 살 편집자는 업무 스트레스에 시달렸다. 그사이 스물아홉 살의 소설가가 옆에서 계속 구시렁댔다.

"아니다, 넌 하나도 안 변했어, 레티. 고집이 센 건 예나 지금이나 똑같아."

"참나, 당신이 나한테 고집 세다고 말할 자격은 없다고 보는데요, 리지."

"아니지, 자격 있어. 난 결정적일 때는 너한테는 늘 져 주는 편이거든? 그런데 너는 정말 한결같이 단호하잖아."

언제부터 내가 이 관계에서 이렇게 지는 쪽이 됐지? 내가 차가운 말 몇 마디만 뱉어도 속상해 울먹이던 여린 아이였는데, 언제 이렇게 나를 손아귀에 쥐고 장난감 다루듯 굴리게 되었는지 몰라.

"이런 부분에서는 당연히 단호해야지. 지금 당신이 남의 원고를 훔쳐보겠다고 하는 중이잖아요."

몇 년 전 엘리자베스가 자신이 실은 벤자민 레이먼이라는 사실을 털어놨을 때만 해도 깜짝 놀라며 팬으로서 숭배하는 태도를 보이더니, 요즘 레티는 엄격한 편집자 그 자체였다. 아무리 애독자라고 해서 봐주는 법은 없었다.

지금 레티가 보고 있는 원고는 엘리자베스도 고대하던 다른 작가의 차기작이었다.

"작가로서 부끄러운 줄 아세요, 리지. 다른 작가가 편집자와의 친분을 남용해서 당신 원고를 미리 읽으면 기분이 좋겠어요?"

"그래, 그래, 알겠어. 내가 미안하다."

차마 저 말에 반박할 근거가 없어서 엘리자베스는 퉁명하게 물러섰다. 레티는 새침해진 연인을 힐긋 보더니, 돌연 짓궂게 웃었다.

"삐쳤어요?"

"응."

"풀어 줄까?"

"됐어."

"풀어 줄게요."

레티의 입술이 곧장 다가왔다. 포근하게 겹치는 체온은 여전한 낙원이었다. 익숙해지고 당연해졌다 해서 덜 소중해진 건 아니었다.

"너, 완전 능구렁이 같아졌어."

붉어진 얼굴로 엘리자베스는 뚱하게 속삭였다. 예전에 병아리처럼 수줍어하던 신입 하녀가 괜히 그리워졌다. 레티는 연인을 가까이 안으며 코웃음 쳤다.

"언제는 한결같다면서요."

레티는 다시 입을 맞췄다. 일은 당분간 잊었다. 지금이 벌건 대낮이라는 것도. 뭐, 어때. 이곳은 단둘의 집이었다. 커튼을 안전하게 닫았으니 낮이라 해도 둘에게는 야심한 시각이나 다름없었다.

"여전히 정말 예뻐요, 엘리자베스."

당분간 숨소리뿐이었다.

시간이 흘러 몇 년 전 단풍나무 저택에서 벌어진 살인 사건도, 그 범인으로 체포되어 종신형을 선고받은 정원사도 서서히 사람들의 기억에서 잊혔다.

그 저택에는 때때로 아득한 피아노 연주가 울려 퍼진다고 한다. 밤이 아닌 낮에. 집을 꿋꿋이 지키고 있는 어느 마님은, 이제 남들의 눈을 피해 밤중에 몰래 음악실에 숨어들지 않았다.

엘리자베스가 아끼는 동료 작가 자네트 노스턴도 힘차게 살아갔고, 에블린과 지아나와 다른 동료들도 가끔 레티에게 안부를 전했다. 최근에 레티는 우연히 조세핀의 소식도 들었다. 케이트의 죽음을 받아들인 뒤로 잘 살아가고 있다고 들었다. 다행이라는 생각이 들었다. 우리 모두 과거와 어떤 식으로든 화해할 수 있어서.

헤스터 모르슨은 자연사했다. 적어도 죽음의 순간에는 명료한 정신이었을지, 레티도 엘리자베스도 물어볼 데가 없었다.

엘리자베스는 로즈미나에게 물어 진짜 엄마의 무덤을 찾았다. 엘리자베스는 그곳에 종종 꽃을 들고 찾아갔다. 그때마다 그녀의 연인도 함께했다.

함께 작가와 편집자로 나날이 살아가며 두 사람은 오늘도 서로의 품속에서 행복했다.

"사랑해, 레티."

앞으로도 평생, 정녕 평생토록 그럴 예정이었다.

"사랑해요, 엘리자베스."

그들이 직접 정한 행복한 결말이었다.

처음에 자신이 로즈미나가 건넨 돈도 땅도 거부하고 무작정 뛰쳐나왔다고 고백했을 때, 엘리자베스는 내심 두려웠다. 아둔한 짓을 했냐고 연인이 나무랄까 봐.

그러나 레티는 그러지 않았다. 자초지종을 듣자마자 레티는 엘리자베스를 껴안았다. 곧이어 입을 맞춘 뒤, 다정하게 칭찬했다.

"잘했어요, 리지. 정말 잘했어요."

너희는 아무 생각이 없냐고, 앞으로 단둘이 맨몸으로 세상에서 살아가야 하는데 그 돈과 땅을 거부하면 어떡하냐고 누군가 비난한다면, 단호하게 반론하리라.

지난 며칠간 둘 다 문자 그대로 죽을 뻔하면서 가시밭길을 굴렀다. 오히려 그랬기에 돈과 땅을 거부할 수 있었고, 그랬기에 서로를 칭찬할 수 있었다. 생계에 대한 현실적인 고민으로 이도 저도 못 하고 망설이다가 끝내 죽음의 문턱에까지 다녀왔다.

단풍나무 저택과 그곳에 매인 유산에서 벗어나야만 했다. 그래야 서로가 온전히 행복할 수 있다는 걸 두 연인은 똑똑히 깨달았다. 게다가 앞날이 그렇게까지 막막한 건 아니었다. 엘리자베스는 작가로서 인세를 벌었고 레티는 정 절박하면 손을 벌릴 만한 가족이 있었다.

남편과 사별하고 맏딸과 함께 둘째와 셋째를 먹여 살리는 레티의 모친은 생활력이 강한 여인이었다. 부자는 아닐지언정 본인과 자식들을 곤궁함에서 구제할 정도의 힘은 있었다.

게다가 로즈미나 역시 엘리자베스에게 도움을 건넸다. 저택의 집 문서를 넘겨주겠다는 파격적인 제안을 다시 한 것은 아니다. 그저 부모가 자식에게 용돈을 주는 정도의 평범하고 소박한 권유였다.

엘리자베스는 정중히 거절했다. 로즈미나의 도움을 받는 게 싫어서는 아니었다. 로즈미나는 이미 라울의 변호에 상당한 금액을 쓰고 있었다. 그 돈을 갉아먹고 싶지 않았다. 엘리자베스는 물론 라울이 미웠다. 그러나 감히 로즈미나한테까지 그 증오를 강요하지 못했다.

라울의 재판이 끝나기 전, 엘리자베스와 레티는 조용히 저택에서 벗어났다. 당분간 시내의 여관에서 생활하다가 라울이 기적적으로 종신형을 선고받았다는 소식이 들려온 뒤에야 두 사람은 다른 도시로 이주했다.

고귀하신 마님께서 어째서 한낱 정원사이자 살인자의 변호를 위해 애썼는지 온갖 추측이 난무했다. 누군가는 그 둘이 내연 관계라고 수군댔다. 몇몇은 정원사가 마님의 약점을 잡았다고 확신했다. 숨겨진 아들인 거 아니냐고 우스갯소리로 떠드는 사람도 있었다.

진실은 묻혔고 판결은 내려졌다. 이후에도 삶은 이어졌다.

엘리자베스가 레티에게 권했다. 편집을 배워보지 않겠느냐고.

저택에서 벗어난 아가씨는 꿈을 이뤘다. 그녀는 연인의 꿈도 기억했다. 좋은 책을 많이 읽으며 살고 싶다고 했지. 엘리자베스는 그 짓을 평생 질리도록 하면서 살아갈 수 있는 직종을 알고 있었다. 늘 좋은 책만 읽을 수 있다고는 장담할 수 없지만.

레티는 야무진 하녀였으나, 하녀가 아닌 다른 일을 하면서 훨씬 빛날 수 있는 사람임을 엘리자베스는 잘 알았다. 엘리자베스는 레티를 위해 만들어진 듯한 길로 그녀를 이끌었다. 열정과 재능과 끈기로 그 길의 나머지를 완주한 건 순전히 레티 본인의 몫이었다.

레티도 엘리자베스에게 새로운 길을 가르쳤다. 엘리자베스는 레티보다 열정, 재능, 끈기가 현저히 부족한 채로 그 길에 임했다.

"리지, 그렇게 하면 안 돼요. 문질러 닦는다는 느낌으로 해야 한다니까요? 그냥 걸레로 바닥을 훑는다는 느낌 말고요."

"칫, 난 분명 그렇게 했는데……."

"자세도 그렇게 하면 안 돼요. 그러다 당신 허리만 나갈 거예요."

옛날에는 수십 명의 사용인이 윗사람 둘을 모시는 저택에서 살았다면, 이제는 집에 사는 사람도 두 명뿐이요, 집안을 관리해야 하는 이도 둘뿐이었다.

레티는 엘리자베스와 집안일을 분담했다. 둘 다 밖에서 돈을 벌어오니 가사 노동도 나눠서 하는 게 공평했다. 그러나 엘리자베스는 영 이쪽으로는 재주가 없었다. 연륜이 부족한 건지도 몰랐다. 베테랑 하녀 레티는 빨래부터 요리까지 집안의 잡무를 두루 섭렵했으나 남의 시중만 받아 왔던 엘리자베스는 걸레질 하나만으로도 버거워했다.

"……그냥 주세요, 리지. 내가 할게요."

"……다음번엔 나도 더 잘할 수 있어."

"네, 네. 믿어드릴게요."

"지금 비꼬는 거야, 레티?"

"음, 아마도?"

"와, 너 진짜 변했어."

"그것참 유감이네요."

그렇게 옥신각신하다가 온종일 청소를 하고, 끝에는 언제 실랑이했냐는 듯 포옹하는 날들이 얼마나 소중한지. 엘리자베스가 그때 결혼했다면 어떻게 됐을까. 진심과 신념과 본능을 모두 어기고, 기어코 어느 하찮은 사내와 결혼했더라면.

비록 결혼을 포기하게 되기까지 우여곡절이 있었지만 그래도 엘리자베스는 감사했다. 억지스러운 낙관주의일지도 모르지만 그때 그렇게 비참했던 덕에 지금 이렇게 함께인지도 몰랐다.

드물게도 입김이 나올 만큼 추운 겨울이었다. 게다가 눈까지 왔다.

우편을 가지러 현관으로 나온 엘리자베스는 봉투를 뒤집었다. 어느덧 생경해진, 그러나 마음속 깊은 곳에 분명히 존재하는 이름이 적혀 있었다. 그녀가 봉투를 뜯었다.

'즐거운 성탄절 보내렴.'

카드 안에는 짤막한 문구와 발신자의 서명이 있었다. 로즈미나 메리요트. 그녀는 아직도 남편의 성을 쓰고 있었다. 엘리자베스는 카드를 도로 집어넣었다. 봉투 입구를 가지런히 접는 손길에 정성이 묻어났다. 엘리자베스는 나머지 우편물을 챙겨 안으로 들어갔다.

주방과 거실에 고소한 훈김이 가득했다. 레티는 명절을 맞이하여 특식을 준비했다. 엘리자베스는 요리에도 도전해 본 결과, 계속 그냥 글만 써야겠다는 결론에 도달했다. 세 끼 식사 준비하는 게 이렇게 힘든 일이었다니.

"어서 와요. 이제 먹기만 하면 돼요."

"잘 먹을게, 레티."

"맛있게 드세요. 내 입으로 말하긴 좀 쑥스럽지만, 오늘은 정말 걸작이거든요."

"네 음식은 늘 걸작이야, 레티. 그리고 하나도 안 쑥스러워하는 것 같은데?"

"하하, 이런, 들켰네요."

어느새 넉살이 제법 늘어난 레티는 생글대며 연인과 마주 앉았다. 엘리자베스는 우아하게 음식을 그릇에 덜어 주었다.

"뭐 우편 온 거 있어요, 리지?"

"응. 성탄절 카드만 가득 있어."

"벌써 그런 계절이네요."

"그러게."

"우리도 이맘때쯤 처음 만났잖아요, 리지. 그렇죠?"

“우리는 눈 내릴 때 만나지 않았어. 단풍이 들 무렵에 만났지.”

“가을이나 겨울이나, 쌀쌀한 건 매한가지죠.”

“아니거든?”

두 사람은 사계절의 사소한 차이에 관해 무의미하고도 사랑스러운 언쟁을 이어갔다. 그러는 와중에도 음식은 입안으로 사라졌다.

“그나저나 우리 슬슬 노스턴 부인이랑 약속을 잡아봐야 할 것 같아. 제발 좀 놀러 오라고 몇 주째 편지로 노래를 부르잖아.”

“……네, 좋아요.”

“아직도 그 도시가 불편해, 레티?”

“나보다는 당신이 더 걱정이에요.”

엘리자베스는 묽게 웃었다. 오랫동안 단풍나무 저택에만 숨어 살았던 아가씨. 자네트 노스턴이 사는 도시는 그곳에 너무 가까웠다.

“평생 피할 수는 없잖아. 우리가 죄지은 것도 아니고. 그리고 노스턴 부인이 사는 곳은 내가 살던 곳이랑 완전히 다른 곳이야.”

메리요트 저택에 얽힌 기억이 거북해서 웬만하면 걸음을 피하고 싶었다. 그러나 엘리자베스가 지적한 대로 평생 외면할 수는 없었다. 이제는 시간도 제법 흘러 소문도 잦아들었다. 인간은 원래 망각의 동물이다. 시간이 흐르면 아무리 자극적인 사건이라도 잊히기 마련이었다.

“저택은 완전히 동떨어져 있잖아? 그때 마차 타고 한참 갔는걸.

기억나?"

"그걸 어떻게 잊어요. 그날 처음 키스했는데."

레티는 얼굴을 붉히며 웅얼거렸다. 엘리자베스도 덩달아 머쓱해졌다. 그녀는 곧 수줍음을 극복하고 레티의 옆으로 다가갔다.

"그때 우리가 이렇게 했었나, 응?"

엘리자베스는 지척에서 속삭였다. 식사에 곁들인 포도주의 향이 더운 입술에 묻어났다. 레티는 연인에게 사로잡혀 눈을 꼭 감았다. 숨결이 뒤섞였다.

"어, 음, 이렇게 야했던 것 같진 않은데……."

엘리자베스의 엉큼한 손이 자신의 허리끈을 풀기 시작하자 레티는 붉어진 얼굴로 항의했다.

엘리자베스는 그저 얄밉게 웃었다. 이럴 때는 그녀가 책만 읽던 얌전한 온실 속 아가씨라는 사실을 믿기가 참 힘들다. 레티는 밉지 않게 눈을 흘겼다.

"당신은 왜곡된 기억을 가지고 있는 것 같아요, 리지."

"아니야, 내 기억은 정확해."

"거짓말에 도가 트셨네요."

"그냥 믿어 주는 척해, 레티."

달콤한 애무가 시작되기 전, 엘리자베스는 마지막으로 속삭였다. 그 이후로는 둘 다 서로의 입술을 맛보느라 바빠서 미처 대화할 틈이 없었다.

오늘은 딱 어제만큼, 내일은 또 오늘보다, 꾸준히 행복했다.

자네트 노스턴이 엘리자베스와 레티에게 제발 좀 놀러 오라고 조른 데는 다 이유가 있었다. 새 식구가 생겼으니 축하받고 싶다나. 엘리자베스는 자네트가 임신을 한 줄 알았는데, 알고 보니 강아지를 키우게 됐다고 한다.

"아니, 동물이 그냥 동물이지 식구라고 부를 것까지 있어?"

"리지, 당신은 너무 야박해요. 강아지가 얼마나 귀엽고 사랑스럽고 소중한데요."

"그래, 하지만 말이 통하지는 않지."

"역시 야박해."

"그냥 반려동물에 대한 관점이 서로 다른 거란다."

입씨름하면서 자네트의 집에 도착한 연인들은 인정할 수밖에 없었다. 강아지는 확실히 귀엽고 사랑스럽고 소중했다. 레티는 몽실몽실한 강아지를 보자마자 환희에 차 거의 울먹일 지경이었다.

"조금 질투 나려고 하네."

"아무래도 그렇죠?"

"예전에는 내가 공책에 사인 한 번 해 주면 세상을 다 가진 것처럼 좋아하더니, 이제 나는 거들떠보지도 않고 말이야."

“그러게 왜 강아지 보러 오라고 우릴 불렀어요, 부인. 다 당신 잘못이에요.”

“그래서, 리지, 소감이 어때? 강아지 아래로 밀려난 소감 말이야.”

“제발 조용히 좀 해주세요, 노스턴 부인.”

엘리자베스가 뚱해지자 자네트가 놀렸다. 레티는 강아지와 노느라 다른 사람들은 안중에도 없고, 자네트의 남편은 다소곳이 여자들을 위해 홍차에 우유를 섞었다.

오래오래 이어질 평화였다.

〈끝〉

단풍나무 저택의 유산

1판 1쇄 찍음 2021년 9월 23일
1판 1쇄 펴냄 2021년 9월 30일

지은이 | 홍기연
발행인 | 박근섭
편집인 | 김준혁
책임편집 | 정미리
펴낸곳 | 황금가지

출판등록 | 2009. 10. 8 (제2009-000273호)
주소 | 06027 서울 강남구 도산대로 1길 62 강남출판문화센터 5층
전화 | **영업부** 515-2000 **편집부** 3446-8774 **팩시밀리** 515-2007
홈페이지 | www.goldenbough.co.kr

도서 파본 등의 이유로 반송이 필요할 경우에는 구매처에서 교환하시고
출판사 교환이 필요할 경우에는 아래 주소로 반송 사유를 적어 도서와 함께 보내주세요.
06027 서울 강남구 도산대로 1길 62 강남출판문화센터 6층 민음인 마케팅부

ⓒ황금가지, 2021. Printed in Seoul, Korea

ISBN 979-11-7052-009-2 03810

㈜민음인은 민음사 출판 그룹의 자회사입니다.
황금가지는 ㈜민음인의 픽션 전문 출간 브랜드입니다.